新潮文庫

# 冷　血

カポーティ

佐々田雅子訳

新潮社版

8011

ジャック・ダンフィーとハーパー・リーへ
愛と感謝をこめて

謝辞

　本書の素材は、わたし自身の観察によるものを除けば、すべて、公（おおやけ）の記録か、直接の関係者とのインタヴュー、それも多くは相当の長期にわたって何度となくなされたインタヴューから得られたものである。これらの〝協力者〟は本文中で身元を明示してあるので、この場で名前をあげるのは重複の感が否（いな）めない。ではあるが、ここにあらためて感謝の意を表したいと思う。このかたがたの辛抱強い協力がなければ、わたしの仕事は完成を見なかったであろう。また、フィニー郡の住民各位は、その名前が本文中にあらわれることはないが、お礼はいえてもお返しすることはできないほどの厚遇と友情を与えてくださった。しかしながら、この場で一人一人をあげるのは割愛させていただく。とくにお礼を申しあげたい。カンザス州立ぬ貢献をしてくださった何人かのかたがたには、とくにお礼を申しあげたい。カンザス州立大学学長、ジェイムズ・マケイン博士。ローガン・サンフォード氏とカンザス州捜査局の職員各位。カンザス州立刑務所所長、チャールズ・マカティー氏。法律問題でたいへんお世話になったクリフォード・R・ホープ・ジュニア氏。氏はわたしを励ましてこの企画に真っ先に、《ニューヨーカー》誌のウィリアム・ショーン氏。そして、最後に、実際にはこの企画に挑ませ、また、終始、わたしにとって有益な判断を示してくれた。

T・C

われらのあとに生きながらえる同胞《はらから》たちよ
われらに無情な心を抱くな
なぜなら、惨《みじ》めなわれらを憐《あわ》れんでくれるならば
神も諸君にお慈悲をたまわるだろうから

フランソワ・ヴィヨン
『首を吊《つ》られるもののバラード』

# 冷血

# Ⅰ　生きた彼らを最後に見たもの

ホルカム村はカンザス州西部の小麦畑がひろがる小高い平原に位置する。ほかのカンザス人が〝あちら〟と呼ぶ寂寞《せきばく》とした地域だ。コロラド州境の東七十マイル、抜けるような青空と砂漠のような澄んだ空気の片田舎で、中西部というよりはむしろ極西部の雰囲気が漂う。地元の訛《なま》りには、プレーリーに特有の鼻声と牧場労働者に特有の鼻音が入り交じる。男たちの多くは、開拓地風の細身のズボン、ステットソン帽、爪先《つまさき》が尖《とが》り、踵《かかと》が高いブーツというういでたちだ。土地は平坦《へいたん》で、景観は驚くほど開けている。牛馬の群れ、ギリシャの神殿のように優美にそびえる何棟かの白い穀物倉庫が、そこに行き着くはるか手前から視界に入ってくる。

ホルカム自体もはるか彼方《かなた》から見晴らせる。といって、見るべきものに富んでいるというのではない――サンタフェ鉄道の幹線で二分された雑多な建物の集まりに過ぎない。アーカンザス（アーカンソーでなく〝アー-カン-ザス〟と発音される）川の褐色の流れで南の境を、ルート50のハイウェイで北の境を、プレーリーと小麦畑で東西の境を画された無定形な村落だ。雨後や雪消《ゆきげ》には、名もなく、陰もなく、舗装もない通りで、分厚い埃《ほこり》が恐ろしい泥濘《でいねい》と化す。家並みの端には、がらんとした古い化粧漆喰の建物がある。屋根には〃ダンス〃という電飾が掲げられているが、もうダンスはされることもなく、宣伝の灯が消えてから数年がたつ。近くには場違いな標示のある建物がもう一軒ある。汚れた窓に金箔《きんぱく》で〃ホルカム銀行〃と記された標示だ。銀行は一九三三年に閉鎖され、かつての会計室は共同住宅に改装された。それが村の二軒の〃アパートメントハウス〃のうちの一軒だ。もう一軒のぼろ屋敷は、地元の学校の教員の大半が住んでいることから〃教師館〃として知られている。しかし、ホルカムの住宅の大半は、正面にポーチのついた平屋の建物だ。

停車場のそばには今にも崩れ落ちそうな郵便局があり、生皮のジャケット、デニムのズボン、カウボーイブーツという装《よそお》いの痩《や》せた女局長が取り仕切っている。硫黄色《いおういろ》のペンキが剝《は》げかかった停車場も、同じように陰気だ。〃チーフ〃〃スーパーチーフ〃〃エル・キャピタン〃が毎日通過するが、こういった有名な特急が停まることはけっしてない。そもそも、旅客列車はどれもが素通りする。たまに貨物列車が停まるだけだ。ハイウェイ沿いにはガソリンスタンドが二軒ある。その一軒は貧弱な食料雑貨店を兼営している。もう一軒はカフェ――ハートマンズ・カフェ――という副業をやっている。そこでは、店主のハートマン夫人がサンドイッチ、コーヒー、ソフトドリンク、三・二ビール（訳注 アルコール度三・二パーセントの弱いビール）を売っている（ホルカムはカンザスの他地区と同じく〝禁酒〟が実施されている）。

以上がすべてといっていい。ただし、それはホルカム・スクールを含めなければの話で、しかも、含めないわけにはいかない。その堂々たる施設は、一見しただけではわからない地元の経済状況を体現しているからだ。有能な教職員を配した近代的な〝統合〟学校――幼稚園からシニアハイスクールまでの各学年を擁し、通常、三百六十人前後の児童生徒は、十六マイルもの遠方から何台ものスクールバスで運ばれる――に子どもを通わせている親たちは概して裕福だ。その多くは牧畜農業を営み、野外で働く人々で、血統はドイツ人、アイルランド人、ノルウェイ人、メキシコ人、日本人とさまざまだ。彼らは牛や羊を飼い、小麦やミロ（訳注 モロコシの一種）、草の種子、甜菜《てんさい》をつくっている。農業というのは常に不確実性をはらむビジネスではあるが、とくに、カンザス西部の農民は自らを〝生まれながらのギャンブラー〟と考えている。というのは、極端に乏しい降水量（年間平均十八インチ）や、頭痛の種の灌漑《かんがい》の問題を避けて通るわけにはいかないからだ。しかし、過去七年間は旱魃《かんばつ》のない恵まれた歳月だった。ホルカムを含むフィニー郡の牧畜農家の暮らし向きもよかった。稼ぎは農業からだけでなく、豊富な天然ガス資源の開発からも上がった。その収入が、新しい学校、住み心地のいい農家、満杯となってそびえる穀物倉庫に投影されているというわけだ。

一九五九年十一月半ばのある朝まで、ほとんどのアメリカ人、いや、ほとんどのカンザス人でさえ、ホルカムという名を聞いたことがなかった。川の流れのように、ハイウェイを旅する人の車のように、サンタフェ鉄道を疾走する黄色い列車のように、異常な事件というかたちをとったドラマはいつもそこを素通りしていったからだ。二百七十人を数える村の住民も、現状はかくあるべしと満足し、ふつうの生活の則《のり》を超えずに暮らすことを甘受していた——つまりは、仕事にいそしんだり、狩りに出かけたり、テレビを見たり、学校の懇親会や聖歌隊の練習や4-Hクラブの会合に参加したりしていたのだ。しかし、十一月のその朝、日曜の未明、ホルカムの夜毎《ごと》の物音——ヒステリックに泣き叫ぶようなコヨーテの遠吠《とおぼ》え、風で野原を転がる根なし草のカサコソいう音、近づいてはまた遠のく汽笛のむせぶような響き——に、異界から、ある音が侵入してきた。そのとき、眠りに落ちていたホルカムでは、その音——結果的に六人の命を絶つことになる散弾銃の四発の轟音《ごうおん》——を耳にしたものはいなかった。それまで、村人たちはお互いに警戒心を抱くこともなく、家のドアに錠をおろすこともめったになかった。しかし、それ以後は、何度となく空想でその轟音を再現してみるようになった。その陰《いん》にこもった響きは、不信の炎を掻《か》きたてた。炎のぎらつく光の中で、古くからの隣人同士も、見知らぬ間柄のように、お互いを猜疑《さいぎ》の目で見るようになったのだ。

リヴァーヴァレー農場の主、ハーバート・ウィリアム・クラッターは四十八歳だった。最近、保険加入のための診断を受けて、申し分のない健康状態にあると知らされた。クラッター氏は縁なし眼鏡をかけ、五フィート十インチ足らずの並みの身長ではあったが、男の中の男といった風貌《ふうぼう》の持ち主だった。肩幅は広く、髪は色濃く、顎《あご》は角張り、自信に満ちた顔は若々しく健康な色をたたえていた。クルミを嚙《か》み砕く強くて真っ白な歯は、今も欠けてはいなかった。体重は百五十四ポンドで、農業を専攻したカンザス州立大学を卒業した当時と変わりなかった。裕福ではあったが、ホルカム一の金持ち——隣の農場主、テイラー・ジョーンズ氏——には及ばなかった。しかし、地元ではもっとも顔が広い市民であり、ホルカムと近くの郡庁所在地、ガーデンシティーの双方で有名人だった。八十万ドルを投じてガーデンシティーに新築されたファーストメソジスト教会の建設委員長を務めたことがあった。また、現在はカンザス農場組織会議の議長職にあり、その名声は中西部の農業専門家の間に知れわたっていた。アイゼンハワー政権下で連邦農業貸付委員会の一員に任ぜられた経歴もあり、ワシントンの一部の官庁でも同様に名が通っていた。

クラッター氏は自分が世に何を望むかを確実に知り、その多くを手に入れてきた。かつて農機具に先を切り取られた左手の指に、金のかまぼこ指輪をはめていたが、それは結ばれたいと望んだ相手との四半世紀に及ぶ結婚生活を象徴するものだった。その相手とは、大学の級友の妹で、内気で信心深い華奢《きゃしゃ》な娘だった。名をボニー・フォックスといい、年は三つ下だった。ボニーは彼との間に四人の子をもうけた――女の子を三人、そのあと、男の子を一人。長女のエヴェンナは結婚して、十ヵ月になる男の子の母親になっていた。イリノイ州北部に住んでいたが、ホルカムに足繁《あししげ》く通っていた。事実、今度も二週間もしないうちに、家族とともに訪ねてくることになっていた。両親が感謝祭に大がかりなクラッター一族の再会の集いを企画していたからだ(その集いはドイツに始まっていた。クラッター一族――その名はドイツ流にKlotter《クロッター》と綴《つづ》られていた――の最初の移民がこの地に足跡をしるしたのは一八八〇年だった)。五十人あまりの親戚《しんせき》が招かれていたが、フロリダ州パラトカのような遠方からの客も何人かいた。エヴェンナのすぐ下の妹、ベヴァリーもうリヴァーヴァレー農場に住んではいなかった。ベヴァリーはカンザス州のカンザスシティーにいて、看護婦になろうと勉強にいそしんでいた。若い生物学の学究と婚約していたが、父親もそれにはまったく異存がなかった。クリスマス週間に予定されている結婚式の招待状はすでに印刷が終わっていた。ということで、まだ家に残っているのは息子のケニヨンと娘のナンシーだけだった。十五歳のケニヨンは、身長ですでに父親のクラッター氏を上まわっていた。一つ年上のナンシーは村の人気者だった。

家族に関して、クラッター氏には一つだけ深刻な心配の種があった。それは妻の健康だった。ボニーは〝神経質〟で、〝軽い症状〟に苦しんでいた――そういういいかたはボニーに近しい人たちが彼女をかばっていう表現だったが。といって、〝かわいそうなボニーの悩み〟の実相は秘密でも何でもなかった。ボニーがこの六年間、ときどき精神科医にかかっていたというのは周知の事実だったからだ。しかし、その日陰の領域にも、ごく最近になって光が差しこむようになっていた。ボニーはウィチタのウェズリー医療センターを決まった静養の場としていたが、前の水曜日、二週間の治療から戻ってくると、夫に信じられないような吉報をもたらした。本人が喜んで告げたところによると、不幸の源は頭ではなく脊柱《せきちゆう》にある――脊椎骨《せきついこつ》のずれから生じる肉体的な問題である――という医学的判断が下された。もちろん、手術は受けなければならないが、そのあとは――そう、また〝昔の自分〟に戻れるだろう、というのだ。だが、あんなに緊張したり、引きこもったり、閉ざしたドアの陰で枕《まくら》に顔を押しあててすすり泣いたりしていたのが、すべて、背骨のずれのせいということがあるのだろうか？　ほんとうにそうならば、感謝祭の食卓についたとき、心から感謝の祈りを唱えることができるのだが、とクラッター氏は思っていた。

平常、クラッター氏の朝は六時半に始まった。ミルクバケツがガラガラ鳴る音と、それを運んでくる二人の少年がささやき交わす声で、いつも目が覚めた。二人はヴィック・アーシックという使用人の息子だった。しかし、きょう、クラッター氏はいつになく床離れが悪く、やってきた二人がまた去っていくのを黙って見送った。というのは、前日、十三日の金曜日の夜が、明るい場面はあったにしても、ひどく消耗させられるものだったからだ。ボニーは〝昔の自分〟をよみがえらせていた。いずれ本調子になって元気回復するのを先取りしようとでもいうように、口紅を引き、髪をいじり、新しいドレスを着て、夫とともにホルカム・スクールを訪れたのだ。二人は生徒による『トム・ソーヤー』の上演に盛んな拍手を送った。ナンシーはベッキー・サッチャー（訳注 トムの憧れの的の女の子）役を演じていた。ボニーが人前に出て、神経質な様子ではあったが、笑顔を見せ、話をするのを見て、クラッター氏はうれしく思った。ナンシーのことになると、二人とももう得意満面だった。ナンシーは台詞《せりふ》を完全にものにして好演した。父親は舞台裏で賛辞を連発する中で「いや、実にきれいだったよ——ほんとの南部美人みたいにね」といったが、まさにそのとおりだった。すると、ナンシーもそれらしく振る舞ってみせた。釣鐘型スカートの衣装のまま、膝《ひざ》を曲げてお辞儀をしたのだ。そして、ガーデンシティーまでドライヴしてもよろしいでしょうか、と尋ねた。州立劇場で十三日の金曜日の特別の出し物、〝お化けショー〟を十一時半から上映するが、友だちみんながそれを見にいくというのだ。ほかの場合だったら、クラッター氏も許してはいなかっただろう。彼の掟《おきて》は厳然たるものであり、その一つがこうだったからだ。ナンシー——そして、ケニヨン――は、週日の晩なら十時までに、土曜の晩なら十二時までに帰宅しなければならない。しかし、その晩は心楽しいできごとにほだされて、クラッター氏もついつい許しを与えてしまった。その結果、ナンシーが帰ってきたのは午前二時近くになった。クラッター氏は娘が家に入ってくる物音を聞きつけると、さっそく呼び寄せた。彼はけっして声を荒らげるような人物ではなかったが、この際、娘にはっきりいっておきたいことがあったからだ。それは、帰宅時間が遅くなったことより、娘を送ってきた若者――学校のバスケットボールのヒーロー、ボビー・ラップ――についてだった。クラッター氏もボビーを好いていた。十七という年ごろの少年としては、信頼のおける紳士的な人柄だった。ナンシーは〝デート〟を許されていたこの三年間、きれいで人気があったにもかかわらず、ほかの誰ともつきあおうとしなかった。若者がカップルをつくり、〝ステディー〟な関係になって、〝婚約指輪〟をはめるのが昨今の全国的な傾向だとクラッター氏も知ってはいたが、それを認めてはいなかった。とくに、比較的最近、娘とラップ家の息子がキスしているのを偶然に見かけてからというものは。クラッター氏はナンシーに〝ボビーとの頻繁なデート〟をやめるようにいった。今のうちにだんだん離れていくほうが、あとになって急に切れるよりも傷つかずに済む、と説いて。というのは、娘に思い起こさせたように、最終的に別れが訪れるのは必定だったからだ。ラップ家はローマンカトリックだったが、クラッター家はメソジストだった。娘と少年がいつか結婚するという夢を抱いていたとしても、その事実だけで夢を断ち切るのに十分な理由になった。ナンシーはものわかりのいい娘だった。とにかく、抗弁するようなタイプではなかった。それで、今回も、クラッター氏はおやすみをいう前に、ボビーとは少しずつ距離を置くようにするという約束を娘から取りつけることができた。

そういういきさつがあって、いつもは十一時のクラッター氏の就寝時間が遅くなってしまったのだ。その結果、一九五九年十一月十四日、土曜日に起きだしたのは七時を過ぎたころだった。妻はいつも、できる限り遅くまで寝ていた。しかし、クラッター氏がひげを剃《そ》り、シャワーを浴びて、綾織《あやおり》のズボン、牛飼いの革ジャケット、柔らかいあぶみ革のブーツという身支度を整える間、起こしてしまう心配はなかった。二人は寝室を別にしていたからだ。ここ数年、クラッター氏は一階の夫婦用の寝室に独りで寝ていた——煉瓦《れんが》づくりの二階建ての家には十四もの部屋があった。ボニーはこの部屋のクロゼットに自分の衣類を置き、隣接する青タイルとガラスと煉瓦づくりのバスルームに若干の化粧品と大量の医薬品をしまいこんでいたが、今は、かつてのエヴェンナの寝室に移っていた。その部屋は、ナンシーとケニヨンの部屋と同じく二階にあった。

家の大部分はクラッター氏の設計になるものだった。彼はそれによって、とくに装飾的というのではないにしても、機能的で、しかも落ちついた雰囲気をかもしだせる建築家であることを証明していた。家は一九四八年に四万ドルを投じて建てられた（今、転売価格は六万ドルと見込まれていた）。アキニレの並木が影を落とす長い小道のようなドライヴウェイの端に位置し、刈りこまれたバミューダグラス（訳注 南ヨーロッパ原産の芝草・牧草）の広い芝生の上に建つ白亜の館《やかた》。それはホルカムではひときわ印象的で、通りかかる人がきまって指さすほどだった。インテリアはといえば、ふわふわした茶褐色のカーペットが各所に敷かれていた。ニスが塗られ、足音が響く床のどぎつさを打ち消す効果があった。居間のモダンな大型の寝椅子《いす》は、きらびやかな銀糸を織り交ぜた節玉つきの布で覆《おお》われていた。朝食用の小部屋には、青と白のビニール張りの長椅子が置かれていた。クラッター夫妻はこの手の家具調度を好んだが、それは知人の多くにも共通していた。だから、彼らの家も概して同じたぐいのものを備えていた。

クラッター家では週日に通ってくる家政婦のほかには、家事を手伝う人間を雇っていなかった。それで、妻が病気になり、上の二人の娘が家を出てからというもの、クラッター氏はいやでも料理をおぼえなければならなかった。家族の食事の用意をするのは彼かナンシー、おもにナンシーだった。しかし、クラッター氏はそういう仕事を厭《いと》うどころか、巧みにこなした。カンザスの女性でも、彼ほど上手にソルトライジングブレッド（訳注 ミルク、小麦粉などを混ぜ、塩を入れてつくる酵母パン）を焼けるものはいなかった。彼の有名なココナッツクッキーは、ケーキのチャリティーセールの目玉になるほどだった。しかし、本人は大食漢ではなかった。仲間の農場主たちと違って、むしろ質素な朝食を好んだ。その朝も、リンゴ一個、ミルク一杯でこと足りた。コーヒーも紅茶も口にしなかったので、胃を温めずに一日を始めるのに慣れていた。実をいうと、どんなに弱いものでも刺激物はまったく受けつけなかったのだ。煙草《たばこ》も吸わなかったし、もちろん、酒も飲まなかった。実際、アルコールは一滴もやらず、酒飲みはなるべく敬遠していた。しかし、それで予想されるほど交際の輪が狭くなるというわけでもなかった。なぜなら、その輪の中心はガーデンシティーのファーストメソジスト教会の会衆であり、その数は千七百人にものぼり、しかも、大半がクラッター氏が望ましく思うような禁欲的な人々だったからだ。クラッター氏は自分の考えを押し売りするのは避け、外部ではあからさまに非難がましい態度をとらないよう心がけていた。その一方で、家族やリヴァーヴァレー農場の使用人に対しては、自分の考えを遠慮なくのませた。「あなたはお酒をやりますか？」というのが、求職者に対する第一問だった。相手はそれに否定的な返事をするだけでは済まず、契約書にサインしなければならなかった。もし〝アルコールを隠している〟のが見つかった場合には即刻無効とする、とうたった条項を含む契約書に。友人で地元の草分けの農場主、リン・ラッセル氏が一度、彼にいったことがある。「あんたは情け容赦のない男だな。なあ、ハーブ、あんたは雇い人が酒を飲んでるところを見つけたら、その男をすぐに追いだすんだろ。その男の家族が飢えても知らんってことだな」雇い主としてのクラッター氏に向けられた批判というのは、おそらくそれが唯一《ゆいいつ》のものだった。その点を除けば、クラッター氏は冷静と温情で知られていた。それに、いい賃金を支払い、たびたびボーナスをはずむことでも。クラッター氏の下で働いていた男たち——ときには十八人に及ぶこともあった——は、ほとんど苦情を申したてる余地がなかった。

クラッター氏はミルク一杯を飲み、フリースの内張りの帽子をかぶると、リンゴ一個を手にして、朝の見まわりに出かけた。リンゴをかじるにはもってこいの天気だった。澄みわたった空からは真っ白な光が降りそそいでいた。東からの風はアキニレの残った葉をさらさらと鳴らしてはいたが、引きちぎるほど強くはなかった。秋はほかの季節がカンザス西部にもたらす災いを一挙に償ってくれる。冬はコロラドからの強風、腰まで積もって羊を殺してしまう大雪。春は雪消《ゆきげ》の泥濘《でいねい》と不思議な霧。夏は烏《からす》もわずかな木陰を求め、一面にひろがる黄褐色の小麦の剛毛も燃え上がるほどの炎熱。それが九月を過ぎると、ようやく別の気候が到来するのだ。ときにはクリスマスまで続くことがあるインディアンサマー（訳注 小春日和）がそれだ。クラッター氏がその季節を代表するような空模様を見やっていると、コリーの雑種犬がやってきた。人と犬はともに家畜を入れておく柵《さく》囲いのほうへぶらぶら歩いていった。囲いは敷地内に三棟ある納屋《なや》の一つに隣接していた。

納屋は一つが巨大なかまぼこ形兵舎タイプで、中には穀物——ウェストランドソーガム（訳注 モロコシの一種）——があふれかえっていた。もう一つには、相当な額——十万ドル——に値する黒ずんだミロが山と積まれ、刺激的なにおいを放っていた。その金額だけでも一九三四年のクラッター氏の全収入のほぼ四十倍に及んでいた。一九三四年というのは、クラッター氏がボニー・フォックスと結婚し、二人の郷里、カンザス州ロゼルからガーデンシティーに移った年だ。彼はそこでフィニー郡農事顧問の助手の仕事を得た。そして、それまでの例にたがわず、ちょうど七ヵ月で昇進した。つまり、顧問の職についたのだ。彼がその地位にあった歳月——一九三五年から一九三九年——は、白人がその地方に移住して以来、一度もなかったほど、埃《ほこり》にまみれたどん底の時期だった。若きハーブ・クラッターは、農業経営の先端についていけるだけの専門知識を有していた。行政と落胆した農場主の仲介者として働く資格を十分に備えていた。関係者は、自分の職分を心得た好もしい若者の楽天主義と学識豊かな指導を活用する機会に恵まれた。それでも、本人は自分のやりたいことをやっているわけではなかった。彼は農家の息子として、はじめから自分自身の農場を経営することを志していたのだ。その目標を見据えて、四年後に農事顧問の職を辞すると、借金して土地を借り、そこにリヴァーヴァレー農場の原形を築いた(その名が曲がりくねったアーカンザス川に由来するというのはわかるにしても、谷間《ヴァレー》となると影も形もないのだが)。その試みを、フィニー郡の保守派がお手並み拝見とばかりに見まもった。これら古参の連中は、若い農事顧問の大学仕込みの考えを何かと言《こと》あげするのを好んだ。「けっこうじゃないか、ハーブ。あんたは他人の土地でなら、どうするのがいちばんいいか、よくわかっとる。これを蒔《ま》けだの、そこを段々にしろだのってな。しかしだ、あんた自身の土地となったら、まるで違ったことをいいだすかもしれんからな」だが、彼らは間違っていた。新参者の実験は成功をおさめたのだ。一つには、はじめの数年間、彼が一日十八時間も働いたからだ。何度かの挫折《ざせつ》はあった。小麦の不作に二度見舞われた。ある冬は大吹雪で数百頭の羊を失った。しかし、十年後には、クラッター氏の領土は、完全な所有権のある八百エーカー余りと、賃借している三千エーカーにまたがっていた。それは仲間も認めるとおり、〝かなりの広さ〟だった。小麦、ミロの種子、保証つきの草の種子——農場の成功はそうした作物によってもたらされた。動物もまた重要だった——羊、とくに牛は。クラッターの焼き印を押したヘレフォード種の牛は数百頭の群れになっていた。もっとも、柵囲いの貧弱な中身を見た限りでは、誰もそんなことは思いもしないだろう。そこには、病気の去勢牛、乳牛数頭、ナンシーの猫数匹、それに一家の人気者のベイブが囲われているだけだったからだ。ベイブは老いて太った使役馬で、広い背中に子ども三、四人を乗せてそこらを歩きまわることを厭《いと》わなかった。

クラッター氏はリンゴの芯《しん》をベイブにやり、囲いの中で糞《ふん》などを掻《か》き集めている男——農場内に住んでいるただ一人の使用人、アルフレッド・ステックライン——に、おはようと声をかけた。ステックライン夫婦と三人の子どもは、母屋《おもや》から百ヤードと離れていない家に住んでいた。それを別にすれば、クラッター家から半マイルの内に隣人はいなかった。長い顔に長い茶色の歯がのぞくステックラインが尋ねた。「きょうはなんか特別な仕事を予定されてますか？　ていうのは、うちの子が具合悪くなりましてね。赤ん坊なんですが。わたしも女房も一晩中、寝たり起きたりでした。で、医者に連れていこうかと思ってるですが」クラッター氏は同情の意をあらわし、かまわないから午前中は休むように、といった。もし、自分なり妻なりに手伝えることがあったら、遠慮なくいってほしい、とも。そのあと、クラッター氏は先を駆けていく犬を追って、南の畑のほうに向かった。今、収穫後の刈り株が金色に輝く畑は、一面、ライオンの毛の色に染まっていた。

川が流れているのはこの方角だった。岸辺には、桃、梨《なし》、サクランボ、リンゴといった果樹の木立があった。土地の人の記憶によると、五十年前のカンザス西部は、きこり一人が十分もかければ立ち木のすべてを切り倒せそうなありさまだった。今日でも、広く植えられているのはコットンウッド（訳注 ポプラの一種）やアキニレ――サボテンのように渇水に耐えられる多年生植物――といった木だ。しかし、「もう一インチ多く雨が降れば、この地方も楽園――地上のエデンの園――になるだろう」とクラッター氏はよくいっていた。川辺に育つ果樹の小さな群れは、彼の真摯《しんし》な試みのあらわれにほかならなかった。それは、雨のあるなしにかかわらず、心に描く楽園を、リンゴの香る緑のエデンの園を、ほんの一角だけでも実現させようというものだった。彼の妻がこういったことがある。「うちの人には子どもたちより、ああいう木のほうが大事なんですよ」そして、ホルカムの人間なら誰もがおぼえているのが、故障した小型機が桃の木立に墜落した日のことだ。「ハーブはもうかんかん！だって、プロペラがまだ止まってもいないうちから、パイロットを訴えてやるって息巻いてたんだから」

クラッター氏は果樹園を通り抜け、川沿いに進んだ。川はこのあたりでは浅く、小島――柔らかい砂でできた中州のようなもの――が点在していた。昔、ボニーがまだ〝何でもやれそう〟だったころの暑い日曜日には、一家でピクニック用のバスケットを運びこみ、釣り糸を垂らして当たりを待ちながら、のんびりと午後を過ごしたものだった。クラッター氏が自分の地所で侵入者に出くわすことはめったになかった。ハイウェイから一マイル半も離れ、道とはいえないような道をたどった先にあるので、よそものが偶然に紛れこむことはまずなかったからだ。ところが、今、突然によそものの一団があらわれた。犬のテディーが挑むように吠えながら、そちらに向かって一散に駆けだした。だが、テディーにはおかしなところがあった。警戒を怠らず、何かあればすぐに吠えたてるすぐれた番犬ではあったが、その勇気には一つの瑕疵《かし》があった。ちらりとでも銃を見せられると――今、侵入者たちが銃を持っていたので、まさにそうなっていたが――頭を垂れ、尻尾《しっぽ》を巻いてしまうのだ。なぜなのかは誰にもわからなかった。というのは、何年か前にケニヨンが拾ってきた野良犬《のらいぬ》ということ以外、誰もテディーの素姓を知らなかったからだ。件《くだん》のよそものは、オクラホマからキジ撃ちにやってきた五人組ということが判明した。カンザスのキジ猟といえば、よく知られた十一月の風物で、近隣の各州から大勢の狩猟愛好家を引き寄せる。前週も、格子縞《こうしじま》の帽子をかぶった連中が何組も秋の広野を歩きまわっていた。そして、穀物で肥え太った鳥の銅色《あかがねいろ》の群れを飛びたたせては、散弾を見舞って撃ち落としていた。ハンターは招待されたのでない限り、その地所で獲物《えもの》を追わせてもらう謝礼として地主になにがしかを支払うのが慣例になっている。しかし、オクラホマ人から狩猟の権利を賃借したいと切りだされると、クラッター氏は一笑に付した。「わたしは見かけほど貧乏じゃないんですよ。かまわないから、とれるだけとっていってください」それから、帽子の縁に手をやると、その日の仕事のために家に向かった。それが自分の最後の仕事になるとは知る由《よし》もなく。

　リトルジュエルというカフェで朝食をとっていた若い男も、クラッター氏と同様、けっしてコーヒーを飲まなかった。好んで飲むのはルートビア（訳注　炭酸飲料）だった。アスピリン三錠、冷たいルートビア、ポールモール（訳注　煙草）何本か。それがその男の考えるまともな〝めし〟だった。ルートビアをすすり、煙草をふかしながら、目の前のカウンターにひろげた地図――フィリップス66のメキシコ地図――を眺めていたが、なかなか集中できなかった。待ちあわせている友だちが遅れていたからだ。男はひっそりした田舎町の通りを窓越しに見やった。きのうまで見たこともなかった通りを。やはり、ディックの影も形も見えなかった。だが、必ずあらわれるはずだった。何といっても、ここで落ちあうことにしたのは、ディックの思いつき、〝ヤマ〟のためだったからだ。それがうまくいったら――あとはメキシコだ。地図は何度となくめくっているうちにセーム革のように柔らかくなり、ぼろぼろになっていた。角を曲がったところにある逗留《とうりゅう》中のホテルの部屋にも、同じようなものがいくつもあった。合衆国の各州、カナダの各州、南米の各国の擦り切れた地図が。行旅《こうりょ》の思いは男の念頭を去ることがなかった。実際に旅した先も少なくなかった。アラスカ、ハワイから日本、そして香港《ホンコン》。今、一通の手紙、〝ヤマ〟への招待状のせいで、男は全財産を携えてここにきているのだった。ボール紙芯のスーツケース一つ、ギター一本、本と地図と詩歌と古い手紙を入れた大きな箱二つ。箱は重さが四分の一トンはありそうだった（それを目にしたときのディックの顔は見ものだった！「おいおい、ペリー。あんた、そんながらくたをどこへでも持って歩いてるのか？」ペリーはこう答えた。「がらくた？　その本の中には三十ドル払ったものだってあるんだ」）。今、ペリーがいるのはカンザス州のオレースという小さな町だった。考えてみると、妙な話だった。ほんの四ヵ月前、まず州の仮釈放監察委員会に、それから自分自身に対して、もう二度と州内には足を踏み入れないと誓ったのに、また舞い戻っているのだから。だが、それもそう長いことではなさそうだった。

地図にはインクで円く囲んだ地名がいくつかあった。ユカタン半島の沖合いの島、コスメルもその一つだった。男性誌で読んだところによると、「服を脱ぎ捨て、リラックスした笑みを浮かべ、インドの王侯のように暮らして、女は月五十ドルでよりどりみどり！」ということだった。同じ記事で、ほかにも印象に残る魅力的な記述があった。「コスメルは社会的、経済的、政治的圧力に対する抵抗の気風がある。この島では個人に乱暴な振る舞いをする警官はいない」あるいは、「毎年、あまたのオウムの群れが、卵を産むために本土から渡ってくる」。また、アカプルコは沖釣り、カジノ、ものほしげな金持ち女と結びついていた。シエラマドレは黄金を、八回も見た映画、『トレジャー・オブ・ザ・シエラマドレ』（訳注　邦題『黄金』）を思いださせた（ボガート最高の映画だったが、山師を演じて、ペリーに自分の父親を彷彿《ほうふつ》させた老人も、すばらしい出来だった。ウォルター・ヒューストン。そうだった。ペリーはディックにこう語ったが、それは嘘《うそ》ではなかった。「おれは金《きん》を掘ることなら裏も表も知り尽くしてる。本物の山師だったおやじから教えこまれたからな。だから、おれたち二人、荷馬を二頭買って、シエラマドレで運試ししてみるっていうのはどうだ？」しかし、現実的なディックはこういった。「ちょっと待ちなよ。おれもあの映画は見たぜ。最後には、みんな、狂っちまうんだよな。熱だの、強欲だの、ひどい状況だので。それで、やっと金を手に入れても——ほら、大風が吹いてきて、みんな吹っ飛んじまうんじゃなかったか?」)。ペリーは地図を折りたたむと、ルートビアの代金を支払って立ち上がった。座っていると、ペリーは並みの体格以上に見えた。重量挙げ選手顔負けの肩、腕、ずんぐりした胴体のたくましい男に——事実、重量挙げは本人の趣味だった。しかし、その体つきには、ほかとの均衡を著しく失している部分があった。スチールのバックルつきの黒いショートブーツに包まれた小さな足。それは華奢《きやしや》な女性のダンスシューズにもきれいにおさまりそうだった。立ち上がると、十二歳の少年ほどの背丈しかなく、よく発達した上半身と比べると、短い脚がグロテスクなほど貧弱に見えた。その脚で気取って歩くと、体格のいいトラック運転手というよりは、引退して筋肉が硬直した騎手に見えてくるのだった。

ペリーは店の外に出ると、日溜《ひだ》まりにたたずんだ。時刻は九時十五分前で、ディックは三十分も遅れていた。しかし、今後二十四時間の一刻一刻の重要性をディックに叩《たた》きこまれていなかったら、そんなことには気づいてもいなかっただろう。ペリーの場合、時間が重圧となることはめったになかった。なぜなら、暇つぶしの手立てにはこと欠かなかったからだ。その中に、じっと鏡を見るというのがあった。ディックが以前、こういったことがある。「あんた、鏡を見るたびに恍惚《こうこつ》状態になるんだな。なんか、ゴージャスなケツでも眺めてるみたいにさ。そうすると、まあ、退屈するなんてことはねえだろうな?」それどころか、ペリーは自分自身の顔のとりこになってしまうのだった。角度を変えるたびに、違った印象が生まれた。まるで取り替えっ子(訳注 妖精にひそかに取り替えられた子)の顔のように。ペリーは鏡による実験で、どうすれば変化をつけられるか、どうすれば不気味な顔に、あるいはいたずらな顔に、あるいは情熱的な顔に見えるのかを学んだ。首をかしげ、唇を曲げると、恐ろしげなジプシーのような顔が、優しいロマンチックな人間の顔に一転した。ペリーの母親は純血のチェロキー族だった。ペリーは体の色——ヨードのような肌の色、黒っぽい潤《うる》んだ目、黒髪——を母親から受け継いでいた。ヘアオイルを塗ったその髪はあくまで豊かで、もみあげを伸ばしたり、すべすべした枝飾りのような前髪を垂らすことも可能だった。母親の遺伝は明らかだった。一方、そばかす、赤毛のアイルランド人の父親の遺伝はそれほど顕著ではなかった。まるで、インディアンの血がケルトの血統の痕跡《こんせき》を一掃したかのように。それでも、ピンク色の唇や、反った鼻がそういう血の混在を証明していた。同様に、放埓《ほうらつ》とも見える生気、高慢なアイルランド人らしいエゴイズムもその証《あかし》だった。そうした資質がチェロキーの風貌《ふうぼう》に活気を与え、ギターを弾いたり歌ったりするときには完全に表面化した。独りで歌ったり、聴衆の前で歌うのを想像したりするのも、時間をつぶす催眠術めいた方法だった。ペリーはいつも同じ光景を思い描いた——自分が根城にしているラスヴェガスのナイトクラブを。クラブの優雅な部屋は有名人で埋まっている。センセーショナルに登場した新スターがヴアイオリンをバックにした有名なヴァージョンで『アイル・ビー・シーイング・ユー』を歌うのを、みんな、陶然と眺めている。アンコールは最新の自作のバラードだ。

四月になれば、オウムの群れが
空を舞う、赤や緑に、
緑や橙《だいだい》に。
わたしはオウムの舞を見て、高空の歌を聞く、
歌うオウムは春四月を呼ぶ……

（ディックはこの歌をはじめて聞いたとき、こう評した。「オウムは歌わねえよ。しゃべりはするかもしれねえが。叫んだりもな。だけど、歌うなんてことはあるわけねえよ」なるほど、ディックは想像力に欠けていた。それも、著しく——音楽や詩はまったく理解しなかった。しかし、つきつめれば、ディックの現実性、あらゆる問題に対する実践的なアプローチのしかたこそ、ペリーがディックにひかれた最大の理由だった。というのは、自身と比べて、ディックが間違いなくタフで、こわもてで、〝文句なく男らしい〟と映ったからだ）

しかし、ラスヴェガスの夢想も甘美ではあったが、もう一つの幻想の前では色褪《あ》せて

見えた。ペリーは子どものころから、三十一年の人生の半ば以上にわたって、さまざまな印刷物（「ダイヴィングで財産を！　お暇な時間にお宅で訓練。スキンダイヴィングやアクアラングダイヴィングで一攫千金《いっかく》。無料パンフレット……」）を取り寄せたり、募集広告（「埋もれた財宝！　本物の地図五十枚！　特価で提供……」）に応じたりしていた。それは憧憬《しょうけい》を掻きたてるものだった。想像力にのって、たちまちのうちに、何度となく経験してきた冒険を実現するという憧憬を。未知の海中を下へ下へと潜っていって、緑の海の薄闇《うすやみ》へ突っこむ。前方に船体がぼうっとあらわれる。鱗《うろこ》に覆《おお》われ、猛々《たけだけ》しい目を光らせたその守護者たちの傍らをすり抜ける。そこにはスペインのガリオン船――沈んだダイヤや真珠などの荷、山積みになった金《きん》の箱がある。

クラクションが鳴った。やっときた――ディックだ。

「いいかげんにしてよ、ケニヨン！　聞こえてるったら」

例によって、ケニヨンは意固地になっていた。大声が何度となく階段を伝って上がってきた。「ナンシー！　電話！」

ナンシーはパジャマに裸足《はだし》で階段を駆け下りた。家に電話は二台あった。父親が事務所として使っている部屋に一台、キッチンにもう一台。ナンシーはキッチンの電話をとった。「もしもし？　はい、そうです、おはようございます、カッツさん」それを受けて、ハイウェイ沿いに住む農夫、クラレンス・カッツの妻がいった。「お父さんにはあなたを起こさないようにっていったのよ。ナンシーはきっと疲れてるからって。だって、ゆうべ、あんなすばらしいお芝居をしたあとだから。ほんと、あなた、とってもかわいかったわよ。あの髪の白いリボン！　それから、トム・ソーヤーが死んじゃったと思ったあそこのところ——ほんとに目に涙を浮かべてたもんね。テレビに負けないぐらいだったわよ。でもね、お父さんがもう起きてるころだっておっしゃるから。そう、もうじき九時だもんね。それで、一つお願いがあるんだけど——実はね、うちの子、ジョリーンがどうしてもチェリーパイを焼いてみたいっていうの。そういえば、あなたはチェリーパイづくりの名人じゃない。いつも賞をとってるもんね。それで、午前中、お宅にうちの子を連れていくから、つくりかたを教えてやってもらえないかと思って」

いつもであれば、たとえターキーディナーのつくりかたのすべてであっても、ナンシーは喜んで教えていただろう。年下の娘が料理や裁縫や音楽のレッスンなどで助けを求めてきたとき——あるいは、よくあることだったが、打ち明け話にきたとき——応じてあげるのが自分の務めと感じていたからだ。ナンシーはそういう時間を見つけるばかりでなく、〝あれだけ大きな家の家事を実際に切り盛り〟していた。さらに、学業ではオールAの成績をおさめ、クラス委員を務め、4-Hクラブと青年メソジスト連盟のリーダーとなり、乗馬をよくし、音楽に秀《ひい》で（ピアノ、クラリネット）、郡の共進会では毎年何か受賞していた（パン菓子、保存食品、刺繍《ししゆう》、生け花）。まだ十七にもならない娘が、どうしてそれほどの重荷を担《にな》えるのか、しかも、〝自慢〟一つせず、むしろ、晴れやかな笑顔でやってのけるのかは、地域の人々も首をひねる謎《なぞ》だった。しかし、みんな、こういって納得した。「そういう人柄なのよ。お父さんから受け継いでいるのね」たしかに、ナンシーのいちばんの特質、他人に分け隔てなく援助の手を差し伸べるという資質は、父親譲りのものだった。それはきめ細かな組織化の才とでもいうべきものだった。ナンシーは一刻一刻を無駄なく割り振っていた。自分が何をすることになっているか、それにはどのくらいの時間がかかるかを、いつでも、しっかり心得ていた。しかし、きょうはそれが裏目に出た。予定が立てこみすぎていたのだ。別の近所の子、ロキシー・リー・スミスが学校の音楽会で披露することになっているトランペットのソロの練習を手伝う約束をしていた。自分の母親に代わって、面倒な用事三件をこなす約束もあった。父親とともにガーデンシティーで行われる4-Hクラブの会合に出席する予定もあった。それから、昼食の用意をして、食後にはベヴァリーの結婚式の新婦付き添い役のドレスをつくる仕事にかからなければならなかった。ナンシーはそれを自分でデザインして縫っていた。そんな状況だったので、何かをキャンセルしない限り、ジョリーンにチェリーパイの焼きかたを教える暇はなかったのだ。

「カッツさん、すみませんけど、このままちょっと待っていただけます?」

ナンシーは家の反対側にある父親の事務所に歩いていった。事務所には直接外に通じる来客用の出入り口があったが、応接間とは引き戸で隔てられていた。クラッター氏は農場経営を手伝っているジェラルド・ヴァンヴリートという青年と一緒にいることもあった。いずれにしろ、事務所は基本的にクラッター氏の隠れ家だった。そこはクルミの合板張りの静粛な聖域で、クラッター氏は晴雨計、降雨図、双眼鏡に囲まれて、船室にこもった船長という風情《ふぜい》で座っていた。あるいは、四季を通じて、ときには危険な航行を強いられるリヴァーヴァレー号を導く航海長といってもよかったが。

「ああ、かまわないよ」ナンシーの抱えた問題に、クラッター氏はいった。「4-Hはやめておきなさい。かわりにケニヨンを連れていくから」

それで、ナンシーは事務所の電話を取ると、カッツ夫人にいった。「ええ、けっこうです。すぐにジョリーンを連れていらしてください」だが、受話器を置きながら、顔をしかめた。「変ね」ナンシーは室内を見まわしたが、そこには、父親と、その助けを借りて帳簿の数字を足しあわせているケニヨン、窓際《まどぎわ》の自分の机に向かって座っているヴァンヴリート氏しかいなかった。ヴァンヴリート氏はやや影のある粗削りなハンサムで、ナンシーはひそかにヒースクリフと呼んでいた。「さっきから煙草《たばこ》のにおいがするんだけど」

「姉さんの息だろ？」ケニヨンがいった。

「違うわよ。あんたの息よ」

そういわれてケニヨンは黙りこんだ。姉に気づかれているとは知ってはいたが、ときどき、こっそり一服することがあったからだ。しかし、それはナンシーも同じだった。

クラッター氏が手を打ちあわせた。「いいかげんにしなさい。ここは事務所なんだぞ」

ナンシーは二階に上がると、色の褪せたリーヴァイスとグリーンのセーターに着替えた。手首には三番目に大事にしている金の腕時計を巻きつけた。それより上に位するのは親友である猫のエヴィンルード、そのエヴィンルードの上に位するのはボビーがくれた認印つきの指輪だった。自分が〝ステディー〟な相手であることの証拠だったが、見てくれは不格好で、はめるときは親指にしていた（といっても、喧嘩《けんか》するとはずしてしまうのだが）。なにしろ、男ものの寸法なので、絆創膏《ばんそうこう》を巻いても、もっとふさわしい指に合わせることができなかったのだ。ナンシーは細身で、男の子のような敏捷《びんしょう》さを感じさせる美人だった。中でもいちばんきれいなのは、ショートボブにした輝くような栗《くり》色《いろ》の髪（毎朝、百回ブラシをかけ、夜もまたそれを繰り返した）と、石鹸《せっけん》で磨きあげた顔色だった。そこには、夏の日差しで生じたかすかなそばかすと、茶色がかったバラ色がまだ残っていた。しかし、何といっても、目だった。左右が離れ加減で、光にかざしたエールのように暗く半透明な目。それが一瞬で他人に好感を抱かせた。疑うことを知らず、思慮深いが、何かにつけて親切な人柄が一目で知れたからだ。

「ナンシー！」ケニヨンが怒鳴った。「スーザンから電話」

スーザン・キッドウェルは何でも秘密を打ち明けられる仲の親友だった。ナンシーは今度もキッチンで電話をとった。

「教えて」スーザンはいった。電話の会話をこんな命令口調で始めるのがスーザンの常だった。「最初に、どうしてジェリー・ロスといちゃついてたのか教えて」ジェリー・ロスも、ボビーと同じく、学校のバスケットボールのスターだった。

「ゆうべのこと？　やめてよ。いちゃついてなんかないわよ。それ、わたしたちが手を握ってたから？　彼、幕間に舞台裏にきただけよ。そうしたら、わたしがひどく神経質になってたんで、手を握ってくれたの。励まそうとして」

「へえ、優しいのね。それから、どうしたの？」

「ボビーにお化け映画に連れてってもらったの。そこでも、わたしたち、手を握ったけど」

「怖くなかった？　ボビーじゃなくて、映画が」

「彼は怖いとは思わなかったみたい。笑ってばかりいたから。でも、わたしは、ほら、わかってるでしょ。出たっ！――とたんに椅子《いす》から転げ落ちちゃった」

「今、何食べてるの?」

「何も」

「わかってるのよ——爪《つめ》でしょ」スーザンがいった。察しのとおりだった。ナンシーは努力はするのだが、どうしても爪を噛《か》む癖をなおすことができなかった。何か困ったことがあると、肉まで達するほどに噛みつづけるのだ。「教えて。何かまずいことあるんでしょ?」

「何もないわよ」

「ナンシー。わたし《セ》が《・》聞いてる《モ》の《ワ》よ……」スーザンはフランス語を習っていた。

「うーん——実は、お父さんのことなの。この三週間ほど、ご機嫌斜めなのよ。ひどく。少なくとも、わたしのことでは。ゆうべもうちに帰ったら、また、あの話だもの」

〝あの話〟については説明の必要もなかった。それは二人の間で徹底的に話しあい、意見の一致をみた問題だった。スーザンはナンシーの観点から問題を要約して、こういったことがある。「今、あなたはボビーを愛してるし、彼を必要としてる。だけど、ボビーだって、心の底じゃ、先の見込みはないって知ってるわ。そのうち、わたしたちがマンハッタン(訳注 カンザス州北東部の市)にいったら、何もかもが今までとは違う世界に見えてくると思うな」カンザス州立大学はマンハッタンにある。二人の娘は美術の学生として入学し、同じ部屋に住もうと計画していた。「そうなったら、あなたが望もうが望むまいが、すべてが変わってしまうわ。でも、今は何も変えられないの。こうやってホルカムに住んで、毎日、ボビーと会って、同じクラスに出ている限り。それを変える理由もないし。だって、あなたとボビーはとても幸せなんだから。この先、振り返ってみたときにも楽しい思い出になるはずよ――たとえ、あなたが独りになっても。それをお父さんにわかってもらうわけにはいかないの？」そうはいかなかった。「だって」ナンシーはスーザンに説明した。「わたしが何かいいだすと、お父さん、見つめてくるんだもの。わたしがお父さんのこと、愛してないんじゃないかっていうみたいな顔をして。でなきゃ、彼ほどにはお父さんを愛してこなかったみたいな顔してね。そうなると、わたし、急に何もいえなくなっちゃうのよ。ただ、わたしはお父さんの娘で、望むとおりにしてあげたいと思うだけで」そういわれると、スーザンも答えようがなかった。それは自分の経験を超えた感情や人間関係にかかわるものだったからだ。スーザンはホルカム・スクールで音楽を教えている母親と二人だけで暮らしていた。父親のことはあまりはっきりおぼえていなかった。何年も前、生まれ故郷のカリフォルニアにいた当時のある日、父のキッドウェル氏は家を出たきり、二度と帰ってこなかったからだ。

「それに」ナンシーは言葉を継いだ。「わたしのことなのかどうかもはっきりしないのよ。何かで不機嫌になってるんだけど。何かほかのこと――その何かをほんとに心配してるみたいね」

「お母さんのこと？」

ほかの友だちであれば、そこまで踏みこんで尋ねることはなかっただろう。しかし、スーザンはそれを許されていた。はじめてホルカムにやってきたとき、スーザンはナンシーより一つ下の八歳で、想像を好む鬱屈《うっくつ》した子どもだった。見るからに蒲柳《ほりゅう》の質で、いかにも神経質だった。しかし、父親のいないカリフォルニア出身のこの少女は、クラッター家の人々に養女同然に接してもらううち、ほとんど家族の一員になっていた。過去七年間、スーザンとナンシーは珍しいほど似かよった感受性のおかげで離れがたい友だち、お互いにかけがえのない存在になっていた。しかし、去る九月、スーザンは地元の学校から、もっと大規模で、優秀と思われているガーデンシティーの学校に転じていた。それは、大学進学を目指すホルカムの生徒にはお決まりのコースだった。ところが、頑固な地元主義者のクラッター氏は、そんなふうに脱出するのは地域の精神を侮辱するものと考えた。当然、自分の子どもはホルカム・スクールで十分として、よそにやるつもりは毛頭なかった。そのため、ナンシーとスーザンはもう、いつも一緒というわけにはいかなくなっていた。ナンシーは気張ったり気兼ねしたりする必要のないたった一人の友だちが昼間はいないのを心から残念に思っていた。

「うーん。でも、うちではみんな、母のことでは明るい気持ちになってるのよ——あなたもいいニュース聞いたでしょ」それから、「あのね」といって、しばらくためらった。

とんでもないことを口にする勇気を奮い起こそうとしているように。「わたし、いつも煙草のにおいがするような気がするんだけど、なんでなのかしら？　正直いうと、自分の頭がおかしくなったんじゃないかと思うくらい。車に乗っても、部屋に入っても、ついさっきまで誰かがそこで煙草を吸ってたみたいで。母じゃないし、ケニヨンのはずもないし。ケニヨンにそんな度胸は……」

クラッター家を訪れる客にもそんな度胸はありそうもなかった。わざとらしく、灰皿を置いていなかったからだ。スーザンにもナンシーのほのめかすところがだんだんわかってきたが、それはあまりに馬鹿《ばか》げていた。クラッター氏の人知れぬ心配ごとが何であるにせよ、煙草にひそかな慰めを見出《みいだ》しているとは、にわかには信じられなかった。だが、ナンシーがほんとうにそういおうとしているのかどうか尋ねてみる前に、電話を切られてしまった。「あ、ごめんね、スージー。わたし、いかなくちゃ。カッツさんがきたみたいだから」

ディックは一九四九年型シヴォレーの黒いセダンを運転していた。ペリーはその車に乗りこむと、後ろの座席の自分のギターが無事かどうかを確かめた。前夜、ディックの仲間のパーティーで弾いたあと、車の中に置き忘れていたのだ。古いギブソンのギターで、紙やすりをかけ、ワックスを塗って、蜜《みつ》のような黄色に仕上げてあった。その傍らには、まったく違う種類の道具が横たえられていた。十二番径のポンプアクションの散弾銃。まだ新しく、銃身は青光りしていた。銃床には、狩猟家向けに、キジの群れを描いたエッチングが施されていた。周囲の懐中電灯、魚釣り用ナイフ、革手袋、それに弾薬がいっぱい詰まった狩猟用ヴェストが、この異様な静物にいっそう異様な雰囲気を加えていた。

「それを着るのか？」ペリーがヴェストを指さして聞いた。

ディックはフロントガラスを拳《こぶし》でコツコツ叩《たた》いた。「トントン。すいません。おれたち、猟にやってきたんですが、道に迷っちまいまして。それで、電話を貸してもらえないかと……」

「はいはい《シ・セニョール》。いいですよ《ヨ・コンプレンド》」

「間違いねえ」ディックがいった。「約束するぜ。おれたち、髪の毛をそこらじゅう壁に吹っ飛ばしてやるからな」

「〝そこらじゅうの壁〟だろ」ペリーがいった。辞書マニアで、難解な言葉好きのペリーは、カンザス州立刑務所でともに服役して以来、相棒の文法をなおしたり、語彙《ごい》をひろげることに意欲を燃やしていた。弟子のほうもレッスンをうるさがるどころか、師匠を喜ばせようと、何篇かの詩をつくってみせた。それはひどく猥褻《わいせつ》なものだったが、ペリーは大いに笑えると評価し、刑務所の作業所に頼んで原稿を革で装丁し、『艶笑小咄集《えんしょうこばなし》』というタイトルを金文字で刻印してもらった。

ディックは青いつなぎを着ていた。その背には〝ボブ・サンズ車体工場〟という縫い取りがしてあった。二人はオレースのメイン・ストリートを走って、ボブ・サンズの自動車修理工場に着いた。ディックは八月半ばに出所してから、そこで働いていた。有能な修理工として、週六十ドルを稼いでいた。とはいえ、この朝に予定していた作業は、とても給料をもらえるようなものではなかった。しかし、サンズ氏は毎週土曜日の仕事をディックに任せていたので、ディックが自分の車をオーヴァーホールするのにカネを払うことになるとは知る由《よし》もなかった。ディックはペリーを助手にして、作業にとりかかった。オイルを交換し、クラッチを調整し、バッテリーに充電し、不良品のベアリングを取り換え、後輪に新しいタイヤをはめた。すべてが不可欠の仕事だった。きょう、あすの間、中古のシヴォレーには獅子奮迅《ししふんじん》の働きをしてもらわなければならなかったからだ。

「そりゃ、おやじがうろうろしてたからさ」リトルジュエルでの待ち合わせに遅れた理由を問われて、ディックがいった。「家から銃を持ちだすとこを見られたくなかったんだ。もし、見られたら、おれがほんとのことをいってねえってわかんだろうからな」

「〝わかっただろう〟だ。で、あんたはなんていったんだ？　結局のところ？」

「前におれたちがいってたとおりにさ。泊まりがけで出かけるっていったんだ。フォートスコットのあんたの姉さんを訪ねるって。姉さんがあんたのカネを預かってるからってな。千五百ドルほど」ペリーには姉が一人いた。かつては二人いたが、生き残っているその一人も、オレースから八十五マイル離れたカンザスの町、フォートスコットに住んでいるわけではなかった。それどころか、ペリーは姉の現住所をはっきりとは知らなかった。

「で、おやじさん、怒ってなかったか？」

「なんで怒るんだよ？」

「おれを嫌っているからだ」ペリーはいった。穏やかな気取った口調――柔らかい口調だったが、一語一語が正確に発音され、口から煙の輪が一つずつ吐きだされるような趣だった。「おふくろさんもそうだ。おれにはわかる――あの二人がおれを見る何ともいえない目つきでな」

ディックは肩をすくめた。「あんた個人が好きとか嫌いとかっていうんじゃねえんだ。二人とも、おれが塀の中から出てきた人間と会うっていうのがいやなんだ」結婚、離婚を二度繰り返し、三人の男の子の父親で、今は二十八歳になったディックは、両親と同居するという条件で仮釈放されていた。弟一人を含む一家は、オレースに近い小さな農場に住んでいた。「友愛会のしるしをつけた人間はみんなお断りってことなんだな」デイックはそうつけくわえて、左目の下の青い点のような入れ墨に触れた。かつての受刑者の中には、それをお互いが身元を確認するしるし、目に見える合言葉としているものがいた。

「それはわかる」ペリーがいった。「しかたないな。二人ともいい人だもんな。いや、ほんとに優しい人だな、おふくろさんは」

ディックはうなずいた。自分もそう思っていたのだ。

工具を置いたのは正午になるころだった。ディックはエンジンをかけ、むらのないうなりを聞き、仕事が申し分なく仕上がったと知って満足した。

ナンシーと弟子のジョリーン・カッツも自分たちの朝の仕事に満足した。実際、十三歳の痩《や》せっぽちの少女、ジョリーンは誇らしさではちきれそうだった。ブルーリボンを受賞した先生と、オーヴンから出したてで、パリパリの格子縞《こうしじま》の皮の下でグツグツいっているチェリーを長いこと見つめていた。だが、とうとう我慢できなくなって、ナンシーに抱きついた。「ほんとに、これ、あたしがつくったの？」ナンシーは笑って抱き返した。そして、ほんのちょっと手伝いはしてもらったが、たしかにあなたがつくったのだ、と保証してやった。

ジョリーンは、すぐにパイを試食してみよう、冷めるまで放っておくのは意味がない、といいだした。「ねえ、一人で一口ずつ食べてみましょうよ。あ、それから、おばさまも」ジョリーンはちょうどキッチンに入ってきたクラッター夫人に声をかけた。夫人は微笑《ほほえ》んだ。というより、微笑もうとした。あいにく頭痛がしていたのだ。それで、こういった。「ありがとう、でも、食欲がないの」ナンシーにしても、時間がなかった。ロキシー・リー・スミスとそのトランペット・ソロが待っていたのだ。そのあとには、母親の用事が。うち一件は、ガーデンシティーの娘たちがベヴァリーのために準備しているお祝い品贈呈のパーティーに関するもの、もう一件は感謝祭の催しに関するものだった。

「じゃ、あなたはいってらっしゃい。わたしがジョリーンのお相手をしますから。お母さんがお迎えにみえるまで」クラッター夫人がいった。それから、持ち前の臆病《おくびょう》さを抑えきれず、ジョリーンに向かってこういった。「もし、わたしがお相手するのがおいやでなければね」夫人は娘時代には話しかたコンテストで賞をとったほどだった。それが大人になると、口調は弁解一辺倒になり、また、相手の感情を害するのではないか、不興を買うのではないかという恐れから、あいまいなしぐさに終始する人柄になってしまったようだった。「わかってくださるといいんだけど」ナンシーが出かけたあと、夫人は言葉を継いだ。「ナンシーが失礼な子だなんて思わないでね」

「まさか、そんな。あたし、ナンシーが大好きです。みんな、そうですよ。ナンシーみたいな人はほかにいないもの。ストリンガー先生がなんていってるか、知ってます？」ジョリーンは家庭科の教師の名をあげた。「前に、先生はクラスのみんなにこういったんですよ。『ナンシー・クラッターはいつも忙しそうですね。でも、必ず時間を見つけます。それがレディーというものの定義の一つなんです』」

「そうなの」クラッター夫人は答えた。「うちの子たちはみんな、とても能率的なんですよ。だから、わたしなんか必要ないの」

ジョリーンはそれまでナンシーの〝変わった〟母親と二人きりになったことがなかった。しかし、耳にしてきた噂《うわさ》とは裏腹に、とてもなごんだ気分になった。クラッター夫人は自分が緊張していても、人をなごませる資質を持ちあわせていたからだ。それは、存在が何の脅威にもならない無防備な人間に通有のものだった。だから、ジョリーンのような子どもらしい子どもでも、夫人のハート形の敬虔《けいけん》そうな顔、頼りない表情、影の薄さを見ると、守ってあげたいという同情心のようなものを掻《か》きたてられた。でも、この人がナンシーのお母さんだなんて！ 叔母さんならともかく。たまたま訪ねてきた独身の叔母さん、ちょっと風変わりだけど優しい叔母さんならともかく。

「そうなの、わたしなんか必要ないの」夫人は自分のコーヒーをつぎながら繰り返した。家族のほかの全員が、クラッター氏にならって、この飲み物をボイコットしていたが、夫人は毎朝二杯飲んでいた。そして、そのあと一日中、何も食べないということも珍しくなかった。そのせいで、体重は九十八ポンドしかなかった。指輪——結婚指輪と、目立たないといっていいほど地味なダイヤをあしらった指輪——が、骨ばった指でぐらついていた。

ジョリーンはパイを一切れ切りとった。「わあ！」そういうなり、あっという間に食べてしまった。「あたし、こういうのを週に七日、毎日つくることにしようっと」

「そうね、おたくは弟さんがたくさんいらっしゃるから。男の子はいくらでもパイを食べるでしょう。うちでも、主人とケニヨンはまったく飽きないんですよ。でも、つくるほうは飽きてしまうのね——ナンシーはそっぽを向いてしまうの。あなたも同じことになるかもしれませんよ。まあ、そんな——わたし、なぜ、こんなことをいうのかしら？」クラッター夫人はかけていた縁なし眼鏡を外し、目頭を押さえた。「ごめんなさいね。あなたには飽きるというのがどういうことかおわかりにならないと思うけど。あなたはきっと、いつまでもお幸せでいらっしゃるわ……」

ジョリーンは黙りこんだ。クラッター夫人の声に狼狽《ろうばい》の気配が入り混じるのを聞いて、ジョリーンも気持ちが一転した。すっかり困惑し、母親が早くきてくれればいいのに、と思うばかりだった。母親は十一時に迎えにくると約束していた。

やがて、クラッター夫人は少し落ちつきを取り戻した。「あなた、ミニチュアはお好き？　かわいい小物は？」そういって、ジョリーンを食堂に案内し、飾り棚をじっくり見せた。その上に並べられているのは、小人の国のさまざまな安ぴか物——鋏《はさみ》、指ぬき、ガラスの花籠《はなかご》、人形の置物、フォークとナイフ——だった。「この中には子どものころから持っているものもあるんですよ。父と母——わたしたちみんな——毎年夏をカリフォルニアで過ごした時期があって。海の近くでね。そこにこういうすてきな小物を売ってるお店があったんですよ。このカップも」人形の家のティーカップのセットが、小さな盆に固定されたまま、夫人のてのひらで震えていた。「父がくれたの。とても楽しい子ども時代だったわ」

クラッター夫人はもともとフォックスという富裕な小麦生産者の一人娘で、三人の兄からもかわいがられて育った。甘やかされたというのではなかったが、ひたすら大事にされた結果、人生は麗《うるわ》しいことばかりが続くものと思うようになった。たとえば、カンザスの秋、カリフォルニアの夏、ティーカップの贈り物というように。十八になったとき、フローレンス・ナイチンゲールの伝記に鼓吹され、カンザス州グレートベンドのセントローズ病院の看護実習生になった。だが、そのまま看護婦になるつもりはなかった。二年後には、こう告白している。病院の現実——目に映る光景、鼻をつくにおい——は、胸の悪くなるものだった、と。とはいえ、今日に至るまで、コースを修了して免状を取らなかったことを後悔していた。「ただ証明するためにだけどね」友だちにそう語ったことがある。「一度は何かをやり遂げた実績があるということを」そのかわりに、長兄グレンの大学時代の級友であるハーブと出会って結婚した。実のところ、両家は二十マイルと離れていないところに住んでいた。それで、ハーブとは前々からの顔見知りだった。しかし、クラッター家は中農であり、裕福で教養豊かなフォックス家と行き来するような間柄ではなかった。それでも、ハーブはハンサムで、敬虔で、意志強固で、そして、彼女を望んでいた――彼女のほうも恋に落ちていた。

「主人はよく旅行をするんですよ」クラッター夫人はジョリーンにいった。「そう、いつもどこかにいってるの。ワシントン、シカゴ、オクラホマ、カンザスシティーというふうに――家にいることがないみたいなときもあります。でも、どこにいっても、わたしがかわいい小物に目がないということはおぼえていてくれるのね」夫人は小さな紙の扇を開いた。「これはサンフランシスコのお土産。ほんとに安いものだけど、かわいいでしょ？」

結婚して二年目にエヴェンナが生まれ、その三年後にベヴァリーが生まれた。二度の産後、若い母親は説明のつかない抑鬱《よくうつ》を経験した。悲しみに暮れ、居ても立ってもいられず、ふらふらと部屋から部屋をさまよい歩くということがよくあった。ただ、ベヴァリーが生まれてからナンシーが生まれるまでの三年間は、日曜日にはピクニックに出かけ、夏にはコロラドに旅行するという歳月だった。それは夫人がほんとうに自分の家庭を切り盛りし、幸せの中心となった歳月でもあった。しかし、ナンシーが生まれ、ケニヨンが生まれると、産後の抑鬱が繰り返された。とくに息子の誕生後は、惨《みじ》めな気分に閉ざされたきりで、それが開けることは二度となかった。雨が降るのか降らないのかわからないが、雲が低く垂れこめているというふうに。夫人は自分の〝いい時期〟というのを自覚していたが、たまに、それが数週間、数ヵ月続くことがあった。しかし、その〝いい時期〟の頂点、つまり、夫人がほかの点では〝昔の自分〟に戻り、友だちが懐《なつ》かしむ優しくてかわいらしいボニーになったときでさえ、社交的な活力を奮い起こすことはできなかった。それは夫の拡大する一方の活動から要求されるものだった。夫は〝顔の広い人〟であり、〝天性のリーダー〟だったが、妻はそうではなかった。また、そうであろうとする試みも断念していた。ということで、優しい敬意と全面的な忠誠で縁どられたそれぞれの行路を、二人は半ば別れ別れに進みはじめたのだ。夫のほうはいってみれば公道で、そこを胸を張って征服者のように行進した。妻のほうは私道で、結局は病院の廊下をぐるぐるとめぐるだけになった。しかし、妻にも望みがないわけではなかった。神への帰依《きえ》が支えになったし、ときには、俗世のあれやこれやが、やがてもたらされるであろう神の慈悲への信仰を強めてくれた。たとえば、奇跡の秘薬について読んだり、新しい療法について聞いたり、ごく最近は〝神経を締めつけること〟がよくないのだと信じるようになったりしていた。

「小物というのは、ほんとに自分のものですからね」クラッター夫人は扇をたたみながらいった。「置いていかなくても済むでしょ。靴箱に入れて持っていくことだってできるもの」

「どこへ持っていくんですか？」

「それは、どこでも自分のいくところへ。長い間、留守にすることもあるでしょ」

数年前、クラッター夫人は二週間の予定でウィチタへ治療に出かけ、そのまま二ヵ月も逗留《とうりゅう》したことがあった。そのとき、〝状況に適応し、自分が有用であるという感覚〟を取り戻すには経験が役立つだろうと考えた医者の助言で、アパートを借りて仕事を見つけた――ＹＷＣＡの文書整理係の仕事を。全面的に共感した夫も、その冒険を支援した。だが、夫人は仕事に熱中しすぎた結果、かえってキリスト教徒らしくないのではないかと訝《いぶか》るようになった。最後には、罪悪感ばかりが強くなって、その試みの治療面での価値を打ち消す結果になってしまった。

「もう、うちに帰らないということだってあるかもしれないし。それに――いつだって自分自身のものを持っているというのは大事なことなんですよ。ほんとに自分のものといえるものをね」

そのとき、戸口のベルが鳴った。ジョリーンの母親だった。

クラッター夫人はいった。「それじゃ、さようなら」そして、ジョリーンの手に紙の扇を押しつけた。「これはほんとに安いものなの——でも、かわいいでしょ」

　そのあと、クラッター夫人は家に独り取り残された。クラッター氏とケニヨンはガーデンシティーに出かけていた。ジェラルド・ヴァンヴリートもその日はもう帰っていた。何でも打ち明けられる家政婦のヘルム夫人も、土曜日は仕事にこなかった。それならば、ベッドに戻ったほうがよさそうだった。クラッター夫人がベッドを離れることはきわめて稀《まれ》だったので、ヘルム夫人は週に二度、シーツを取り替える機会をなんとか戦って勝ちとらなければならなかった。

　二階には寝室が四つあり、夫人の部屋は広々とした廊下のいちばん奥にあった。孫息子の来訪に備えて買ったベビーベッドを除くと、廊下はがらんとしていた。簡易ベッドを何台か運びこめば、廊下を共同寝室のように使える、とクラッター夫人は計算していた。そうすれば、感謝祭の休暇には、二十人ぐらいの客を家に泊めることができるだろう。あふれた客はモーテルか近所の家に泊まってもらうしかなさそうだ。クラッター一族の間では、感謝祭に親睦会《しんぼくかい》を開いて大騒ぎするのが毎年の恒例になっていた。今年はハーブがホスト役に指名されていた。だから、それはどうしてもやり遂げなければならない催しだったが、あいにく、ベヴァリーの結婚式の準備とかちあってしまった。クラッター夫人はどちらの課題もこなせそうもないと絶望していた。どちらにも決断の必要な場面が何度となくありそうだった。だが、それは夫人がもともと苦手とし、恐れるようになっていた事態だった。夫が出張で不在のとき、農場の問題で即座に判断を下すことを常に期待されたが、それは耐えがたい拷問《ごうもん》のように思われた。もし、間違ったらどうしよう？　もし、ハーブが腹を立てたらどうしよう？　寝室のドアの鍵《かぎ》をかけて何も聞こえないふりをするか、ときどきそうしているように、「わたしにはできません。わかりません。ごめんなさい」といって逃げるほうがましだった。

クラッター夫人がめったに離れることのない部屋は、およそ飾り気がなかった。ベッドがきちんと整えられていたら、訪ねてきた人はずっと使われていない部屋と思っただろう。オークのベッド、クルミの箪笥《たんす》、ベッドサイドテーブル——そのほかには、照明がいくつか、カーテンを引いた窓が一つ、水上を歩くイエスの絵が一枚あるだけだった。この部屋を個人色で染めないことで、私物を運びこまず、夫のものと一緒に置いておくことで、夫と寝室をともにしない罪を軽減しようとしているかのようだった。箪笥でただ一つ使っている引き出しには、ヴィックス・ヴェポラップ、クリネックス、電熱パッド、白いナイトガウン何着かと白いコットンのソックス何足かがおさめられていた。夫人は冷え性だったので、いつもソックスをはいてベッドに入った。同じ理由で、習慣的に窓を閉めきっていた。一昨年の夏、うだるように暑い八月の日曜日、夫人が部屋に引きこもっていたときに、困った事態が起きた。その日は、桑の実摘みに農場に招待された友人たちの一団が訪れていた。その中にスーザンの母親、ウィルマ・キッドウェルも交じっていた。クラッター家によく招かれる人たちのご多分に漏れず、キッドウェル夫人も女主人がいないのをとくに不審とも思わなかった。例によって〝具合が悪い〟のか、〝ウィチタにいっている〟のだろうと決めこんでいたのだ。そのうち、果樹園に出かける時間がきたが、キッドウェル夫人は同行を見合わせた。町の育ちで、何かと疲れやすいので、屋内にとどまっていたかったのだ。そのあと、桑の実摘みの人たちの帰りを待つうちに、身も世もないというような悲痛な泣き声が聞こえてきた。「ボニー？」キッドウェル夫人は声をかけながら、階段を駆け上がり、廊下をボニーの部屋へと走った。ドアを開けた瞬間、部屋にこもっていた熱気が吹きだし、恐ろしく力のある手でいきなり口をふさがれたような気がした。キッドウェル夫人はあわてて窓を開けにかかった。「やめて！」ボニーが叫んだ。「わたし、暑くないの。寒いのよ。凍えてしまいそう。ああ、神さま！」ボニーは両腕を振りまわした。「お願いです、神さま、わたしのこんな姿を人に見せないでください」キッドウェル夫人はベッドに腰を下ろし、ボニーを両腕に抱きかかえようとした。やがて、ボニーもされるがままになった。「ウィルマ」ボニーはいった。「わたし、あなたがたの話を聞いていたのよ。あなたがたみんなの。笑いさざめいて、楽しい時間を過ごしているのを。わたしはそういうものをすべて失いかけているのよ。最高の年月も、子どもたちも――何もかも。もう少ししたら、ケニヨンも成人するでしょう――一人前の男になるでしょう。そうなったら、わたしのことをどんなふうにおぼえていると思う？　幽霊のような女としてよ、ウィルマ」
今、人生最後の日に、クラッター夫人はいつも着ている更紗《さらさ》のホームドレスはクロゼットに吊《つ》るし、裾《すそ》を引きずるようなナイトガウンをまとい、新しい白のソックスをはいていた。それから、またベッドに入る前に、ふだんの眼鏡を読書用の眼鏡に替えた。夫人は何種類かの雑誌（《レディーズホームジャーナル》《マッコールズ》《リーダーズダイジェスト》《トゥギャザー——メソジスト派家族のための月刊誌》）を予約購読していたが、ベッドサイドテーブルの上にそれらはなかった。あるのは聖書だけだった。そのページの間には、しおりが挟まれていた。それは波紋のついた硬い絹布《けんぷ》で、こんな訓戒が縫いこまれていた。「汝《なんじ》、心せよ。見張りて祈れ。そは、いつ時の至るか知られざるがなり」

その二人の若者には共通点がほとんどなかったが、どちらもそうとは思っていなかった。なぜなら、表面的な特徴を数多く分かちあっていたからだ。たとえば、どちらも潔癖症で、衛生や爪《つめ》の状態に細かく気をつかった。二人は修理工として午前を過ごしたあと、工場のトイレにこもって身なりを整えるのに一時間近くを費やした。ブリーフ一枚になったディックは、服を着こんでいるときとはまるで別人だった。服で覆《おお》われると、中背、瘦身《そうしん》、くすんだブロンドの若者としか見えなかった。肉は薄く、胸などはへこんでいるのではないかと思われるほどだった。しかし、服を脱ぐと、それどころか、むしろウェルター級の体格を持ったスポーツマンという印象だった。右手には、歯をむきだした猫の顔の青い入れ墨が施されていた。一方の肩には青いバラが咲いていた。さらに、自分でデザインし、自分で入れた紋様が両腕や胴を飾っていた。大きく開けた口に人間の頭蓋骨《ずがいこつ》をくわえた竜の顔。豊かな胸をした裸体。熊手《くまで》を振りまわしている小鬼。〝ピース〟という言葉と、それにからまる十字架。粗削りなタッチではあったが、十字架からは聖なる光線が放たれていた。そして、センチメンタルなつくりごとが二つ――一つは〝母さんとおやじ〟に捧げられた花束。もう一つはディックとキャロルのロマンスを祝ったハート。キャロルというのはディックが十九のときに結婚した相手で、その六年後に別の若い女との〝筋を通す〟ために別れていた。その女が末っ子の母親になった（「わたしには三人の息子がいますが、きちんと面倒をみるつもりです」ディックは仮釈放の申請の中で記した。「わたしの妻は再婚しています。わたしは二度結婚しましたが、二番目の妻とはいっさいかかわりを持ちたくありません」）。

しかし、ディックの体軀《たいく》も、それを飾る入れ墨のギャラリーも、顔ほどに著しい印象は残さなかった。その顔は不釣り合いなパーツからなりたっているように見えた。リンゴを二つに割って、ほんのわずかに中心をずらして、またくっつけあわせたように。実際、それに類する経緯があったのだ。そういう不整な造作は、一九五〇年の車の衝突事故の結果だった。その事故で、顎《あご》の突きだした細長い顔が傾き、左側が右側よりも心もち低くなった。それに伴って、唇はやや斜めになり、鼻はゆがみ、左右の目は高低が異なるだけでなく、大きさまでもが違ってしまった。そして、左目はまさに蛇を思わせた。毒々しく病的な青みを帯びたその目を細めて見つめられると、本人にそのつもりはなくても、本性の底に憎悪《ぞうお》の澱《おり》が沈んでいると告げられるようだった。しかし、ペリーがこういったことがある。「その目は問題じゃない。なにしろ、あんたにはすばらしい笑顔があるからな。人に訴えるような笑顔が」事実、微笑《ほほえ》もうとして筋肉を収縮させると、顔に適当な均整が戻って、もともとは人を怖気《おじけ》づかせるような人間ではないということを認識させた。クルーカットが伸びすぎてはいるが、アメリカ人らしい〝いいやつ〟で、すばらしく利口というのではないにしても、ごくまともな人間だと思わせた（実のところ、ディックは非常に知能程度が高かった。刑務所で行われたＩＱテストで一三〇という評価を与えられた。塀の内であれ外であれ、平均的な被験者は九〇から一一〇の間におさまるものだ）。

ペリーにも障害があった。その傷はオートバイの事故で負ったもので、ディックよりもさらに重症だった。ワシントン州の病院で半年を過ごし、なお半年の間、松葉杖《づえ》が手放せなかった。事故が起きたのは一九五二年だったが、太くて短い小人のような脚が五ヵ所で折れて、痛ましい傷痕《きずあと》が残った。それがいまだにひどく痛み、アスピリンを手放せなくなっていた。ペリーの入れ墨は相棒ほど多くはなかったが、ずっと精妙だった。素人《しろうと》が自分の手で施したものとは違い、ホノルルと横浜の彫り師の手になる芸は壮麗ともいえる出来だった。右の二頭筋には、入院中に親切にしてくれた看護婦の名前〝クッキー〟。左の二頭筋には、青い毛、オレンジ色の目、赤い牙《きば》の猛虎《もうこ》。さらに、短剣にからみつき、舌をチロチロさせている蛇が、腕を滑り下りていた。ほかにも、どくろがほのかに光り、墓石がぼんやり浮かび、菊の花が咲き誇っていた。

「オーケーだ。櫛《くし》をしまいなよ」すっかり身支度を整え、出かけるばかりになったディックがいった。仕事着を脱ぎ捨て、グレーがかったカーキのスラックスと、それに合ったシャツを着こみ、ペリーと同じく黒のアンクルブーツをはいていた。ペリーはひどく短い下半身に合うようなズボンが見つからず、裾をまくりあげたブルージーンズをはいて、革のウインドブレーカーを着ていた。顔を洗い、髪もとかしつけると、ペリーとディックはダブルデートに出かけるおしゃれな二人組といった趣で、車のほうへ出ていった。

カンザスシティー郊外のオレースと、ガーデンシティー郊外ともいえるホルカムとの距離は、四百マイルほどある。

人口一万一千の町、ガーデンシティーの始祖たちがその地に集まりはじめたのは、南北戦争が終わってまもないころだった。小屋と馬のつなぎ柱だけの集落から繁華な農業の中心地へというその後の発展に与《あずか》って力があったのは、バッファローハンター、C・J（バッファロー）・ジョーンズ氏だった。町は、乱痴気騒ぎの酒場、オペラハウス、カンザスシティーとデンヴァーの間でもっとも豪華なホテルを備えるに至った。要するに、ガーデンシティーは五十マイル東のダッジシティーほど有名な開拓地ではないにしても、それと張りあうフロンティアの夢の見本だったのだ。富も正気も失ったバッファロー・ジョーンズ（晩年は、自らがカネのために虐殺《ぎゃくさつ》した動物を無意味に絶滅させるなと辻《つじ》説法してまわった）とともに、この町の過去の栄光は今日では葬《ほうむ》り去られている。しかし、その面影は残っていなくもない。そこそこに華やかな商業建築が連なる一角は〝バッファローブロック〟として知られている。天井の高いみごとなバー、痰壺《たんつぼ》や鉢植えのヤシがかもしだす独特の雰囲気を備えたかつての豪華ホテル、ウィンザー・ホテルも、メイン・ストリートのランドマークとして、雑貨店やスーパーマーケットの間に残存している。だが、あまり繁盛《はんじょう》してはいない。というのは、ウィンザーの暗くて広い部屋、音が反響する廊下は、往年を彷彿《ほうふつ》させはしても、こぢんまりしたホテル・ウォーレンのエアコンの快適さやホウィートランズ・モーテルの部屋ごとのテレビや〝温水プール〟には抗《あらが》えないからだ。

　列車にしろ車にしろ、アメリカ大陸横断の旅をした人間なら、おそらくガーデンシティーを通り過ぎている。しかし、それをおぼえている旅行者がほとんどいないのも無理からぬことだ。合衆国の真ん中——ほとんど、ど真ん中——の、ごくありふれたそこそこの町としか見えないのだから。といって、住民がそういう見かた——おそらくは正しいのだろうが——に黙っているとは思えない。住民の主張には誇張があるかもしれない（「世界中を見わたしても、ここほど親切な人々、新鮮な空気、おいしい飲み水は見当らないでしょう」とか「デンヴァーで働けば給料はここの三倍になるでしょう。でも、うちには子どもが五人いますからね。子どもを育てるのにここよりいいところはありませんよ。すばらしい学校があって、どんなスポーツでもできますしね。それに、短大だってありますから」とか「わたしは弁護士を開業するためにここへやってきました。ただし、当分のつもりで、ずっと居つこうなどとは思ってもいませんでした。ですが、よそに移るチャンスがきたとき、思ったんです。なぜ、いくんだ？　いったい何のために？　ここではニューヨークのようなわけにはいくまい——だが、たとえニューヨークにしても、誰がそんなところへいきたがる？　よき隣人、お互いに思いやりを交わす人々、それが大切なんです。それに、まっとうな人間が必要とするほかのあらゆるもの——ここにはそれもあるんです。美しい教会も、ゴルフコースも」）。とはいえ、ガーデンシティーの新参者も、夜八時を過ぎるとメイン・ストリートまで深閑としてしまう日常に慣れれば、住民のやや弁解がましい自慢を裏づける材料を数多く見出《みいだ》すことになるだろう。巧みに運営されている公共図書館、実力のある日刊紙、そこかしこに散在する緑の芝生と木陰の広場、子どもや動物が安全に走りまわれる閑静な住宅地の街路、小さな動物園（「白熊がいるよ！」「あ、象のペニーだ！」）や面積数エーカーに及ぶプール（「世界最大の無料プール！」）を備えたやたらに広い公園。そういった付属物、埃《ほこり》や風、さらにはいつも聞こえている列車の汽笛が相俟《あいま》って〝ホームタウン〟をつくりあげる。そこを去った人間は郷愁をもって思いだし、そこにとどまった人間は帰属感と満足感を与えられるというわけだ。

ガーデンシティーの住民は、町の人々の間に社会的な階級などないと口をそろえていう（「いえいえ。そんなものはここにはありません。財産や肌の色、信条に関係なく、誰もが平等です。すべてが民主主義ではかくあるべしという姿になっています。それがわたしたちなんです」）。しかし、階級差別がはっきり見られ、いやでも目につくのは、いうまでもないことで、それはほかのどんな人間集団とも変わらない。〝バイブルベルト〟というのは、アメリカ領でももっとも深く福音にとりつかれた一帯で、そこでは、たとえ商売の上でも真顔で宗教の話を引用しなければならないほどだが、ここから西へ百マイルもいけば、その外に出られる。しかし、フィニー郡は、まだ〝バイブルベルト〟の域内にあり、したがって、どの教会に属するかがその人間の社会的地位を左右するもっとも重要な要因になっている。バプティスト、メソジスト、ローマンカトリックの三派が郡内の信者の八〇パーセントを占めているが、エリート——実業家、銀行家、弁護士、医師、トップクラスの農場主——の間では長老派と米国聖公会が優勢だ。ときにはメソジストが歓迎され、たまに民主党が潜入してくることもあるが、体制派は長老派か米国聖公会の信仰を持つ共和党右派から成りたっているといっていい。

教育があって仕事でも成功をおさめた人物であり、著名な共和党員で教会の指導者——たとえメソジスト教会であるにせよ——でもあるクラッター氏は、地元の貴族に叙せられるだけの資格があった。しかし、ガーデンシティー・カントリークラブに加入しなかったように、クラッター氏が支配層との交際を求めたことはなかった。それどころか、その正反対といってもよかった。というのは、彼らとは楽しみかたが違っていたからだ。クラッター氏はトランプにも、ゴルフにも、カクテルにも、夜の十時に供されるビュッフェ式の夜食にも——実際、〝達成感〟のない娯楽には——用がなかった。晴れわたった土曜日に、ゴルフのフォーサム(訳注 四人が二組に分かれてする競技法)にも加わらず、フィニー郡4‐Hクラブの会合の議長を務めたのは、そういう理由があってのことだった(4‐Hとは〝ヘッド、ハート、ハンズ、ヘルス〟をあらわし、クラブのモットーは〝実行を通して学ぶ〟とされている。海外に支部も持つ全国的組織で、その目的は農業地帯に住む人々

——とくに子どもたち——が実践的能力と徳性を涵養《かんよう》するのを支援することにある。ナンシーとケニヨンは六歳のときから本格的な会員だった)。会合も終わりに近づいたころ、クラッター氏がいった。「さて、わたしたちの大人の会員のお一人について申しあげておきたいことがあります」その視線は、丸ぽちゃの日本人の子ども四人に囲まれた丸ぽちゃの日本人の女性に向けられた。「みなさんはヒデオ・アシダ氏の夫人をご存じですね。アシダ一家がコロラドから移ってこられて——二年前にホルカムで農業を始められたのもご存じでしょう。立派なご一家で、ホルカムがお迎えしてよかったと思うようなかたたちです。それもみなさん、ご存じのとおりです。病気になったことのある人なら誰でも、アシダ夫人が何マイルという距離を歩いて、自家製のすばらしいスープを届けてくださったという経験をお持ちでしょう。また、夫人はとても花など育ちそうもない場所に花を育てておられます。そして、去年、郡の共進会で4‐Hの出品が好評を博したのに、夫人がどれほど貢献されたかを、みなさん、おぼえておられるでしょう。ですから、わたしは提案したいのです。来週火曜日の顕彰パーティーで、アシダ夫人に賞を贈ろうではありませんか」

アシダ家の子どもたちは夫人を引っ張ったり小突いたりした。長男が大声でいった。「ねえ、母さん、母さんのことだよ!」母親はひどくはにかんだ。赤ん坊のようなぽっちゃりした手で目をこすって笑うばかりだった。彼女は小作農の妻だった。風が吹きすさぶ人里離れたその農場は、ガーデンシティーとホルカムの中間にあった。4-Hの会合のあと、クラッター氏はアシダ一家を車で送っていくのを常としていた。きょうもまたそうだった。

「ほんとにあれにはびっくりしましたよ」ルート50を進むクラッター氏の小型トラックに揺られながら、アシダ夫人がいった。「あなたにはいつも感謝するばかりですけどね、ハーブ。でも、やっぱり感謝するしかありません」彼女はフィニー郡に越してきた二日目にクラッター氏と出会っていた。ハロウィーンの前日のことだったが、クラッター氏とケニヨンが車にいっぱいカボチャを積んで訪ねてきてくれたのだ。何かと厳しい最初の一年の間、アシダ家でつくっていない作物の贈り物——籠《かご》に何杯ものアスパラガスやレタス——が引き続き届けられた。それに、ナンシーもたびたび馬のベイブを連れてきて、子どもたちを乗せてくれた。「いろんな面で、ここは今まで住んできた土地の中でいちばんんです。ヒデオもそういってます。わたしたち、出ていくことなんて考えたくもないんですけどね。一から出なおすなんて」

「出ていく?」クラッター氏はとがめるようにいって、車の速度を緩めた。

「でも、ハーブ。ここの農場、うちの地主さんより——ヒデオはよそでならもっとうまくいくんじゃないかと思ってるんですよ。たとえば、ネブラスカとかね。でも、まだ何も決まってるわけじゃないんです。今のところは話だけで」笑いがはじけそうな朗らかな彼女の声で、その憂鬱《ゆううつ》なニュースも幾分か明るく聞こえた。しかし、やはりクラッター氏を悲しませたと見てとると、彼女は話題を転じた。「ハーブ、男の人の意見を聞かせてほしいんですけどね」そう切りだした。「わたしと子どもたち、みんなで貯金をしてきたんですよ。クリスマスにはヒデオに何かどーんとプレゼントしたいと思って。あの人に必要なのは歯なんですけどね。で、もし、おたくの奥さんがあなたに金歯を三本くれるということになったら、見当違いのプレゼントだと思いますか？　というのは、クリスマスを歯医者の椅子《いす》に座って過ごすように頼むことになるわけですからね」

「いや、驚いたな。ここから逃げだそうなんて考えないでくださいよ。おたくたちの脚を縛ってしまおうかな」クラッター氏がいった。「あ、そう、そう、プレゼントは絶対に金歯ですよ。わたしだったら、大喜びしますね」

クラッター氏の返事はアシダ夫人をうれしがらせた。というのは、彼は本気でそう思わなければ賛成したりはしないと知っていたからだ。クラッター氏は紳士だった。彼が〝大地主ぶったり〟、人の弱みに乗じたり、約束を破ったりするのは見たことがなかった。彼女はこの際、思いきって約束を取りつけておこうと思った。「あのですね、ハーブ。顕彰パーティーでは——スピーチはなしにしてくださいね。わたしがスピーチなんて。あなたは特別な人ですから。あなたは立ち上がって何百人もの前で話をすることができる人です。いいえ、何千人の前だって。おまけに、どんなことでも、みんなを簡単に納得させてしまう人ですから。あなたには怖いものなんかないんでしょうね」そういって、広く認められているクラッター氏の資質にやや批判的に触れた。彼を際立《きわだ》たせている恐れ知らずの自信は、尊敬を勝ちとる一方で、人から愛情を受けるのを多少制約することにもなっていた。「あなたが何かを恐れるなんて想像もつきませんね。あなたはどんなことが起きても、話しあって解決してしまうから」

黒いシヴォレーは午後の半ばにカンザス州エンポリアに着いた。ほとんど市といってもいい大きな町で、とくに危険はないと思われた。二人組は少しばかり買い物をしていくと決めていた。車を横丁に停め、ぶらぶら歩きつづけるうち、そこそこに混んでいる雑貨店に行き当たった。

最初に買ったのはゴム手袋だった。それはペリー用だった。ディックと違い、ペリーは自分の古い手袋を持ってくるのを忘れていた。

二人は女性用靴下を並べてあるカウンターに向かった。ペリーはなにやらぶつぶついいながら、しばらく迷った末にこういった。「それがいいな」

ディックは同意しなかった。「おれの目はどうするんだよ？　色が明るすぎて、それじゃ隠せねえよ」

「ちょっと」ペリーは女店員に声をかけた。「黒いストッキングはないの？」ない、といわれると、ほかの店をあたってみようといいだした。「黒なら間違いないからな」しかし、ディックは断を下していた。どんな色のストッキングにしても、不要であり、邪魔であり、無駄な出費にしかならない、と（「おれはこの仕事には、もう十分に投資してきたからな」）。というのは、出くわした人間は、それが誰であろうと、生きて証言をさせるつもりはなかったからだ。「証人はなしだ」ディックはペリーに思い起こさせた。ペリーはそれを百万遍も聞かされたような気がした。それで問題がすべて解決するというようなディックの口吻《こうふん》にはうんざりさせられていた。証人を見逃してしまう可能性を認めないというのは馬鹿《ばか》げていたからだ。「とんでもないことが起きるかもしれないし、事態がころっと変わることだってある」ペリーはいった。だが、ディックは子どもっぽい得意げな笑みを浮かべて、それを否定した。「臆病風《おくびょうかぜ》に吹かれるなって。うまくいかねえわけがねえんだから」そうだ。計画はディックが立てたもので、最初の一歩から最後の沈黙に至るまで完璧《かんぺき》に考え抜かれているのだから。

次に、二人はロープに関心を移した。ペリーは在庫品をじっくり観察し、手にとって調べてもみた。かつて商船の船員だったので、ロープにはくわしかったし、結ぶのも手際がよかった。結局、白いナイロン製のものを選んだが、それは針金のように強く、しかも、太すぎもしなかった。二人はどれくらいの長さが要るかを話しあった。その質問はディックをいらだたせた。というのは、それは難問の一つで、計画全体が完全無欠という触れ込みであったにもかかわらず、明確な回答を示すことができなかったからだ。ようやく、ディックはいった。「くそっ、そんなこと、おれにわかるかよ」

「あんたならちゃんとわかるだろう」

ディックは考えてみた。「まず、おやじがいるだろ。それから、かみさん。息子と娘。もう二人、娘がいるかもしれねえ。それに、土曜日だからな。客がきてるってこともある。八人は計算しとこうか。いや、十二人だな。一つだけはっきりしてるのは、何人いようが一人残らず消えてもらわなきゃならねえってことだ」

「ずいぶん大勢いるみたいだな。あんまりはっきりしたことはいえないな」

「おれは約束しなかったか？　やつらの髪の毛をそこらじゅうの壁に吹っ飛ばしてやるって」

ペリーは肩をすくめた。「だったら、一巻き全部買ったほうがいいな」

それは百ヤードあった。十二人いても十分に足りる長さだった。

ケニヨンは箱をこしらえていた。ヒマラヤスギの板で内張りしたマホガニーの嫁入り箱（訳注　女性が結婚に備えて整えた品をしまっておく箱）で、それを結婚祝いとしてベヴァリーに贈るつもりだった。今、地下のいわゆる仕事部屋で作業に取り組み、仕上げのニスを塗っているところだった。仕事部屋のセメントの床は家自体と同じ奥行きがあったが、備品はといえば、ケニヨンの大工仕事の見本（棚、テーブル、スツール、ピンポン台）と、ナンシーの針仕事の見本（ぼろぼろの寝椅子を再生させるインド更紗《さらさ》のカヴァー、カーテン、枕《まくら》。枕には〝幸せですか？〟とか〝住めば都〟という文句が縫いつけられていた）ばかりだった。ケニヨンとナンシーは地下室にしみついた陰気さを一掃しようと、あちこちにペンキを塗りたくっていた。二人ともそれをまずかったとは思っていなかった。それどころか、この仕事部屋を自分たちが手にした勝利であり、自分たちにもたらされた恩恵であると見なしていた。ナンシーにしてみれば、母親にわずらわされることなく、自分の〝遊び仲間〟を歓待できたし、ケニヨンにしてみれば、独りでこもって、〝発明品〟を好き勝手に叩《たた》いたり、挽《ひ》いたり、いじくりまわしたりできたからだ。最新の〝発明品〟は、底の深い電気フライパンだった。仕事部屋の隣には炉室があった。中には道具の散らばったテーブルがあり、その上に現在手がけているほかの作品――アンプ、修復しようとしている古い手まわし式のヴィクトローラ（訳注 蓄音機の一種）――が山積みになっていた。

ケニヨンは肉体的には両親のどちらにも似ていなかった。クルーカットの髪は大麻色で、身長は六フィートあり、いかにもひょろ長かった。にもかかわらず、大吹雪の中で大きな羊二匹を二マイルもかつぎとおして助けるほど屈強でもあった。そのようにたく年の、ひょろ長い少年ましく、丈夫にできてはいても、筋肉の動きがぎくしゃくするという、ひょろ長い少年の通弊からは逃れられなかった。この欠陥は、眼鏡なしでは満足に動けないという不自由さで増幅されていた。その結果、友だちになれそうな少年たちの多くが好んでするチームスポーツ（バスケットボール、野球）には、ほんの形ばかり参加するというにとどまった。親友といえるのは一人だけだった。それはクラッター家の西方一マイルに農場を持つテイラー・ジョーンズの息子、ボブ・ジョーンズだった。カンザスの田舎では、少年たちは年少のころから車の運転を始める。ケニヨンも十一のとき、自分で羊を育てて稼いだカネでA型エンジンつきの中古トラックを買うことを父親に認めてもらった。ケニヨンとボブはその車を〝コヨーテワゴン〟と呼んでいた。リヴァーヴァレー農場からそう遠くないところに、〝サンドヒルズ〟として知られる神秘的な一帯がある。海のない浜辺といったたたずまいの場所で、夜になると、コヨーテが砂丘の間を徘徊《はいかい》し、集まって群れをなして遠吠《とおぼ》えする。月夜の晩、二人の少年はよくワゴンに乗って群れを襲い、追い散らしては競走した。だが、まず勝つことはなかった。どんなに痩《や》せこけたコヨーテでも時速五十マイルで走るというのに、ワゴンの最高速度はやっと三十五マイルだったからだ。それでも、それは野趣にあふれた心躍る楽しみだった。砂の上を滑走するワゴン、月光にくっきり照らされながら逃走するコヨーテ。ボブがいうように、心臓がドキドキする光景だった。

それに劣らぬ陶酔感があり、しかも、利益にもなったのが兎狩《うさぎが》りだった。ケニヨンは射撃がうまかったが、ボブはそれ以上の腕だった。二人はときに五十匹もの獲物《えもの》を〝兎工場〟に持ちこんだ。それはガーデンシティーの加工工場で、一匹あたり十セント払ってくれた。その兎は急速冷凍され、ミンク飼育業者に送りだされた。しかし、ケニヨンにとって――ボブにとっても――いちばんの楽しみは、週末、夜通し川に沿って歩きながらする狩りだった。ひとしきりぶらついたあと、毛布にくるまって日の出を待ち、鳥の羽音に耳を澄ます。それを聞きつけると、忍び足で近づいて仕留めるのだ。最高に喜ばしいのは、夕食用の鴨《かも》を一ダースほどベルトに吊《つ》るして、意気揚々と家に引きあげるときだった。しかし、最近、ケニヨンとボブの間には齟齬《そご》が生じていた。口論をしたわけではなかった。まっこうから衝突したというわけでもなかった。何が起きたというのではなかったが、ただ、十六歳になっていたボブが〝女の子とつきあう〟ようになったのだ。一つ年下で、はるかに未熟なケニヨンにとって、それはもう友誼《ゆうぎ》を当てにはできなくなったということだった。ボブはいった。「おまえがおれの年になったら、また変わってくるさ。おれも前はおまえと同じように考えてたんだ。女――それがどうしたって。だけど、誰か女と話すようになったら、それはそれでいいもんだ。今にわかるさ」ケニヨンは訝《いぶか》った。銃、馬、道具、機械、あるいは本でもいいが、そういうものにつぎこむ時間を、たとえ一時間でも女の子を相手にして無駄にするなどというのは想像もつかないことだったからだ。ボブがつきあってくれないなら、むしろ独りのほうがよかった。気質の上からいうと、ケニヨンはおよそクラッター氏の息子らしいところがなく、むしろボニーの子というのにふさわしい敏感で無口な少年だった。同年配の連中は、ケニヨンを〝打ち解けない〟やつとは思ったが、こういって大目に見ていた。「ああ、ケニヨンね。あいつは自分の世界に住んでるから」

ケニヨンはニスが乾くのを待つことにして、ほかの仕事に向かった。それには屋外へ出なければならなかった。やろうとしていたのは母親の花壇の手入れだった。それは母親の寝室の窓の下にある大事な一角だったが、今は乱雑に生い茂る葉に覆《おお》われていた。そこにいってみると、使用人の一人が鋤《すき》で土を掘り起こしていた。家政婦の夫のポール・ヘルムだった。

「あの車、見ました?」ヘルム氏が聞いてきた。

たしかに、ケニヨンもドライヴウェイの車を見ていた。父親の事務所の入り口の外に停まったグレーのビュイックを。

「坊ちゃんならどなたかご存じだと思ったもんですから」

「ジョンソンさんでないとしたら、わからないな。お父さんはジョンソンさんがくるっていってたけど」

ヘルム氏(正確には、故ヘルム氏。翌年三月に亡《な》くなった)は五十代も終わりの陰気な男だった。ただ、控えめな態度の陰に、強い好奇心と警戒心を秘めていた。それで、今、どういうことになっているのかを知りたがったのだ。「どっちのジョンソンさんです？」

「保険屋さんのほう」

ヘルム氏はぶつぶついった。「お父さんは保険をたくさんかけようとしておいでのようだ。あの車がきて、もう三時間にもなりますから」

迫りくる黄昏《たそがれ》の寒気が空中で震えていた。空はまだ濃い青だったが、庭の丈の高い菊の茎が落とす影は長くなっていた。ナンシーの猫が菊の間で戯《たわむ》れていた。猫はそのうち、ケニヨンとヘルム氏が植物を縛った麻紐《あさひも》に足を引っかけた。そのとき、出し抜けに、当のナンシーが太ったベイブに乗り、野原を横切ってやってきた。ベイブの土曜日の楽しみ、川での水浴びから戻ってきたのだ。犬のテディーも一緒だったが、人も動物もしきりに水をはねて、きらきら輝いていた。

「風邪をひきますよ」ヘルム氏がいった。

ナンシーは笑い飛ばした。これまで病気にかかったことなど、ただの一度もなかったからだ。ナンシーはベイブから滑り降りると、花壇の端の草むらに寝そべって猫をつかまえ、体の上に差し上げて、その鼻面《はなづら》とひげにキスをした。

ケニヨンがうんざりしたようにいった。「動物の口にキスしたりして」

「あんただってよくスキーターにキスしてたじゃないの」ナンシーが切り返した。「スキーターは馬じゃないか」スキーターはケニヨンが手塩にかけた赤みがかった毛色の美しい種馬だった。スキーターがどんなにうまく柵《さく》を跳び越したことか！「おまえは馬に無理をさせすぎる」ケニヨンは父親から注意されたことがあった。「いつか、スキーターを乗りつぶすことになりかねないぞ」果たして、そのとおりになった。スキーターは主人を乗せて道路を疾走していたとき、急に心臓が停止し、よろめいたかと思うと、そのまま死んでしまったのだ。一年後の今も、ケニヨンはスキーターを深く悼《いた》んでいた。同情した父親が、来春に生まれる子馬のうち好きなものをやろうと約束しても、癒《いや》されることはなかった。

「ケニヨン」ナンシーが声をかけた。「トレイシーはしゃべれるようになると思う？感謝祭までに？」満一歳にもなっていないトレイシーは、エヴェンナの息子で、ナンシーの甥《おい》だった。ナンシーはこの姉にとくに親近感を抱いていた（ケニヨンはベヴァリーが好きだった）。「あの子が〝ナンシー叔母ちゃん〟とか〝ケニヨン叔父ちゃん〟なんていうのを聞いたら、わたし、ものすごくわくわくするだろうな。あの子にそういわれるの、聞きたくない？というか、叔父さんになるの、うれしくない？　ケニヨン？　あら、どうして返事をしないの？」

「だって、姉さんが馬鹿みたいなことというからさ」ケニヨンはそういうと、しぼんだダリアの頭の部分を姉のほうに放り投げた。ナンシーはそれを自分の髪にさした。ヘルム氏は鋤《すき》を取り上げた。烏《からす》がしきりに鳴いていた。日没は近くても、家は近くなかった。アキニレの小道は、黒ずんだ緑のトンネルに変わっていたが、ヘルム氏はその果て、半マイル先に住んでいた。「おやすみなさい」ヘルム氏はそういって家路についた。しかし、一度だけあとを振り返った。「で、それが」翌日、ヘルム氏はそう証言することになった。「あの人たちの見おさめでした。ナンシーはベイブを納屋《なや》のほうに引いていこうとしてましたがね。さっきもいったとおり、ふだんと変わったことは何もなかったですよ」

黒いシヴォレーは再び停まっていた。今度はエンポリアの町外れのカトリック病院の前に。ひっきりなしにいやみをいわれて（「そこがあんたの困ったところだ。正しいやりかたはたった一つしかないと思ってる——ディック流しかな」）、ディックもとうとう降参した。ペリーが車の中で待っている間、ディックは病院に入っていって、尼さんから黒いストッキングを買うということになった。この一風変わったストッキングの入手法は、ペリーの思いつきだった。尼さんなら間違いなく黒いストッキングを持っているだろう、とペリーは主張した。当然というべきか、この考えには一つ難があった。尼さん、そして尼さんに関係するものというのは縁起が悪いとされていたが、ペリーは迷信を重んじる人間だったからだ（ほかにも十五という数、赤毛、白い花、道路を横切る聖職者、夢にあらわれる蛇などがあった）。とはいえ、それもやむをえないことだった。頭から迷信を信じこんでいる人間は、熱烈な運命論者でもあることが往々にしてあるからだ。ペリーもまさにそうだった。今、ここにいて、ひと仕事片づけようとしているのも、自分が望んだからではなく、運命がそのように計らったからというわけだ。それを証明することもできた。もっとも、本人にそのつもりはなかったが。少なくとも、ディックが聞いているところでは話せなかった。というのは、それを証明するとすれば、カンザスに舞い戻った顚末《てんまつ》の隠された真相を告白することになるからだった。仮釈放の条件を破っても、と腹を決めたのは、ディックの〝ヤマ〟や呼び出しの手紙とはまったく関係がない理由からだった。その理由というのはこうだった。ペリーはかつての同房者がランシングのカンザス州立刑務所を十一月十二日の木曜日に出所するということを数週間前に知った。そして、この男との再会を〝ほかの何よりも〟望んでいたからだ。〝かけがえのない友だち〟である〝冴《さ》えた〟男、ウィリー‐ジェイとの再会を。

刑務所での三年間の最初の年、ペリーはウィリー‐ジェイとは距離を置きながら、興味と不安を持って眺めていた。もし、タフなやつと思われたかったら、彼と親しくするのは得策ではないと考えられた。ウィリー‐ジェイは教戒師の書記を務める瘦身《そうしん》のアイルランド人で、若白髪と灰色の憂鬱《ゆううつ》な目の持ち主だった。そのテノールの美声は刑務所の聖歌隊の華といえた。信心を表にあらわすのを軽蔑《けいべつ》していたペリーでさえ、ウィリー-ジェイが『主の祈り』を歌うのを聞くと、〝動揺〟を感じるほどだった。その賛美歌の厳粛な詞が、信じて疑わないという風情《ふぜい》で歌われると、気持ちを揺り動かされ、自分の軽蔑が正当なのか、いささか疑問になってくるのだった。やがて、わずかに覚醒《かくせい》した宗教的好奇心に後押しされて、ペリーはウィリー-ジェイに接近するようになった。すると、教戒師の書記もすぐに反応した。かすんだまなざし、気取ってくぐもった声、不自由な脚のボディービルダーのような男に、〝たぐい稀《まれ》な、救いのある何かを持つ詩人〟を見てとったと思ったのだ。そして、〝この男を神のみもとに連れていく〟という野心にとりつかれた。ある日、ペリーの自作のパステル画――けっして稚拙ではない大型のイエスの肖像――を見て、それに成功する見込みが一段と高まったように思えた。ランシングのプロテスタントの教戒師、ジェイムズ・ポスト師もその絵を評価して、自分の事務室に掲げた。絵は今でもそこにある。ウィリー-ジェイを彷彿《ほうふつ》させるふっくらした唇と悲しげな目を持つ滑らかできれいな救世主。その絵は、心底から真摯《しんし》にはなれなかったペリーの精神的探求の旅の頂点をなすものであったが、皮肉なことに、その終点でもあった。ペリーは自分のイエス像を〝偽善の作品〟とし、ウィリー-ジェイを〝こけにして裏切る〟ものと断じた。なぜなら、このときもやはり神を信じてはいなかったからだ。しかし、そんなことを認めて、自分を〝ほんとうに理解してくれる〟唯一《ゆいいつ》の友を失う危険を冒すべきだろうか？（ホッド、ジョー、ジェシー。めったに姓など名乗りあうことのない世界を彷徨《ほうこう》する旅人たちがペリーの〝ダチ〟だった。その中にウィリー‐ジェイのような人間はいなかった。ペリーの見かたによると、ウィリー‐ジェイは〝平均をはるかに上まわる知性と、訓練を積んだ心理学者並みの洞察力〟の持ち主だった。それほどの才人が、どうしてランシングに行き着く羽目になったのか？　ペリーには驚きだった。その答えをペリーは知っていたが、〝より深い人間的な問題を回避するもの〟として拒否していた。しかし、もっと単純な心性の持ち主には、明らかなことだった。当時三十八歳の教戒師の書記は、五つの州で二十年以上にわたって服役してきた泥棒、けちな強盗でしかなかった）ペリーは腹蔵なくいおうと決めた。すまないが、天国も、地獄も、聖人も、神の慈悲も、自分には関係ない。もし、そちらの好意が、自分もいつかは十字架のみもとにともにひれ伏すという見込みに基づいているならば、自分はだまされたということであり、友情は実《じつ》のないものだ。イエスの肖像画のように偽《にせ》物《もの》だ、と。

ウィリー‐ジェイはいつものように理解を示した。落胆はしても幻滅はせず、ペリーの体が仮釈放となって出所する日まで、その魂を求めつづけた。出所の前夜、ウィリー‐ジェイはペリーに別れの手紙を書いた。その最後の一節は以下のとおりだ。「貴兄は激情の人、自分の欲望がどこにあるのかが判然としない飢餓の人、自分の個性を厳格な社会の慣行という背景に投影しようとして苦闘する欲求不満の人です。貴兄は二つの上部構造、すなわち、一つは自己表現、もう一つは自己破壊の間に宙吊りになった半端《はんぱ》な世界に存在しているのです。貴兄は強い人ですが、その強さには欠陥があります。抑制することを学ばなければ、その欠陥は強さを上まわり、貴兄を打ち破ることになるでしょう。その欠陥とは？　状況との均衡を失した爆発的ともいえる感情的反応です。なぜなのか？　幸せであったり満足であったりする他人を見たときに、この不合理な憤怒《ふんぬ》が生じるのはなぜなのか？　人々への軽蔑がつのり、彼らを傷つけたいという欲望が起きるのはなぜなのか？　そう、貴兄は彼らを愚者と思い、彼らのモラルや幸せが自分の欲求不満や憤懣《ふんまん》の源であるという理由で彼らを軽蔑するのです。しかし、これらは貴兄が自らの内に抱える恐ろしい敵なのです——やがては弾丸並みの破壊力を持つことでしょう。弾丸は情け深くも、標的をその場で殺してしまいます。しかし、このバクテリアは生きながらえて、人間を殺しはしないものの、引き裂かれ、ゆがめられた残骸《ざんがい》をあとに残していくのです。その内部にはまだ火が燃えていますが、侮蔑と憎悪《ぞうお》のたきぎを投げ与えなければ、それは消えてしまいます。残骸となった人間は侮蔑と憎悪を蓄積することには成功するかもしれませんが、成功を蓄積することはありません。なぜなら、彼は自分自身の敵であり、自分が達成したものを心から楽しむわけにはいかないからです」

ペリーは説教してもらったことを喜び、それをディックに読んでやった。ディックはウィリー‐ジェイに確たる評価を下していたわけではなかったが、その手紙を「ビリー・グレアムクラッカー（訳注　ビリー・グレアムは伝道者。グレアムクラッカーは全粒粉でつくったクラッカー）のたわごとみたいなもんだ」と決めつけ、『侮蔑のたきぎ《ファゴット》』だって！　やつがホモ《ファゴット》なんじゃねえか」とつけくわえた。当然のことながら、ペリーはそういう反応を予測しており、内心ではそれを歓迎するようなところがあった。ペリーがディックをよく知るようになったのは、ランシングでの最後の数ヵ月の間だった。そこで芽生えたディックとの友情は、教戒師の書記に対する強い称賛から派生し、それを相殺《そうさい》しようというものだったのだ。ディックは〝浅薄〟かもしれなかったし、ウィリー‐ジェイがいうように〝ろくでもないはったり屋〟かもしれなかった。それでも、ディックはおもしろい男だった。抜け目のない現実主義者で、〝何でもすいすいやる〟ほうだった。頭の中には一点の曇りもなく、髪には一筋の藁《わら》くずもついていなかった。その上、ウィリー‐ジェイと違って、ペリーの風変わりな憧《あこが》れに批判的でもなかった。むしろ、喜んで耳を傾け、熱を上げ、メキシコの海やブラジルのジャングルに隠された〝文句なしのお宝〟の夢を分かちあった。

　ペリーは仮釈放されてから四ヵ月の間、すでに四人の手を経たフォードを百ドルで手に入れて走りまわらせていた。リノからラスヴェガスへ、ワシントン州ベリンガムからアイダホ州バールへと移って、そこで臨時雇いのトラック運転手の仕事を見つけた。デイックからの手紙が届いたのはそのときだった。「我が友P、おれは八月に出所した。あんたが出たあと、おれはある男に会った。あんたの知らない男だ。その男がおれたちならみごとにやってのけられそうな計画を教えてくれた。間違いなし、文句なしのヤマで……」ペリーはそのときまで、ディックと再会することになろうなどとは思ってもみなかった。あるいは、ウィリー゠ジェイとも。しかし、二人ともペリーの思いの中では重きを占めつづけた。ウィリー゠ジェイはとくにそうで、記憶の中で、身の丈十フィートもの白髪の賢人となって、ペリーの脳裏の回廊にたびたび出没していた。「きみは否定の道をたどっている」ウィリー゠ジェイはかつて、説教の中でそう告げたことがあった。「誰にもかまうことなく、責任も負わず、信仰や友人や思いやりもなく生きていくことを望んでいる」

孤独で慰めるものもない最近の流浪《るろう》の途中、ペリーは何度となくこの告発の言葉を吟味した。そして、何のいわれもないという結論を出した。自分が誰にもかまわないなどということはなかった。しかし、いったい誰が自分にかまってくれたというのか？　父親？　まあ、ある程度までは。かかわった女の一人か二人？　だが、それは〝話せば長い話〟になる。結局、ウィリー゠ジェイを除くと、ほかには誰もいなかった。ウィリー゠ジェイだけが自分の価値や可能性を評価してくれた。自分が寸足らずで筋肉のつきすぎた混血児というだけの人間ではないと認識してくれた。あれこれ説教は垂れたが、自分を自認するとおりの人間――〝非凡〟〝希少〟〝芸術的〟――と考えてくれた。ペリーはウィリー‐ジェイのうちに、虚栄心の支えを、感受性の隠れ家を見出《みいだ》していたのだ。そして、この貴重な鑑識眼から四ヵ月も離れている間に、埋もれた黄金の夢よりも、そのほうが強い魅力を帯びるようになっていた。そして、ディックから招きを受け、カンザスにくるようにといわれた日付が、ウィリー‐ジェイの釈放の時期と前後すると気づいたとき、自分が何をなすべきかを知ったのだ。ペリーはラスヴェガスまでドライヴし、そこでポンコツの車を売り飛ばした。そして、地図や古い手紙、原稿、書物を荷物にまとめて、グレーハウンドバスの切符を買った。旅が吉と出るか凶と出るかは、まったく運次第だった。もし、事態が〝ウィリー‐ジェイとは縁がない〟展開になれば、そのときは〝ディックの提案を考慮〟してもよかった。しかし、結局のところ、選択肢はディックか否《いな》かということになった。というのは、十一月十二日の晩、バスがカンザスシティーに着いたときには、ウィリー‐ジェイはペリーが降りたったのと同じターミナルから五時間前に出立し、すでに町を去っていたからだ。ペリーはウィリー‐ジェイにあらかじめ到着時刻を知らせることができなかったのだ。そこまでの経緯は、ポスト師に電話してわかったことだが、師は自分の前の書記の正確な行き先を明かすことを拒んで、ペリーをさらに落胆させた。「彼は東部に向かいました」教戒師はいった。「いい機会に恵まれましてね。まっとうな仕事、それに、喜んで彼を助けようという善き人たちの家があるんですよ」電話を切ったペリーは〝怒りと失望で目がくらむ〟のを感じた。

しかし、自分はウィリー‐ジェイとの再会に、実のところ何を期待していたのだろう？　ペリーは苦悶《くもん》が静まったあと、あらためて思った。自由が自分たちを分かったのだ。自由な人間となってみれば、自分たちは共通点など持たないどころか、むしろ正反対だった。〝チーム〟を組むことなど——ディックとともに計画した国境の南の危険な冒険など——できるはずがなかった。にもかかわらず、ウィリー‐ジェイと会えていたら、たとえ、一時間でも一緒にいることができていたら、今、こうして病院の外でぶらぶらしながら、ディックが黒いストッキングを持ってあらわれるのを待ってはいない、と確信できた——直感でそう〝わかった〟のだ。

ディックは手ぶらで戻ってきた。「駄目だった」そういったが、どことなくおざなりな口調にペリーは疑念を抱いた。

「ほんとか？　ほんとに聞いてみたのか？」

「聞いたって」

「信じられないな。あそこに入っていって、二、三分ぶらぶらして、また出てきたんだろう」

「わかった、わかった——なんとでもいいなよ」ディックは車を発進させた。しばらく黙って走ったあと、ディックはペリーの膝《ひざ》を叩《たた》いた。「いやー」そう声をかけた。「あれはどうしようもない思いつきだったぜ。むこうはいったいどう思っただろうな？　おれが安物の雑貨屋に入るみたいに入っていって……」

ペリーがいった。「それでよかったのかもしれないな。尼さんなんてのは縁起でもないから」


ニューヨーク生命保険会社のガーデンシティー代表は、クラッター氏がパーカーの万年筆のキャップを外し、小切手帳を開くのを見まもりながら、にやりと笑った。地元でよくいわれている冗談を思いだしたのだ。「みんながあなたのことをどういっているかご存じですか、ハーブ？　こうですよ。『散髪代が一ドル五十セントになったときから、ハーブは床屋でも小切手を書いてるよ』」

「そのとおり」クラッター氏は答えた。彼が王族のように絶対に現金を持ち歩かないのは有名だった。「それがわたしの商売のやりかただから。税務署の人間が調べにきたら、用済みの小切手がいちばんの味方になるからね」

クラッター氏は小切手に金額を書き入れたが、まだサインはしなかった。椅子《いす》を回転させて、また机に向かい、思案する様子だった。ずんぐりして禿《は》げかかった保険会社の代理人はボブ・ジョンソンという名前で、どちらかというとくだけた男だった。今は、自分の顧客が土壇場《どたんば》で疑念を感じたりしないように念じていた。ハーブは融通がきかず、話をつけるのに時間がかかるタイプだった。ジョンソンはこの売り込みにもう一年以上も取り組んでいた。しかし、相手はジョンソンがいうところの〝厳粛な一瞬〟——保険の外交員には馴染《なじ》みの現象——を経験しているに過ぎなかった。人が自分の生命に保険をかけるときの気分は、遺言書にサインするときの気分に似ていなくもない。死すべき定めという思いが必ず脳裏をよぎるからだ。

「そう、たしかに」クラッター氏がいった。自分自身と対話しているような口調だった。「わたしはいろいろ感謝しなければならないな——自分の人生のすばらしいことに」事務所のクルミ材の壁では、クラッター氏の経歴の里程標となる文書をおさめた額縁がかすかに光っていた。大学の卒業証書、リヴァーヴァレー農場の地図、農業関係の何枚かの賞状、ドワイト・D・アイゼンハワーとジョン・フォスター・ダレスの署名入りの麗々しい表彰状。それは連邦農業貸付委員会への貢献をたたえたものだった。「子どもたちもそうだ。わたしたちはその点でも運がよかったな。こんなこと、人にいうべきではないんだろうが、わたしは子どもたちをほんとうに誇りにしているんだよ。たとえば、ケニヨンだ。今のところは、エンジニアか科学者になりたいという気がないでもないようだが、うちの息子が生まれついての農場主だということに誰も異論はあるまい。そうだ、特段の事情がなければ、いつか、息子がここをやっていくことになるだろうな。そうだ、あんたはエヴェンナの連れ合いに会ったことがあるかな？　ドン・ジャーチョウに？　獣医なんだがね。わたしがあの男をどれほど重く見ているかは、口ではなかなかいえないくらいだ。ヴィアもそうだ。ヴィア・イングリッシュ——娘のベヴァリーの結婚相手だが、ベヴァリーもよく分別を働かせて決めたと思うよ。わたしに万一のことがあるとしてもだ、彼らがしっかりあとを引き受けてくれるだろう。そう信じても間違いないな。ボニーも独りでは——こんなふうに経営を続けていくことはできないだろうから……」

この種の思案に耳を傾けるのに慣れているジョンソンは、口をはさむ潮時を心得ていた。「いや、ハーブ」ジョンソンはいった。「あなたはまだまだお若いですよ。四十八歳でしょう。お見かけからしても、健康診断書からしても、二週間もあれば審査を通るでしょう」

クラッター氏は背筋を伸ばして、再び万年筆に手を伸ばした。「そう、わたしはかなり体調がよくてね。かなり楽観的でもある。それで、この数年のうちにかなりのもうけができるんじゃないかと思ってるんだ」クラッター氏はこれから先の財政改善計画のあらましを説明しながら、小切手にサインすると、それを机越しに押しやった。

時刻は六時十分になっていた。ジョンソンは早く辞去したくてうずうずしていた。妻が夕飯をつくって待っているはずだった。「どうもありがとうございました、ハーブ」

「いや、こちらこそ」

二人は握手した。それから、ジョンソンは相応の勝利感を味わいながら、クラッター氏の小切手を取り上げ、札入れにおさめた。それは事故死の場合には倍額を補償するという四万ドルの保険契約の初回の支払いだった。

「主は我と歩まれ、我と語らいたもう
汝《なんじ》は我が子と告げたもう
我ら、そこにとどまりて分かつ喜び
ほかの何人《なんぴと》も知らざりしもの……」

ペリーはギターで伴奏しながら歌ううちに、いくらか幸せな気分になってきた。賛美歌やバラードの歌詞なら二百ばかり知っていた。レパートリーは『丘の上の主の十字架』からコール・ポーターにまで及んだ。ギターに加え、ハーモニカ、アコーディオン、バンジョー、木琴も弾くことができた。舞台に立つ空想をよくめぐらせたが、その中では芸名はペリー・オパーソンズで、自らを〝ワンマン・シンフォニー〟とうたわれるスターに擬していた。

ディックがいった。「カクテルはどうだい？」

ペリーはそれほどの酒飲みではなかったので、飲むものにはこだわらなかった。しかし、ディックは好みがうるさく、バーで決まって注文するのはオレンジブロッサムだった。ペリーは車のグローヴボックスから一パイントのボトルを取りだした。中身はオレンジ風味のソーダとウォッカを調合したものだった。二人はそのボトルをやりとりした。あたりは夕闇《ゆうやみ》に包まれていたが、ディックは時速六十マイルを保って走りながら、まだ点灯はしていなかった。しかし、道路は一直線で、土地は湖面のように平らだった。ほかの車もほとんど見かけなかった。もう〝あちら〟に入ったようだった。少なくとも、近づいているようだった。

「やれやれ！」ペリーが風景を眺めながらいった。まだ緑色が残る冷涼な空のもとに坦々《たんたん》とひろがる果てしない風景。距離をおいて点在する農家の灯の瞬《また》きを除くと、ただただ空虚で索漠としていた。ペリーはテキサスの平原、ネヴァダの砂漠と同じく、この風景も嫌いだった。水平にひろがり、人家も稀《まれ》な空間に臨むと、いつも広場恐怖症的な感覚を伴う憂鬱《ゆううつ》にとらわれるのだった。その点、港町は心を明るくしてくれた。人が群れ、騒音があふれ、船が並び、下水のにおいが漂う町。朝鮮戦争の間、アメリカ陸軍の一兵卒としてひと夏を過ごした横浜がそうだった。「なるほど――だから、やつら、カンザスには近づくなといったんだ！　二度と足を踏み入れるなと。まるで天国から閉めだそうっていうみたいだったが。まあ、見てみろよ。これはまったく目の保養だな」

ディックはボトルをペリーに手渡した。中身は半分に減っていた。「残りはとっときなよ」ディックがいった。「必要になるかもしれねえからな」

「おぼえてるか、ディック？　船を手に入れるって話を？　おれは考えてたんだ――メキシコで船が買えるんじゃないかって。安くても頑丈なやつが。それで日本へいけるだろう。太平洋を突っ切って。実際にいったやつがいる――何千っていう人間がいってるんだ。嘘《うそ》じゃないぞ、ディック――きっと、あんたもいってみたいと思うようになる。日本人は穏やかな、いい連中だ。礼儀作法もお手本みたいだ。ほんとに思いやりがあって――カネだけが目当てじゃない。それに女だ。あんたはほんとの女に会ったことがないだろうが……」

「あるさ」ディックはいった。もう再婚してしまったが、ハニーブロンドの最初の妻を今でも愛しているというのだ。

「それから風呂《ふろ》だ。『夢のプール』という店があってな。手足を伸ばして寝そべると、とびきりの美人が入ってきて、頭から爪先《つまさき》までこすってくれるんだ」

「その話は聞いた」ディックがそっけない口調でいった。

「そうか？　繰り返しては聞きたくないか？」

「あとでな。また、あとで話すことにしようぜ。あのな、おれは考えることがいろいろあるんだ」

ディックはラジオのスイッチを入れた。ペリーがそれを切った。ディックが文句をいうのを無視して、ギターをかき鳴らした。

「バラの花に朝露が宿るうち、わたしは庭に降りたった、
そのとき、耳に降りそそぐ声を聞いた、
神の御子《みこ》があかしたもうは……」

満月が空の端《は》にあらわれようとしていた。

次の月曜日、ボビー・ラップは嘘発見器のテストを受けるに先立って証言を行い、クラッター家を最後に訪れたときの模様を述べた。「満月が出ていたんで、ナンシーがそうしたいっていえば、ドライヴに――マッキニー湖へドライヴにいけるかなって考えたんです。でなければ、ガーデンシティーへ映画を見にいけるかなって。でも、ナンシーに電話してみると――七時十分前だったと思いますが――彼女、お父さんに聞いてみなければっていうんです。そのあと、戻ってきて、駄目だったっていいました――ぼくたち、前の晩も遅くまで帰ってこなかったからっていうんです。そのかわり、うちにきて

テレビでも見たらって。クラッターさんのところでテレビを見て過ごすことはよくありました。あの、ぼく、デートしたことがある女の子ってナンシーだけなんです。彼女のことはずっと知ってました。一年生のときから一緒に学校にいってたし。ぼくがおぼえてる限り、ナンシーは前からきれいで人気がありました。ほんの子どものころから人格を感じさせたし。つまり、彼女にはみんなを気分よくさせるものがあったんです。ぼくがはじめて彼女とデートしたのは八年生のときでした。ぼくたちのクラスの男の子は、ほとんどみんなが八学年の卒業のダンスパーティーに彼女といきたいと思ってました。だから、彼女がぼくと一緒にいくといったときには、びっくりしました――かなり誇らしくも思いましたけど。そのとき、ぼくたち、どちらも十二歳でした。うちのおやじが車を貸してくれたんで、彼女を乗せてダンスにいきました。その後、彼女とつきあえばつきあうほど、ますます好きになりました。彼女の家族のみんなもです。あんな家族はここらではほかにいません。ぼくの知る限りでは。クラッターさんはことがらによっては――宗教なんかでは――人より厳しかったかもしれないけど、自分が正しくて相手が間違ってるなんて押しつけは絶対にしないようにしてたし。

うちの一家はクラッターさんのところから三マイルほど西に住んでます。ぼくも前はよく歩いていったりきたりしてました。でも、夏はいつもバイトしてるんで、去年、貯《た》めたおカネで自分の車を買うことができました。五五年型のフォードです。で、クラッターさんのところへ車で出かけて、七時ちょっと過ぎに着きました。途中の道路でも、家へ続く小道でも、誰も見かけませんでした。家の外でもです。いたのは犬のテディーだけで、ぼくに吠《ほ》えかかってきました。一階の明かりはついてました——居間とクラッターさんの事務所と。二階は真っ暗だったんで、奥さんは寝ているのだろうと思いました——家にいればの話ですが。奥さんがいるかいないかは他人にはわからなかったし、ぼくも聞いてみたことはありません。でも、ぼくの推測が正しかったとわかりました。というのは、あの晩、あとになって、ケニヨンがホルンの練習をしようとしたんです。彼、学校のバンドでバリトンホルンを吹いてたから。そうしたら、ナンシーがお母さんを起こすかもしれないからやめなさいっていったんです。とにかく、ぼくがうちに着いてみると、夕食が終わったところで、ナンシーが後片づけをして、お皿は全部、皿洗い機に入れてました。三人とも——クラッターさんと子ども二人ですが——居間にいました。で、ぼくたち、いつもの晩のように、そろって——ナンシーとぼくは寝椅子に、クラッターさんは自分の椅子に、クッションのついた揺り椅子に座りました。クラッターさんはテレビを見るというより本を読んでました——ケニヨンの『放浪の少年』とかいう本を。一度、キッチンへ立って、リンゴを二個持って戻ってきて、一個をぼくに勧めてくれました。けっこうですというと、両方とも自分で食べてしまいました。クラッターさんは真っ白な歯をしてたけど、それはリンゴのおかげだっていってました。ナンシーは――ええと、ナンシーはソックスと柔らかい上靴をはいて、ブルージーンズ、それにグリーンのセーターを着てたと思います。それから、金の腕時計と、この一月、彼女の十六回目の誕生日にぼくが贈った名前入りのブレスレット――片面に彼女の名前、もう一方にぼくの名前を入れたもの――をつけ、指輪も一つはめてました。前の夏、彼女がキッドウェルさんの親子とコロラドにいったときに買った小さな銀の指輪です。ぼくの――ぼくたちの指輪じゃありませんでした。あの、二週間前のことですが、彼女、ぼくに腹を立てて、しばらくの間、ぼくたちの指輪を外すっていったんです。つきあってる女の子にそんなことされるっていうのは、保護観察処分にされるようなものですけど。つまり、ぼくたち、喧嘩《けんか》したんです――ステディーな関係の子なら、誰もがするような喧嘩を。どういうことかっていうと、ぼく、友だちの結婚披露宴にいって、ビールを飲んだんです。ビールを一本。それをナンシーが聞きつけたんです。ぼくが酔って騒いでたって、どこかのおしゃべりが告げ口して。それで、彼女、石になっちゃって、一週間、声もかけてくれなかったんです。でも、最近、仲直りして元どおりになったんで、また、ぼくたちの指輪をはめてくれるだろうと思ってたんですけど。
はい。最初に見たのは、チャンネル11の『人間と挑戦』っていう番組でした。北極に挑んだ男たちの話です。それから、西部劇を見て、そのあと、スパイ冒険もの――『ファイヴ・フィンガーズ』を見ました。九時半からは『マイク・ハマー』。それからニュースを。でも、ケニヨンはどれも気に入りませんでした。自分で番組を選ばせてもらえなかったからじゃないですか。ケニヨンがいちいち文句をつけるんで、ナンシーはしょっちゅう、静かにしなさいっていってました。二人はよく言い合いをしてたんですが、ほんとはとても仲がよかったんです——ふつうの姉弟よりも。それは、一つには、二人だけでいることが多かったからだと思います。お母さんは引きこもりがちだし、お父さんはワシントンとか、あちこちにいってましたから。ナンシーがケニヨンをとくに愛してたってことは、ぼくにもわかりましたが、そのナンシーにしても、誰にしても、ケニヨンを正確に理解してたとは思えません。彼、どこか変わってるって感じだったから。何を考えてるのか誰にもわからなかったし、ちゃんと相手を見てるのかどうかもわかりませんでした——ちょっとやぶにらみだったせいもあるんだろうけど。彼のこと、天才だっていう人もいたけど、そうだったのかもしれませんね。たしかに、本はよく読んでました。でも、前にもいったように、落ちつきがなくて。あのときも、テレビは見たくない、ホルンの練習がしたいんだっていってました。ナンシーがそうさせなかったんですが、クラッターさんもなんで地下へいかないのかって叱《しか》ってたのをおぼえてます。地下は娯楽室で、音が漏れないんです。でも、彼、それもしたがりませんでした。

電話が一度鳴りました。いや、二度だったかな？　駄目だ、思いだせないな。一度、電話が鳴って、クラッターさんが事務所でそれを受けたっていうことしかおぼえてません。ドアが開いてたんで——居間と事務所の間の引き戸ですが——クラッターさんが〝ヴァン〟っていうのが聞こえました。で、仕事仲間のヴァンヴリートさんと話してるんだってわかりました。頭痛がするが、だんだんよくなってるっていってるのも聞こえました。ヴァンヴリートさんに、月曜日に会おうともいってました。クラッターさんが戻ってきたのは——そう、『マイク・ハマー』がちょうど終わったところでした。それから、ニュースが五分あって、そのあとが天気予報。クラッターさんはいつも天気予報になると神経を集中してました。ほんとに待ってたのは天気予報なんです。ぼくが興味あるのがスポーツだけだったみたいに——スポーツはその次でした。スポーツが終わったのは十時半で、ぼくは帰ろうと思って腰を上げました。ナンシーが外まで送ってくれました。ぼくたち、しばらく立ち話をして、日曜の夜には映画にいこうって約束しました——女の子たちがみんな待ってた『ゆきすぎた遊び』っていう映画に。そのあと、彼女は家の中に駆け戻り、ぼくは車で帰りました。外は昼間のように明るくて——月が皓々《こうこう》と照ってて——寒くて、ちょっと風も出てました。根なし草があちこちで風に吹かれて転がってました。でも、見えたのはそれだけです。ただ、今、思い返してみると、誰かがあそこに隠れてたに違いありません。たぶん、木立の間に。ぼくが帰るのを誰かがじっと待ってたんです」

旅人たちはグレートベンドのレストランに立ち寄って夕食をとった。残金が十五ドルしかないペリーは、ルートビアとサンドイッチで済ませるつもりでいた。だが、それでは駄目だ、とディックがいった。しっかり〝腹にたまるもの〟が必要だというのだ。カネの心配はするな、勘定は自分が持つから、ともいった。二人はミディアムレアのステーキ二枚、ベークトポテト、フレンチフライ、フライドオニオン、サコタッシュ（訳注 トウモロコシ料理）、マカロニとひき割りトウモロコシのサイドディッシュ、サウザンドアイランドドレッシングのサラダ、シナモンロール、アップルパイ、アイスクリーム、コーヒーを注文した。さらに仕上げに、ドラッグストアへいって、葉巻を選んだ。同じ店で太い粘着テープを二巻き買った。

黒いシヴォレーはハイウェイに戻った。そして、冷涼で乾燥した気候の小高い平原に向かって徐々に上っていく田舎の風景の中を吹っ飛ばした。その間、ペリーは目を閉じ、満腹が誘ううたた寝へ引きこまれていった。ふと目を覚ましてみると、十一時のニュースを読む声が聞こえた。ペリーは窓を開けると、どっと流れこむ冷気に顔をさらした。もうフィニー郡に入っている、とディックがいった。「境界を越えてから十マイルきた」車は高速で疾走していた。看板とそのうたい文句がヘッドライトの光で火をつけられ、燃え上がり、飛び去っていった。〝白熊《しろくま》くんを見にいこう〟〝バーティス・モーターズ〟

〝世界最大の無料プール〟〝ホウィートランズ・モーテル〟そして、最後に、街灯の列が始まる手前で〝こんにちは、みなさん！　ガーデンシティーにようこそ。親切な町です〟とあった。

二人は町の北縁に沿って進んだ。真夜中に近いこの時間には、外に出ている人間は皆無だった。むなしく輝いているガソリンスタンドの列を除けば、開いている店もなかった。ディックはその一つ――ハーズ・フィリップス66――に乗り入れた。若者が出てきて尋ねた。「満タンですか？」ディックがうなずいた。ペリーは車から降りると、店の中の男性用トイレに入り、中から掛け金をかけた。しばしばあることだったが、また脚が痛みだしたのだ。昔の事故なのに、つい五分前に起きたような痛みだった。ペリーは瓶からアスピリンを三錠振りだすと、それをゆっくり嚙《か》み（その味が好きだった）、洗面台の蛇口から水を飲んだ。それから、便座に座り、両脚を伸ばしてしきりにこすり、ほとんど曲がらない膝《ひざ》をマッサージした。ディックはもうほとんど着いたようなものだといっていた――「あと、ほんの七マイルだ」ペリーはウインドブレーカーのポケットのジッパーを開けて、紙袋を取りだした。中には買ったばかりのゴム手袋が入っていた。膠《にかわ》がついてべとべとしている薄手のその手袋をゆっくりとはめていくうち、一ヵ所に裂け目ができた。危ないというほどのものではなく、指と指の間がわずかに裂けただけだった。しかし、ペリーは縁起が悪いと思った。

ドアのノブがまわり、ガタガタいった。ディックの声がした。「キャンディーほしくねえか？　ここには自動販売機があるんだ」

「要らない」

「おい、大丈夫か？」

「大丈夫だ」

「一晩中入ってるんじゃねえだろうな」

ディックは自動販売機に十セント硬貨を入れ、レヴァーを引いて、ジェリービーンズの袋を取りだした。そして、口をもぐもぐさせながら、車のほうへ戻ると、あたりをぶらぶらしはじめた。その間、フロントガラスについたカンザスの埃《ほこり》や、つぶれた虫のぬるぬるする残骸《ざんがい》を拭《ふ》き取ろうとする若い従業員の奮闘を目で追っていた。ジェイムズ・スポアというその従業員は、何か落ちつかないものを感じていた。ディックの目と不機嫌そうな表情、ペリーの不可解なトイレでの長居に、気持ちを掻《か》き乱されたのだ（翌日、スポアは雇い主にこう報告した。「ゆうべ、なんかおっかない客が店にきましたよ」しかし、その後も長らく、その客とホルカムの惨劇が結びついているとは考えもしなかった）。

ディックがいった。「ここらは不景気みたいだな」

「そうなんですよ」ジェイムズ・スポアが答えた。「この二時間で、ここに立ち寄ったのはお客さんたちだけです。どちらからこられたんですか？」

「カンザスシティーだ」

「ここへは猟に？」

「いや、通りすがりだ。アリゾナへいく途中だ。向こうで仕事が待ってるんだ。建設の仕事がな。ところで、ここからニューメキシコのトゥカムカリまで、何マイルぐらいあると思う？」

「いや、見当がつきませんね。ええと、三ドル六セントいただきます」スポアはカネを受け取ると、釣り銭を出して、いった。「失礼してもいいですか？　ほかの仕事中だもんで。トラックにバンパーつけてるんですよ」

ディックは待った。ジェリービーンズを口に放りこみ、いらだってエンジンをふかし、クラクションを鳴らした。ペリーという男を見誤っていたなどということがあるだろうか？　人もあろうに、あのペリーが突然、〝臆病風《おくびょうかぜ》に吹かれる〟などということが？一年前、はじめて顔を合わせたときは、ペリーを〝いいやつ〟だと思った。ちょっと〝うぬぼれ〟で、〝センチメンタル〟で、ひどく〝空想家〟であるにしても。ディックはペリーに好感を抱いたが、とくに親しくする価値があるとまでは思わなかった。ところが、ある日、ペリーが殺しの話を始め、ラスヴェガスでほんの〝おもしろ半分〟に黒人の男をやっつけた――自転車のチェーンで叩《たた》き殺した――いきさつを語ったのだ。その逸話で、ディックは〝チビのペリー〟に対する評価を急伸させた。ペリーをよく観察するようになったのはそれからだった。そして、理由は違っていたが、ウィリー‐ジェイと同様、彼を非凡で貴重な資質の持ち主とする判断に傾いていった。当時、ランシングには、本物の殺人者が数人、殺しをやったと吹いたり、喜んで殺しをやるとうそぶく連中が大勢うろついていた。しかし、ペリーこそ稀有《けう》な人間、すなわち〝生まれついての殺し屋〟――間違いなく正気なのだが、良心のかけらもなく、動機の有無にかかわらず冷酷無比な死の一撃を加えられる人間――だ、とディックは確信した。そういう天性は自分の監督下におくことで開花させられる、というのがディックの説だった。結論が出ると、ディックは進んでペリーに接近し、ご機嫌取りをした。たとえば、埋もれた財宝の話を信じ、浜辺の浮き草暮らしへの憧《あこが》れや港町への思いを分かちあっているようなふりをした。だが、実のところ、そんなものはどれ一つ、心に訴えてきはしなかった。ディックが望むのは、自分の商売、家、馬、新車、それに〝大勢の金髪娘〟に囲まれた〝まっとうな暮らし〟だったのだ。しかし、ペリーに疑念を抱かせないことが重要だった――ペリーがその天性で野望の達成を助けてくれるまでは。ところが、計算違いをして、一杯食わされたのは、どうやら自分のほうだった。もし、そうだとしたら――結局のところ、ペリーが〝ただのクズ〟だということが明らかになったら――〝お楽しみ〟はおしまいで、何ヵ月もかけて練った計画はご破算になり、背を向けて立ち去る以外になかった。そんなことがあってはならない。ディックはガソリンスタンドへ戻った。男性用トイレのドアは、掛け金がかかったままだった。ディックはドアをドンドン叩いた。「いいかげんにしなよ、ペリー！」

「ああ、もうちょっとだ」

「いったいどうしたんだよ？　気分でも悪いのか？」

ペリーは洗面台の縁をしっかりつかみ、体を引き上げるようにして立ち上がった。両脚はブルブル震えていた。膝の痛みで冷や汗がにじんできた。ペーパータオルで顔を拭《ぬぐ》うと、ようやくドアの掛け金を外した。「よし。さあ、いこう」



ナンシーの寝室は家の中でいちばん狭かったが、いちばん個性的だった。いかにも女の子らしい部屋で、バレリーナのチュチュのようなふわふわした印象がした。箪笥《たんす》と書き物机を除くと、壁や天井をはじめ、あらゆるものがピンクかブルーか白だった。ブルーの枕《まくら》を重ねて置いた白とピンクのベッドには、やはり白とピンクの大きなテディーベア——ボビーが郡の共進会の射的場で取った景品——が鎮座していた。ピンクに塗ったコルク製の掲示板が、白で縁取られた化粧台の上にかけられていた。誰かの古いコサージュの残りの乾いたクチナシが、その掲示板に貼《は》りつけられていた。ほかには、古いヴアレンタインカード、新聞から切り抜いたレシピ、まだ赤ん坊の甥《おい》やスーザン・キッドウェル、ボビー・ラップのスナップ。ボビーはさまざまな動きを見せていた。バットを振っているところ、バスケットボールでドリブルしているところ、トラクターを運転しているところ、水泳パンツでマッキニー湖の岸に近い水中を歩いているところ（そこまでが限界だった。というのは、ボブは泳ぎを習ったことがなかったからだ）。そして、ナンシーとボビー、二人一緒の写真が何枚かあった。その中でナンシーがいちばん気に入っていたのは、木漏れ日を浴びながら、ピクニックの残り物に囲まれて座り、笑ってこそいないが、この上ない喜びにあふれた表情で顔を見合わせている一瞬を撮ったものだった。その他の写真は、死んでしまったが忘れられずにいる馬や猫のもの——たとえば、そう遠からぬ前、ひどく謎《なぞ》めいた死にかたをした（ナンシーは毒死ではないかと疑っていた）〝かわいそうなブーブズ〟——で、それが机の上をふさいでいた。

　家族の中で最後に床につくのは、いつもナンシーだった。かつては家庭科の先生で、今は友人のポリー・ストリンガー夫人に語ったように、真夜中の時間帯が〝わがままでうぬぼれていられる一時《ひととき》〟だった。美容の日課をこなすのもその時間で、クレンジングしたり、クリームを塗ったりする儀式を執りおこなった。土曜の晩には、それに洗髪が加わった。今夜も髪を乾かしてブラシをかけ、薄手のバンダナで結ぶと、翌朝、教会に着ていくつもりの衣装を出して並べた。ナイロンの靴下、黒いパンプス、赤い別珍のド

レス——手持ちの中でいちばんきれいなお手製の服。それが埋葬されるときに着せても
らう死に装束になった。
ナンシーはお祈りをする前、必ず、日記にその日のできごとのいくつか（「夏の訪れ。
永遠に続けばいいのにと思う。スーがくる。二人でベイブに乗って川にいく。スーはフ
ルートを吹く。ホタルが出る」）、あるいは、折にふれてほとばしる感情（「わたしは彼
を愛してる。心から」）を記した。日記は五年分を収録できるものだった。手もとに置
いてから四年間、一度として記入を怠ったことはなかった。ただ、いくつかの慶事（エ
ヴェンナの結婚、甥の誕生）や劇的な事件（「ボビーとはじめて〝本気〟で喧嘩」——
そのページには文字どおり涙の跡が残っていた）は、その先の日に割り当てられたスペ
ースにまで食いこんでいた。ナンシーは毎年、インクの色を変えて区別をつけていた。
一九五六年は緑、一九五七年はリボン生地のような赤、その翌年は鮮やかな藤色に変え、
そして、今、一九五九年は高貴な感じの青に決めていた。また、あらゆる表現の形態で
そうだったのだが、ナンシーは自分の筆跡もあれこれいじりまわすのをやめなかった。
右に傾けたり、左に傾けたり、丸みを持たせたり、尖《とが》らせたり、ゆったりさせたり、詰
めたり——まるで、こう尋ねているようだった。「これがナンシー？　それとも、あ
れ？　いえ、それ？　どれがわたし？」（英語の先生のリッグズ夫人が作文にこんな批
評をつけて返してくれたことがあった。「B。でも、なぜ、三種類の字体で書いたので

すか?」それに対して、ナンシーはこう答えた。「わたしはまだ成長中で、署名が一種類に固まった大人にはなっていないからです」)それでも、ナンシーはこの何ヵ月かで進歩を見せ、成熟ぶりがあらわれはじめた筆跡でこう記していた。「ジョリーン・Kがくる。チェリーパイのつくりかたを教える。ロキシーと練習。ボビーがきて、みんなでテレビを見る。ボビー、十一時に帰る」

「ここだ、ここだ、ここに違いねえ。学校があって、ガレージがあって、次を南に曲がるんだ」ペリーには、有頂天になったディックがわけのわからないことをいっているとしか思えなかった。車はハイウェイを降り、人気《ひとけ》のないホルカムを一気に通り抜け、サンタフェ鉄道の線路を越えた。「銀行だ。あれが例の銀行に違いねえ。ここで西に曲がるんだ――木立が見えるだろ? これだ。これがそうに違いねえ」ヘッドライトがアキニレの並木道を照らしだした。風に吹かれたアザミが固まりになって道をよぎっていった。ディックはヘッドライトを消し、スピードを落としていった。車を停めると、月明かりの夜に目が慣れるまで待った。やがて、車は這《は》うように進みはじめた。

ホルカムは山地標準時間帯の境界の東十二マイルにある。その位置が苦情の原因になっている。というのは、朝の七時になっても、冬ならば八時を過ぎても、空はまだ暗く、星が出ていれば明るく輝いているからだ。ヴィック・アーシックの二人の息子が日曜の朝の仕事にかかろうとやってきたときにも、やはり星が輝いていた。しかし、二人が九時に仕事を終えたときには――その間、何の異変にも気づかなかったが――もう太陽が昇っていた。キジ猟の季節としては申し分のない一日になりそうだった。二人が屋敷を離れ、並木道を走っていると、一台の車が入ってきた。二人が手を振ると、一人の娘が手を振り返してきた。娘はナンシー・クラッターの同級生で、名前はやはりナンシー――ナンシー・イウォルト――といった。ナンシーは車を運転している男、中年の甜菜《てんさい》農場主、クラレンス・イウォルト氏の一人っ子だった。イウォルト氏自身は教会にいかなかったし、妻もそうだった。しかし、毎日曜日、娘をリヴァーヴァレー農場まで送り届けると、クラッター家の人々がガーデンシティーのメソジスト教会の礼拝に同伴してくれることになっていた。この取り決めのおかげで、イウォルト氏は〝町まで二回往復する〟手間が省けた。娘が無事に家の中に入るまで見届けるのが、その折の習慣になっていた。ナンシーは映画スター並みの姿で服装にも敏感だったが、眼鏡をかけていて、恥ずかしそうな爪先《つまさき》立ちの歩きかたをした。そのナンシーが芝生を横切り、玄関に着いて、ベルを押した。家には四つの入り口があった。玄関を繰り返しノックしても返事がなかったので、ナンシーは次へ移った——クラッター氏の事務所の入り口へ。そこではドアがわずかに開いていた。ナンシーはもう少し押し開けてみた。事務所が影に覆《おお》われているということしかわからなかった。しかし、〝勝手に押し入る〟のは、クラッター家の人々にいやがられるのではないかと思われた。それで、ノックし、ベルを押してみた末に、家の裏手へまわった。そこにはガレージがあった。車は二台とも中に入っていた。シヴォレーのセダンが二台。ということは、家人は在宅ということに違いなかった。しかし、〝ユーティリティールーム〟（訳注　洗濯機や掃除用具が置いてある小部屋）に通じる三番目のドア、キッチンに通じる四番目のドアにあたってみても、何の応答も得られなかった。ナンシーは父親のもとに戻った。イウォルト氏はいった。「たぶん、寝ていなさるんだろう」

「でも、そんなこと、あるはずないわ。クラッターさんが教会にいかないなんてこと、あると思う？　ただ寝ていたいからって」

「よし、それじゃ、教師館にいってみるとするか。スーザンならどういうことか知っとるはずだ」

教師館はいかにも現代的な学校の向かいに建っている。こちらはいかにも時代遅れの建物で、くすんで痛ましいほどのたたずまいだ。二十余りの部屋は、ほかの住まいを見つけられない、あるいは、借りる余裕のない教職員に貸与されるアパートになっている。それでも、スーザン・キッドウェルとその母親は工夫を凝らして、自分たちのアパート

——一階の三室からなる——に居心地のよい雰囲気をかもしだしていた。非常に狭い居間には、信じられないほどたくさんのものがおさめられていた。椅子《いす》のたぐいを別にしても、オルガン、ピアノ、花の咲いた植木鉢を並べた室内庭園。それに、うろちょろする小犬と居眠りばかりしている大きな猫がいるのが常だった。この日曜の朝、スーザンは居間の窓辺に立って、通りを眺めていた。スーザンは青白い卵形の顔、薄い灰青色の目をした背の高い物憂《ものう》げな娘だ。その手はとくに人目を引く——指が長く、しなやかで、気づかわしいほど優美なのだ。スーザンは教会にいく服装をして、クラッター家のシヴォレーがあらわれるのを今か今かと待っていた。スーザンもまた、いつもクラッター家に付き添われて礼拝に通っていたからだ。ところが、きょうは代わりにイウォルト親子がやってきて、妙な話をした。

スーザンはそれを聞いても説明がつかなかった。母親も同じで、こういった。「何か予定が変わったんだとしたら、きっと電話をくれてるはずよ。そうそう、スーザン、おうちに電話してみたら。みなさん、まだ寝てるってこともないわけじゃない——と思うんだけど」

「それで電話してみたんです」後日の供述の中でスーザンはいった。「電話して、ベルを鳴らしっぱなしにしました——少なくとも、わたしの印象では——そう、一分かそれ以上。でも、誰も出てこなくて。そうしたら、イウォルトさんがクラッターさんのうちにいって〝みんなを起こそう〟っていいだしたんです。でも、うちに着いたら――中に入るのが、いやになって。わたし、怖かったんです。なぜかはわからないけど。だって、思いもよらなかったから――そう、あんなこと、あるはずないんです。お日さまはさんさんと輝いて、何もかもが明るくて静かでした。そのあと、わたしは車がみんなあるのに気がつきました。ケニヨンの古いコヨーテワゴンまで。イウォルトさんは仕事着を着てました。ブーツには泥がついてました。それで、クラッターさんのうちに入るにはふさわしくない格好だと思ったんです。それまで一度もなかったから、とくにそう思ったんでしょう。あ、つまり、うちに入ったことがなかったって意味ですが。結局、ナンシーがわたしと一緒ならっていいました。わたしたち、キッチンのドアのほうへまわったんですが、もちろん、鍵《かぎ》はかかっていませんでした。そちらのほうのドアに鍵をかけたりするのはヘルムの奥さんだけでしたから――家の人はそんなことしませんでした。わたしたち、中に入ってみました。クラッターさんたちは朝ごはんを食べてないってことが一目でわかりました。お皿が一枚も出てなかったし、レンジには何ものってなかったからです。そのあと、わたし、おかしなことに気がつきました。ナンシーの財布です。口が開いた状態で床に落ちてたんです。わたしたち、食堂を通り抜け、階段の下で立ち止まりました。ナンシーの部屋はそのすぐ上です。わたし、ナンシーって呼びかけ、階段を上がりはじめました。ナンシー・イウォルトもあとをついてきました。自分たちの足音にぎょっとさせられました。それがものすごく大きく響くんですが、ほかは静まりかえっていたからです。ナンシーの部屋のドアは開いてました。カーテンを引いてなかったので、部屋の中には日光がいっぱいにさしこんでました。わたし、自分が悲鳴を上げたのをおぼえてません。でも、ナンシー・イウォルトはそうしたっていってます――何度も何度も悲鳴を上げたって。おぼえてるのは、ナンシーのテディーベアがこちらをじっと見てたということだけです。そして、ナンシー。そのあと、逃げだしました……」

その間、イウォルト氏は娘たちだけを家の中にやるべきではなかったと思いなおしていた。そこで、車を降りて二人のあとを追おうとしたとき、悲鳴が聞こえてきた。家に着く前に、二人が駆け寄ってきた。イウォルト氏の娘が叫んだ。「彼女、死んでるの！」そして、父親の腕の中に飛びこんできた。「ほんと、お父さん！　ナンシーが死んでるの！」

スーザンが彼女のほうに向きなおった。「嘘《うそ》。死んでないわ。そんなこといわないでよ。いっちゃ駄目よ。あれはただの鼻血よ。彼女、いつも出てたから。ひどい鼻血が。それだけのことだって」

「それにしちゃ、血が多すぎるわ。壁にまでついてたもん。あなた、ちゃんと見なかったのよ」

「わたしには何がなんだかさっぱりわかりませんでした」イウォルト氏はあとで証言した。「はじめはあそこのお子さんが怪我《けが》されたのかと思ったんです。で、まずしなきゃならんのは救急車を呼ぶことだと考えたわけです。キッドウェルのお嬢さん——スーザン——がキッチンに電話があると教えてくれました。たしかにいわれたとおりの場所で電話を見つけたんですが。ところが、受話器がフックから外れとりまして。それを取り上げてみたときに、線が切られてるってことがわかりました」

英語教師で二十七歳のラリー・ヘンドリックスは、教師館の二階に住んでいた。物書きになりたいと思っていたが、そのアパートは作家志望の人間には理想的な隠れ家とはいえなかった。キッドウェル家よりも狭いのに、妻と三人の活発な子ども、それにつけっぱなしのテレビ(「子どもたちをおとなしくさせておくには、それしか手がないからです」)と同居していたからだ。オクラホマ出身の男性的な元船員で、パイプをくゆらせ、口ひげをたくわえ、もじゃもじゃの黒髪を短く刈りこんだヘンドリックスは、まだ作品を出版してはいないが、少なくとも、見かけは文学的だ。実際、彼が心服する作家、アーネスト・ヘミングウェイの若いころの写真に驚くほどよく似ている。ヘンドリックスは教師の給料を補うため、スクールバスの運転も引き受けていた。

「ときどき、一日六十マイル走ることがあるんです」ヘンドリックスは知人にいった。「そうなると、書く時間はあんまり残らないですね。日曜日は別だけど。で、あの日曜日、十一月十五日、ぼくはアパートのここに座って、新聞に目を通してたんです。ほら、ぼくは小説のアイディアの大半を新聞から手に入れてますから。あのときは、テレビがついてたし、子どもたちもかなりにぎやかにしてました。それでも、声が聞こえてきたんですよ。下の階から。キッドウェルさんのところからです。だけど、ぼくは自分には関係のないことだと思ってました。だって、ぼくはここでは新参者でしたからね——新学年が始まったとき、ホルカムにやってきたばかりで。ところが、シャーリーが——外に出て洗濯物を干してたんですが——女房のシャーリーが駆けこんできて、こういうんです。『あなた、下にいってみたら。みんな、ヒステリーになってるみたい』あの二人の娘さん——そう、ほんとにヒステリーになってましたよ。スーザンはいまだに回復してませんね。今後も回復しないんじゃないかな。それに、お母さんのキッドウェルさん。もともと健康がすぐれないんですが、まっさきに神経がまいっちゃって。こういいつづけてました——何をいってるのか、ぼくに意味がわかったのはあとになってからのことですが——こうです。『ああ、ボニー、ボニー、何があったの？　あなた、あんなに幸せだったのに。みんな終わったっていってたのに。もう病気になんかならないっていってたのに』そんな意味のことをいってました。イウォルトさんでさえ、ああいう人としては珍しいほど興奮してましたね。保安官事務所に電話して――ガーデンシティーの保安官ですが――〝クラッターさんのところで何かとんでもない間違い〟があったっていってました。保安官はすぐに飛んでいくって約束しました。イウォルトさんは、わかりました、ハイウェイまで迎えにいきます、といいました。シャーリーも下りてきて、女の人たちと一緒に座って、なだめようとしました――そんなことできるわけないのに。ぼくはイウォルトさんと一緒に出かけました――ロビンソン保安官を待つために、ハイウェイへ向かったんです。その途中、何があったのか、イウォルトさんが教えてくれました。電話線が切られてるのを見つけたっていうくだりまできたとき、ぼくは思いましたよ。ああ、これはって。それで、しっかり目を開けておいたほうがいいと考えました。ことの詳細まで銘記しておけって。法廷で証言を求められる場合に備えてね。保安官がやってきました。九時三十五分でした――ぼくは時計を見たんです。イウォルトさんが保安官に手を振って、ついてくるように合図しました。ぼくたちはクラッター家に向かいました。ぼくはそれまで、あの家を遠くから眺めただけで、いったことはなかったんですが。もちろん、一家の人たちは知ってましたよ。ケニヨンは二年生のぼくの英語のクラスにいたし、ナンシーは『トム・ソーヤー』の芝居でぼくが演出しましたからね。でも、あの子たちは珍しいというか、つまり、まったく気取らなかったんで、うちがお金持ちで、あんな大きな家――木立があって、芝生があって、何もかも手入れが行き届いた家――に住んでいるとは見えませんでした。で、その家に着いたんですが、保安官はイウォルトさんの話を聞くと、自分の事務所に無線を入れて、応援と救急車をよこすように指示しました。『何か事故が発生した』といって。それから、ぼくたち三人、家の中に入っていきました。キッチンを通り抜けたとき、女ものの財布が床に落ちてて、電話の線が切られてるのが見えました。保安官は腰にピストルを下げてたんですが、ナンシーの部屋にいこうと階段を上がるときには、いつでも引き抜けるよう、ピストルに手をかけてました。

いや、まったくひどいもんでした。あのすてきな娘さんが――とてもそうとはわからないくらいでしたから。ナンシーはたぶん二インチほどの距離から散弾銃で後頭部を撃たれてました。横向きに倒れて、壁のほうを向いてたんですが、その壁はもう血まみれで。ベッドカヴァーが肩のあたりまで引き上げてありました。ロビンソン保安官がそれをめくってみると、ナンシーはバスローブとパジャマを着て、ソックスと上靴をはいてました――事件がいつごろ起きたのかわかりませんが、彼女はまだベッドに入ってはいなかったんでしょう。両手は後ろ手に縛られてました。足首もヴェネシャンブラインドの紐《ひも》みたいなものでくくられてました。保安官が『これはナンシー・クラッターかね？』と尋ねました――それまでナンシーと会ったことがなかったんです。で、ぼくは『そうです。そうです、ナンシーです』といいました。

ぼくたちは廊下に戻って、あたりを見まわしました。ほかのドアはみんな閉まってました。その一つを開けてみると、そこはバスルームでした。ただ、何か変な感じがしたんです。それは椅子のせいだと思いました——食堂にあるような椅子が置いてあって、それがバスルームでは場違いに見えたんですね。その隣のドアですが——ぼくたちはそこがケニヨンの部屋だろうということで一致しました。男の子らしいものが、そこらじゅうに散らばってましたから。ぼくはケニヨンの眼鏡に気がつきました——ベッドのそばの本棚の上にのってたんです。でも、ベッドは空でした。誰かが寝てたという形跡はあったんですが。それから、ぼくたちは廊下の端まで歩いていきました。最後のドアを開けてみると、ベッドの上にクラッターさんの奥さんがいるのが見つかりました。やはり縛られてました。でも、ナンシーとは様子が違ってて——両手が体の前で縛られてたんで、まるでお祈りでもしてるように見えました——片手にハンカチを持ってたというか、握りしめてました。いや、あれはクリネックスだったのかな？　手首を縛っている紐は足のほうへ伸びてて、足首も縛っていました。それから、さらにベッドの下のほうへ伸びて、足板に縛りつけてあったんですが——あれは非常に手の込んだ巧妙な縛りかたでしたね。縛りあげるまでどれほどの時間をかけたことか！　その間、奥さんは怯《おび》えて気も動転したままで、じっとしていたんでしょうね。そうそう、奥さんは指輪を二つつけてました——ぼくが一貫して物盗《ものと》りの線は弱いんじゃないかと考えてきた理由の一つはそれです――それと、ローブと白いナイトガウンと白いソックス。口には粘着テープを貼《は》りつけられてたんですが、頭の横を至近距離からまっすぐ撃たれて、そのあおり――衝撃――で、テープが剝《は》がれかけてました。目は開いてました。大きく見開いてました。まだ犯人をじっと見つめているみたいに。奥さんはいやでも犯人を見ていなければならなかったでしょうから――犯人が狙《ねら》いを定めるのを。ぼくたち、誰も何もいいませんでした。もう呆然《ぼうぜん》としてしまって。薬莢《やっきょう》が見つからないかと保安官が探しまわっていたのをおぼえてますが。でも、誰の仕業にしろ、非常に抜け目なくて冷静なやりくちですから、そんな手がかりを残していくはずはなかったでしょうね。

当然のことですが、ぼくたち、クラッターさんはどこにいるんだろうと思いました。それに、ケニヨンは？　保安官が『下を見てみよう』といいました。ぼくたちが最初にあたったのは、夫婦用の寝室――クラッターさんが寝ている部屋でした。ベッドカヴァーはめくれてました。ベッドの足もとのほうには札入れが落ちてたんですが、そこからカードのたぐいがばらばらにこぼれてました。誰かが何か特別のものを探しだそうとして掻《か》きまわしたみたいに――手紙か借用証か、何かわかりませんが。中におカネが入ってなかったという事実は、どっちみち、意味がなかったんですが。ぼくでさえ、それは知ってました。ですからね、あの人は現金を持ち歩きませんでした。ぼくでさえ、クラッターさんの札入れですからね、あの人は現金を持ち歩きませんでした。ホルカムにきて、二ヵ月ちょっとしかたってないぼくでさえ。もう一つ、ぼくが知ってたのは、クラッターさんにしろ、ケニヨンにしろ、眼鏡なしでは何も見えないということです。クラッターさんの眼鏡は箪笥《たんす》の上に置いてありました。で、思ったんです。二人がどこにいるにしても、自分からそこにいったわけではないだろう、と。ぼくたちはそこらじゅうを見てまわったんですが、あらゆるものがあるべき場所にありました――争ったあともなければ、乱れたものもなく。ただ事務所だけは別で、電話の受話器は外れ、線は切られてました。キッチンと同じですね。ロビンソン保安官はクロゼットの中で散弾銃を何挺《ちょう》か見つけました。それが最近、発射されてないか確かめようと嗅《か》いでみました。で、そういう形跡はないっていったんですが――あんなにとまどった顔の人は見たことないですね――保安官はそれから、こういいました。『いったいハーブはどこにいるっていうんだ？』そのとき、足音が聞こえてきました。地下室から上がってくる足音が。『誰だ？』保安官が声をかけて、今にも撃つようなかまえをしました。すると、『わたしです。ウェンドルです』と返事がありました。それで、保安官代理のウェンドル・マイヤーだってわかったんです。彼も家にやってきたんですが、ぼくたちの姿が見えなかったんで、地下室へ下りて調べていたらしいんです。保安官が彼にいいました――どこか哀れっぽい声で。『ウェンドル、わたしはどう考えたらいいのかわからんのだが。二階にホトケが二つあるんだ』『はあ』ウェンドルもいいました。『こっちにもう一つあるんですが』それで、ぼくたち、彼について地下室に下りていきました。

地下室というか、娯楽室というんでしょうかね。そんなに暗くはなくて——窓がいくつかあって、十分に光が差しこんでいたんで。ケニヨンは隅のほうにいました。寝椅子に横たわって。粘着テープで口をふさがれ、手足を縛られてました。お母さんと同じように——紐が手から足へ伸び、最後には寝椅子の肘《ひじ》かけに縛りつけられているという複雑なやりかたで。なぜか、そのケニヨンが脳裏に焼きついて離れないんです。彼がいちばん見おぼえのある姿、いちばん彼らしい様子をしてたからですかね——顔を真正面から撃たれてはいましたが。ケニヨンはTシャツとブルージーンズという格好で裸足《はだし》でした——急いで服を着ることになって、いちばん手近にあるものをひっかけたというみたいに。頭は枕二つの上にのってましたが、犯人が的にしやすくするために、枕をそこに押しこんだっていう感じでしたね。

そのあと、保安官が『これはどこへ通じてるんだ？』と聞きました。地下室のもう一つのドアのことです。保安官が先に立って入っていきましたが、ドアの向こうは真っ暗で、イウォルトさんが明かりのスイッチを見つけるまでは、自分の手も見えないくらいでした。そこは炉室で、もう熱いくらいでした。ここらじゃ、みんな、ガス暖房炉を備えてて、ポンプで地下から天然ガスを吸い上げてるんです。燃料費は一銭もかかりません——それでどこの家でも暖房をきかせすぎるんです。そこでクラッターさんを見たんですが、もう二目と見られないほどの様子でした。ただ撃ったというだけじゃ、あれほど大量の出血の説明はつきません。実際、ぼくは間違っていませんでした。クラッターさんはたしかに撃たれてましたよ。ケニヨンと同じように——顔の真ん前でかまえた銃で。でも、たぶん、撃たれる前に、死んでたんじゃないですか。どっちにしても、死にかけてたと思います。というのは、喉《のど》を掻っ切られていたからです。クラッターさんは縞《しま》のパジャマを着てました——ほかには何も身につけてませんでした。口はテープでふさがれてました。そのテープが頭のまわりをぐるぐる巻きにしてました。足首は縛りあわせてありましたが、手は縛られてなかった——というか、どういうふうにしてかはわかりませんが、憤激からか、苦痛からか、手を縛っていた紐を引きちぎったみたいでした。クラッターさんは暖房炉の前に倒れてました。何か特別の目的で敷かれたみたいなボール箱の上に。あれはマットレスの箱ですかね。そのとき、保安官が『ウェンドル、これを見てみろ』といいました。保安官が指さしたのは、血まみれの足跡でした。それがマットレスの箱の上についてたんです。半張りした靴の跡で、円が二つ——そう、真ん中に穴が二つあいていて、ちょうど目のように見えました。それから、誰かが——イウォルトさんだったかな？　はっきり思いだせないんですが——その誰かが別のものを指さしました。あれは忘れようにも忘れられません。頭の上にスチームパイプが通ってたんですが、紐が一本、それに結びつけられて垂れ下がってたんです——犯人が使ったのと同じような紐が。ある時点で、クラッターさんが両手を縛られて、そこに吊《つ》るされ、そのあと、紐を切られて落とされたのは明らかです。でも、なぜ？　拷問《ごうもん》のために？　ぼくたちにはわかりそうにありません。誰が、なぜ、やったのか、あの晩、あの家で何が起きたのか、わかりそうにありません。

まもなく、家には人が詰めかけはじめました。救急車がやってきて、検死官、メソジストの牧師、警察の写真班、州警察の警官、ラジオや新聞の人たちも。大勢でした。大半は教会から呼びだされた人たちですが、みんな、まだ教会にいるみたいに振る舞ってました。とても静かで、話すのもひそひそ声で。誰もが信じられないというふうでした。州警察の警官が、きみは何か公務があってここにいるのか、と聞いてきました。そうでないなら出ていったほうがいい、ともいいました。で、外に出てみると、芝生で、保安官代理が男に——使用人のアルフレッド・ステックラインに——話しかけているのが見えました。ステックラインはクラッター家から百ヤードもないところに住んでいて、双方の間には納屋《なや》が一棟あるだけのようなんですが。それでどうして物音を聞かなかったか、ステックラインが説明してました——こういって。『わたしは五分前まで何も知らなかったですよ。五分前にうちの子が駆けこんできて、保安官がきてるって教えてくれるまで。わたしと女房は、ゆうべは二時間も眠ってなかったです。赤ん坊が病気なもんで、一晩中、寝たり起きたりでしたで。だけど、わたしらが聞いた音っていったら、十時半か十一時十五分前ごろですかね、車が出ていくのを聞いたそれだけで。わたしは女房にいったです。ボブ・ラップが帰っていくぞって』ぼくはうちに帰ろうと歩きだしました。途中、並木道を半分ほどいったところで、ケニヨンのコリー犬を見かけたんですが、犬は怯えてました。尻尾《しっぽ》を両脚の間に挟んでじっとして、吠《ほ》えもしなければ動きもしないんです。その犬を見てるうちに——なぜか感覚が戻ってきたんですよ。ぼくはただただ呆然とし、心が麻痺《まひ》してしまって、それまで、ことの邪悪さをはっきり感じていなかったんです。あの苦痛。あの恐怖。あの人たちは死んだんですね。一家みんなが。優しくて親切な人たち、ぼくの知ってた人たちは——殺されたんですね。それを疑うわけにはいきませんでした。なぜなら、それは掛け値なしの真実でしたから」

一日二十四時間のうちに、八本のノンストップの旅客列車がホルカムを通過する。そのうちの二本は、郵便物を積んだり降ろしたりする。担当者が熱っぽく説明するように、その作業には相当の手際《てぎわ》を要する。「そうなんですよ、ずっと気張ってなければならないですからね。列車がここを通り過ぎるんだけど、時速百マイルで突っ走っていくことだってあるんですよ。その風だけで、ほら、下手すると、なぎ倒されてしまいますからね。それで、郵袋《ゆうたい》が飛んでくると——もう、たいへん！　フットボールのタックルみたいなもんですよ。ドカン！　ドカン！　ドカン！　でも、いいですか、わたしゃ、文句をいってるわけじゃないんですよ。これはまっとうな仕事、お上《かみ》の仕事ですからね。わたしゃ、そのおかげで、若さを保ってるんですよ」ホルカムの郵便配達人、セイディー・トルート夫人――村の人々の呼びかたによれば〝トルート母さん〟――は、たしかに七十五という実際の年齢よりも若く見える。ずんぐりした渋皮色の未亡人で、バブーシュカ（訳注　両端を顎の下で結ぶスカーフ）風のバンダナを巻きつけ、カウボーイブーツをはいている（「足にはくもんじゃ、いちばん気持ちがいいですよ。アビの羽根みたいに柔らかくてね」）。トルート母さんはホルカムの生え抜きでは最年長だ。「ここらにわたしの縁続きでないものはいないって時代もあったんですよ。そのころはここをシャーロックっていってましたがね。そのあと、よそものがやってきたんです。ホルカムっていう男が。豚を飼ってましたけどね。カネもうけしたもんで、この村も自分の名前で呼ぶのがいいって決めたんですよ。でも、そのあと、どうしたと思います？　何もかも売っぱらって、カリフォルニアへいっちまったんですよ。わたしらはいきません。わたしゃ、ここの生まれだし、うちの子たちもここの生まれですからね。だから！　わたしら！　ここに！　いるんです！」母さんの子どもの一人がマートル・クレア夫人で、地元の郵便局長をしている。「一ついっとくけど、わたしがお上《かみ》のこの仕事についたのは、娘のおかげだなんて思わないでくださいよ。マートはわたしがこの仕事をするのを望んでもいなかったんですからね。だけど、この仕事は入札なんですよ。いちばん低い値段をつけた人のところへいくんです。で、わたしゃ、いつもいちばん低い値段をつけるんです——どんなに低いかっていうと、毛虫だって向こう側がのぞけそうなほどね。あはは！ それで男たちはもうかんかん。そうなんですよ、郵便配達になりたがってる男は大勢いますからね。だけど、その連中もほんとにこの仕事をしたいと思いますかね。雪があのプリモ・カルネラ（訳注 巨漢のボクサー・レスラー）の背丈ほど積もって、風がビュービュー吹いてる中を、郵袋《ゆうたい》が飛んでくるんですよ——うわっ！ ドカン！」

トルート母さんの職業では、日曜日もほかの日と変わりのない仕事日だ。十一月十五日、十時三十二分の西行きの列車を待っている間、二台の救急車が線路を横切り、クラッター家のほうへ曲がっていくのを見て、母さんはびっくりした。そして、そのできごとに刺激されて、今まで一度もしなかったこと——自分の仕事の放棄——をしてみようと思いたった。郵便は落とされた場所に放っておけばいい。これはすぐマートに聞かせなければならないニュースだ。

ホルカムの人々は郵便局を〝連邦ビル〟と呼んでいるが、隙間《すきま》風《かぜ》の入る埃《ほこり》っぽい小屋のことをいうには、あまりにご大層な名前と思われる。天井は雨漏りがするし、床板はぐらぐらするし、郵便受けは口がちゃんと閉まらないし、電球は壊れているし、時計は止まったままだ。「そうなんですよ、お恥ずかしい」このぼろ家を取り仕切る女主人は同意する。辛辣《しんらつ》で、多少の独創性も持ちあわせ、まったく臆《おく》するところのない女性だ。

「でもね、切手や消印は立派に通用してるでしょ？　だったら、かまったことじゃないんじゃない？　この奥のあたしの居場所はほんとに心地がいいんですよ。揺り椅子はあるし、具合のいい薪《まき》ストーヴはあるし、コーヒーポットも、読むものもたくさんあるし」

クレア夫人はフィニー郡では有名人だ。その顔の広さは現在の職業ではなく、過去の職業に由来している。ダンスホールの女主人というその前身は、今の外見からはうかがい知れない。夫人はひどく痩《や》せた体に、ズボンとウールのシャツをまとい、カウボーイブーツをはいている。髪はショウガ色で、気質も辛味がきいている。年齢は明かさないが（「そんなの、あたしが知っていればいいことで、みなさんは想像なさってくださいよ」）、自分の意見はためらうことなく明かす。しかも、雄鶏《おんどり》並みの高くて通る声で、それを披露するのだ。一九五五年まで、今は亡《な》き夫とともにホルカム・ダンスパヴィリオンを経営していたが、この地方でその種の店はただ一軒ということで、周辺百マイル四方から、酒好き、踊り好きの客を引きつけた。するとこ、今度はその客の振る舞いが、しばしば保安官の関心を引きつけた。「そりゃ、ひどい目にもあいましたよ、はい」クレア夫人は思いだしていった。「がにまたの田舎っぺの中には、ちょっとお酒を飲ませると、インディアンみたいになっちゃう人がいましたから——何でも手当たり次第に頭の皮を剝ぎたくなるっていう人が。もちろん、うちでは割ったものしか出しませんでしたよ。強いお酒を生《き》でなんて絶対に。もし、それが合法でも、出さなかったでしょうね。うちの亭主、ホーマー・クレアがうんといわなかっただろうし、あたしだってそうですから。ある日、ホーマー・クレアが――あの人がオレゴンで五時間がかりの手術を受けたあとに亡くなって、きょうで七ヵ月と十二日になりますけど――あたしにこういったんですよ。『マート、おれたち、これまでずっと地獄で生きてきたな。だが、これから天国で死ぬことにしようや』その翌日、あたしたち、ダンスホールを閉めたんです。あたしは後悔なんてしてませんよ。まあね、はじめのうちは夜更《よふ》かししなくなったのが寂しかったけど――音楽や浮かれ騒ぎがね。でも、ホーマーがいなくなった今は、この連邦ビルで仕事をしてるだけで満足してますよ。しばらく腰を落ちつけたり、コーヒーを飲んだりして」

事実、その日曜の朝も、クレア夫人はいれたてのコーヒーをポットからカップについでいた。トルート母さんが戻ってきたのはそのときだった。

「マート!」母さんはいったが、一息つくまで次の言葉が出てこなかった。「マート、救急車が二台、クラッターさんちへいったよ」

実の娘がいった。「十時三十二分の列車はどうしたの?」

「救急車だよ。クラッターさんちへ――」

「へえ、それがどうしたの? ボニーに決まってるじゃない。また病気が出たのよ。それより十時三十二分はどうしたの?」

トルート母さんはしゅんとなった。返事をお見通しのマートは、最後の言葉の余韻を楽しんでいた。そのとき、母さんはあることに思い当たった。「でも、マート、もし、病人がボニーだけなら、どうして救急車が二台くるんだい?」なかなか鋭い質問だった。妙な解釈をすることはあるにしても、論理というものを重んじるマートとしては、そう認めざるをえなかった。それで、ヘルム夫人に電話してみようといいだした。「メイベルなら知ってるわ」

ヘルム夫人との会話は数分間続いた。トルート母さんはそれにひどくじらされた。娘の漠然とした短い応答のほか、何も聞きとれなかったからだ。さらに悪いことに、娘は電話を切ると、母さんの好奇心を満たそうともしなかった。それどころか、何ごともなかったかのようにコーヒーを飲むと、自分の机に赴いて、山積みになった手紙に消印を押しはじめた。

「マート」トルート母さんはいった。「お願いだから教えておくれよ。メイベルはなんていったの?」

「あたしは驚きませんけどね」クレア夫人はいった。「ハーブ・クラッターがあわてふためいて一生を送ったってことを考えてみればね。ここへ郵便を受け取りに駆けこんできても、おはようやありがとうをいう間も惜しんでたし、首をちょん切られた鶏みたいに駆けずりまわってたし——あちこちのクラブに入ったり、いろんなことを仕切ったり、ほかの人がほしがるような仕事を取ったりして。だから、見てみなさいっていうの——そういうことが全部、我が身に跳ね返ってきたのよ。でも、もうこれからは駆けまわることもないけどね」

「どうして、マート？　どうしてなんだい？」

クレア夫人は一段と声を張り上げた。「それはね、あの人が死んだからよ。それに、ボニーも。それから、ナンシーも。男の子もね。誰かがあの人たちを撃ったんだって」

「マート——そんなことというもんじゃないよ。でも、誰が撃ったっていうの？」

クレア夫人は消印を押す手を休めずに答えた。「飛行機の男じゃないの。果樹に墜落したっていうんで、ハーブが訴えた男。もし、その男でないとしたら、母さんじゃないの。でなきゃ、通りの向こうの誰か。隣近所みんながガラガラヘビみたいなもんだからね。人間のクズどもが、こちらの鼻先でドアをピシャリと閉める隙をうかがってるのよ。それは世界中どこへいっても同じ。わかるでしょ」

「わからないね」トルート母さんは両手で耳を覆《おお》いながらいった。「わたしにゃ、そんなことわからないね」

「人間のクズどもだっていうの」

「わたしゃ、怖いよ、マート」

「何がよ? お迎えがくるときはくるもんじゃないの。涙なんか流したってなんにもならないわよ」クレア夫人は母親が涙を一筋二筋流しはじめるのを見ていた。「ホーマーが死んだとき、あたしは自分の中にあった恐れっていうものをみんな使い果たしてしまったのよ。それに、悲しみもね。もし、あたしの喉を掻《か》っ切りたいってやつが、ここらをうろついてるとしたら、うまくやんなさいっていうだけね。それで何の違いがあるっていうの? 永遠の中では同じことじゃない。おぼえておいて。一羽の鳥が砂を一粒一粒、大海原を越えて運ぶとするでしょ。砂を全部、向こう岸に運び終わったところで、やっと永遠が始まるのよ。まあ、それはそれとして、鼻をかんだら」

その無残な情報は、教会の説教壇から告知され、電話線を通じて伝達され、ガーデンシティーのラジオ局、KIULによって公表された(「土曜日の深夜、あるいは本日の早朝、信じがたい、言葉ではいいあらわせないほど衝撃的な悲劇が、ハーブ・クラッター家の四人の家族を襲いました。残忍で、明白な動機の見当たらない殺人……」)。それを聞いた一般の人々の反応は、クレア夫人よりはトルート母さんに近いといえた。驚愕《きょうがく》が次第に狼狽《ろうばい》へ変わり、ぞっとするという表面的な感情は、内心に潜む恐怖の冷泉によって急速に深められていった。

粗削りなテーブル四つとランチカウンターだけのハートマンズ・カフェには、居ても立ってもいられなくなった噂《うわさ》好きの連中のごく一部しか入れなかった。その多くは男で、何かというと店にたむろしたがる連中だった。白髪交じりの金髪を短く切り、明るく強い緑色の目をした痩身《そうしん》の店主、ベス・ハートマン夫人はけっして愚かではない。クレア郵便局長のいとこで、その率直さはいとこに優るとも劣らないものがある。「わたしのことを手ごわいばあさんだっていう人もいるけどね、でも、あのクラッター事件にはさすがにびっくりさせられた」夫人はあとになって友人にいった。「あんなとんでもないことをしでかす人間がいるなんて想像がつく？　みんながこの店にぞろぞろやってきて、めちゃくちゃな話をするのを聞いて、わたしが最初に思ったのはボニーのこと。もちろん、馬鹿《ばか》げてはいるんだけど、事実がわからなかったからね。でも、もしかしたらと思った人は大勢いたのよ――ボニーの病気のせいで。今はどう考えたらいいのか、よくわからない。恨みの殺人には違いないけど。あの家のことを裏の裏まで知ってる誰かの仕業よ。でも、クラッターさん一家を憎んでた人なんている？　あの人たちの悪口なんて聞いたことないわ。あれほど評判のいい家族はいなかったのに。あの人たちにこういうことが降りかかるんだったら、いったい誰が無事でいられるのか聞きたいもんだわ。あの日曜日、ここに座ってた年寄りが、ずばりいってたけど。誰もおちおち眠っていられないわけをね。それはこう。『わしらがここで得るものっていえば友だちだ。ほかにはなんにもねえのにな』ある意味じゃ、それがこの犯罪の最悪の部分ね。ご近所同士が疑いなしでは相手を見られないなんて、なんて恐ろしいこと！　そう、生きていく上でやりきれない事態よね。でも、もし、誰がやったのかがわかったら、殺人そのものよりもっとびっくりすることになると思う」

ニューヨーク生命保険会社の代理人、ボブ・ジョンソンの夫人は、料理の名人だ。だが、用意した日曜日の夕食は食べられずじまいだった——少なくとも、それがまだ温かいうちには——というのは、焼いたキジ肉に夫がナイフを入れたちょうどそのとき、友人から電話がかかってきたからだ。「そのときですよ」彼はやるせない様子で回想する。「ホルカムで起きた事件をはじめて耳にしたのは。わたし、信じませんでした。というか、信じられませんでした。なんと、クラッターさんの小切手が自分のポケットに入ってたんですからね。もし、今、聞いたことがほんとうなら、八万ドルの値打ちがある紙切れが。いや、そんなはずはない、と思いましたよ。何かの間違いに違いない。ありえないことだ。ある人に高額の保険に入ってもらったと思ったら、次の瞬間には、その当人が死んでるなんて。しかも、殺人ですよ。倍額補償ということです。わたし、どうしたらいいかわかりませんでした。それで、うちのウィチタの支店長に電話したんです。小切手を受け取ったが、まだ処理はしていないという事情を話して、どうしたものか助言を仰ぎました。そうなんですよ、なかなかむずかしい状況でしてね。法律的には、うちに支払う義務はありません。でも、道徳的には——別問題ですからね。当然のことながら、うちでは道徳的に対応すると決めました」

この賞賛に値する対応の恩恵に浴した二人——父親の財産のただ二人の相続人、エヴェンナ・ジャーチョウと、その妹のベヴァリー——は、恐ろしい発見から数時間もたたないうちに、ガーデンシティーへの途上にあった。ベヴァリーは婚約者を訪ねていた先のカンザス州ウィンフィールドから、エヴェンナはイリノイ州マウントキャロルの自宅からの旅だった。その日のうちに、ほかの親戚《しんせき》にも次々と知らせがもたらされた。その中には、クラッター氏の父親、兄弟のアーサーとクラレンス、妹のハリー・ネルソン夫人が含まれていた。この四人はすべてカンザス州ラーニドに住んでいた。フロリダ州パラトカに住む下の妹、イレーン・セルサー夫人にも通報された。また、カリフォルニア州パサデナに住むボニー・クラッターの両親のアーサー・B・フォックス夫妻、三人の兄——カリフォルニア州ヴァイセリアのハロルド、イリノイ州オレゴンのハワード、カンザス州カンザスシティーのグレンにも。クラッター家の感謝祭の招待客リストにのっていた人々の大半にも電話や電報がいった。知らせを受けた人々の多くがすぐさま出立した。宴《うたげ》のテーブルのまわりではなく、四人を埋葬する墓の傍らでの一族再会に向けて。

教師館では、ウィルマ・キッドウェルが娘を抑えるために、まず自分を抑えようと苦労していた。というのは、スーザンが目を泣き腫《は》らし、吐き気を催しながら、こういいって聞かなかったからだ。ラップ農場までの三マイルをいかなければならない——走っていかなければならない、と。「わからないの、お母さん？」スーザンはいった。「もし、ボビーがほかの誰かから聞くとしたらどう？　彼はナンシーを愛してたのよ。わたしたち二人ともナンシーを愛してたのよ。だから、彼に伝えるのはわたしでなくちゃ駄目なの」

だが、ボビーはすでに知っていた。イウォルト氏が帰途、ラップ農場に立ち寄って、友人のジョニー・ラップと相談していたからだ。ラップ氏は八児の父で、ボビーは第三子だ。大人二人は連れだって、小屋へ赴いた——ラップ家の母屋《おもや》は子ども全員を収容するには狭すぎるので、別棟が建てられている。男の子はその小屋に住み、女の子は〝家〟に住んでいる。ボビーはベッドを整えているところだった。イウォルト氏の話に耳を傾けていたが、何も質問はせず、知らせにきてくれたことに礼をいった。そのあと、日差しの中に出て、じっと立ち尽くした。ラップ家の地所はむきだしの台地の上にある。そこから、すでに収穫を終えたリヴァーヴァレー農場の畑が照り輝いているのが望めた。ボビーは一時間ほど、その光景に見入っていた。誰かが気をそらそうとしても無駄だった。昼食を知らせる鐘が鳴って、母親が中に入るように呼んだ。何度も呼んだが、脇《わき》から夫がいった。「もういいさ。独りにしておいてやろう」

弟のラリーも呼集の鐘に耳を貸さなかった。ボビーに「消えろ」といわれながら、そのまわりをぐるぐるまわっていた。兄の力になりたいとは思ったが、どうすることもできずにいたのだ。やがて、立ち尽くしていた兄がようやく歩きだし、ホルカムに向かって道路を進み、畑を横切りはじめると、ラリーもそのあとを追った。「おーい、ボビー。待てよ。どっかへいこうっていうんだったら、なんで車でいかないんだよ？」兄は答えようともしなかった。決然とした様子で歩きつづけた。というより、走っていた。だが、ラリーは苦もなく歩調を合わせた。まだ十四歳ではあったが、兄より背が高く、胸板も厚く、脚も長かったからだ。ボビーは運動で鳴らしていたが、体の大きさは並み以下だった。やわではないが、ほっそりした格好のいい少年で、顔立ちも親しみやすく、地味ながらハンサムだった。「おーい、ボビー。待てったら。彼女に会わせてなんかくれないよ。いったってなんにもなんないって」ボビーが向きなおっていった。「帰れ。うちに帰れ」弟はいったん後退し、距離をおいてあとをつけた。カボチャの季節の気温ではあったが、乾燥したまばゆい日だった。州警察がリヴァーヴァレー農場の入り口に設けたバリケードに近づくころには、二人とも汗をにじませていた。クラッター家の多くの友人ばかりでなく、フィニー郡一帯の赤の他人もその場に集まっていたが、誰もバリケードを通してはもらえなかった。ラップ兄弟が着いてまもなく、そのバリケードが一時的に開けられた。被害者を搬送するために最終的に必要になった四台の救急車を出すためだった。それと、保安官事務所の連中を満載した一台の車を出すために。彼らはもうその時点で、ボビー・ラップの名を口にしていた。なぜなら、ボビーは夕方前には自身でも知ることになるのだが、重要な容疑者だったからだ。

スーザン・キッドウェルは自宅の居間の窓から、白い車の列が滑るように通り過ぎていくのを見かけた。車列が角を曲がり、未舗装の通りに巻き上がる埃《ほこり》が再び地上におさまるまで、じっと見まもっていた。スーザンがその光景から目を離さずにいるうちに、大柄な弟をあとに従えたボビーが点景となってあらわれた。そのふらつく影はスーザンのほうに向かってきた。スーザンはポーチに出て、それを迎えた。「わたし、早く知らせたかったんだけど」ボビーは泣きだした。ラリーは教師館の庭の端で立ち止まり、背を丸めて立ち木に寄りかかった。ボビーが泣くのを見た記憶はなかった。見たいとも思わなかったので、視線を落とした。

はるかに離れたオレースの町では、窓の日よけが真昼の陽光をさえぎるホテルの部屋で、ペリーが眠っていた。グレーのポータブルラジオが、その傍らでかすかな音を立てていた。ペリーはブーツを脱いだだけで、服を脱ぐ手間も惜しんでいた。眠りという武器で背後から襲われたとでもいうように、ベッドにうつ伏せに倒れこんでいた。銀色の留め金がついた黒いブーツは、かすかなピンク色を帯びた湯が満ちた洗面台に浸《つ》けられていた。

そこから数マイル北のこぢんまりした農家の居心地のいいキッチンでは、ディックが日曜日の昼食をとっていた。テーブルについているほかの人々――両親と弟――は、ディックの物腰に異状があるとは思わなかった。ディックは正午ごろに家に着くと、母親にキスし、父親の質問にすらすら返事をした。フォートスコットへ泊まりがけで出かけるということになっていたので、それについて聞かれたのだ。そのあと、食事の席についたが、いつもと何の変わりもない様子に見えた。食事が終わると、男三人はテレビでバスケットボールの試合を見ようと、居間に腰を落ちつけた。放送が始まったか始まらないうちに、ディックがいびきをかくのを聞いて、父親はびっくりした。下の息子にこういったくらいだった。自分の目が黒いうちに、ディックがバスケットボールも見ずに眠ってしまうようなことがあるとは思わなかった、と。しかし、ディックがどうしてそんなに疲れたのかは、知る由《よし》もなかった。居眠りしている息子が、過去二十四時間のうちに八百マイルも車を飛ばしてきたなどというのは、まさかもまさかのことだった。

# Ⅱ　身元不詳の加害者

その月曜日、一九五九年十一月十六日も、カンザス州西部の小麦畑がひろがる小高い平原は、典型的なキジ猟日和《びより》だった。雲母《うんも》のように輝く麗《うるわ》しい蒼穹《そうきゅう》がひろがる一日。過去何年か、そんな日の午後、アンディー・エアハートは親友のハーブ・クラッターが営むリヴァーヴァレー農場で、キジ猟にふけって過ごすことがよくあった。こうした遊猟には、やはりハーブと親しい三人がしばしば同行した。獣医のJ・E・デール博士、酪農場経営者のカール・マイヤーズ、それに、実業家のエヴェレット・オグバーン。カンザス州立大学農事試験所所長のエアハートと同様、いずれもガーデンシティーの名士だった。

きょう、この古い狩猟仲間の四人組がまた集まったのは、もう馴染《なじ》みになった農場行きのためだった。しかし、気分は馴染みのないものだったし、装備も狩猟とは無縁の奇妙なものだった。モップとバケツ、洗浄ブラシ、ぼろきれと強力な洗剤を詰めた籠《かご》。着ている服も手持ちのいちばん古いものだった。彼らはそれを自分たちの務め、キリスト教徒としての仕事と感じて、リヴァーヴァレー農場の母屋《おもや》の十四の部屋のいくつかを掃除しようと申し出たのだ。クラッター家の家族四人が、死亡証明書に記されているように〝一人、もしくは複数の身元不詳の加害者〟によって殺害された部屋を。

エアハートの一行は黙々と車を走らせた。あとになって、そのうちの一人がこう述べている。「黙っているしかなかったですね。何か異様な感じで。自分たちが向かっている家は、これまではいけば必ず喜んで迎えてくれたんですが」今回、迎えてくれたのは、ハイウェイパトロールの隊員だった。当局が農場の入り口に設けたバリケードの番をしていたのだが、手を振って通してくれた。一行はクラッター家に続くアキニレの並木道に乗り入れて、さらに半マイルほど走った。敷地内に住んでいる使用人は一人しかいなかったが、そのアルフレッド・ステックラインが待ち受けていて、中に入れてくれた。

一行はまず、地下の炉室に下りていった。パジャマ姿のクラッター氏がマットレス用のボール箱の上に倒れているのが見つかった部屋だ。そこを始末し終わると、ケニヨンが撃たれて死んでいた娯楽室へ移った。ケニヨンが回収して修繕し、ナンシーがカヴァーをかけ、金言を縫いつけた枕《まくら》をのせておいた寝椅子《ねいす》は、一面に血が飛び散る惨状を呈していた。これもマットレスの箱と同じく、あとで焼却される運命だった。一行が地下室から始め、ナンシーと母親がそれぞれのベッドで殺されていた二階の寝室へと進むうちに、火にくべるものはだんだんと増えていった。血染めのシーツや毛布、マットレス、ベッド脇《わき》の敷物、テディーベアの人形。

アルフレッド・ステックラインはふだんは饒舌《じょうぜつ》な人間ではないが、湯を運んだり、清掃の手伝いをするうちに、さすがに黙ってはいられなくなった。ステックラインは自分と妻がクラッター家からほんの百ヤードほどのところに住んでいながら、凶行の物音を〝何一つ〟――銃声のかすかな反響ですら――聞かなかった理由について、「みんながあれこれいうのをやめて、わかってくれる」ことを望んでいた。「保安官と部下の人たちがやってきて、指紋をとったり、あちこち引っかきまわしていたですがね。よくわかった人たちで、なんでそうなったか、納得してくれたです。なんで、わたしらが音を聞かなかったかをね。一つは、風です。あんだけの西風だと、音は反対側に流れちまうから。もう一つは、あの家と、うちの間のでっかいミロの納屋《なや》です。ずいぶんうるさい音でも、うちに届く前に、あの納屋が吸いこんじまうですよ。それに、考えてもくださいよ。あんなことやったやつ、そいつはわたしらに音は聞こえないってこと、知ってたに違いないです。でなきゃ、あんなとんでもないことやるわけないです――真夜中に散弾を四発もぶっ放すなんて！　まあ、狂ってるんでしょうね。もちろん、どっか狂ってるに違いないって、みなさんだっていわれるでしょうがね。あんなことやってのけるなんて。だけど、わたしの考えじゃ、やつはしっかり計算してたですよ。わかってたですよ。それから、わたしにもわかってることが一つあります。わたしと女房がこのうちで寝るのはゆうべが最後だったってことです。わたしら、ハイウェイ沿いの家へ引っ越しますもんで」

四人の男は昼どきから夕方まで働いた。やがて、集めたものを焼くときがくると、彼らはそれを小型トラックに積みこんだ。ステックラインがハンドルを握り、農場の北側の畑の奥へと走った。単色――十一月の小麦の刈り株の淡く光る黄褐色――ではあったが、一面に彩《いろど》られた平坦《へいたん》な土地へ。そこでトラックの荷を降ろし、ナンシーの枕、シーツや毛布、マットレス、娯楽室の寝椅子をピラミッド状に積み上げた。ステックラインが灯油をふりかけ、マッチを擦った。

そこに居合わせた男たちの中で、クラッター家といちばん親しかったのはアンディー・エアハートだった。手には仕事でたこができ、首筋は日に焼けていたが、温厚で品格を備えた学者だった。ハーブとはカンザス州立大学で同級生という間柄だった。「わたしたちは三十年来の友人でした」しばらくあとになって、エアハートはそう語った。その三十年の間に、ハーブが薄給の郡農事顧問から身を起こし、この地方で広く名を知られ、尊敬される農場主になるのを見まもってきたのだ。「ハーブが持っているものはすべて、自分で稼いだものです――神のご加護のもとに。彼は謙虚でしたが、誇り高い男でした。そうあって当然でしたが。彼はすばらしい家庭をつくりあげました。自分の人生を意義あるものにしたのです」しかし、その人生と、ハーブが築きあげたものが

――こんなことになってしまうとは。エアハートは焚《た》き火が燃えあがるのを見ながら思ったが燃えあがるのを見ながら思った。あれほどの努力、あれほどの徳行が一夜でこんな姿――立ち昇るにつれて細くなり、ついには無窮の空に吸いこまれてしまう煙――になってしまうなどということがあるのだろうか？

トピーカに本拠を置く全州的組織、カンザス州捜査局は十九人の経験豊かな捜査官を擁し、州内各地に配置していた。地元当局は、手に負えない事件が発生すると、これら捜査官の出動を仰ぐことができた。捜査局のガーデンシティー駐在で、州西部の相当部分を担当している捜査官は、細身でハンサムな四代目のカンザス人、四十七歳のアルヴィン・アダムズ・デューイだった。フィニー郡保安官のアール・ロビンソンが、アル・デューイにクラッター事件を担当するよう要請したのは当然の成り行きだった。当然というだけでなく、適切でもあった。というのは、デューイ自身がフィニー郡の前保安官だったし（一九四七年から一九五五年まで）、その前はFBIの特別捜査官だったので（一九四〇年から一九四五年の間、ニューオーリンズ、サンアントニオ、デンヴァー、マイアミ、サンフランシスコで勤務した）、動機さえ見えず、ほとんど手がかりのないクラッター一家殺害のような難事件にあたるだけの職業的手腕は十分に備えていたからだ。その上、この事件に対するデューイの気がまえは、あとで本人が述べているように、〃個人的な問題〃と見まがうばかりだった。デューイがいうには、自分と妻は「ハーブとボニーが大好きだった」し、「日曜日には必ず教会で顔を合わせ、しょっちゅういったりきたりする仲だった」からだ。デューイはさらにこうつけくわえた。「しかし、たとえ、あの一家を知らなかったとしても、あれほど好きでなかったにしてもだ、わたしの気持ちに変わりはなかっただろう。わたしは修羅場をいくつか目にしてきた。そう、この目でたしかにだ。しかし、こんなにひどいものはなかった。捜査がどんなに長びこうと、たとえ、自分の生涯をかけることになっても、わたしはあの家で何が起きたのかをつきとめるつもりだ。誰がなぜやったのかを」

最終的には、総勢十八人がこの事件に専従することになった。その中にはKBI（訳注　カンザス州捜査局）屈指の腕利《き》き――ハロルド・ナイ、ロイ・チャーチ、クラレンス・ダンツという三人の特別捜査官――が含まれていた。このトリオがガーデンシティーに到着すると、デューイは〃強力チーム〃の結成に満足して、こういった。「ホシは首を洗って待ったほうがいい」

保安官事務所はフィニー郡の郡庁舎の三階にある。郡庁舎はありふれた石とセメントづくりの建物で、魅力的でなくもない緑豊かな広場の真ん中に建っている。かつてはがさつな辺境の町だったガーデンシティーも、今日ではすっかり落ちついたたたずまいを見せている。保安官は概して暇だ。がらんとした部屋三つからなる事務所は、ふだんはひっそりとしていて、郡庁舎の怠け者には人気がある。もてなしのいい秘書、エドナ・リチャードソン夫人はいつでもコーヒーをいれているし、〝おしゃべりをする〟時間にも不自由しないからだ。といおうか、夫人がこぼすように「このクラッター家の事件が起きて、よその人たちが押しかけるわ、新聞が大騒ぎするわ」になるまではそうだった。東はシカゴから、西はデンヴァーに至るまで、新聞に大きく取りあげられたこの事件は、事実、相当数の記者団をガーデンシティーに引き寄せていた。

月曜日の正午に、デューイは保安官事務所で記者会見を開いた。「わたしは推測ではなく事実をお話しするつもりです」集まった記者たちにそういった。「さて、この事件で重大な事実、忘れてはならないことというのは、われわれが一人ではなく四人が殺害された事件と取り組んでいるということです。しかも、四人の誰が狙《ねら》われたのかはわかっていません。いってみれば、主たる被害者ですな。ナンシーかもしれないし、ケニヨンかもしれない。あるいは、両親のいずれかなのかもしれない。それはクラッター氏に決まっている、という人もいるでしょう。彼は喉《のど》を掻《か》き切られており、いちばんむごい殺されかたをしているから、というわけです。しかし、それは推測であって、事実ではない。家族がどういう順で殺されたかがわかったとしたら、参考にはなるでしょう。しかし、検死官にもそれはわかっていません。わかっているのは、事件が土曜日の午後十一時から日曜日の午前二時までの間に起きたということだけです」そのあと、デューイは質問に答えて、二人の女性には〝性的暴行〟を受けた形跡はない、現在わかっている限りでは家から盗まれたものはない、と述べた。さらに、クラッター氏が死の直前八時間以内に、倍額補償つきの四万ドルの生命保険に加入したのは、たしかに〝奇妙な偶然の一致〟だと認めた。しかし、デューイはこの契約と犯罪の間には何の関係もないと〝まず確信している〟とした。それによって利益を得るのがクラッター氏の遺児、つまり、ドナルド・ジャーチョウ氏夫人とベヴァリー・クラッター嬢という上の娘二人だけというのに、どうしてそんな関係がありえようか、というのだ。そして、犯人が一人なのか二人なのかについても、一応の見解を有している、と語ったが、それを明らかにするのは控えた。

実のところ、この時点で、デューイはこの問題についてはまだ判断を下しかねていた。依然、二つの説——彼の言葉によれば〝コンセプト〟——を抱いていた。そして、犯行を再構築する過程で、〝単独犯コンセプト〟と〝共犯コンセプト〟の両方を展開させてきた。前者なら、犯人はクラッター家と親しかった人間だと考えられた。少なくとも、家とその住人について相当以上の知識を持った人間——ドアにはめったに鍵《かぎ》がかけられていないこと、クラッター氏は一階の夫婦用寝室に一人で寝ていること、クラッター夫人と子どもたちは二階のそれぞれの寝室を使っていることを知っていた何者かだ、と。

デューイはこう想像した。この何者かは、おそらく、真夜中近くに、徒歩でクラッター家に近づいた。窓の明かりは消え、クラッター家は誰もが眠りについていた。侵入者の銃を見た農場の番犬、テディーは――そう、テディーは銃を恐れることで知られていた。犬は縮みあがり、クンクン鳴いて、こそこそ逃げ去ったのだろう。犯人は家に入ると、まず電話――クラッター氏の事務所に一台、キッチンに一台――の始末にかかり、線を切断してから、クラッター氏の寝室に入りこみ、彼を起こした。銃を突きつけられたクラッター氏は、相手の指示に従わざるをえなかった――ともに二階に上がって、ほかの家族を起こした。それから、犯人が用意した紐《ひも》と粘着テープで、自分の妻を縛って口をふさぎ、娘を縛り（不可解なことに、口はふさいでいなかった）、それぞれをベッドにくくりつけた。そのあと、クラッター氏と息子は地下室に連れてゆかれた。そこで、クラッター氏はケニヨンの口をふさぎ、娯楽室の寝椅子に縛りつけるよう仕向けられた。最後に、クラッター氏は炉室に連れこまれ、頭を一撃され、口をふさがれて、縛りつけられた。それで思いどおりに動けるようになった犯人は、一人ずつ射殺してまわり、そのたびに注意深く空の薬莢《やっきょう》を拾い集めた。ことが終わると、すべての明かりを消して立ち去った。

犯行はそのような順をたどったのかもしれなかった。いかにもありそうなことだった。しかし、デューイはいくつかの疑念を拭《ぬぐ》えなかった。「自分の家族が危険に、それも死の危険にさらされていると思ったらだ、ハーブなら虎《とら》のように戦っていたんじゃないか。それに、ハーブは間抜けじゃない——健康そのものの強い男だ。ケニヨンだってそうだ——父親並み、いや、それ以上に大きくて、肩幅も広い。武装しているにしろ、そうでないにしろ、男一人で彼ら二人をどうやって従わせたのか、よくわからんな」その上、四人が四人とも同一人物によって縛られたと考えられる理由があった。四人とも、同じ結びかた、一重結びが用いられていたからだ。

デューイは——そして、同僚の大半も——第二の仮説に賛成した。それは主要な点の多くで第一の仮説を踏襲するものだったが、犯人は単独ではなく共犯者がいるとする点が重大な相違だった。その共犯者が一家を制圧し、口をふさぎ、縛りあげるのを手伝ったというのだ。しかし、この仮説にも、いくつかの理論上の瑕疵《かし》があった。たとえば、「どうして、二人の人間が同じ程度の憤激を、つまり、あれほどの犯行に走るほどの狂気じみた憤激を抱くに至ったのか」。デューイは理解に苦しんだ。そして、こう説明を続けた。「犯人は一家を知っている誰か、この村の人間だとしてみよう。その男はごくふつうの人間だとしてみよう。ただし、ふつうといっても、一つ奇矯な点、クラッター家、もしくはその中の一人にただならぬ恨みを抱いているという点を除いたらだ——そんな男がどこで相棒を見つけたのか、そんな男に手を貸そうとするほど異常な人間を見つけたのか？　どうもわからんな。筋が通らない。しかし、そこまでつきつめると、すべて筋が通らなくなってしまう」

記者会見が済むと、デューイは事務所に引きあげた。保安官がさしあたって貸してくれた部屋に。そこには机が一つと、背のまっすぐな椅子が二つ置いてあった。机の上には、いつか法廷で証拠物件として並ぶと期待されている品々が散らばっていた。被害者から取り外してビニール袋におさめられた粘着テープと何ヤードかの紐(いずれも、ありふれた製品で、合衆国のどこでも手に入るようなものだったので、手がかりとしてはあまり有望とは思えなかった)。警察の写真係が犯行現場で撮った写真――クラッター氏の粉砕された頭、ケニヨンの破壊された顔、ナンシーの縛られた手、ボニーの生気を失ってもなお何かを凝視している目など、二十枚の引き伸ばした光沢写真。このあと何日か、デューイはこれらの写真の精査に多くの時間を費やすことになりそうだったが、〝突然、何かが見えてくる〟のではないか、細部が自らその意味を明かすのではないか、と期待していた。「パズルみたいなもんだ。ほら、ああいうやつさ。〝この絵の中に動物が何匹隠れているでしょう?〟ある意味じゃ、わたしがしようとしているのはまさにそれだ。隠れている動物を捜す。動物はそこにいると思うんだが――ただ、見えていないというだけだ」実際、写真の一枚、クラッター氏と彼が倒れていたマットレスの箱のクローズアップは、すでに驚くべき貴重な事実を提示していた。それは足跡だった。菱形《ひしがた》模様の底がついた靴のくすんだ跡。肉眼では見えなかったそれが、フィルムには写っていた。フラッシュのまばゆい光が、鮮明にその存在を浮かび上がらせていたのだ。この足跡は、同じボール箱から見つかったもう一つの足跡――〝猫足《キャッツポー》〟印の半張りの血まみれのくっきりした跡――とともに、捜査官たちの注意を引く唯一《ゆいいつ》の〝重要な手がかり〟だった。といって、彼らがそれを公表していたわけではなかった。デューイとそのチームは、この証拠の存在を秘密にしておこうと決めていた。

デューイの机上にある物件の中には、ナンシー・クラッターの日記帳もあった。デューイはすでにざっと目を通してはいたが、それだけのことだったので、今度は腰を落ちつけて、一日一日の記述を精読しはじめた。それは十三回目の誕生日に始まり、十七回目を迎える二ヵ月ほど前で途絶えていた。動物が大好きで、読書、料理、裁縫、ダンス、乗馬をよくする聡明《そうめい》な少女――〝恋の遊びも楽しい〟けれど、それでも〝心から愛しているのはボビーだけ〟といういかにも娘らしく美しい人気者――の何のけれんみもない告白が連ねられていた。デューイはまず、最後の記述を読んでみた。それは死の一、二時間前に書かれた三行だけのものだった。「ジョリーン・Kがくる。チェリーパイのつくりかたを教える。ロキシーと練習。ボビーがきて、みんなでテレビを見る。ボビー、十一時に帰る」

生前の一家と最後に会った人間、ボビー・ラップはすでに広範囲にわたる尋問を受けていた。その際に、クラッター一家と〝いつもと何の変わりもない夜〟を過ごしたことを正直に話していたが、さらに、二度目の尋問が予定され、嘘《うそ》発見器にかけられることになっていた。実のところ、当局はボビーを容疑者から外す踏ん切りがついていなかった。デューイ自身、この少年が事件と〝何らかのかかわり〟があるとは思っていなかったが、しかし、まだ初期の段階にある捜査では、いかに薄弱なものにしても、動機があると思われる人間がボビーだけというのも事実だった。ナンシーは日記のあちこちで、動機を生じるかもしれないと思われる状況について記していた。ナンシーとボビーは〝交際を絶ち〟〝頻繁に会う〟のをやめるべきだという父親の主張、その論拠がクラッター家はメソジストであり、ラップ家はカトリックであるという事実――父親の考えでは、若い二人がいつか結婚できるという望みを完全に打ち消してしまう状況――がそれだった。しかし、デューイがいちばん引っかかった日記の記述は、クラッター‐ラップ、すなわちメソジスト‐カトリックという難問とは無関係だった。それよりもむしろ、ナンシーの気に入りのペットだった猫、ブーブズの謎《なぞ》の死に関するものだった。ナンシー自身の死の二週間前の日付の記述によると、猫が〝納屋で倒れている〟のを見つけた。ナンシーは毒殺ではないかと疑っていた（理由は述べていないが）。「かわいそうなブーブズ。特別な場所に埋葬する」これを読んで、デューイは〝非常に重要〟なことかもしれないと感じた。もし、猫が毒殺されたのだとしたら、その行為は殺人への小さいが悪意に満ちた前触れだったのではないだろうか？　デューイはナンシーがペットを埋めたという〝特別な場所〟を捜しだそうと決めた。たとえ、広大なリヴァーヴァレー農場の全域をしらみつぶしにする羽目になろうとも。

デューイが日記に専心している間、主立った補佐役であるチャーチ、ダンツ、ナイの三捜査官は、あたり一帯を縦横に飛びまわって、ダンツの言によれば〝何かしゃべってくれそうな人間〟にかたっぱしから話を聞いていた。ナンシーもケニヨンもオールAの優等生だったホルカム・スクールの教職員、リヴァーヴァレー農場の使用人（春夏には、ときに十八人になることもあったが、農閑期の今はジェラルド・ヴァンヴリートと三人の労働者、それにヘルム夫人だけだった）、被害者の友人、隣人、そして、とりわけ親《しん》戚《せき》。近辺や遠方から二十人ほどの親戚が葬儀に参列するために到着していた。葬儀は水曜日の午前中に執り行われることになっていた。

KBIグループの中でいちばん若手のハロルド・ナイは、三十四歳の小柄でいかにも元気な男だった。よく動く油断のない目、鋭い鼻、顎《あご》、心を持ちあわせていた。そのナイがクラッター家の親戚から聴取するという〝恐ろしく神経を使う仕事〟を割り当てられた。「こちらもつらいが、むこうもつらいよね。だが、ことが殺しとなれば、むこうの悲しみを気づかってばかりもいられない。プライヴァシーもそうだ。個人的な感情もね。とにかく、こちらは質問しなきゃならない。むこうにはひどくこたえることだってあるだろうが」しかし、ナイが質問した人間の誰からも、また、発した質問のどれからも（「わたしは感情の背景にあるものを探ろうとしたんだ。その答えがほかの女のことをいっているのかもしれないと思ってね――つまり、三角関係だ。まあ、考えてもみなさいよ。クラッター氏はまだ若いし、きわめて健康な男だった。だが、奥さんは半病人で、別の寝室で寝ていたんだから……」）役に立つ情報は得られなかった。あとに残った二人の娘も、犯行の動機について思い当たることはなかった。要するに、ナイにわかったのはこの一点だけだった。「よりによって、クラッター一家が殺されるなんて、いちばんありそうもないことなのに」

　その日の終わり、三人の捜査官がデューイの事務所に集まったが、ダンツとチャーチはナイよりも運に恵まれたということが明らかになった――ナイはほかの連中から〝ナイ兄貴〟と呼ばれていた（ＫＢＩのメンバーはあだ名をつけるのが好きだ。ダンツは〝おやじ《オールドマン》〟といわれている――五十にもなっていないし、頑丈だが敏捷《びんしょう》で、雄猫のような大きな顔をした男であることを考えれば不当な呼び名だ。六十がらみ、ピンク色の肌をした一見、大学教授風のチャーチは、同僚によれば〝タフ〟で〝カンザス一の早撃ち〟だが、〝巻き毛《カーリー》〟と呼ばれている。頭がところどころ禿《は》げているからだ）。ダンツとチャーチは聴取の過程で〝有望な手がかり〟をつかんでいた。

　ダンツの話はある父子に関するものだった。ここでは、ジョン・シニアとジョン・ジュニアということにしておこう。数年前、ジョン・シニアはクラッター氏とちょっとした商取引をしたが、その結果に腹を立てていた。クラッター氏が〝おかしな球〟を投げてきたと思ったのだ。今は、ジョン・シニアも息子も〝酒びたり〟だった。事実、ジョン・ジュニアはアル中で、しばしば収監されることもあった。あるろくでもない日、ウイスキーをしこたま飲んで勢いづいた父子が、〝ハーブと落とし前をつける〟つもりでクラッター家に乗りこんだ。しかし、二人はその機会を得られなかった。というのは、酒にも酒飲みにも容赦ない禁酒家のクラッター氏が、銃を取って二人を地所から追いだしたからだ。ジョン父子はこの非礼を根に持った。つい一月《ひとつき》前、ジョン・シニアは知り合いにこう漏らした。「あの野郎のことを考えると、そのたびに両手がピクピクするんだ。まったく、あの野郎、絞め殺してやりたいぜ」

チャーチのつかんだ手がかりも、それに類似したものだった。チャーチもまた、クラッター氏に明白な敵意を抱いている人間について聞きこんできた。それはスミス氏なる人物で（これも本名ではないが）、リヴァーヴァレー農場の当主が自分の猟犬を射殺したと思いこんでいた。チャーチがスミスの農場を調べているうちに、目に留まったものがあった。クラッター家の四人を縛るのに用いられていたのと同種の方法で結ばれたロープが、納屋の垂木《たるき》からぶら下がっていたのだ。

デューイがいった。「そういう連中の誰かが、たぶん、捜査対象に浮かんでくるだろう。個人的な問題――抑えきれなくなった恨みで」

「これが強盗でなければね」ナイがいったが、強盗説についてはさんざん議論された末に、ほぼ退けられていた。強盗説に対する反論には説得力があった。その最たるものは、クラッター氏の現金嫌いが地元の伝説にまでなっていたという事実だ。クラッター氏は金庫などというものを置いていなかったし、けっして多額の現金を持ち歩くことはなかった。それに、強盗という解釈をするなら、犯人はなぜ、クラッター夫人が身につけていた宝飾品類——金の結婚指輪とダイヤの指輪——をとっていかなかったのか？　それでも、ナイは得心がいかなかった。「このヤマ全体に、どうも強盗のにおいがするんだな。クラッターの札入れはどうなんだ？　誰かが札入れを開けて空にして、クラッターのベッドに置いてった——本人がそうしたとは思えない。それに、ナンシーの財布。キッチンの床に転がってた財布。どうしてそんなところにあったんだ？　そう、それに、家の中には一銭もなかった。いや——二ドルあったか。ナンシーの机の上の封筒に二ドル入ってたんだ。だが、事件前日、クラッターは六十ドルの小切手を現金化しているのがわかってる。そのうち、少なくとも五十ドルは残ってたんじゃないかな。そこで、こういうことがいえる。『五十ドルのために四人も殺すような人間はいないだろう』また、こうもいえる。『そう、おそらく、犯人はカネをとっていったんだろう——だが、それは捜査の目を欺《あざむ》き、強盗が目的だったと思わせるためだ』その辺は、よくわからんな」

夕闇《ゆうやみ》が降りてくるのを見て、デューイは協議を中断し、自宅にいる妻のマリーに電話をかけて、夕食には戻れないと伝えた。「そう、わかったわ、アルヴィン」デューイはその口調に、いつにない不安を聞きつけた。デューイ夫妻は結婚して十七年になり、男の子が二人いた。ルイジアナ生まれでＦＢＩの速記者をしていたマリーは、デューイがニューオーリンズ駐在だったころに知りあった。夫の職業の厳しさ――とんでもない勤務時間、州の遠方の地域への突然の呼び出し――には同情を寄せていた。

デューイは聞いてみた。「どうかしたのか？」

「何でもないけど」マリーは夫を安心させるようにいった。「ただ、今晩帰ってきたときにはベルを鳴らしてね。錠をみんな取り替えたから」

今度はデューイも合点がいった。「心配ないよ。ドアには鍵をかけて、ポーチの明かりをつけておけば大丈夫だ」

デューイが電話を切ったあと、同僚が尋ねた。「どうかしたのかい？　マリーが怖がってるのかい？」

「そのとおりだ」デューイはいった。「マリーだけじゃなく、ほかのみんなもな」

ほかのみんなではなかった。ホルカムの郵便局長、大胆なマートル・クレア夫人は確実に違った。クレア夫人はほかの村人たちを「目を閉じるのが怖くて、ブーツも脱がずにブルブル震えてる臆病者《おくびようもの》」と蔑《さげす》み、自分自身についてはこういった。「このおばちゃんはね、いつもと変わらずぐっすり寝てますよ。あたしに悪さをしようなんてやつがいたら、やってみればいいわ」(十一ヵ月後、その言葉を真に受けたかのように、銃を持った覆面の賊が郵便局に侵入し、九百五十ドルを盗んでいった) しかし、例によって、クレア夫人の意見はきわめて少数派だった。「ここらじゃ」ガーデンシティーのある金物店の店主はこういった。「錠前や掛け金が飛ぶように売れてますよ。みんな、どこの製品がいいなんて、うるさいことはいいません。かかりさえすりゃ、それでいいんですよ」だが、もちろん、恐怖に駆られて想像すれば、どんなドアでも開いてしまう――鍵をまわす音がして、恐怖の的がぬうっと入ってくる。火曜日の明けがた、コロラドから車でやってきたキジ狩りの一行――地元の惨劇を知らないよそものたち――は、プレーリーを横切り、ホルカムを通り過ぎるとき、目にした光景に仰天した。ほとんどすべての家のほとんどすべての窓がまばゆいほどに輝き、煌々《こうこう》と照らされた室内では、身支度を整えた人々が、ときには家族全員で、目を光らせ、耳を澄ませて、まんじりともせずに夜を明かしている気配だったからだ。いったい何に怯《おび》えているのだろう? 「事件がまた起きるかもしれないから」多少の違いはあれ、それが共通した答えだった。しかし、教師をしているある女性はこう述べた。「もし、事件にあったのがクラッター家でなかったら、みんな、今の半分ほども神経を高ぶらせることはなかったでしょうね。つまり、事件にあったのが、あれほどの信望も、財産も、安定もない家だったらということですが。あの一家は、この辺の人たちが心から評価し、尊敬するもののすべてを代表していたんです。ですから、あの一家にあんなことが降りかかったというのは——そうですね、神は存在しないといわれたようなものなんです。人生が無意味になりかねません。みんな、怯えているというよりも、深く沈んでいるのだとわたくしは思います」

神経を高ぶらせるもう一つの理由、もっとも単純で醜悪な理由は、これまでは隣人や友人たちが和気藹々《あいあい》と営んできた共同体が、突然、お互いに不信の目を向けあうという体験に耐えていかなければならなくなったことだった。当然といおうか、人々は犯人が自分たちの中にいると信じた。故人の兄弟であるアーサー・クラッターが、十一月十七日にガーデンシティーのホテルのロビーで記者たちに述べた意見も、誰もが是認するところとなった。「賭《か》けてもいいんですが、この事件が解決したときには、犯人は誰であれ、われわれが立っているこの場所から十マイル以内にいる人間だとわかりますよ」

アーサー・クラッターがそのとき立っていた場所から約四百マイル東にいったカンザスシティーの食堂、イーグル・ビュッフェでは、二人の若い男がボックス席に座っていた。その一人——右手に青い猫の入れ墨をした細面の男——は、チキンサラダのサンドイッチを数切れ、あっという間に平らげて、相棒の食事にしきりに視線を走らせていた。手つかずのハンバーガーとアスピリン三錠を溶かしたルートビアがそれだった。

「なあ、ペリー」ディックがいった。「そのハンバーガー、ほしくねえのか。おれが食ってやろうか」

ペリーは皿をテーブルの向こうへ押しやった。「くそっ！ 気を散らさないでくれ」

「なにも五十回も繰り返して読むことはねえだろう」

そのいいぐさは、十一月十七日付けカンザスシティー《スター》紙の一面の記事に関するものだった。〝一家四人殺害の手がかりなし〟という見出しのその記事は、前日の第一報に続くもので、次のような段落で締めくくってあった。

捜査陣は一人または複数の犯人の行方を追っているが、動機はどうあれ、加害者がきわめて狡猾《こうかつ》なのは疑いない。なぜなら、この犯人、あるいは犯人たちは以下のようにして犯行に及んでいるからである。▽クラッター家の二台の電話の線を注意深く切断している▽被害者を巧みに縛りあげ、さるぐつわをかませて、争った証拠をまったく残していない▽家の中に場違いなものを何も残さず、〔クラッター氏の〕札入れを除くと、物色してまわったという形跡も残していない▽家の各所で四人を撃ちながら、散らばった薬莢《やっきょう》を冷静に回収している▽おそらくは凶器を携えて家に侵入、脱出しているが、その姿を目撃されていない▽未遂に終わった強盗を考慮に入れないとすれば、動機が浮かんでこない。なお、捜査陣も強盗説はとらない意向である。

「この犯人、あるいは犯人たちは」ペリーが声に出して読みあげた。「これは不正確だ。文法がな。『この犯人、あるいはこれらの犯人たちは』でなきゃ」アスピリン入りのルートビアをすすりながら、先を続けた。「どっちみち、おれは信じないぞ。あんたもそうだろ。いっちまえよ、ディック。正直にな。この手がかりなしなんてたわごとは信じないよな？」

前日も新聞をさんざん読み返したあと、ペリーは同じ質問をしていた。ディックはその話にはもう片がついたと考えていたので（「いいかい。あのカウボーイどもがちょっとでも関係を嗅《か》ぎつけてたとしたら、百マイル離れてたって、蹄《ひづめ》の音が聞こえてるって」）、もう聞くのもうんざりだった。ペリーがその問題でさらに追い討ちをかけてきたときには、文句を言う気力も失《う》せていた。「おれはいつも勘を働かせてきたんだ。今、生きているのもそのせいだ。あんた、ウィリー-ジェイを知ってるよな？　あいつはおれのこと、生まれついての〝霊媒〟だっていってた。あいつはそういうことに興味があって詳しいんだ。で、ウィリー-ジェイによると、おれは高度の〝霊的な知覚〟を持ってるってことだ。いってみりゃ、体の中にレーダーが組みこまれてるようなもんだな

――実際に目で見る前に、心眼で見えるんだ。次に起きることの輪郭がな。たとえば、おれの兄貴夫婦のことだ。ジミーとかみさんのことだ。二人ともお互いにべた惚《ぼ》れだったんだが、ジミーは焼きもち焼きで、かみさんにひどく惨《みじ》めな思いをさせたんだ。かみさんが陰でうまくやってるんじゃないかとしょっちゅう焼くもんで。かみさんはとうとう銃で自殺しちまった。すると、翌日には、ジミーも自分の頭に弾をぶちこんだ。ことが起きたとき――一九四九年のことだったが、おれはおやじと一緒にアラスカのサークルシティーのあたりにいたんだが――おれはおやじにいった。『ジミーが死んだよ』ってな。一週間後に知らせが届いた。やっぱりほんとだったんだ。また別の話だが、おれが日本にいたときのことだ。船に荷を積みこむ作業をしてたんだが、一休みしようと腰を下ろした。そのとき突然、頭の中で声がしたんだ。『跳べ！』おれは、そうだな、十フィートは跳んだかな。するとそのときだ、今まで座ってたところに、一トンもある荷が崩れ落ちてきたんだ。そんな例はいくらでもあげられる。あんたが信じようが信じまいが、かまったことじゃないがな。たとえば、オートバイ事故にあう直前だが、おれには一部始終が見えたんだ。心眼で――雨、横滑りした跡、血を流して倒れてる自分、折れた脚が。おれは今、またそれを感じてるんだ。予感をな。何かが教えてくれるんだ。こいつは罠《わな》だって」ペリーは新聞をトントンと叩《たた》いた。「嘘《うそ》だらけだ」

ディックはハンバーガーをもう一つ注文した。この二、三日、何を食べても――ステーキをたてつづけに三枚、ハーシーのチョコバー一ダース、グミキャンディー一ポンド——抑えられない空腹を感じていた。反対に、ペリーは食欲がなかった。ルートビア、アスピリン、それに煙草《たばこ》で命をつないでいた。「そんなじゃ、ガタガタするのも無理ねえな」ディックがいった。「まあまあ。臆病風を吹かしなさんな。おれたち、うまくやったんだ。完璧《かんぺき》だったじゃねえか」

「それは聞いてびっくりだな。いろいろ考えあわせると」ペリーがいった。静かな口調がその返事に込められた意趣を強調しているようだった。しかし、ディックは笑みさえ浮かべて、それを受けとめた——その笑み自体が雄弁に語っていた。こんなに無邪気そうに笑っていられるのは、さわやかで親しみやすく人好きのする男、安心してひげを剃《そ》らせていい男だ、と。

「わかったよ」ディックはいった。「たぶん、おれの情報がどこか間違ってたんだろう」

「やれやれ」

「だけど、全体的には完璧だったぜ。おれたち、場外ホームランかっ飛ばしたんだ。ボールはどっかにいっちまった。もう見つかりそうもねえ。ていうことは、何の関係もないってことさ」

「一つ気になることがあるけどな」

やりすぎの感はあったが、ペリーは先を続けた。「フロイド——っていったかな？」

それはいささか反則気味とはいえ、ディックにはいい薬だった。そうはいっても、ディックの自信は凧《たこ》と同じで、ときどき、糸を引いて手繰り寄せる必要があった。ペリーは懸念《けねん》しながら見まもった。顎《あご》、唇、さらに顔全体が緩んで、口角には唾液《だえき》の泡が吹きだした。しかし、もし、喧嘩《けんか》になっても、ペリーには自分を守れる自信があった。ペリーは小柄で、ディックより数インチ背が低く、傷ついた短い脚も当てにはならなかった。だが、体重はディックを上まわり、胸板は分厚く、腕には熊《くま》を絞め殺せるほどの力があったからだ。しかし、それを証明するのは――喧嘩して、ほんとうに仲たがいするのは――およそ好ましいことではなかった。ディックを好いていようがいまいが（実際、以前ほど好いてはいなかったし、重んじてもいなかったが、けっしてディックが嫌いではなかった）、今、別れたら無事ではいられないということは明らかだったからだ。その点では、二人とも一致していた。ディックがこういったことがある。「おれたち、つかまるんなら、一緒につかまろうぜ。そうすりゃ、お互いに支えあうこともできるしな。やつらがだ、あんたが吐いたとか、おれが吐いたとか、でたらめいって、ゲロさせようって手に出てきたときにもな」それだけでなく、もし、ディックと縁を切れば、ペリーにとってはいまだに魅力的な計画――国境の南の島や海岸で、ともにスキンダイヴィングや宝探しの日々を送る夢――が、ご破算になってしまうということだった。今の逆風にもかかわらず、二人にはなおそれが可能に思われていたのだ。

「ウェルズの野郎か！」ディックはフォークを手に取った。「それだけの値打ちはあるな。たとえばだ、小切手の件でパクられてでも、それだけの値打ちはあるな。またムショへ舞い戻るだけのことは」フォークが下りてきて、テーブルに突き刺さった。「心臓をぶすりだ」

「おれはやつがしゃべるとはいってないぞ」ペリーがいった。ディックの怒りの矛先が自分を飛び越えてよそへ向かったので、ここは調子を合わせておこうという気になった。「やつは怯えてしゃべれないだろうな」

「そうだな」ディックがいった。「そうだ。やつはびびるに違いねえ」ディックがくるくる気分を変えるのは、不思議なほどだった。不機嫌を絵に描いたような険悪な形相が、たちまちのうちに雲散霧消した。「その予感だかだけどな。一つ教えてほしいんだが、自分が事故にあうってそんなにはっきりわかってたなら、なんでやめとかなかったんだよ？　オートバイから降りてりゃ、事故なんか起きなかったんじゃないのか――ええ？」

それはペリーがずっと考えてきた謎《なぞ》だった。自分では解決済みのような気がしていたが、その答えは単純な割にはどこかあいまいなものだった。「それは違うんだ。つまり、ものごとっていうのは、いったん起きると決まると、おれたちにできるのは、そうならないでくれと祈ることぐらいなんだ。あるいは、そうなってくれとな——それは時と場合によるが。おれたちが生きてる限り、いつも何かが待ち受けてるものなんだ。たとえ、それがよくないことで、よくないってわかっていてもだ、いったい、おれたちに何ができる？　生きていくのをやめるわけにもいかないだろう。それはおれの夢みたいなもんだな。おれは子どものころから、ずっと同じ夢を見つづけてきた。おれはアフリカにいる。ジャングルにな。一本だけぽつんと立ってる木を目指して、木立の中を進んでる。ところが、くそっ、その木っていうのが、なんともひどいにおいがするんだ。胸がむかむかしてくる。そういうにおいだ。ただ、その木は見た目にはきれいなんだ——そこらじゅうに青い葉とダイヤがぶら下がってて。それも、オレンジみたいなダイヤが。おれはそのためにそこにきたんだ——ダイヤをしこたま摘みとるために。だが、おれにはわかってる。始めようとした瞬間、手を伸ばした瞬間、おれの上に蛇が落ちてくるってことが。その木を守ってる蛇が。丸々肥えたそいつは、木の枝に住んでるんだ。おれにはそんなこと、前からわかってる。ところが、くそっ、蛇とどうやって戦ったらいいかがわからないんだ。だが、おれは考える。よし、一か八かやってみるかってな。結局、蛇は怖いが、それよりダイヤがほしいってわけだ。そこで、おれは一つ摘みにかかる。ダイヤをつかんで、それを引っ張る。そのとき、蛇がおれの頭にドサッと落ちてくる。それで格闘になるんだが、なにしろ、やつはぬるぬるしてて、おれはつかむこともできない。やつはおれを粉々にしにかかる。おれの脚がボキボキいうのが聞こえる。さて、次は考えただけでも冷や汗が出る場面だ。いいか、やつはおれをのみこみにかかるんだ。足のほうからな。まるで流砂に吸いこまれるみたいだ」ペリーはそこでためらった。ディックがフォークの先で爪《つめ》の垢《あか》をほじっていて、自分の夢物語を聞き流しているのが、否応《いやおう》なく目に入ってきたからだ。

ディックはいった。「それで？　蛇はあんたをのみこんだのかい？　それとも、どうかなったのかい？」

「いや、気にするな。どうってことじゃないから」（いや、そうではなかった！　それどころか、大詰めが肝心だったのだ。それこそがひそかな喜びの源泉だったのだから。ペリーはそれを友人のウィリー‐ジェイに語ったことがある。とてつもなく大きな鳥、黄色い〝オウムのような鳥〟の話をしたのだ。もちろん、ウィリー‐ジェイはディックとは違っていた――繊細な心を持った〝聖人〟だった。彼は理解してくれた。しかし、ディックは？　ディックは笑うだろう。ペリーはそれが我慢できなかった。誰もがオウムを嘲笑《あざわら》うだろう。オウムはペリーが七歳のとき、はじめて夢の中に飛びこんできた。当時、ペリーは尼さんたちが営むカリフォルニアの孤児院に預けられていた憎まれっ子の混血児だった――修道服の尼さんたちは厳格で、寝小便をしたといってはペリーを鞭《むち》打《う》った。そういうお仕置き、けっして忘れられないお仕置き――「おれは尼さんに起こされた。尼さんは懐中電灯を持ってたが、それでおれを殴った。何度も何度も殴った。懐中電灯が壊れても、闇《やみ》の中で殴りつづけた」――のあと、ペリーが眠っている間に、オウムがやってきたのだ。〝キリストより背が高く、ヒマワリのように黄色い〟鳥。その戦士の天使は、くちばしで尼さんの目玉をつつきだして食べてしまった。そして、〝慈悲を乞《こ》う〟尼さんたちを皆殺しにすると、ペリーを優しく持ち上げ、抱きかかえて、〝天国〟へ連れ去った。

ひどい苦痛から鳥に救いだしてもらったものの、歳月を経るうち、また別の苦痛が襲ってきた。ほかの連中――年上の子どもたち、父親、不実な女、軍で出くわした軍曹――が尼さんたちに取って代わったのだ。しかし、空を舞う復讐者《ふくしゅうしゃ》のオウムは変わらなかった。だから、ダイヤがなる木の守り手の蛇も、ペリーをのみこむ前に、オウムにのみこまれてしまった。そして、あの至福の飛翔《ひしょう》！　そういう天国への飛翔も、ある場合には〝感じ〟だけにとどまった。力の感覚、揺るぎない優越の感覚に。しかし、また、ある場合には、それがさらに変遷《へんせん》していった。「ほんとの場所へな。映画から抜けだしたような場所へ。たぶん、おれがその映画を見たんだな――映画に出てきたのをおぼえてたんだろう。でなきゃ、あんな楽園をほかのどこで見るっていうんだ？　白い大理石の階段。噴水。楽園の外れまでいくと、ずっと下のほうに海が見える。まさに絶景だ！　カリフォルニアのカーメルのあたりみたいな。だが、何よりすばらしいのは――そう、長い長いテーブルだ。あんなにたくさんの食べ物は誰にも想像がつかないだろう。牡蠣《かき》。七面鳥。ホットドッグ。百万杯のフルーツカップでもつくれそうな果物。それに、いいか――それがみんな、ただなんだ。つまり、びくびくしながら手を出すなんてことはない。食いたいだけ食っても、一銭も払わなくていいんだ。おれは自分が今、どこにいるかを、それで知るんだ」

ディックがいった。「おれはあたりまえの人間だからな。おれが夢見るのは、ブロンドのねえちゃんぐらいなもんだ。そういや、あんた、雌ヤギの悪い夢の話って聞いたことあるか？」それがディックだった。どんな話題であれ、必ず猥褻《わいせつ》な冗談を持ちだすのが。しかし、ディックは冗談がうまかった。それで、多少上品ぶるところのあるペリーも、結局は笑ってしまうのが常だった。

ナンシー・クラッターとの交友に触れて、スーザン・キッドウェルはこう語った。「わたしたち、姉妹みたいでした。少なくとも、わたしはナンシーのことをそう思ってました――まるでお姉さんみたいって。それで、わたし、学校にいくこともできませんでした――事件の直後の二、三日は。お葬式が済むまで、学校にはいきませんでした。ボビー・ラップもそうです。しばらくの間、わたし、ボビーと一緒にいました。ボビーはいい人です――心の優しい人です――でも、それまで恐ろしい目にあったことなんて一度もなかったんです。愛する人を亡《な》くすなんて。その上、嘘《うそ》発見器のテストを受けなくちゃならなかったでしょう。ボビーがそれに憤慨してるっていってるんじゃないんですよ。警察はするべきことをしたんだって、それはボビーにもわかってます。わたしはつらい目にあったことが、これまでに二度か三度はありました。でも、ボビーははじめてでした。だから、ショックを受けたんです。人生っていうのは、延々と続くバスケットボールのゲームとは違うみたいだとわかって。わたしたち、ほとんどずっと、彼の古いフォードでドライヴしてました。ハイウェイをいったりきたり。飛行場までいってきたこともあります。クリー・ミーへいって――それ、ドライヴインですけど――車の中に座ったまま、コークを注文して、ラジオを聞いてたこともよくありました。ラジオはつけっぱなしにしてました。わたしたち、お互いに話すことなんて何もなかったんです。ときどき、ボビーがどんなにナンシーを愛していたかを話すのを別にしたら。彼、ほかの女の子を好きになるなんてことは絶対にない、ともいってました。そう、ナンシーもそう望んでたと思ったので、彼にそういいました。今もよくおぼえてるのは――月曜日だったと思いますけど――川までドライヴしたときのことです。わたしたち、橋の上で車を停めました。そこから家が見えるんです――クラッターさんの家が。それに土地の一部が――クラッターさんの果樹園と、収穫を終えた小麦畑が。その畑の外れのほうで、火が焚《た》かれてました。家から運びだしたものを焼いていたんです。どこを見ても、何かを思いださせるものばかりでした。網と竿《さお》を持った人たちが、川岸に沿って何か漁《と》ってましたが、魚をとっているわけではありませんでした。凶器を捜してるんだ、とボビーが教えてくれました。ナイフ。それに銃を。

ナンシーは川が好きでした。夏の夜、わたしたちはよくナンシーの馬、ベイブに相乗りしました――ほら、年とって太った灰色の馬がいるでしょう？　まっすぐ川へいって、そのまま水の中に乗り入れました。ベイブが浅瀬をわたっていく間、わたしたち、フルートを吹いたり、歌ったりしました。そうやって涼んでたんです。でも、わたし、ずっと考えてるんですけど、これからどうなるんでしょうね？　ベイブのことです。ケニヨンの犬は、ガーデンシティーからきた女の人が連れていきました。テディーっていう犬です。テディーは逃げだしました――ホルカムへ戻ってきたんです。でも、その女の人がまた連れ戻しました。それと、ナンシーの猫はわたしが飼ってます。エヴィンルードっていう猫です。でも、ベイブは？　売られちゃうんじゃないかと思うんですけど。ナンシーはいやがるんじゃないでしょうか？　というか、すごく怒るんじゃないかしら？この前、お葬式の前の日ですが、わたし、ボビーと線路脇《わき》に座ってました。汽車が通るのを眺めてたんです。ほんとに呆然《ぼうぜん》として。吹雪の中の羊みたいに。すると、突然、ボビーが我に返って、こういうんです。『ぼくたち、ナンシーに会いにいかなくちゃ。ナンシーと一緒にいてあげなくちゃ』それで、わたしたち、ガーデンシティーへ車を走らせました――メイン・ストリートのフィリップス葬儀場へいったんです。ボビーの弟も一緒だったと思います。そう、たしかに一緒でした。学校帰りのあの子を乗せたのをおぼえてますから。あの子がこういったのもおぼえてます。あしたは授業が何もないから、ホルカムの生徒はみんな、お葬式にいけるって。それから、あの子は生徒たちがどう考えているかをずっと話してました。あの子がいうには、みんな、あれは〝殺し屋〟の仕業だと思ってるっていうんです。わたし、そんなこと聞きたくもありませんでした。単なる噂《うわさ》やおしゃべりなんて――ナンシーはそういうものすべてを嫌ってましたし。とにかく、わたしは誰がやったかなんて、あまり関心がないんです。なぜか、それは肝心な点ではないような気がして。わたしの友だちは死んでしまったんです。誰が殺したかがわかったところで、ナンシーが生き返るわけじゃありません。それ以外のことなんて、意味ないでしょう？　わたしたち、中に入れてもらえませんでした。あ、葬儀場での話ですけど。誰も〝ご一家との対面〟はできないっていうんです。親戚《しんせき》の人を除いて。でも、ボビーは食い下がりました。とうとう、葬儀屋さんも――ボビーのことを知っていて、きっと気の毒に思ったんでしょうね――いいでしょう、でも内緒にしてくださいよ、といって、入れてくれました。今思うと、入らないほうがよかったんですけど」

花で埋まった狭い葬儀場を、四つの柩《ひつぎ》が占めていたが、葬儀の際にはいずれも密封されることになっていた。それも無理からぬことだった。犠牲者たちの外見には手が加えられていたが、その効果をもってしても、人の心を乱すのは避けられそうになかったからだ。ナンシーは鮮紅色の別珍のドレスを、ケニヨンは鮮やかな色の格子縞《こうしじま》のシャツを着ていた。両親はもっと地味な装《よそお》いだった。クラッター氏は濃紺のフランネル、夫人も濃紺のクレープをまとっていた。そして――とくに、畏怖《いふ》の念を催させる光景というのはこれだったが――めいめいの頭部はすっぽり綿でくるまれ、張りきった風船の二倍ほどに膨れあがった繭《まゆ》のように見えた。その綿には光沢のある物質が吹きつけられていたので、クリスマスツリーの雪のようにキラキラ輝いていた。

スーザンはすぐに逃げだした。「わたしは外に出て、車の中で待ちました」そのときのことを回想して語った。「通りの向こうで、男の人が落ち葉を掻《か》き集めていました。わたしはずっとその人を見ていました。目を閉じることができなかったからです。目を閉じたら、気を失ってしまいそうで。それで、その人が落ち葉を集めて燃やすのを眺めていました。眺めてはいたんですが、ほんとに見ていたわけじゃありません。というのは、わたしに見えたものといったら、あのドレスだけだったからです。あのドレスはよく知ってました。ナンシーが生地を選ぶのを手伝ったし。ナンシーは自分でデザインして、自分で縫ったんです。ナンシーがはじめてあれを着たとき、どんなに興奮したか、よくおぼえてます。パーティーのときでした。わたし、あのナンシーの赤い別珍しか見えなかったんです。それに、あれを着たナンシーの姿。踊っている姿」

カンザスシティー《スター》紙は、クラッター家の葬儀を報じる長文の記事を載せた。しかし、あるホテルの一室で、ペリーがベッドに横になって、その記事の載った紙面を読んだのは二日後のことだった。読んだといっても、ざっと目を走らせ、ところどころ拾い読みしただけだったが。「本日の四人の犠牲者の葬儀には、ファーストメソジスト教会の五年の歴史の中で最大の一千人という会衆が参列した……レナード・カウアン師が以下のように語ったときには、ホルカム・ハイスクールのナンシーの同級生数人は涙を禁じえなかった。『たとえ、わたしたちが死の谷の陰を歩むときでさえ、神は勇気と愛と希望を与えてくださいます。彼らの最後のときも、神はともにいてくださったとわたしは確信しています。わたしたちが苦しみや悲しみにあうことはない、とイエスが約束されたことはけっしてありません。しかし、主は常におっしゃっています。汝《なんじ》らが悲しみや苦しみに耐えるのに救いの手を差し伸べよう、と』……季節外れの暖かい日、約六百人が市の北端のヴァレーヴュー墓地へ赴いた。墓前の礼拝で、人々は〝主の祈り〟を唱えた。低いささやきが合わさった声は、墓地の隅々にまで達した」

一千人！　ペリーは強い印象を受けた。そして、葬式にはどれくらいの費用がかかったのか、と訝《いぶか》った。カネのことが心に重くのしかかっていたのだ。その日のはじめほど切実ではなかったにしても——実際、その日は〝猫の鳴き声ほどのカネもないからっけつ〟で始まったのだ。そのときと比べると、情勢は好転していた。ディックのおかげだった。今、二人は〝かなりの元手〟を手にしていた——メキシコへ高飛びできるだけのカネを。

ディック！　口八丁で抜け目のない男。そう、それは認めなければならなかった。まったく、ディックの〝人をペテンにかける〟術は信じられないほどだった。ディックが最初に〝やる〟と決めたミズーリ州カンザスシティーの洋品店の店員は、そのいい例だった。ペリーのほうは〝不渡り小切手をつかませる〟という手を試したことは一度もなかった。ペリーは神経質になっていたが、ディックがこういった。「あんたは突っ立ってるだけでいいから。笑うんじゃないぜ。それに、おれが何をいっても驚くなよ。臨機応変にやってもらわなくちゃならないからな」話を切りだすにあたってのディックの口上は実に滑らかなものだった。ディックはさりげなく店に入っていくと、店員にペリーを〝もうすぐ結婚することになっている友だち〟とさりげなく紹介した。そして、先を続けた。「ぼくは花婿《はなむこ》の付き添いをすることになっててね。彼が服を買いそろえるのを手伝ってるんだ。いや、ハハハ、つまり、その——ハハハ——結婚衣装をね」店員はそれを〝鵜呑《うの》みにした〟。すぐにペリーはデニムのズボンを脱ぎ、店員が〝くだけた式にはうってつけ〟と勧める地味なスーツを試着してみた。客の均衡を失した体形——小さすぎる脚に支えられた大きすぎる胴体——に触れたあと、店員はいった。「残念ですが、手を加えないでお召しになれるようなものは、うちにはございません」ああ、とディックはいった。それでいいんだ、時間はたっぷりある——式は〝来週のあした〟だから。それで話がつくと、今度はけばけばしいジャケットとスラックスを選びにかかった。ディックによると、フロリダへの新婚旅行にふさわしいと思われるものを、ということだった。「イーデンロックを知ってる？」ディックが店員に聞いた。「マイアミビーチの。あそこに予約を取ってあるんだ。花嫁の親戚からのプレゼントでね——一日四十ドルで二週間。どう思う？　彼みたいなみっともないチビが、うまくやってこうっていうんだから。格好いいだけじゃなくて、金持ちの彼女とさ。おたくやぼくみたいな男、ハンサムな男が……」店員が請求書を差しだした。ディックは尻ポケットに手を突っこんだが、急に顔をしかめ、指をパチンと鳴らして、こういった。「なんてこった！　財布を忘れてきた」ペリーからすると、あまりにも見え透いた手で、それでは〝赤ん坊をだます〟こともできないように思われた。しかし、店員はそういう見かたをしていないようだった。白地式小切手を出してきて、ディックが請求書より八十ドル多い額を記入すると、即座に差額を現金で支払ってくれた。

表に出ると、ディックはいった。「あんたは来週、結婚するわけだろ？　するとだ、指輪が要るってことになるな」直後に、二人はディックのポンコツのシヴォレーで、ベストジュエリーという店に乗りつけた。そこでダイヤの婚約指輪と結婚指輪を小切手で買ったあと、質屋へ車をまわして、その品を処分した。ペリーは手放すのを惜しいと思った。架空の花嫁を半ば信じはじめていたのだ。もっとも、ペリーの想念の中では、花嫁はディックがいうのとは反対で、金持ちでもなければ、美人でもなかった。それよりも、きちんと身づくろいし、優しい話しかたをする女だった。たぶん〝大学出〟で、いずれにしても〝非常に知的なタイプ〟だった。ペリーは常々、そういう女にめぐり会いたいと思っていたが、実際には会ったことがなかった。

もっとも、それは、クッキーを数に入れなければ、の話だった。クッキーはペリーがオートバイ事故で入院したときに知りあった看護婦で、すばらしい娘だった。ペリーに好意を抱き、同情を寄せ、大事に扱い、〝本格的な文学〟――『風と共に去りぬ』『ディス・イズ・マイ・ビラヴィド』（訳注 ウォルター・ベントンの詩集）――を読むように勧めてくれた。二人の間では人目を忍ぶ奇妙な性的エピソードが生まれ、愛が語られ、結婚の話までがささやかれた。しかし、結局、怪我《けが》が癒《い》えたペリーはクッキーに別れを告げた。そのわけを、自作のように装った一篇の詩を贈って説明した。

世に容《い》れられない男の一族がいる

安らぐことのない一族
親類縁者を悲しませつつ
気ままに世界を流れ歩く
野辺をさまよい水辺をさすらい
山の頂によじ登る
その血にはジプシーの血の呪《のろ》い
憩《いこ》うことを知らない
まっすぐ進めば遠くにいけよう
強く勇ましく確かな連中だから
しかし今のままには常に倦《う》み
見知らぬ新たなものを求めつづける

ペリーはクッキーとは二度と会わなかった。音信もなかったし、消息を聞くこともなかった。それでも、数年後、ペリーは彼女の名前を腕に彫りこんだ。一度、ディックに〝クッキー〟というのは誰かと聞かれて、こう答えたことがある。「誰でもない。結婚の一歩手前までいった女だ」(ディックが結婚して――それも二度――三人の息子の父親になっていることを、ペリーはどこかうらやましく感じていた。妻子を持つこと――それはディックの場合には〝幸せであり、甲斐《かい》のあること〟ではなかったが、〝男としては当然の〝経験だったからだ〟）

指輪二つは百五十ドルで質入れした。二人は別の宝石店、ゴールドマンズを訪ね、男物の金の腕時計をせしめて、ゆうゆうと引きあげた。次に寄ったのはエルコ・カメラという店で、そこでは精巧なムーヴィーカメラを〝買った〟。「カメラは最高の投資物件なんだ」ディックがペリーに教えた。「質に入れるにしろ、売っぱらうにしろ、いちばん簡単だからな。カメラとテレビは」そういう事情だったので、今度はテレビを数台いただこうと決めた。その目標を達成すると、さらに何軒かの大型衣料品店――シェパード・アンド・フォスターズ、ロスチャイルズ、ショッパーズ・パラダイス――の攻略に赴いた。日の暮れ、店仕舞いのころには、二人のポケットは札であふれ、車には売っても質に入れてもいい商品が山積みになっていた。シャツ、ライター、高価な機器、安物のカフスボタンといった収穫を検分しながら、ペリーは大いに意気揚がるのを感じた――今度こそメキシコだ、新しいチャンスだ、〝ほんとうに生き甲斐のある〟人生だ。しかし、ディックのほうは消沈しているようだった。ペリーの賛辞（「これは本気でいってるんだ、ディック。あんたはたいしたもんだな。実のところ、おれは半信半疑だったんだが」）も聞き流すだけだった。ペリーは当惑した。いつもは、おれがおれが、のディックが、悦に入るだけの理由があるのに、なぜ、にわかにおとなしくなり、打ちしおれて、悲しげな顔をするのか、見当がつかなかったからだ。ペリーはいった。「一杯おごろうか」

二人はバーに立ち寄った。ディックはオレンジブロッサムを三杯飲んだ。三杯目を飲んだあと、唐突に問いかけた。「おやじはどうなるんだろうな？　おれは思うんだが――いや、まったく、おやじはいい人間だ。それに、おふくろも――そうだ、あんたも会ったよな。あの二人はどうなるんだろうな？　おれはメキシコへ飛んじまってるさ。あでなきゃ、どっかよそへだ。だけど、小切手が不渡りで戻ってくるようになっても、あの二人はまだこっちにいるわけだ。おれはおやじがどういう人間か、よくわかってる。小切手を不渡りにしたくはねえだろうな。前にもそういうことがあったんだ。だけど、できるわけねえよな――年くってるし、体も悪い。何ほどのこともできやしねえ」

「その気持ちはわかる」ペリーは心からそういった。もともと、思いやりがあるというのではなく、センチメンタルな男だった。それで、ディックの両親に寄せる愛情、懸念《けねん》を隠そうともしない態度に、強く心を動かされたのだ。「だがな、ディック。これはそんなむずかしい話じゃない」ペリーがいった。「おれたち、小切手を落とせるさ。メキシコへいったらな。向こうで出直したら、カネはつくれる。たっぷりとな」

「どうやって？」

「どうやって？」――ディックは何をいっているのだ？　その質問にペリーは呆然《ぼうぜん》とな

った。とにかく、さまざまな冒険については、もうさんざん話しあってきたではないか。金鉱探し、沈んだ財宝を求めてのスキンダイヴィング——これらは熱心に推進してきた計画のうちのほんの二つに過ぎない。ほかにもいろいろある。たとえば、船だ。深海魚釣りの船のことも、しばしば話題にしてきた。船を買ったら、自分たちで乗ってもいいし、休暇で訪れた客に貸してもいい。もっとも、二人ともカヌーを操ったこともなければ、グッピー一匹釣り上げたこともなかったが。それに、盗んだ車を運転して南米の国境越えをやれば、手っ取り早くカネがつくれる（「一行程で五百ドルになる」というような記事をどこかで読んだことがあった）。しかし、ペリーが数ある答えの中から選んだのは、コスタリカの沖合いに浮かぶ豆粒のようなココス島で自分たちを待っている富の話で、それをディックに思い起こさせようとした。「これは嘘《うそ》でも何でもないんだ、ディック」ペリーはいった。「確実な話だ。地図も手に入れた。由来も全部聞いた。一八二一年にそこに埋められたんだ——ペルーの金銀、宝石がな。六千万ドル——それだけの価値があるって話だ。たとえ、全部見つけられなくても、一部だけしか見つけられなくても——聞いてるのか、ディック？」これまで、ディックはいつもペリーをあおり、地図の話、財宝の話に熱心に耳を傾けるふうだった。ところが、今——前には思ってもみなかったことだったが——ディックはずっとそういうふりをして、自分をからかってきたのではないかという疑念がペリーの脳裏に兆《きざ》した。

その疑念は鋭い痛みとなって突き抜けていった。ディックがウインクし、冗談めかしてジャブを突きだしながら、こういったからだ。「もちろんさ。おれはあんたと一緒だ。どこまでもな」

午前三時、また電話が鳴った。時間は問題ではなかった。アル・デューイはすっかり目が覚めていたし、妻のマリーも、二人の息子、九歳のポールと十二歳のアルヴィン・アダムズ・デューイ・ジュニアも起きていたからだ。こぢんまりした平屋の家で、一晩中、数分ごとに電話が鳴り響いては、いったい誰が眠れよう？　デューイはベッドから起きだしながら、妻に約束した。「今度は受話器を外しておこう」しかし、それはとても守れない約束だった。かかってくる電話の相当数は、ニュースを追う記者や、自称ユーモリスト、自称理論家からのものだった（「アル？　いいかい、よく聞いてくれよ。わたしはだね、今度の事件をこう考えてるんだ。これは自殺と殺人だよ。たまたま聞いたんだが、ハーブは経済的に行き詰まっていた。あれこれ手をひろげすぎてね。となると、彼はどうすると思う？　大口の保険に加入してだね、ボニーと子どもたちを撃って、自爆するんだ。鹿玉《しかだま》（訳注　大粒の散弾）が詰まった手榴弾《しゅりゅうだん》で」）。あるいは、中傷目的の匿名《とくめい》の人間からのものだった（「あのLんとこ、知ってるか？　外国人の？　働いてもねえだろ？

それで、パーティーやってるだろ？　カクテルおごってるだろ？　そのカネはどっから出てるんだ？　このクラッター事件と関係があるっていっても、おれはちっとも驚かねえよ」）。途方もない噂《うわさ》が飛び交うのに不安を抱いた女性からかかってくることもあった（「アルヴィン、あのね、わたしはあなたを子どものころから知ってるんですよ。だから、ほんとにそうなのかどうか、隠さずに教えてちょうだい。わたしはクラッターさんを好いてもいたし、尊敬もしてました。だから、信じたくないんですよ。あの人が、あのクリスチャンが——あの人が女を追いまわしていたなんて信じたくないんですよ……」）。しかし、電話をしてくる人間の大半は、何か役に立ちたいというまっとうな市民だった（「もうナンシーの友だちのスー・キッドウェルからは事情を聞きました？　わたし、あの子と話したんですけど、あの子、気になることをいってたんですよ。あの子、最後にナンシーと話したとき、ナンシーがこういってたっていうんです。お父さんのクラッターさんはひどくご機嫌が悪いって。この三週間ほどずっと。何か深刻な心配ごとがあるみたいで、そのせいで、やたらに煙草《たばこ》をふかしてるって……」）。公的な立場でかかわっている人間——州の他地区の保安官や法執行官——からも電話がかかってきた（「これは意味があるかどうかわかりませんがね、実は、こちらのほうのあるバーテンがこういってるんですよ。二人の男が明らかに今度の事件のことをしゃべっているのを聞いたとね。その話からすると、二人は事件に噛《か》んでるようだっていうんですが……」）。こうしたやりとりは、今までのところ、捜査官たちに余計な手間をとらせるだけのものでしかなかった。しかし、次の通報に、デューイのいう〝一件落着のきっかけ〟となる可能性が秘められていないとは限らなかった。

今もかかってきた電話にデューイが出ると、相手はいきなりこういった。「白状したいんだけどね」

デューイはいった。「そちらはどなたです?」

相手は最初と同じ言葉を繰り返したあと、こうつけくわえた。「おれがやったの。おれがみんな殺したの」

「ほう」デューイはいった。「それじゃ、お名前と住所をうかがえますか……」

「ああ、駄目、駄目」相手はいった。酔って息巻いているようなだみ声だった。「あんたには何も教えるつもりはないの。懸賞金もらうまではね。懸賞金送ってくれたら、おれが誰か教えてやるから。それじゃね」

デューイはベッドに戻った。「何でもない」妻にいった。「どうしようもないな。また酔っぱらいからだ」

「何だっていうの?」

「白状したいんだとさ。ただし、先に懸賞金を送ってくれればっていうんだ」(カンザスの地方紙、ハッチンソン《ニューズ》が、事件の解決につながる情報に千ドルを提供

するとしていた)
「アルヴィン、また煙草？　ほんとに、アルヴィン、少しは眠ろうっていう努力だけでもしてみたら」
たとえ、電話は沈黙させられても、デューイは気が張りつめて眠れそうになかった。強い焦燥感と挫折感《ざせつかん》にとらわれていたのだ。これまでの〝手がかり〟はどこにも導いてはくれなかった。袋小路に迷いこみ、一面の壁にぶつかるだけのようだった。ボビー・ラップは？　嘘発見器の結果から、すでにふるい落とされていた。犯人が用いたのと同じ方法でロープを結んでいた農夫のスミス氏は？　彼もまた、犯行当夜、〝オクラホマに出かけていた〟と証明され、容疑者から外された。残ったのはジョン・シニアとジュニアの父子だったが、彼らもまた、間違いのないアリバイがあった。「すると」ハロルド・ナイにいわせればこうなった。「結局のところ、すべてがきれいな丸い数字になっちまうな。ゼロに」ナンシーの猫の墓の捜索でさえもが徒労に終わっていた。
にもかかわらず、一つ二つ、意味のある進展はあった。まず、ナンシーの衣類を調べていた叔母のイレーン・セルサー夫人が、靴の爪先《つまさき》に金の腕時計が詰めこまれているのを発見した。次に、KBIの捜査官とともにリヴァーヴァレー農場の各部屋を調べていたヘルム夫人が、何かおかしなもの、なくなったものはないかと見まわるうちに、それに気づいた。ケニヨンの部屋でのことだった。ヘルム夫人はしきりに目を凝らし、唇をすぼめて部屋の中をぐるぐる歩きまわりながら、あれやこれやと触れてみた。ケニヨンの古い野球のミット、泥がはねかかったワークブーツ、打ち捨てられたままで哀れを誘う眼鏡。その間、ヘルム夫人はつぶやきつづけていた。「ここの何かがおかしいんですよ。それを感じるし、そうとわかってはいるんだけど、じゃ、何なのかがわからないんですよ」そのあと、はたと思い当たった。「ラジオです！　ケニヨンの小型のラジオはどこにいったんでしょう？」

これらの発見を勘案すると、デューイは再び、動機が〝単なる物盗《ものと》り〟である可能性を考慮せざるをえなくなった。あの時計が偶然、ナンシーの靴の中に転がりこんだのでないことは確かではないか？　暗闇《くらやみ》の中に横たわっていたナンシーは、物音——足音か、おそらくは人声——を聞きつけたに違いない。それで、家の中に賊が入ったと察し、父親からの贈り物であるかけがえのない時計を急いで隠したものと思われる。ゼニス社製のグレーのポータブルラジオについても、なくなっているのは間違いなかった。それでもやはり、デューイはわずかなあがり——〝ほんの数ドルとラジオ〟——のために一家が惨殺《ざんさつ》されたという説に与《くみ》することはできなかった。それを受けいれると、デューイの描く犯人——というよりも犯人たち——の像は消え失《う》せてしまうからだ。デューイとその同僚たちは、犯人は複数と断定していた。いかにもプロらしい犯行の手口は、少なくとも犯人の一人が恐ろしく冷静に狡猾《こうかつ》さを発揮したということ、また、その男は相当な切れ者で——そうに違いなかった——計算された動機なしに、あのような犯行に及ぶはずがないということの証《あかし》だった。その一方で、犯人の少なくとも一人は、被害者たちと感情的に複雑な関係にあり、彼らを殺害しながらも、ある種のねじれた配慮をしていた、とデューイは確信していたが、それを裏打ちするいくつかの事実にも気づいていた。そうでなければ、あのマットレスの箱をどう説明するのか？

マットレスの箱の件は、デューイをもっともいらだたせている問題の一つだった。なぜ、犯人は地下室の奥のほうからあの箱を運んできて、炉の前の床に敷いたのだろう？ クラッター氏をもっと楽にしてやろう——彼が迫りくるナイフを凝視する間、冷たいセメントよりは柔らかみのある寝椅子《ねいす》を提供しよう——という意図でないとしたら？ デューイは殺害現場の写真を精査するうちに、犯人はときおり、思いやりの衝動に駆られている、という自説を裏づけるようなほかの事実にも気づいた。「というか」——デューイは的を射た表現を見つけられなかった——「妙に念入りな何かだ。優しい、というのかな。たとえば、あのベッドカヴァーだ。あんなことをするのは、いったい、どういうやつだ？ 女二人、ボニーと娘を縛りあげてだ、それから、ベッドカヴァーを引き上げて、その中にたくしこむようにしている。おやすみ、いい夢を、とでもいうみたいに。あるいは、ケニヨンの頭の下に置いてあった枕《まくら》だ。はじめ、あの枕はケニヨンの頭を狙《ねら》いやすくするために置いたんじゃないかと思った。だが、今はそうじゃないと思ってる。

マットレスの箱が床に敷いてあったのと同じ理由で、ああいうふうにしたんだ――被害者をもっと楽にさせてやろうというんで」

こうした推測は、デューイの心を奪いはしたが、満足させもしなかったし、〝到達感〟を与えもしなかった。〝思いつきの仮説〟で事件が解決されたためしはほとんどない。デューイは事実――〝苦労の末に断言可能になった〟事実――に信を置いていた。捜し求め、選り分けるべき多くの事実、そういう事実を得るための行程、それには汗水たらす苦労がつきものだった。実際、何百人もの人間を追いつめ、〝洗いだす〟ことが必要だった。その中には、リヴァーヴァレー農場の使用人、友人や一族、クラッター氏と多少なりとも取引のあった人物すべてが含まれた。それは、いってみれば、カメの歩みにも似た過去への探索行だった。デューイは自分のチームにこう語った。「われわれはクラッター一家を本人たち以上によく知るまで、やめるわけにはいかんのだ。われわれがこの前の日曜の朝に見たものと、たとえば、五年前に起きた何かとの間の関係をつきとめるまでは。つながりだな。一つながりになるはずだ。間違いなく」

デューイの妻はまどろんでいたが、夫がベッドを抜けだす気配に目を覚ました。夫がまた電話に答える声が聞こえ、次いで、息子たちが寝ている近くの部屋から下の子がすすり泣く声が聞こえてきた。「ポール？」ふだん、ポールは手のかかる子でも、手に負えない子でもなかった。めそめそすることもなかった。裏庭にトンネルを掘ったり、

〝フィニー郡一のランナー〟目指して走りまわったりと大忙しだった。ところが、その朝の食事のときになって、急に泣きだしたのだ。わけを聞くまでもなかった。母親にはわかっていた。ポールはなんで自分のまわりが騒がしくなったのか、漠然と理解はしたものの、そのせいで――間断なくかかってくる電話、玄関先にやってくる見知らぬ人たち、父親の思い悩む目つきで――危機を感じていたのだ。母親はポールを慰めにいった。三歳上の兄もそれに加勢した。「ポール」兄はいった。「そんなにいらいらするなよ。あした、ポーカーのやりかたを教えてやるからさ」

デューイはキッチンにいた。夫を探しにいったマリーは、彼がそこでコーヒーが沸くのを待ちながら、テーブルの上に現場写真を何枚もひろげているのを見た。それは、きれいな果物柄のオイルクロスのテーブルかけを台なしにする濃い染《し》みのようだった（前に、デューイがその写真を見せようといったことがあった。マリーはそれを断って、こういった。「わたし、ボニーを生きていたときの姿のままで思いだしたいの――ほかの人たちもね」）。デューイがいった。「子どもたちはうちのおふくろのところに預けたほうがよさそうだな」デューイの母親は未亡人で、そう遠くないところに住んでいたが、本人はその家を広すぎるし、静かすぎると思っていた。孫たちはいつも歓迎された。

「ほんの二、三日。それまでには――うん、それまでには」

「アルヴィン、わたしたち、ふだんの生活に戻れると思う？」マリーが尋ねた。

ふだんの生活というのは、こんなものだった。夫婦は共働きだった。マリーは秘書をしていた。家事は分担し、料理と後片づけを交替で受け持った（「アルヴィンが保安官をしていたころ、悪ガキ連中が彼をからかったのを知っています。こんなことをいって。『おーい、見てみろ！　デューイ保安官だ！　タフガイだ！　六連発なんかぶら下げて！　でも、うちへ帰ったら、銃は外して、エプロンかけるんだと！』」）。その当時、二人は一九五一年にデューイが買った農場――ガーデンシティーの北、数マイルにあり、広さ二百四十エーカー――に家を建てるための貯金をしていた。そして、天気に恵まれたとき、とくに暑い日が続き、小麦が丈高く伸びて実るころ、デューイはよく、そこへ車で出かけた。そして、烏《からす》やブリキ缶を的に抜き撃ちの練習をした。あるいは、想像をめぐらせて、これから建てる家の中を歩きまわったり、これから草木を植える庭や、これから種をまく木々の下を通り抜けたりした。いつの日か、オークやエルムの緑陰が、そのむきだしの平原に出現することを、デューイは固く信じて疑わなかった。「いつの日か。神の思《おぼ》し召しで」

神への信仰と、信仰に連なる慣行――日曜日ごとの教会通い、食前の感謝の祈り、就寝前の祈り――は、デューイ家の生活の重要な部分になっていた。「わたし、感謝しようともしないで、食事のテーブルにつく人の気が知れません」デューイ夫人がそういったことがある。「ときには、仕事から帰ってくると――ええ、疲れていることもあります。でも、いつもレンジにはコーヒーがかかっていますし、冷蔵庫にはステーキが入っているこどもあります。ステーキを焼く火は子どもたちがおこしてくれるんです。そして、わたしたちは話をします。お互いにその日のことを話すんです。夕食の支度ができるころには、当然といいましょうか、わたしたち、幸せになり、感謝の気持ちでいっぱいになります。それで、わたしはいうんです。神さま、ありがとうございますって。いわなきゃならないからいうんじゃなくて——ほんとにいいたいからいうんです」

デューイ夫人は重ねて聞いた。「アルヴィン、教えて。わたしたち、また、ふだんの生活に戻れると思ってるの？」

デューイが答えようとした矢先、電話が鳴って、それを阻《はば》んだ。

中古のシヴォレーがカンザスシティーを発《た》ったのは、十一月二十一日、土曜日の夜のことだった。手荷物はロープでフェンダーやルーフに縛りつけてあった。トランクは物を詰めこみすぎて、蓋《ふた》が閉まらなくなっていた。車内も後ろの座席にはテレビが二台、積み重ねられていた。乗りこんだ二人も、ほとんど身動きならないほどだった。ディックがハンドルを握り、ペリーは何よりも大事にしている古いギブソンのギターをしっかり抱えた。ペリーのほかの所持品——ボール紙芯《しん》のスーツケース、ゼニスのグレーのポータブルラジオ、ルートビアの濃縮液の一ガロン入り容器（好みの飲料がメキシコでは手に入らないかもしれないと心配したのだ）、本や原稿、大事な記念品を詰めた大きな箱二つ（それにはディックも憤慨せずにはいられなかった！　悪態をつき、箱を蹴飛《けと》ばし、それを「五百ポンドの豚の餌《えさ》じゃねえか！」といった）――も、乱雑な車内の一部となった。

真夜中ごろ、二人は州境を越えてオクラホマに入った。ペリーはカンザスを出たのを喜んだ。ともかくも、ほっとした。今、ようやく確実になったのだ――自分たちは途上にあるということが――目的地への途上にあり、二度と戻ることはなさそうだった――ペリーに関する限り、後悔はなかった。なぜなら、あとに残してきたものは何もなかったし、天に立ち昇って消えてしまったのかと心配してくれる人間もいなかったからだ。ディックの場合はそうはいかなかった。ディックには愛しているといえる人々がいたからだ。三人の息子、両親、弟――この世で二度と会えるとは思えないが、あえて計画を打ち明けるわけにも、別れを告げるわけにもいかなかった人々がいたからだ。

〝クラッター－イングリッシュ両家、土曜日に挙式〟十一月二十三日付けガーデンシティー《テレグラム》紙の社交面に載ったその見出しに、多くの読者は目を疑った。生き残ったクラッター家の娘のうち、下のほうのベヴァリーが、前々から婚約していた若い生物学の学究、ヴィア・エドワード・イングリッシュ氏と結婚したというのだ。ベヴァリーは純白の衣装をまとい、本格的な結婚式（「レナード・カウアン師夫人が独唱し、ハワード・ブランチャード氏夫人がオルガンを演奏した」）は「ファーストメソジスト教会で厳《おごそ》かに執り行われた」——教会は、三日前には花嫁が両親と弟妹を悼《いた》んだまさにその場所だった。《テレグラム》の記事によると、「ヴィアとベヴァリーはクリスマスの時期に結婚する予定だった。すでに招待状が印刷され、父君はその日に教会の予約をとっていた。ところが、予期せぬ悲劇のために、多くの親戚《しんせき》が遠方から当地に赴いているのを機会に、若いカップルは土曜日に挙式するという決定を下したのだ」

結婚式が終わると、クラッター家の親戚縁者は四方八方に散っていった。最後の一人がガーデンシティーを去った月曜日、《テレグラム》は、ボニー・クラッターの兄でイリノイ州オレゴン在住のハワード・フォックス氏の書簡を一面に大きく掲載した。書簡は、町の人々が遺族に対して〝物心両面〟で支援してくれたことに謝意を述べたあと、一つ嘆願していた。「この町（すなわち、ガーデンシティー）には強い憤《いきどお》りが渦巻いています」フォックス氏は書いた。「犯人が見つかったら、手近な木に吊《つ》るしてしまえという声を、わたしも一度ならず耳にしました。しかし、どうぞそんなふうには思わないでください。もう済んでしまったことでありますし、別の命をとったところで、何が変わるというわけではありません。そのかわり、神の御心《みこころ》に従って、許してあげようではありませんか。心に恨みを抱くのは正しいことではありません。犯行に及んだ人間にしても、まったく平然と生きていくのは至難の業だということがわかるでしょう。彼の心の平穏は、神に許しを請《こ》うときにしか訪れません。それを邪魔することなく、彼が平穏を見出《みいだ》すよう祈ろうではありませんか」

車は岬に停まっていた。ペリーとディックがピクニックをしようと立ち寄った岬に。正午を迎えるころだった。ディックは双眼鏡を通して景色を眺めていた。山々。白い空に輪を描く鷹《たか》。白く埃《ほこり》っぽい村をくねりながら抜ける埃っぽい道。メキシコに入って二日目だった。ここまでは悪くなかった――食べ物でさえも（そのとき、ディックは冷えた油っこいトルティーヤを食べていた）。二人は十一月二十三日の朝、テキサス州ラレードで国境を越え、メキシコでの第一夜をサンルイスポトシの売春宿で過ごした。二人は今、次の目的地、メキシコシティーの北二百マイルのところにいた。

「おれが何を考えてるかわかるか？」ペリーが聞いた。「おれたち、どこか狂ったところがあるに違いない。あんなことをやるなんて」

「何をやったっていうんだ？」

「あそこでのことだ」

ディックはH・W・Cという頭文字入りのぜいたくな革ケースに双眼鏡をしまいこんだ。ディックはいらだっていた。ひどくいらだっていた。なんだってペリーは黙っていられないんだ？　ちくしょう、いつもくだらないことばかり持ちだして、それでどうなるっていうんだ？　ほんとにいらいらさせられる。とくに、あのことについてはしゃべらないという暗黙の合意をしたんじゃないのか。忘れちまえっていうんだ。

「あんなことをやる人間ってのは、どこか狂ったところがあるに違いない」ペリーはいった。

「おれを一緒にしないでくれよ」ディックがいった。「おれはまともなんだから」本気でそう思っていた。ディックは自分を他人と同じように安定した健全な人間——並みの連中よりは多少頭が切れるかもしれないが、それだけのこと——と考えていた。しかし、ペリーは——ディックの見かたでは、チビのペリーにはたしかに〝どこか狂ったところ〟があった。ごく控えめにいってもだ。この春、カンザス州立刑務所で同房だったとき、ディックはペリーの習癖を小さなものまでほとんど知り尽くした。ペリーは〝まるでガキ〟のようだった。しょっちゅう寝小便をするし、眠っている最中に泣き叫んだ（「父さん、あちこち捜したんだ。どこにいるんだよ、父さん？」）。〝何時間も親指を吸いながら、インチキな宝探しの案内書を読みふける〟姿を見かけることもしばしばあった。そういう性向ばかりではなかった。ある意味では、ペリーは〝ひどく気味悪い〟男だった。たとえば、その短気さだ。ペリーは〝十人の酔っぱらったインディアンよりも早く〟頭に血が上ることがあった。しかも、他人にはそれがわからなかった。「あいつが誰かをやるつもりになっても、相手にはそれが絶対にわからねえんだ。顔にも口にも出さねえからな」ディックがそう評したことがある。ペリーは内心ではどんなに激しく怒りを燃えたたせていても、外見はあくまでクールな若者で、目つきも穏やかで眠そうでさえあった。ディックは一時期、こんなふうに相棒を熱したり冷やしたりする発作にも似た冷たい激情を、自分が制御し、調節することができると思っていた。だが、それは間違っていた。そうとわかったあと、ディックはペリーについてはまったく自信を失い、どう考えたらいいのかも見当がつかなくなっていた。ただ、ペリー恐るべしとは感じながら、実際には恐れていない自分を訝《いぶか》るばかりだった。

「心の中じゃ」ペリーは言葉を継いだ。「心のずっと奥のほうじゃ、自分にできるとは思いもしなかったな。あんなことが」

「じゃ、例の黒んぼのことはどうなんだよ？」ディックがいった。返答はなかった。ディックはペリーに凝視されているのに気づいた。一週間前、カンザスシティーで、ペリーは黒眼鏡を買った。銀色のラッカーを塗った縁、ミラーレンズの派手なしろものだった。ディックはそれが気に入らなかった。〝そんなホモみたいな眼鏡かけるやつ〟と一緒にいるのを見られるのは恥ずかしい、とペリーにいった。実のところ、ディックがうんざりしたのはミラーレンズだった。色がついて、しかも反射する表面の陰に、ペリーの目が隠されているというのは、どうにも不愉快だった。

「あの黒んぼは」ペリーがようやくいった。「あれはまた違うんだ」

その言い分のいかにも気が進まないという口ぶりから、ディックはさらにつっこんでみた。「あんた、ほんとにやったのか？　前にいってたみたいに、ほんとに殺したのかよ？」それは重大な質問だった。なぜなら、そもそもペリーに興味を抱き、その性格や潜在能力の評価を始めたのも、黒人を殴り殺したという話を聞いたのがきっかけだったからだ。

「ほんとにやったさ。ただ——相手が黒んぼだからな。今度とはわけが違う」ペリーはさらにいった。「おれをほんとに悩ませてるのが何だかわかるか？　何だと思う？　おれはどうしても信じられないんだ——あんなことをやって無事に逃げきれるやつがいるとはな。そんなことができるとは思えないもんな。おれたちがやったようなことをしかしてだ。しかも、百パーセント無事に逃げきれるなんて。要するに、それが悩みの種なんだ——何かあるんじゃないかって思いを頭の中から追いだせないんだ」

ディックは子どものころ、教会に通ったこともあったが、神への信仰に近づいたことは一度としてなかった。迷信にわずらわされることもなかった。ペリーと違って、鏡が割れると七年間不幸が続くとか、ガラス越しに新月を見ると不吉なことが起きるとか、そんなことは信じていなかった。しかし、ペリーは粗削りだが鋭い直感で、ディックの消えることのない疑念をずばりといいあてた。ディックもまた、しばしば頭の中を駆けめぐるその疑念に苦しんでいた。大丈夫だろうか？——二人とも〝ほんとにあんなことをやって無事に逃げきれる〟のだろうか？　ディックはペリーに向かって出し抜けにいった。「おい、いいかげんに黙んなって！」それから、エンジンをふかし、車を岬から後戻りさせた。暖かい日ざしの中、前方の埃っぽい道を犬が走っていくのが見えた。

山々。白い空に輪を描く鷹。

ペリーはディックに「おれが何を考えてるかわかるか？」と問いかけたとき、相手がいやがる話を始めたと自覚していた。それなら、なるべく早く切りあげたほうがいいとも。ディックのいうことはうなずけた——なんでいつまでもそんなことといってるんだよ？　しかし、いつも自制がきくとは限らなかった。どうしようもない発作が起きて、〝あれこれ思いだす〟瞬間が訪れ——真っ暗な部屋に閃《ひらめ》く青い光、大きな熊《くま》の人形のガラスの目玉——声が、いくつかの決まった言葉が、心をさいなみはじめるのだ。「ああ、やめて！　お願い！　いや！　いや！　いや！　いや！　やめて！　お願いだからやめて、お願い！」そして、いくつかの音がよみがえってくるのだ——床を転がる一ドル銀貨、堅木の階段を踏みしめるブーツ、それに、息づかいの音、あえぎ、喉笛《のどぶえ》を切り裂かれた人間の激しい吸気。

「おれたち、どこか狂ったところがあるに違いない」といったとき、ペリーは〝したくない〟告白をしていたのだ。やはり、自分が〝まともでない〟と想像するのは〝苦痛〟だった——とくに、何が狂っているにしろ、自分自身の責任ではなく、〝おそらくは生まれながらに背負わされているもの〟のせいだとすれば。家族を見てみろ！　そこで何が起きたかを見てみろ！　アル中の母親は自分の反吐《へど》に窒息して死んだ。二人の息子、二人の娘のうち、下のバーバラだけがあたりまえの生活に入り、結婚して子育てを始めていた。上のファーンはサンフランシスコのホテルの窓から飛び降りた（ファーンを好いていたペリーは以後、〝足を滑らせたのだと信じようとしてきた〟。ファーンは〝とても優しい人間〟で、とても〝芸術的〟で、〝すばらしい〟ダンサーで、その上、歌も歌えた。「あれだけの容貌《ようぼう》に加えて、多少でも運に恵まれていたら、きっと成功して大物になっただろうに」そのファーンが窓枠を乗り越えて、十五階下へ落ちていったと思うと、あまりに切なかった）。そして、兄のジミー——ある日、妻を自殺に追いやり、翌日、後追い自殺したジミー。

そのとき、ディックがこういっているのが聞こえた。「おれを一緒にしないでくれよ。

おれはまともなんだから」そして、馬鹿《ば》《か》笑いしているようだった。だが、気にすることはない。ほうっておけ。「心の中じゃ」ペリーは言葉を継いだ。「心のずっと奥のほうじゃ、自分にできるとは思いもしなかったな。あんなことが」いうと同時に、自分の失策に気づいた。当然のように、ディックは問い返してくるだろう。「じゃ、例の黒んぼのことはどうなんだよ？」その話をしたのは、ディックの友情を求め、ディックに〝一目おかれ〟、ディックが自分を〝たくましい〟と見なしてくれることを、自分がディックをそう思っていたように〝男らしいタイプ〟と見なしてくれることを望んでいたからだ。それで、ある日、《リーダーズダイジェスト》の『あなたはどれほど鋭い性格探偵？』という記事（「歯医者や駅で待っている間、まわりの人々の目につく様子を観察してみよう。たとえば、歩きかた。ぎこちない足取りは、堅苦しいが揺るぎない性格を、よろよろした足取りは決断力に欠けた性格をあらわしている」）を二人で読んで話しあったあと、ペリーはいった。「おれは一貫してすぐれた性格探偵だったんだ。でなきゃ、今、こうして生きてはいなかっただろう。そのときどきで誰を信じたらいいか、判断がつかなかったら、生きてはいられないもんな。あんたはあんまり判断がつかないようだな。だが、とにかく、おれはあんたを信用する気になったんだ、ディック。今にそれがわかる。おれはあんたに命を預けようっていうんだから。いいか、これから、他人にはしゃべったことのない話を聞かせてやる。ウィリー－ジェイにもしなかった話を。おれがある男をバラしたときのことだ」ペリーは話を続けながら、相手が興味を持ったのを見てとった。ディックは本気で耳を傾けていた。「二年前の夏、ヴェガスでのことだ。おれは古い下宿屋に住んでた——もとは派手な売春宿だったところだ。だが、そんな派手さはかけらもなくなってた。十年前に取り壊してなきゃならない家だったんだ。まあ、どっちみち、自然に崩れかけてたけどな。いちばん安い部屋は屋根裏で、おれはそこに住んでた。その黒んぼもな。名前はキングっていった。ほんの一時の仮住まいだったようだが。屋根裏にいたのはおれたち二人だけだった——おれたちと数えきれないゴキブリ《クカラーチャ》だけだ。キングはそう若くはなかったが、道路工事や、そのほかの外の仕事をしてた——いい体をしたやつだったな。眼鏡をかけて、よく本を読んでた。やつはいつもドアを開けっぱなしにしてた。おれが通りかかったときに見ると、裸で横になってた。仕事にあぶれたんだな。でも、最後の仕事で何ドルか貯《た》めたんで、しばらくはベッドに寝ころんで、体をあおぎながら、本を読んで、ビールを飲んでいたいっていってた。やつが読んでたのはくだらないものばかりだ——コミックだのカウボーイものだの。悪いやつじゃなかったんだが。ときどき、一緒にビールを飲んだし、一度、十ドル貸してくれたこともあった。おれにはべつにやつを傷《いた》める理由はなかったんだ。ただ、ある晩、おれたち、その屋根裏にいたんだが、ひどく暑くて眠れなくなった。で、おれはいったんだ。『おい、キング、ドライヴにいかないか』って。おれは中古車を持ってた。部品を外したりくっつけたり、改造して、銀色に塗ったやつをな――おれはそれを〝シルヴァーゴースト〟って呼んでた。おれたち、遠出した。はるばる砂漠へドライヴしたんだ。砂漠は涼しかった。そこで車を停めて、またビールを飲んだ。キングは車を降りた。おれもそのあとを追った。やつはおれがチェーンを取りだしたのに気づかなかった。シートの下に置いといた自転車のチェーンだ。実のところ、自分がほんとにやっちまうまで、やろうなんて気はさらさらなかったんだ。おれはやつの顔面を引っぱたいた。眼鏡を叩《たた》き割った。そのあとも手を休めなかった。そのうち、何も感じなくなった。おれはやつをその場に置き去りにした。だが、それに関係した噂《うわさ》は何も聞こえてこなかった。おそらく、誰もやつを見つけなかったんだろうな。ハゲタカを別にすりゃ」

その話にはいくらかの真実が含まれていた。ペリーはたしかに、自分が述べた状況下で、キングという黒人を知っていた。しかし、現在、万一、その男が死んでいるとしても、けっしてペリーの仕業ではなかった。キングに手をあげたことさえなかった。ペリーが知る限りでは、キングはあいかわらず、どこかでベッドに寝そべって、体をあおぎながら、ビールをすすっているはずだった。

「あんた、ほんとにやったのか？　前にいってたみたいに、ほんとに殺したのかよ？」ディックが尋ねた。

ペリーは天性の嘘《うそ》つきでもなかったし、嘘を乱発することもなかった。しかし、一度つくり話をすると、それに執着するのが常だった。「ほんとにやったさ。ただ――相手が黒んぼだからな。今度とはわけが違う」ややあってから、こういった。「おれをほんとに悩ませてるのが何だかわかるか？　何だと思う？　おれはどうしても信じられないんだ――あんなことをやって無事に逃げきれるやつがいるとはな。そんなことができるとは思えないもんな」そして、ペリーはディックも信じてはいないのではないかと訝った。なぜなら、ディックにもペリーの神秘的道徳的観念が多少は兆《きざ》しているようだったからだ。だからこそ、こういったのだろう。「おい、いいかげんに黙んなって！」

車は前進していた。百フィート前方の道端を、犬が走っていた。ディックはそちらへ向けて急ハンドルを切った。その犬は骨ばって、毛も抜け、半分死んだような雑種の老犬だった。車がぶつかったときの衝撃も、小鳥が当たったぐらいのものだった。それでも、ディックは満足した。「やったぜ！」そう叫んだ――犬をひいたあと、きまって口にするのがそれだった。ディックは機会さえあれば犬をひこうとした。「やったぜ！間違いなくバラしたぜ！」

感謝祭が過ぎ、キジ狩りの季節も終わったが、すばらしいインディアンサマーは途絶えることなく、清澄《せいちょう》な日々が何日も続いた。よそからきた取材記者の最後の一人も、事件は迷宮入りと確信して、ガーデンシティーを去っていった。しかし、フィニー郡の人々にとって、事件はけっして終わってはいなかった。ホルカムの人々の気に入りの溜《た》まり場、ハートマンズ・カフェの常連にはとりわけそうだった。「事件が起きてから、うちはもうてんてこ舞い」ハートマン夫人が居心地のよい店の中を見まわしていった。煙草《たばこ》をふかしたり、コーヒーを飲んだりしている農夫、あるいは、農場や牧場の労働者が座ったり、立ったり、寄りかかったりして、隅々までを埋め尽くしていた。「それに、ばあさん連中までね」たまたま店に居合わせたハートマン夫人のいとこのクレア郵便局長がつけくわえた。「これが春の繁忙期だったら、みんな、こんなところにいませんよ。でも、小麦の取り入れは終わったし、冬も近くなって、何もすることがないから。こうしてごろごろして、お互いに怖がらせあう以外はね。ビル・ブラウンをご存じ？《テレグラム》の記者の？あの人が書いた論説、もう読みました？〝もう一つの犯罪〟っていう題の？それでこういってるんですよ。『みんながいいかげんなおしゃべりをするのはやめにする時期だ』というのは、それもまた犯罪だからっていうんですよ――見え透いた嘘をつくのはね。でも、ほかに何かあるかしら？まわりを見てごらんなさいよ。ガラガラヘビ、悪さをする獣や鳥、噂のばらまき屋。ほかに何がいるっていうんですか？まったく！いやになっちゃう」

ハートマンズ・カフェに端を発する噂には、リヴァーヴァレー農場に隣接する農場の主、テイラー・ジョーンズの名をあげるものもあった。犯人が目星をつけていたのはクラッター家ではなく、ジョーンズ氏とその家族だった、というのが、カフェの常連の多数意見だったのだ。「そのほうが筋が通るだろう」そういう見かたをとる一人がいった。「テイラー・ジョーンズはハーブ・クラッターよりも金持ちだからな。それでだ、犯人はこの近在の人間ではないとしよう。たぶん、雇われた殺し屋で、家までの道筋を教えられていただけだったとしようじゃないか。だとすると、間違いを起こす可能性は非常に高くなる――間違った角を曲がるとか――すると、テイラーのところでなくハーブのところに行き着くというわけだ」〝ジョーンズ説〟は繰り返し唱えられた――とくに、当のジョーンズ家に向かって。しかし、品位も分別も備えたジョーンズ家がそれに取りあうことはなかった。

ランチカウンター、テーブル数卓、グリルと冷蔵庫とラジオを備えた小部屋――それがハートマンズ・カフェにあるすべてだった。「でも、うちのお客さんは気に入ってるの」女主人はいう。「当然なんだけど。ほかにいくところがないから。あっちに七マイル、でなきゃ、こっちに十五マイル、車を飛ばさない限りは。とにかく、うちは気さくな店なの。メイベルが手伝いにくるようになってからは、コーヒーもおいしいし」――メイベルとはヘルム夫人のことだ。「あの事件のあとで、わたし、いったの。『メイベル、あんた、失業したんだから、うちのカフェを手伝ってくれない？　ちょっとお料理して、カウンターでお給仕してよ』って。それで、どうなったかっていうと——一つだけまずかったのは、みんながここへ押しかけてきて、メイベルを質問攻めにしたこと。あの事件について。でも、メイベルはうちのいとこのマートとは違うから。わたしともね。メイベルは恥ずかしがりなの。それに、メイベルは特別なことは何も知らないし。ほかのみんなと同じよ」しかし、全般的な傾向として、カフェに集まる人々は、メイベル・ヘルムが知っていることの一つや二つは隠しているに違いないと疑いつづけていた。もちろん、そのとおりだった。メイベルはデューイと数回話をしていたが、その内容はすべて伏せておくように要請されていた。とくに、なくなったラジオと、ナンシーの靴から見つかった時計に関して、秘密厳守はいうまでもなかった。だから、アーチボルド・ウィリアム・ウォーレン-ブラウン氏夫人に向かってこういったのだ。「新聞を読んでる人なら、わたしの知ってることは知ってますよ。いえ、それ以上ですよ。だって、わたしは新聞読んでませんから」

四十代前半のがっしり、ずんぐりした英国女性、ウォーレン-ブラウン夫人は、上流階級とは縁遠い話しかたに合わせようとはしていたが、やはり、カフェのほかの連中とは似ても似つかなかった。そういう環境の中では、七面鳥の小屋にとらわれたクジャクという風情《ふぜい》だった。夫人はかつて、夫ともども〝イングランド北部の一家の地所〟を棄《す》て、代々の屋敷——〝とてもすてきで、そう、とてもきれいな修道院みたいな家〟——

を、カンザス西部の平原のとてもすてきとはいいがたい古い農家に替えた理由を知人に説明したことがあった。夫人はこういった。「税金ですの。相続税です。莫大《ばくだい》な、もう途方もない相続税。わたくしども、それでイングランドを追いだされたんです。そう。二年前に。心残りなんてありません。これっぽっちも。わたくしども、ここが好きですから。ほんとに大好きですの。もちろん、前の生活とはずいぶん違います。わたくしどもがずっと馴染《なじ》んできた生活とは。パリにローマ。モンテカルロ。ロンドン。わたくし——ときどき——ロンドンを思いだします。いえ、ほんとに懐《なつ》かしいっていうのじゃありませんの——騒々しいばかりで、車一台拾えないし、いつも人目を気にしなくちゃならないし。絶対によくありません。わたくしども、ここが好きなんですの。中には——わたくしどもの過去、それまでの生活を知ってらっしゃるかたの中には——あんな小麦畑の中にぽつんと住んでて寂しくないのかと思われるかたもおいでalong でしょう。実は、わたくしどもが移り住もうとしていたのは西部なんですの。ワイオミングとかネヴァダとか——本物《ラ・ヴレ・シヨーズ》の西部。あちらにいけば、石油でも掘り当てられるんじゃないかと思っておりましたの。でも、途中、お友だち——正確にはお友だちのお友だち——を訪ねようとガーデンシティーに立ち寄ったんです。すると、もう、とても親切にしていただいて。そして、こちらに居ついたらっていわれまして。それで、わたくしども、考えたんですの。そうね、それもいいわね。土地を借りて牧場を始めてもいいわねって。農場でもいいんですけど。まだ、どちらにするかは決めかねています——牧場か農場か。どちらにしても、あまり静かすぎるということはないんじゃないかって、オースティン先生にいわれました。ほんとに、いえ、ほんとに、わたくし、こんなに騒々しいところははじめてです。爆撃より凄《すご》いんですもの。列車の汽笛。コヨーテの鳴き声。あの晩ずっと吠《ほ》えたてていた怪物たち。もう恐ろしい騒ぎです。それに、あの殺人事件以来、また悩みの種が増えました。いろんなものがそうなんですの。わたくしどもの家——なんであんなにキーキーきしむんでしょう！　申しあげておきますが、わたくし、文句をいってるわけじゃありませんの。ほんとに、とても実用的な家です——最新設備が整っていて——でも、あの、咳《せ》きこむような、うなるような音！　それから、暗くなって、風が吹きはじめると、あのいやらしいプレーリーの風が吹きはじめると、ぞっとするようなうめき声が聞こえるんです。ちょっと神経質な人なら、想像しないではいられないでしょう——馬鹿《ばか》げたことをいろいろと。ああ、なんてこと！　あのお気の毒な一家！　いえ、わたくしども、お会いしたことはないんですの。ただ、一度、クラッターさんをお見かけしたことがあるだけで。連邦ビルでです」

十二月のはじめ、ある日の午後のこと、カフェにもっとも足繁《しげ》く通っていた客のうちの二人が、荷物をまとめて出ていくつもりだと告げた。フィニー郡からというだけでなく、カンザス州から去るというのだ。一人は、カンザス西部では名の通った地主で実業家、レスター・マッコイのところの小作農だった。彼はいった。「おれはマッコイさんとじかに話したんだ。このホルカムや近在でどういうことが起きてるか、わかってもらおうとしたんだ。みんな、おちおち眠れないってことをな。現に、うちの女房も眠れないし、おれまで眠らせてくれないんだ。それで、マッコイさんにいったんだ。今の土地は気に入ってるけど、誰かほかの借り手を探してくださいってな。ていうのは、おれたち、よそへ移るからだ。コロラドの東部のほうへ。それで、少しは安心できるってもんじゃないか」

二番目に転出を告げたのは、ヒデオ・アシダ氏夫人だった。夫人は赤い頬っぺたをした四人の子どものうち、三人を引き連れて、カフェに立ち寄った。その三人をカウンターに並ばせると、ハートマン夫人にいった。「ブルースにはクラッカージャック(訳注　カラメルで固めたポップコーン)を一箱ください。ボビーにはコークをね。ボニー・ジーンは？　あんたの気持ちはわかるけどね、ボニー・ジーン、でも、いいから、何かもらいなさいよ」ボニー・ジーンは首を振った。アシダ夫人はそれを見て、こういった。「ボニー・ジーンはちょっとふさいでるんですよ。ここを離れたくないから。ここの学校とも、お友だちとも別れたくないんですよ」

「あら」ハートマン夫人がボニー・ジーンに笑いかけた。「悲しむことなんかないでしょ。ホルカムからガーデンシティー・ハイスクールに移るだけなら。男の子もたくさんいるし」

ボニー・ジーンが口を開いた。「おばさん、わかってないのね。父さんはわたしたちを遠くへ連れていくのよ。ネブラスカへ」

ベス・ハートマンはアシダ夫人のほうを見やった。娘の主張を母親が否定するのではないかというように。

「ほんとなんですよ、ベス」アシダ夫人はいった。

「まあ、なんていったらいいか」ハートマン夫人の声には腹立たしさが混じった驚き、そして、絶望がにじんでいた。アシダ一家は誰もが認めるホルカムの共同社会の一員だった──元気のよさが好ましく、しかも、勤勉で、親切で、気前がよかった。もっとも、気前のよさを存分に発揮するほど裕福ではなかったが。

アシダ夫人はいった。「うちじゃ、長いこと話しあってきたんですけどね。ヒデオはどこかよそに移ったほうが、もっと楽にやっていけるんじゃないかって考えてるんです」

「いつ発《た》つつもりなの?」

「売るものが売れたらすぐに。でも、どっちみち、クリスマスのあとになるでしょうね。歯医者さんと交渉して決めたことがあるんで。ヒデオのクリスマスプレゼントなんですけどね。わたしと子どもたちで、金歯を三本贈ることにしたんですよ。クリスマスに」

ハートマン夫人は溜め息をついた。「ほんとに、なんていったらいいか。いってほしくないのに、というしかないわ。わたしたちを置いていってしまうなんて」そういって、もう一度、溜め息をついた。「なんだか、みんな、いなくなっていくみたい。あれやこれやで」

「あら、わたしが喜んで出ていくなんて思ってるんですか？」アシダ夫人がいった。「住んでる人たちのことをいったら、ここほどすばらしいところは知りませんもの。でも、ヒデオが、主人がね、ネブラスカならもっといい農場があるっていうんですよ。それで、ぶっちゃけた話をしますとね、ベス」アシダ夫人は顔をしかめようとしたが、丸々と膨らんで、すべすべした顔では、それもむずかしかった。「わたしたち、ずっとそのことで議論してきたんですよ。で、ある晩、わたし、こういったんです。『いいわ、あんたが一家の主《あるじ》なんだから。いきましょう』ってね。わたし、ハーブとご家族にあんなことが起きてから、このあたりでは何かが終わってしまったような気がしてならなかったんですよ。それは、わたし個人の印象ですけどね。あくまで、わたし個人の。それで、議論はもうやめにしたんです。いいわっていったんですよ」そういうと、ブルースのクラッカージャックの箱に手を突っこんだ。「ほんと、わたし、立ちなおれないんです。あのことが頭を離れないんです。わたし、ハーブが好きでしたからね。わたしが生前のハーブに会った最後の人間の一人だったってこと、知ってました？　ええ。わたしと子どもたちがですけどね、ガーデンシティーの4-Hクラブの会合に出た帰り、ハーブに車で送ってもらったんですよ。そのとき、わたしがハーブに最後にいったのはね、あなたが何かを恐れるなんて想像もつきませんってことなんですよ。どんな事態が起きても、ハーブなら話しあって切り抜けられたでしょうからね」アシダ夫人は思いをめぐらせながら、クラッカージャックを一粒かじり、ボビーのコークをぐいとあおった。それから、こういった。「おかしなことだけど、でもね、ベス。わたし、ハーブは絶対に恐れてはいなかったと思うんですよ。つまり、何があったにしても、ハーブは最後の最後まで、そんなことになるとは信じていなかったはずです。だって、そんなことはありえなかったんだから。ハーブに限っては」

太陽が照りつけていた。凪《な》いだ海に小型船が錨《いかり》を下ろしていた。船の名はエストレリータで、四人が乗りこんでいた。ディック、ペリー、若いメキシコ人、それに裕福な中年のドイツ人、オットー。
「もう一度お願いしますよ」オットーがいった。ペリーがギターをかき鳴らし、ハスキーな甘い声で、スモーキー山脈の歌を歌った。

「この世でおれらが生きてるうちは
口をきわめて罵《ののし》るやつら
だけど、おれらがくたばって、棺桶《かんおけ》の中におさまれば
手に握らせるユリの花
花を供えてくれるなら、生きてるうちにしておくれ……」

メキシコシティーで一週間を過ごしたあと、ペリーとディックは南へ――クエルナヴァカ、タスコ、アカプルコへ――車を走らせた。そして、アカプルコの〝ジュークボックスのある安酒場〟で、すね毛の濃い親切なオットーと出会ったのだ。ディックはオットーを〝ひっかけようとした〟。ところが、この紳士、休暇中のハンブルクの弁護士には〝すでに友だちがいた〟――自ら〝カウボーイ〟と名乗る地元アカプルコの若者が。「あいつは信用できる人間だとわかった」カウボーイのことに触れて、ペリーがこういったことがある。「ある面じゃ、ユダみたいに卑劣なところもあるんだが、まあ、なんていっても、おもしろいやつだった。ほんとの遊び人で。ディックもあいつが気に入ってた。おれたち、実にうまくやってたな」

カウボーイは入れ墨をした放浪者二人に、自分の伯父の家の一室を提供してくれた。のみならず、ペリーのスペイン語の指導を引き受け、件《くだん》のハンブルクからの行楽客の相

伴に与《あずか》らせてくれた。オットーが一緒なら、彼のおごりで飲み食いし、女を買うことができた。オットーはディックの冗談を楽しむだけでも、散財の価値があると思っているようだった。オットーは毎日、沖釣り船のエストレリータを借りだし、仲間四人で海岸に沿っての流し釣りに出た。カウボーイが船長役を務めた。オットーは写生をしたり、釣りをしたりした。ペリーは餌《えさ》をつけたり、夢想にふけったり、歌ったりする合間に、釣り糸を垂れることもあった。ディックは何もしなかった。ただ、うめいたり、船の揺れに文句をいったりしながら、日ざしに酔って大儀そうに横たわっていた。昼寝《シエスタ》しているトカゲさながらに。しかし、ペリーはこういった。「まさにこれだったんだ。やっぱりこうでないとな」だが、それが長続きしないこと——実際、その日をもって終わる定めにあること——もわかっていた。オットーは翌日、ドイツへ帰ることになっていたし、ペリーとディックは——ディックが強く主張するので——メキシコシティーへ車で戻るつもりでいたからだ。「そりゃ、たしかに」その問題を議論しているとき、ディックがいった。「文句はねえよ。背中に日を浴びてさ。だけど、カネはどんどんなくなってく一方だ。車を売っぱらっても、あとどのくらい残るっていうんだよ?」

その答えは、ほとんど無一文という事実だった。あの日、カンザスシティーで小切手詐欺《さぎ》を働いて得た品物——カメラ、カフスボタン、テレビ——は、今までにあらかた処分していたからだ。それに、双眼鏡とグレーのゼニスのポータブルラジオは、ディックが知り合いになったメキシコシティーの警官に売りとばしていた。「これから、おれたちがやるのは、メキシコシティーへ戻ることだ。車は売っぱらおう。修理工場の仕事ぐらい見つかるだろう。どっちにしろ、向こうのほうが割がいいからな。何かと機会もあるだろうし。うん、あのイネスだって、ちっとは役に立つんじゃねえか」イネスはメキシコシティーの国立芸術院入り口の階段でディックに声をかけた売春婦だった（国立芸術院へはペリーを満足させるために出かけた観光ツアーで立ち寄った）。ディックは十八歳のイネスと結婚の約束をしていた。ところが、〝非常に有名なメキシコの銀行家〟の未亡人で、五十歳のマリアとも結婚の約束をしていた。マリアとはある酒場で出会った。翌朝、マリアは七ドル相当のカネをディックに払ってくれた。「それで、どうだい？」ディックはペリーにいった。「車を売っぱらう。仕事を見つける。カネを貯《た》める。あとは成り行きを見るってのは？」ペリーに成り行きが読めるはずがないというような口ぶりだった。だが、ポンコツのシヴォレーが二、三百ドルになるとしてもどうだろう？　もし、ディックという人間がわかっていれば、実際、わかっていたが——今はもうはっきりわかっていたが——それをたちまちのうちに、ウォッカと女に費やしてしまうのは目に見えていた。

ペリーが歌っている間、オットーはペリーをスケッチブックに写していた。まずまず似ているといえる出来だった。画家はモデルの表情に、顕著というわけではないが、一つの相があらわれているのに気がついた。茶目っ気というか、おもしろがっているような子どもっぽい邪気に、毒矢で狙《ねら》いをつけている薄情なキューピッドを彷彿《ほうふつ》させられたのだ。ペリーは上半身裸になっていた（ペリーはズボンを脱ぐのを〝恥ずかしがり〟、水泳パンツをはくのを〝恥ずかしがった〟。なぜなら、傷ついた脚をさらけだすことで〝他人に不快感を与える〟のを恐れたからだ。水面下の幻想をしきりにめぐらせ、スキンダイヴィングの話を飽きずにするのに、本人は一度も水の中に入ったことがなかった）。モデルの筋肉隆々の胸、腕、そして、硬くて分厚いが女の子のように小さな手を飾っているいくつもの入れ墨までも、オットーは写しとった。そのスケッチブックを、オットーは餞別《せんべつ》としてペリーにくれたが、その中にはディックを描いた絵も数枚含まれていた――〝ヌードの習作〟も。

オットーはスケッチブックを閉じ、ペリーはギターを置いた。カウボーイが錨を上げ、エンジンをかけた。引きあげる潮時だった。十マイルほど沖へ出ていたし、水面も暗くなりかけていた。

ペリーはディックに釣りをするよう促した。「もう二度と機会はないかもしれないぞ」

「機会？」

「大物を釣る機会だよ」

「くそっ、また、あいつが出やがった」ディックがいった。「具合が悪いや」ディックはしばしば強い偏頭痛――〝あいつ〟――に悩まされていた。本人はそれを車の事故の後遺症と思っていた。「頼むぜ。なるべく静かにしてくれよ」

しかし、そのすぐあとには、頭痛も忘れ、立ち上がり、興奮して怒鳴っていた。オットーとカウボーイも叫んでいた。ペリーが〝大物〟を引っかけたのだ。それは体長十フィートの荒れ狂うバショウカジキで、虹《にじ》のような弧を描いて跳ね、水面に突っこみ、深く潜り、釣り糸を強く引いたかと思うと、また浮上し、飛翔《ひしよう》し、落下し、浮上した。一時間が過ぎ、さらに何十分かがたったころ、汗みずくの釣り人たちはようやく魚をたぐり寄せることができた。

アカプルコの港には、骨董《こつとう》ものの木製の箱型カメラを持ってぶらついている老人がいる。エストレリータが桟橋につくと、オットーは獲物《えもの》と並んでポーズをとるペリーの写真を六枚撮ってくれと頼んだ。技術的にいえば、老人の撮った写真は出来が悪かった――茶色がかって、筋が入っていた。それでも、その写真は注目に値するものだった。そうさせているのは、ペリーの表情だった。とうとう、夢に見たとおり、大きな黄色い鳥が天国へ連れていってくれたとでもいうような完全なる成就《じようじゆ》、至福の相貌《そうぼう》だった。

十二月のある日の午後、ポール・ヘルムは花壇の刈りこみをしていた。その花壇のおかげで、ボニー・クラッターはガーデンシティー・ガーデンクラブの会員の資格を得ていたのだ。ヘルム氏にとって、それは気の滅入《めい》る作業だった。同じ仕事をしていた先日の午後のことが、どうしても思いだされるからだった。あの日はケニヨンが手伝ってくれた。生きているケニヨンを、あるいは、ナンシーを、一家の人を見たのは、それが最後だった。その後の何週間かは、耐えがたい日が続いていた。ヘルム氏は〝健康を害していた〟(自覚している以上に害していた。それから四ヵ月と生き延びられなかったのだから)。それに、心配ごとも数多く抱えていた。その一つが仕事のことだった。今の仕事はそういつまでも続けられそうになかった。誰も確実なことを知っていたわけではなかったが、〝お嬢さんがた〟、つまり、エヴェンナとベヴァリーは家屋敷を売り払うつもりでいる、とヘルム氏は理解していたからだ。もっとも、カフェで、ある若者がいっていたように、「事件の謎《なぞ》が解けないうちは、あの農場を買おうなんて人間いるわけない」と思われた。だいたい、見知らぬ人間が乗りこんできて、〝うちの〟土地を耕すなどということは、考えただけでも〝ぞっとしなかった〟。ヘルム氏は気が気でなかった――ハーブのことを思うと、気が気でなかった。この家屋敷は「一つ家族で受け継がれていかんと」と、ヘルム氏はいっていた。あるとき、ハーブがヘルム氏に向かってこういったのだ。「ここにはずっとクラッターの者がいて、ヘルムの者がいる。そうあってほしいね」それは、つい一年前のことだった。ああ、もし、農場が売り払われてしまったら、どうすればいいのだ？ヘルム氏は自分のことを〝どこかよそでやっていくには年をくいすぎている〟と感じていた。

それでも、ヘルム氏は働かなければならなかったし、働きたいと思っていた。自分は靴を脱いで、ストーヴのそばに座りこむような人間ではない、と自らいっていた。とはいえ、今の農場は何か気分が落ちつかないというのも事実だった。錠のおりた家、野原でぽつねんと主《あるじ》を待つナンシーの馬、リンゴの木の下で風で落ちた実が腐るにおい、途絶えた人声――ケニヨンがナンシーに電話を取り次ぐ声、ハーブの口笛、ハーブが「おはよう、ポール」と機嫌よく呼びかける声。ヘルム氏はハーブと〝馬が合った〟。言葉の行き違いも一度としてなかった。それなのに、なぜ、保安官事務所の連中は自分に尋問を続けるのか？〝何か隠しごとをしている〟とでも思っているのか？　あのメキシコ人のことなどいうべきではなかったのかもしれない。ヘルム氏はアル・デューイにこういった。事件当日の十一月十四日、土曜日の四時ごろ、二人のメキシコ人がリヴァーヴァレー農場にあらわれた。一人は大きな口ひげ、もう一人はあばた面《づら》が特徴だった。ヘルム氏は二人が〝事務所〟のドアをノックするのを見た。すると、ハーブが外に出てきて、芝生の上で二人と話を始めた。約十分後、よそもの二人は〝むっつりした顔で〟立ち去っていった。二人は仕事を求めてやってきたが、ここにはないといわれたのだろう。あいにく、ヘルム氏は事件当日に目撃したできごとを詳しく述べるように再三要求されながら、犯行後二週間たつまで、その件については話さなかった。ヘルム氏がデューイに説明したところによると、「ほんとに突然思いだしたもんですから」ということだった。しかし、デューイも、ほかの何人かの捜査官も、その話を信用していないようだった。自分たちをまどわせるためにでっちあげたものというふうに受けとめていた。彼らはむしろ、保険外交員のボブ・ジョンソンの話に信を置いた。彼は土曜日の午後ずっと、クラッター氏の事務所で本人と話をしていた。そして、二時から六時十分までの間、自分のほかに客はなかったことを〝絶対的に確信していた〟。しかし、ヘルム氏も同じように確信していた。メキシコ人、口ひげ、あばた面、四時。もし、ハーブが生きていたら、ポール・ヘルムは真実を語っている、と彼らにいってくれただろう。ポールは〝祈りを唱えて、生活の糧《かて》を得る〟人間だ、と彼らにわからせてくれただろう。だが、ハーブは逝《い》ってしまった。

逝ってしまった。ボニーもそうだった。ボニーの寝室の窓からは庭が見下ろせた。〝加減の悪い〟折にときどき、窓辺に立ち尽くして、じっと庭を眺めているボニーの姿を、ヘルム氏は見かけていた。そんなときのボニーは、自分の目に映るものに魅せられたという風情《ふぜい》だった（「わたし、まだ娘だったころ」ボニーはかつて友だちにいったことがある。「木や花も、鳥や人間と同じだとほんとに信じていたのよ。木や花も、ものを考えるし、自分たちの間では話をしている。だから、わたしたちが本気で聞く気になったら、それが聞こえる、とね。そのためには、頭の中からほかのあらゆる音を追いだしてしまえばいいの。うんと静かにして、一生懸命、耳を澄ますの。わたし、今でも、ときどき、そう思うのよ。でも、そこまで静かにするというのは無理だから……」。

窓辺のボニーを思いだしながら、ヘルム氏はそちらを見上げた。ガラスの後ろにボニーの姿か、亡霊が見えるのでは、というように。しかし、もし、亡霊を見たとしても、その瞬間、現実に目にしたもの以上には驚かなかっただろう。それは、カーテンを押さえる手と、二つの目だった。「だけど」ヘルム氏はあとで説明した。「日光が家のそっちの側に当たってましたからな」それが窓ガラスを揺らめかせ、内側に吊《つ》るされていたカーテンをちらつかせたのか。ヘルム氏が手をかざして光線をさえぎりながら、もう一度見たときには、カーテンは閉じられ、窓に人影はなかった。「わたしは目があんまりよくないんで。それで、錯覚かもしれんと思ったですよ」ヘルム氏は思いだして、そういった。「だけど、あれはそうじゃないって確信がありましたよ。あれは幽霊なんかでもないともね。だいたい、わたしは幽霊なんて信じておらんのですから。だったら、あれは何だったのか？ あんなところをうろうろしてるなんて。警察以外は誰も立ち入れん場所ですよ。なのに、どうやって入りこんだのか？ ラジオで竜巻の警報が出てるときみたいに、どこもかしこも閉めきってあるっていうのに。それが不思議でしたな。だけど、突きとめてやろうって気はなかったです——自分独りじゃね。わたしはやりかけてた仕事をおっぽりだして、畑を突っ切って、ホルカムへ走りましたよ。着くとすぐ、ロビンソン保安官に電話して、クラッターの家の中を誰かがうろついてるってことを伝えたんです。そうしたら、みんな、勢いこんですっ飛んできましたよ。州警察の警官。保安官とこの連中。ＫＢＩの人ら。アル・デューイ。みんなで家をぐるりと取り巻いて、いつでもかかれるって用意ができたとき、玄関のドアが開いたんです」外に出てきたのは、誰もそれまで見かけたことのない男だった。三十代半ば、生気のない目、伸び放題の髪。腰のホルスターには三八口径のピストルを差していた。「わたしはそこにいたみんなが同じことを考えたと思いましたよ――この野郎だ。やったのはこの野郎だって」ヘルム氏は先を続けた。「そいつは動かなかったです。じっと突っ立ったきりで。目をしょぼしょぼさせてはいましたがね。みんな、そいつの銃を取りあげてから、尋問を始めましたよ」

男の名はエイドリアン――ジョナサン・ダニエル・エイドリアン――といった。ニューメキシコへ向かう途中で、現在は住所不定だった。何の目的でクラッター家に侵入したのか、さらに、どういう方法で侵入したのか？　エイドリアンはその方法を明かした（井戸の蓋《ふた》を持ち上げ、地下室へ通じるパイプが走るトンネルを這《は》い進んだということだった）。目的については、事件の記事を読んで好奇心をかきたてられ、現場がどんなところか見てみたいと思っただけだ、と述べた。「それから」ヘルム氏はその挿話の記憶をたどっていった。「誰かがそいつにヒッチハイカーなのかと聞いたんです。ヒッチハイクでニューメキシコへいこうってのかって。いや、とそいつは答えましたよ。自分の車を運転してるっていうんです。車はちょっと先の並木道に停めてあるって。それで、みんな、その車を見にいきましたよ。車の中を見て、誰かが——アル・デューイだったかな——そいつにいいました。そのジョナサン・ダニエル・エイドリアンって男にね。『さてと、ちょっと話を聞かせてもらわなくちゃならんようだな』って。ていうのは、車の中に何があったかっていうと、十二番径の散弾銃だったからです。それに、狩猟用のナイフです」

メキシコシティーのあるホテルの一室。室内には、ラヴェンダーの色合いの鏡がついた、醜悪な今ふうの簞笥《たんす》が置いてあった。その鏡の隅には、ホテルからの注意事項を印刷した紙片が挟まれていた。

ス・ディア・テルミナ・ア・ラス・２ＰＭ
お泊まりは午後二時までといたします

換言すれば、客はその時間までに部屋を空けなければ、もう一日分の料金を請求されるのを覚悟せよ、ということだった。それは、その日の客には、したくてもできないぜいたくだった。二人の客の頭には、これまでの宿泊料を清算できるかどうかしかなかった。すべてはペリーの予測どおりに展開していた。ディックは車を売った。三日後、二百ドル足らずの代金は、あらかた消え失《う》せていた。四日目、ディックはまともな仕事を探しに出かけたが、その晩、ペリーにこういった。「冗談じゃねえよ！ いったい、いくらくれると思う？ 賃金ってのがいくらだと思う？ 腕のいい修理工のだぜ？ 一日二ドルだってよ。何がメキシコだ！ もう、よくわかった。おれたち、早いとこ、ここから抜けださなきゃ駄目だ。アメリカへ帰るんだ。いや、おれはもう、聞く耳持たねえからな。ダイヤだと。埋もれたお宝だと。目を覚ましなよ、坊や。金の詰まった箱なんて、ありゃしねえよ。沈没船なんてのもな。たとえ、あるにしたって——あんた、泳げやしねえじゃねえか」 そして、翌日、ディックは二人の婚約者のうち、金持ちのほう、つまり、銀行家の未亡人からカネを借りた。それで、サンディエゴ経由でカリフォルニア州バーストウに向かうバスの切符を二枚買った。「そのあとは」ディックはいった。「歩きだ」

もちろん、ペリーは独立独歩の道を踏みだすこともできた。自分はメキシコにとどまり、ディックは好きなところにいかせてもよかった。なぜ、そうしなかったのか？ ペリーはずっと〝一匹狼《おおかみ》〟で、〝かけがえのない友だち〟などいなかったのではないか（白髪、灰色の目の〝冴《さ》えた〟男、ウィリー・ジェイを除けば）？　しかし、ペリーはディックと離れるのを恐れていた。考えるだけで〝胸が悪くなりそう〟だった。まるで〝時速九十九マイルで走る列車から飛び降りる〟決心でもするように。その恐怖の根底にあるもの、あるいは、ペリーがあると信じているものは、新たに芽生えた迷信めいた確信だった。それは、ディックと〝くっついている〟限り、〝起こるはずのことも起こらない〟というものだった。それから、また、ディックの〝目を覚ませ〟という一喝の痛烈さ、自分の夢や希望に対してそれまで控えていた批判を浴びせてきた好戦性――そうしたすべてが、逆説的に働いて、強く訴えかけてきた。傷つけられ、衝撃を受ける一方で、すっかり魅了されたのだ。以前は自分の上に立つのを認めたタフで、〝文句なく男らしく〟、実際的で、決断力のあるディックへの信頼が、ほぼ元どおりによみがえったのだ。それで、十二月はじめのうすら寒いメキシコシティーの朝、夜明けの時分から、暖房もないホテルの部屋をうろうろして、自分の荷物をまとめていたというわけだった。ツインベッドの一方で眠っている二人、ディックと若いほうの婚約者のイネスを起こすまいと、物音を立てないようにしながら。

所持品の中には、もう気にかけなくていいものが一つあった。アカプルコでの最後の晩、ギブソンのギターを泥棒に盗まれていたのだ。海岸通りのカフェで、ペリーがオットー、ディック、カウボーイと盛りあがっている間に持ち逃げされていた。ペリーは悲嘆に暮れた。あとでそのときの気持ちをこういった。「ほんとにどん底に落ちこんだな」それをさらにこんなふうに説明した。「おれみたいに、長いこと、ギターを持っていたとしてみろよ。ワックスかけてピカピカにして、自分の声もそれに合わせる。惚《ほ》れてる女の子みたいに大事に扱ってやるんだ——そうすりゃ、何か神聖なものに見えてくるから」盗まれたギターについては、もう持ち主としての責任は生じなかったが、ほかの所有物についてはそうはいかなかった。ディックと二人、徒歩かヒッチハイクで旅することになりそうだったが、そうなると、シャツと靴下少々しか持ち歩けないのは目に見えていた。残りの衣類は送るしかなさそうだった——事実、ペリーはすでにボール箱に荷を詰めて（汚れた洗濯物何点かと一緒にブーツ二足を押しこんでいた。一足はキャッツポー印の靴底のもの、もう一足は菱形《ひしがた》模様の靴底のものだった）、ネヴァダ州ラスヴェガス局留め、本人宛《あ》てと表書きまでしていた。

しかし、大問題であり、心痛の種でもあったのは、大事にしている記念の品々をどう処理するかということだった。大きな箱二つにぎっしり詰めこんだ本や地図、黄ばんだ手紙、歌詞、詩、それに、一風変わった土産など（自分で殺したネヴァダのガラガラヘビの皮でつくったサスペンダーとベルト。京都で買ったエロチックな根付《ねつけ》（訳注　印籠などの紐の端につける留め具）。やはり日本から持ち帰った石化した盆栽。アラスカ熊《ぐま》の足）がそれだった。おそらく、最善の解決策は――少なくとも、ペリーが考えつく限りでは――品物を〝ジーザス〟に託することだった。ペリーの頭にある〝ジーザス〟は、ホテルの向かいのカフェのカウンターを預かっている男だった。そして、ペリーが思うには、とても親切《ムイ・シンパティコ》で、要求すればすぐに箱を返してくれそうな信頼のおける人間だった（ペリーは〝落ちつき先〟が見つかり次第、箱を送ってもらうつもりでいた）。

それでもなお、絶対に紛失したくない貴重なものがいくつかあった。それで、恋人同士がまどろみ、時間が午後二時に向かって緩慢に進んでいく間、ペリーは古い手紙、写真、切り抜きのたぐいに目を通し、そういう思い出の品の中から、携えていくものを選んでいった。その中に、下手なタイプ書きの『息子の生活記録』と題する一文があった。書いたのはペリーの父親だった。カンザス州立刑務所から息子が仮釈放される一助になればという心算で、前年の十二月に書きあげ、カンザス州仮釈放監察委員会に郵送したものだった。その記録に、ペリーはとても無関心ではいられず、少なくとも百回は目を通してきた。

少年期――わたしが見たままのいい面、悪い面両方を喜んでお伝えします。そうです、ペリーは生まれに問題はありませんでした。健康かどうか――そうです。はい、子どもたちが学校にあがるころ、妻がどうしようもない飲んだくれになってしまうまでは、わたしもきちんとペリーの世話をしてやりました。明るい性格かどうか——それはなんともいえません。ひどい扱いをされると深刻になって絶対に忘れません。わたしは約束は守ります。あの子にもそうさせています。ところが、妻はそうではありませんでした。わたしたちは田舎に住んでいました。家族みんな、根っから野外が好きな人間です。わたしは子どもたちに黄金律《ゴールデンルール》を教えてやりました。お互いさまで生きていく、ということです。たいていの場合、うちの子どもたちは、間違ったことをしたときにはお互いにいいあって、本人は必ずそれを認め、お尻《しり》を叩《たた》いてもらおうと自分から進み出ました。そして、いい子になると約束し、せっせと仕事を片づけて、そのあと自由に遊んだものでした。子どもたちが朝いちばんでやることは、体を洗い、清潔な服を着ることでした。わたしはそれについては厳しくしつけました。それと、他人をいじめないこと。もし、ほかの子どもたちにいじめられるようなことがあったら、そういう相手と遊ぶのをやめさせました。うちの子どもたちは、わたしと妻が一緒にいた間は、何の手間もかかりませんでした。ことが起きたのは、妻が町に出て勝手気ままな暮らしをしたいと望むようになってからです——妻はそれを実行するために家を出ました。わたしは引きとめもしませんでした。子どもたちを連れ、車に乗って去っていく妻に、さよならをいいました（それは大恐慌《きょうこう》の最中のことです）。子どもたちは声を限りに泣き叫びました。妻は子どもたちに悪態をつくばかりでした。あんたたち、どうせ、あとでお父ちゃんのところへ逃げ帰るんだろう、と。妻はひどく腹を立てて、子どもたちがわたしを憎むように仕向けてやるといいました。事実、そうしたのです。ペリーは別でしたが。わたしは断ち切れない愛情から、数ヵ月後、子どもたちを捜しに出かけ、サンフランシスコで居場所を突きとめました。妻には気づかれませんでした。子どもたちと学校で会おうとしました。ところが、妻は先生がたにわたしと会わせないように頼んでいたのです。それでも、校庭で遊んでいた子どもたちになんとか会うことができました。そこで、子どもたちがいったことに驚かされました。「お父ちゃんとは話をしちゃいけないって、お母ちゃんにいわれた」ペリー以外はそういいました。あの子だけが違っていました。わたしに抱きついてきて、今すぐ、一緒に逃げたいといったのです。わたしは駄目だといいました。ところが、学校が終わると同時に、あの子はわたしの弁護士、リンソー・ターコ氏の事務所に逃げてきたのです。わたしは息子を母親のもとに送り返して、町を去りました。ペリーがあとでいったところによると、あんたなんかどこか新しいうちを見つければいいんだ、と母親にいわれたそうです。子どもたちは母親と一緒にいる間、好き放題にしていたのですが、ペリーが厄介を起こしたのも無理はないという気がします。わたしは妻のほうから離婚をいいださないかと思っていたのですが、一年ほどたったころに、そうなりました。妻の飲酒、家出、若い男との同棲《どうせい》。わたしは離婚裁判で争い、子どもたちについては全面的な親権、養育権を認められました。わたしはペリーを家に連れ帰って、一緒に暮らすことにしました。ほかの子どもたちは家に引きとるというわけにはいかなかったので、ホームに入れてもらいました。子どもたちにはインディアンの血が混じっていたので、わたしの依頼を受けて、福祉当局が面倒をみてくれたのです。それはみんな、大恐慌の間のことです。わたしはＷＰＡ（訳注 公共事業促進局）の安い賃金で働いていました。その当時は、多少の土地と小さな家を持っていました。ペリーとは平穏に暮らしていたのですが、やはり、ほかの子どもたちも愛していたので、心が痛みました。それで、すべてを忘れてしまおうと、放浪の旅に出たのです。わたしは親子二人の暮らしを立てなければなりませんでした。それで、土地を売って、〝ハウスカー〟で生活するようになったのです。ペリーにはできる限り学校へいかせました。本人は学校があまり好きではなかったのですが。もっとも、おぼえは早いほうで、ほかの子どもと面倒を起こしたことはありません。ただ、一度、ガキ大将にからまれたことがありました。チビでずんぐりした新顔のペリーを、みんながいじめようとしたのです。でも、あの子は自分の権利のためには進んで戦うというところを見せつけました。わたしは子どもたちをそういうふうに育てたのです。わたしはいつも、自分から手を出すな、といっていました。もし、先に手を出したとわかったら、おれがただでは済まさない。だが、よその子が手を出してきたら、力を尽くして戦え、と。あるとき、学校であの子の倍の年かさの子が殴りかかってきたことがありました。ところが、驚いたことに、ペリーはその子を押し倒して、さんざん殴りつけたのです。わたしはあの子にレスリングをちょっとばかり教えてやったことがありました。わたしは昔、ボクシングとレスリングをやっていましたので。その喧嘩《けんか》を、女の校長さんとほかの子どもたちみんなが見ていました。校長さんは相手の大きな子がお気に入りでした。その子がうちのチビのペリーに打ち負かされるのは耐えられなかったようです。そのあと、ペリーは学校で〝子どもの王さま〟になりました。もし、体の大きな子が小さな子をいじめようとすると、ペリーがすぐさまおさめました。ガキ大将もペリーを恐れて、おとなしくしていなければなりませんでした。ところが、校長さんはそれが気に入らず、わたしのところにやってきて、ペリーが学校で喧嘩をすると苦情をいったのです。わたしはこういってやりました。事情は全部わかっています。うちの子に、二倍も大きな相手に黙って殴られていろ、というつもりはありません、と。そして、逆に聞きました。なぜ、先生はガキ大将がほかの子を殴るのを放っておくのですか、と。さらに、こういってやりました。ペリーには自分を守る権利があります。ペリーが自分から問題を起こすことは絶対にないですし、なんなら、わたしがこの件で一役買ってもいいのですが。うちの子は近所の人たちや子どもたちみんなから好かれています、と。それから、わたしはもうじきペリーに今の学校をやめさせて、よその州に移るつもりだ、ともいいました。事実、そのとおりにしました。ペリーは天使じゃありません。ほかの子どもたちと同じように、しょっちゅう悪さもしていました。あくまで善は善、悪は悪です。わたしはあの子の悪さを弁護するつもりではないのです。悪さをしたら、しっかり償わなければなりません。法がボスだということを、あの子も今ではわかっているはずです。

青年期――ペリーは第二次大戦中、商船隊に加わっていました。わたしはアラスカにいましたが、ペリーもあとからやってきました。わたしは罠猟《わなりょう》で毛皮をとり、ペリーは最初の冬にはアラスカ道路委員会のもとで働きました。そのあとしばらく、鉄道関係で働きましたが、なかなか自分が望むような仕事にはつけませんでした。そうです――カネが入ったときには、ときどき、わたしにもくれました。朝鮮戦争の間は月に三十ドル送ってくれました。開戦から終戦まで向こうにいて、ワシントン州のシアトルで除隊になったのです。わたしが知る限りでは、名誉除隊です。ペリーは機械類が好きです。ブルドーザー、掘削機、ショヴェルカー、あらゆるタイプの大型トラックといったものの操縦が希望なのです。経験も積んでいるので、腕はいいのですが。オートバイや軽自動車については、やや向こう見ずでスピード狂のところがあります。しかし、スピードを出し過ぎるとどうなるかは身にしみています。なにしろ両脚を折って、腰にも怪我《けが》をしていますから、今ではそんなに飛ばすこともないと確信しています。

レクリエーション——趣味。そうです、ペリーにはガールフレンドが何人かいましたが、相手が自分をいじめたり、もてあそんだりしたとわかると、すぐに別れてしまいました。わたしが知る限りでは、結婚したことはありません。わたしと妻との間のトラブルを見て、結婚を恐れるようになったのかもしれません。わたしは酒を飲みませんが、わたしが知る限り、ペリーも酒が嫌いです。ペリーはわたしにとてもよく似ています。つきあう相手には感じのいいタイプ——野外を好む人たち——を選びます。わたしと同じように、独りでいるのが好きで、独りで仕事をするのが何よりも好きです。わたしもそうなのですが。わたしはいわゆる何でも屋で、かえって、これという芸はないのですが、ペリーもそうです。わたしは独りで働いて生計を立てる方法を教えてやりました。たとえば、毛皮猟師、山師、大工、きこり、馬追いなど。わたしは料理をしますが、ペリーもします。もちろん、本職のコックではないのですが、自分用の簡単な料理ならこなします。パンを焼いたり、何のかんのと。狩り、釣り、罠猟、ほかにもたいていのことはやってのけます。前にもいいましたが、ペリーは自分が自分のボスであることを好みます。もし、好きな仕事につく機会を与えられ、どういうふうにしてほしいかを聞かされ、あとは好きに任されたら、大いに誇りを持って、それに取り組むでしょう。もし、ボスが仕事ぶりを認めてくれたりしたら、張り切ってかえってやりすぎるかもしれません。でも、それで責めたりしないでください。どうしてほしいのかを気持ちよく教えてやってください。ペリーは過敏なのです。すぐに感情を傷つけられるのです。わたしもそうなのですが。わたしは仕事をいくつかやめていますが、ペリーも威張りちらすボスのせいでそうなりました。ペリーはあまり学校教育を受けていません。わたしも同じです。第二読本をやっただけです。だからといって、わたしたちが馬鹿《ばか》だとは思わないでください。わたしは独学の人間です。ペリーもそうです。ホワイトカラーの仕事はペリーやわたしには向いていません。でも、野外の仕事だったら、わたしたちは十分にやれますし、もし、やれないとしても、やりかたを教えてくれれば、二、三日のうちに、その仕事なり機械なりをものにしてみせます。本は駄目です。でも、好きなことなら、実際の体験を通じて理解できるのです。何よりもまず、その仕事が好きでなければなりません。しかし、今はペリーも脚が悪いし、そう若くもありません。手配師からは望まれないということを知っています。脚が悪くては、手配師とよほど通じていない限り、重装備の仕事などもらえません。ペリーはそのことに気づきはじめているし、わたしのように自活する楽な道を考えはじめています。わたしは自分が間違っていないと確信しています。ペリーもうスピードにあこがれてはいないと思います。そういうことすべてがペリーの手紙から読みとれます。ペリーはこういっています。「おやじさん、気をつけてください。眠いときには運転しないように。停まって、道路脇《わき》で一休みすることです」それはわたしが前によくいってきかせていたのと同じことです。今はペリーがわたしにいってきかせているわけです。教訓が身にしみたということでしょう。
わたしの考えでは——ペリーは絶対に忘れない教訓を得たのです。今のペリーにとって、自由はすべてを意味します。ペリーを二度と鉄格子《てつごうし》の中に押しこめないでください。わたしは自分が正しいとほぼ確信しています。ペリーの話しかたに大きな変化が生じているのに気づいています。ペリーは自分の過《あやま》ちを深く悔いているといいました。自分の知り合いの人たちと会うのが恥ずかしいと感じてもいます。そういう人たちには自分が獄中にいたことを話したりはしないでしょう。自分がどこにいるか、友だちには教えないでほしいと頼んでもきました。ペリーが自分は獄中にいると手紙で知らせてきたとき、わたしはこれを教訓とするように——もっとひどいことになっていたかもしれないのに、これくらいで済んだのは幸いだ、といってやりました。場合によっては、撃たれていたかもしれないのに、というわけです。こうもいってやりました。そういうことだから、笑顔で刑期をつとめあげるように。そもそも自業自得《じごうじとく》なのだし。それくらいはわかるだろう。わたしは他人のものを盗むような子に育ててはしなかった。だから、刑務所がどんなにつらかろうと、わたしに文句をいう筋合いはない。刑務所ではいい子にしているんだ、と。ペリーはそうすると約束しました。わたしはペリーが模範囚になることを望んでいます。もう誰もペリーを盗みに引きこんだりはしないと確信しています。法がボスだということをペリーもわかっています。ペリーは自由を愛しているのです。

まっとうな扱いをすれば、ペリーがどれほどの思いやりを見せるか、わたしはよく知っています。つれない扱いをすれば、丸鋸《まるのこ》を相手にするような羽目になることも。ペリーと友だちであれば、どんな大金を預けても心配要りません。ペリーはいわれたとおりに動き、友だちからであれ、ほかの人からであれ、一銭も盗むことはないでしょう。今度の件の前まではそうだったのです。わたしはペリーが今後の人生を正直者として生きていくことを心から望んでいます。たしかに、ペリーはほんの子どものころ、仲間と一緒に何かを盗んだことがあります。ただ、ペリーに聞いてみてください。わたしがいい父親だったかどうか、サンフランシスコ時代の母親がいい母親だったかどうかを。ペリーは自分にとって何がいいのかを知っています。ペリーは今回、根性を叩きなおされたのです。今ではどんなときに叩かれるかがわかっています。ペリーはそんなに鈍くはありません。もう一度、鉄格子の中で過ごしてもいいというほど、人生は長くないと承知しています。

親類縁者。姉のボーボー（訳注 バーバラ）は結婚しています。父親であるわたしだけがペリーの現存する係累《けいるい》です。ボーボー夫婦は自立して、自分たちの家を持っています。わたしも自分で自分の面倒をみられるくらいには元気です。アラスカの小屋は二年前に売り払いました。来年、また小さな家を買うつもりでいます。まだ採鉱権をいくつか持っているので、そこからなにがしかのものが得られないかと思っているのです。それに、試掘をやめたわけでもありません。それから、芸術的な木彫や、わたしがアラスカに建てて持っていたトラッパーズ・デン・ロッジについて、本を書くように頼まれています。アンカレッジへドライヴしてくる観光客なら誰でも知っている有名なロッジです。たぶん、その仕事も引き受けることになるでしょう。わたしは持っているものすべてをペリーと分かちあうつもりです。わたしが食べられればペリーも食べられるということです。わたしが生きている限りは。わたしが死んでも、ペリーを受取人にしてある生命保険がおりますから、ペリーは再び自由の身になるとともに新生活のスタートを切ることができます。そのときには、わたしは生きていないかもしれませんが。

この一代記を読むたびに、ペリーの脳裏をさまざまな感情が競走馬のように走りだした――自己憐憫《れんびん》を先頭に、はじめは愛情と憎悪《ぞうお》がしのぎをけずったが、ついには憎悪が愛情を引き離した。そこで解き放たれる記憶は、大半がろくでもないものだったが、全部が全部、そうとは限らなかった。実際、ペリーが思いだすことのできる人生の始まりの部分は貴重なものだった。拍手喝采《かっさい》と魅惑の断章。おそらく三歳のころだったが、野外のロデオ会場の正面観覧席に姉たちや兄と一緒に座っていた。演技場では、細身のチェロキーの女が野生馬、〝棹《さお》立ちブロンコ〟にまたがっていた。ばらけた髪が前後に激しく揺れ、フラメンコダンサーのそれのように舞っていた。女の名はフロ・バックスキン。ロデオのプロで、〝ブロンコ乗りのチャンピオン〟だった。夫のテックス・ジョン・スミスもそうだった。りりしいインディアン娘と野暮ったいハンサムのアイルランド人のカウボーイ。出会ったのは西部巡業中のことで、二人は結婚し、今、正面観覧席に座っている四人の子をもうけていた(ペリーはほかにも多くのロデオの光景を脳裏に浮かべることができた——くるくるまわる投げ縄の輪の中で跳ねまわる父親の姿、手首に巻いた銀とトルコ石の腕輪を打ち鳴らし、恐ろしいスピードで曲乗りする母親の姿。母親は見まもっている末っ子をぞくぞくさせただけでなく、テキサスからオレゴンにかけての町々の観衆を〝総立ちにさせ、拍手喝采を呼んだ〟)。

ペリーが五歳になるまで、〝テックス&フロ〟のチームはロデオの巡業を続けた。それは〝アイスクリームをいくらでも食べられる〟ようなたつきの道ではなかった。ペリーは思いだしてこういったことがある。「一家六人、古ぼけたトラックに乗り、その中で寝ることもあった。ときには、トウモロコシの粥《かゆ》とハーシーのキスチョコ、コンデンスミルクで食いつないだ。ホークス・ブランドというコンデンスミルクだったが、おれはそれで腎臓が悪くなった――含まれてた砂糖のせいだ――しょっちゅう寝小便をしたのもそのためなんだ」それでも、そういう暮らしが不幸というわけではなかった。とくに、両親を誇りに思い、そのショーマンシップと度胸に感じ入っていた少年にとっては。その後の暮らしと比べたら、間違いなく幸福だった。というのは、テックスもフロも、病気で生業からの引退を余儀なくされたからだ。二人はネヴァダ州リノの近くに住み着いたが、喧嘩に明け暮れ、フロは〝ウイスキーに溺《おぼ》れた〟。ペリーが六歳のとき、母親は子どもたちを引き連れてサンフランシスコに向かった。それは父親が記したとおりだ。「わたしは引きとめもしませんでした。（それは大恐慌《きょうこう》の最中のことです）。子どもたちを連れ、車に乗って去っていく妻に、さよならをいいました。妻は子どもたちに悪態をつくばかりでした。あんたたち、どうせ、あとでお父ちゃんのところへ逃げ帰るんだろう、と」実際、その後三年以上にわたって、ペリーは何度も逃げだし、行方の知れない父親を捜しに出かけた。というのは、やはりいなくなったに等しい母親を〝軽蔑《けいべつ》する〟ようになったからだ。かつての引き締まってしなやかなチェロキー娘も、今は酒で顔がぼやけ、体はぶくぶくに膨れあがっていた。〝心は腐り〟、この上なく口汚くなり、自尊心のかけらもなくなって、自分がただで提供するものを受け取る港湾労働者や市電の車掌といった連中に、名前を聞こうともしなかった（ごくたまに一杯せがんだり、ヴィクトローラの曲に合わせて踊ってくれるよう求めることはあったが)。

ペリーは思いだしながらいった。「おれはいつもおやじのことばかり考えてた。おやじがおれを連れていってくれないかと思ってた。だから、再会したときのことを、ついさっきのできごとのようにおぼえてる。校庭に立ってたんだ。ボールがバットでガツンと引っぱたかれたようなもんだったな。まるでディマジオだ。ただ、おやじはおれを救いだそうとはしなかった。いい子になれっていって、抱き締めて、そのままいっちまったんだ。それからしばらくして、おふくろはおれをカトリックの孤児院に入れた。そこでは黒い服の尼さんたちに朝から晩までうるさく責めたてられた。寝小便したといっては叩《たた》かれた。おれが尼さんを嫌うのはそのせいもあるんだ。それに、神さまも。宗教もだ。だが、そのあと、おれはもっと悪い人間がいるということを知った。というのは、二、三ヵ月後、おれは孤児院から放りだされたんだが、あの女〔母親〕にもっとひどいところへ押しこまれたからだ。救世軍がやってる子どもの保護施設に。おれはそこでも嫌われた。寝小便するっていうんでな。それに、半分インディアンだから。保母の一人はおれのことを〝黒んぼ〟って呼んだ。黒んぼもインディアンも変わりないっていうんだ。ちくしょう、あいつは悪魔だ！　人間の皮をかぶった悪魔だ。あいつがしょっちゅうやったことっていうのはこうだ。浴槽に氷みたいに冷たい水を張って、おれをその中に浸《つ》けて、真っ青になるまで押さえつけるんだ。危うく溺れるところだった。だが、あいつの仕業は明るみに引きだされた。おれが肺炎にかかったからだ。ほとんど死にかけて、二ヵ月入院した。おやじがまたやってきたのは、そのときだった。おやじはおれが全快するのを待って連れだしてくれた」

ほぼ一年、父子はリノの近くの家で一緒に暮らし、ペリーはそこから学校に通った。「おれは三学年を修了した」ペリーは回想した。「それでおしまいだった。二度と学校へは戻らなかった。というのは、その夏、おやじが原始的なトレーラーをつくったからだ。おやじはそれを〝ハウスカー〟と呼んでた。寝棚が二つと狭い厨房《ちゅうぼう》がついてた。レンジは具合がよかったな。どんなものだって調理できた。自家製のパンだって焼けた。おれはよく保存食品をつくった――リンゴの酢漬け、野生リンゴのゼリー。とにかく、その後の六年間、おれたちは国じゅうを転々とした。どこにも長く居つくことはなかった。どこかに長居すると、みんな、おやじをじろじろ見て、変人扱いしはじめるんだ。おれはそれがいやだったし、傷つけられた。なぜなら、そのころはおやじが好きだったからだ。たとえ、おやじがつらくあたっても。実際、ひどく威張ってたけどな。それでも、そのころはおやじが好きだったんだ。それで、移動するときは、いつもうれしかった」移動――ワイオミング、アイダホ、オレゴン、最後にはアラスカへ。アラスカで、テックスは息子に黄金を夢見ることを、雪解け水が流れる小川の砂底で金を探すことを教えた。ペリーが銃の使いかた、熊《くま》の皮の剝《は》ぎかた、狼《おおかみ》や鹿《しか》の追いかたをおぼえたのも、アラスカでだった。

「いや、ひどく寒かったな」ペリーは思いだしていった。「おれはおやじと抱きあって眠った。毛布や熊の毛皮にくるまって。朝は夜明け前に起きだして、手早く朝飯をこしらえた。ビスケットとシロップ、揚げた肉の朝飯を。それから、二人で生活の糧《かて》を掻《か》き集めに出かけた。それはそれで悪くなかったと思う。もし、おれが成長しなかったらな。それはつまり、おれが大きくなるにつれ、おやじへの評価は下がる一方だったからだ。おやじはある意味では何でも知っていたが、別の意味では何も知らなかった。おれのいろんな側面をおやじは何も知らなかった。まったく理解していなかったんだ。たとえば、おれはハーモニカをはじめて手にしたとき、すぐに吹くことができた。ギターにしたってそうだ。おれは生まれつきの音楽の才能があったんだ。おやじにはそれがわからなかった。というか、関心がなかった。おれは本を読むのも好きだった。言葉もおぼえた。歌もつくった。絵も描いた。だが、励ましの一つももらえなかった――おやじからも、ほかの誰からも。夜は横になっても目を覚ましていることがよくあった――一つには小便を我慢しようとしてだが、一つにはあれこれ考えずにはいられなかったからだ。息をするのもつらいほど寒いときには、きまってハワイのことを考えた。前に見た映画のことを。ドロシー・ラムーアが出ていた映画だ。おれはハワイにいきたかった。日の当たる場所。身につけるのは草と花だけ」

戦時中の一九四五年のある穏やかな夕べ、草と花のほかにも何やかやと身につけたペリーは、ホノルルの入れ墨の店にいた。そこで、左の前腕に蛇と短剣の模様を彫ってもらっていた。ペリーがそこにたどり着くまでには、以下のような道筋があった。父親との喧嘩《けんか》、アンカレッジからシアトルまでのヒッチハイク、商船隊の隊員募集事務所訪問。「だが、自分がどんな目にあうかがわかっていたら、絶対に応募しなかっただろうな」ペリーはそういったことがある。「仕事は苦にならなかったし、船乗りになるのもいやじゃなかった——港町だのあれやこれやも。だが、船のおかま連中が放っておいてくれないんだ。十六歳の子どもを。小さな子どもをだ。それでも、おれは自分でなんとか対応できた。だが、おかまの多くはそんなにやわじゃないんだ。なにしろ、玉突き台を窓から放り投げるんだから。その次はピアノも。あの手のねえさんたちには、気をつけないとひどい目にあわされる。とくに、二人いるときはな。二人で組んで襲ってくるんだ。相手がほんの子どもでも。ほんとに自殺したくなるぜ。何年かあと、おれが軍に入って——朝鮮に駐留してたとき——同じ問題が起きた。おれは優秀な軍歴を残した。誰にも負けないほどの。青銅星章《ブロンズスター》ももらった。だが、昇進はしなかった。四年後、あの朝鮮戦争を最後まで戦い抜いたときには、少なくとも伍長《ごちょう》になっていてもおかしくなかったのに。だが、それもなかった。なぜだ？　おれたちの軍曹がひどいやつだったからだ。おれがころばなかったからだ。ちくしょう、おれはああいうことが大嫌いなんだ。我慢できないんだ。それにしても——いや、よくわからないな。ホモの中にも、好ましいと思えるやつはいないわけじゃなかったから。むこうが何もしない限りは、だが。これまででいちばん大事な友だち、ほんとに敏感で知的な友だちがホモだったということもあったんだ」

　商船隊をやめて陸軍に入るまでの間に、ペリーは父親と仲なおりした。父親は息子に去られたあと、ネヴァダまで流れ歩いて、またアラスカへ舞い戻っていた。一九五二年、ペリーが兵役を終えた年、父親は放浪生活に終止符を打とうという計画に取り組んでいた。「おやじは熱に浮かされてた」ペリーは思いだしていった。「アンカレッジ郊外のハイウェイ沿いに土地を買った、と手紙でいってきた。狩猟客用のロッジを建てるつもりだっていうんだ。〝トラッパーズ・デン・ロッジ〟——そういう名前にするって。それで、急いで帰ってきて、建てるのを手伝ってほしい、と頼んできたんだ。一財産つくれると信じてるようだったな。ところで、おれはまだ軍にいて、ワシントン州のフォートルイスに駐屯してたころ、オートバイ《モーターサイクル》を買っていた（あれは殺人車《マーダーサイクル》と呼ぶべきだな）。除隊になると同時に、それに乗ってアラスカに向かった。ベリンガムまでたどりついた。国境間近の町だ。ちょうど雨が降ってた。そこでオートバイがスリップしたんだ」

　そのスリップで父親との再会は一年ほど遅れた。手術と入院でその年の六ヵ月を費やし、あと六ヵ月はベリンガムに近い森の家で回復に努めたからだ。それは若いインディアンのきこり兼漁師が持つ家だった。「ジョー・ジェイムズ。彼と奥さんにはずいぶん助けてもらったな。おれたち、年はほんの二つ三つしか違わなかったが、二人はおれを家に迎え入れると、まるで自分たちの子どもみたいにいたわってくれた。二人には何でもないことだった。自分たちの子どもの面倒をよくみていたし、子どもが好きだったからだ。その時点で子どもは四人いたが、最終的には七人になった。みんな、ほんとによくしてくれたよ。ジョーも家族も。おれは松葉杖《づえ》が頼りの、どうしようもない状態だった。ぶらぶらしているしかなかった。それで、何かすることを見つけよう、少しでも役に立とうと思って、学校の真似《まね》ごとを始めたんだ。生徒はジョーの子どもたち、それにその友だちだ。居間で授業をした。おれはハーモニカとギターを教えた。絵も。習字も。おれは筆跡がきれいだって、みんなにいわれてる。事実、そうなんだ。それは、昔、お手本を買って、それと同じに書けるようになるまで練習したからだ。それから、おれたちはよく物語を読んだ――子どもたちが順番に読んでいって、おれが間違いを直してやるんだ。なかなかおもしろかった。おれは子どもが好きなんだ。小さな子どもがな。あのときは楽しかったよ。だが、そのうち春がやってきた。脚はまだ痛んだが、歩けるようにはなった。それに、おやじはまだおれを待っていた」

待ってはいたが、漫然とではなかった。ペリーが狩猟用ロッジの建設予定地に着いたときには、独り働きつづけていた父親はいちばんつらい仕事をすでにかたづけていた。

整地を済ませ、必要な木材を切りだし、荷車何台分もの岩を砕いて運んでいた。「おやじはおれが着くのを待って建築にかかった。おれたちは何から何まで自分でやった。たまにインディアンの手伝いがきてくれたが。おやじは狂ったみたいだった。何が起きようと知ったことじゃない――吹雪だろうが、嵐だろうが、木を引き裂くような大風だろうが――おれたちはがんばりぬいた。屋根ができあがった日には、おやじはその上で飛び跳ね、叫んだり笑ったりして、おきまりのジグ（訳注 テンポの速いダンス）を踊った。いや、ちょっと例のない宿になったな。客を二十人泊められた。食堂には大きな炉があった。カクテルラウンジもあった。トーテムポール・カクテルラウンジだ。そこではおれが客を楽しませることになっていた。歌だの何だので。おれたちは一九五三年の年末に開業した」

しかし、期待した狩猟の客はあらわれなかった。一般の観光客――ハイウェイをちらほら行き来する少数の客――が、ときたま、トラッパーズ・デン・ロッジの信じられないほどひなびたたたずまいをカメラにおさめようと立ち寄ったが、泊まっていくことはまずなかった。「しばらくの間、おれたちは自分をだましてた。今に人気を呼ぶだろうと思いつづけてな。おやじはロッジを飾りたてようとした。〝願かけの泉〟のある〝思い出の庭〟をつくった。ハイウェイのあちこちにペンキ塗りの看板を立てた。だが、そのどれも、一文の増収にもつながらなかった。おやじはそれを悟ると――どれも役にも立たず、おれたちのしたことすべてが無駄骨で無駄ガネだったと悟ると――おれに八つ当たりしはじめた。怒鳴りちらすわ、邪険にするわで。おれが自分の役割をきちんと果たさなかったっていうんだ。だが、それはおれのせいでもなけりゃ、おやじのせいでもなかった。ああいう状況では、カネもないし、食べるものも残り少ないという状況では、どうしても相手をいらだたせてしまうんだな。そのうち、これ以上ないというほどの空腹になった。おれたち、それで喧嘩した。ど派手にな。きっかけは、一枚のビスケットだ。おやじがおれの手からビスケットをひったくって、おまえは食いすぎるといった。なんと貪欲《どんよく》で身勝手なやつだ。さっさと出ていかないか。もう、ここにいてほしくない、というんだ。そんな調子でわめきつづけるんで、おれも我慢できなくなった。と、おれの手がおやじの喉《のど》もとをつかんでいた。おれの手がだ――だが、それを抑えられなかった。おれの手はおやじを絞め殺そうとしてた。ところが、おやじはしっこくて、つかみどころのないレスラーだ。するりと抜けだすと、銃を取りに走った。戻ってくると、おれに狙《ねら》いをつけた。そして、こういった。『いいか、ペリー。おれの姿がこの世の見おさめだと思え』おれはじっと立っていた。ところが、おやじは銃に弾をこめてないことに気がついたんだ。と思ったら、泣きだした。へたりこんで、子どもみたいにわめいた。そのとき、おれはもう、おやじに腹を立ててはいなかったと思う。むしろ、おやじが哀れだった。おやじだけじゃなく、おれたち二人が。だが、そんなことは何の役にも立たなかった――おれは何もいえなかった。おれはしばらく歩こうと外に出た。

四月になっていたが、森はまだ深い雪に埋もれていた。おれは夜が迫ってくるまで歩きつづけた。帰ってみると、ロッジは真っ暗で、どのドアにも錠がおりていた。おやじが放りだしたんだ。本から服からおれの持ち物全部が雪の上にころがっていた。おれはすべてそのままにしておいた。ギターを除いてな。ギターを拾い上げると、ハイウェイに沿って歩きはじめた。ポケットには一銭もなかった。真夜中近くになって、トラックが拾ってくれた。運転手にどこへいくんだと聞かれた。おれはいった。『あんたの行き先が、おれの行き先だ』って」

数週間後、再びジェイムズ家に身を寄せていたペリーは、最終的な行き先を決めた――ある〝戦友〟の故郷、マサチューセッツ州ウースターに。そこでなら、歓迎され、〝割のいい仕事〟を探すのを手伝ってもらえるかもしれない、と考えたのだ。だが、さまざまなまわり道があって、東への旅は長びいた。ペリーはオマハのレストランでは皿洗いを、オクラホマのガソリンスタンドでは給油係をした。テキサスの農場では一ヵ月働いた。一九五五年の七月、ウースターへの長旅の途中、ペリーはカンザスの小さな町、フィリップスバーグに立ち寄った。そこで、〝宿命〟が〝悪い仲間〟というかたちをとってあらわれた。「そいつはスミスといった」ペリーはいった。「おれと同じ姓だ。名前のほうはおぼえてもいない。どこかで知りあった誰かというに過ぎない。そいつは車を持っていて、シカゴまで乗せていってやろうといった。とにかく、カンザスを走っているうちに、おれたちはそのフィリップスバーグっていう小さな町に着いて、地図を見ようとして停まったんだ。日曜日だったたんじゃないかな。店はどこも閉まってた。通りはひっそりしてた。そこで相棒が、そうなんだ、あたりを見まわして、話を持ちかけてきたんだ」その話というのは、すぐ近くの建物、チャンドラー・セールズ・カンパニーに押し入ろうというものだった。ペリーは同意した。二人は人気《ひとけ》のない建物に侵入し、大量の事務用品（タイプライター、計算機）を盗みだした。数日後、盗人たちがミズーリ州セントジョゼフ市で信号無視をしなかったら、それだけのことで済んだかもしれない。「車の中に、まだがらくたが積んであったんだ。おれたちを停めた警官が、どこで手に入れたのかと聞いてきた。簡単な調べが済んだあと、カンザスのフィリップスバーグへ、やつらのいいかただと〝送還〟された。あそこにはすてきな拘置所があるんだ。もし、拘置所が好きならな」だが、四十八時間もたたないうちに、ペリーと相棒は開いている窓を見つけ、よじのぼって抜けだした。そして、車を盗むと、北西へ走ってネブラスカ州マクックへたどり着いた。「おれたちはまもなく別れた。おれとスミスは。やつがどうなったかは知らない。おれたち二人ともＦＢＩの手配者リストにのった。だが、おれが知ってる限りじゃ、やつはつかまっていない」

続く十一月の雨の日の午後、ペリーはマサチューセッツ州ウースターでグレーハウンドバスから降りたった。急勾配《こうばい》の工場町で、起伏の激しい町並みは、どんな好天のときでも、陰鬱《いんうつ》で敵意を含んでいるように見える。「おれは友だちが住んでるはずの家を探しだした。朝鮮時代の戦友のだ。ところが、そこの住人の話だと、やつは六ヵ月前に引っ越して、行く先はわからないということだった。あまりについてないんで、ほんとにがっくりきた。この世の終わりみたいだった。おれは酒屋を見つけて赤ワインの半ガロン瓶を買い、バス停に戻った。そこに座って飲んでるうちに、体も少し温まってきた。すっかりいい気分になったところへ、警官がやってきて、浮浪罪でパクられたんだ」警察はペリーを〝ボブ・ターナー〟として身柄登録した。FBIに手配されているペリーが、偽名を使ったのだ。留置場に十四日間泊められ、罰金十ドルを科せられた末、きたときと同じような十一月の雨の日の午後、ウースターを発《た》った。「おれはニューヨークに出て八番街のホテルの部屋をとった」ペリーはいった。「四十二丁目の近くだ。ようやく、夜勤の仕事にありついた。ゲームセンターの雑用だ。四十二丁目のオートマット（訳注　自動販売式のカフェテリア）の隣だ。そこで飯を食った——飯が食えるときにはな。おれは三ヵ月以上、ブロードウェイ地区からほとんど出なかった。一つには、まともな服がなかったからだ。西部風の服しかなかった——ジーンズとブーツ。だが、四十二丁目じゃ、誰も気にしない。何でもいいんだ——何だって。おれの人生で、あんなに大勢の変なやつらに出会ったことはないな」

ペリーはその醜悪なネオン街で冬を越した。ポップコーンと湯気の立つホットドッグ、オレンジジュースのにおいが空気中に充満する街で。しかし、ペリーの記憶によれば、春の始まりの三月の晴れた朝、「FBIの野郎二人に叩き起こされて、そのままホテルでパクられた。バン！——おれはカンザスへ送り返された。フィリップスバーグへ。あのすてきな拘置所へだ。おれははりつけにされた——窃盗《せっとう》、脱獄、自動車盗。五年から十年の不定期刑を宣告された。ランシングで服役した。しばらくしてから、おやじに手紙を書いて、近況を知らせた。それと、姉のバーバラにも。何年もたつうちに、残った身内はその二人だけになっていた。ジミーは自殺。ファーンは窓から飛び降りた。おふくろも死んだ。八年前にな。おやじとバーバラ以外は、みんな逝《い》っちまった」

ペリーがメキシコシティーのホテルの部屋に残してはいけないものとして選んだ書類の束に、バーバラからの返信も含まれていた。読みやすいきれいな筆跡で書かれたその手紙の日付は、一九五八年四月二十八日になっていた。その時点で、手紙の受取人は獄中で約二年を過ごしていた。

大切な弟、ペリーへ

きょう、あなたからの二通目のお手紙受け取りました。もっと早く返事をしなくてごめんなさい。こちらの気候も、そちらと同じで、だんだん暖かくなっています。わたしは春先の憂鬱病になりそうな気配ですが、せいぜいがんばるつもりでいます。あなたからの最初の手紙を読んだときには、とても心が乱れました。あなたはそのせいだろうと思っているでしょうが、返事をしなかったのはそれが理由ではありません——ほんとに子どもたちに手がかかって、いつか手紙を書こうとは思いながら、じっくり腰を落ちつける暇がなかったからです。ドニーがドアを開けたり、椅子《いす》やほかの家具によじのぼることをおぼえたので、わたしはいつ落ちるかとはらはらさせられっぱなしです。

ときどき、子どもたちを庭で遊ばせることもできるようになりました——でも、もし、目を離すと、怪我《けが》をするかもしれないので、いつも一緒についていってやらなければなりません。とはいっても、いつまでも変わらないものはありません。子どもたちが街を駆けまわるようになり、どこにいったのかと心配させられるときがくるのはわかっています。興味があるかどうかわからないけれど、それに関する数字を書いておきます——

| | 身長 | 体重 | 靴のサイズ |
|---|---|---|---|
| フレディー | 36½インチ | 26½ポンド | 7½ 狭 |
| ベイビー | 37½インチ | 29½ポンド | 8 狭 |
| ドニー | 34 インチ | 26 ポンド | 6½ 広 |

ドニーは十五ヵ月としてはかなり大きいということがわかるでしょう。歯は十六本生え、活発な性格です――みんながかわいがってくれます。ベイビーやフレディーと同じサイズの服を着ていますが、さすがにズボンは長すぎます。

この手紙でなるべくたくさんのことを書こうと思っているのですが、たぶん、いろいろと邪魔が入ることでしょう。今もドニーのお風呂《ふろ》の時間になりました――ベイビーとフレディーは午前中に済ませました。きょうは寒いので、あの子たちを中に入れなければなりませんでした。では、また、すぐに戻ってきます――

わたしのタイプのことですが――まず――嘘《うそ》はいえません！　わたしはタイピストではありません。一から五までの指を使ってポツポツ打って、なんとかビッグ・フレッドの事務の手伝いをしていますが、わたしが一時間かかる仕事も、こつを知っている人なら十五分でかたづけられるでしょう――まじめな話、わたしには専門的に学ぶ時間もないし、意志もないのです。でも、あなたががんばって優秀なタイピストになったのはすばらしいことだと思います。うちはみんな（ジミー、ファーン、あなたとわたし）、とても順応性に富んでいる、とわたしは信じています。とりわけ、芸術的なものについては、みんな、基本的なセンスに恵まれていましたし。お父さん、お母さんでさえ、芸術性がありましたね。

うちにはそれぞれの生活で何をしようと責められるような人間は一人もいない、とわたしは確信しています。わたしたちの多くが七歳で分別年齢に達するということは証明済みです——つまり、その年齢になれば、善悪の区別を知り、理解するようになるということです。もちろん——わたしたちの人生では環境が非常に重要な役割を果たします。わたしの人生での修道院のように。わたしの場合は、そこで受けた影響に感謝していますが。ジミーの場合——彼はうちではいちばん強い子でした。ジミーが一生懸命に勉強し、誰にもいわれなくてもちゃんと学校に通ったことをわたしはよくおぼえています。自分の意志で自分をどうにかしようとしていたことも。なぜ、最後にあんなことになったのか、ジミーがあんなことをしたのかは、永久にわからないでしょう。わたしは今でも考えるだけで胸が痛みます。なんとも惜しいことでした。でも、わたしたちが人間的な弱さを克服するのはとても困難なことなのです。これはファーンをはじめ、わたしたち自身を含むほかの何十万何百万もの人にもいえることです——わたしたちみんなが弱さを抱えているからです。あなたの場合——あなたの弱さが何なのかはわかりませんが、わたしはこう思っています——汚れた顔をしているのは恥ではない——汚れたままにしておくことが恥なのです。

ペリー、あなたはたった一人残された弟で、わたしの子どもたちの叔父さんです。そういうあなたへの誠意と愛情をもってしても、お父さんや今回の服役に対するあなたの態度は、正しいとか、まともだとはいえないし、そう感じられもしません。こういわれて腹が立っても——気持ちを静めてください。批判されて愉快だという人はいないし、そういう批判をする相手に少なからぬ憤《いきどお》りを感じるのは当然だということは、わたしも理解しています。それでわたしも覚悟していることが一つ二つあります——(a)あなたから手紙がこなくなる(b)あなたがわたしをどう思っているかを正直に書いた手紙がくる。

それがわたしの思い過ごしであれば、と思います。あなたがこの手紙を読んでよく考え、他人がどう感じるかをわかろうとしてくれることを心から祈ります。どうか理解してほしいのですが、わたしは自分が権威でも何でもないことを承知しています。知性や教育をひけらかしているわけでもありません。ただ、基本的な判断力と、神と人間の掟《おきて》に従って生きようとする意志を持ったふつうの人間だと信じているだけです。ふつうの人間の常として、わたしもときには〝堕落〟するというのも事実です——今もいったように、わたしも人間ですし、当然、人間の弱みも持っていますから。でも、もう一度いいますが、要はこうなのです。汚れた顔をしているのは恥ではない——汚れたままにしておくことが恥なのです。わたしの欠点や誤りはわたしがいちばんよく知っています。ですから、もうこれ以上、あなたをうんざりさせるのはやめにしておきます。

さて、まず、そして、もっとも重要なことは——お父さんはあなたの非行にも善行にも責任がないということです。あなたのしたことは、正しかろうと誤っていようと、あなた自身の行為にほかなりません。これはわたしの私見ですが、あなたはまったく自分の好きなように人生を送ってきました。周囲の状況や、あなたを愛している人たち——それだけに傷つくかもしれない人たち——を無視してです。あなたが気づいているかどうかわかりませんが——あなたが今、収監されていることには、お父さんだけでなくわたしも当惑しています——あなたが犯したことのためではなく、あなたが真摯な後悔の様子を見せず、どんな法律も人間も何も尊重していないように思えるからです。あなたの手紙は、自分の問題の責任はほかの人の責任であって、けっして自分の責任ではない、といっているように読めます。わたしはあなたが知的な人で、言葉づかいも優れているということを認めます。あなたは自分で決めたことは何でもできるし、立派にやれると思っています。でも、あなたは実のところ、何をしたいのですか？　自分で選んだことを達成するために進んで取り組み、真面目《まじめ》に努力する気はあるのですか？　濡《ぬ》れ手で粟《あわ》ということはけっしてないのです。それはもうさんざん聞かされているでしょうが、もう一度聞いたからといって、いやになることはないでしょう。

お父さんについてほんとうのところを知りたければ教えましょう——お父さんはあ

なたのせいで胸が張り裂ける思いをしています。息子を出所させて、自分のもとに取り戻すことができるなら、何だってするでしょう——でも、もし、あなたが出所しても、お父さんをさらに悲しませるだけになるのでは、と心配です。お父さんは具合がよくないし、老《ふ》けこむ一方です。ですから、昔のように〝ばりばりやる〟のはとても無理です。お父さんもときには間違いをしますし、それに気づいてもいます。でも、何をするにしても、どこにいくにしても、生活と財産をあなたと分かちあってきたのです。ほかの誰ともそうはしようとしなかったのに。わたしはあなたがお父さんに対して、死ぬまで恩義を感じるべきだとか、命を捧げるべきだなどといっているのではありません。でも、敬意とあたりまえの礼儀は感じて当然です。わたしはわたしなりにお父さんを誇りに思っています。お父さんを愛しているし、敬意を感じています。ただ、わたしとお父さんとの関係で残念なのは、お父さんが息子とともに一匹狼になる道を選んだことです。そうでなければ、わたしたちと一緒に暮らして、愛情を分かちあったでしょうに。小さなトレーラーで暮らし、独りで息子を待ち焦《こ》がれたりはしなかったと思います。わたしはお父さんが心配です。今、わたしといいましたが、わたしの夫も含めてのことです。夫もお父さんを尊敬していますから。なぜなら、お父さんは立派な男だからです。たしかに、お父さんは広範囲にわたる高等教育を受けたわけではありません。でも、学校では言葉を認識し、つづることを教わるだけで、その言葉を実生活にどう適用するかは別の問題です。それは人生と生活が与えてくれるものなのです。お父さんは生きて生き抜いてきました。お父さんを無学で人生の問題の〝科学的な意味など〟理解できない人間と呼ぶのは、あなたの無知をさらけだすようなものです。子どものかすり傷にキスしてなおしてやれるのは、やはり母親だけ――それを科学的に説明できますか？

あまり強くいいすぎて申し訳ないとは思いますが、自分の意見はいわなければと感じたのであしからず。この手紙が〔刑務所当局によって〕検閲されるのは残念ですし、これがあなたの釈放に悪影響を与えることのないように心から願っています。でも、あなたは自分がしたことでいかに人を傷つけたかを知り、悟るべきだと思います。わたしは自分の家族が何よりも大事ですから、当然、お父さんも大事です。でも、お父さんが愛しているのはあなただけなのです――要するに、あなたがお父さんの〝家族〟なのです。もちろん、わたしがお父さんを愛していることは本人も知っていますが、あなたも承知のように、そこには近しさというものがありません。

あなたが収監されたのは、けっして自慢できることではありません。あなたはそれに耐え、償いをしなければなりませんが、それは可能なことなのです。ただ、みんなが無分別で無学で無理解だとするような態度はいけません。あなたは自由意志を持った人間です。ということは、動物とはレヴェルが違うということです。でも、もし、同胞に対して共感や同情を抱くことなく生きていくとしたら——あなたは動物と変わりありません——〝目には目を、歯には歯を〟ということになり、そんな生きかたでは幸福や心の平和は得られないのです。

責任ということをいえば、それを進んで引き受けようという人はいません——でも、わたしたちみんなが自分の住んでいる社会とその法律に責任を負っているのです。だから、家庭や子ども、仕事に対する責任を負う時期がきたら、大人らしい分別を備えなければならないのです——というのは、「わたしは何の責任も負わない個人でありたい」自由に話し、自分の心のままに話し、自分の意志だけで行動したい。とみんながいいだしたら、世界が大混乱に陥るのは目に見えているからです。わたしたちは個々の意志で自由に話し、自由に行動しています——ただし、それは、その言論と行動の〝自由〟が、同胞を傷つけることがない限りという条件のもとでなのです。

そのことを考えてみてください、ペリー。あなたは並みではない知性を持っていますが、あなたの論理はどこか間違っています。たぶん、収監されて重圧を受けているからでしょう。何はともあれ——いいですか——あなたが、あなた独りが責任を負っているのであって、あなたの人生のこの試練を乗り越えられるかどうかは、あなたに、あなた独りにかかっているのです。なるべく早くお返事ください。

愛と祈りをこめて

あなたの姉と義兄
バーバラとフレデリックと家族一同

ペリーがこの手紙を保存し、秘蔵品のコレクションの中に含めたのは、愛情を感じたからではなかった。むしろ、その逆だった。ペリーはバーバラが〝大嫌いだった〟。つい先日も、ディックにこういった。「おれがほんとに残念に思ってることが一つある――姉貴も例の家にいたらよかったのにな」（ディックは笑って、それに似た願望を打ち明けた。「おれも、二番目の女房があそこにいたら、さぞおもしろかっただろうに、とずっと思ってるんだ。あいつとあいつのろくでもない家族がな」）ペリーが姉の手紙を重視したのは、囚人仲間で〝図抜けた知性の持ち主〟、ウィリー‐ジェイが、それについての〝非常に鋭い〟分析をものしてくれたというのが唯一《ゆいいつ》の理由だった。それは用紙二枚にタイプでびっしり打たれたもので、頭に『書簡から得た印象』という題が付せられていた。

『書簡から得た印象』

㈠この書簡をしたためたとき、姉上にはキリスト教の教義を親身になって提示しようという意図があった。つまり、彼女は貴兄からの書簡に当惑したようであるが、それに返事するにあたって、もう一方の頬を差しだそうとした。そうすることによって、貴兄に前の書簡に対する悔恨の念を抱かせ、次なる書簡では守勢に立たせようと望んだのである。

しかしながら、その思案が過多な感情によってただれている場合には、普遍的倫理の提示を成功裏になすことはきわめてむずかしい。彼女はそういう失敗を実証している。というのは、書きすすむにつれ、冷静な判断力が激情に取って代わられているからである——彼女の思考は健全で明晰《めいせき》な知性の産物であるが、今、それは公平で客観的な知性ではなくなっている。失望した記憶への感情的な反応に駆りたてられた精神と化している。その結果、彼女の説教がいかに賢明なものであろうと、相手の決心を促すには至らないのである。もっとも、次の書簡で彼女を傷つけるようなことを書いて、報復してやろうという決心なら別であるが。その結果、怒りと悩みを増幅するだけのサイクルが始まることになる。

(二)これは愚かな書簡であるが、人間的な弱みの所産でもある。

姉上にあてた貴兄の書簡、そして、この返信は、ともに目的を達してはいない。貴兄の書簡は自らの人生観を説明しようとしたものであった。当然のことながら、貴兄はふだんからその考えかたをとっているわけである。しかし、書簡は誤解されるか、まったくの字面《じづら》どおりに読まれるかの運命にあった。というのは、貴兄の考えかたは因習の尊重とは相反するものだからである。三人の子どもを抱え、家族が〝何よりも大事〟という主婦より因習的な存在があるだろうか？？？？ その彼女が因習にとらわれない人間に憤懣《ふんまん》を抱いたとしても、それはごくごく当然のことである。因習の尊重は、相当の偽善を伴う。思考力のある人間なら誰もが、この逆説に気づいている。とはいえ、因習的な人間に相対するときには、相手を偽善者扱いしないほうが好都合である。それは自身の考えに忠実かどうかという問題ではない。因習の重圧という絶えざる脅威にさらされることなく、一個人として生き残るための妥協の問題なのである。彼女の書簡が奏功していないのは、彼女が貴兄の問題の深さを認識しえなかったからである――環境、知的挫折《ざせつ》、孤立化の傾向のゆえに、貴兄に加わった重圧を測りかねたからである。

㈢ 姉上は以下のように感じている。

(a) 貴兄は自己憐憫《れんびん》に傾きすぎている。

(b) 貴兄はあまりに打算が過ぎる。

(c) 貴兄は、実のところ、自分が母親としての仕事の合間に書きあげた八ページもの書簡を受けるに値しない。

㈣ 姉上は三ページ目にこう書いている。「うちには……責められるような人間は一人もいない、とわたしは確信しています」こういうことで、自分の形成期に影響を与えた人間たちを擁護しているのである。しかし、これはそっくりそのまま真実であろうか？　彼女は妻であり母である。きちんとしていて、ほぼ安定した人間である。レインコートがあれば、雨は気にならない。しかし、街頭に立って生計を立てなければならないとなったら、どう感じるだろう？　それでも、過去に遭遇した人々をすべて許すだろうか？　それは絶対にありえない。自分の零落に他人が与《あずか》っていると感じるのは、きわめてあたりまえのことなのである。自分の成功に与った人間のことを忘れてしまうのが通常の反応であるのと同じように。

(五)　姉上は父親を尊敬している。のみならず、貴兄ばかりがひいきされたことを憤っている。彼女の嫉妬《しっと》はこの書簡にも微妙なかたちであらわれている。彼女は行間にこのような疑問をにじませている。「わたしはお父さんを愛しているし、わたしが娘であることを誇りにしてくれるような生きかたをしようと努めてきました。でも、わたしはお父さんの愛情のかけらだけで満足しなければなりませんでした。なぜなら、お父さんが愛しているのはあなただからです。なぜ、そういうことになるのでしょう？」

貴兄の父親が長年にわたり、書簡を介して彼女の感情的な性格を利用してきたのは明らかである。自分に対する彼女の見かたを正当化する絵を描くことによって——愛情と関心を注いでやったにもかかわらず、恩知らずの息子にひどい目にあわされた犠牲者という絵を。

七ページ目で、彼女は書簡が検閲されるのは残念だと述べている。しかし、本心では残念などとは思ってはいない。それどころか、検閲官が目を通すのを喜んでいるのである。潜在意識下で、検閲官を念頭に置き、スミス家が実はきちんとした一家であるという認識が伝わるようにしたためていたのである。「ペリー一人でわたしたちみんなを判断しないでください」

子どものかすり傷にキスしてなおしてやれる云々《うんぬん》。これは女らしい皮肉である。

(六) 貴兄が姉上に書簡を書き送るのは、以下のような理由による。

(a) 貴兄は曲がりなりにも彼女を愛している。

(b) 貴兄は外界とのこのような接触が必要と感じている。

(c) 貴兄は彼女を利用できる。

今後の対応。貴兄と姉上との文通は、単なる社交的機能しか果たしえない。貴兄の書簡のテーマは彼女の理解の範囲内にとどめること。貴兄の内々の結論を打ち明けないこと。彼女を守勢に立たせるのも、彼女に守勢に立たせられるのも避けること。彼女が貴兄の目標を理解しうる限界を尊重すること。彼女が父親への批判には過敏になるのを忘れないこと。彼女に対する態度を一貫させ、貴兄が弱い人間であるという彼女の印象に何かを付加するような真似《まね》はしないこと。それは、彼女の善意が必要だからではなく、このような書簡が今後もくると予測されるからであり、そして、それらの書簡は貴兄がすでに有している危険な反社会的本能を増幅させるばかりだからである。

以上

ペリーが選別を続けるうちに、たとえ一時《いっとき》にせよ手放しがたいと思う品々の山は、今にも崩れそうなほどの高さになった。だが、それをどうしたものか？　朝鮮でもらった青銅星章《ブロンズスター》やハイスクールの卒業証書（長く休んでいた学業を服役中に再開した結果として、レヴンワース郡教育委員会が発行してくれた）を失う危険を冒すことはできなかった。写真で膨れあがったマニラ紙の封筒にしてもそうだった——被写体はほとんど自分で、商船隊にいたころのまだ少年の面影濃いポートレート（その裏に〝十六歳。若く、のんきで、無邪気〟と走り書きしてあった）から、最近、アカプルコで撮ったものまでを、年代順に並べてあった。ほかに、持っていかなければならないと判断したものが五十点ほどあった。その中には、宝探しの地図、オットーのスケッチブック、二冊の分厚いノートが含まれていた。そのうち、より厚いほうはペリーの辞書代わりで、〝美しい〟とか、〝役に立つ〟とか、少なくとも〝おぼえておく価値はある〟と思う言葉を、順不同で並べた雑録だった（その一ページの例示。Thanatoid＝死んだような。Omnilingual

＝あらゆる言語に通じた。Amerce＝裁判所が罰金を科する。Nescient＝無知な。Facinorous＝極悪の。Hagiophobia＝神聖な場所や事物に対する病的な恐怖。Lapidicolous＝ある種の甲虫のように石の下に住む。Dyspathy＝同情心や仲間意識の欠如。Psilopher＝自ら哲学者と名乗る人。Omophagia＝生肉食、ある未開民族の儀式。Depredate＝略奪する、盗む、荒らす。Aphrodisiac＝性欲を催させる薬やその類似品。Megalodactylous＝異常に大きな指を持つ。Myrtophobia＝夜や闇《やみ》への恐怖）。

もう一冊のノートの表紙には、ペリーが自慢にしている筆跡、渦巻状の女性的な飾り書きの多い筆跡で、『ペリー・エドワード・スミスの秘密日記』と記されていた。しかし、それは不正確な表現だった。というのは、それは日記とは程遠く、むしろ、一種の詩文集ともいうべきものだったからだ。内容はあいまいな事実（「火星は十五年ごとに接近する。一九五八年は接近の年だ」）、詩や文学作品からの引用（「人は誰も孤島にあらず。大陸の一部である」）、さらには新聞や本の一節を換言したり、そのまま引用したものだった。たとえば、こんな具合に。

わたしには知人は多いが、友人は少ない。わたしをほんとうに知る者はさらに少ない。

新しい殺鼠《さつそ》剤《ざい》が市販されるそうだ。きわめて強力、無味無臭、完全に吸収されるので、いったんのんだら、死体には何の痕跡《こんせき》も残らない。

もし、講演を依頼されたら。「今、何を語ろうとしていたのか、どうしても思いだすことができません——これまで、かくも多くのかたがたがわたしのためにご臨席くださるとは思ってもおりませんでしたので、まことにまことに喜ばしい限りでありま す。これは実にすばらしい瞬間、稀《まれ》な瞬間であって、心から感謝するばかりです。ありがとうございました！」

《マン・ツー・マン》の二月号の記事を興味深く読んだ。『ダイヤモンド坑への道を切りひらく』

「あらゆる特権とともに自由を享受《きようじゆ》している人間が、その自由を剝奪《はくだつ》されることの意味を認識するのは、ほとんど不可能に近い」——アール・スタンリー・ガードナーいわく。

「人生とは何か？ それは夜の蛍の灯火《ともしび》だ。冬の野牛の吐く息だ。草原を駆け抜け、日の暮れには消えてしまう小さな影だ」——ブラックフット・インディアンのチーフ・クロウフットいわく。

この最後の一文は赤インクで書かれ、緑のインクの星印の飾りで囲まれていた。詩文集を編んだ当のペリーが、その〝個人的な意味〟を強調したかったのだ。「冬の野牛の吐く息」――それこそまさに、ペリーの人生観を覚醒《かくせい》させるものだった。なぜにくよくよ思い悩む？〝冷や汗をかいて〟何が残った？　人間は無だ。霞だ。影だ。影にのまれる影に過ぎない。

ところが、くそっ、おまえは思い悩み、考え、いらだっている。自分の爪《つめ》のことや、ホテルからの注意事項〝ス・ディア・テルミナ・ア・ラス・2PM〟に。

「ディック、聞いてるか？」ペリーがいった。「もうじき一時だぞ」

ディックは目を覚ましていた。いや、覚ましていたどころではなかった。イネスとの行為の真っ最中だった。ロザリオの祈りでも唱えるように、ディックは間断なくささやいていた。「気持ちいいか、ベイビー？　気持ちいいか？」しかし、イネスは煙草《たばこ》をふかすばかりで押し黙っていた。前夜、遅くなってから、ディックがイネスを部屋に連れてきて、ここに泊めるといったとき、ペリーは難色を示したが、結局は同意した。だが、二人が自分たちの行為がペリーを刺激したか、〝迷惑〟にとどまらない何かを感じさせたと推測したなら、それは間違っていた。それでも、ペリーはイネスを気の毒と思った。イネスはひどく〝馬鹿《ばか》なねえちゃん〟だった――ディックが自分と結婚してくれると本気で信じていた。彼がその日の午後、メキシコを去るつもりでいるなどとは思ってもみずに。

「気持ちいいか、ベイビー？　気持ちいいか？」

ペリーが声をかけた。「おいおい、頼むぜ、ディック。早いとこ済ませてくれないか？　ここには二時までしかいられないんだから」

クリスマスが近い土曜日だった。メイン・ストリートを車の列が這《は》うように進んでいた。渋滞にはまりこんだデューイは、通りの上にかかっているヒイラギの飾り――緋色《ひいろ》の紙の鐘をちりばめた祭礼用の緑の葉――を見上げ、まだ妻子に贈り物一つ買っていないことを思いだした。いつの間にか、クラッター事件と無縁の問題は頭からはねつけるという心性になっていたのだ。マリーや友人の多くは、その飽くなき執念に驚き呆《あき》れていた。

親友の若手弁護士、クリフォード・R・ホープ・ジュニアは率直にいった。「きみは今の自分がどうなってるのかわかってるのか、アル？　ほかのことは何もしゃべらないのに気がついているのか？」「ああ」デューイは答えた。「考えてることといったら、それだけだからな。事件についてしゃべってるうちに、今まで考えてもみなかったことに思い当たるかもしれんし。新しい角度から見るということで。相手が思い当たることだってあるかもしれん。くそっ、クリフ、これが未解決のまま残ったら、わたしの生活はどうなると思う？　何年たっても、あいかわらず、情報を追いつづけてるだろう。そして、殺しがあるたびに、それが国のどこで起きようと、ほとんど共通点がなかろうと、首を突っこんで、調べてみないと済まなくなるだろう。ちょっとでもつながりがないかと。だが、それだけじゃない。正直な話、わたしはハーブや家族のことを本人たちよりもよく知るようになった。彼らに取りつかれてしまったんだ。これからもそれを振りはらえるとは思えない。何があったかを突きとめるまでは」

謎《なぞ》解きに没頭するあまり、デューイは彼らしからぬ放心状態に陥っていた。その朝も、マリーから頼まれたばかりだった。お願いだから、忘れないでね……しかし、思いだせなかった。というか、思いだそうともしなかった。買い物客の車の流れが途絶えたルート50をホルカムに向かって疾走し、J・E・デール博士の動物病院を通過するまでは。ああ、そうだ。妻からは飼い猫の〝郡庁舎《コートハウス》ピート〟を引き取ってくるように頼まれていたのだ。体重十五ポンドの雄の虎猫《とらねこ》ピートは、ガーデンシティー一円ではその喧嘩《けんか》っ早さで有名だった。それが仇《あだ》になって、今回の入院を余儀なくされていた。ボクサー犬との喧嘩に負けて、幾針も縫い、抗生物質を投与されるほどの傷を負ったのだ。ピートはデール博士から解放されると、飼い主の車の前の座席に腰を据え、ホルカムまでの道中ずっと喉《のど》をゴロゴロ鳴らしていた。

デューイの目的地はリヴァーヴァレー農場だったが、何か温かいもの——熱いコーヒー——がほしくなって、ハートマンズ・カフェに立ち寄った。

「あら、いらっしゃい」ハートマン夫人がいった。「何にします？」

「コーヒーだけでいいんだが」

夫人はコーヒーをカップについだ。「わたしが間違ってるのかしら？　ずいぶん痩《や》せたんじゃない？」

「ちょっとね」事実、この三週間のうちに、デューイは二十ポンドも体重が落ちていた。着ているスーツは、恰幅《かっぷく》のいい友だちからの借り物のように見えた。これまでも顔から職業をうかがわせることはめったになかったが、今はもう皆無だった。秘伝を追い求める苦行者といってもいい風貌《ふうぼう》になっていた。

「体調はどう？」

「上々だよ」

「とてもそんなふうには見えないけど」

反論の余地はなかった。しかし、KBIの側近の連中――ダンツ、チャーチ、ナイの各捜査官――よりひどいということはなかった。たしかに、ハロルド・ナイと比べたら調子はいいといえた。ナイはインフルエンザで高熱を出していたが、任務の報告は怠ることなく続けていた。四人の疲れた男たちは、約七百件もの情報や噂《うわさ》を〝つぶし〟にかかっていた。たとえば、デューイは幻の二人組を追って、疲れがつのるばかりの無益な二日間を過ごしていた。事件の前日、クラッター氏のもとを訪れた、とポール・ヘルムが主張するメキシコ人の二人組を追って。

「お代わりは、アルヴィン？」

「いやいや、そんな。どうもありがとう」

しかし、ハートマン夫人はもうポットを持ってきていた。「サーヴィスするわよ、保安官。その様子からすると、もう一杯飲んでいかないと」

隅のテーブルでは、頬ひげの牧場労働者二人がチェッカーをしていた。その一人が立ち上がって、カウンターのデューイのほうにやってきた。男はいった。「おれらが聞いたことってのは、ほんとかね？」

「それは中身によるんでは」

「あんたがつかまえたって男のことなんだがね。クラッターの家ん中をうろついてたってやつ。そいつがやったんだって、おれらは聞いてるんだが」

「それは間違ったことを聞いたみたいだね。そう思うよ」

ジョナサン・ダニエル・エイドリアンは、武器を隠して携行していたとして、郡の拘置所に勾留《こうりゅう》されていた。エイドリアンの過去には、トピーカ州立病院に精神科の患者として収容されていた時期があったが、捜査官たちが集めたデータからすると、クラッター事件に関しては、好奇心の不運な発露以外に罪はなさそうだった。

「じゃ、やつが違ってるっていうんなら、どうして本物を見つけねえんだよ？　独りじゃトイレにもいけねえってのに」

デューイはこの手の悪態には慣れていた。もう生活の一部にさえなっていた。二杯目のコーヒーを飲み干すと、溜《た》め息をついて苦笑した。

「くそっ、おれは冗談なんかいってるんじゃねえよ。真面目《まじめ》な話だぜ。どうして、誰かつかまえねえんだよ？　あんたはそれで給料もらってんだろ」

「つまらないこと、いいなさんな」ハートマン夫人がいった。「わたしたち、みんな同じ苦しい目にあってるんだから。アルヴィンだって、できるだけのことをしてるのよ」

デューイは夫人に目配せした。「そうそう。それに、コーヒーをご馳走《ちそう》さま」

牧場労働者は自分の獲物《えもの》がドアにたどり着くのを待って、追い撃ちをかました。「あんたがまた保安官に立候補するなら、おれの票は忘れることだな。当てにはなんねえからな」

「いいかげんにしなさい」ハートマン夫人がいった。

ハートマンズ・カフェからリヴァーヴァレー農場までは一マイルほどの距離だった。デューイはそこを歩いていくことにした。小麦畑を横切るハイキングは楽しかった。デューイはふだん、週に一、二回は、自分の土地に長い散歩に出かけていた。そこに家を建て、木を植え、ゆくゆくは曾孫《ひまご》たちを遊ばせようと思っているプレーリーの気に入りの一角に。それは夢だった。だが、最近になって、妻がもう、そんな夢は分かちあいたくないといいだした。今となっては〝田舎のそんなところ〟にぽつねんと暮らすのは絶対にいやだというのだ。たとえ、あした、殺人犯を捕らえられるとしても、マリーの気は変わらないだろう、とデューイは察していた。田舎の一軒家に住む友人たちの身にあんな恐ろしい運命が降りかかった以上は。

もちろん、クラッター一家がフィニー郡、あるいはホルカムにおいて、はじめて殺された人間というわけではなかった。その小さな社会の年寄り連中なら、四十年以上も前に起きた〝蛮行〟――ヘフナー殺害事件――は忘れもしないものだった。クレア郵便局長の母親で、七十を越えて村の郵便配達人を務めるセイディー・トルート夫人は、その伝説的な事件の語り部だった。「八月でしたよ、一九二〇年の。ひどく暑い日でしたよ。チュニフって男がフィナップ牧場で働いてたんです。ウォルター・チュニフっていったけど、そいつが持ってた車が盗んだものだってわかったんですよ。そいつがテキサスにあるフォートブリスを無断外出した兵隊だってこともね。ならず者でしたからね、ほんとに。どこかおかしいと思ってた人がたくさんいましたよ。で、ある日の夕方、保安官――当時はオーリー・ヘフナーだったんだけど、あの人はほんとに上手な歌い手でね、ヘヴンリー聖歌隊のメンバーだったこと、知ってますか？――ある日の夕方、保安官がフィナップ牧場に馬で出かけていって、チュニフに二つ三つ、ずばりと聞いてみたんですよ。八月の三日。ひどく暑い日でしたよ。で、その結果はっていうと、ウォルター・

チュニフが保安官の心臓を撃ち抜いたんです。かわいそうに、オーリーは地面に倒れる前に、もう死んでたんですよ。その悪魔はフィナップ牧場の馬に飛び乗ると、さっさと逃げだして、川沿いに東に向かったんです。話が伝わると、何マイル四方の男たちが捜索隊を組んでですね、翌朝ごろには、追いついたんですよ。ウォルター・チュニフに。チュニフはこんちはっていう間もなかったんです。みんな、ひどく怒ってたから。いきなり、鹿玉《しかだま》をぶっ放したんですよ」

デューイ自身がフィニー郡での凶行にはじめて接したのは一九四七年のことだった。その事件はデューイのファイルの中で以下のように記されている。「ジョン・カーライル・ポーク、クリーク・インディアン、三十二歳、オクラホマ州マスコーギー在住。メアリー・ケイ・フィンリー、白人女性、四十歳、ガーデンシティー在住のウェイトレスを殺害。四七年五月九日、加害者はカンザス州ガーデンシティーのコープランド・ホテルの一室で、ビール瓶の鋸歯状《のこぎりば》の首をもって被害者を刺す」何の変哲もない事件の型どおりの記述だ。デューイがその後、捜査に当たった三件の殺人のうち、二件は同じように変哲もないものだった（五二年十一月一日、鉄道労働者二人が年配の農夫相手に強盗を働いた上、殺害。五六年六月十七日、酔った夫が妻に殴る蹴《け》るの暴行を加えて殺害）。しかし、三番目の殺人は、かつてデューイが口述したように、若干、特異な点がないでもなかった。「ことの発端はスティーヴンズ公園だ。そこには野外ステージがあって、その下に男子用のトイレがある。それでだ、ムーニーという男が公園の中をうろうろしていたんだな。ノースカロライナのどこかからきた男で、町を通り過ぎるだけのよそ者だった。とにかく、その男がトイレに入ると、誰かがあとから入ってきた――地元の若者で、名前はウィルマー・リー・ステビンズ、年は二十歳だった。あとで、ウィルマー・リーが一貫して主張したのは、ムーニー氏が変態めいた話を持ちかけてきたってことだ。それがきっかけで、ウィルマー・リーはムーニー氏の持ち物を強奪し、殴り倒し、頭をセメントの床に叩《たた》きつけた。それでも死ななかったんで、ムーニー氏の頭を便器の中に突っこんで、溺《おぼ》れるまで水を流しつづけたんだ。たぶん、そんなことだったんだろう。だが、その後のウィルマー・リーの行動はどうにも説明がつかない。まず、やつは死体をガーデンシティーの北東二マイルのところに持っていった。まあ、そんなふうに埋めたり、掘りだして、反対方向十四マイルのところに埋めた。ところが、翌日、それを掘りだしたりを繰り返したんだ。ウィルマー・リーはまるで骨をくわえた犬みたいだった――ムーニー氏が安らかに眠るのを許そうとしなかった。結局、やつは文字どおり、墓穴を掘ったんだな。掘ってるところを人に見られたんだ」クラッター事件より前となると、以上の四件がデューイの経験した殺人のすべてだった。今、直面している事件と比べれば、それらはハリケーンの前のスコールのようなものだった。

デューイはクラッター家の玄関のドアに鍵《かぎ》を差しこんだ。暖房が切られていなかったので、家の中は暖かかった。床がピカピカに光っている部屋には、つやだしのレモンのにおいが漂っていて、人がいないのは束《つか》の間《ま》のことという印象だった。たとえば、きょうは日曜日で、家族がいつ教会から帰ってきてもおかしくないというような。相続人のイングリッシュ夫人とジャーチョウ夫人は、すでにヴァン一台分の衣類と家具を運びだしていた。それでも、人が住んでいるという家の雰囲気は損なわれてはいなかった。応接間では、ピアノの譜面台に『麦畑』の楽譜がひろげられていた。廊下では、汗の染《し》みがついたグレーのステットソン帽——ハーブのもの——が、帽子かけにかけられていた。二階のケニヨンの部屋では、ベッドの上の棚で、死んだ少年の眼鏡のレンズが光を反射してかすかに光っていた。

デューイは部屋から部屋へと歩いていった。この家はもう何度となく見てまわっていた。実際、ほとんど毎日のように出向いていた。ある意味では、こうした訪問を楽しんでいるともいえた。というのは、自宅や騒々しい保安官事務所と違って、この家がいかにも安らかだったからだ。線が切断されたままの電話が鳴ることもなかった。プレーリーの大いなるしじまが周囲を取り囲んでいた。デューイはハーブの揺り椅子《いす》に座って、体を揺らしながら考えることができた。これまでに達した結論のいくつかは揺るぎないものだった。ハーブ・クラッターの殺害が犯人の主要な目的であり、その動機は病的な怨恨《えんこん》、もしくは、怨恨と物盗《ものと》りの組み合わせである、とデューイは固く信じていた。そして、犯行は時間をかけた仕事であり、犯人が侵入してから退去するまで、おそらく二時間以上が経過していたとも信じていた（検死官のロバート・フェントン医師は、被害者四人の体温に明らかな差があると報告し、それをもとに、殺害された順序を次のように推定していた。クラッター夫人、ナンシー、ケニヨン、クラッター氏）。こうした確信から、一家は自分たちがよく知っていた人間によって殺されたという見かたは不動のものになっていた。

巡視の間に、デューイは二階の窓辺でしばらく足を止めた。それは、そう遠からぬところに見えたもの――小麦の刈り株の間に立つかかし――に注意を引かれたからだった。かかしは男ものの狩猟帽をかぶり、色褪《あ》せた花柄の更紗《さらさ》の服を着ていた（あれはボニー・クラッターの古着では？）。風がスカートをはためかせ、かかしを揺さぶった。何かの生き物が冷たい十二月の畑で寂しく踊っているように見えた。デューイはなぜか、マリーが見たという夢を思いだした。つい先日の朝、マリーは卵に砂糖をかけ、コーヒーに塩を入れるというとんでもない朝食を出したが、それを〝馬鹿げた夢〟のせいにした。しかし、その夢は日光の力をもってしても霧消することのない夢だった。「それがほんとにリアルだったのよ、アルヴィン」マリーはいった。「このキッチンみたいにリアルなの。わたし、ここにいたのよ。このキッチンに。晩ご飯をつくっていると、突然、ボニーがドアを通り抜けてきたの。青いアンゴラのセーターを着て、とてもかわいらしく、きれいに見えたわ。それで、わたし、いったの。『まあ、ボニー……ボニー……あの恐ろしい事件が起きてから、ずっと会ってなかったわね』でも、ボニーは何も答えず、あのいつもの恥ずかしそうな様子でわたしをじっと見るだけだったわ。わたし、どうしたらいいかわからなくなって。そんな状況ではね。それで、いったの。『ねえ、アルヴィンの晩ご飯に何をつくってるか見てよ。ガンボシチューよ。小エビと生きのいいカニが入った。もうほとんどできたわ。こっちへきて、味見してくれない』でも、ボニーはそうしようとしなかったわ。ドアのそばから動かずに、わたしを見つめるだけ。それから――なんていったらいいのかしら。ボニーは目を閉じ、首を振りはじめたの。とてもゆっくり。そして、両手を固く握り締めて。それも、とてもゆっくり。そして、すすり泣くような、ささやくような声を漏らしはじめたの。何をいってるのかわからなかったけど、わたし、胸が張り裂けそうになったわ。誰かをあれほどかわいそうに思ったことはなかったわ。わたし、ボニーを抱き締めていったの。『お願い、ボニー！ 泣かないで、泣かないでよ！ もうじき神さまのみもとに召されようとしていたのはあなただったのね、ボニー』でも、ボニーを慰めることはできなかった。ボニーは首を振って、両手を揉《も》むばかり。そのとき、ボニーが何をいってるかが聞こえたの。『殺されるなんて。

殺されるなんて。いや。いや。そんなひどいこと。そんなひどいことってないわ。絶対にないわ』」

真昼どきのモハーヴェ砂漠の奥深く、ペリーは麦藁《むぎわら》製のスーツケースに腰かけてハーモニカを吹いていた。ディックは黒っぽい舗装を施したハイウェイ、ルート66の傍らに立っていた。その目は何一つない空白を見据えていた。熱烈な凝視で、旅行者の車を現前させてみせるとでもいうように。しかし、車はほとんどあらわれず、あらわれてもヒッチハイカーのために停まるものはなかった。わずかに、カリフォルニア州ニードルズに向かうトラックの運転手が乗ってもいいといってくれたが、ディックがそれを断っていた。それはディックとペリーが望むような〝カモ〟ではなかったからだ。そこそこの車に乗って、懐《ふところ》も温かそうな一人旅の人間を、二人は待っていたのだ。カネを奪い、首を絞め、砂漠に棄《す》てられるような赤の他人を。

砂漠では、しばしば音が視覚に先行する。まだ姿は見えなかったが、近づいてくる車のかすかな振動音をディックが聞きつけた。ペリーもそれを耳にした。ハーモニカをポケットにしまい、麦藁製のスーツケースを取り上げた（これが二人の唯一《ゆいいつ》の荷物で、ペリーの記念品類、シャツ三枚、白い靴下五足、アスピリン一箱、テキーラ一瓶、鋏《はさみ》、安全剃刀《かみそり》、爪《つめ》用のやすりのかさと重みで、ふくらみ、たわんでいた。ほかの持ち物はすべて、質に入れるか、メキシコ人のバーテンダーに託すか、ラスヴェガスへ送るかしていた)。ペリーは道端のディックに合流した。二人はじっと見まもった。今、車があらわれ、それがぐんぐん大きくなって、青いダッジのセダンになった。乗っているのは、頭の禿《は》げた痩せ型の男一人だけだった。おあつらえ向きだ。ディックが手をあげて、大きく振った。ダッジがスピードを緩めたところで、ディックは男にとびきりの笑顔を見せた。車は完全にではなかったが、ほとんど停まりかけた。男は窓から乗りだすようにして、二人を頭のてっぺんから爪先までじろじろ見た。そうして受けた印象から不安を催したのは間違いなかった(メキシコシティーからカリフォルニア州バーストウまで五十時間もバスに乗ったあと、モハーヴェ砂漠を半日歩いたので、二人ともひげ面《づら》で埃《ほこり》まみれのむさくるしい姿になっていた)。車はのめるように飛びだし、みるみるスピードを上げて走り去った。ディックは両手をメガホンのようにして口に当て、大声で叫んだ。「運のいい野郎だぜ!」それから、カラカラ笑うと、スーツケースを肩に担《かつ》ぎ上げた。今はディックをほんとうに怒らせるものはなかった。というのは、本人が回想しているように、「懐《なつ》かしのUSAに戻って有頂天になっていた」からだ。いずれにしろ、また別の人間が乗った別の車がやってくると思われた。

ペリーはハーモニカを取りだした(きのう、バーストウの雑貨店で盗んで以来、ペリーのものになっていた）。そして、二人の〝行進曲〟となった歌の出だしの何小節かを吹いた。それはペリーの愛唱歌の一つで、ディックにも五番までのすべてを教えこんでいた。二人は肩を並べ、歩調をそろえ、歌いながら、ハイウェイを威勢よく進んでいった。「我が目は見たり、主の栄光の来たれるを。主は踏みたもう、蓄えられし怒りの葡《ぶ》萄《どう》を」砂漠の静寂の中に、野太く若い声が響きわたった。「グローリー！　グローリー！　ハレルヤ！　グローリー！　グローリー！　ハレルヤ！」

# Ⅲ　解　答

その若者の名前はフロイド・ウェルズといった。背が低く、ほとんど顎《あご》がなかった。兵隊、牧場労働者、修理工、泥棒などいくつかの仕事を転々としてきたが、その最後の一つがたたって、今はカンザス州立刑務所で三年から五年の不定期刑に服していた。一九五九年十一月十七日、火曜日の晩、ウェルズは独房に横たわり、ラジオのイヤホーンを両耳に当てていた。ニュースを聞いていたのだが、アナウンサーの声もその日のできごともあまりに単調すぎて（「コンラート・アデナウアー首相は、ハロルド・マクミラン首相との会談のため、きょう、ロンドンに到着しました……アイゼンハワー大統領は、宇宙問題や宇宙探検の予算について、T・キース・グレナン博士と七十分にわたって検討しました」）、眠りに誘われかけていた。しかし、その眠気も次のニュースを聞いたとたんに吹っ飛んだ。「悲劇的なハーバート・W・クラッター一家四人殺害事件を捜査中の当局は、この不可解な犯罪の解決につながる情報の提供を広く呼びかけています。クラッター夫妻とティーンエイジャーの子ども二人は、この日曜日の朝、ガーデンシティー近くの農場の自宅で殺害されました。それぞれが縛られ、口をふさがれ、十二番径の散弾銃で頭部を撃ち抜かれていました。カンザス州捜査局のローガン・サンフォード長官はこの事件をカンザス州史上もっとも凶悪と評していますが、当局は今のところ、動機らしい動機も見当たらないと認めています。クラッター氏は小麦生産者として名を知られ、アイゼンハワー大統領から連邦農業貸付委員会の委員に任命されたこともあって……」

ウェルズは啞然《あぜん》とした。後日、そのときの自分の反応に触れていったとおり、「とてもすぐには信じられなかった」のだ。しかし、信じるべき理由はあった。ウェルズは殺された一家を知っていたばかりでなく、殺したのが誰かもよく知っていたからだ。

話の始まりはずいぶん昔――十一年前の一九四八年秋、ウェルズが十九歳のときのことだった。本人は当時を思いだし、「国じゅうを流れ歩いてて、出くわした仕事を何でもやっていました」と述べている。「そうこうしてるうちに、気がついてみると、カンザスの西のほうにきてたんですよ。コロラドとの州境の近くにね。仕事を探して、あちこちあたってるうちに、リヴァーヴァレー農場――クラッターさんは持ってる農場をそう呼んでたんですが――あそこなら人手が要るかもしれないって聞いたんです。ほんとにそのとおりで、クラッターさんは仕事をくれたんですよ。そうだな、あそこには一年ぐらいいたかな――とにかく、その冬の間はずっと――あそこを出たのも、ほんの気まぐれみたいなもんで。どっかよそに移りたくなっただけなんですよ。クラッターさんと喧嘩《けんか》したとか、そんなじゃないんです。いや、あの人はよくしてくれたな。あの人んとこで働いてる人間は誰もがそうしてもらってたけど。たとえば、給料日前にちょっと困ったりするでしょ。すると、きまって五ドルか十ドルくれるんですよ。給料もよかったし、何かそれだけのことをすれば、すぐにボーナスをくれたし。早い話、自分はこれまでにあった誰よりクラッターさんが好きです。家族の人みんなも。奥さんと四人の子どもさんも。自分が知ってたころ、下の二人、殺された二人――ナンシーと眼鏡をかけた男の子――は、まだほんとに小さかったな。五つか六つだったんじゃないですか。上の二人――一人はベヴァリーって名前で、もう一人の女の子はなんて名前だったか思いだせないんだけど――二人はもうハイスクールにいってました。親切な一家、ほんとに親切な一家でしたよ。あの人たちのことは忘れられないな。自分があそこを出たのは、一九四九年のいつかでした。それから、結婚して、離婚して、軍にとられて、ほかにもいろいろあって、まあ、何というか、時が流れて、一九五九年になって――クラッターさんと別れてから十年たった一九五九年の六月――自分はランシングに送られたんです。電器店に盗みに入ったせいで。家庭用の電気器具です。自分のつもりじゃ、電気芝刈り機を何台かいただこうってことだったんです。売りはらおうってんじゃなくて。芝刈り機のレンタル業を始めるつもりだったんですよ。それなら、ほら、ささやかな商売を一生続けていけるじゃないですか。もちろん、結果的には何にもならなかったけど――三年から五年の刑をくらっただけで。こんなことになってなかったら、ディックと出会うはずもなかったんですが。クラッターさんだって、墓の中ってことはなかっただろうに。ところが、そんな具合、そんな次第で、ディックと出会うことになったんですよ。

やつは自分が同房になった最初の相手なんです。自分たちは、そうだな、一ヵ月ぐらい一緒にいたかな。六月から七月の途中まで。やつは三年から五年の刑が終わりかけてたんです――八月には仮釈放の予定でした。出所したら何をやるつもりか、ぺらぺらしゃべってましたよ。ネヴァダのミサイル基地の町へいって、制服買って、空軍将校になりすまそうと思ってるとか。そうしたら、物干しロープにずらりと吊《つ》るせるほどのインチキ小切手を使えるっていうんですよ。やつが教えてくれた計画の一つっていうのがそれでした（とても買えないって自分は思いましたがね。やつが悪賢いってことは否定しませんよ。だけど、まるで柄じゃなかったもんな。空軍将校なんて柄じゃ）。それとは別のときですが、やつはペリーって友だちのことを話しました。前に同じ房にいたっていう半分インディアンの男です。ペリーとまた会ったら、でかいヤマを踏んだともね。自分は会ったことはないんですが――ペリーとは。見たこともないです。ペリーはもうランシングを出てたんで。仮釈放になって。だけど、ディックはいつもいってたんです。ほんとにでかいもうけのチャンスがきたら、ペリー・スミスを相棒に頼めるって。

クラッターさんの名前が最初に出たのはどういうきっかけだったか、正確なことはおぼえてないんです。二人で仕事のこと、自分たちがやってきたいろんな仕事のことを話してたときだったんじゃないかな。ディックはヴェテランの車の修理工で、やってた仕事っていうのもほとんどそればかりです。ただ、一度だけ、救急車の運転をしてたことがあるそうですが。そのことをさんざん自慢してたな。看護婦のこととか、救急車の後ろのほうで看護婦と何をしてたかとか。それで、自分もカンザスの西のほうのかなり大きな小麦農場で一年ほど働いてたことがあるって教えてやったんです。クラッターさんのところで。やつがクラッターさんは金持ちかって聞いてきたんで、自分はそうだっていったんですよ。そうだ、金持ちだってね。実際、クラッターさんは一週間で一万ドル支払ったことがあるっていってたけど、それも教えてやったんです。つまり、クラッターさんが農場やっていくには週一万ドルかかることもあるってことですが。そのあと、ディックはあの一家のことを根掘り葉掘り尋ねるようになったんです。家族は何人だ？　今、子どもたちはいくつだ？　その家へはどうやっていけばいい？　家の間取りはどうなってる？　クラッターさんは金庫を持ってるか？　いや、否定はしませんよ——持ってるって答えたんです。そういえば、クラッターさんが事務所に使ってた部屋の机のすぐ後ろに、キャビネットみたいな、金庫みたいな、何かそんなものがあったような気がしたもんで。そのうち、気がついてみると、ディックはクラッターさんをやるって話をするようになってたんです。ペリーと一緒に出かけてって、あの家に強盗に押し入り、目撃者はみんなやっちまうんだって――クラッター一家も、ほかに誰か居合わせたら、その人間も。ディックはどうやるつもりか何度も何度も説明してましたよ。ペリーと二人で、みんな縛りあげてから撃ち殺すんだって。自分はやつにいったんです。『ディック、そんなこと、うまくいくわけないだろ』だけど、正直いって、やめとけって説得したわけじゃないんです。やつが本気でやるつもりだなんて思ってもみなかったんで。ほんの口先だけだと思ってたんですよ。ランシングじゃ、その手の話をしょっちゅう聞かされますからね。出所したら何をやらかすって話を――強盗だの、追いはぎだの、そんなことばかり。ほとんどは法螺《ほら》なんで、誰も真面目《まじめ》に聞いたりはしないんですが。だから、イヤホーンでニュースを聞いたときには――いや、もう信じられなかったですよ。でも、実際に起きたんですね。ディックがいってたとおりのことが」

それがフロイド・ウェルズの話だった。しかし、まだ、それを口外するまでには至らなかった。ウェルズは恐れていたのだ。というのは、その話を所長に注進したとしても、それをほかの囚人に知られたら、本人がいうように、自らの命は「死んだコヨーテほどの値打ちもなくなってしまう」からだった。それから一週間が過ぎた。ウェルズはラジオに耳を澄ませ、新聞の記事を追った。そして、カンザスの地方紙、ハッチンソン《ニューズ》が、クラッター事件犯人の逮捕および有罪判決につながる情報に千ドルの賞金を提供している、という記事を目にした。関心をそそる記事だった。ウェルズはしゃべろうかという気になった。だが、まだ恐れのほうが強かった。ほかの囚人が怖いからというだけではなかった。当局から従犯に問われる可能性も考慮しなければならなかったからだ。つまり、ディックをクラッター家のドアに導いたのはウェルズにほかならないということであり、ウェルズはディックの意図を察知していたといわれればそれまでだった。誰がどう見ようと、ウェルズの立場は微妙なものであり、その弁明も疑われそうだった。結局、ウェルズは口を閉ざしたままで、さらに十日が過ぎた。そして、十一月が十二月になった。簡略になる一方の新聞記事によれば（ラジオのニュースキャスターは、この問題に言及することもやめていた）、当局は惨劇が発見された朝と変わらず、困惑するばかりで、ほとんど手がかりもないという状態が続いていた。

だが、ウェルズは知っていた。そのうち、〝誰かに話したい〟という欲求に責めたてられたあげく、とうとう、ほかの囚人に打ち明けた。「特別な友だちなんです。カトリックで、とても信心深い男で。で、そいつに聞かれたんです。『それで、どうするつもりなんだ、フロイド？』自分はいったんです。それが、自分でもよくわからないんだ――どうしたらいいと思うって。すると、そいつはしかるべき人のところへいって話すのがいちばんだって勧めるんです。胸の内にそんなものを抱えて生きていくのはよくないと思うってね。しゃべったのはあいつだと、ほかの囚人に指さされずに済ますことだってできるともね。そのお膳立《ぜんだ》てもしてやるっていうんです。そういうことで、次の日、そいつが刑務所の副所長に話をして――ウェルズが〝呼びだし〟を受けたがってると伝えてくれたんです。何かにかこつけてウェルズを事務室に呼びだせば、クラッター事件の犯人を教えるかもしれないといってね。すると、ほんとに、副所長から呼びだしがかかったんです。そりゃ怖かったですよ。だけど、自分はクラッターさんのことを思いだしたんです。あの人にはよくしてもらったこと、クリスマスには五十ドル入った小さな財布をもらったことをね。自分は副所長に話したんです。それから、所長にも、じかに。すると、自分がそこに、ハンド所長の事務室に座ってるうちに、所長が電話を取って――」

ハンド所長が電話した相手はローガン・サンフォードだった。サンフォードは話を聞くと、受話器を置き、いくつか指示を出した。それから、アルヴィン・デューイに自ら電話をかけた。その夕刻、デューイはマニラ紙の封筒を持って、ガーデンシティーの郡庁舎にある事務所をあとにし、帰途についた。

家に帰ってみると、マリーはキッチンで夕食の支度をしていた。デューイがあらわれるのを待っていたかのように、家庭内のごたごたについてしゃべりはじめた。うちの飼い猫が向かいの家のコッカースパニエルを襲って、スパニエルの片目がひどいことになりそうだ。九つになるポールが木から落ちて、生きているのが不思議なくらいだ。デューイの名をもらった十二歳になる息子が庭に出て、ごみを燃やしたら、炎が一気に立ち昇って、近所を驚かせた。誰かわからないが、ほんとうに消防署に通報した人もいた。

妻がそういった不幸なエピソードを語っている間に、デューイは二杯目のコーヒーをついだ。マリーは話の途中で不意に口をつぐみ、夫をまじまじと見つめた。その顔は紅潮し、興奮しているのが見てとれた。マリーはいった。「アルヴィン、あなた、何かいい知らせなの？」デューイは何もいわずマニラ紙の封筒を差しだした。マリーの手は濡《ぬ》れていた。それを拭《ふ》いて、テーブルに向かって腰を下ろすと、コーヒーをすってから、封筒を開けた。そして、金髪の若い男と、黒髪、浅黒い肌の若い男の写真――警察が撮った〝顔写真〟――を取りだした。写真には、それぞれ符号交じりの書類が添えられていた。金髪の男の書類にはこう書かれていた。

ヒコック、リチャード・ユージーン（WM）28。KBI97 093、FBI859 273A。住所＝エジャートン、カンザス。生年月日＝6‐6‐31。出生地＝KC、カンザス。身長＝5‐10。体重＝175。髪＝金髪。目＝青。体格＝頑丈。血色＝良好。職業＝自動車塗装工。犯歴＝詐欺《さぎ》、不正小切手使用。仮釈放＝8‐13‐59。南KCKによる。

二枚目の書類には、こうあった。

スミス、ペリー・エドワード（WM）27-59。出生地＝ネヴァダ。身長＝5-4。体重＝156。髪＝濃茶。犯歴＝住居侵入。逮捕＝（空白）。逮捕者＝（空白）。処分＝フィリップス郡より3-13-56KSP送致、5-10年。収容＝3-14-56。仮釈放＝7-6-59。

マリーはスミスの正面と横顔の写真をためつすがめつした。傲慢《ごうまん》な顔つき。非情ではあるが、それだけといいきれないのは、妙に洗練されたところがあるからだった。唇と鼻は形よく整い、目は潤《うる》んで、夢見るような表情を帯び、むしろ美しい——俳優のように繊細では——と、マリーは思った。しかも、繊細というだけでない何か、〝卑《いや》しさ〟があった。といっても、リチャード・ユージーン・ヒコックの目ほどには卑しくはなく、ぞっとするほど〝犯罪的〟でもなかった。ヒコックの目に釘《くぎ》づけになったマリーは、子どものころのできごとを思いだした。それは、罠《わな》に捕らえられたボブキャット（訳注 アカオオヤマネコ）を見たときのことだった。はじめは逃がしてやりたいと思ったが、苦痛と憎悪《ぞうお》の光を放つその目を見ているうちに、哀れみは失《う》せ、かわりに恐怖で満たされたのだ。「誰なの、この人たち？」マリーは聞いてみた。

デューイはフロイド・ウェルズの話を聞かせた。その最後にこういった。「おかしなもんだな。この三週間、われわれはこの方面を集中的に追及してきた。クラッターのところで働いたことのある人間をしらみつぶしにしてたんだ。今、こういうことになってみれば、つきがむこうから転がりこんできたみたいに見えるが、こちらからも二、三日のうちにこのウェルズにたどりついていたと思うな。彼が刑務所にいることを突きとめ、真相に到達していたはずだ。うん、間違いない」

「でも、それが真相じゃないかもしれないわよ」マリーはいった。デューイと彼を補佐する十八人の男は、これまで何百もの糸口を追って、不毛の結末に行き着いていた。マリーはデューイがまたしても失望を味わわないよう注意しておきたかったのだ。マリーは彼の健康が心配だった。精神状態も悪化しているようだった。すっかり憔悴《しょうすい》して、日に六十本も煙草《たばこ》を吸っていた。

「うん。そうかもしれん」デューイはいった。「だが、今度はピンとくるものがあるんだ」

その口調には聞き流すことのできない何かがあった。マリーはテーブルに置いた写真の顔をあらためて眺めた。「この人を見てよ」金髪の若い男の正面からの写真を指さしながら、そういった。「この目を見てよ。こっちへ向かってくるみたい」マリーは二枚の写真を封筒に戻した。「見せてもらわないほうがよかったわ」

同じ日のさらに遅い時刻、それとは別のキッチンで、それとは別の女が、つくろっていた靴下を脇《わき》に置くと、プラスチック縁の眼鏡を外した。女はそれを来客につきつけるようにして、こういった。「あの子を見つけてくださいよ、ナイさん。あの子のためにも。うちは息子が二人で、あの子が長男なんですよ。わたしたち、あの子を愛しています。でも……ああ、わかりましたよ。荷物をまとめて出ていくわけないですものね。そこそ逃げだすなんて。誰にも何もいわないで——父親や弟にも。また、厄介を起こしたんでなければ。何で、ああなんでしょうね？　いったい、どうして？」女はストーヴで暖められた狭い部屋の向こう、揺り椅子《いす》に丸くなっている瘦《や》せ衰えた人影を見やった——彼女の夫であり、リチャード・ユージーンの父親であるウォルター・ヒコックを。衰えた敗残の目、荒れた手を持つヒコック氏が口を開くと、その声はめったに使われることがないというような響きを発した。

「うちの子は全然悪くはなかったんですわ、ナイさん」ヒコック氏がいった。「運動は図抜けとったし——学校じゃ、いつも一軍でね。バスケットボール！　野球！　フットボール！ディックはいつもスター選手だったんですわ。勉強もなかなかでね、いくつかの科目じゃAをとっとりました。歴史だとか、機械製図だとか。ハイスクールを出たあと——一九四九年の六月でしたが——あいつは進学を希望しとったんです。エンジニアになる勉強をしたいって。だけど、うちじゃ、無理でした。はっきりいって、カネがなかったんですわ。カネなんかあったためしがなかったもんで。うちの畑は四十四エーカーぽっちで——食ってくのが精一杯でね。ディックは悔しかったと思いますわ。大学にいけなくて。で、あいつが最初についた仕事ってのは、カンザスシティーのサンタフェ鉄道です。週七十五ドルもらっとりました。あいつはそれで結婚できると思ったんでしょう。キャロルと一緒になったんですわ。キャロルはまだ十六にもなってなかったのに。あいつもまだ十九にもなっとりませんでした。わたしゃ、ろくなことにはならんと思っとりましたがね。案の定でしたわ」

ヒコック夫人はぽっちゃり型で、朝から晩まで働きづめの人生も、柔和な丸顔を損ねてはいなかった。その彼女が夫をなじった。「かわいい男の子を三人、わたしたちの孫を授かったじゃないですか。それに、キャロルはいい子ですよ。キャロルに罪はありませんよ」

ヒコック氏は先を続けた。「あいつとキャロルはけっこう大きな家を借りて、派手な車を買ったんですわ——それで、ずっと借金漬けになっちまって。そのうち、ディックが救急車の運転手になって、もっと稼ぐようになっても、それはあいかわらずでした。そのあと、カンザスシティーの大手のマークル・ビュイック・カンパニーに雇ってもらったんですわ。車の修理と塗装でね。だけど、あいつとキャロルはぜいたくな暮らしをやめず、どうしたって手の出るはずのないものを買いつづけて、あげくに、ディックが小切手を切るようになったんですわ。あいつがああいうとんでもないことをしでかすようになったのは、衝突事故と関係があると、わたしゃ、今でも思っとるんですがね。車が衝突して、あいつは脳震盪《のうしんとう》を起こしたんですわ。そのあと、前とは人が変わっちまって。ばくちは打つ、インチキ小切手は切るで。前にはそんなことする子じゃなかったんですがね。あいつがほかの女と仲よくなったのもそのころです。キャロルと別れて、その女を二番目の嫁にしたんですわ」

ヒコック夫人がいった。「ディックにはどうしようもなかったんですよ。マーガレット・エドナがどれほどあの子にぞっこんだったか、おぼえてるでしょう」

「女に惚《ほ》れられたからって、それでつかまるような真似《まね》をするか？」ヒコック氏はいった。「いや、ナイさん、あんたもわたしらと同じくらいには知っとられると思いますがね。どうして、うちの子が刑務所送りになったのか。十七ヵ月もくらいこんだのか。やったことっていったら、猟銃一挺《ちょう》借りただけなのに。この近所の家から。あいつは盗むつもりなんかなかったのに。わたしゃ、よそのつまらんやつがあれこれいったって気にしません。だけど、あいつはあれでぶっ壊れたんですわ。ランシングから出てきたときには、まったくの別人でしたから。ろくに話も通じないありさまで。世界中がディック・ヒコックの敵だ――あいつはそう思ってたんじゃないですか。二番目の嫁にも棄《す》てられちまって――嫁はあいつが入ってる間に離婚の申し立てをしたんですわ。それでも、ここんところは落ちついたように見えたんですがね。オレースのボブ・サンズ車体工場で働くようになって。この家にわたしらと同居して、夜は早寝して、どう見たって仮釈放の条件を破ったりはしてなかったのに。いいですか、ナイさん、わたしゃ、もう先が長くはないんです。癌《がん》ですから。ディックもそれを知っとります――少なくとも、わたしが病気だってことは――で、あれからまだ一月《ひとつき》もたっとりませんが、あいつは飛びだす直前に、こういったんですわ。『おやじさん、おやじさんはおれにはいい父親だったよ。おれはもう、おやじさんを困らせるような真似はしねえから』って。あれはけっして口先だけじゃなかったんです。ほんとはいいところもたくさんあるやつですから。あいつがフットボールのフィールドに立ってるのを見たら、子どもと一緒に遊んでるのを見たら、それが嘘《うそ》じゃないってわかりますよ。ああ、神さま、教えてください。わたしにゃ、何が起きたかわからんもんで」

すると、妻がいった。「わたしにはわかってますよ」再びつくろいを始めたが、こぼれる涙で、また中断せざるをえなかった。「あの友だちですよ。あの男のせいですよ」

来客のKBI捜査官、ハロルド・ナイは、相手の話を手帳に速記で書きとめていく作業に追われていた。フロイド・ウェルズの告発を検証するのに費やした長い一日の成果で、手帳はすでに埋め尽くされようとしていた。これまでのところ、確認された事実は、ウェルズの話を強力に裏づけていた。十一月二十日、容疑者、リチャード・ユージーン・ヒコックはカンザスシティーに赴き、派手に買い物をしてまわった。その間、〝不渡り小切手七枚〟以上をばらまいた。ナイは届け出た被害者をすべてあたってみた——カメラ店と家庭電器店の店員、宝石店の経営者、洋品店の店員——いずれの場合も、ヒコックとペリー・エドワード・スミスの写真を見せられた証人は、前者が不渡り小切手の振出人で、後者が〝無口な〟共犯者だったと確認した（詐欺にあった店員の一人はこういった。「この男〔ヒコック〕がやったんです。とても口のうまい男で、すっかりのせられましたよ。もう一人は——外国人、たぶんメキシコ人じゃないかと思いましたが——一度も口をききませんでした」）。

ナイは次にオレース郊外の村へ車を走らせ、ヒコックの最後の雇い主、ボブ・サンズ車体工場の経営者と面会した。「ああ、あいつはここで働いてたよ」サンズ氏はいった。「八月からだが——ええと、十一月十九日、いや、二十日だったかな、それ以後は見かけてないね。何の予告もなく、いなくなったんだよ。どっかにいっちまって——どこにいったのか、わたしにはわからないね。おやじさんにもわからないんだから。驚いたかって？　ああ、そりゃそうだよ。わたしら、かなりうまくやってたからね。ディックはなんていうか、独特なものがあってね。とても人好きがするんだよ。ときどき、わたしんちにもやってきた。そうそう、あいつがいなくなる一週間前にも、何人か呼んで、ちょっとしたパーティーをやったんだ。そうしたら、ディックはたまたま自分のところにきてた友だちっていうのを連れてきた。ネヴァダの人間で——ペリー・スミスっていったな。ギターがすごくうまかったね。ギターを弾きながら、何曲か歌ってたよ。それから、ディックと二人で重量挙げの真似をして、楽しませてくれた。ペリー・スミスっていうのは小さな男でね、五フィートちょっとぐらいじゃなかったかな。だけど、馬でも持ち上げられそうだったな。いや、びくついてるようには見えなかったね、どっちも。わたしには楽しんでるように見えたけどね。正確な日付？　おぼえてるとも。十三日だったよ。十一月十三日の金曜日だ」

ナイはそこから車を北に向け、でこぼこの田舎道を進んだ。ヒコック農場に近づいたところで、近所の農家で何度か車を停め、方角を尋ねるふりをして、容疑者に関する質問をした。ある農家の主婦はいった。「ディック・ヒコックだって！　ディック・ヒコックのことなんか聞かないでよ！　あの悪党に会ったことがあるかって！　盗み？　死人から三途《さんず》の川の渡し銭だって盗むやつよ！　お母さんのユーニスはいい人なんだけどね。納屋《なや》みたいに大きな心の持ち主で。お父さんもそう。二人とも飾らない正直な人よ。

ディックはもう数え切れないくらい刑務所送りになっててもおかしくなかったんだけど、ここらじゃ誰も訴えようとしなかったの。みんな、あいつの家族のことを思ったからよ」

夕闇《ゆうやみ》が落ちかかるころ、ナイはウォルター・ヒコックの家のドアをノックした。風雨にさらされて灰色になった農家で、四部屋からなっていた。相手は来訪を予想していたというふうだった。ヒコック氏は捜査官をキッチンに招じ入れ、ヒコック夫人はコーヒーを勧めた。両親が来訪の真の意図を知っていたら、客へのもてなしもこれほど丁重ではなく、用心深いものになっていただろう。しかし、両親はそれを知らなかった。三人で話していた何時間かの間、クラッターという名前も、あるいは、殺人という言葉も一度も出てこなかった。両親はナイがほのめかしたことをそのまま受けとった――息子が追われているのは、仮釈放の条件違反と金銭詐取のために過ぎない、と。

「ディックがある晩、あの男〔ペリー〕をうちに連れてきて、これは友だちでラスヴェガスからバスで着いたばかりなんだっていうんですよ。それで、しばらくの間、うちに泊めてやっていいかって聞くんです」ヒコック夫人はいった。「とんでもない。わたしはあの男を家に置く気なんてありませんでしたよ。一目見て、どういう人間か、わかりましたからね。あの香料。べったりした髪。ディックがどこで出会ったのか、すぐにピンときましたよ。仮釈放の条件では、あの子はむこう〔ランシング〕で出会った人間とはつきあってはいけないことになってたんです。わたしはディックに注意したんですが、あの子は聞きませんでした。オレースにあるホテル・オレースに部屋を見つけてやって、そのあと、暇さえあればあの男と一緒に過ごしてました。一度、二人で週末の旅行に出かけたこともあります。ナイさん、ペリー・スミスがあの子をそそのかして小切手を書かせたんです。それは、わたしがここに座ってるのと同じくらい間違いありませんよ」

ナイは手帳を閉じ、ペンをポケットにおさめると、両手もポケットに突っこんだ。両手が興奮でブルブル震えていたからだ。「で、その週末の旅行ですがね、どこへいったんですか？」

「フォートスコットです」ヒコック氏が戦史上名高いカンザス州の町の名をあげた。「わたしにわかっとる限りでは、ペリー・スミスにはフォートスコットに姉がいるらしいんですわ。その姉があの男のカネを預かっとるということで。額は千五百ドルだといっとりましたがね。あの男がカンザスにやってきたおもな理由はそれなんですわ。姉に預けたカネを取り戻すってことです。それで、ディックが車でむこうまで送っていったんですが。一泊だけの旅行でした。ディックは日曜日の昼前に戻ってきましたよ。日曜日の昼食に間に合う時間に」

「なるほど」ナイはいった。「一泊旅行ですか。すると、二人は土曜日の何時かにこちらを発《た》ったということですか。十一月十四日の土曜日ということですね」

老いた父親はうなずいた。

「で、日曜日に戻ってきたんですね？　十一月十五日に？」

「日曜日の昼時にです」

ナイは頭の中で複雑な計算をしてみた。そこから引きだされた結論は励みになるものだった。つまり、それは、容疑者たちが二十時間から二十四時間のうちに、往復で八百マイル以上の距離を走破して、その途中、四人を殺害することも可能であった、というものだった。

「それで、ヒコックさん」ナイがいった。「日曜日に息子さんが帰ってきたときには一人でしたか？　それとも、ペリー・スミスも一緒でしたか？」

「いや、一人でしたわ。ペリーはホテル・オレースで降ろしてきたといっとりました」

ナイはふだん、耳障《みみざわ》りな鼻声で話すので、どうしても威圧的な印象を与えてしまうのだが、今はつとめて穏やかな声、相手の警戒心を解くさりげない口調で話そうとしていた。「それで、おぼえておられませんかね？――立ち居振る舞いに何かふつうでないと感じさせるようなところがなかったか？　いつもと違うところがなかったか？」

「誰のですか？」

「息子さんのです」

「いつのことですか？」

「フォートスコットから戻ってきたときのことです」

ヒコック氏は思案していた。それから、こういった。「いつもと変わらんように見えましたがね。あいつが帰ってきてすぐに、わたしら、昼食の席についたんですが。あいつはひどく腹をすかしとりましたよ。わたしのお祈りがまだ終わらんうちから、自分の皿に料理を山盛りにしはじめたんですわ。わたしはそれに気づいていってやりましたよ。『ディック、おまえ、えらくせっせと料理をすくっとるじゃないか。わたしらにゃ、何も残さんつもりじゃないだろうな？』って。もちろん、あいつは前から大食いでしたがね。ピクルスとなると、桶《おけ》いっぱいだって食っちまいます」

「食事のあとは何をしてました？」

「眠っちまいました」ヒコック氏はそういったが、自分の返事にやや驚いたふうだった。「ぐっすり眠っちまいましたよ。まあ、それがふつうでないっていえばいえますかね。わたしら、ぐるっと集まって、バスケットの試合を見てたんですがね。テレビで。わたしと、ディックと、もう一人の息子のデイヴィッドと。すると、じきにディックがすごいいびきをかきはじめたんですわ。丸鋸《まるのこ》の音みたいな。それで、デイヴィッドにこういいましたよ。『やれやれ、わたしの目が黒いうちに、ディックがバスケットも見ずに眠ってしまうようなことがあるとは思わなかったぞ』って。ところが、そうなったんですわ。試合の間ずっと眠ってましたよ。冷めた晩めしを食う間だけ起きてましたが、もうすぐあとにベッドに入っちまいました」

ヒコック夫人はかがり針にもう一度、糸を通していた。夫のほうは揺り椅子を揺らしながら、火のついていないパイプを吸っていた。捜査官の訓練を積んだ目が、粗末だがよく磨かれた部屋の中を見まわした。隅のほうの壁に一挺の銃が立てかけてあった。ナイは前からそれに気づいていたが、立ち上がって、そちらに手を伸ばしながら問いかけた。「猟にはよくいかれるんですか、ヒコックさん？」

「それはあいつの銃ですわ。ディックの。あいつとデイヴィッドがときどき出かけるんです。たいていは兎《うさぎ》を撃ちにですが」

それは十二番径の散弾銃、サヴェッジ・モデル三〇〇だった。銃床には飛翔《ひしょう》するキジの姿が精巧に刻まれていた。

「ディックはこれをいつごろから持ってるんですか？」

その質問にヒコック夫人が反応した。「その銃は百ドル以上もしたんですよ。ディックはクレジットで買ったんですが、もう店で引き取ってはくれません。まだ一月《ひとつき》たったか、たたないかで、たったの一度しか使ってないのに――十一月のはじめ、あの子がデイヴィッドとグリネルへキジ撃ちにいったときに。あの子は買うときに親の名前を使ったんです――お父さんがいいっていったもんだから――それで、わたしたちが支払いの責任を負わされてしまったんですよ。お父さんの身になってみれば、見てのとおりの病気で、必要なものもみんな、買わないで我慢してるっていうのに……」ヒコック夫人はしゃっくりを止めようとでもするように、そこで息を詰めた。「ほんとにコーヒー要りませんか、ナイさん？　何の手間もかかりませんから」

捜査官は銃を壁に立てかけ、手を放した。これがクラッター一家を殺した凶器だと確信していたが。「ありがとうございます。今は、でも、もう遅くなりましたし、わたしはこれからトピーカへいかなければならないんで」そういってから、手帳を繰った。「それでですね、今のところをざっと見直して、間違いがないか確認したいんですが。ペリー・スミスは十一月十二日、木曜日にカンザスに着いた。おたくの息子さんの話では、この男はフォートスコット在住の姉から、相当額のカネを回収するためにこちらにやってきたということだった。土曜日には、二人はフォートスコットへ車で出かけ、そこで一晩泊まってきた——その姉の家でということですね？」

ヒコック氏がいった。「いや、その姉さんが見つからなかったんですわ。どこかへ引っ越したらしくて」

ナイは笑みを漏らした。「それでも、二人は一晩、よそで泊まってきたんですね。そして、そのあとの一週間——つまり、十五日から二十一日まで——ディックは友だちのペリー・スミスとずっと会っていた。というか、あなたがたが知る限り、息子さんはいつもと変わらない生活を送っていた。つまり、家で暮らし、毎日、仕事にいくといって出かけていた。それが、二十一日に姿を消した。ペリー・スミスも消えた。それ以来、息子さんからは音信がないんですね？　手紙もよこさないんですね？」

「あの子は恐れているんですよ」ヒコック夫人がいった。「恥ずかしいし、恐れてるんですよ」

「恥ずかしい？」

「自分のしたことがです。わたしたちをまた苦しめたことがですよ。それに、わたしたちが許さないんじゃないかと恐れてるんですよ。これまでずっと許してきたようには。これからだって許してやるつもりなのにね。おたくにもお子さんはいらっしゃるんでしょう、ナイさん？」

ナイはうなずいた。

「だったら、どうしてかはおわかりでしょう」

「もう一つだけ、うかがいます。息子さんがどこへいったか、ちょっとでも思い当たる節はありませんか？」

「地図を開いてみなさい」ヒコック氏がいった。「指でどこかさしてみりゃ――そこかもしれないですわ」

ある日の午後遅く、ここではベル氏としておくが、中年のセールスマンが、疲労と戦いながら車を運転していた。停まって一眠りしたいというのが、ベル氏の今の願いだった。しかし、目的地――勤務先の大手食肉加工会社の本社があるネブラスカ州オマハ――まではほんの百マイルだった。会社の規則では、セールスマンがヒッチハイカーを拾うことは禁じられていた。だが、ベル氏はしばしばそれに違背していた。とくに、退屈したり、睡魔に襲われたりしたときには。それで、道端に二人の若者が立っているのを見ると、すぐにブレーキを踏んだ。

ベル氏の目には、二人とも〝問題なし〟のように見えた。二人のうち背の高いほう、くすんだブロンドをクルーカットにした筋張った体つきの男は、魅力的な笑顔と礼儀正しい態度を備えていた。その相棒で、右手にハーモニカ、左手に膨らんだ麦藁《むぎわら》製のスーツケースを持った〝チビ〟の男は、内気だが愛嬌《あいきょう》があり、〝好人物〟のように見えた。いずれにしても、ベル氏はこの客たちの意図にまったく気づいていなかった。それは、彼の首をベルトで絞めあげ、車とカネ、命まで奪ったあげくに、死体をプレーリーの墓場に目につかないように置き去りにしようというものだった。だが、ベル氏は連れができたのが、オマハに着くまで眠気を忘れさせてくれる話し相手ができたのがうれしかった。

ベル氏は自己紹介し、それから、二人に名前を聞いた。前の座席に彼と並んで座った愛想のよい若者はディックと名乗った。「こいつはペリーです」ディックはそういって、運転席の真後ろに座ったペリーにウインクした。「オマハまでなら乗せていってあげるよ」

ディックがいった。「どうもすいません。おれたち、オマハにいくつもりだったんですよ。何か仕事が見つかるかもしれないと思って」

どんな仕事を探しているんだろう？　セールスマンは手助けしてやれるかもしれないと思った。

ディックがいった。「おれは車の塗装なら一流なんです。修理もね。それで、いい稼ぎをしてたんですよ。おれたち、この友だちとおれですが、メキシコにいってたんです。おれたちの考えじゃ、あっちで暮らせたらいいなと思って。ところが、冗談じゃない、あっちじゃ、まともな給料なんてくれないんですよ。白人が食っていけるようなものじゃなかったです」

ああ、メキシコね。ベル氏は自分も新婚旅行でクエルナヴァカへいったことがあるといった。「またいきたいとずっと思ってたんだけどね。でも、子どもが五人もいたら、そう簡単には動きがとれないからね」

ペリーはそのとき、こう考えたのを、あとで思いだした。子どもが五人か――いや、まずいことになった。そして、ディックが図に乗ってしゃべるのを聞いているうち、彼がメキシコでの〝もてもてぶり〟を披露しはじめるのを耳にして、なんと〝おかしな〟ことか、〝身勝手な〟ことかと思うようになった。これから殺そうという人間、二人で練った計画に狂いが生じなければ、あと十分も生きていないはずの人間を感心させようと躍起になってどうするのか。だいたい、計画に狂いが生じるはずもないのに。お膳立《ぜんだ》てには申し分なかった。カリフォルニアからネヴァダへ、さらにワイオミングを横切ってネブラスカへ、ヒッチハイクで移動するのに要した三日間、ずっとこれを探し求めてきたのだ。これまで、適当と思われる相手には、ことごとくすり抜けられていた。裕福そうな一人旅の人間で、声をかけてくれたのは、トラックの運転手か兵隊ばかりだった。ベル氏がはじめてだった。ほかに乗せてくれたのは、一度は、藤色のキャデラックに乗った黒人のプロボクサー二人組が拾ってくれたが。とにかく、ベル氏は申し分なかった。ペリーは革のウインドブレーカーのポケットを探った。ポケットは、バイエルのアスピリンの瓶と、黄色い綿《めん》のカウボーイ用のハンカチにくるんだ拳大《こぶし》のぎざぎざの石で膨らんでいた。ペリーはベルトを緩めた。銀のバックルをつけ、空色の玉をちりばめたナヴァホ族のベルトを。それを外し、折り曲げて、膝《ひざ》の上に置いた。そして、待った。窓の外を飛びすさっていくネブラスカのプレーリーを眺め、ハーモニカをもてあそんで。いいかげんな旋律をこしらえ、それを吹きながら、ディックがかねて合意の合図、「おい、ペリー、マッチを貸してくれ」という言葉を口にするのを待った。それを機に、ディックがハンドルを握り、ペリーはハンカチにくるんだ石を振るって、セールスマンの頭を打ち据え――〝かち割る〟――ことになっていた。そのあと、ひっそりした脇道《わきみち》に入り、空色の玉をちりばめたベルトを使う手はずだった。

その間、ディックは死ぬはずの男と卑猥《ひわい》な冗談をいいかわしていた。二人の笑い声はペリーをいらだたせた。とくに、ベル氏の爆笑は癇《かん》に障った。その腹からの大声が、父親のテックス・ジョン・スミスの笑い声を彷彿《ほうふつ》させたからだ。父親の笑い声の記憶で緊張が高まった。頭が痛み、膝が疼《うず》いた。ペリーはアスピリンを三錠嚙《か》み砕いて、そのまのみこんだ。ちくしょう！　今に吐くのではないか、気が遠くなるのではないか、という気がした。ディックが〝パーティー〟をこれ以上遅らせるなら、間違いなくそうなりそうだった。外の明かりは薄れてきた。道は一直線に延びていたが、家も人影も視界に入ってこなかった。冬に身ぐるみ剝《は》がれ、鉄板のような陰鬱《いんうつ》な色をした大地があるだけだった。今がそのときだ、今が。ペリーはその判断を伝えようとするかのようにディックを見据えた。二つ三つの小さなしるし――ピクピクひきつるまぶた、唇の上に落ちかかった汗のしずく――から、ディックもすでに同じ結論に達しているのがうかがえた。

しかし、ディックが次に口を開いたのは、また別の冗談をいうためだった。「一つ謎々《なぞなぞ》があるんですがね。そいつはこうです。便所へいくのと墓場へいくのの共通点は何だ？」ディックはにやりとした。「降参ですか？」

「降参だね」

「いかなきゃならないときがきたら、いかなきゃならないってことです！」

ベル氏は大声で笑った。

「おい、ペリー、マッチを貸してくれ」

しかし、ペリーが手を上げ、石を振り下ろそうとしたその瞬間、なんとも意外なことが起きた。あとで、ペリーが〝とんでもない奇跡〟と呼んだできごとが。奇跡というのは、三人目のヒッチハイカーの唐突な登場だった。温情あふれるセールスマンはその黒人兵のために車を停めた。「いや、それはいいな」自分の救い主が車に走り寄ってくるのを待ちながら、ベル氏はいった。「いかなきゃならないときがきたら、いかなきゃならない！」

一九五九年十二月十六日、ネヴァダ州ラスヴェガス。歳月と風雨で最初の文字と最後の文字――RとS――が削《そ》ぎ落とされ、あとに残されたどこか不吉なOOMという綴《つづ》り（訳注　もとはROOMS＝部屋あり。OOMはDOOM＝運命・破滅を思わせる）。日光で反りかえった看板にかすかに見えるその綴りは、それがかけられている建物にふさわしい印象だった。そこは、ハロルド・ナイがKBIの公式報告書に記したように、「荒れ果てて、みすぼらしい最低クラスのホテルないしは下宿屋」だった。報告書はこう続けられていた。「二、三年前まで（ラスヴェガス警察提供の情報による）、そこは西部でも最大級の売春宿だった。その後、火災で建物の主要部分は焼損し、残存部分が低家賃の下宿屋に改装された」〝ロビー〟には、高さ六フィートのサボテンと間に合わせの受付用の机を除くと、家具調度のたぐいはなかった。それだけでなく、人がいる気配もなかった。捜査官は手を叩《たた》いてみた。ようやく、女の声が、といっても、あまり女らしくはない声がして、「はいはい、今いきますよ」と怒鳴った。当の女があらわれたのは、それから五分がたったあとだった。女は汚れた部屋着を着て、かかとの高い金色の革のサンダルをはいていた。薄くなった黄色い髪をカーラーで巻き、筋張った幅広な顔には、紅をさし、おしろいをはいていた。手にはミラー・ハイライフのビールの缶を持っていた。ビールと、煙草と、塗ったばかりのマニキュアのにおいが漂っていた。女は七十四歳だったが、ナイの意見によると、「若づくりで——といっても、一歳どころか十分ほどしか若く見えなかった」女はナイをじろじろ見て、きちんとした茶色のスーツ、茶色のソフト帽をあらためた。ナイがバッジを見せると、興《きよう》がるような表情を浮かべた。口を開けたので、二列に並んだ入れ歯が見えた。「なるほどね。そんなことだろうと思ってたわ」女はいった。「いいですよ。話を聞きましょう」

ナイはリチャード・ヒコックの写真を手渡した。「この男を知ってますか？」

否定するようなうめき声が漏れた。

「じゃ、こっちは？」

女はいった。「なるほどね。この男なら、ここへ二度ほど泊まりましたよ。だけどね、今はいません。一月《ひとつき》以上も前に出ていったから。宿帳、見たいですか？」

ナイは机に寄りかかって、おかみのマニキュアをした長い爪《つめ》が、鉛筆で走り書きした名前を探していくのを見まもった。ラスヴェガスは上司から訪ねるようにいわれていた三ヵ所のうちの最初の地だった。三ヵ所それぞれが、ペリー・スミスの経歴に関連しているという理由で選ばれていた。ほかの二ヵ所は、スミスの父親が住んでいると思われるリノ、姉の家があるサンフランシスコだった。なお、ここでは、姉をフレデリック・ジョンソン氏夫人としておく。ナイはこれら近親、また、容疑者の行方を知っている可能性のある人間なら誰とでも接触するつもりだった。だが、行脚《あんぎや》の主要な目的は、地元の法執行機関の助力を仰ぐことにあった。たとえば、ラスヴェガスに着くとすぐに、ラスヴェガス市警本部刑事部長、B・J・ハンドロン警視正とクラッター事件について協議した。部長は警察の全職員に対してヒコックとスミスの警戒にあたるよう指示した連絡メモを書いた。「仮釈放の条件違反によりカンザスで手配中。カンザス・ナンバーJO-58269をつけた一九四九年型シヴォレーを運転という情報あり。武器を携行していると見られる。危険と想定すべし」そして、ハンドロンはナイが〝質屋をあたる〟

のを手伝わせるため、刑事一人をつけた。ハンドロンがいうとおり、〝賭博《とばく》の町ならどこでも、質屋がごまんとある〟のは事実だった。ナイとラスヴェガスの刑事の二人組は、過去一ヵ月の間に発行された質札すべてを調べあげた。ナイはとくに、事件当夜、クラッター家から盗みだされたと思われるゼニスのポータブルラジオを発見したいと望んでいたが、その運には恵まれなかった。しかし、質屋の一人がスミスをおぼえていた（「この人はここ十年以上、うちに出入りしてますよ」）。そして、十一月の第一週に質入れした熊皮《くまがわ》の敷物の質札を見せてくれた。ナイがこの下宿屋の住所を知ったのはその札からだった。

「十月三十日に記帳してるわね」おかみがいった。「出てったのが十一月十一日」ナイはスミスの署名に目をやった。波打ったり渦巻いたりする飾りの多いその筆跡は、ナイには意外だった。おかみはその反応を見逃さなかったようで、こういった。「そうなのよ。あの男のしゃべりかたも、ぜひ、聞いてもらいたいわね。舌っ足らずな、ささやくみたいな声でね、ご大層な長ったらしい言葉を口にするんだから。なかなかたいしたもんだわよ。で、なんであの人を追っかけてるんですか？——あんなかわいいチビさんを？」

「仮釈放の条件に違反したんです」

「なるほどね。仮釈放なんかではるばるカンザスからきたんですか。まあ、わたしは馬《ば》鹿《か》なブロンド女ですからね。信じることにしておきますよ。だけどね、わたしだったら、そんな話はブルネット女にはしないわね」おかみはビールの缶をあげ、中身を飲み干した。それから、何か考えこむ様子で、静脈が浮き出たそばかすだらけの両手の間で空き缶を転がしはじめた。「何にしたって、たいしたことじゃないわね。そんなはずないわ。わたしはね、男を見て、器の大きさがわからなかったってためしはなかったんだから。あの男はただのろくでなしだわよ。最後の一週間分の家賃を払わずに済ませようと、わたしにうまいことばっかりいってたかわいいろくでなしよ」おかみはくすくす笑った。そんなことを考える相手の馬鹿さかげんを笑ったようだった。

ナイはスミスの部屋代がいくらだったのか聞いてみた。

「普通料金ですよ。週九ドルの。それに、鍵《かぎ》の保証金が五十セント。現金以外はお断り。前金以外はお断りで」

「彼はここにいる間、何をしてました？　友だちはいましたか？」ナイは尋ねた。

「あなたね、わたしがここにやってくる怪しげな連中をいちいち見張ってるとでも思ってるんですか？」おかみは切り返した。「浮浪者や、ろくでなしばかり。かまっちゃいられないわよ。わたしにはね、いいところに嫁いだ娘がいるんですよ」それから、こういった。「いいえ、あの男には友だちなんかいませんよ。少なくとも、あの男が誰か特別な人間とつきあってるとは思えなかったわね。この前、ここにいたときには、ほとんど毎日、車をいじくりまわしてるばかりで。そこの前に停めておいてね。ポンコツのフォードを。あの男が生まれる前につくられたみたいな車だったわね。それにペンキを塗ってたの。トップは黒く、ほかは銀色にね。それから、フロントガラスに〝売り物〟なんて書いて。そしたら、ある日、どこかの馬鹿が立ち止まって、四十ドル出すっていってるのが聞こえましたよ——それじゃ、掛け値がまるまる四十ドルってことじゃないの。だけどね、あの男は九十ドル以下にはできないっていってましたよ。バスの切符を買うのに、それだけのカネが要るからって。あの男が出ていく直前に、どこかの黒人があの車を買ったって聞いたけどね」

「バスの切符を買うのにそれだけのカネが要るっていってたんですか。でも、どこへいくつもりだったのかはわからないんですね？」

おかみは唇をすぼめ、くわえていた煙草をだらりと垂らしたが、視線はナイに据えたまま動かさなかった。「公平にいきましょうよ。いくらかは出るんでしょうね？　謝礼が？」おかみは答えを待った。何の返事もないとわかると、さまざまな可能性をはかりにかけた末に、話を続けるという選択をしたようだった。「ていうのはね、あの男はどこへいくにしても、そう長居をしてくるつもりはないって気がしたからですよ。つまり、ここへ戻ってくるんじゃないかってね。また、いつ何どき、ひょっこりあらわれてもおかしくないってことですよ」おかみは建物の奥のほうに顎《あご》をしゃくった。「ついてきてくださいなぜそう思うか、見せてあげますよ」

階段。灰色の廊下。ナイは雑多なにおいを一つ一つ嗅《か》ぎわけていった。トイレの殺菌

剤、アルコール、火の消えた葉巻。あるドアの向こうでは、酔っぱらった下宿人が、喜

びか悲しみか、いずれかにとらわれて、むせびながら歌っていた。「静かにするんだよ、

ダッチ！　やめないんだったら、出てってもらうよ！」おかみが怒鳴った。「こっちで

すよ」ナイに向かってそういうと、暗い物置へ案内した。そして、照明のスイッチを入

れた。「あれですよ。あの箱。戻ってくるまで預かっといてくれっていわれたんですよ」

そのボール箱は、包装はされていなかったが、紐《ひも》がかけられていた。宣告というか、エジプトの呪《のろ》いを思わせる警告が、箱の上のほうにクレヨンで書かれていた。「心せよ！　ペリー・E・スミスの所有物！　心せよ！」ナイは紐をほどいた。残念ながら、その結びかたは犯人がクラッター一家を縛りあげた一重結びとは違っていた。蓋《ふた》を開けてみると、ゴキブリが一匹あらわれた。おかみがそれを踏みつけ、金色の革のサンダルのかかとで押しつぶした。「あら！」ナイがスミスの持ち物を注意深く引きだしてじっくり調べていると、おかみが声を上げた。「あのこそ泥。それはわたしのタオルじゃないの」そのタオルを手始めに、ナイは事細かに手帳に記録していった。「〝ホノルル土産〟の汚れた枕《まくら》一つ。ピンク色の小型毛布一枚。カーキ色のズボン一本。アルミ製の平《ひら》鍋《なべ》一つとパンケーキ用の返しべら」ほかのがらくたの中には、ボディービル雑誌から切

り抜いた写真（汗まみれの重量挙げ選手を撮ったもの）で膨らんだスクラップブックがあった。靴箱には、薬剤のたぐいが収められていた。ヴァンサン口峡炎に用いられるすぎ液や粉末、それに、首をかしげるほどの量のアスピリン——少なくとも、容器が一ダースはあって、そのうち数個は空だった。

「がらくただわね」おかみがいった。「ごみばっかりじゃないの」

そのとおり、それは手がかりに飢えている捜査官にさえ無価値なものだった。それでも、ナイは見ておいてよかったと思った。個々の品——疼く歯茎の鎮痛剤、脂《あぶら》じみたホノルルの枕——が、持ち主と、その寂しく、みみっちい生活をより鮮明に印象づけてくれたからだ。

翌日、リノに移ったナイは公式報告書にこう記した。「午前九時、本官はネヴァダ州リノのウォショー郡保安官事務所の主任捜査官、ビル・ドリスコル氏と面会した。本件の概要を説明したのち、ヒコック及びスミスの写真、指紋、令状をドリスコル氏に手交した。車同様、両名に関するファイルも留意の指定をされた。午前十時三十分、本官はリノ市警本部刑事部のエイブ・フェロー巡査部長と面会した。フェロー巡査部長と本官は警察のファイルを調査した。スミス、ヒコック、いずれの名前も重罪の登録ファイルには見えなかった。質札のファイルを調査したが、紛失したラジオに関する情報は捕捉《ほそく》できなかった。ラジオがリノで質入れされている場合に備えて、これらファイルも無期限で留意の指定をされた。質店担当の刑事が、市内の各質店にスミス及びヒコックの写真を持参し、また、ラジオについて照合を行った。これらの質店はスミスを見知っていることを認めたが、それ以上の情報は提供しえなかった」

午前中はそんなふうにして過ぎた。午後、ナイはテックス・ジョン・スミスを捜しに出た。しかし、最初に立ち寄った郵便局で、局留め郵便窓口の局員に、これ以上捜しても無駄だ――ネヴァダ州内では――といわれた。〝本人〟はこの八月にこちらを去って、今はアラスカ州サークルシティーの近辺に住んでいるから、というのだ。いずれにしても、郵便物はそちらに転送されていた。

「うーん！　いや、それは一言《ひとこと》じゃとても」スミスの父親の人相風体を聞かせてほしいというナイの要請に、局員はそう答えた。「本から抜けだしてきたみたいな人っていえばいいかな。〝一匹 狼《おおかみ》〟って名乗ってましてね。あの人の郵便物の多くは、その宛名《あてな》――一匹狼――できます。手紙はあんまりこないんですが、カタログだの、広告パンフレットだのがどっさりくるんですよ。そういうものを取り寄せる人の数っていったら、びっくりするほどです――何か郵便物が届いてほしいからっていうんでしょうがね。年ですか？　六十ぐらいかな。西部劇みたいな格好をしてます――カウボーイブーツに、でっかいテンガロンハット。昔はロデオをやってたっていってましたよ。あの人とはよく話をしましたから。この二、三年、ほとんど毎日みたいにここにきてたんですよ。ときどき、ふっと姿を消して、一月《ひとつき》かそこら、こないこともありました——いつも、金鉱探しにいってたんだっていってましたがね。この八月のある日、若い人がこの窓口にやってきたんですよ。その人は自分の父親、テックス・ジョン・スミスを捜してるっていってました。どこにいったら見つかるか教えてくれないかって。おやじさんとはあまり似てなかったな。〝一匹狼〟は唇が薄くて、いかにもアイルランド人風だったけど、息子のほうはほとんど混じりけなしのインディアンに見えましたからね——髪は靴墨みたいに真っ黒、目もそれと合った色で。でも、翌朝、〝一匹狼〟がやってきたときに、インディアンとの混血だといってましたよ。息子は軍を除隊したばかりで、これから二人でアラスカにいくんだともね。〝一匹狼〟は昔、アラスカで働いてたことがあるんだそうで。向こうでホテルだか、狩猟用のロッジだかを持ってたんじゃなかったかな。二年ぐらいは帰ってこないだろうっていってました。いや、それ以後は本人にも息子にも会ってません」

ジョンソン一家が、サンフランシスコのその地域——市北部の丘陵に造成された平均的な収入の中流階級向きの住宅地——に越してきたのは最近のことだった。一九五九年十二月十八日の午後、まだ若いジョンソン夫人は客を待ち受けていた。客というのは近所の女性三人で、コーヒーとケーキ、それに、おそらくはトランプのゲームのために訪ねてくることになっていた。ジョンソン夫人は緊張していた。それが新居で客をもてなすはじめての機会になるからだった。彼女は今、玄関のベルが鳴らないかと耳を澄ましながら、最後の点検をしていた。立ち止まっては綿屑《わたくず》を拾い、クリスマス用のポインセチアの飾りつけを手直しした。丘の中腹の傾斜路に面したほかの家と同じように、ジョンソン家も郊外によく見られる平屋造りで、平凡ながら心地よさにあふれていた。ジョンソン夫人はその家が気に入っていた。セコイア材のパネルも、床一面のカーペットも、家の表と裏にはめこまれた一枚ガラスの窓も、丘と谷、そして、空と海が望める裏窓からの眺めも。小さな裏庭も自慢の種だった。職業は保険外交員だが、天性の大工という夫が、白い杭垣《くいがき》をめぐらせ、その中に飼い犬のための小屋、子どもたちのための砂場とぶらんこをつくっていた。今は、その犬と二人の男の子、一人の女の子のすべてが、穏やかな空の下で戯《たわむ》れていた。客が帰るまで、みんな、庭で機嫌よく遊んでいてくればいいが、と母親は願っていた。玄関のベルの音を聞いて、そちらに向かったときには、ジョンソン夫人は自分でいちばんよく似合うと思う服装をしていた。それは体にまとわりつくような黄色のニットで、チェロキー族特有の薄い紅茶色の肌の輝きと、羽のようにカットした短髪の黒さを強調していた。彼女は三人の隣人を迎え入れようとドアを開けた。ところが、そこに立っていたのは、二人の見知らぬ男だった。男たちは帽子に軽く触れて挨拶《あいさつ》すると、バッジをおさめた札入れをさっと開いて見せた。「ジョンソンさんですね?」一人がいった。「わたしはナイと申します。こちらはガスリー刑事。われわれはサンフランシスコ警察の者ですが、実は、あなたの弟さん、ペリー・エドワード・スミスのことでカンザスから照会がありまして。弟さんは仮釈放監察官への報告を怠ってるようなんですが、あなたなら、彼の現在の所在について何かご存じなんじゃないかと思いまして」

警察が再び弟の行動に関心を示すようになったと知っても、ジョンソン夫人は悲しまなかった。まして、驚くはずもなかった。動揺を誘ったのは、刑事に尋問されているところを、やってくる客たちに見られるのではないかという恐れだった。彼女はいった。「いいえ。何も。ペリーとはもう四年も会っていませんから」

「これは重大な問題なんです、ジョンソンさん」ナイがいった。「少々立ち入った話をしたいんですが」

ジョンソン夫人はあきらめて、二人を招じ入れ、コーヒーを勧めてから(二人とも遠慮しなかった)、口を開いた。「わたし、ペリーとは四年も会っていません。仮釈放になってからも、何の連絡もないんです。あの子はこの夏、出所したあと、リノの父を訪ねています。父は手紙で、これからアラスカへ帰るが、ペリーを連れていく、といってきました。そのあと、また手紙をよこして、たしか、九月だったと思いますが、ひどく怒っていました。ペリーと喧嘩《けんか》して、国境に着く手前で別れたということです。ペリーは引き返し、父は独りでアラスカへいってしまいました」

「それ以後、お父さんからは便りがないということですか？」

「ええ」

「すると、最近になって弟さんがお父さんに合流したという可能性もあるわけですね？　この一ヵ月ほどの間に」

「さあ、知りません。気にもしていませんし」

「仲がよくないんですか？」

「ペリーとですか？　ええ、わたし、あの子が怖いんです」

「しかし、彼がランシングに入ってる間、たびたび手紙を出しておられましたね。カンザスの当局からはそう聞いていますが」ナイがいった。もう一人のガスリー刑事は傍観しているだけで満足というふうに見えた。

「わたし、あの子を助けてやりたかったんです。あの子の考えを少しでも変えられるかもしれないと思ってたんです。でも、今は馬鹿だったと思っています。他人の権利なんて、ペリーには何の意味もないんです。あの子は誰にも敬意を感じませんから」

「では、友だちについてですが。彼が今、頼っているかもしれない友だちを誰かご存じですか？」

「それでしたらジョー・ジェイムズですね」ジョンソン夫人はそういって、ジェイムズとはワシントン州ベリンガムに近い森に住むきこり兼漁師の若いインディアンだと説明した。さらに、こう述べた。自分はジェイムズと直接の知り合いではないが、彼とその家族は思いやりのある人々で、以前、ペリーにずいぶん親切にしてくれたようだ。自分が実際に会ったことがあるペリーの友だちはただ一人、一九五五年六月にうちの玄関にあらわれた若い女だけだ。女はペリーからの手紙を持っていたが、その中でペリーは彼女を自分の妻だと紹介していた、と。「ペリーはトラブルに巻きこまれたので、自分が迎えにこられるまで、妻を預かってくれないかと書いていました。その女の子は二十歳ぐらいに見えたんですが、実は十四歳だということがあとでわかりました。もちろん、誰の奥さんでもありませんでした。でも、そのときはわたしもだまされてしまって。ついつい気の毒になって、うちにいるようにいったんです。その子はそうしましたが、長居はしませんでした。一週間もいませんでした。そして、出ていくときに、うちのスーツケースをいくつかと、その中に詰められるだけのものを持っていきました――わたしと主人の衣類のほとんどを。それに、銀の食器類とキッチンの時計まで」

「そういう事件があったとき、どちらにお住まいだったんですか？」

「デンヴァーです」

「カンザス州のフォートスコットに住まわれたことはありませんか？」

「ありません。カンザスにはいったこともありません」

「では、フォートスコットにお姉さんか妹さんが住まわれているということは？」

「姉は死にました。わたしの姉妹はその姉だけです」

ナイは笑顔を見せていった。「おわかりのことと思いますが、ジョンソンさん、われわれは弟さんがあなたに接触してくるだろうという想定のもとに動いています。手紙にしろ、電話にしろ。あるいは、直接会いにくるにしろ」

「そうでないといいんですけど。実をいいますと、わたしたちが引っ越したことをあの子は知りません。わたしがまだデンヴァーにいると思っています。お願いですから、あの子を見つけられても、わたしの住所は教えないでください。わたし、怖いんです」

「そうおっしゃるのは、彼に危害を加えられるかもしれないと思っておられるからですか？　肉体的な危害を？」

ジョンソン夫人は考えていたが、いずれとも決めかねて、わからないといった。「でも、わたし、あの子が怖いんです。前からずっと。あの子は思いやりや同情心があるように見えるんです。優しいというふうに。すぐに泣きますし。音楽を聞いて泣きだすこともあります。小さいころには、日の入りがきれいだからって泣くこともよくありました。お月さまがきれいだからっていうことも。ええ、あの子は人をだませるんです。かわいそうな人間だと思わせることができるんです――」

玄関のベルが鳴った。ジョンソン夫人が躊躇《ちゅうちょ》する様子に、苦しい立場が伝わった。それで、ナイは（あとで彼女のことをこう記している。「事情聴取の間じゅう、冷静で、しかも、丁重だった。非凡な人格の持ち主である」）茶色のソフト帽に手をやった。「お邪魔して申し訳ありませんでした、ジョンソンさん。ですが、もし、ペリーから連絡があったら、事情をくまれて、ぜひ、われわれにご一報ください。ガスリー刑事あてに」

二人が立ち去ると、ナイに感銘を与えた冷静さも揺らぎはじめ、いつもの絶望感が忍び寄ってきた。ジョンソン夫人はそれと戦った。パーティーが終わり、客が帰るまで、そして、子どもたちに食事をさせ、風呂《ふろ》に入れ、お祈りを聞くまで、その衝撃をまともに受けるのを引き延ばした。だが、そのあと、ちょうど今、夕べの海霧に曇らされている街灯のように、陰鬱《いんうつ》な気分に閉ざされた。彼女はペリーが怖いといったが、それは本音だった。しかし、彼女が恐れていたのはペリーだけだったのだろうか、ペリーもその一部をなす星まわり――フローレンス・バックスキンとテックス・ジョン・スミスの四人の子どもたちに約束されているかのような悲惨な運命――だったのではないだろうか？　彼女が愛していたいちばん上の兄は銃で自殺した。ファーンは窓から落ちたか、あるいは、飛び降りたかして死んだ。そして、ペリーは暴力に走って犯罪者となった。ある意味では、彼女が唯一《ゆいいつ》の生き残りだった。彼女を苦しめていたのは、いずれ、自分も運命にのみこまれてしまうのではないかという思いだった。つまり、発狂するか、不治の病にとりつかれるか、火事にあって自分の大切なものすべて、家も夫も子どもも失ってしまうのではないかという恐れだった。

夫は出張で家を離れていた。ジョンソン夫人は独りでいるときに酒を飲もうなどと思ったことはなかった。しかし、今夜は強い酒を用意して、居間の寝椅子《いす》に横になり、一冊のアルバムを膝《ひざ》に立てかけた。

最初のページは父親の写真で占められていた。一九二二年、彼がロデオ乗りのインディアン娘、フローレンス・バックスキン嬢と結婚した年に、スタジオで撮ったポートレート。ジョンソン夫人はそれを見るたびに目が釘《くぎ》づけになった。というのは、本質的にはおよそ不釣り合いな相手なのに、母が父と結婚した理由がわかるからだった。写真の若者は男らしい魅力を発散していた。すべて――赤毛の頭の気取ったかしげかた、左目の（的に狙《ねら》いをつけているような）細めかた、首に巻いた小さなカウボーイ用のスカーフ――に、人をひきつける強い力があった。総じて、ジョンソン夫人の父親に対する感情は、両極の間を揺れ動いていた。彼の持つある一面には、一貫して敬意を抱いてきた。それは不屈の精神だった。父親が他人の目には奇矯に映るということは、彼女にもよくわかっていた。それをいえば、彼女自身がそう思っていた。にもかかわらず、父親は〝本物の男〟だった。父親はいろいろなことができた。しかも、たやすくやってのけた。木を望むとおりの位置に切り倒すことができた。熊《くま》の皮を剥《は》ぎ、時計を修理し、家を建て、ケーキを焼き、靴下をつくろうことができた。曲がったピンと糸があれば、鱒《ます》を釣ることもできた。かつて、アラスカの荒野で独り、冬を乗り越えたこともあった。独り。ジョンソン夫人の考えでは、それこそ、そういう男の生きざまであるべきだった。妻や子、小心翼々の生活など、そういう男にはふさわしくなかった。

ジョンソン夫人は子どものころのスナップを何ページかめくってみた。ユタやネヴァダやアイダホやオレゴンで撮った写真を。〝テックスとフロ〟のロデオはすでに廃業していた。一家は古ぼけたトラックに寝泊まりしながら、仕事を求めて国じゅうをさすっていた。一九三三年には、仕事にありつくのは容易ならぬことだった。オーヴァーオールを着て、気むずかしく、疲れた表情をした裸足《はだし》の子どもたち四人のスナップ。その下には〝一九三三年、オレゴンでイチゴ摘みをするテックス・ジョン・スミス一家〟という説明がついていた。その当時は、食べるものといえばイチゴか、甘いコンデンスミルクに浸した古いパンだけということが珍しくなかった。腐ったバナナだけで何日も食いつないだ末に、ペリーが激しい腹痛に襲われたのを、バーバラ・ジョンソンはおぼえていた。ペリーは夜通し泣き叫んだ。ボーボーと呼ばれていたバーバラも、ペリーが死ぬのではないかと恐れて泣いた。

ボーボーはペリーより三つ年上で、弟を非常にかわいがっていた。ペリーはボーボーの唯一のおもちゃだった。体を洗ったり、髪をとかしたり、キスしたり、ときにはお尻《しり》を叩《たた》いたりする人形だった。二人一緒に裸になって、ダイヤのように輝く水が流れるコロラドの小川で水浴している一枚の写真があった。ぽこんと腹が出て、真っ黒に日焼けしたキューピーといった趣の弟は、姉の手をしっかり握り、くすくす笑っていた。跳ね散る流水の見えない指でくすぐられたとでもいうように。別のスナップでは（ジョンソン夫人に確信はなかったが、おそらく、一家が滞在していたネヴァダの人里離れた牧場で撮られたものと思われた。そこで、両親の最後の戦いが行われた。鞭《むち》や熱湯や灯油ランプが武器として用いられたその恐ろしい争いは、二人の結婚生活に終止符を打つものとなった）、ボーボーとペリーは頭をくっつけ、頬をすりあわせて、ポニーにまたがっていた。二人の背後では、彼方《かなた》の乾燥した山々が燃えあがっていた。

その後、子どもたちと母親がサンフランシスコに移って暮らすようになると、ボーボーの弟に対する愛情は次第に薄まって、ついにはすっかり消え去った。ペリーはもうボーボーの赤ちゃんではなく、乱暴者であり、泥棒であり、強盗だった。ペリーの最初の検挙が記録されたのは、一九三六年十月二十七日、八歳の誕生日だった。結局、ペリーはいくつかの少年院や施設に収容されたあと、父親の保護下に戻された。ボーボーがペリーと再会したのは何年もたってからだったが、テックス・ジョンはほかの子どもたちにあてて、ときどき写真を送ってきた。白いインクで説明を書きこまれたそれらの写真も、アルバムに収められていた。〝ペリー、お父さん、ハスキー犬〟〝鍋《なべ》で砂金をふるいわけているペリーとお父さん〝アラスカで熊狩りをするペリー〟その最後の一枚では、ペリーは十五歳の少年になっていた。雪にたわんだ木々の間で、毛皮の帽子をかぶり、ライフルをわきに吊《つ》るし、かんじきをはいて立っていた。顔はひきつり、目は悲しみをたたえ、疲労の色が濃かった。ジョンソン夫人はその写真を見て、かつて、ペリーがデンヴァーに自分を訪ねてきたときの〝事件〟を思いだした。実のところ、ペリーとはそれ以来、会っていなかった——一九五五年の春以来。二人がテックス・ジョンと暮らしていた幼少時代のことを話しあっていると、酒が入っていたペリーに、突然、壁に押しつけられて身動きできなくなったのだ。「おれはおやじの奴隷《どれい》だったんだ」ペリーはいった。「それだけのことだ。さんざんこき使っておきながら、一銭も払わずに済ませられる人間ってことだ。うるさい、ボーボー、おれが話してるんだ。黙れって。でないと、川に放りこむぞ。昔、おれが日本でやったみたいにな。橋を渡ってたら、そこに男が立ってたんだ。見たこともないやつだった。おれはやつをつまみあげて、川にほうりこんでやったんだ。

なあ、ボーボー。頼むから聞いてくれよ。おれが自分を好いてるとでも思ってるのか？　くそっ、おれだって一丁前になれたのに！　だけど、あいつはチャンスもくれなかった。学校にいかせようともしなかったんだ。わかった、わかった。おれは悪ガキだった。だけど、その時期がきたときには、学校にいかせてくれって頼んだんだ。おれは頭はよかったんだ。念のためにいっとくけどな。頭はいいし、才能もある。だけど、教育がない。それは、あいつが何も学ばせようとしなかったからだ。あいつのために物を背負ったり運んだりすること以外はな。のろまで無知なやつ。あいつはおれをそういうふうにしたかったんだ。そうすりゃ、おれはあいつから逃げられないからだ。だけど、あんたはボーボー、あんたは学校へいった。あんたとジミーとファーンはな。あんたたちはみんな、教育を受けた。おれ以外はみんな。おれはあんたたちが憎い。あんたたちみんなが――おやじも誰も彼も」

まるで兄や姉の生活が安穏であったとでもいうようないいぐさ！　あるいは、そうだったのかもしれない。酔っぱらった母親のゲロを掃除したり、着るものも着られず、食べるものも食べられない生活が安穏だというならば。とはいっても、三人がハイスクールを卒業したのは事実だった。それどころか、ジミーはクラスの首席で卒業した。それは、ひとえに彼自身の意志の力による栄誉だった。それが彼の自殺をより悲惨なものにしている、とバーバラ・ジョンソンは感じていた。不撓不屈《ふとうふくつ》、勇気凛々《りんりん》、刻苦勉励。そういったもののどれ一つとして、テックス・ジョンの子どもたちの運命の決定要因にはなっていないように思われた。彼らは美徳が何の防備にもならない運命を分かちあっていた。といって、ペリーやファーンが徳を備えていたというわけではなかったが。ファーンは十四歳のとき、自分の名前を変えた。そして、短い人生の残りを、新しい名前、ジョイ（訳注〝喜び〟の意）にふさわしいものにしようと努めた。彼女はだらしない女、〝みんなの恋人〟だった。誰彼かまわずといってもいいくらい、とにかく、男好きだった。しかし、なぜか、男運に恵まれなかった。なぜか、好きになる男にきまって裏切られた。母親がアル中になって昏睡《こんすい》の末に死んだので、酒を恐れていた。それでも、酒を飲んだ。ファーン・ジョイは二十歳になる前から、ビールを一本あけなければ一日が始まらないようになっていた。そして、ある夏の晩、ホテルの部屋の窓から落ちたのだ。落ちる途中、劇場入り口のひさしにぶつかってはずみ、タクシーの車輪の下に転がった。上階の無人の部屋で、警察は彼女の靴、空の財布、ウイスキーの空き瓶を見つけた。

それでも、ファーンは理解できるし、許容することもできた。しかし、ジミーはまた別の問題だった。ジョンソン夫人は水兵の格好をしたジミーの写真に見入った。戦争中、ジミーは海軍に入っていた。やや気むずかしい聖人といった風情《ふぜい》の長い顔、細い体、青白い色をした若い船乗り。その彼が結婚した女の腰に腕をまわしていた。だが、ジョンソン夫人の見解によれば、結婚すべきではなかった。なぜなら、二人には何の共通点もなかったからだ。生真面目《きまじめ》なジミーと、サンディエゴで艦隊を追いかけまわしているティーンエイジャー。身につけたガラス玉が、とうに薄れた日の光を反射していた。それでも、ジミーがその女に感じたものは、並みの愛情をはるかに超えていた。それは激情──いくぶん病的ともいえる激情だった。女のほうもジミーを愛していた。完全に愛していたに違いなかった。そうでなければ、あんなことはしなかっただろう。ジミーが信じてやってさえいたら！　あるいは、信じることができたなら。しかし、ジミーは嫉妬《しっと》のとりこになった。結婚前に彼女が寝た男たちのことを思ってさいなまれた。それだけでなく、彼女が今も放恣《ほうし》な生活を続けていると妄信した。自分が海に出るたびに、いや、一日留守にするたびに、数多くの愛人たちとともに、自分を裏切っている、と。そして、愛人の存在を告白するよう執拗《しつよう》に迫りつづけた。とうとう、彼女は自分の両目の間の一点に散弾銃で狙いをつけ、足指で引き金を引いた。ジミーは彼女を見つけたが、警察には通報しなかった。彼女を抱き上げ、ベッドに下ろすと、自分もその傍らに横たわった。そして、翌日の明けがた、銃に装塡《そうてん》しなおし、自ら命を絶ったのだ。

ジミーとその妻の写真の向かい側に、制服姿のペリーの写真があった。それは新聞からの切り抜きで、本文の一節が付せられていた。「アラスカ、合衆国陸軍司令部にて。朝鮮戦線からアラスカ準州アンカレッジ地区へ帰還した復員軍人第一号、ペリー・E・スミス二等兵、二十三歳は、エルメンドーフ空軍基地に到着し、広報担当将校、メイソン大尉《たいい》に迎えられた。スミスは十五ヵ月間、工兵として第二十四師団に従っていた。シアトルからアンカレッジへの空の旅は、パシフィックノーザン航空会社によって提供されたものである。航空会社ホステス、リン・マーキス嬢が、微笑を浮かべて歓迎の意をあらわしている。（合衆国陸軍公式写真）」メイソン大尉は手を差し伸べ、スミス二等兵を見ているが、スミス二等兵はカメラのほうを向いている。ジョンソン夫人はその表情に感謝ではなく傲岸《ごうがん》を、誇りではなく野放図なうぬぼれを見た。あるいは、見たと思った。ペリーが橋で出会った男を川へ投げ落としたという話も信じられなくはなかった。いや、絶対、そうしたに違いない。彼女は信じて疑わなかった。

ジョンソン夫人はアルバムを閉じ、テレビをつけた。しかし、そんなことでは慰められなかった。もし、ペリーがやってきたら？　刑事たちはわたしを見つけだした。だとしたら、ペリーにも見つけられないはずがない。でも、ペリーはわたしの助けをあてにするべきではない。わたしはペリーを中に入れさえしないつもりだ。玄関の錠はかけてあったが、庭へ出るドアの錠はかけていなかった。庭は海霧に閉ざされて白々としていた。それは霊魂の集まりかもしれなかった。母親とジミーとファーンの。ドアの錠をかけたとき、ジョンソン夫人は生者だけでなく死者のことも思い浮かべていた。

突然の土砂降り。バケツの底が抜けたような雨。ディックは走った。ペリーも走ったが、ディックほど速くは走れなかった。脚が短かったし、スーツケースを引きずっていたからだ。ディックは雨宿りの場所——ハイウェイに近い納屋《なや》——に、ずいぶん先にたどり着いた。その前、二人は救世軍の宿舎で一泊したあと、オマハを発《た》ったところで、トラックの運転手に拾われて、ネブラスカの州境を越え、アイオワに入っていた。しかし、この数時間は歩き詰めだった。雨にあったのは、テンヴィルジャンクションというアイオワの村落の北十六マイルの地点だった。

納屋の中は暗かった。

「ディック？」ペリーがいった。

「こっちだ」ディックが答えた。干し草の寝床に大の字になっていた。

ずぶ濡《ぬ》れで震えが止まらないペリーも、その傍らに倒れこんだ。「いや、寒いな」干し草の中にもぐりこみながらいった。「こう寒くちゃな、これに火がついて、生きたまま焼かれたってかまわないな」ペリーは空腹でもあった。ひどく飢えていた。ゆうべの食事は救世軍のスープだけだった。きょうとった食物はといえば、ディックがドラッグストアのキャンディーのカウンターから盗んできたチョコレートバーとチューインガムだけだった。「ハーシー、もうないか？」ペリーが聞いた。

もうなかったが、チューインガムはまだ一包みあった。二人はそれを分け、腰を落ちつけて嚙《か》みはじめた。それぞれがダブルミント二枚半ずつをくちゃくちゃやった。それはディックの好みの風味だった（ペリーはジューシーフルーツのほうが好きだった）。それ今はカネが問題だった。まったくの無一文になって、ディックは腹を決めていた。次は、ペリーが〝正気の沙汰《さた》とは思えない〟という行動に出るしかない。つまり、カンザスシティーに舞い戻るしかない、と。ディックがはじめて帰還を主張したとき、ペリーはいった。「あんた、医者に診てもらったほうがいいんじゃないか」今、冷たい暗闇《くらやみ》の中で、氷雨の音を耳にしながら、二人は額を寄せあい、議論を再開した。ペリーはそういう行動に伴う危険をあらためて列挙した。この段階で、ディックが仮釈放の条件違反で――「それだけにしても」――手配されているのは間違いないから、というのだ。しかし、ディックは承服しなかった。あらためて、うまく〝小切手をばらまける〟のはカンザスシティーだけだ、と主張した。「そりゃ、用心しなきゃならねえのはわかってるさ。令状《ふだ》が出てるのもわかってる。前に使った小切手の件でな。だけど、おれたちは素早く動く。たった一日――それだけありゃ十分だ。しっかり稼いだら、フロリダへいってみるのもいいかもな。マイアミでクリスマスを過ごすんだ――もし、よさそうだったら、冬じゅう、いたっていいじゃねえか」だが、ペリーはガムを嚙み、ブルブル震えながら、ふてくされるばかりだった。「何だっていうんだよ？　あっちの件のことか？　あんなもん、どうして忘れちまわねえんだよ？　サツには結びつけられやしねえよ。絶対にな」

ペリーはいった。「そうでもないかもしれないぞ。だとしたら、おれたち、〝コーナー〟行きってことだからな」二人のどちらも、それまでカンザス州の極刑に触れたことはなかった。絞首刑。カンザス州立刑務所の囚人たちは、人を吊るすのに必要な設備をおさめた小屋を〝コーナー〟と呼んでいた。そこでの死。ディックがいった。「笑わせるなって。おかしくてたまんねえよ」そして、煙草《たばこ》を吸おうとマッチをすった。そのマッチの炎の光で見えた何かで立ち上がると、納屋を横切って牛舎のほうへ歩いていった。牛舎の中には一台の車が停めてあった。白と黒、ツードアの一九五六年型シヴォレーが。キーはイグニションに差しっぱなしだった。

デューイはクラッター事件の大きな突破口となる情報を〝一般〟には伏せておくと決めた。そう決めた上で、ガーデンシティーの報道のトップ二人にだけはそれを明かしておくことにした。ガーデンシティー《テレグラム》紙のビル・ブラウン主筆と、地元ラジオ局ＫＩＵＬのロバート・ウェルズ局長がその二人だった。デューイは事態の概略を説明してから、秘密厳守が最優先と考える理由を強調した。「いいですか、この連中がシロだという可能性もないわけじゃないですから」

その可能性には相当の根拠があり、むげには退けられなかった。密告者のフロイド・ウェルズが話を捏造《ねつぞう》したということもありえた。当局の気に入られようとか、注意を引こうと望む囚人たちが、密告を企てることは珍しくなかったからだ。しかし、この男のいうことすべてが真実だったとしても、デューイとその同僚は、その支えとなるような確たる証拠――〝法廷証拠〟――の一片も掘り起こしてはいなかった。まず偶然の一致ではないにしても、絶対にそうではないといいきれるものを何か見つけただろうか？　スミスが友人のヒコックを訪ねてカンザスにやってきたからといって、ヒコックが犯行に用いられたのと同じ口径の銃を持っていたからといって、容疑者二人が十一月十四日夜の居どころについてアリバイを偽装したからといって、必ずしも、彼らが一家殺害事件の犯人であるとはいいきれなかった。「しかし、われわれはそうに違いないと確信しています。全員がそう思っています。そう思っていなかったらですね、アーカンソーからオレゴンまで十七州に及ぶ警戒態勢をとったりはしなかったでしょう。しかし、この点には留意しておいてください。われわれがやつらをあげるまでには何年もかかるかもしれません。やつらは別行動をとっているかもしれない。国外に出ているかもしれない。ひょっとしたら、アラスカに逃げているかもしれない――アラスカで行方をくらますのはむずかしいことじゃないですから。やつらが自由に動ける期間が長くなるほど、われわれがつかめる証拠は少なくなるということです。正直いって、現状では、われわれには証拠らしい証拠はないんです。あすにでもやつらを引っ張ることはできるにしても、何も証明することはできんでしょう」

デューイは何も誇張していなかった。二足の靴の跡、菱形《ひしがた》模様がついたものとキャッツポー印がついたものを除くと、殺人者たちは何一つ手がかりを残していなかった。それほどの用心ぶりからすると、彼らが靴をとっくに処分しているのは、まず疑いのないところだった。それに、ラジオもそうだった――盗んだのが彼らだと仮定すればの話だが。ただ、デューイにはいまだにそう仮定するのをためらう何かを感じていた。というのは、それが犯罪の重大さや犯人の狡猾《こうかつ》さとは〝馬鹿馬鹿《ばかばか》しいほど矛盾している〟からだった。また、彼らがカネの詰まった金庫を目当てに家に押し入り、それが見つからなかったからといって、おそらくはほんの数ドルと小さなポータブルラジオのために一家全員を殺してしまおうと考えたなどというのは〝とても信じがたい〟からだった。「自白がなければ、われわれは有罪判決を勝ちとることはできない」デューイはいった。「それがわたしの意見です。われわれが慎重の上にも慎重を期するのは、それが理由です。やつらはうまく逃げおおせたと思っている。まあ、そう思わせておけばいいでしょう。やつらが安全だと感じれば感じるほど、早くつかまえられるでしょうから」

しかし、ガーデンシティーほどの規模の町では、秘密の扱いに慣れている者は稀《まれ》だ。郡庁舎の三階にあって、家具はないが、人はやたらと多い三つの部屋。その保安官事務所を訪れる誰もが、奇妙な、どこか不気味な雰囲気を自然と察知した。この数週間のあわただしく、怒気をはらんだざわめきは去っていた。今は震えるような静けさが室内に浸透していた。事務所の秘書で、きわめて現実的なリチャードソン夫人は、ほどほどのささやき声で話し、爪先《つまさき》立って歩く作法を、一夜のうちに身につけた。彼女が仕える相手、つまり、保安官とその部下たち、デューイと派遣組のＫＢＩ捜査官たちは、押し殺した声で話しあい、忍び足で歩きまわっていた。森にひそむ狩人が、不用意な音や動きで、近づいてくる獣を取り逃がしてしまうのを恐れているというふうに。

人々は噂《うわさ》しあった。ガーデンシティーの実業家たちが私的なクラブ代わりにしているコーヒーショップ、ウォーレン・ホテルのトレイル・ルームは、憶測や風説がささやき交わされる巣窟《そうくつ》といった趣だった。もうすぐ、地元の名士の誰かが逮捕されると聞いたものもいた。また、この事件は、クラッター氏が主導的役割を果たしていた進歩的組織、カンザス小麦生産者連合の敵に雇われた殺し屋の仕事と判明したというものもいた。駆けめぐる数多くの噂の中で、もっとも真相に近かったのは、ある著名な車の販売業者が伝えたものだった（その彼も情報源を明らかにするのは拒んだが）。「ずっと昔、四七年か四八年ごろ、ハーブのところで働いてた男がいたっていうんだ。ごくあたりまえの労働者だがね。その男が刑務所、州立刑務所にぶちこまれて、そこにいる間に、ハーブはどれくらいの金持ちなんだろうと考えた。で、一月《ひとつき》ほど前に出所して、まずやったのが、こっちにやってきて、強盗に押し入って、あの人たちを殺すことだったんだ」

しかし、七マイル西方のホルカムの村では、まもなく事態が動きだすという噂はまったく聞こえていなかった。一つには、しばらく前から、この地域の噂の主たる源泉、郵便局とハートマンズ・カフェのいずれでも、クラッター家の惨劇は禁じられた話題になっていたからだ。「わたしだって、もう一言《ひとこと》も聞きたくないですよ」ハートマン夫人はいった。「みんなにいってやったんです。もうこんなの、やりきれないって。他人を誰も信用しないで、お互いに死ぬほど怖がるなんて。だから、その話がしたいんだったら、うちには寄りつかないでおくれっていってるんです」マートル・クレアも同じように強硬な立場をとった。「みんな、ここへ五セントかそこらの切手を買いにきてですよ、ついでに三時間三十三分もかけて、クラッターさんのことをありったけしゃべっていこうなんて思ってるんだから。まったく、人さまの羽をむしるような真似《まね》をして。ガラガラヘビじゃないの、みんな。あたしにはそんなこと聞いてる暇なんかないっていうんですよ。仕事中なんだから——あたしはこれでも合衆国政府の代理人ですからね。とにかく、あれじゃ、ほとんど病気ですよ。アル・デューイとか、トピーカやカンザスシティーからきたやり手の刑事さんたち——テレビン油みたいにつんとくるはずだったんじゃないんですか。でも、あの人たちが犯人をつかまえる見込みがあると思ってる人なんて、あたしは一人も知りませんね。だから、ちょっとでもまともなら、黙っていなさいっていうんです。人間は死ぬまで生きてるんです。どんなふうに死ぬかは問題じゃないっていうの。死ぬのに変わりはないんだから。だから、ハーブ・クラッターが喉《のど》を掻《か》っ切られたからって、なんで病気の猫みたいに泣きわめかなきゃならないんですか？　とにかく、ほとんど病気ですよ。むこうの学校にいるポリー・ストリンガーね。そのポリーが、けさ、ここへやってきたんですよ。そして、一ヵ月以上たった今ごろになって、やっと子どもたちも落ちついてきたっていうんです。それで、あたしは考えたんですよ。だったら、もし、誰かが逮捕されたらどうなるだろうって。逮捕されるとしたら、みんなが知っている人に決まってます。そうなったら、必ず火があおりたてられて、ようやくさめかけたポットが、また沸きたちますよ。あたしにいわせれば、もう騒ぎはたくさんなんだけど」

朝早く、まだ九時にもなっていなかった。ペリーはセルフサーヴィスのランドリー、ウォッシャテリアの最初の客だった。はちきれそうな麦藁《むぎわら》製のスーツケースを開け、一かたまりになったブリーフや靴下やシャツ（一部は自分のもの、あとはディックのもの）を引っ張りだすと、それを洗濯機に放りこみ、投入口に鉛の偽造硬貨を押しこんだ。それはメキシコで大量に買ったうちの一枚だった。

ペリーはこういう大型店の利用の仕方を熟知していて、しげしげと出入りしていた。静かに座って、衣類が洗濯されるのを眺めていると、〝とてものんびりする〟からだった。だが、きょうはそうはいかなかった。ペリーはひどく不安だった。警告はしたものの、結局、ディックに押し切られ、とうとう二人でカンザスシティーに舞い戻っていたのだ。それも、無一文で、盗んだ車を運転して！　土砂降りの中、夜通し、例のアイオワのシヴォレーを駆りたてた。途中、給油のために二度停まっただけだった。二度とも、寝静まった小さな町の往来の絶えた通りに置いてあった車からガソリンを吸い取った（それはペリーの仕事だった。本人はその仕事なら〝間違いなく最高〟と自負していた。「短いゴムホースが一本あれば、それがおれの大陸横断のクレジットカードだ」）。日の出とともにカンザスシティーに到着すると、二人はまず空港に向かった。そこの男性用トイレで、顔を洗い、ひげを剃《そ》り、歯を磨いた。ラウンジで仮眠して、二時間後に町に戻った。ディックが相棒をウォッシャテリアで降ろしたのはそのときだった。一時間以内に迎えにくるという約束だった。

洗濯物がきれいになって乾きあがると、ペリーはそれをスーツケースに詰め直した。もう十時を過ぎていた。ディックはどこかで〝小切手を切っている〟はずだったが、約束の時間に遅れていた。ペリーは座って待つことにした。手を伸ばせば届くところに女もののハンドバッグが置いてあるベンチを選んだ。その中にそっと手を突っこんでみたいという誘惑に駆られたからだ。しかし、あらわれた持ち主は、今、店の機械を使っている数人の女の中でもいちばんたくましく、ペリーも思いとどまらざるを得なかった。昔、サンフランシスコの悪ガキだったころ、ペリーは〝チンク（訳注　中国人の蔑称）キッド〟（トミー・チャンだったか？　トミー・リーだったか？）と〝かっぱらいチーム〟を組んだことがあった。二人の冒険を思いだすと、愉快になり、元気も出た。「たとえば、二人で、あるばあさんに忍び寄ったときのことだ。あれはほんとに年寄りだったな。トミーがそのばあさんのハンドバッグをひっつかんだ。だが、ばあさんは離そうとしなかった。ほんとに虎《とら》みたいだったな。トミーが引っ張るほど、ばあさんも必死になって反対側に引っ張るんだ。そのうち、ばあさんはおれに気づいて大声を上げた。『助けて！　助けて！』おれはいってやった。『悪いけど、おれはこっちを助けるんだ！』――で、ばあさんをぶん殴って、舗道に転がしてやった。それで手に入れたのはたったの九十セントだ――それははっきりおぼえてる。おれたち、そのあと、中華料理屋へいって、こそこそ隠れて食ったもんだ」

事情はあまり変わっていなかった。ペリーはそれから二十余り年をとり、体重も百ポンドほど増えていたが、物質的環境はいっこうに改善されていなかった。あいかわらず（これほどの知性と才能に恵まれた人間がそうだなどと信じられようか？）小銭をかすめて食っている浮浪児のようなものだった。

壁の時計がペリーの目を引いた。十時半になると、少々心配になってきた。十一時には、両脚がずきずき疼《うず》きはじめた。それはいつも、恐慌《きようこう》状態――〝臆病風《おくびよう》〟――の前触れだった。ペリーはアスピリンをかじって、脳裏をよぎる色鮮やかなパレード、恐ろしい幻の行列を払拭《ふつしよく》しよう、せめて曇らせようとした。それは法の手にとらわれたディックの姿だった。おそらくは、不渡り小切手を切るか、些細《ささい》な交通違反を犯して（そして、盗難車を運転しているのを見つかって）逮捕されたのだ。たった今、ディックがいきりたった刑事たちにぐるりと囲まれているというのも、大いにありうることだった。彼らがいいあっているのは、つまらないこと――不渡り小切手や盗難車――ではなかった。殺人。それが口に上っていた。ディックが誰も突きとめられないと確信していた関係が、なぜか、突きとめられてしまったからだ。そして、今まさに、警官を満載したカンザスシティー警察の車が、ウォッシャテリアに向かっていた。

いや、そんな。それは考えすぎだ。ディックがそんなこと――〝ゲロする〟こと――するわけがない。思ってもみろ。ディックがこういうのを何度聞いたことか。「目が見えなくなるまでぶん殴られたって、おれは何もしゃべらねえよ」いうまでもなく、ディックは〝はったり屋〟だった。ペリーにもわかってきたが、ディックのタフさが発揮されるのは、自分が文句なしに優勢の場合に限られていた。そのディックがなかなか戻らないことについて、突然、そう悲観せずにすむ理由を思いついて、ペリーは安堵《あんど》した。ディックは両親に会いにいったのだ。危険なことではあったが、ディックは両親を〝熱愛〟していた。あるいは、そう主張していた。ゆうべ、雨中の長いドライヴの間にも、ペリーにこういった。「そりゃ、家族には会いたいさ。うちの家族は人にいったりはしねえからな。つまり、仮釈放監察官にしゃべったりはしねえ――おれたちを厄介な目にあわせたりはしねえってことだ。ただ、おれは恥ずかしいんだ。おふくろがなんていうか、それが怖いんだ。小切手のことでな。それに、おれたちがあんなふうにフケちまったことで。だけど、せめて電話でもできたらな。どうしてるか聞けたらな」しかし、それはできなかった。ヒコック家には電話がなかったからだ。あったとしたら、ペリーもかけてみて、ディックがそこにいるかどうか確かめていただろう。

その数分後には、ペリーは再び、ディックが逮捕されたと確信するようになっていた。脚の痛みが燃えあがり、体じゅうを駆けめぐった。突然、洗濯物のにおい、蒸気混じりの悪臭に胸が悪くなり、立ち上がると、押されるようにドアの外に出た。そして、縁石に向かって立ち、〝ゲーゲーいいながら何も吐けずにいる酔っぱらい〟のように苦しんだ。カンザスシティー！　カンザスシティーは縁起が悪いとわかっていたから、近づかないようディックに懇願したのではないか？　今、たぶん今になって、ディックは耳を貸さなかったことを後悔しているだろう。ペリーはこうも思った。だが、おれはどうなる？　ポケットにあるのは十セント硬貨一枚か二枚、それに鉛の偽造硬貨何枚かだけなのに？　どこにいけばいい？　誰が助けてくれる？　ボーボーか？　まず見込みはない。だが、あいつのだんなら。フレッド・ジョンソンが自分の思うようにできたなら、出所後の仕事を保証してくれただろう。それは仮釈放を認められる助けにもなっただろう。だが、ボーボーがそれを許さなかったのだ。そんなことをしたら、面倒を引き起こすばかりか、危険を招くかもしれないといって。そして、それをはっきりさせようと、手紙までよこしたのだ。よし、いつか、お返ししてやる。ちょっとばかりからかってやる――あいつに教えてやろう。おれの能力を知らせてやろう。あいつのような連中、まさにボーボーのようなご立派な連中、何の心配もない気取った連中に、おれに何ができるかを事細かに説明してやろう。そうだ、おれがどんなに危険な人間になれるかを教えてやって、あいつの目をじっと見るんだ。うん、これはデンヴァーまでいくだけの価値があるんじゃないか？　よし、そうすることにしよう――デンヴァーへいって、ジョンソン夫婦を訪ねるんだ。フレッド・ジョンソンはおれに人生の新しい門出を用意してくれるだろう。おれを厄介払いしたいっていうなら、そうしなければならないはずだ。

そのとき、縁石沿いに立っているペリーのそばに、ディックがひょっこりあらわれた。「おい、ペリー」そう声をかけてきた。「気分でも悪いのか？」

ディックの声音は、強力な麻薬の注射のようだった。血管に侵入して、緊張と解放、憤怒《ふんぬ》と愛情といった相反する感情の錯乱を引き起こす麻薬。ペリーは拳《こぶし》を握りしめて、ディックのほうに迫った。「こんちくしょう」

ディックはにやりとして、こういった。「まあ、きなよ。また飯が食えるぞ」

しかし、まず説明が必要だった。それに、謝罪も。ディックは気に入りのカンザスシティーの大衆食堂、イーグル・ビュッフェでチリコンカルネを食べながら、その要求に応じた。「悪い悪い。あんたが頭にきてるのはわかってたんだ。おれがサツと面倒起こしたと思ってたんだろ。だけど、なにしろ、つきまくってたもんでな、ここは押しの一手でいかなくちゃと思ったんだ」ディックはペリーと別れてからのことを説明した。まず、前に勤めていた会社、マークル・ビュイック・カンパニーにいってみた。かっぱらったシヴォレーについているアイオワのナンバープレートの代わりが見つからないかと思ったのだ。「出入りするところは誰にも見られなかったぜ。マークルはポンコツの商売をかなり手広くやってたんだ。そしたら、やっぱり、裏のほうにポンコツのデソトが一台あって、カンザスのプレートがくっついてたよ」そのプレートは今、どこにある？「おれたちの車についてるのさ」

交換を終えると、ディックはアイオワのプレートを市の貯水池に捨てた。それから、スティーヴというハイスクール時代の級友が働いているガソリンスタンドに立ち寄った。そして、スティーヴを口説いて五十ドルの小切手を現金化してもらった。それは、ディックもこれまでにしたことのないことだった。〝ダチをカモにする〟ということは。まあいいさ、スティーヴとはもう会うこともあるまい。今夜、今度こそ永久にカンザスシティーと〝切れる〟のだから。だったら、古い友だちの二人や三人、ちょっとばかりカネを巻きあげたってかまわないだろう。そう考えて、ディックはドラッグストアの店員をしている別の級友を訪ねた。それで、あがりは七十五ドルに増えた。「で、午後はそいつを二、三百ドルに増やすんだ。もう、あたってみる場所のリストはつくった。六つか七つ、ここから始めるか」ディックがいうのはイーグル・ビュッフェのことだった。そこの誰もが——バーテンダーもウェイターも——ディックのことを知っていて好いていた。そして、ピクルスという名で呼んでいた（ディックの好物に敬意を表して）。「それからフロリダだ。いよいよだな。どうだい？　クリスマスはマイアミで過ごすって前に約束しなかったか？　大金持ちの連中と同じようにな」

デューイと同僚のKBI捜査官クラレンス・ダンツは、トレイル・ルームのテーブルが空くのを待っていた。昼どきに決まってあらわれる顔——ぽってり肉のついた実業家や、日に焼けてざらついた肌をした牧場主——を見まわしながら、デューイはその中のとくに懇意な知り合いにうなずいてみせた。郡検死官のフェントン医師。ウォーレン・ホテル支配人のトム・マハール。去年、郡検事に立候補し、選挙でデュエイン・ウェストに敗れたハリソン・スミス。そして、リヴァーヴァレー農場の所有者で、日曜学校で同じクラスだったハーバート・W・クラッター。ちょっと待て！　ハーブ・クラッターは死んだのではなかったか？　自分も葬儀に参列したのではなかったか？　それなのに、ハーブはそこにいた。トレイル・ルームの円くなった隅のブースに座っていた。精彩のある茶色の目、角張った顎《あご》、温和で魅力的な風貌《ふうぼう》は、死によっても損なわれてはいなかった。だが、ハーブは一人ではなかった。二人の若者とともにテーブルについていた。デューイはその二人が何者かに気づき、ダンツ捜査官を小突いた。

「見ろ」

「え、どこを？」

「あの隅だ」

「なんてこった」

ヒコックとスミス！　しかし、気づいたのは相手がたも同じだった。二人の若者は危険のにおいを嗅《か》ぎとっていた。トレイル・ルームの板ガラスの窓を蹴《け》破って飛びだすと、デューイとダンツに追われながら、メイン・ストリートを突っ走った。パーマー宝石店、ノリス・ドラッグズ、ガーデン・カフェを過ぎたかと思うと、角を曲がって、駅の構内に入った。そして、何棟もの白い穀物貯蔵塔の間を、かくれんぼでもするように出たり入ったりした。デューイはピストルを抜いた。ダンツもそれにならった。だが、二人が狙《ねら》いをつけると、信じられない邪魔が入った。突然、不可解なことに（まるで夢のようだ！）、誰もが――追うものも追われるものも――泳ぎはじめたのだ。ガーデンシティー商業会議所が誇る〝世界最大の無料プール〟の途方もなく広い水の中をぐいぐいと。追う二人が、追われる二人に並んだとき、なぜか、またしても（どうしてこうなるんだ？　まさか、夢を見ているのでは？）その場面は消え失《う》せ、別の光景があらわれた。それはヴァレーヴュー墓地だった。墓石と、木々と、花に彩《いろど》られた小道からなる灰色と緑色の孤島。町の北にひろがる光り輝く小麦畑の中に、涼やかなかげりが落ちたように横たわる一角。葉が茂り、風がささやく安らかなオアシス。しかし、今、ダンツは消えていた。デューイは単身で二人を追っていた。二人の姿は見えなかったが、死者の間に隠れているに違いない、とデューイは確信していた。墓石の陰にうずくまっているはずだ。おそらくは自分の父親の墓石の陰に。〝アルヴィン・アダムズ・デューイ、一八七九年九月六日─一九四八年一月二十六日〟デューイが銃を抜いて、荘厳《そうごん》さの漂う小道を這《は》うように進んでいくうちに、哄笑《こうしょう》が聞こえてきた。その声をたどっていくと、隠れるどころか突っ立っているヒコックとスミスの姿が見えた。ハーブとボニーとナンシーとケニヨンが埋められた、まだ墓標のない墓の上で、両脚をひろげ、両手を腰にあて、頭をのけぞらせて大笑いしていた。デューイは撃った……もう一発……さらに一発……それぞれの心臓を三度も撃ち抜いたのに、どちらも倒れもしなかった。そのかわり、徐々にその姿が透けていって、次第に見えなくなり、ついには消えてしまった。けれども、大音声の笑いはひろがるばかりで、ついにデューイはその前にひれ伏し、次いで逃げだした。あまりに悲しく激しい絶望に満たされたところで、はっと目が覚めた。覚めてみると、まるで熱に浮かされたような状態で、十歳の子ども並みに怯《おび》えていた。

髪はぐっしょり濡《ぬ》れ、シャツは冷たく湿って肌にへばりついていた。部屋――保安官事務所の一室で、そこに入ると鍵《かぎ》をかけ、机に突っ伏して眠ってしまったのだ――は、夕《ゆう》闇《やみ》が迫って薄暗かった。耳を澄ますと、隣室でリチャードソン夫人の電話が鳴っているのが聞こえた。しかし、答えようにも夫人はもういなかった。事務所は閉まっていた。デューイは表に出る途中、鳴りつづける電話のそばをあえて耳をふさいで通り過ぎようとしたが、一瞬ためらった。あるいは、マリーかもしれない。まだ仕事をしているの、夕食は待ったほうがいいかしら、と問いあわせてきたのかも。

「A・A・デューイさんをお願いします。カンザスシティーからのお電話です」

「わたしがデューイです」

「カンザスシティー、どうぞ。先方がお出になりました」

「アル？　ナイだ」

「ああ、わたしだ」

「大ニュースがあるんだが、聞く気はあるかい？」

「あるとも」

「われわれのお友だちがこっちにいるんだ。このカンザスシティーに」

「どうしてわかる？」

「それが、連中はべつに隠れて行動してるわけじゃないんだ。ヒコックは町のあちこちで小切手を切ってる。それも自分の名前を使って」

「本名をだな。ということは、そう長居をするつもりはないということか――そうでなけりゃ、恐ろしく自信があるってことか。で、スミスはまだ一緒にいるのか？」

「うん、やつらはまだつるんでる。だが、前とは違う車に乗ってる。一九五六年型のシエヴィー（訳注 シヴォレー）――黒と白のツードアだ」

「カンザス・ナンバーか？」

「カンザス・ナンバーだ。それに、いいかい、アル――これはついてるぞ！ やつらはテレビを買ったんだ。ヒコックは店員に小切手を書いて渡した。ところが、やつらの車が走り去るときに、その店員が気をきかせて、車のナンバーを書きとめておいたんだ。小切手の裏にさらさらっと。ジョンソン郡１６２１２」

「登録を調べたか？」

「どうだったと思う？」

「盗難車だな」

「間違いない。だが、ナンバープレートも間違いなく替えられている。われわれのお友だちはカンザスシティーのガレージにあったポンコツのデソトから、そいつを剥《は》ぎ取ったんだ」

「いつのことだ？」

「きのうの朝だ。ボス〔ローガン・サンフォード〕は新しいナンバーと車の特徴の両方で手配を打った」

「ヒコック農場はどうだ？　やつらがまだその辺にいるなら、遅かれ早かれそこにいくだろう」

「心配ないよ。そっちも見張ってるから。アル――」

「ああ、聞いてる」

「それこそ、おれがクリスマスにほしいと思ってるものだ。ほしいのはそれだけだ。このヤマにけりをつける。けりをつけて、新年までぐっすり眠るんだ。どうだい、いちばんのプレゼントじゃないか？」

「ああ、もらえるといいな」

「そう、おれたち二人一緒にね」

そのあと、暗くなりかけた郡庁舎前の広場を横切り、乾いた落ち葉の吹き溜《だ》まりを沈んだ重い足取りで通り抜けながら、デューイはいっこうに高揚しない気分を訝《いぶか》った。今、容疑者がアラスカやメキシコやティンブクトゥ（訳注　マリ中部の町。一般に遠隔地をいう）へ永久に消えてしまったわけではないと判明したのに、次の瞬間には逮捕されるかもしれないというのに、なぜなのだ？　なぜ、感じていいはずの興奮をまったく感じないのか？　あの夢のせいだ。あの夢の徒労感がわだかまっていて、ナイの強力な主張を疑わせるのだ――ある意味では、どうしても信じさせないのだ。ヒコックとスミスがカンザスシティーでつかまるとは、デューイには思えなかった。彼らは不死身だった。

マイアミビーチのオーシャン・ドライヴ三三五は、サマセット・ホテルの所番地だった。小ぶりな四角い建物で、ほとんど白に近い色だったが、あちこちが薄紫色に塗られ、そこにこう記された同色の看板が掲げられていた。〝空室あり――最低料金――海水浴設備――常時海風〟サマセットは、どこか物悲しい、白っぽい通りに並んだ、化粧漆喰とセメントの小さなホテルの中の一つだった。一九五九年十二月には、サマセットの〝海水浴設備〟とは、ホテルの裏手の砂浜に立てられたビーチパラソル二本のことだった。ピンク色の一本には、こう書かれていた。〝ヴァレンタイン・アイスクリームあります〟クリスマス当日の正午、その下やまわりには四人の女が寝そべり、トランジスターラジオでセレナーデを流していた。青色のもう一本は〝日焼けはコパトーンで〟という広告入りで、ディックとペリーがその下を占めていた。二人はサマセットで週十八ドルのダブルの部屋を借り、すでに五日を過ごしていた。

ペリーがいった。「あんたはメリー・クリスマスっていってくれなかったな」

「メリー・クリスマス。それに、ハッピー・ニューイヤー」

ディックは海水パンツをはいていた。ペリーはアカプルコでと同じく、傷ついた脚をさらすのを避けていた。それが目につけば、浜辺のほかの客たちの〝気分を害する〟のではないかと恐れたのだ。それで、きちんと服を着こんだ上に、靴下と靴まではいて座っていた。それでも、気分は悪くなかった。ディックが立ち上がって、運動を始めても――ピンクのパラソルの下にいる女たちの気を引こうと逆立ちをした――ペリーはマイアミ《ヘラルド》紙を読みふけっていた。そのうち、内側のページのある記事に出くわすと、それに目が釘《くぎ》づけになった。記事はフロリダの一家殺害事件、クリフォード・ウォーカー夫妻と四歳の息子、二歳の娘が殺された事件を伝えるものだった。被害者は縛られたり、口をふさがれたりしてはいなかったが、一人一人が二二口径の銃で頭を撃ち抜かれていた。手がかりもなく、明白な動機も見当たらないその犯行が起きたのは、十二月十九日、土曜日の夜、タラハッシーから程遠からぬ牧場内のウォーカー家でのことだった。

ペリーはディックに運動をやめさせて、記事を読んで聞かせると、こういった。「おれたち、前の土曜日の晩にはどこにいた？」

「タラハッシーか？」

「真面目《まじめ》に聞いてるんだ」

ディックは思いだそうと集中した。木曜日の夜、交替で運転しながら、カンザスを出て、ミズーリを抜け、アーカンソーへ入り、オザーク山地を越え、ルイジアナへさしかかった。ジェネレーターが焼き切れて停まったときには、金曜日の早朝になっていた（シュリーヴポートで買った代わりの中古品は二十二ドル五十セントだった）。その晩は、アラバマとフロリダの州境に近いどこかの道端に車を停めて眠った。翌日の旅は急ぐ必要もなかったので、観光がてら何ヵ所かに立ち寄った――アリゲーターの養殖場、ガラガラヘビの飼育場、湿地帯の銀色に澄んだ湖を渡るガラス底の船、道路沿いのシーフードレストランでの遅い夕食。値の張るあぶったロブスターを時間をかけて平らげた。愉快な一日！　しかし、タラハッシーに着いたときには、二人とも疲れ果てていたので、そこで一夜を過ごすことにした。「そうだ、タラハッシーだ」

「驚いたな！」ペリーはもう一度、記事に目を通した。「何が驚いたって、これにはびっくりだ。これは狂ったやつの仕業に決まってる。カンザスの事件を読んだいかれたやつがやったんだ」

ディックはペリーが〝その話を持ちだす〟のを聞きたくなかったので、肩をすくめ、にやりと笑うと、波打ち際《ぎわ》へ駆け下りていった。そこで、しばらくの間、寄せ波に濡れた砂の上をぶらぶら歩きながら、あちこちで屈《かが》みこんでは貝殻を拾った。子どものころ、休みにメキシコ湾岸へいって、箱一杯の貝殻を持ち帰った隣の息子がひどくうらやましく――しかも、憎らしく――貝殻を盗んできて、一つずつハンマーで叩《たた》き割ったことがあった。ディックの内には常に羨望《せんぼう》が巣くっていた。自分がなりたいと思った存在になった人間、自分が持ちたいと思ったものを持っている人間は、すべて〝敵〟だった。たとえば、あのフォンテンブローのプールで見かけた男。今、何マイルもの彼方《かなた》に、夏のような熱気のもやと海のきらめきのヴェールに包まれた淡色の高級ホテル——フォンテンブロー、イーデンロック、ローニープラザ——の高層棟群が望見されていた。マイアミにきて二日目、そういった歓楽の殿堂に侵入してみないか、とディックはペリーを誘った。「金持ち女の一人や二人、引っかけられるんじゃねえか」ペリーはおよそ乗り気でなかった。カーキ色のズボンとTシャツでは、みんなにじろじろ見られるばかりだろうと思ったのだ。ところが、実際にフォンテンブローのけばけばしい敷地内を歩きまわっても、人目を引くことはなかった。男たちは派手な縞《しま》模様のローシルクのバミューダショーツで闊歩《かっぽ》し、女たちは水着の上にミンクのストールを羽織っていた。侵入者二人はロビーをうろつき、庭をぶらつき、プールのそばでのんびり休んだ。ディックが自分と同年配——二十八から三十——のその男を見たのはそこでだった。〝ばくち打ちとも、弁護士とも、あるいはシカゴのギャング〟とも見えた。何者であるにしても、カネと権力がもたらす栄光を享受《きょうじゅ》しているという風情《ふぜい》だった。マリリン・モンローに似たブロンド女が、男に日焼けオイルを塗っていた。指輪をした物憂《ものう》げな男の手が、氷の入ったオレンジジュースのタンブラーのほうに伸びた。どれもおれにふさわしいものなのに、おれの手に入ることはありそうもない、とディックは思った。おれは無一物だというのに、なんで、あんなくそったれが何でも持ってるんだ？　なんで、あんな〝はったり野郎〟が運を独り占めしてるんだ？　おれだってナイフを持たせりゃ、鬼に金棒だ。ああいうはったり野郎は気をつけたほうがいいぞ。でないと、〝切り裂かれて、運をちょっとばかり床にこぼす〟かもしれないからな。しかし、ディックの気炎もそこまでだった。男に日焼けオイルをすりこんでいたブロンド美人に勢いをそがれたのだ。ディックはペリーにいった。「もう、こんなとこ出ようぜ」

今、十二歳ほどの女の子が、砂に絵を描いていた。流木の切れ端で、大きく粗削りな顔をいくつか刻んでいた。ディックは作品に感心したふうを装《よそお》いながら、自分が集めた貝殻を差しだした。「これでいい目ができるよ」ディックはいった。女の子が贈り物を受け取ると、ディックは微笑《ほほえ》みかけ、ウインクした。しかし、自分がその女の子に対して抱いた気持ちには内心忸怩《じくじ》たるものがあった。というのは、自分が少女に性的関心をそそられるのを〝心から恥ずかしい〟欠陥と思っていたからだ。それは、今まで誰にも告白したことがない、そして、誰からも疑われたくない（ただ、ペリーには疑われるだけの理由があると気づいていたが）秘密だった。なぜなら、他人はそれを〝正常〟とは思わないかもしれないからだ。それこそ――自分が〝正常な人間〟であるということこそ――ディックが確信していることの一つだった。この数年間で〝八回か九回〟やってきたことだったが、思春期の女の子を誘惑するのは、その確信に反するものではなかった。なぜなら実相が明らかにされれば、男らしい男の大半は同じ欲望を抱いているとわかるはずだからだ。ディックは女の子の手を取って、こういった。「きみはかわいいね。ぼくの恋人だ」だが、女の子は抗《あらが》った。ディックに握られた手が、釣り針にかかった魚のように引きつった。ディックの従前の体験からすると、女の子の目に浮かんだ表情は驚愕《きょうがく》以外の何ものでもなかった。ディックは手を放すと、苦笑混じりにいった。「ほんの冗談だよ。冗談は嫌いかい？」

ペリーはあいかわらず青いパラソルの下で横になっていたが、その光景を見て、ディックの意図を即座に見抜き、軽蔑《けいべつ》を感じた。ペリーは〝性的に自分を抑制できない人間は尊敬できない〟のだった。とくに、その抑制の欠如に、自分が〝変態〟と呼ぶもの――〝子どもへの手出し〟や〝ホモ〟や強姦《ごうかん》――が含まれている場合はそうだった。そういう自分の考えかたはディックに明示しておいたつもりだった。事実、つい先日も、ディックが怯えた娘を強姦しようとしたのを止めて、殴りあいになりかけたのではなかったか？しかし、また、その種の力試しを繰り返したくはなかった。だから、女の子がディックから離れていくのを見たときにはほっとした。

あたりにはクリスマスキャロルが満ちていた。それは四人組の女たちのラジオから流れだし、マイアミの陽光と奇妙に入り混じっていた。それに、途絶えることのないカモメの愚痴っぽい鳴き声とも。「きたりて、あがめよ、きたりて、あがめよ」教会の聖歌隊、崇高な音楽は、ペリーを動かし涙させた。音楽がやんだあとも、涙は止まらなかった。このように苦悩するときによくあることだったが、今回も〝とてつもなく魅力的な〟一つの可能性、すなわち、自殺について思案することになった。子どものころにも、ペリーはしばしば自殺を考えた。ただ、それは、父母やその他の敵を罰してやりたいという願いから生じた感傷的な夢想に過ぎなかった。しかし、長じて青年になって以降、人生に終止符を打つという計画は、空想的な色合いを徐々に薄めてきた。それはジミーの〝解決法〟であり、ファーンの〝解決法〟でもあった、といやでも想起させられた。そして、最近になって、それはただの選択肢というだけではなく、自分を待ち受けている特別な死にかたであるようにも思われてきた。

いずれにしても、ペリーは自分が〝大いなる生き甲斐《がい》〟を持っているとは考えられなくなっていた。熱帯の島々、埋められた黄金、沈んだ財宝が待つ真っ青な海の底へのダイヴィング――そういう夢は潰《つい》え去っていた。いつか、舞台と映画でセンセーションを巻き起こす歌手になりたいと半ば真剣に望んでいたが、その日のために用意した名前〝ペリー・オパーソンズ〟も、また同じだった。ペリー・オパーソンズは生きることもなく死んでしまった。では、何をあてにすればいい？　自分とディックは〝ゴールのないレースを走っている〟――ペリーはそういう思いにとらわれた。マイアミにきて一週間もたっていない今、また、車での長い放浪が始まろうとしていた。ABCオートサーヴィス会社で、時給六十五セントで一日働いてきたディックはこういった。「マイアミはメキシコよりひでえな。六十五セントだぜ！　おれはごめんだ。おれは白人だからな」それで、カンザスシティーで稼いだカネの残り、わずか二十七ドルを懐《ふところ》に、あす、再び西へ、テキサスへ、ネヴァダへ――〝はっきり、どこということもなく〟――旅立つことになったのだ。

寄せ波の中を歩いていたディックが戻ってきた。びしょ濡《ぬ》れになり、息を切らせながら、べとつく砂にうつ伏せに倒れこんだ。

「海の水はどうだった？」

「悪くなかったぜ」

クリスマスから間をおかず、新年早々にナンシー・クラッターの誕生日がくるのは、いつも、ボーイフレンドのボビー・ラップを悩ませる問題だった。適当な贈り物を二つ、次々と考えだすには、想像力を振りしぼらなければならなかったからだ。しかし、ボビーは毎年、夏の間、父親の甜菜《てんさい》畑で働いて得たカネで、できる限りのことはした。クリスマスの朝になると、姉妹に手伝ってもらって包装した贈り物を抱え、それがナンシーを驚かせ、喜ばせることを願いながら、クラッター家へ急ぐのが常だった。去年のクリスマスには、ハート形の小さな金のロケットを贈った。今年もあいかわらず手まわしよく、ノリス・ドラッグズで特価で売っている輸入物の香水か、それとも、乗馬靴かと思案していた。しかし、そうしているうちに、ナンシーは死んでしまったのだ。

クリスマスの朝、ボビーはリヴァーヴァレー農場へ駆けつけることもなく、家にこもっていた。その日、あとになって、母親が一週間かけて用意した豪華なディナーを家族とともにした。誰もが――両親と七人いる兄弟姉妹の一人一人が――あの悲劇以来、ボビーに優しく接していた。それでも、ボビーは食事のたびに、もっと食べなければ、と繰り返し勧められるようなありさまだった。ボビーがほんとうに病んでいるとは、悲しみのせいでそうなったとは、誰にも理解できなかった。悲しみがボビーのまわりに輪を描き、彼はそこから抜け出せず、他人は――おそらく、スーを除いては――そこには入れなくなっていたのだ。ナンシーが死ぬまで、ボビーはスーの真価がわからず、一緒にいても非常に楽しいというわけではなかった。スーはほかとあまりに違っていたからだ。女の子がそう真剣にはならなくてもよいとされていることに、真剣に取り組んでいた。絵画、詩、自分がピアノで弾く音楽といったことに。それに、当然のことながら、ボビーはスーに嫉妬《しっと》を感じていた。基準が違うとはいえ、ナンシーのスーに対する位置づけは、ボビーに対するそれに優るとも劣らないものだったからだ。しかし、それこそ、スーがボビーの喪失感を理解できる所以《ゆえん》だった。スーがいなかったら、ほとんどいつものようにそばにいなかったら、ボビーは雪崩《なだれ》のように襲いかかってきた衝撃――犯行それ自体、デューイ捜査官による尋問、一時期にしろ最有力の容疑者にされるという痛ましい皮肉――に耐えられただろうか？

それから、一ヵ月ほどすると、二人の友情は薄れはじめた。ボビーがこぢんまりして心地よいキッドウェル家の居間に腰を落ちつける回数は次第に減り、また、訪ねていったところで、スーは前ほど歓迎する素振りを見せなくなった。厄介なのは、二人がほんとうは忘れたいと思っていることを、お互いに呼び覚まして嘆くよう仕向けてしまうことだった。それでも、ボビーはときどき忘れることができた。バスケットボールに打ちこんでいるとき、車に乗って田舎道を時速八十マイルで飛ばしているとき、自らに課した運動のプログラムの一環として（ボビーの望みはハイスクールの体育教師になることだった）、平坦《へいたん》な黄色い野原を横切る長距離走をしているときには。そして、今、食卓から祭日用の皿を片づけるのを手伝ったあと、次にしようと思いたったのもそれだった。ボビーはスウェットシャツを着込んで、走りに出た。

天気はすばらしかった。インディアンサマーが長続きすることで知られるカンザス西部でも、これほどの陽気は異例と思われた。乾燥した空気、燦々《さんさん》とした日ざし、紺碧《こんぺき》の空。〝雪のない冬〟を予言する楽観的な牧場主もいた。非常に温暖で、終始、牛が草を食《は》むことができる冬を。そんな冬は稀《まれ》だったが、ボビーはその一つをおぼえていた。ナンシーとつきあいはじめた年の冬を。二人とも十二歳だった。学校が終わると、ホルカムの校舎からナンシーの父親の農場までの一マイル、ボビーは彼女の本を入れたかばんを持ってやった。太陽が燃えたつ暖かい日には、途中で足を止めることもよくあった。二人は、蛇行しながら、ゆるゆる流れる褐色のアーカンザス川のほとりに腰を下ろした。一度、ナンシーがこういったことがあった。「以前の夏のことだけど、うちの人たちとコロラドにいったとき、わたし、アーカンザス川が始まるところを見たのよ。ほんとの水源を。でも、信じられないわよ。あれがわたしたちの川だなんて。同じ色じゃないの。飲み水みたいに澄んでいて。それに、流れが速いの。それに、岩だらけで。あちこちで渦を巻いてて。お父さんは鱒《ます》をつかまえたわ」川の源流についてのナンシーの思い出話を、ボビーは忘れることができなかった。そして、ナンシーの死後……なぜか、説明はできなかったが、アーカンザス川を見るたびに、川は一瞬、姿を変えるのだった。ボビーに見えるのは、カンザスの平原を曲がりくねる濁流ではなく、ナンシーが述べたとおり――山あいの谷間を一気に下る、冷たく、澄んだ、鱒の棲《す》むコロラドの急流――になった。それはナンシーの姿にほかならなかった。流れ出て間もない川のように、精彩に富み、歓喜に満ちた姿に。

しかし、例年であれば、カンザス西部の冬は人を屋内に閉じこめる。クリスマス前には、野に降りる霜と肌を刺す寒風が、気候を一変させている。数年前、クリスマスイヴに雪が降りだし、そのまま降りつづけたことがあった。翌朝、三マイル離れたクラッター家へ歩きだしたボビーは、深い吹き溜《だ》まりを掻《か》き分け掻き分けして進んだ。しかし、その苦労は報われた。感覚は麻痺《まひ》し、顔は真っ赤になっていたが、受けた歓迎は体もいっぺんに温まるほどのものだった。ナンシーはボビーを見て驚いたが、誇りにも思った。内気で他人行儀だったナンシーの母親までが、ボビーを抱き締めてキスした。そして、キルトにくるまって居間の暖炉のそばに座るように、と強く勧めた。女たちがキッチンで立ち働いている間、ボビーとケニヨンとクラッター氏は暖炉を囲んで座り、クルミとペカン（訳注　ミ科の高木《クル》）の実を割って食べた。クラッター氏は自分がケニヨンほどの年だったころのクリスマスを思いだすといった。「うちは七人家族でね。父と母、女の子が二人、それに、わたしたち男の子が三人だった。町からはかなり離れた農場に住んでいた。それで、クリスマスには、まとめ買いをするのが習慣になっていた――一回、買い物に出かけると、全部、用を足してくるというわけだ。今、わたしが思いだしている年は、出かける予定でいた当日の朝、きょうぐらいの雪が積もって、いや、もっと深かったな、しかも、まだ降りつづいてた――受け皿ほどの大きなかけらの雪がね。どうやら、雪に閉じこめられたクリスマス、ツリーの下に何のプレゼントもないクリスマスになりそうな気配だった。母や女の子たちはひどくがっかりした。そのとき、思いついたことがあったんだ」それは、農場でいちばん頑丈な耕作馬に鞍《くら》をつけ、彼が町までそれに乗っていって、みんなの買い物をしてくるという案だった。家族全員が賛成した。そして、クリスマスのための貯金と買ってきてほしいもののリストを託した。キャラコ四ヤード、フットボール、針山、散弾——雑多な注文の品を買いそろえるのに、夕暮れまでかかった。買い物を防水布の袋にしっかりおさめて家路についたときには、父親が手提げランプを持たせてくれたのに感謝しなければならない暗さだった。また、馬具に鈴が吊《つ》るしてあるのもありがたかった。その明るく賑々《にぎにぎ》しい音と、灯油ランプの揺らめく光に励まされたからだ。

「行きは楽で、何ということもなかった。ところが、帰りには道が消えているんだ。目じるしという目じるしも」大地も空も雪一色だった。馬は腰まで埋もれて横滑りした。「そのうち、わたしはランプを落とした。夜の闇《やみ》の中で完全に迷ってしまったんだ。わたしと馬が眠りこんで凍え死ぬのは時間の問題だった。うん、恐ろしくなったよ。わたしはお祈りをした。すると、神さまがそこにいらっしゃるのが感じられた……」犬が吠《ほ》えたてた。その声をつけていくと、近所の農家の窓が見えてきた。「いったん、そこに立ち寄るべきだったんだろうな。だが、うちの家族のことを考えて——母は涙に暮れているだろう、父と兄弟は捜索隊を組みにかかっているだろうと想像して、そのまま押し進んだ。それで、ようやく、うちにたどりついたのに、明かりもついていないのを見たときには、さすがにむっとしたよ。ドアにはすべて鍵《かぎ》がかかってる。みんな、さっさと寝てしまって、わたしのことなんかすっかり忘れてるんだから。わたしがなんでそんなに腹を立てているか、誰にもわからなかった。父はこういった。『町で泊まってくるもんだとばかり思ってたのに。いや、こりゃ驚いた！　おまえがこんな吹雪の中をうちに向かうほど分別なしだなんて、いったい誰が思う？』」

腐りかけたリンゴの、シードルのような酸《す》っぱいにおい。リンゴの木、梨《なし》の木、桃の木にサクランボの木。クラッター家の果樹園。クラッター氏が植えて、大事に育てた果樹の群れ。何も考えずに走りつづけてきたボビーには、ここへくるつもりなど毛頭なかった。いや、ここだけでなく、リヴァーヴァレー農場のどこにしても。何とも説明のつかないことだった。ボビーは帰ろうとして向きを変えた。だが、もう一度、向き直り、堅固で広壮な白い家のほうに、ふらふらと歩きだした。前はその家を見るたびに感銘をおぼえた。自分のガールフレンドがそこに住んでいると思うと満足さえ感じた。しかし、所有者が亡《な》くなって、丹精もされなくなった今、すでに荒廃の兆《きざ》し、クモの巣の最初の糸が紡《つむ》がれていた。ドライヴウェイに打ち捨てられた砂利用の熊手《くまで》には、錆《さび》が浮きだしていた。芝生は乾ききって、みすぼらしくなっていた。あの運命の日曜日、保安官が殺害された家人を運びだそうと救急車を呼んだとき、車は芝生をまっすぐ突っ切って玄関に乗りつけた。そのタイヤ痕《こん》が、まだ目に見えていた。

使用人の家も住む者がいなくなっていた。かつての主は、よりホルカムに近い場所に家族のための新たな住まいを見つけていた——誰も驚きはしなかった。このところ、晴朗な天気が続いているというものの、クラッター家は陰影に覆《おお》われ、静まりかえって、動くもの一つないというふうに見えたからだ。しかし、ボビーが貯蔵用の納屋《なや》を過ぎ、その先の家畜囲いのそばを通りかかったとき、馬が尻尾《しっぽ》をシュッと振る音が聞こえた。それはナンシーのベイブだった。この年老いた、まだらの雌馬は、従順な性格で、亜麻色のたてがみと、美しいパンジーの花のような濃い紫色の目を持っていた。ボビーはそのたてがみをつかみ、首筋に自分の頬をこすりつけた。それはナンシーがよくやっていたしぐさだった。ベイブはうれしげにいななないた。前の日曜日、ボビーがいちばん最近、キッドウェル家を訪ねたとき、スーの母親がベイブのことを話に出した。空想癖のあるキッドウェル夫人は窓辺に立って、外にひろがるプレーリーの黄昏《たそがれ》の色を眺めていた。そして、出し抜けにこういいだした。「スーザン？　わたしがさっきから何を見てるかわかる？　ナンシーよ。ベイブに乗って、こっちへやってくるの」

ペリーが逸早《いちはや》く彼らに気づいた。少年と老人のヒッチハイカー二人組に。それぞれ手製のナップザックを背負い、砂交じりのテキサスの烈風が吹きすさぶ天候なのに、オーヴァーオールと薄手のデニムのシャツしか着ていなかった。「乗せてやろう」ペリーがいった。ディックは逡巡《しゅんじゅん》した。もし、ヒッチハイカーがそれなりのもの——少なくとも〝ガソリン一、二ガロン分ぐらいのチップ〟——を出せそうな風采《ふうさい》をしていれば、乗せてやるのに異議はなかった。しかし、妙に気前のいいペリーは、いつも、どうしようもなくみすぼらしげな連中を拾ってはディックを困らせていた。今度もディックは渋々承知して、車を停めた。

十二歳前後、ずんぐりした体、鋭い目、亜麻色の髪の少年は、おしゃべりで、べらべらと感謝の言葉を連ねた。しかし、皺《しわ》だらけの黄ばんだ顔をした老人は、やっとのことで後ろの座席に這《は》い上がると、口もきかず、崩れるように座りこんだ。少年がいった。「ほんとにありがとうございます。ジョニーはもう倒れそうになってたんですよ。なにしろ、ガルヴェストンからずっと拾ってもらえなかったもんで」

ペリーとディックはその港町を一時間前に出たばかりだった。午前中を費やして、一丁前の船員の仕事はないかと、海運各社の事務所をあたっていたのだ。ある会社ではブラジル行きのタンカーの仕事が即決するところだった。実際、二人とも組合員証やパスポートを所持していないと会社側が気づかなければ、今ごろは海の上にいるはずだった。

おかしなことに、ペリーよりもディックのほうが失望が大きかった。「ブラジルか！　あそこじゃ、新しい首都を建設してるんだ。まったくのゼロからな。そういうとこに最初から首突っこんで、うまい汁を吸うのを想像してみろって！　どんな馬鹿《ばか》だって、一財産つくれるぜ」

「あんたたち、どこへいくんだ？」ペリーが少年に尋ねた。

「スイートウォーターです」

「スイートウォーターってどこだ？」

「ええと、この方角のどっかなんだけど。テキサスのどっかです。このジョニーはおれのじいちゃんなんだけど、ジョニーの妹がスイートウォーターに住んでるんです。とにかく、住んでてくれればいいと思ってるんだけど。はじめ、そのばあちゃんはテキサスのジャスパーにいると思ってたんです。だけど、ジャスパーにいってみたら、そこの人たちが、ばあちゃんの一家はガルヴェストンに引っ越したっていうんです。でも、ガルヴェストンにもいなくて——そこの女の人の話じゃ、スイートウォーターにいっちゃったって。ばあちゃんが見つかればいいんだけどな。ジョニー」少年は呼びかけて、老人の手を温めようというようにさすった。「聞こえてるかい、ジョニー？　おれたち、あったかくて気持ちいいシヴォレーに乗ってんだよ——五六年型に」

老人は咳《せ》きこんで、頭をわずかにまわした。そして、目を開けて閉じると、また咳きこんだ。

ディックがいった。「おい、ちょっと。じいさんはどこが悪いんだ?」

「環境が変わったからですよ」少年はいった。「それに、ずっと歩いてたから。おれたち、クリスマス前から歩きつづけてるんです。テキサスじゅうをほとんど歩いたみたいな気がするな」少年は老人の手をさすりながら、ひどく淡々とした口調で、今の旅を始めるまでのいきさつを語った。少年は祖父と伯母との三人だけで、ルイジアナ州シュリーヴポートに近い農場に住んでいた。最近になって、その伯母が死んだ。「ジョニーは一年ぐらい具合が悪かったんです。それで、伯母ちゃんが仕事を全部やってたんです。おれが手伝うだけで。おれたち、薪《まき》を割ってたんです。切り株を叩《たた》き切って。その最中に、伯母ちゃんがくたびれたっていったんです。馬が横になって、そのまま起き上がってこないのって見たことありますか?　おれはあります。伯母ちゃんはちょうどそんなふうだったんです」クリスマスの二、三日前、祖父が畑を借りていた地主が「おれたちをそこから追いだしたんです」少年は先を続けた。「そんなわけで、おれたち、テキサスに向かったんです。ジャクソンのばあちゃんを探しに。おれは会ったことないんだけど、そのばあちゃんがジョニーの実の妹なんです。それに、おれたち、誰かに引き取ってもらわなくちゃなんないから。少なくとも、じいちゃんは。じいちゃんはあんまり長くないから。おれたち、ゆうべは雨に降られたし」

車が停まった。ペリーがディックにどうして停めたのかと聞いた。

「じいさん、ひどく悪そうだからな」ディックがいった。

「それがどうした？ どうしようっていうんだ？ 放りだそうっていうのか？」

「頭を使いなよ。一度だけでいいからさ」

「あんたはほんとにひどいやつだな」

「じいさんが死んだらどうなるよ？」

少年がいった。「じいちゃんは死なないよ。やっと、ここまできたんだ。今はまだ死ねないよ」

ディックはこだわった。「死んだらどうなる？ どうなるか考えてみろってんだ。いろいろ聞かれるぞ」

「正直いって、おれはかまわない。あんたは放りだしたいんだな？ だったら、好きなようにしろよ」ペリーは病人を見やった。あいかわらず半睡のぼうっとした状態で、何も聞こえていないようだった。ペリーは次に少年のほうを向いた。少年は何も請《こ》わず、〝何かを頼むつもり〟もないというような静かな視線で見返してきた。ペリーは少年の年ごろの自分を思いだした。父親と二人で放浪していた自分を。「よし、遠慮するな。二人を放りだせばいいだろ。だけど、おれも出ていくからな」

「わかった、わかったって。だけど、おぼえとけよ」ディックがいった。「これはあんたのせいだからな」

ディックはギアを入れた。車が再び動きだしたとたん、少年が大声を上げた。「停まって！」少年は飛びだすと、道端に走っていって、立ち止まり、屈《かが》んだと思うと、コカコーラの空き瓶を一、二、三、四本と拾い上げた。それから、駆け戻って、車に飛び乗ると、うれしそうににやりとした。「空き瓶はカネになるんです」少年はディックにいった。「ねえ、もう少しゆっくり運転してくれたら、間違いなく、ちょっとした額のカネを拾えますよ。おれとジョニーはそれで食ってきたんだから。瓶代を払い戻してもらって」

ディックは鼻先で笑ったが、興味をそそられもした。次に少年が停まるようにいうと、すぐ、それに従った。その指示があまりに頻繁に飛ぶので、五マイル進むのに一時間かかった。しかし、それだけの値打ちはあった。道路脇《わき》の岩や草むした石、あるいは、捨てられたビール瓶の茶色い輝きの間から、セヴンアップやカナダドライが入っていた瓶のエメラルド色を見つけだす〝紛れもない才能〟を少年は持っていた。ペリーもまもなく、瓶を見つけだすのに独自の才を発揮しはじめた。はじめは、自分が発見したものの位置を少年に教えるだけだった。自ら走りまわって瓶を集めるのは、あまりにみっともないと思ったのだ。〝かなり馬鹿げた〟ほんの〝子どもの遊び〟だから、というわけだ。にもかかわらず、その遊びは宝探しの興奮を掻きたてた。やがて、ペリーも換金できる空き瓶探しのおもしろさ、熱っぽさに屈服させられた。だが、ディックはそれ以上に大真面目《まじめ》だった。馬鹿げているようではあったが、なにがしかのカネ――少なくとも、二、三ドル――を稼ぐ方法には違いなさそうだった。そう、ペリーと二人でつかえるカネができるということだ。その時点では、二人の所持金を合わせても五ドルに満たなかった。

今では三人――ディックと少年とペリー――が、そろって車から降り、恥も外聞もなく、そして、仲よく空き瓶探しを競いあっていた。一度、ディックが溝の底にワインとウイスキーが隠れているのを探り当てたが、その発見はカネにはならないと教えられて悔しがった。「酒の空き瓶は払い戻ししてくれないんですよ」少年がいった。「ビールの瓶でも駄目なやつがあるんです。だから、おれはふつう、手を出さないんです。間違いないものだけにこだわって。ドクターペッパー、ペプシ、コーク、ホワイトロック、ニーハイ」

ディックが尋ねた。「ところで、おまえ、名前は？」

「ビルです」少年は答えた。

「そうか、ビル。おまえ、学があるんだな」

日が落ちて、空き瓶探しも打ち切らざるをえなくなった。それに、置き場所もなくなってきた。車には積めるだけの瓶を積んであった。トランクはすでに満杯だった。後ろの座席はきらきら輝くごみの山のように見えた。孫にさえ一顧もされなくなった病気の老人は、ごろごろ動いて、危険な音を奏《かな》でる積み荷の下にほとんど埋もれていた。ディックがいった。「この車がぶつかったら、おもしろいことになるだろうな」

ニュー・モーテルという広告の照明が見えてきた。近づくにつれ、そこが何棟かのバンガロー、それにガレージ、レストラン、カクテルラウンジからなる堂々たるモーテルであることがわかってきた。少年がその場を仕切るようにディックにいった。「そこに停めて。うまく話をつけられると思うんで。話はおれにさせてください。おれには経験があるから。ときどき、ごまかそうとする相手もいるんです」ペリーは〝あの子をごまかそうとするほど抜け目ないやつ〟がいるなどとは想像もできなかった、とあとでいった。「あれだけの空き瓶を持って、全然恥ずかしげもなくあんなところに入っていくんだから。おれにはとてもできなかっただろうな。恥ずかしくって。だけど、モーテルの人間は親切だった。苦笑するだけで。瓶は全部で十二ドル六十セントになった」

少年はそのカネを等分し、半分は自分で取り、半分は相棒たちに渡して、こういった。「これからどうします？　おれはジョニーと腹一杯食いにいくつもりです。おたくたちは腹減ってないんですか？」

例によって、ディックは飢えていた。それに、さんざん動きまわったあとだったので、ペリーも空腹を感じていた。ペリーはあとでこういった。「おれたちはじいさんをレストランに運びこんで、テーブルにもたせかけた。じいさんの様子に変わりはなかったがつがつ食べてたもんだ。――ほとんど死んだみたいだった。一言《ひとこと》もしゃべらないんだ。だけど、じいさんががつ搔《か》きこむ様子は見ものだったな。あの子がじいさんにパンケーキを注文してやったんだ。ジョニーのいちばんの好物だからって。じいさん、三十枚ぐらいは食ったに違いない。それに、バター二ポンド、シロップ一クォートを塗りたくって。あの子もよく食ったな。ポテトチップにアイスクリーム。頼むのはそればかりなんだが、ほんとによく食うんだ。気持ち悪くならないのかと思ったくらいだ」

夕食会の間に地図を調べていたディックが、スイートウォーターというのは自分の進路――ニューメキシコを横断し、アリゾナからネヴァダへ、ラスヴェガスへと向かう進路――から百マイル以上西に外れているといいだした。そのとおりではあるにしても、ペリーの目には、ディックが少年と老人を厄介払いしたがっているのは明らかだった。その魂胆は少年にも見透かされていた。それでも、少年は礼を失することなく、こういった。「ああ、おれたちのことは心配ないです。ここなら停まってくれる車もたくさんあるはずだから。拾ってもらえますよ」

パンケーキのおかわりをむさぼり食っている老人をその場に残し、少年は二人を車まで送った。そして、ディックとペリーと握手を交わすと、よいお年を、と挨拶《あいさつ》し、暗闇の中へ走り去る二人に手を振った。

十二月三十日、水曜日の夜は、A・A・デューイ捜査官の一家には記憶すべき夜となった。あとで思いだして、妻がいった。「アルヴィンはお風呂《ふろ》で歌を歌ってました。『テキサスの黄色いバラ』を。子どもたちはテレビを見てました。わたしは食堂でテーブルの用意をしてたんです。立食パーティーの。わたし、ニューオーリンズの出で、お料理したり、お客さんを呼ぶのが好きなんです。ちょうど、母がアヴォカドとサザゲ、それに――ほんとにおいしいものをどっさり――箱で送ってくれたところでしたから。それで、思いたって。お友だちを何人か招いて、立食パーティーをしようと――マレーさんご夫妻や、クリフとドディー・ホープを招いて。アルヴィンは気が進まなかったんですが、わたし、決めたんです。だって、もう！　事件は永久に続きそうな気配で、アルヴィンは捜査が始まってから一分も休みをとってないという状態でしたから。で、テーブルの用意をしている最中、電話が鳴るのが聞こえたんですが、子どもに出てくれるよう頼んだんです――ポールに。ポールがお父さんにだっていうので、わたし、いったんです。『お父さんはお風呂に入ってるっていってちょうだい』ところが、ポールはそんなこといっていいのかなっていうんです。トピーカのサンフォードさんからなのにって。アルヴィンの上司です。アルヴィンは体にタオルを巻きつけただけで、電話に出ました。でわたし、かんかんに怒りました――あちこちにしずくをぽたぽたたらすんですもの。でも、モップを取りにいったら、もっとひどいことになってて――うちの猫、お馬鹿なピートがキッチンテーブルの上に乗って、カニサラダをむしゃむしゃ食べてるんです。アヴォカドに詰める中身を。

次にどうなったかっていうと、アルヴィンがいきなり、わたしをつかまえて抱き締めてきたんです。それで、わたし、いいました。『アルヴィン・デューイ、頭は大丈夫？』いくら冗談にしても、相手は池から上がってきたみたいにずぶ濡《ぬ》れで、わたしのドレスは台なしですから。わたし、お客さんを迎えようと、もう、ちゃんとした格好をしてたんです。でも、アルヴィンがわたしを抱き締めた理由がわかったときには、わたしもすぐに抱き締めてやりました。わかるでしょう。あの男たちが逮捕されたって情報が、アルヴィンにはどんな意味があったか。二人がラスヴェガスで逮捕されたっていうんです。アルヴィンはすぐにラスヴェガスに発《た》たなきゃっていいだしました。わたしは、まず何か着たほうがいいんじゃないのっていいました。アルヴィンはもうすっかり興奮して、こんなことをいうんです。『いや、きみのパーティーを台なしにしてしまったみたいだな！』台なしにされるといっても、あれ以上のうれしいされかたは考えられませんでした――わたしたち、もうじき、ふつうの生活に戻れるんですもの。アルヴィンは笑いだしました――笑い声を聞くだけでもすてきなことでした。というのは、その前の二週間は最悪でしたから。クリスマス前の週、二人がカンザスシティーにあらわれたんです

——ところが、つかまらずに逃げてしまって——わたし、アルヴィンがあれほど落ちこんだのは見たことありません。若いころ、脳炎で入院したときを除いては。あのときは、わたしたちももう駄目かと思いました。でも、今はそんな話、やめておきましょう。とにかく、わたしはコーヒーをいれて、寝室へ持っていったんです。アルヴィンはそこで身支度をしてるんじゃないかと思ったので。ところが、そうじゃないんです。ベッドの端に腰かけて、頭を抱えてました。まるで頭痛がするっていうみたいに。まだ靴下もはかずに。それで、わたし、いったんです。『どうするつもりなの？　肺炎にでもかかろうっていうの？』すると、アルヴィンはわたしを見て、こういいました。『いいか、マリー、これはあいつらに決まってるんだ。あいつらでなくちゃならないんだ。それがただ一つ、筋の通った解答なんだから』アルヴィンっておかしいんですよ。はじめてフィニー郡の保安官に立候補したときもそうでした。実質的にはほとんど開票が終わって、自分が勝ったことがはっきりしても、こういうんです——わたしはじれて、首を絞めてやりたくなりましたけど——それくらい、くどくどと。『いや、最後の開票報告を聞くまではわからん』って。

わたし、いってやりました。『あのね、アルヴィン、くどくどいうのはやめなさい。その連中がやったに決まってるじゃないの』すると、あの人、こういうんです。『どこに証拠がある？　あの二人のどちらにしても、クラッター家に足を踏み入れたとは証明できないんだ！』でも、わたしには証明できるように思えました。足跡です——あの獣《けだもの》たちはただ一つ、足跡だけを残していったんじゃなかったんですか？　アルヴィンはこういいました。『そうだ、あれはたいへんな手がかりだ——ただし、やつらがまだその靴をはいていればの話だ。足跡だけじゃ何の値打ちもない』それで、わたし、いったんです。『わかりました。まあ、コーヒーでも飲んだら。支度するのは手伝いますから』アルヴィンを説得するのは、そんなに簡単じゃないんです。あの人にあれこれいわれてるうちに、わたし、ヒコックとスミスはやってないんじゃないかって信じそうになりました。そして、やってないとしたら、自白はしないだろうし、自白しなかったら、絶対に有罪にはならないだろうって——証拠は状況的なものばかりだからというわけです。でも、アルヴィンがいちばん心配したのは——あの人が恐れたのは、話が漏れて、KBIが尋問する前に、当人たちが実情を知ってしまうことでした。今のところ、当人たちは仮釈放の条件違反でつかまったのだと思っているはずですから。それと、小切手詐欺《さぎ》で。アルヴィンはそう思わせておくことが重要だと感じてたんです。で、こういってました。『クラッターという名前が、ハンマーのように連中を一撃しなければならないんだ。まったく予期していなかった一撃に』

ポールが——わたし、干してあったアルヴィンの靴下を取りにいかせたんですが——ポールが戻ってきて、わたしが荷物を詰めるのを、そばで眺めてました。あの子はアルヴィンがどこにいくのか知りたがりました。すると、アルヴィンはあの子を抱き上げて、こういったんです。『おまえは秘密を守れるかい、ポーリー？』そんなこと、聞くまでもありません。うちの子はどちらも、アルヴィンの仕事のことはしゃべってはならないと知っていますから——家で小耳に挟んだ話の端々にしても。それで、アルヴィンも教えてやりました。『ポーリー、お父さんたちが捜してた二人の男のことをおぼえてるだろう？　実は、今、二人の居どころがわかったんだ。お父さんはこれから二人をつかまえて、このガーデンシティーへ連れてくる』でも、ポールが必死に頼むんです。『そんなことしないで、お父さん。ここに連れてきたりしないで』あの子は怯《おび》えてました——それはそうでしょう、まだ九つですから。アルヴィンはキスしてやって、こういいました。『大丈夫だよ、ポーリー。あの男たちに人を傷つけるような真似《まね》はさせないから。あの男たちは、もう二度と人を傷つけたりはしないから』」

その日の午後五時、盗難車のシヴォレーがネヴァダ砂漠を走り抜け、ラスヴェガスに入ってから二十分ほどたったところで、長い旅は終わりを告げた。しかし、それはペリーがラスヴェガスの郵便局を訪ねてからのことだった。ペリーはそこで、局留めにした自分宛《あ》ての荷物を受け取った——メキシコから郵送した大きなボール箱で、それに百ドルの保険をかけていた。カーキ色の上下、デニムのズボン、着古したシャツ、下着、鋼《はがね》のバックルつきのブーツ二足という中身の値打ちからすると呆《あき》れるほどの額だった。郵便局の外でペリーを待っていたディックは、意気軒昂《けんこう》だった。当面の困難を一掃し、新たな虹《にじ》がのぞく新たな道に踏みだせると自ら確信する決定に達していたからだ。その第一歩は、空軍将校になりすますというものだった。それはディックが長い間温めてきた計画だった。しかも、ラスヴェガスはそれを試してみるのにうってつけの舞台だった。すでに将校の階級と名前も選んであった。名前は以前の知り合いで、当時のカンザス州立刑務所長、トレーシー・ハンドから借用することにしていた。トレーシー・ハンド大《たい》尉《い》として、あつらえの制服をスマートに着こなし、二十四時間営業のカジノが並ぶラスヴェガスの通りを〝しらみつぶし〟にするのだ。二流の店、一流の店、サンズやスターダスト――すべて立ちまわって、途中、〝紙ふぶき〟をたっぷりばらまく。インチキ小切手を休みなく書きなぐれば、二十四時間で三千、たぶん、四千ドルは巻き上げられるだろう。だが、それは計画の半分に過ぎなかった。あとの半分はこうだった。あばよ、ペリー。ディックはペリーにうんざりしていた。ペリーのハーモニカ、痛みや苦しみ、迷信深さ、涙ぐんだめめしい目、しつこくささやく声。疑い深く、独りよがりで、意地悪なところは、厄介払いしなければならない女房に似ていた。ただ、そのやりかたは一つしかなかった。何もいわずに、消えてしまうことだ。

計画に没頭していたディックは、前を通り過ぎたパトカーが、スピードを落とし、様子をうかがっているのに気づかなかった。メキシコから送った箱を肩に担《かつ》いで郵便局の階段を下りてきたペリーも、パトカーとその中の警官が目に入らなかった。

オシー・ピッグフォードとフランシス・マコーリーの両巡査は、何ページ分ものデータを頭に入れて持ち歩いていた。その中には、カンザス・ナンバーJo16212のプレートをつけた白黒の一九五六年型シヴォレーのデータも含まれていた。ディックもペリーも、郵便局をあとにしたとき、パトカーが追跡してくるのに気づかなかった。ペリーの指示、ディックの運転で、二人は北へ五ブロック進み、左に折れ、次いで右に曲がり、さらに四分の一マイルほど走った。そして、枯れかけたヤシの木と、風雨にさらされて〝OOM〟以外の文字がすべて褪《あ》せてしまった看板の前で停まった。

「ここか？」ディックが聞いた。

ペリーがうなずいたとき、パトカーが横づけしてきた。

ラスヴェガス市拘置所の刑事部には取調室が二つあった。いずれも間口十フィート、奥行き十二フィートの、蛍光灯に照らされた部屋で、壁と天井にはセロテックス（訳注・絶縁防音ボード）が張ってあった。また、扇風機、金属製のテーブル、金属製の折りたたみ椅子《いす》に加えて、マイクロフォンが仕掛けられ、テープレコーダーが隠され、ドアにはマジックミラーがはめこまれていた。一九六〇年一月二日の土曜日には、どちらの部屋も午後二時からの使用が予定されていた。カンザスからきた四人の捜査官が、ヒコックおよびスミスとの最初の対面に、その時刻を選んでいたのだ。

指定の時刻の直前に、四人のKBI捜査官――ハロルド・ナイ、ロイ・チャーチ、アルヴィン・デューイ、クラレンス・ダンツ――は、取調室の外の廊下に集まった。ナイは熱を出していた。「風邪気味ではあったんだけどね。でも、ほとんど、興奮のせいだった」ナイはあとになって、報道関係者にそう話した。「それまで、わたしは二日間もラスヴェガスで待機してたんだ――逮捕の知らせがトピーカの本部に届くと、もう次の飛行機に乗ったからね。チームのほかの連中、アルとロイとクラレンスは、車できたんだが――それが、ひどい旅になってね。ひどい天気だったんだ。大晦日《おおみそか》は雪でアルバカーキのモーテルに閉じこめられたんだ。うん、連中がヴェガスにたどり着いたときには、いいウイスキーといいニュースがなくちゃやりきれないって状態だったよ。そのどちらもちゃんと用意しておいたがね。例の二人はもう、身柄引き渡しの同意書に署名してたんだ。それだけじゃない。もっといいことがあった。ブーツが手に入ったんだ。二足とも。そして、靴底――キャッツポー印と菱形《ひしがた》模様――が、クラッター家で見つかった足跡の実物大の写真と完全に一致したんだ。ブーツは、あいつらが幕引き前に郵便局で受け取ったがらくたの箱の中に入ってた。アル・デューイにもいったんだが、逮捕がもう五分早かったら、どうなっていたことか！

それにしても、この件はひどく危なっかしかったな――どこを引っ張ってもすぐに壊れそうで。しかし、思いだしてみると、みんなと廊下で待ってる間――わたしは熱っぽくて、ひどく神経質になってたが、自信はあったな。みんながそうだった。真相に肉薄してると感じてたんだ。わたしの仕事、わたしとチャーチの仕事は、ヒコックを締めあげて吐かせることだった。スミスはアルとダンツおやじの担当だった。その時点まで、わたしは容疑者二人を見たことがなかった――ただ、所持品を調べ、身柄引き渡しの手続きをしただけで。ヒコックも、取調室に連れてこられるまで、ちらっとも見たことがなかった。わたしはもっと大きな男を想像してた。もっと屈強な。あんな瘦《や》せたあんちゃんじゃなくてね。あいつは二十八歳だったが、あんちゃんみたいに見えた。腹をすかせてる――ひどく飢えてるって感じだったな。青いシャツ、カーキ色のズボン、白い靴下、黒い靴という格好だった。われわれは握手したが、あいつの手はわたしの手より乾いてたな。こざっぱりしていて、礼儀正しく、いい声をしてるし、言葉づかいもまともだ。かなりきちんとした様子の男で、とても人なつっこい笑顔をしてた――はじめのころは、よく笑ってたよ。

わたしはこう切りだした。『ヒコックさん、わたしの名前はハロルド・ナイ。こちらはロイ・チャーチさん。われわれはカンザス州捜査局の特別捜査官だ。あんたの仮釈放の条件違反の件で話をするためにこちらにきた。当然のことながら、あんたはわれわれの質問に答える義務はない。あんたが話した内容が、あんたに不利な証拠として用いられることがあるかもしれない。あんたはいつでも弁護士を依頼する権利がある。われわれは力や威迫を用いることはない。あんたに何かを約束することもない』あいつはこれ以上ないというほど平静だったな」

「やりかたはわかってます」ディックがいった。「前にも尋問されたことがありますから」

「それじゃ、ヒコックさん——」

「ディックと呼んでください」

「ディック、われわれは仮釈放後のあんたの行動について話をしたいんだがね。われわれの知る限り、あんたはカンザスシティー地区で、少なくとも二度、派手に小切手を切ってるね」

「ええ、まあ。かなりばらまきました」

「ひととおり、あげてみてもらえるかな？」

容疑者は自らの紛れもない才能の一つ、明晰《めいせき》な記憶力を誇るかのように、カンザスシティーの二十軒に及ぶ商店、カフェ、修理工場の名前と所番地をすらすらと列挙した。そして、一軒ごとの〝買い物〟と、そこで渡した小切手の額を正確に思いだした。

「どうも不思議なんだが、ディック。どうして、みんな、すんなり、あんたの小切手を受け取るんだろう？　その秘訣《ひけつ》を聞きたいもんだ」

「秘訣っていうのは、みんなが間抜けだってことですよ」

そこで、ロイ・チャーチがいった。「なるほどね、ディック。それは非常におもしろい。しかしだね、さしあたって、この小切手の件はおいておくことにしよう」チャーチは、喉《のど》が豚の剛毛で裏打ちされているというような声で話し、石壁を殴っても平気なほど（実際、それが得意の芸だった）鍛えられた手をしていたが、ただの優しそうな小男と間違われることで知られていた。たしかに、頭が禿《は》げて、ピンク色の頬をした誰かの叔父さんに見えなくもなかった。「ディック」チャーチはいった。「まず、きみの生い立ちについて何か話してくれないかね」

容疑者は思い出を語った。昔、彼が九つか十のころ、父親が病気になった。「野兎《やと》病でした」症状は何ヵ月も続いた。その間、家族は教会の援助と隣人たちの施しに頼って暮らした──「あれがなかったら、おれたち、飢え死にしてたでしょう」そのエピソードを別にすれば、彼の少年時代はまともなものだった。「うちはカネがあったこともなかったけど、ひどく落ちぶれたってこともなかったんです」ヒコックはいった。「みんな、いつもさっぱりした服を着て、食うものは食ってましたよ。だけど、おやじは厳しくて。おれに何か家の仕事をさせとかないと、機嫌がよくなかったです。それでも、おれたち、うまくやってました――本気で喧嘩《けんか》したことはなかったから。両親も喧嘩はしませんでした。言い争い一つ思いだせないくらいです。すばらしい人なんですよ、おふくろは。おやじもいい人です。二人ともおれのためにできる限りのことはしてくれたんじゃないですか」学校？　スポーツに〝浪費した〟時間の一部でも本に振り向けていたら、並み以上の生徒になれたと思う、ということだった。「野球。フットボール。おれはどのチームでもレギュラーでした。ハイスクールを出たあと、フットボールの奨学金で進学することもできたんです。ただ、おれは技術のほうの勉強がしたかったから。だけど、そういうことになると、奨学金もらっても、まだカネがかかりますからね。よくわかんないけど、就職するほうが堅いかなって気がして」

ヒコックは二十一歳の誕生日を迎える前に、鉄道の保線係、救急車の運転手、自動車塗装工、修理工として働いた。十六歳の娘と結婚もしていた。「キャロルです。あいつの父親は牧師で、おれとの結婚には大反対でした。おれのこと、まったくのろくでなしだって。それで、できる限りの邪魔をしたんです。だけど、おれはキャロルにのぼせてたから。今でもそうだけど。ほんとのお姫さまですよ。ただ――ほら、おれたち、子どもが三人もできちゃって。男の子ばかり。おれたち、三人の子を持つには若すぎたんです。それでも、首までどっぷり浸《つ》かるほど借金してなかったら。もうちょっとカネを稼げていたらな。まあ、やってはみたんですが」

ヒコックは賭博《とばく》をやってみた。小切手詐欺や、その他さまざまなかたちの盗みの実験も始めた。一九五八年、ジョンソン郡裁判所から住居侵入窃盗《せっとう》で有罪判決を受け、カンザス州立刑務所で五年の服役という刑を宣せられた。そのときには、キャロルはすでに去っていて、また別の十六歳の娘を花嫁に迎えていた。「これがどうしようもない性悪で。あいつも、あいつの家族も。おれが入ってる間に離婚しやがって。だけど、べつに文句をいってるわけじゃありませんよ。去年の八月に出所したとき、おれは再出発するいいチャンスだと思ったんです。オレースで仕事見つけて、家族と一緒に暮らして、夜は家から出ないようにして。ちゃんとやってたんですが――」

「十一月二十日まではね」ナイが口を挟んだが、ヒコックはその意味がわからなかったようだった。「ちゃんとやるのをやめて、不渡り小切手をばらまきはじめた日だよ。なぜ、そんなことを？」

ヒコックは溜《た》め息をついて、こういった。「それは本一冊ぐらいの話になるんですが」それから、ナイに煙草《たばこ》を一本借り、親切なチャーチに火をつけてもらうと、それをふかしながら、話を続けた。「ペリー――おれの友だちのペリー・スミス――が、春に仮釈放になってたんですよ。そのあと、おれが出所したときに、あいつから手紙がきたんです。アイダホの消印で。おれたちが中でよく話しあってたことを実行しようっていってきたんです。メキシコ行きを。メキシコのアカプルコにいって、釣り船買って、それを自分たちで操縦して、観光客を沖釣りに連れていこうっていうのが計画だったんです」ナイがいった。「その船だがね。どうやってカネを払うつもりだったのかな？」

「それをこれから話しますよ」ヒコックがいった。「実は、ペリーが手紙で書いてたんですが、あいつには姉貴がいて、フォートスコットに住んでるんですよ。その姉貴があいつのためにかなりの額のカネを預かっているっていうんです。何千ドルも。あいつのおやじさんがアラスカの地所を売ったカネを分けてもらうことになってるとかで。あいつはそのカネを受け取りにカンザスへくるっていってました」

「あんたたち二人はそれで船を買うつもりだったんだな」

「そのとおりです」

「だが、そううまくは運ばなかった」

「どうなったかっていうと、ペリーがあらわれたのは、それから一ヵ月ぐらいしてからですかね。おれはあいつをカンザスシティーのバス発着所に迎えにいって――」

「それはいつ？」チャーチが聞いた。「何曜日だったのかな？」

「木曜日です」

「で、きみたちはいつフォートスコットへいったの？」

「土曜日です」

「十一月十四日の」

　ヒコックの目が驚きで光った。なぜ、チャーチがそんなにはっきり日付をおぼえているのかと自問しているのが見てとれた。それで、捜査官は急いで——疑念がひろがる間をおかず——こう尋ねた。「フォートスコットへ発《た》ったのは何時ごろだった？」

「その日の午後です。二人でおれの車を手入れして、ウェストサイド・カフェでチリを食って。だから、三時ごろにはなってたんじゃないかな」

「三時ごろね。ペリー・スミスの姉さんは、きみたちがくるのを知っていたのかな？」

「いえ。というのは、つまり、ペリーが姉貴の住所を書いた紙をなくしちまったもんですから。それに、先方には電話がないんで」

「だったら、どうやって探し当てるつもりだったの？」

「郵便局で聞こうと思ってました」

「で、実際にそうしたわけ？」

「ペリーが聞いたんです。そしたら、姉貴は引っ越したっていわれて。行く先はオレゴンだろうってことだったんですが、彼女、転送先を残していかなかったんで」

「それはこたえただろうね。そんな大金の当てが外れたんじゃね」

ヒコックはうなずいた。「というのは——そう、おれたち、絶対メキシコへいこうって決めてましたから。あんなことにならなかったら、おれも小切手を現金に換えたりしなかったんですけどね。だけど、できたら……まあ、聞いてくださいよ、ほんとのことをいってるんですから。メキシコへいって、カネが稼げるようになったら、清算できるだろうって考えてたんですよ。小切手の分を」

今度はナイが取って代わった。「ちょっと待った、ディック」ナイは元来、ひどく短気な男だ。自分の攻撃性と、歯に衣《きぬ》着せぬ話しぶりを和らげるのに苦労している。「フォートスコット行きについて、もうちょっと聞きたいんだがね」なるべく角が立たないようにいった。「スミスの姉さんがもうあちらにいないとわかって、あんたたちはそのあと、どうしたのかな？」

「ぶらぶらして、ビールを一杯やって。それから、車で帰ってきました」

「家へ帰ったってこと？」

「いや、カンザスシティーへです。ゼスト・ドライヴインに寄って、ハンバーガー食って。それから、チェリー・ローをあたってみました」

ナイもチャーチもチェリー・ローをよく知らなかった。

ヒコックがいった。「冗談でしょ？　カンザスの警官なら誰だって知ってますよ」捜査官たちが重ねて知らないというと、出くわす相手が〝ほとんど商売女〟という小さな公園だ、と説明した。そして、こうつけたした。「だけど、素人《しろうと》もたくさんいるんですよ。看護婦とか、秘書とか。おれはあそこじゃ、けっこう、ついてましてね」

「で、その晩のことだが。やはり、ついてたのかな？」

「とんでもない。おれたち、手癖の悪いのを引き当てちまったんです」

「名前は？」

「ミルドレッド。もう一人、ペリーの相手はジョーンっていったと思います」

「その二人の人相風体は？」

「たぶん、姉妹だと思います。どちらもブロンドで、丸ぽちゃで。だけど、あんまりはっきりおぼえてないんですよ。実は、できあいのオレンジブロッサム――オレンジソーダとウォッカを混ぜたやつ――のボトルを買ってたもんで、おれはもう酔ってたんです。女たちにも二、三杯飲ませてから、車でファンへイヴンへいきました。おたくたちはファンへイヴンなんて聞いたことないでしょ？」

二人とも聞いたことがなかった。

ヒコックはにやりとして、肩をすくめた。「ブルーリッジ・ロードにあるんです。カンザスシティーの八マイル南に。ナイトクラブとモーテルを一緒にしたみたいなところです。十ドル払うと、部屋の鍵《かぎ》をくれるんですよ」

ヒコックは話を続け、自分たち四人がその夜を過ごしたと称する部屋の様子を述べた。

ツインベッド、古いコカコーラのカレンダー、客が二十五セント入れないと聞けないラジオ。ヒコックの平静さ、明瞭《めいりょう》さ、それらしい細部のもっともらしい説明は、ナイを感心させた——もちろん、こいつは嘘《うそ》を並べたてているわけだが、ひょっとしたら、嘘ではないのかも？　風邪で発熱しているせいなのか、それとも、熱い確信に冷水を浴びせられたせいなのか、冷や汗がにじんできた。

「翌朝、起きてみると、女たちがカネをとって、ずらかってるのに気がつきました」ヒコックがいった。「おれの分はたいしたことなかったんですが、ペリーは財布を持っていかれて。四十か五十ドル入りの」

「それで、何か手を打った？」

「どうしようもないですよ」

「警察に届けるくらいはできただろうに」

「ちょっとちょっと、やめてくださいよ。警察に届ける？　ご参考までにいっときますがね、仮釈放中の人間は酔っぱらっちゃならないことになってるんですよ。ほかの前科者とつきあうのも——」

「わかった、ディック。それじゃ、日曜日だが。十一月十五日の。その日、ファンへイヴンを出てからあと、何をしてたか教えてくれないか」

「そうですね、おれたち、ハッピーヒル近くのトラックサーヴィスエリアで朝飯を食いました。それから、車でオレースへ戻って、ペリーが泊まってるホテルであいつを降ろして。それが十一時ごろだったんじゃないかな。そのあと、おれは家に帰って、家族と一緒に昼飯を食いました。いつもの日曜日と同じです。それから、テレビを見て——バスケットボールのゲームだったか、いや、フットボールだったかもしれないな。おれはかなり疲れてたもんで」

「次にペリー・スミスと会ったのはいつだった？」

「月曜日です。あいつがおれの職場にやってきたんです。ボブ・サンズ車体工場に」

「それで、何の話をしたのかな？　メキシコの話？」

「まあ、おれたち、考えてること全部をやるだけのカネは手に入らなかったにしても、その計画にはまだ気がありましたからね——向こうで商売を始めるっていう。とにかく、おれたち、いってみたかったし、冒険してみるだけの価値はあるように思えたんです」

「ランシングでもう一度おつとめするだけの価値があるってことかな？」

「そんなことは考えてもみなかったです。だって、おれたち、二度と国に戻ってくるつもりはなかったから」

手帳にメモをとりつづけていたナイがいった。「例の小切手をばらまいた翌日——二十一日になるが——あんたと友だちのスミスは姿を消したね。それで、ディック、そのときから、このラスヴェガスで逮捕されるまでのあんたたちの行動をざっと話してくれないかな。ほんとにざっとでいいから」

ヒコックはヒューと口笛を吹き、目をぎょろりと動かした。「やれやれ！」そういうと、ほとんど完璧《かんぺき》ともいえる記憶の才を駆使して、車の長旅――彼とスミスが過去六週間で走破した約一万マイル――の話を始めた。その話は、二時五十分から四時十五分までの一時間二十五分にわたった。ハイウェイやホテル、モーテル、それに、川や町、都会のからみあう名前のコーラスが続く間、ナイはそれを逐一書きとめようとした。アパッチ、エルパソ、コーパスクリスティ、サンティロ、サンルイスポトシ、アカプルコ、サンディエゴ、ダラス、オマハ、スイートウォーター、スティルウォーター、テンヴィルジャンクション、タラハッシー、ニードルズ、マイアミ、ホテル・ヌエヴォウォルドーフ、サマセット・ホテル、ホテル・シモーン、アローヘッド・モーテル、チェロキー・モーテル等々。ヒコックはメキシコで会って、自分のポンコツの一九四九年型シヴォレーを売りつけた相手の名前を教えた。そして、アイオワでより新しい型の車を盗んだと自白した。また、自分と相棒が出会った人々のことを詳述した。金持ちで色っぽいメキシコの未亡人。ドイツの〝百万長者〟オットー。〝しゃれた〟藤色のキャデラックを運転していた〝しゃれた〟黒人のプロボクサー二人組。フロリダでガラガラへビの飼育場を営んでいた盲人。瀕死《ひんし》の老人とその孫。その他何人も。話が終わると、ヒコックは腕組みし、満足げな笑みを浮かべた。自分の旅行談の滑稽味《こっけいみ》、明晰さ、率直さが賞賛されるのを待とうとでもいうように。

しかし、ナイは語りを追いながらペンを走らせ、チャーチは固めた拳《こぶし》を開いたてのひらに物憂《ものう》げに打ちつけるばかりで、口を開こうとしなかった——やがて、突然、こういいだすまでは。「われわれがなぜここにいるか、察しはついてるだろうね」

ヒコックは口もとを引き締め、居住まいを正した。

「われわれがけちな小切手詐欺師二人とおしゃべりするために、はるばるネヴァダくんだりまでやってきたんじゃないということは」

ナイはすでに手帳を閉じていた。そして、チャーチ同様、容疑者を注視し、その左のこめかみに浮きだした血管の束を見やっていた。

「われわれがそんなことをするかね、ディック？」

「何をです？」

「小切手何枚かの話をするためにこんなところまでくるかってことだよ」

「おれにはほかの理由なんて考えられないんですが」

ナイは手帳の表紙に短刀の絵を描きはじめた。描きながら、こういった。「いいか、ディック。あんたはクラッター殺人事件っていうのを聞いたことはないか？」ナイがのちに尋問の公式報告書に書いたとおり、そのとたん、「被疑者は一目瞭然《りょうぜん》の激しい反応を示した。顔面は蒼白《そうはく》になって、目はひきつった」

ヒコックはいった。「ちょっと。ちょっと待ってくださいよ。おれは人殺しなんかじゃないですよ」

「質問はだね」チャーチが注意した。「クラッター殺しを聞いたことはあるかってことなんだが」

「何か読んだことがあるような気はしますが」ヒコックはいった。

「凶悪な犯罪だ。凶悪な。しかも、卑怯《ひきょう》な」

「それに、ほぼ完全犯罪といってもいい」ナイがいった。「しかし、あんたたちは二つ間違いをしたんだ、ディック。一つは、証人を残したことだ。生き証人を。その人物は法廷に立って証言するだろう。証人席に立って、リチャード・ヒコックとペリー・スミスが四人の無抵抗な人間を縛りあげ、さるぐつわをかまして惨殺《ざんさつ》したと陪審員に話すだろう」

ヒコックの顔に血色が戻り、赤みがさした。「生き証人だと！　そんなもの、いるわけねえだろう！」

「ということは、おまえ、一人残らず片づけたと思ってたわけか？」

「そんな話はやめろっていってるんだ！　おれをそんな殺しと結びつけられるやつなんているわけねえ。小切手。しみったれた盗み。それならともかく、おれは人殺しなんかじゃねえ」

「だったら」ナイが熱くなって逆襲した。「おまえはなんで嘘をついてたんだ?」

「おれはほんとのことしかしゃべってねえよ」

「それはときどきだ。ずっとじゃない。たとえば、十一月十四日、土曜日の午後はどうなんだ? おまえはフォートスコットへいったっていったな」

「ああ」

「むこうに着いてから、郵便局にいったって」

「ああ」

「ペリー・スミスの姉さんの住所を聞くために」

「そのとおりだ」

ナイは立ち上がった。そして、ヒコックの椅子《いす》の後ろへまわりこみ、椅子の背に両手をおき、容疑者の耳もとにささやこうとでもするように前屈《かが》みになった。「ペリー・スミスにはフォートスコットに住んでる姉なんかいないんだ」ナイはいった。「前にいたということもない。それに、土曜の午後には、フォートスコットの郵便局は閉まってるんだ」それから、こういった。「よく考えておくんだな、ディック。今回はこれまでにしておく。また、あらためて話そう」

ヒコックが去ったあと、ナイとチャーチは廊下を横切り、もう一つの取調室のドアにはめこまれたマジックミラーを通して、ペリー・スミスに対する尋問の様子をのぞいてみた――音は聞こえないが、目に見える光景を。スミスをはじめて見るナイは、その足に目を奪われた。下肢が短いため、子どものように小さな足が完全に床に着いていないという事実に。スミスの首から上――インディアンのような硬い髪の毛、アイルランドとインディアンの混血らしい浅黒い肌、勝ち気そうな顔立ち――は、きれいで好感の持てる姉、ジョンソン夫人を彷彿《ほうふつ》させた。しかし、このずんぐりして不恰好《ぶかっこう》な、子どものような男は、とてもきれいとはいえなかった。スミスは煙草《たばこ》を吸っていた。ピンク色の舌先を、トカゲの舌のようにちらちらさせていた。スミスは煙草を吸っていた。吐きだす煙の静けさから、ナイは彼がまだ〝うぶ〟である――すなわち、尋問の真の目的を知らされていない――と推測した。

ナイは正しかった。忍耐に富んだ専門家のデューイとダンツは、容疑者の身の上話を、過去七週間のできごとへと徐々に狭めていった。さらに、決定的な週末――十一月十四日、土曜日の昼から、十五日、日曜日の昼まで――の概要へと絞りこんでいった。そして、今、準備に三時間を費やして、まもなく要点に達しようとしていた。

デューイがいった。「それじゃ、ペリー、われわれの見解を復習してみよう。まず、きみが仮釈放になったときのことだが、カンザスに戻ってはならないという条件だったね」

「ええ、ヒマワリ州（訳注 カンザス州の異名）にね。おれは目がつぶれるほど泣きましたよ」

「そんなふうに思いつめてたなら、なんで戻ってきたんだね？ 何かのっぴきならないわけがあってのことなんだろうな」

「それはもういいましたよ。姉貴に会うためです。姉貴が預かってくれてたカネを取りにいくためです」

「ああ、そうだったな。きみとヒコックはフォートスコットで姉さんを探そうとしたんだ。ペリー、フォートスコットはカンザスシティーからどれくらいの距離だ？」

スミスは首を振った。知らなかったのだ。

「それじゃ、車でどれくらいかかった？」

返事はなかった。

「一時間？ 二時間？ 三時間？ 四時間？」

思いだせない、と容疑者はいった。

「思いだせるはずがない。きみはこれまで一度もフォートスコットへはいったことがないんだから」

そのときまで、二人の捜査官のいずれも、スミスの供述に疑いを挟んだことはなかった。スミスは椅子に座ったまま、もぞもぞ体を動かし、舌先で唇を湿らせた。

「実は、きみが話したことは何一つほんとではなかったんだ。きみたちはフォートスコットへ足を踏み入れたことはない。女二人を拾ったこともないし、モーテルへ連れこんだこともない――」

「ありますよ。冗談じゃない」

「じゃ、女たちの名前は？」

「それは聞きもしなかったから」

「きみとヒコックはその女たちと一晩過ごしたっていうのに、名前も聞かなかったのか？」

「ただの売春婦じゃないですか」

「じゃ、モーテルの名前を教えてもらおう」

「ディックに聞いてください。あいつなら知ってます。おれはそういうつまらないことはおぼえてないんで」

デューイは同僚に声をかけた。「クラレンス、そろそろ、ペリーにわからせてやる時機かな」

ダンツが背中を丸めて身を乗りだした。ウェルター級並みの機敏さを持ったヘヴィー級という趣の男だが、半ば閉じたような目はいかにも物憂げだ。話しかたもひどくゆっくりしている。時間をかけて思いつき、南部訛《なま》りで発する一語一語が、長く尾を引くというあんばいだ。「そうですな」ダンツはいった。「いよいよ本番かな」

「いいか、よく聞くんだ。ペリー。きみたちが土曜の夜にほんとはどこにいたか、これからダンツさんが話してくれる。きみたちがどこにいて、何をしていたかを」

ダンツがいった。「あんたらはクラッター一家を殺してたんだ」

スミスはごくりと唾《つば》をのみこんだ。そして、両膝《ひざ》をこすりあわせはじめた。

「あんたらはカンザスのホルカムにいっとった。ハーバート・W・クラッター氏の家に。そして、その家を出る前に、そこにいた人をみんな殺したんだ」

「そんな、絶対に。絶対に」

「絶対に何なんだ？」

「そんな名前の人間は知らないです。クラッターなんて」

デューイはスミスを嘘つきと決めつけた。それから、四人の捜査官の事前の打ち合わせで、表を伏せておくと合意したカードを取りだした。「われわれには生き証人がいるんだ、ペリー。きみたちが見過ごした人間が」

まるまる一分が経過した。デューイはスミスの沈黙をよしとした。無実の人間であれば、その証人とは誰なのか、クラッター一家とは何者なのか、なぜ、自分がその人たちを殺したと考えたのか、と聞いてくるだろう。とにかく、何かいうはずだ。しかし、スミスは黙って座ったまま、両膝をこすりあわせていた。

「どうだ、ペリー？」

「アスピリンないですか？　おれのアスピリンは持ってかれちゃったんで」

「気分が悪いのか？」

「脚の具合が」

五時半になっていた。デューイはわざとらしく唐突に尋問を打ち切った。「あした、また、この話の続きをしよう」そういった。「ついでだが、あしたは何の日か知っているか？　ナンシー・クラッターの誕生日だ。生きていたら、十七になっているところだが」

「生きていたら、十七になっているところだが」明けがたになっても眠れずにいたペリーは、（あとで思いだしてみると）きょうがあの娘の誕生日だというのはほんとうだろうか、と訝《いぶか》っていた。そして、違うと判断した。証人——〝生き証人〟——云々《うんぬん》のでたらめと同じく、こちらをいらだたせようという手口に過ぎない。証人などいるはずがない。それとも、やつらがいうのは——ああ、ディックと話ができたら！　しかし、ディックとは引き離されていた。ディックは別の階の独房に収容されていた。「いいか、よく聞くんだ。ペリー。きみたちが土曜の夜にほんとはどこにいたか、これからダンツさんが話してくれる……」尋問の途中、十一月の特定の週末の話がしきりに出てくるのに気がついてから、ペリーはくるべきものがくると腹をくくっていた。しかし、実際にそうなったとき、大男のカウボーイに眠たげな声で「あんたらはクラッター一家を殺したんだ」といわれたときには、そう、死んだも同然になった、というほかなかった。二秒間で十ポンドは痩《や》せたに違いなかった。だが、ありがたいことに、それを相手に悟らせはしなかった。少なくとも、悟らせたつもりはなかった。では、ディックは？　たぶん、やつらはディックを同じように引っかけたのだろう。ディックは頭がいいし、たいした役者だ。だが、〝根性〟となると、あてにはならない。あまりに簡単にあわてふためく。そうではあるが、どんな圧力をかけられるにしても、ディックは持ちこたえるに違いない。吊《つ》るされたくなければ当然だ。「そして、その家を出る前に、そこにいた人をみんな殺したんだ」カンザスじゅうの前科者が一人残らず、あの台詞《せりふ》を聞かされたとしても、自分はべつに驚きもしない。やつらは何百人という人間を尋問し、何十人という人間を告発してきたに違いない。自分とディックで、それが二人増えるだけだ。だが、その一方で――そう、仮釈放の条件違反のけちな二人組を引き取るのに、カンザス州が四人の特別捜査官を一千マイルの遠くまで送ってくるだろうか？　やつらはどうしてかわからないが、見つけだしたのかもしれない。何かを、誰かを――〝生き証人〟を。しかし、そんなことはありえない。ただ――ほんの五分でいいから、ディックと話せるなら、腕の一本、脚の一本くれてやってもいいのだが。

そして、下の階の独房で起きていたディックも、（あとで思いだしてみると）やはり、ペリーと話しあいたいと熱望していた――あの間抜けがやつらに何をしゃべったか知りたいものだ。くそっ、ファンヘイヴンのアリバイのあらすじでさえ、あいつがおぼえているかどうか疑わしい。何度も何度も打ちあわせておいたのだが。それに、やつらがあいつを証人云々で脅したら！　あのチビは十中八九、目撃者がいたと思ったに違いない。だが、このおれはその証人なるものが誰なのか、すぐにぴんときた。昔の友だちで、以前、同房だったフロイド・ウェルズだ。実は、刑期の最後の何週間かの間、フロイドを刺し殺そう――手製のヤッパで心臓をずぶりとやろう――と計画したのだが。それをやりそこねたおれは、とんでもない間抜けだ。ペリーを別にすれば、ヒコックとクラッターという名前を結びつけられる人間はただ一人、撫《な》で肩で、顎《あご》が引っこんだフロイド・ウェルズしかいない。やつは怯《おび》えて何もできないと思っていた。ところが、あのくそったれは何かおいしいほうび――仮釈放か、カネか、その両方か――をあてこんで踏み切ったのだ。だが、そうは問屋が卸さない。囚人がたれこんだからといって、証拠にはならないからだ。証拠というのは、足跡、指紋、目撃者、自白といったものだ。あのカウボーイどもが頼りにしつづけるのが、フロイド・ウェルズの話だけだとしたら、たいして心配することもあるまい。となると、フロイドはペリーの半分ほども危険でない。だが、ペリーがうろたえて、べらべらしゃべりはじめたら、二人そろって〝コーナー〟へ送られる羽目になる。突然、ディックは真理を悟った。おれが黙らせなければならなかったのはペリーだったのだ。メキシコの山道で。あるいは、モハーヴェ砂漠を歩いていたときに。なぜ、今まで考えつかなかったのだろう？　今では、今ではもう、あまりに遅すぎる。

結局、その日の午後三時五分、フォートスコットの話はつくりごとだ、とスミスが認めた。「あれはディックが自分の家族にした話なんです。泊まりがけで出かけられるように。それで、酒を飲もうってつもりだったんです。実は、おやじさんがかなり厳しくディックを監視してたもんで——あいつが仮釈放の条件違反をするのを恐れて。それで、おれの姉貴というのを口実にでっちあげたんです。おやじさんをなだめるために」しかし、その他の点では、前と同じ話を何度も繰り返した。ダンツとデューイは、その話の疑問点を何度も指摘し、嘘を責めたてたが、供述を翻《ひるがえ》させるには至らなかった。ただ、新たな詳細が加わっただけだった。スミスがきょうになって思いだしたところによると、売春婦たちの名前はミルドレッドとジェーン（あるいはジョーン）だった。「あいつらにはやられましたよ」今はそれを思いだしていた。「おれたちが眠ってる間に、カネをとってずらかっちまったんです」そして、ダンツでさえ余裕を失った――ネクタイと上着だけでなく、眠たげで謎《なぞ》めいた物腰も脱ぎ捨てた――にもかかわらず、容疑者は満足げで平静な様子だった。頑として自説を曲げようとはしなかった。クラッター一家もホルカムも、いや、ガーデンシティーも聞いたことがない、といい張った。

廊下を隔てた煙草の煙が充満した部屋では、ヒコックが二度目の尋問を受けていた。チャーチとナイは、より間接的な戦略をことさらに用いていた。もう三時間に及ぼうとする尋問中、どちらも、殺人という言葉をただの一度も口にしなかった。それが容疑者に待ちぼうけをくわせ、いらだたせた。二人はほかのあらゆることを話題にした。ヒコックの宗教哲学(「おれは地獄を知ってますよ。いったことがあるから。たぶん、天国もあるんでしょうね。金持ちはみんな、そう思ってるし」)。性的遍歴(「おれはずっと百パーセント正常でやってきましたよ」)。そして、もう一度、最近の大陸横断の逃避行の経緯(「おれたちがなぜ、あんなふうに旅を続けたかっていうと、仕事探しっていうのが唯一《ゆいいつ》の理由です。だけど、まともな仕事は何も見つからなくて。ある日なんか、どぶを掘ってて……」)。しかし、そこで語られなかったことこそが関心の的――すなわち、ヒコックのつのる苦痛の原因だ、と捜査官二人は確信していた。まもなく、ヒコックは目を閉じ、震える指先でまぶたを押さえた。それを見て、チャーチが尋ねた。「どこか具合が悪いのかね?」

「頭痛です。ほんとにひどいのにとりつかれちまって」

そこで、ナイがいった。「わたしを見るんだ、ディック」ヒコックはいわれたとおりにした。ナイはその表情を、こう解釈した。早くそれに触れて責めたててくれ、そして、自分を断固たる否認の聖域へ逃してくれ、という嘆願だ、と。「きのう、例の問題を話したとき、クラッター殺しはほぼ完全犯罪といってもいい、とわたしがいったのをおぼえているだろう。だが、犯人は二つだけ過《あやま》ちを犯した。一つは、証人を残したということ。もう一つは——よし、今、見せてやろう」ナイは立ち上がると、隅のほうから、箱とブリーフケースを取ってきた。どちらも、尋問を始めるときに部屋に持ちこんでおいたものだった。そして、そのブリーフケースから大判の写真を取りだした。「これは」ナイは写真を机の上に置いた。「クラッター氏の遺体の近くで見つかった足跡の実物大の写真だ。そして、ここに」ナイは箱を開けた。「その跡をつけたブーツがある。あんたのブーツだよ、ディック」ヒコックはそれを見て、目をそらせた。そして、肘《ひじ》を膝に乗せ、両手で頭を抱えこんだ。「スミスは」ナイがいった。「もっと不注意だった。われわれは彼のブーツも手に入れた。それがもう一つの足跡とぴったり一致するんだ。血まみれの足跡とな」

チャーチが追い討ちをかけた。「きみはこれからどうなるのかというとだね、ヒコック」そう切りだした。「まず、カンザスに送還される。それから、四件の第一級殺人で告発される。一件目。一九五九年十一月十五日、ないしはそのころ、リチャード・ユージーン・ヒコックなる者は、不法、かつ凶悪にも、故意、しかも予謀をもって、重罪の実行に携わり、その間に、ハーバート・W・クラッターを殺害、その生命を奪った。二件目。一九五九年十一月十五日、ないしはそのころ、同じくリチャード・ユージーン・ヒコックは、不法――」

ヒコックがいった。「ペリー・スミスがクラッター一家をやったんだ」ヒコックは頭をもたげ、椅子《いす》に座ったまま、ゆっくりと上体を伸ばした。よろよろと立ち上がろうとするボクサーのような動きだった。「やったのはペリーだ。おれには止められなかった。やつがみんな殺したんだ」

郵便局長のクレア夫人は、ハートマンズ・カフェでコーヒーブレイクを楽しんでいた。そのうち、店のラジオの音が小さいと文句をいいだした。「もっと大きくしてよ」夫人はそう要求した。

ラジオはガーデンシティーのKIUL局に合わせてあった。クレア夫人はこんな報道を聞いた。「……ヒコックは泣きながら劇的な告白をしたあと、取調室を出ると、廊下で失神しました。床に倒れそうになったヒコックをKBIの捜査官が抱きとめました。

捜査官によると、ヒコックはこのように供述しているということです。スミスとともにクラッター家に侵入したのは、少なくとも一万ドルは入った金庫が見つかると思っていたからだ。しかし、金庫などなかったので、一家を縛りあげ、一人ずつ射殺した。一方、スミスは犯行に加わったことを確認も否認もしていません。ヒコックが供述書に署名したと聞くと、『その供述が見たい』といいました。しかし、その要求は拒否されました。一家の人々を実際に撃ったのがヒコックなのかスミスなのか、当局は明らかにするのを避けています。供述はあくまでヒコックの説明に過ぎないと強調しています。二人をカンザスへ連行するKBIの捜査官はすでにラスヴェガスを車で出発しました。一行がガーデンシティーに到着するのは水曜日遅くと見込まれています。一方、デュエイン・ウエスト郡検事は……」

「一人ずつ、ね」ハートマン夫人がいった。「想像してごらんよ。そいつが気絶したって不思議じゃないわ」

カフェにいたほかの人々――クレア夫人、メイベル・ヘルム、ブラウンズミュールの嚙《か》み煙草を買いに寄った頑丈な若い農夫――も口々にぶつぶつぶやいた。ヘルム夫人は紙ナプキンで目頭を押さえた。「聞きたくもないわ」夫人はそういった。「聞いちゃいけないし、聞きたくもないわ」

「……事件急転のニュースも、クラッター家から半マイルのホルカムの村ではこれという反応を呼んでいません。二百七十人の村の住民は、全体的には安堵《あんど》の表情を見せて……」

若い農夫が不満げな声を上げた。「安堵だと！　ゆうべ、テレビで見たあと、うちのかあちゃんはどうしたと思う？　赤ん坊みたいにワーワー泣いたんだぞ」

「シーッ」クレア夫人がいった。「あたしのことだ」

「……ホルカムの郵便局長、マートル・クレア夫人は、こう語っています。住民は事件の解決を喜んでいるが、ほかにも関係している者がいるのではないかと感じている人もまだいます。多くの人たちがいまだにドアに錠を下ろし、銃を用意して……」

ハートマン夫人が苦笑した。「まあ、マートったら！」そして、問いかけた。「誰にあんなこといったの？」

「《テレグラム》の記者よ」

クレア夫人の知り合いの男たちの多くは、彼女が男であるかのように接する。若い農夫も夫人の背中をぽんと叩《たた》いて、こういった。「いやー、マート。なんてこった。あんた、おれたちの誰かが——ここらの誰かが——事件に関係してるなんて、まだ考えてるんじゃないだろうな？」

しかし、当然のことながら、クレア夫人はまさにそう考えていたのだ。彼女の意見はいつも異端なのだが、今回は同調者がいないわけではなかった。不健全な噂《うわさ》、相互の不信や疑念の中で七週間を過ごしてきたホルカムの住民の大半は、犯人が自分たちの中の人間ではなかったと聞かされて失望を感じているふうだった。実際、見知らぬ男二人、よそものの盗人二人がひとえに責めを負うという事実を受けいれるのを、相当部分が拒否した。たとえば、今、クレア夫人が述べたように。「たぶん、その連中がやったんでしょうよ。でも、ただそれだけじゃないわね。まあ、待ってなさいって。いつか、真相が暴《あば》かれますよ。そうなったら、黒幕が見つかります。クラッターさんを排除したいと思ってた人間がね。つまり、ブレーンが」

ハートマン夫人は溜《た》め息をついた。マートが間違っていればいい、と思ったのだ。ヘルム夫人はこういった。「わたしがお願いしたいのはですね、あいつらをしっかり閉じこめておいてほしいっていうことです。あいつらがわたしたちの近くにいると思うと、とても安心してはいられないでしょうから」

「いや、心配しなくてもいいと思うよ」若い農夫がいった。「今じゃ、おれたちがあいつらを恐れてる以上に、あいつらがおれたちを恐れてるから」

アリゾナのハイウェイ。二台の車の列がヤマヨモギの国——鷹《たか》とガラガラヘビとそびえたつ赤い岩のメサ（訳注 米国南西部の台地）の国——を飛ぶように横切っている。デューイが先頭の車を運転し、ペリー・スミスがその隣に、ダンツが後ろの座席に座っている。スミスは手錠をはめられ、その手錠は短い鎖で安全ベルトに結びつけられている。それで動きが厳しく制限されるので、手助けしてもらわなければ煙草も吸えない。スミスが煙草をほしがると、デューイが火をつけて、唇の間に挟んでやらなければならない。デューイはその仕事に〝嫌悪感《けんおかん》〟を催している。というのは、それが妙に親密な行為――彼自身が今の妻を口説いていたときに、よくしていたようなこと――に思えるからだ。

概して、この容疑者は、護衛官を無視している。彼らがときおり、テープに録音されたヒコックの一時間にも及ぶ自白の各部を繰り返し聞かせて刺激しようとしても、のってはこない。「ヒコックはきみを止めようとしたっていってるぞ、ペリー。だが、駄目だったって。自分もきみに撃たれるんじゃないかと怯えていたそうだ」あるいは、「うん、ペリー。すべて、きみが悪いんだ。ヒコックがいうには、自分は犬にたかったノミ一匹殺せない人間だそうだから」そのどれにも――少なくとも、外見上は――スミスが動揺する様子はない。あいかわらず、外の風景を眺め、バーマ‐シェーヴ(訳注　シェーヴィングクリーム)のへたな広告文を読み、射殺されて牧場の柵《さく》に花づなのように吊るされたコヨーテの死体を数えている。

デューイは特別な反応を期待せず、こういってみる。「ヒコックはきみが生まれついての殺し屋だといってる。人を殺すのに何のためらいもないって。以前、ラスヴェガスで、自転車のチェーンを持って、黒人の男を追いまわしたことがあるそうだな。あげくに、その男をそれで殴り殺した。おもしろ半分で」

驚いたことに、容疑者ははっと息をのむ。座ったまま体をよじり、後ろの窓を通して、二台目の車、さらにその中をのぞきこむ。「あの悪党め！」また向きなおると、砂漠にまっすぐ、黒々と延びたハイウェイをじっと見据える。「あれは気をひこうと思っていったことです。　いや、おれは信じてなかったんですがね。ディックが吐いたなんて。それが、あの悪党め！　くそっ、まったく厚かましい野郎だ。犬にたかったノミも殺せないだって。その犬をひき殺すくせに」そこで唾《つば》を吐く。「おれは黒んぼを殺したりしてませんよ」ダンツもそれに同意する。ラスヴェガスで起きた未解決の殺人事件のファイルをすでに調べあげ、この件に関する限り、スミスはシロだと知っているのだ。「おれは黒んぼを殺したりしてません。あいつが勝手にそう思ってるだけで。だけど、おれには前からわかってたんです。もし、おれたちがつかまったら、もし、ディックが口を割って、すべてぶちまけてしまったら――あいつが黒んぼのこともしゃべるだろうってわかってたんです」そして、もう一度、唾を吐く。「すると、ディックはおれを恐れてたんですか？　それはおもしろい。あいつは知らないけど、おれはもうちょっとであいつを撃ちそうになったんですよ」

デューイは二本の煙草に火をつける。一本は自分、もう一本は容疑者のために。「そのことを話してくれないか、ペリー」

スミスは目を閉じて煙草を吸い、説明を始める。「今、考えてるんです。ありのままに思いだしたいんでね」そして、しばらくの間、黙りこむ。「そう、ことの始まりは、おれがアイダホ州のブールにいるときに受け取った手紙です。あれは九月か十月だったな。その手紙っていうのはディックからのもので、うまい仕事があるっていうんです。絶対のもうけ話がね。おれは返事をしなかったんだけど、あいつはもう一度、手紙をよこして、カンザスに戻ってこいとせっついてきたんです。自分の相棒になれって。それがどんな話なのかは一言もいわずにね。ただ、〝成功間違いなしの仕事〟だっていうだけで。そのころ、たまたま、おれにはカンザスにいきたい別の理由があったんです。人にはいいたくない個人的な問題で——いや、この件とは何の関係もありませんよ。そうでなけりゃ、カンザスへ戻ったりはしなかった。だけど、戻っちまったんです。ディックがカンザスシティーのバス発着所へ迎えにきてました。おれたちは農場へ、あいつの実家へいきました。だけど、あいつの両親には歓迎されなかったな。おれはすごく敏感だから。いつも、人がどう思ってるかわかるんですよ。

たとえば、あんた」それはデューイのことだが、スミスはそちらを見向きもしない。「あんたはおれに煙草をくれてやるのが気にくわないでしょ。それはあんたの勝手です。だけど、それであんたを責めようとは思わない。ディックのおふくろさんを責めないのと同じですよ。実際、あの人はとてもいい人だったな。だけど、おれがどういう人間かに気がついた――ムショ仲間だって――それで、おれを家に入れたがらなかったんだ。くそっ、おれは喜んで家を出て、ホテルへいきましたよ。ディックにオレースのホテルへ連れていかれたんです。おれたち、ビールを買って、それを部屋へ持ちこんだ。そのときですよ、ディックがたくらんでることのあらましを話したのは。あいつがいうには、おれがランシングを出たあと、同房になったやつが、カンザスの西のほうの裕福な小麦農家で働いてたことがあるって話したそうです。クラッターさんのことですよ。ディックはクラッター家の見取り図を描いてみせました。あいつは何がどこにあるか、みんな知ってました――ドア、廊下、寝室。一階の部屋の一つは事務所になってて、その事務所に金庫――壁にはめこんだ金庫――があるっていうんです。クラッターさんはいつも大金を手もとに置いてるんで、金庫が必要なんだ。そのカネは一万をくだらないって。計画っていうのは、その金庫のカネを盗んで、もし、姿を見られたら――そう、おれたちを見た人間は誰だろうと、かたづけちまわなければならないっていうものです。ディックは百万遍もいってたな。『証人はなしだ』って」

デューイがいった。「ディックはそういう証人が何人いると思っていたんだろう？つまり、クラッター家には人がどれくらいいると予想してたのかな？」

「それはおれも知りたかったんですが。だけど、ディックもはっきりしなくて。少なくとも四人とか、たぶん六人とか。それに、客がきてる可能性もあるっていうんだな。それで、十二人ぐらいはなんとかするつもりでいなきゃならんとあいつは思ってたんです」

デューイはうなり声を漏らし、ダンツは口笛を鳴らす。スミスは力なく笑って、こうつけたす。「おれだって、そうですよ。そりゃ、ちょっと狂ってるとは思いましたよ。十二人っていったらね。だけど、ディックは朝飯前だっていうんです。『おれたち、あそこに入ったら、髪の毛をそこらじゅうの壁に吹っ飛ばしてやるんだ』って。おれもそのときの気分で、流されちまったんだけど。でも、やっぱり——正直いうと——おれはディックを信用してたんだな。あいつはすごく現実的で、男らしいタイプだという印象だったし。それに、おれもあいつと同じで、そのカネがほしかったんです。カネを手に入れて、メキシコにいきたかったんですよ。だけど、できることなら暴力はなしでと願ってました。マスクをしていけば、それも可能だと思ったんだけどな。ところが、ディックとそのことで議論になって。あそこへ、ホルカムへいく途中、おれはどこかで停まって、頭にかぶる黒い絹のストッキングを買おうっていったんです。だけど、ディックはストッキングぐらいじゃ、正体を隠せないと思ったんですよ。片方の目がおかしいからって。それでも、エンポリアまできたとき——」

ダンツがいう。「ちょっと待った、ペリー。あんたは先へ飛びすぎるよ。オレースまで戻ってくれんかね。あんたらは何時にオレースを出たんだ?」

「一時です。いや、一時半かな。昼飯のすぐあと、車で出発して、エンポリアまで走りました。そこで、ゴム手袋と紐《ひも》を一巻き買ったんです。ナイフと銃と弾――それはみんな、ディックが家から持ってきてたんで。だけど、あいつは黒いストッキングを探すのをいやがったんです。それで、ひどい口論になっちまった。そのうち、エンポリア郊外のどこかでカトリックの病院の前を通りかかったんで、おれはあいつを説得したんです。車を停めて、病院にいって、尼さんから黒いストッキング買ってこいって。おれは尼さんがそういうものをはいてるのを知ってたから。だけど、あいつは買いにいくふりをしただけで、出てくると、売ってくれなかったっていうんです。聞きもしなかったのはわかってましたよ。あいつもそれを認めました。あいつがいうには、そんなのはむかつくって――尼さんに頭がいかれてると思われちまうって。それで、あとは停まらずにグレートベンドまでいって、そこでテープを買ったんです。食事もしました。豪勢な食事をね。おれはそれで眠くなって。目を覚ましてみると、ちょうどガーデンシティーに入るところでした。ほんとにさびれた町みたいだったな。ガソリン入れようとスタンドで停まって――」

どのスタンドだったかおぼえているか、とデューイが尋ねる。

「フィリップス66だったんじゃないかな」

「それが何時ごろ？」

「真夜中の十二時ごろです。ホルカムまではあと七マイルだってディックがいいました。あいつはそのあとずっと、ここがそうだ、あそこがそうだって独りでぶつぶついいつづけてたな——おぼえてた道順をたどりながら。ホルカムを通り過ぎたとき、おれは気がつきませんでした。それほどちっぽけな村だったんです。そのうち、線路を横切ったんだけど、出し抜けにディックがいったんです。『ここだ。ここがそうに違いねえ』って。それが私道の入り口だったんです。並木道の。そこでスピードを落として、ライトを消しました。ライトなんて要らなかったんです。月が照ってたんで。空にはほかに何もなかったな——雲一つ、ほんとに何も。満月だけで。まるで真っ昼間みたいでしたよ。その道路を進みはじめたとき、ディックがいったんです。『この広さを見てみろ！　納《な》屋《や》！　あの家！　ここにうなるほどのカネがねえなんていってくれるなよ』だけど、おれはその構え、その雰囲気が気に入らなかったんです。なんていうか、あまりにそれらしくて。おれたち、木の陰に車を停めました。まだ、そこで座ってるときに、明かりがついたんです——母屋《おもや》じゃなくて、左手の百ヤードぐらい離れた家で。あれは雇い人の家だってディックがいいました。見取り図で知ってたんです。だけど、思ってたよりクラッターの家にずっと近いっていってました。そのうち、明かりが消えて。デューイさん——あんたがいってた証人ですが。あんたがいうのはその男ですか？——その雇い人ですか？」

「いや。彼は物音一つ聞いてない。だが、彼の奥さんが病気の赤ん坊をみててね。彼がいうには、一晩中、寝たり起きたりだったそうだ」

「病気の赤ん坊ね。なるほど、変だと思ったんですよ。おれたちがあそこに座ってる間、また見えたから——明かりがついたり消えたりするのが。それで、急にぞっとしてきて。おれはディックに自分を外してくれっていったんです。このままやろうっていうなら、独りでやってくれって。あいつは車をスタートさせ、その場を離れたんで、ああ、よかった、と思いましたよ。おれは前から自分の直感を信用してたから。それで命が助かったことが何度かあったし。ところが、道を途中まで引き返したところで、ディックが車を停めたんです。ひどく腹を立ててました。おれはあいつがこう考えてるのがわかりました。せっかく、でかいもうけ話のお膳立《ぜんだ》てして、はるばるやってきたってのに、今になって、この野郎、怖《お》じ気《け》づいて逃げだしたがってるって。で、あいつはこういったんです。『おれが独りでやる度胸はねえと思ってるんだろう。だけど、いいか、ほんとに度胸があるのは誰なのか見せてやろうじゃねえか』って。車の中には酒が残ってました。それを一口ずつ飲んでから、おれはあいつにいったんです。『よし、ディック。一緒にいこう』それで、おれたち、引き返したんです。さっきの場所に停まりました。木の陰に。ディックが手袋をはめて。おれはもうはめてました。で、あいつがナイフと懐中電灯を持って。おれは銃です。月の光の中で、あの家が馬鹿《ばか》でかく見えましたよ。空き家みたいに。ほんとに誰もいなけりゃいいんだが、と思ったのをおぼえてます」

デューイがいう。「だが、犬は見かけたろう？」

「いや」

「あの家族は銃を怖がる老犬を飼ってたんだ。その犬がなぜ吠《ほ》えなかったのか、われわれにはわからんのだが。銃を見て逃げだしたというのでなければ」

「うーん、おれは何も、誰も見かけなかったな。だから、信じられないんですよ。目撃者がいるっていうのが」

「目撃者じゃない。証人だ。その人物の証言が、きみとヒコックをこの件に結びつけたんだ」

「ああ。そうか。なるほど。あいつのことか。あいつはひどく臆病《おくびょう》だってディックがいつもいってたのに。なんてこった！」

話をそらすまいと、ダンツが思い起こさせる。「ヒコックがナイフを持った。あんたが銃を持った。それで、あんたらはどうやって家の中へ入ったんだね？」

「ドアに錠がかかってなかったんですよ。横手のドアだけど。そこを入るとクラッターさんの事務所でした。おれたち、しばらく、暗闇《くらやみ》の中でじっとしてました。耳を澄ませて。だけど、聞こえるのは風の音だけで。外ではちょっと風が吹いてたから。風で木が揺れて、葉っぱが鳴るのが聞こえたんです。窓にはブラインドが下りてたけど、隙間《すきま》から月の光が差しこんでました。おれがブラインドを閉じ、ディックが懐中電灯をつけました。それで、机が見えました。金庫はその机の真後ろの壁にはめこまれてるはずだったんです。ところが、それが見つけられなくて。壁は板張りで、本だの額に入れた地図だのが飾ってあったんだけど。おれは棚の上にすばらしい双眼鏡があるのに気がつきました。帰り際《ぎわ》にはそいつをもらっていこうと決めましたよ」

「で、もらってったのかね？」デューイが尋ねる。双眼鏡がなくなったとは気づいていなかったからだ。

スミスはうなずく。「メキシコで売っちまいましたけどね」

「すまん。先を続けてくれ」

「それで、金庫が見つからないとなって、ディックは懐中電灯を消しました。おれたち、暗闇の中を移動して、事務所から出て、居間というか、広間を横切っていったんです。もっと静かに歩けないのかってディックが小声でいいました。だけど、あいつだって同じようなもんだったな。二人とも一歩ごとに大騒動でしたよ。で、廊下に出ると、ドアがあったんです。見取り図をおぼえてたディックが、これは寝室だっていいました。あいつは懐中電灯をつけて、ドアを開けました。すると、男が『おまえかい？』っていいました。その男はそれまで眠ってたようで、目をパチパチさせて、またいうんです。

ーさん？』相手はもうすっかり目を覚ましていて、体を起こして聞き返してきました。『誰だ？　何の用だ？』ディックは馬鹿丁寧にいいました。戸別訪問のセールスマンみたいにね。『おたくに話があるんです。すみませんが、事務所のほうへ』すると、クラッターさんは裸足《はだし》で、パジャマを着ただけで、おれたちと一緒に事務所にいきました。おれたち、事務所の明かりをつけました。

そのときまで、あの人にはおれたちがあんまりよく見えなかったはずです。だから、おれたちを見て、ぎくっとしたんじゃないかな。そこで、ディックがいったんです。『さて、おたくにしていただきたいのは、金庫の置き場所を教えるってことだけなんですがね』ところが、クラッターさんはこういうんです。『金庫って何の？』金庫なんか持ってないっていうんですよ。おれはそのとき、それは嘘《うそ》じゃないってわかりました。嘘のつけない顔をしてたから。あの人が何をいっても、それはだいたいほんとのことだってわかりますよ。だけど、ディックは怒鳴りつけました。『嘘つくんじゃねえ、この野郎！　てめえが金庫持ってるのは、百も承知なんだ！』それまでクラッターさんにあんな口をきいた人間はいなかったんじゃないかと思いましたよ。だけど、あの人はディックの目をまっすぐに見て、とても穏やかにいいました——いや、申し訳ないが、金庫というようなものは持っていない、とね。ディックはナイフであの人の胸を小突きました。『金庫の場所を教えろってんだ。でないと、ひどく後悔する羽目になるぞ』だけど、クラッターさんは――ああ、あの人が怯《おび》えてるのははっきりわかったけど、声はあいかわらず穏やかで落ちついてたな――金庫はないといいつづけたんです。そうこうしてる間に、おれは電話を始末しました。事務所にあったのを。線をぶち切って。そして、ほかに電話はないかってクラッターさんに聞いたんです。キッチンに一つあるという返事でした。それで、おれは懐中電灯を持って、キッチンにいってみました――事務所からはかなり遠かったな。電話を見つけると、受話器を外して、ペンチで線を切りました。それから、戻ろうとしたとき、何か物音が聞こえたんです。頭の上でキーキーいう音が。おれは二階へ上がる階段の下で立ち止まりました。暗かったし、懐中電灯を使う気にもなれなくて。だけど、そこに誰かいるのはわかったんです。階段の上の窓に影が黒く映ってたから。人影が。と思ったら、それはいなくなっちまったけど」

それはナンシーに違いない、とデューイは思う。クロゼットの靴の爪先《つまさき》に金の腕時計が押しこんであった事実から、デューイはしばしばこう推測してきた。ナンシーは目を覚まし、家の中で人声がするのを聞いて、泥棒かもしれないと考えた。そして、自分のもっとも貴重な持ち物の時計を用心深く隠したのだ、と。

「ひょっとしたら、それは銃を持った人間かもしれなかった。ところが、ディックはおれのいうことに耳を貸さないんです。凄《すご》んでみせるのに忙しくて。クラッターさんを小突きまわしてましたよ。で、今度は、寝室に連れ戻して、クラッターさんの札入れのカネを数えてました。中に入ってたのは三十ドルほどです。ディックは札入れをベッドの上に放り投げて、こういいました。『この家に置いてあるカネはこんなもんじゃねえだろ。てめえみたいな金持ちなら。こんな広い農場に住んでてよ』クラッターさんは手持ちの現金はそれだけだといいました。いつも小切手で取引してるからって。で、きみたちにも小切手を書こうかって持ちかけてきたんです。ディックはもう、かっとなって──『てめえ、おれたちを何だと思ってんだ?』──おれはディックがあの人をぶん殴るんじゃないかと思いましたよ。で、いったんです。『ディック。まあ、聞けって。二階で誰かが目を覚ましたぜ』クラッターさんは二階にいるのは妻と息子と娘だけだっていいました。ディックは奥さんがカネを持ってるかどうか聞きました。持ってるにしても、ほんのわずか、二ドルか三ドルだとクラッターさんはいいました。そして、おれたちに頼むんです──ほんとに取り乱した様子で──どうか妻にはかまわないでくれ。妻は病人で、もう長いこと患《わずら》ってるからって。ところが、ディックは二階へいくって聞かないんです。で、クラッターさんに案内させました。

階段の下で、クラッターさんは上の廊下の明かりのスイッチを入れました。で、階段を上りながら、こういうんです。『きみたちがなぜ、こんなことをするのか、わたしにはわからない。わたしはきみたちに何一つ悪いことをしていない。今まできみたちに会ったことさえないのに』それをディックがさえぎりました。『黙れ！　てめえの話が聞きたいときには、こっちからそういってやる』二階の廊下には誰もいなかったし、ドアもみんな閉まってました。クラッターさんは息子と娘が眠っているはずの部屋を指さしてから、奥さんの部屋のドアを開けたんです。で、ベッド脇《わき》の電気スタンドをつけてから奥さんにいいました。『大丈夫だよ、おまえ。怖がらなくてもいい。この人たちはおカネがほしいだけなんだから』奥さんは痩《や》せて、かよわそうな人で、白いナイトガウンを着てました。目を見開いたとたんに、泣きだして、だんなにこういうんです。『あなた、わたし、おカネなんて持ってません』クラッターさんは奥さんの手を取って、さすってやりながらいいました。『さあ、泣くのはおやめ。何も怖がることなんかないよ。わたしの手持ちのカネはみんなあげたんだが、この人たちはもっとほしいっていうんだ。この家のどこかに金庫があると思いこんでるんだよ。そんなものはないっていってるんだが』そうしたら、ディックがクラッターさんの口を殴りつけようとでもするように手をあげたんです。『黙れっていったのがわかんなかったのか？』奥さんもこういいました。『でも、主人がいったことは間違いありません。うちには金庫なんてないんです』すると、ディックが切り返しました。『金庫があるってのは、ちゃんとわかってるんだ。ここを出ていくのは、そいつを見つけてからだ。見つからねえなんて心配しなくていいぜ』それから、奥さんに財布はどこにしまってあるのか聞きました。それは箪笥《たんす》の引き出しの中にありました。ディックが裏返しにしてみると、出てきたのはほんの小銭と、一、二ドルだけで。それで、二人で外に出て、おれはディックに廊下へ出るよう合図しました。状況を話しあおうと思って。それで、おれは――」

ダンツがさえぎって、クラッター夫妻にその会話を聞かれなかったのかと尋ねる。

「いや。おれたち、ドアのすぐ外、あの人たちを見張ってられる場所にいたけど、小声でしゃべってたんで。おれはこういったんです。『あの人たちは嘘はいってない。嘘をいったのは、おまえの友だちのフロイド・ウェルズのほうだ。金庫なんかないんだ。だから、早いとこ、出ていこうぜ』ところが、ディックはばつが悪かったのか、まともに受けとめようとしないんです。家じゅう探してみるまでは信じられないっていうんですよ。それで、家族みんなを縛りあげておいて、時間をかけて見てまわろうって。議論しても無駄みたいだったな。なにしろ、あいつはひどく興奮してたんで。みんなの運命を自分が握ってると得意になって、すっかり酔っちまったんです。で、奥さんの部屋の隣にバスルームがあったんだけど、まず、夫婦をそのバスルームに閉じこめ、次に、子どもたちを起こして、やはりそこに入れる。それから、一人ずつ引っ張り出して、家のあちこちに連れていって縛りあげるという手を考えました。ディックがいうには、そのあと、金庫を見つけてから、みんなの首を掻《か》っ切る、と。撃つわけにはいかないっていうんです——それじゃ、あまりにでかい音がするから」

ペリーは顔をしかめ、手錠をかけられた両手で膝《ひざ》をさする。「ちょっと考えさせてくれませんか。ここらあたりから、話が少々ややこしくなってくるんで。ああ、思いだした。そう、そう、おれは廊下から椅子《いす》を持ってきて、バスルームの中へ突っこんだんです。奥さんが腰掛けられるように。病人だっていうことだったから。そういえば、あの人たちを閉じこめたとき、奥さんは泣いて訴えたな。『お願いですから、誰にもひどいことをしないでください。お願いですから、子どもたちにひどいことをしないでください』クラッターさんは奥さんを抱きかかえて、こんなことをいってました。『この人たちは誰にもひどいことをするつもりはないよ。おカネがほしいだけなんだから』

おれたちはそれから男の子の部屋へいってみました。彼は目を覚ましてました。怖くて動けないって様子で、そこに横になってたんですが。ディックが起きるようにいっても、動きませんでした。というか、そうすぐには動けなかったんですよ。すると、ディックが殴りつけて、ベッドから引きずりだしたんです。で、おれはいいました。『殴らなくてもいいじゃないか、ディック』それから、男の子に——Tシャツしか着てなかったんで——ズボンをはくようにいいました。彼はブルージーンズをはきました。男の子をバスルームに閉じこめると、女の子があらわれて——自分の部屋から出てきたんですよ。彼女はちゃんと服を着こんでました。しばらく前から起きてたみたいに。つまり、ソックスと上靴をはいて、キモノを着て、髪はバンダナでくるんで。彼女は笑顔をつくろうとしながら、こういいました。『まあ、たいへん。これは何なの？　何かの冗談？』だけど、ほんとに冗談だと思ってたわけじゃないでしょう。少なくとも、ディックがバスルームのドアを開けて、彼女も押しこんでからあとは……』

デューイは彼らの姿を脳裏に描いてみる。怯えて、いわれるがままのとらわれの一家。自分たちを待ち受ける運命については何の予感も持っていない。ハーブもそこまで疑ってみることはできなかったのだろう。でなければ、戦っていたはずだ。ハーブは優しい男だったが、強くて、けっして臆病ではなかった。ハーブはボニーと子どもたちの命を守るためなら、死ぬまで戦っていただろう。友人のアルヴィン・デューイはそう確信していた。

「ディックがバスルームのドアの外に立って番をしている間、おれは偵察に出ました。で、女の子の部屋を探しまわって、ちっぽけな財布を見つけたんです——人形の財布みたいなのを。中には一ドル銀貨が入ってたんですが、なぜか、それを落っことして。銀貨は床を転がっていきました。転がって、椅子の下へ。おれは膝をつかなきゃならなかったんです。そのときでしたね。自分が自分の外にいるみたいに感じたのは。何かいかれた映画に出てる自分を眺めてるみたいだったな。それで気分が悪くなりましたよ。ほんとにうんざりして。ディックにも、金持ちの金庫がどうのこうのっていうあいつのおドル銀貨をくすねようと這《は》いずりまわってる自分にも。一ドルにも、子どもの一ドル銀貨をくすねようと這いずりまわってる自分にも。一ドルですよ。それを拾おうとして這いずりまわってるんだから」

ペリーは自分の両膝を強く握り締め、捜査官にアスピリンをくれるよう頼む。ダンツに一錠もらうと礼をいって、それを嚙《か》み下し、また話を始める。「だけど、そうしないわけにはいかないんです。手に入る限りのものを手に入れないと。おれは男の子の部屋も探しました。カネは一銭もなかったな。だけど、小型のポータブルラジオがあったんで、それをもらってくことにしました。そのとき、クラッターさんの事務所で見かけた双眼鏡のことを思いだしたんで、それを取りに一階に下りていって。それから、双眼鏡とラジオを車まで持っていったんです。外は寒かったけど、風と寒さがかえって気持ちよかったな。月がとても明るくて、何マイル先まで見通せました。で、思ったんです。なんで、おれはこのまま歩いていっちまわないんだろう？　ハイウェイまで歩いてって、あとはヒッチハイクすりゃいいのにって。あの家には絶対に戻りたくなかったんですよ。それなのに――どう説明したらいいのかな？　自分が現実の一部じゃないみたいな気がして。むしろ、小説でも読んでるような感じだったな。だから、この先どんなことになるのか見届けなきゃならなかったんです。結末をね。それで、二階へ戻りました。それから、ええと――うん、そうだ、あの人たちを縛りあげたのはそのときです。最初にクラッターさん。あの人をバスルームから呼びだして、おれが両手を縛りあわせたんです。

それから、地下室までずっと引ったててって――」デューイが口を挟む。「きみ独りで、武器なしで？」

「ナイフは持ってましたよ」

デューイが尋ねる。「しかし、ヒコックは上に残って番をしてたんだね？」

「みんなを静かにさせておくためにね。いずれにしても、助けは要らなかったから。おれは生まれてこのかた、ずっとロープで仕事をしてきてるんで」

デューイがいう。「きみは懐中電灯を使ったのか、それとも、地下室の明かりをつけたのかね？」

「明かりです。地下室は二つに分かれてました。一方は娯楽室みたいに見えました。あの人を連れてったのは、そうでないほう、炉室のほうです。そこで大きなボール箱が壁に立てかけてあるのが見えたんです。マットレスの箱が。そう、冷たい床の上に寝そべるようにいうのも悪い気がしたもんで。で、マットレスの箱を引きずってきて、平たくつぶしてから、あの人に横になるようにいったんです」

運転していたデューイは、バックミラーを通して同僚の視線をとらえる。ダンツは敬意を表するとでもいうように、軽くうなずく。マットレスの箱が床に敷かれていたのは、クラッター氏を楽にするためだ、とデューイは一貫して主張していた。同じようなヒント、つまり、皮肉で移り気な同情心がところどころでのぞいているのに着目して、犯人の少なくとも一人は、血も涙もないというわけではない、と推測していたのだ。

「おれはあの人の両足を縛り、それから、両手を足に結わえつけました。きつすぎないかと聞いたら、そうでもないが、とにかく、妻には手を出さないでくれ、というんです。縛りあげる必要なんかない――妻は大声を上げたり、家から逃げだしたりはしないから、と。妻はもう何年も病んでいて、最近、やっと少しよくなりかけたところだが、こんなことがあったら、ぶりかえさないとも限らない、ともいうんです。笑い飛ばすわけにはいかないとわかってはいたんですが、おれにはどうしようもなくて――〝ぶりかえす〟なんていわれてもね。

次に、おれは男の子を下に連れてきました。はじめ、おやじさんと同じ部屋に入れて、両手を頭の上のスチームパイプに縛りつけたんです。そのあと、これじゃ、そう安全ってわけでもないと思いました。息子がなんとか自由になって、おやじさんのロープをほどいてやる、あるいは、その逆もありうるから。で、息子のロープを切って下ろし、娯楽室のほうへ連れてったんです。そこには、座り心地のよさそうな寝椅子がありました。おれは彼の足を寝椅子の足に結わえつけ、両手を縛り、そのロープを上へ持ってきて、首のまわりに輪をつくって、もがいたりしたら、自分の首が絞まるようにしたんです。その作業をしてる間、一度、ナイフを置いたんですよ――ええと、ニスを塗ったばかりのヒマラヤスギの箱の上に。そういえば、地下室全体でニスのにおいがしてたな――すいにつくったものだからって。たしか、姉さんといってたな。そして、おれが立ち去ろうとすると、男の子が激しく咳《せ》きこみはじめたんです。で、おれは頭の下に枕《まくら》をあてがってやりました。それから、明かりを消して――」

デューイがいう。「しかし、そのときは二人の口をテープでふさいではいかなかったんだね?」

「そうです。テープでふさいだのはあとのこと、女二人をそれぞれの寝室で縛ってからのことです。奥さんはまだ泣いてました。泣きながら、おれにディックのことを聞くんです。奥さんはあいつを信用してなかったが、おれのことはまともな人のような気がするって。あなたはきっとそうよっていうんです。で、ディックに誰にも手出しさせないようにするって約束させられましたよ。奥さんがほんとに気にかけてたのは娘のことだったと思うな。おれ自身、それが心配だったし。ディックは何か、おれには我慢できないような何かをたくらんでるんじゃないかと思ってたんです。案の定、おれが奥さんを縛りあげてから戻ってみると、あいつは女の子を寝室に連れこんでました。女の子をベッドに入れ、あいつはその端に腰かけて話しかけてるんです。おれはそれをやめさせ、おれが彼女を縛ってる間に、金庫を探してこいっていったんです。あいつがいっちまってから、おれは彼女の両足を縛り、両手を背中で縛りあわせました。それから、ベッドカヴァーを引っ張り上げ、体をくるみこんで、顔だけ出るようにしてやったんです。ベッドのそばに小さな安楽椅子があったんで、おれはちょっと休もうと思いました。なにしろ、脚がカッカと燃えてたから——階段を上ったり、膝をついたりしたもんで。おれはナンシーにボーイフレンドはいるのかって聞いてみました。ええ、いますって返事でした。さりげなく、親しげに振る舞おうと一生懸命だったな。いや、感じよかった。ほんとにいい子でしたよ。とてもきれいなのに、甘やかされてるとか、そういうところがなくて。自分のことをいろいろ話してくれました。学校のこと、大学にいって音楽や美術を勉強するつもりでいること。それに、馬のことも。ダンスの次に好きなのは、馬を速駆けさせることだっていうんで、おれもおふくろがロデオのチャンピオンだったって話をしましたよ。

それから、ディックの話になったんですが。おれは知りたかったんですよ。ほら、あいつが彼女に何を話したのか。彼女、どうしてこんなことをするのかって聞いたらしいんです。つまり、人のものを奪うようなことをね。すると、まあ、呆《あき》れたことに、あいつはお涙ちょうだいの話をぶってたんです——自分は孤児院で孤児として育てられたとか、愛してくれた人は一人もいなかったとか、身内といったら姉だけだが、その姉は結婚しないまま何人かの男と同棲《どうせい》してきたとかね。おれたちが話をしてる間じゅう、下のほうであの馬鹿《ばか》が金庫を探してうろつきまわってる音がしてました。額縁の裏を見たり、壁を叩《たた》いたり。コツ、コツ、コツ。いかれたキツツキみたいに。あいつが戻ってきたとき、おれはいやみったらしく、見つかったかって聞いてやったんです。もちろん、見つかるわけありませんよ。だけど、あいつはキッチンでもう一つ財布を見つけたっていいました。七ドル入ったのを」

ダンツがいう。「その時点で、あんたらは家にどれくらいいたんだね？」

「一時間ぐらいですか」

ダンツがさらにいう。「で、テープはいつ貼《は》りつけたんだね？」

「ちょうどそのころです。奥さんから始めました。ディックに手伝わせて——あいつと女の子を二人だけにしておきたくなかったんで。おれがテープを長めに切っていくはしから、ディックがそれを奥さんの顔に巻きつけていったんです。ミイラに巻きつけるみたいに。あいつは奥さんに聞いてました。『なんだって泣きつづけてるんだよ？　誰もあんたをいたぶったりしてねえのに』それから、ベッド脇のスタンドの明かりを消して、こういいました。『じゃ、奥さん。おやすみ』それから、ナンシーの部屋へ向かって廊下を歩いてく途中、あいつがいうんです。『おれはあの子をやってやるぜ』で、おれはいってやりました。『そうか。だったら、おれを先に殺さなきゃならないぞ』あいつは聞いたことが信じられないって顔をして、こういいました。『何を気にしてんだよ？　なあ、あんただってやっていいんだぜ』それこそ、おれが軽蔑《けいべつ》してるものです。自分を性的に抑制できない人間っていうのが。ほんと、おれはそういうことに我慢ならないんです。で、はっきりいってやりました。『あの子は放っておけ。でないと、丸鋸《まるのこ》持ちだして喧嘩《けんか》しなけりゃならなくなるぞ』それであいつはほんとにかっとなりました。だけど、今は派手な立ちまわりなんかやってる場合じゃないと気づいたらしくて。で、こういうんです。『わかったよ。あんたがそういう気なら』結局、あの子にはテープも貼らずに済ませました。おれたち、廊下の明かりを消して、地下室へ下りていきました」

ペリーはそこでためらう。一つ質問があるようだが、それを意見を表明するようなかたちで口にする。「あいつ、あの子を強姦《ごうかん》しようとしたなんてことは、一言《ひとこと》もいってないはずですが」

デューイはそれを認める。しかし、ヒコックの話は、自分の行動について不穏当な個所を削除しているのは間違いないが、全体としてはスミスの話を裏づけるものだ、と教えてやる。詳細には異なる点があり、会話も完全に一致するとはいえないが、実質的に、双方の内容は——少なくとも、これまでのところ——互いに補強しあっている、と。

「そうでしょうね。だけど、あいつも女の子のことはしゃべらなかったと思いましたよ。それは間違いないってね」

ダンツがいう。「ペリー、実は、明かりのことがずっと気になってたんだがね。わたしが思うに、あんたらが二階の明かりを消したら、家全体が真っ暗になったんじゃないのかね」

「そうです。おれたち、二度と明かりはつけませんでした。懐中電灯以外は。クラッターさんと男の子にテープを貼りにいったときも、ディックが懐中電灯を持ってったんです。テープを貼る直前に、クラッターさんはおれに聞きました――それがあの人の最後の言葉になったんですが――妻はどうしてる、無事でいるか知りたいって。おれはいってやりましたよ。大丈夫だ、そのうち寝つくんじゃないかって。それに、朝までそう長くはないし、朝になったら、誰かがあんたがたに気づいてくれるだろう。そうなったら、おれのこともディックのことも何もかも、夢だったみたいな気がするだろうって。おれはけっしていいかげんなことをいってたわけじゃないんですよ。あの人に手出ししたくはなかったんです。立派な紳士だと思ったし。ものいいの穏やかな。あの人の喉《のど》を掻っ切る瞬間までそう思ってました。

ちょっと待ってください。これじゃ、順序どおりに話してないな」ペリーは顔をしかめる。脚をさすると、手錠がガチャガチャ鳴る。「そのあと、ええと、二人にテープを貼ったあと、おれとディックは隅のほうにいったんです。相談するために。いいですか、ほら、おれたち、険悪な雲行きになってたから。そのとき、おれは胸がむかむかしてたんです。自分があんなやつに感心して、あんなはったりを真に受けてたかと思うと。で、いったんです。『どうした、ディック。気がとがめるのか？』って。あいつは答えませんでした。おれはいってやりました。『あいつらを生かしといたら簡単には済まないぞ。少なくとも、十年はくらいこむ』あいつはそれでも黙ってました。まだナイフを持ったままで。おれがそれをくれというと、素直によこしました。で、おれはいったんです。『よし、ディック。やるぞ』だけど、本気じゃなかったんです。あいつにやれるもんならやってみろと迫って、徹底的に突きつめて、自分が偽者《にせもの》で臆病者《おくびょうもの》だってことを認めさせようってつもりだったんです。そう、あれはおれとディックの間の問題だったんです。おれはクラッターさんのそばに膝をつきました。そのときの膝の痛みで――おれはあの一ドルのことを思いだしたんです。一ドル銀貨のことを。あの恥ずかしさ。もう居たたまれなかったな。おれはカンザスへは二度と戻るなといわれてたのに。だけど、あの音が聞こえるまで、自分が何をしているのかわからなかったんです。誰かが溺《おぼ》れてるような声がして。水の中で叫ぶような声が。おれはディックにナイフを渡して、こういいました。『片づけちまえよ。すっきりするぞ』ディックはそうしようとした――あるいは、しようとするふりをしたんです。だけど、あの人は十人分の力を振るって――ロープから半分抜けだし、両手は自由になってました。ディックはあわてふためいて、その場から逃げだそうとしました。だけど、おれがそうはさせなかった。どっちみち、あの人は死ぬだろう。おれにはそれがわかってました。だけど、そのまま放っておくわけにはいかなかった。おれはディックに、懐中電灯を持って、しっかり照らせっていいました。

それから、銃の狙いを定めて。部屋が爆発したみたいだったな。あたりが真っ青になって。と思ったら、ぱっと燃えあがって。いや、二十マイル四方で、誰もあの音を聞かなかったなんて、おれには信じられない」

デューイの耳には、その音が鳴り響いている。スミスのささやくような低い声の流れもほとんど聞こえないほどに。しかし、その声は先へ先へと進み、音とイメージを連射する。ヒコックが空薬莢《からやっきょう》を探しまわる。急いで、急いで。光の輪の中にケニヨンの頭が浮かぶ。くぐもった声の哀願が漏れる。ヒコックが再び空薬莢を求めて這いずりまわる。ナンシーの部屋。堅木の階段を踏みしめるブーツの音、自分のほうへ上がってくる一歩一歩できしむ音が聞こえる。ナンシーの目。標的を求める懐中電灯の光を凝視する（「あの子はいった。『やめて！ お願い！ いや！ いや！ いや！ いや！ やめて！ お願いだからやめて！ お願いだから！』おれは銃をディックに渡しました。おれにできることはもうやった、といって。あいつは狙いをつけました。あの子は顔を背けて壁のほうを向きました」）。暗い廊下。殺人者たちは最後のドアに向かって急ぐ。おそらく、すべてを聞いていたボニーは、彼らが速やかに近づいてくるのを歓迎しただろう。

「最後の薬莢は探すのに苦労しましたよ。ディックがベッドの下へもぐりこんで見つけたんです。そのあと、おれたちは奥さんの部屋のドアを閉めて、事務所へ下りていきまンした。そこで、しばらく待ちました。最初にきたときと同じように。そして、ブライドの隙間《すきま》からのぞいてみました。雇い人が首を突っこんでこないか、あるいは、銃声を聞きつけた誰かが見えないか、と。だけど、何の変わりもなくて——静まりかえってるんです。ただ風の音がして——それと、ディックが狼《おおかみ》に追っかけられてでもしたみたいにハーハーいってるだけで。その場で、車に飛び乗って走りだすまでの何秒かの間に、おれはディックを撃ったほうがいいと判断しました。あいつが何度も何度も繰り返すんで、しっかり叩きこまれてたもんで。〝証人はなしだ〟って。で、考えたんです。あいつも証人じゃないかって。何で思いとどまったのかはわかりません。やるべきだったのは間違いないのに。あいつを撃ち殺す。そして、車に乗って、走りつづけて、メキシコで消えちまえばよかったんです」

静寂。三人の男は、もう十マイル以上も、語ることなく走りつづけている。デューイの沈黙の底には、悲哀と深い疲労がわだかまっている。〝あの晩、あの家で起きたことを正確に〟知るというのが、彼の強い願望だった。今、それを二度にわたって聞いたわけだが、その二つの説は非常によく似ていた。唯一《ゆいいつ》の重大な齟齬《そご》は、ヒコックが四人の死はすべてスミスがもたらしたとしているのに対し、スミスはヒコックが女性二人を殺したとしている点だった。しかし、二つの自白は、動機や手口についての疑問には答えてくれたものの、筋の通った計画性というものを感じさせてはくれなかった。

この犯罪は心理的な事故、さらにいえば、人格を欠いた行為のようなものだった。被害者たちは雷に打たれて死んだも同然だった。ただ一点を除いては。それは、彼らが長い時間にわたる恐怖を体験し、苦しんだという点だ。デューイはその苦しみを忘れることができなかった。にもかかわらず、怒りを抱くことなく――むしろ、幾分かの同情をもって――自分の傍らの男を眺めることができた。というのも、ペリー・スミスの人生は、けっしてバラ色ではなく、憐《あわ》れむべきものだったからだ。一つの蜃気楼《しんきろう》から、また別の蜃気楼へ向かうぶざまで孤独な道程。しかし、デューイの同情は、寛恕《かんじょ》と慈悲をもたらすほどに深いものではなかった。彼はペリーとその相棒が吊《つ》るされるのを――続けて吊るされるのを――見たいと望んでいた。

ダンツがスミスに尋ねる。「結局、あんたらはクラッター家から、いくらとったんだね？」

「四十ドルから五十ドルです」

ガーデンシティーの動物の中に、いつもつるんでいる二匹の灰色の雄猫がいる。どちらも痩《や》せて汚れた野良猫《のらねこ》だが、一風変わった賢い習性を持っている。二匹の一日の主たる儀式は、夕暮れどきに行われる。まず、メイン・ストリートを端から端まで駆けていく。ときどき、足を止めて、置いてある車のグリルを念入りに調べる。とくに、ウィンザーとウォーレンの二つのホテルの前に停めてある車はそうだ。というのも、そういう車は、通常、遠方からの旅行者のもので、きちょうめんな骨ばった猫たちが狙うものが得られることが多いからだ。それは殺された鳥だ――無謀にも、近づいてくる車の進路に飛びこんだ烏《からす》、シジュウカラ、雀《すずめ》など。猫たちは自らの足を手術用の器具のように操って、羽のついたものならどんな小片でもグリルから抜き取る。メイン・ストリートを流し終わると、必ずグラント・ストリートとの交差点を曲がり、郡庁広場へとっとと駆けていく。そこがもう一つの猟場なのだ。一月六日、水曜日の午後、そこはいつにもまして有望だった。というのは、その一帯を、フィニー郡各地の車が埋めていたからだ。広場に群がっている人々の一部は、それらの車で町へやってきていた。

人々が集まりはじめたのは四時だった。郡検事は予想されるヒコックとスミスの到着時刻をそう発表していた。ヒコックの自白が日曜日の夕方に発表されて以来、さまざまな報道関係者がガーデンシティーに集まってきた。大手通信社の特派員、写真部員、ニュース映画やテレビのカメラマン、ミズーリ、ネブラスカ、オクラホマ、テキサス諸州の記者、もちろん、カンザス州の主要紙の記者も。その数は合わせて二十から二十五人にのぼった。ただ、その多くは、この三日間、ガソリンスタンド従業員のジェイムズ・スポアへのインタヴュー以外、たいしてすることもなく待機していた。スポアは公表された殺人容疑者たちの写真を見て、ホルカムの惨劇の夜、自分が三ドル六セント分のガソリンを売った客だと確認した。

これらのいわばプロの観衆が収録しようとてぐすねひいていたのは、ヒコックとスミスの帰還の光景だった。ハイウェイパトロールのジェラルド・マレー警部が、郡庁舎の階段に面する歩道の広いスペースを彼らのためにとっていた。その階段は、四階建ての石灰岩の庁舎の最上階を占める郡拘置所へ収容される容疑者たちが避けては通れない関門だった。カンザスシティー《スター》紙の記者、リチャード・パーは、月曜日付けのラスヴェガス《サン》紙を一部手に入れていた。その見出しがあちこちで苦笑を誘っていた。『殺人容疑者の送還をリンチの暴徒が待ち受ける恐れ』マレー警部が評していった。「とても吊るし首があるようには見えないがね」

事実、広場の群集は、パレードを待っている、あるいは、政治集会に参加しているといった雰囲気だった。ナンシーとケニヨン・クラッターのかつての級友も交じるハイスクールの生徒たちは、チアリーダーの応援に声を合わせたり、風船ガムを膨らましたり、ホットドッグをむさぼったり、ソーダ水をがぶ飲みしたりしていた。むずかる赤ん坊をあやしている母親もいた。小さな子どもを肩車に乗せて歩きまわっている男もいた。ボーイスカウトも分隊全員がきていた。婦人ブリッジクラブの中年の会員たちも一団となって到着していた。地元の在郷軍人会事務所長、J・P（ジャップ）・アダムズ氏もあらわれた。ツイードの服を着こんでいたが、そのひどく変わった仕立てを、友人にはやしたてられた。「おい、ジャップ！　女の服なんか着て何してるんだ？」実は、アダムズ氏は早く現場にいこうと急《せ》くあまり、うっかり秘書の上着を着てしまっていたのだ。あるラジオ局の記者は、町のさまざまな階層の住人にインタヴューしてまわり、〝このような卑劣な行為をした人間〟に対する適正な報いとはどのようなものか、個人的な意見を問うていた。相手の多くが、いやー、とか、まあ、とかいう中で、ある学生はこう答えた。「彼らの命ある限り、同じ房に閉じこめておくべきだと思います。誰であろうと面会は許さずに。死ぬ日がくるまで、そこに座らせて、にらみあいをさせておくんです」そして、もったいぶった歩きかたをする頑丈そうな小男がいった。「わたしは死刑がいいと思う。聖書にあるようにだ――目には目を、ということだ。それでも、まだ、二人分足りないけどな」

その日も、陽光のある間は乾いて暖かかった。一月に十月の天候が訪れたという風情《ふぜい》だった。しかし、日が沈み、広場を覆《おお》う大木の影と影とが合わさって溶けあうころには、暗闇《くらやみ》ばかりでなく寒気が人々をかじかませた。かじかませて、一部を追いはらった結果、六時をまわるころには、残っているのは三百人足らずになった。報道関係者は大幅な遅れに悪態をつきながら、足を踏み鳴らし、手袋をしていない冷えきった手で、凍えた耳をしきりに叩《たた》いていた。突然、広場の南側からざわめきが起きた。護送車がやってきたのだ。

記者たちの中で暴力行為があると予想したものはいなかったが、何人かは罵声《ばせい》が飛び交う事態になるだろうと予言していた。しかし、青い制服のハイウェイパトロール隊員に付き添われた殺人者たちを目にすると、人々はなべて押し黙った。二人が人間の形をしているのが信じられないとでもいうように。手錠をはめられ、顔面蒼白《そうはく》になって、まぶしげに瞬《まばた》きする二人は、フラッシュと投光照明の光に照らされ、きらめいて見えた。カメラマンたちは容疑者と警官の一行を追って庁舎に入り、階段を四階まで上がって、郡拘置所の扉がぴしゃりと閉まるまで撮影を続けた。

報道陣も町の住人も、誰一人、居残るものはいなかった。暖かい部屋、温かい夕食が彼らを招いていた。寒々とした広場に灰色の猫二匹だけを置き去りにして、誰もが足早に引きあげていったころ、あの奇跡的な秋の陽気も立ち去っていった。そして、その年の初雪が舞いはじめた。

# Ⅳ

# 〝コーナー〟

フィニー郡庁舎の四階には、官庁に固有の陰鬱さと、心地よい家庭的雰囲気が共存している。郡拘置所の存在が影を落とす一方で、拘置所とは鋼鉄の扉と短い廊下で隔てられた保安官住宅と呼ばれる快適なアパートが明るさをかもしているのだ。

しかし、一九六〇年の一月には、保安官住宅に保安官のアール・ロビンソンが入居しているわけではなかった。住んでいたのは保安官代理とその妻、つまり、ウェンドルとジョゼフィーン（〝ジョージー〟）・マイヤーだった。結婚生活二十年以上に及ぶ二人は、まさに似た者夫婦だった。いずれも長身で、あり余る体重と体力に恵まれ、大きな手と、角張ってはいるが穏やかで優しげな顔を備えていた。最後の性質はとくに妻のほうに顕著だった。夫人は直截《ちょくせつ》で実践的な人ではあったが、不思議なほどの平静さに照らされているという趣があった。保安官代理の配偶者として、夫人の活動は長時間に及ぶ。朝五時に起床し、聖書の一章を読むことをもって一日の始まりとしてから、午後十時の就寝時間までの間、在監者のために料理や裁縫、つくろいもの、洗濯をする。もちろん、夫に対してもかいがいしく世話を焼くし、五室あるアパートの手入れも怠らない。アパートには、丸っこい足のせ台やつぶれたような椅子《いす》、クリーム色のレースのカーテンといった気持ちのいい家具調度がごたごたと配されている。マイヤー夫妻には一人っ子の娘がいるが、すでに結婚してカンザスシティーに住んでいる。それで、今は二人だけの暮らしだ。いや、マイヤー夫人はそれをもう少し正確に述べている。「女性専用の房に誰も入っていないときには二人きりです」

拘置所には六つの独房がある。女囚にあてられている六番目の房は、保安官住宅の内部に組みこまれた隔離された一室だ。実際、マイヤー家のキッチンと隣り合わせになっている。「でも」ジョージー・マイヤーはいう。「わたしは気になりません。それどころか、お相手がいるのは歓迎です。台所仕事をしている間、おしゃべりをするお相手がいるのは。そういう女の人の多くには、同情を感じずにはいられません。だって、よくあるトラブルにぶつかってしまったというだけのことなんですから。もちろん、ヒコックとスミスになると、話は別ですよ。わたしが知る限り、ペリー・スミスは女性専用の房に入った最初の男性です。なぜかというと、裁判が終わるまで、彼とヒコックを別々にしておきたいという保安官の意向があったからです。あの人たちが連れてこられた日の午後、わたしはアップルパイを六つつくって、パンをいくらか焼いていたんですが、その間も下の広場のできごとに絶えず注意していました。うちのキッチンの窓からは広場が見渡せるんです。あれ以上の眺めは、まずありませんね。わたしには集まったのがどういう人たちなのか見当がつきませんけど、クラッターさん一家を殺した男たちを見ようと数百人もの人が待っていたんでしょうね。わたし自身はクラッターさんのご家族にはお目にかかったことはないんですけど、わたしが聞いたいろいろな評判からすると、とても立派な人たちだったに違いありません。あの人たちの身に起きたことは、絶対に許せないものです。集まった人たちがヒコックとスミスの姿を見て、どんな行動に出るか、ウェンドルも心配していました。二人を襲おうとする人もいるんじゃないかと恐れていました。ですから、車が着いて、記者さんや新聞関係の人たちがみんな駆けだして、押しあいへしあいするのを見たときは、ほんとにはらはらしましたよ。でも、そのときには、六時を過ぎていたんですけど、もう暗くなって、ずいぶん寒くなっていました――集まった人たちの半分以上はあきらめて、うちに帰っていました。残っていた人たちは非難の声一つ上げませんでした。じっと見つめるばかりで。

そのあと、二人が上に連れてこられたとき、わたしが先に見たのはヒコックのほうです。薄手の夏物のズボンと古いシャツという格好でした。どんなに寒いかを考えると、肺炎にかかっていないのが不思議なくらいでした。でも、やっぱり病気のようには見えましたよ。幽霊みたいに真っ青でしたから。そうですね、たしかに恐ろしい経験には違いないでしょうね――大勢の見知らぬ人たちにじろじろ見られながら、その間を歩かなくちゃならないんですもの。しかも、自分が何者で、何をしたかということを知られているわけですから。それから、スミスが連れてこられました。わたしは二人が房の中で食べられるよう、夕食を用意しておきました。熱いスープとコーヒーとサンドイッチとパイです。ふつうですと、食事は一日二回だけです。七時半に朝食、四時半にしっかりした食事です。でも、あの人たちにおなかをすかせたままで寝てほしくはなかったものですから。そうでなくても、気分が悪いに違いないと思われましたし。でも、夕食をお盆にのせてスミスのところに持っていくと、おなかはすいていないというんです。あの人は女性用の房の窓から外を見ていました。わたしに背中を向けたままで。あそこの窓は、うちのキッチンの窓と同じ眺めなんです。木々や広場や家の屋根が見えます。わたしはいいました。『スープだけでもいかが。野菜スープですよ。缶詰じゃありません。わたしの手づくりです。パイもね』一時間ほどしてから、お盆を下げにいったら、あの人はほんの一口も食べていませんでした。そして、あいかわらず窓辺に突っ立っているのです。一歩も動いていないようでした。外は雪が降っていました。わたしは、そのとき、今年の初雪ね、これまではうららかな長い秋がずっと続いてきたけど、といったことをおぼえています。それが、とうとう雪になったんです。そのあと、あの人に、何か特別に好きなお料理はあるの、と聞いてみました。もし、あるんだったら、あした、つくってあげましょう、ともいったんです。あの人は振り返って、わたしをじっと見ました。からかわれているんじゃないかというような疑いの目で。それから、何か映画のことを話しはじめたんです——ほとんどささやくような、とても静かな話しかたをする人でした。その映画を見たかって聞くんです。題名は忘れましたが、どっちみち、わたしは見ていませんでした。映画はあまり見るほうじゃありませんから。あの人の話だと、その映画は聖書の時代のできごとを描いてるんだそうです。何でも、ある男がバルコニーから男女の暴徒の中に放りだされ、八つ裂きにされてしまう場面があったとか。そして、広場の群集を見たとき、その場面が頭に浮かんだといっていました。男が八つ裂きにされた場面が。自分もそういう目にあわされるんじゃないかと思ったそうです。ほんとに恐ろしくて、まだ胃がきりきり痛むといってました。それで、とても食べることなどできなかったのですね。もちろん、そんなことはあるはずもないので、わたしはそういってあげました——あなたがどんなことをしたにしても、だれもあなたを傷つけたりはしません。ここらの人たちはそんなふうじゃありませんよって。

わたしたち、少し話をしたんですけど、あの人はひどく恥ずかしがり屋でした。それでも、しばらくしてから、こういいました。『おれがほんとに好きなのはスパニッシュライスです』って。それじゃ、つくってあげましょうって約束すると、にこっとしたようでした。それで、わたし、思ったんです——そう、この人は今まで会った中でもいちばんの極悪人じゃないわって。その晩、ベッドに入ってから、主人にそんなことをいったんです。ところが、ウェンドルは、ふんと鼻を鳴らしました。ウェンドルは犯行が明らかになったあと、まっさきに現場に駆けつけた一人です。で、遺体が見つかったとき、おまえもクラッター家に居あわせたらよかったんだっていうんです。もし、そうだったら、スミス氏がいかにお優しい人間か、自分で判断できただろうにって。あの人と仲間のヒコックが。あいつらは人の心臓をえぐりだしても、顔色一つ変えないだろうって主人はいいました。それは否定のしようもありません——四人が亡《な》くなっているんですから。わたしはなかなか寝つかれませんでした。あの人たちのどちらも悩まされはしないのかしらと思って——四つのお墓を思い浮かべて」

一ヵ月が過ぎ、また一ヵ月が過ぎた。ほとんど毎日、何時間か雪が降った。雪は小麦の切り株で黄褐色になった田園地帯を白一色に染め、町の通りにも降り積もって、しんと静まりかえらせた。

雪をかぶったニレの木のてっぺんの枝は、女囚用の独房の窓を掃くほどに伸びていた。その木にリスが何匹か住みついていた。ペリーは何週間もかけて朝食の食べ残しで誘った末に、そのうちの一匹を枝から窓の下枠へ、さらに鉄格子《てつごうし》の中へおびき寄せるのに成功した。赤褐色の毛をしたその雄のリスを、ペリーはレッドと名づけた。レッドは友人ととらわれの身をともにするのが苦にならないようで、まもなく房に居つくようになった。ペリーはレッドにいくつか芸を教えた。紙の玉で遊ぶ、〝ちょうだい〟をする、ペリーの肩にとまるといったことを。それは時間つぶしに役立ちはしたが、囚人がむなしく費やさなければならない時間は恐ろしく長かった。新聞を読むことは禁じられていた。マイヤー夫人が貸してくれた雑誌、《グッドハウスキーピング》や《マッコールズ》の古い号は退屈だった。しかし、ペリーはあれやこれやとすることを見つけだした。爪《つめ》やすりで爪をこすり、絹のようなピンクのつやが出るまで磨きあげた。ローションで濡《ぬ》らし、香水を振った髪を何度となくとかしつけた。一日に三、四回、歯を磨いた。それとほぼ同じ頻度で、ひげを剃《そ》り、シャワーを浴びた。そして、トイレ、シャワー室、簡易ベッド、椅子《いす》、テーブルを備えた房を、自分自身と同じようにこぎれいに整えた。ペリーはマイヤー夫人の褒め言葉に得意げだった。「ほら！」夫人はベッドを指さしていった。「あの毛布を見てごらんなさい！　硬貨だってはずみそうなほど、ぴんと張ってるわ」しかし、ペリーが目覚めている時間の大半を過ごしたのはテーブルの前だった。そこで食事をとり、そこに座ってレッドをスケッチし、花やイエスの顔、想像上の女の顔や胴を描いた。安い罫紙《けいし》に、日々のできごとを日記風のメモにして記したのも、そこでだった。

一月七日、木曜日。デューイ、面会にくる。煙草《たばこ》一カートン持参。タイプした供述調書に署名を求められる。拒否。

その〝供述調書〟は、ペリーの口述をフィニー郡裁判所の速記者が書き取った七十八ページにも及ぶ書類で、すでにアルヴィン・デューイとクラレンス・ダンツに対して行った自白を、さらに詳しくしたものだった。デューイはこの日のペリー・スミスとの面会に触れ、ペリーが供述調書への署名を拒んだのはまったく思いがけないことだったと回想している。「べつに重要というわけではなかったんだが。彼がわたしとダンツに口頭でした自白がすでにあって、それについてはいつでも法廷で証言できるわけだから。それに、まだラスヴェガスにいる間に、ヒコックは自白に署名したものをよこしていたんだ――その中で、彼は四件の殺人すべてをスミスが犯したといっていた。それはそれとして、わたしは不思議に思ったんだ。それで、なぜ気が変わったのか、ペリーに聞いてみた。すると、彼はこういうんだ。『おれの供述は二点を除けば、すべて正確です。その二点を訂正させてくれれば、署名しますよ』そう、彼がいう二点が何か、想像はついたがね。というのは、彼の話とヒコックの話で唯一《ゆいいつ》の重大な相違というのは、彼がクラッター一家を単独で殺害したのを否定している点だ。彼はそれまで、ナンシーと母親を殺したのはヒコックだ、と断言していたんだが。

実際、思ったとおりだったよ！——彼が訂正させてくれというのは、まさにそれだった。ヒコックは真実を語っていると認めたんだ。つまり、家族全員を射殺したのは彼、ペリー・スミスにほかならないということだ。嘘《うそ》をついた理由は、本人の言によれば、こういうことだ。『おれはディックがあんまり腰抜けだったんで、罪をおっかぶせてやりたかったんです。肝っ玉をそこらじゅうの床に落っことしていくような腰抜けだったんで』それが、記録を訂正しようという気になったのは、突然、ヒコックに惻隠《そくいん》の情をおぼえたからというわけではない。ペリーのいうところによればだ、ヒコックの両親に対する配慮からだそうだ——ディックの母親が気の毒だというんだな。『おふくろさんはほんとに優しい人なんです。ディックが一度も引き金を引かなかったと知ったら、少しは気が休まるかもしれないと思ってね。あいつがいなかったら、今度のことはなかったわけだし、ある意味じゃ、ほとんどがあいつのせいなんだが。でも、あの人たちを殺したのはおれだという事実に変わりはありませんから』そういうんだ。しかし、わたしはそう信じていいのかわからなかった。そんなことで供述を変えるとは。ただ、ずっといっているように、われわれは事件の各部を証明するのに、スミスの公式の自白だけに頼らなくてもよかったんだ。自白があろうがなかろうが、彼らを十回も吊《つ》るせるだけのものを持っていたからね」

デューイの自信に寄与している要素の中には、犯人がクラッター家から盗みだし、その後にメキシコシティーで処分したラジオと双眼鏡の回収があった(KBI捜査官、ハロルド・ナイがそのために現地へ飛んで、ある質屋で盗品を突きとめていた)。さらに、スミスは供述を進める間に、ほかの有力な証拠の所在を明らかにしていた。「おれたち、ハイウェイにのって、東へ向かいました」スミスはヒコックとともに殺人現場から逃走したあとの行動を述べる中で、そういった。「ディックが運転して、むちゃくちゃ飛ばしました。どちらも、ひどく感情が高ぶってたと思います。少なくとも、おれはそうでした。ひどく高ぶって、同時に、ひどくほっとしてました。笑いが止まらなかったんです。おれたち、どちらも。突然、何もかもがひどくおかしく思われて——なぜかはわからないけど、とにかく、そうだったんです。とはいっても、銃からは血が垂れてるし、自分の服も血が染《し》みてる。髪にまで血がついてるんですから。それで、おれたち、田舎道に曲がりこんで、八マイルほど走るうちに、プレーリーへ出ました。コヨーテの鳴き声が聞こえるんです。二人で煙草を吸ってる間、ディックはあそこであったことをネタにしてあれこれ冗談をいってました。おれは車から降りると、水タンクから水を吸い上げて、銃身についた血を洗い流しました。それから、ディックの狩猟用ナイフ、おれがクラッターさんをやるのに使ったナイフですが、それで地面に穴を掘って、空薬莢《からやっきょう》や使い残しのナイロンの紐《ひも》、粘着テープをみんな埋めました。そのあと、US83をたどって東へ向かい、カンザスシティーからオレースへと走ったんです。明けがた、ディックは通りかかったピクニック場で車を停めました。いわゆる休憩所ですね――野外に炉があるんです。おれたち、火をおこして、ものを燃やしました。はめてた手袋とか、おれのシャツとか。ディックは牛をまるごと一頭焼けたらなといいました。こんなに腹が減ったことはないっていうんです。オレースに着いたのは、正午になるころでした。ディックはおれをホテルで降ろして、自分は家へ帰りました。家族と一緒に日曜日の昼食をとろうっていうんで。そうです、あいつはナイフを持ち帰りました。銃もです」

ヒコックの家に急派されたKBI捜査官は、釣り道具箱におさめられたナイフと、依然、キッチンの壁にさりげなく立てかけられている散弾銃を発見した（ヒコックの父親は、自分の〝ぼうず〟がそんな〝恐ろしい犯罪〟に関与したとは信じられないといった。問題の銃にしても、十一月の最初の週以来、家から持ちだされたことはなく、したがって、それが凶器となったはずはないと主張した）。空薬莢、紐とテープといったものも、郡ハイウェイ従業員、ヴァージル・ピーツの助力を得て回収された。ピーツはペリー・スミスが示した位置の周辺を地ならし機で掻《か》き、土を一インチずつ削り取っていって、ついに埋められていた品々を掘りだした。こうして、最後のほどけた紐が結びあわされた。KBIは今や、立件を揺るぎないものにしていた。弾はヒコックの散弾銃から発射されたものであり、紐とテープの残りは、被害者を縛り、口をふさぐのに使われたものの一部ということが、テストで確証されたからだ。

一月十一日、月曜日。弁護士のフレミング氏、面会にくる。赤いネクタイの老人。

被告人二人には弁護人を雇う資力がないと知らされて、裁判所はローランド・H・テート判事名で、地元の弁護士二人、アーサー・フレミング氏とハリソン・スミス氏を弁護人に指名した。七十一歳、ガーデンシティー元市長のフレミングは、小柄な男で、ぱっとしない風采《ふうさい》をかなり目立つネクタイで活気づけている。彼は指名に難色を示した。「わたしはこの務めを望むものではありません」判事に向かってそういった。「しかし、裁判所がわたしを指名するのが適当であるとお考えなら、当然のことですが、選択の余地はありませんな」ヒコックの弁護人、ハリソン・スミスは四十五歳、身長六フィート、ゴルファーで、エルクス慈善保護会の高位の会員だが、あきらめたように雅量を見せて務めを引き受けた。「誰かがやらなければならないわけでしょう。だったら、わたしが最善を尽くしてやりますよ。それで、このあたりでのわたしの評判がよくなるとは思いませんが」

一月十五日、金曜日。マイヤー夫人がキッチンでラジオをつける。郡検事は死刑を求めるだろうと誰かがいっているのを聞く。「金持ちはけっして吊るされない。吊るされるのは貧乏人と友を持たない人間だけだ」

郡検事のデュエイン・ウェストは野心満々で恰幅《かっぷく》もいい二十八歳の青年だが、一見、四十歳にも、ときには五十歳にも映る。その彼が記者団に語った。「もし、事件が陪審にかかるならですね、わたしは陪審員諸氏に要求したい。彼らを有罪と評決するなら、死刑を宣告するように、と。もし、被告が陪審裁判の権利を放棄し、判決を裁判官に委《ゆだ》ねるというならですね、彼らに死刑を宣告するよう裁判官に要求したい。これはわたしが決定を求められる問題であるということは承知しておりましたし、また、その決定もけっして軽々に下したものではありません。この犯罪の暴力性と、被害者に対して慈悲のかけらも示されなかったという事実からしてですね、人々を間違いなく守る唯一の道は、被告に死刑を宣していただくことであると、わたしは思っております。これが絶対の真実であるというのはですね、カンザスにおいては、仮釈放の可能性のない終身刑というようなものがないからであります。終身刑を宣せられた人間は、実のところ、平均で十五年弱しか服役していないのです」

一月二十日、水曜日。ウォーカー事件に関して嘘発見器の検査を受けるよう要請される。

クラッター事件のような重大な犯罪は、各地の当局者、とりわけ、未解決の類似事件を抱えている捜査官の注意を喚起する。なぜなら、一つの謎《なぞ》の解決が、ほかの謎の解決をもたらす可能性が常にあるからだ。ガーデンシティーのできごとに興味をそそられた多くの役人の中に、フロリダ州サラソタ郡の保安官がいた。管内のオスプリーはタンパからそう遠くない漁村だが、クラッター家の惨劇から一ヵ月少したって、人里離れた牧場で四人が殺されるという事件が発生した。スミスはそれをクリスマス当日のマイアミの新聞で読んでいた。被害者はやはり家族四人だった。若いクリフォード・ウォーカー夫妻、男の子と女の子。全員がライフルで頭を撃たれていた。その犯行当日、十二月十九日の夜、クラッター事件の犯人がタラハッシーのホテルに泊まっていたというので、何の手がかりもつかめなかったオスプリーの保安官が、この二人の尋問とポリグラフの検査を行ってほしいと切望したのもうなずけないことではなかった。ヒコックはテストを受けるのを承知し、スミスも同様だったが、カンザスの当局者にこう語った。「おれはそのとき、自分の見かたをいったんですよ。ディックに向かってね。これをやったのが誰にしても、カンザスで起きたことを読んだ人間に違いない。頭のいかれたやつだって」テストの結果は、オスプリーの保安官ばかりでなく、偶然の一致など信じないアルヴィン・デューイも、ぐうの音も出ないほど否定的なものだった。ウォーカー一家の殺害犯は今もって不明のままだ。

一月三十一日、日曜日。ディックの父親、ディックに面会にくる。〔房の扉を〕通り過ぎるのを見かけて声をかけるが、そのままいってしまう。聞こえなかったのかもしれない。H〔ヒコック〕夫人は具合が悪くてこられなかったとM〔マイヤー〕夫人から聞く。猛烈な雪。ゆうべ、おやじと一緒にアラスカにいる夢を見る——冷たい寝小便の水溜《た》まりの中で目を覚ます！！！

ヒコック氏は息子と三時間を過ごした。そのあと、雪の中をガーデンシティー駅まで歩いていった。仕事に疲れたこの老人は、それから数ヵ月後に癌《がん》で世を去ったが、病で痩《や》せ細り、前屈《かが》みになっていた。駅で帰りの列車を待つ間、ある記者にこう語った。「ディックに面会しましたよ、うん。長いこと話しましたわ。で、これは保証しますがね、事実は世間のみんながいってるようなことじゃないんですわ。新聞に書いてあるようなことでもね。あいつらは乱暴するつもりであの家へ入ったんじゃないんです。とにかく、うちの子はそうじゃなかった。あいつには悪いとこもあるけど、そんな大悪人とは程遠いですから。悪いのはスミティーなんですわ。スミティーがあの人〔クラッター氏〕を襲って、喉《のど》を掻っ切ったのも、全然知らなかった、とディックはいっとりました。

あいつは同じ部屋にもおらなかったんです。二人が格闘してる物音を聞いて駆けこんだだけで。散弾銃はディックが持ってたんですが、あいつはこうだといっとりました。『スミティーがおれの銃を取って、あの人の頭をぶっ飛ばしたんだ』そして、こういうんです。『おやじさん、おれ、銃を取り返してスミティーを撃ち殺してしまえばよかった。あいつがほかの家族を殺す前に、おれがあいつを殺しちまえばな。そうしてりゃ、今よりはましだったろう』わたしもそう思います。世間のみんながどう感じてるかはわかりますが、それじゃ、あいつも立つ瀬がないですわ。二人とも吊るされちまうんでしょうな。それに」疲労と絶望感で目を潤ませながら、ヒコック氏はつけくわえた。「自分の息子が吊るされる。そうなるとわかっておる。人間にとってこれ以上つらいことはありませんわ」

ペリー・スミスの父親も姉も、手紙をよこしもしなければ、面会にやってもこなかった。テックス・ジョン・スミスはアラスカのどこかで金鉱探しをしていると思われた。当局者の懸命の努力にもかかわらず、居どころを突きとめることはできなかった。姉は捜査官に対して、自分の弟が恐ろしいといった。そして、弟には現在の住所を教えないでほしいと頼んだ(それを知らされると、スミスはかすかに笑っていった。『あいつがあの晩、あの家にいたらよかったのに。楽しい光景が見られただろうな!』)。

リスを除き、マイヤー夫妻とときどき打ち合わせにくる弁護士のフレミング氏を除くと、ペリーはずっと独りきりだった。そのうち、ディックが懐《なつ》かしく思われるようになってきた。「ディックのことをあれこれ思う」ある日、間に合わせの日記帳にそう書きこんだ。逮捕されて以来、二人は接触を禁じられていたが、ペリーがもっとも望むことといえば、解放されるのを別にすれば、まさにそれだった。つまり、ディックと話をすること、再びディックと一緒になることだ。ディックはかつて考えていたような〝仮借ない男〟ではなかった。〝実際的〟でも〝男性的〟でも〝まったく厚かましいやつ〟でもなかった。〝ずいぶん弱くて浅薄な人間〟〝臆病者《おくびょうもの》〟であることを自ら証明していた。それでも、その時点では、世界中の誰よりも、この男こそがペリーにもっとも近しい人間だった。なぜなら、少なくとも、二人は同じ種に属する者たち、カインの血統を受け継ぐ兄弟だったからだ。ディックと引き離されていると、ペリーは自分を〝まったくの独りぼっち、全身傷だらけの人間、よほどの変人しか相手にしてくれない人間のように〟感じた。

しかし、そのあと、二月半ばのある朝、ペリーは一通の手紙を受け取った。マサチューセッツ州レディングの消印があり、文面は以下のとおりだった。

親愛なるペリー。わたしはきみが直面している問題について聞き、お気の毒に思いました。そこで、手紙を書き、わたしがきみをおぼえていること、自分にできる方法できみを助けてあげたいと思っていることを知らせようと決心したのです。きみがドン・カリヴァンというわたしの名前をおぼえていないといけないので、わたしたちが会ったころに撮った写真を同封します。最近、新聞ではじめてきみのことを読んだときには、さすがに驚きました。それから、きみと知りあった日々のことを振り返ってみるようになりました。わたしたちはけっして親友とまではいえなかったにしても、わたしは軍で出会った多くの人たちのことよりも、きみのことをずっと鮮明におぼえています。きみがワシントン州フォートルイスの第七六一工兵軽装備中隊に配属されたのは、一九五一年秋ごろだったはずです。きみは背が低いけれども（わたしもそれより少し高いという程度ですが）、がっちりした体格で、色が浅黒く、黒髪がふさふさしていて、ほとんどいつも笑いを浮かべていましたね。きみがアラスカに住んでいたというので、仲間の多くがきみのことを〝エスキモー〟と呼んでいました。きみに関するはじめのころの思い出の一つに、中隊の点検で小型トランクをすべて開けさせられたときのことがあります。わたしの記憶では、どのトランクも、きみのも含めて、よく整理されていたのですが、ただ、きみの内蓋《うちぶた》にはピンナップガールの写真が貼《は》ってあったのです。みんな、ただでは済まないだろうと思いました。ところが、点検の士官はそのまま通り過ぎてしまいました。すべてが終わって、士官が見逃してくれたのが明らかになったときには、みんながきみのことをなんと厚かましいやつだと感じたと思います。わたしはきみが玉突きではなかなかの腕だったのをおぼえていますし、中隊娯楽室の玉突き台に向かっているきみの姿をかなりはっきり思い浮かべることができます。また、きみはトラックの運転なら部隊一でしたね。われわれが参加した野戦訓練のことをおぼえていますか？　冬に行われた移動演習で、期間中、わたしたちそれぞれがトラックに配属されたのをおぼえています。わたしたちの部隊では、トラックにはヒーターがなく、運転台はかなり寒かったものです。きみはエンジンの熱を運転台に引きこもうとして、トラックの床板に穴をあけましたね。こんなことをよくおぼえているのは、軍の財産の〝損傷〟は厳罰を受ける恐れがある犯罪ということで、それがよほど強く印象に残ったからでしょう。もちろん、わたしはまだまだ新兵でしたから、規則を少しでも拡大解釈するのを恐れていたのだと思います。きみが（あいかわらず暖かくしつづけながら）そのことについてにやにやするばかりだったのに、わたしは（凍えながら）うじうじ心配していたのを思いだします。きみがオートバイを買ったのもおぼえていますが、それで何か問題を起こした――警察に追いかけられた？　衝突した？――のも、うっすら記憶にあります。それが何であったにしても、わたしはそのときはじめて、きみには荒々しいところがあると気づいたのです。わたしの思い出の中には間違っているものがあるかもしれません。なにしろ八年以上も前のことであり、わたしがきみを知っていたのは八ヵ月ほどの間に過ぎなかったのですから。しかし、おぼえている限りでは、わたしはきみとてもうまくやっていたし、きみが好きだったように思います。きみはいつも快活で生意気にさえ見えたし、軍の任務も楽にこなして、あまり文句をいっていたという記憶がありません。なるほど、きみは見た目は野性的ですが、実際にどうなのかはよくわかりませんでした。しかし、今、きみはほんとうの苦境に陥っています。わたしはきみが今、どんなふうなのかを想像しようとしています。あるいは、きみが何を考えているかを。きみのことをはじめて読んだとき、わたしは愕然《がくぜん》としました。ほんとうにそうでした。そのあと、新聞を置いて、ほかのことに心を向けました。しかし、いつの間にか、きみへの思いが戻ってくるのです。忘れるというだけではどうしても済まないのです。わたしは今、かなり信心深くなっています〔カトリック〕。あるいは、そうなろうと努めています。以前からずっとそうだったわけではありません。唯一《ゆいいつ》重要なことについては、ほとんど考えることもなく、ただただ流れのままに暮らしてきました。死とか来世での生の可能性ということについては考えたこともありませんでした。わたしはあまりにも俗でした。車や、大学や、デートなど。ところが、わたしの弟がまだ十七という年で、白血病で死んだのです。弟は自分が死ぬことを知っていましたが、そのあと、わたしは弟がそのとき何を考えていたのだろうと思うことがよくあります。そして、今、わたしはきみのことを思っています。きみは何を考えているのだろう、と。弟が死ぬ前の数週間、わたしは何といってやればいいのかわかりませんでした。しかし、今なら何をいえばいいのかわかります。だからこそ、こうしてきみに手紙を書いているのです。神はわたしと同じようにきみをつくられ、わたしを愛するのと同じようにきみを愛しておられます。神の御心《みこころ》はなかなかうかがうべくもありませんが、きみの身に起きたことは、わたしの身に起きていたかもしれないのです。きみの友、ドン・カリヴァン。

その名前は何の意味も持たなかったが、ペリーは写真の顔を見るなり、すぐに思いだした。クルーカットの髪、非常に真剣な丸い目をした若い兵士のことを。ペリーはその手紙を何度も読み返した。宗教に触れた個所には説得力を感じなかったが（「信じようとしたが、駄目だった。信じられないんだ。信じるふりをしたところで何もならないし」）、手紙には感動させられた。自分に救いの手を差し伸べようとする人間、かつて自分を知り、好いてくれたまっとうな人間、〝友〟と署名してくれた人間がいたのだ。ペリーは感謝し、さっそく返事をしたためにかかった。「親愛なドン。ドン・カリヴァンのことは間違いなくおぼえています……」

ヒコックの房には窓がなかった。その房は広い廊下とほかの房に向きあっていた。かし、ヒコックは孤立していたわけではなかった。話し相手には不自由しなかった。酔っぱらい、偽造屋、妻を殴る暴力男、メキシコ人の浮浪者などが入れ替わり立ち替わり出入りしていたからだ。ディックは〝詐欺師《さぎし》〟らしい調子のいいおしゃべり、猥談《わいだん》、きわどい冗談で、在監者の間で人気を博した（もっとも、ディックに何の用もない人間が一人いた。彼を見ると「人殺し！　人殺し！」と野次る老人で、バケツ一杯の汚水を浴びせかけてきたこともあった）。

見たところ、ヒコックはどこをとってもまったくのんきな青年に見えた。人と話したり、眠ったりしているのでなければ、簡易ベッドに横になって、煙草《たばこ》をふかしたり、ガムを噛《か》んだり、スポーツ誌やペーパーバックのスリラーを読んだりしていた。ときには、ただ寝ころんで好きな古い歌（『ユー・マスト・ハヴ・ビーン・ア・ビューティフル・ベイビー』や『シャッフル・オフ・トゥ・バッファロー』）を口笛で吹いたり、房の天井で昼夜の別なく灯っている裸電球をにらみつけたりしていた。ヒコックは電球にずっと監視されているのが気に食わなかった。それは安眠を妨げるし、さらにはっきりいえば、ひそかな計画、すなわち、脱獄の計画を危うくするからだった。この囚人は見かけほどのんびりしてもいなければ、あきらめてもいなかった。〝でっかいぶらんこに乗る〟のを免れるために可能な限りの手段を講じるつもりでいたのだ。どんな裁判にしても——

カンザス州で行われる裁判であれば——結末にはそういう儀式が待っていると確信していたので、〃脱獄して、車をかっぱらって、埃《ほこり》を蹴立《けた》てて逃げる〃と決めていた。しかし、そのためにはまず武器を手に入れなければならなかった。ヒコックは何週間かかけて、それをつくっていた。アイスピックによく似た〃ヤッパ〃を。それは、マイヤー保安官代理の肩甲骨《けんこうこつ》の間の微妙な急所をえぐるのに適していた。その武器を構成している木片と硬い針金は、もともと、くすねたトイレットブラシの一部だった。ヒコックはそれをばらして、マットレスの下に隠していた。夜が更《ふ》けて、聞こえる物音が、いびきと、咳《せき》と、暗闇《くらやみ》の町を通り抜けていくサンタフェ鉄道の列車の悲しいむせび泣きのような汽笛だけになると、ヒコックは房のコンクリートの床で針金を研ぎはじめた。そして、作業をしながら計画をめぐらした。

ヒコックはかつて、ハイスクールを終えたあとの最初の冬、カンザスとコロラドを横断するヒッチハイクをしたことがあった。「あれは仕事を探してたときのことだった。うん、おれはトラックに乗せてもらったんだけど、たいしてわけもないのに、運ちゃんと口論になったんだ。そしたら、いきなりぶちのめされて叩《たた》きだされて、それで、そこに置き去りにされちまった。ロッキーのおっそろしく高いところでさ。みぞれかなんかが降ってくる中を、鼻血をだらだら流しながら何マイルも歩いたよ。そのうち、木の生えた斜面に山小屋が何軒か立ってるところに出た。どれも夏の別荘だから、その時季だと錠がかかってて、人はいなかった。で、おれはその中の一軒に踏みこんでみたんだ。そしたら、たきぎや缶詰、ウイスキーまであってさ、一週間以上もそこに居座ってたんだが、あれはおれにとっては最高の一時《ひととき》だったな。鼻は痛むし、目もおかしくなっちまったけど。雪がやむと、太陽が出てきた。あんな空はまず見られねえな。メキシコみたいだった。もし、メキシコが寒かったら、あんなだろうな。おれはほかの小屋をあさって、燻製《くんせい》のハムにラジオ、ライフルを見つけた。たいしたもんさ。銃を持って、一日中、外に出てた。顔いっぱいに日ざしを浴びて。そりゃ、気持ちよかったぜ。ターザンになったみたいだった。毎晩、豆とハムのフライを食って、火のそばで毛布にくるまって、ラジオの音楽を聞きながら眠ったもんだ。あたりには人っ子一人いねえ。その気になりゃ、春までだっていられたな」もし、脱獄に成功したら、そのコースをとろうとディックは決めていた。コロラドの山岳に向かい、そこで春まで潜んでいられる小屋を見つけよう、と（もちろん、独りで。ペリーの行く末など知ったことではなかった）。束の間《つかま》の牧歌の夢が、ひそかに針金を研ぐ手に力を与え、それをしなやかな短剣へ仕上げさせていった。

三月十日、木曜日。保安官が大掃除。房を全部調べあげ、Dのマットレスの下からヤッパを発見。あいつは何を考えていたのか（笑）。

といっても、ペリーがほんとうに笑いごとと考えていたわけではなかった。ディックが危険な武器を振りまわせば、ペリー自身が温めていた計画の中で、ディックが決定的な役割を果たす可能性があったからだ。何週間かが過ぎるうちに、ペリーも郡庁舎広場に見られる生活、あるいは、そこに集まる常連やその習慣に通じるようになった。たとえば、猫だ。毎日夕暮れどきになると、二匹の痩《や》せた灰色の猫があらわれて、広場をうろつきまわった。猫たちは周辺に停まっている車の前で足を止めては何か調べていた。その行動はペリーにとって謎《なぞ》だったが、あれは車のエンジンのグリルに引っかかって死んだ鳥を探しているのだ、とマイヤー夫人が説明してくれた。それ以後、猫たちのそうした行動を見まもるのは苦痛になってきた。「だって、おれは人生の大半、あの猫たちがやっているようなことをやってきたわけだから。何の変わりもない」

そして、ペリーがとくに気にかけるようになった人物が一人いた。それはがっしりした体つきの背筋の伸びた老紳士で、銀灰色のスカルキャップ（訳注 頭にぴったり合う縁なし帽）のような髪をいただいていた。肉づきがよく、顎《あご》が張った顔は、穏やかな表情のときでも、いくぶんか意地悪そうに見えた。左右の口角は下がり、陰鬱《いんうつ》な夢想にでもふけっているように視線は下がり加減だった。つまりは厳格を絵に描いたような人物だった。しかし、そういう印象は全面的に正しいというわけではなかった。というのは、老人が立ち止まって他人に話しかけ、冗談をいって笑うのを見かけることもあったからだ。そういうときの彼は、屈託なく、陽気で、おおらかに見えた。〝人間的な側面がのぞけるような人〟――それは重要な属性だった。なぜなら、その人は第三十二司法区判事、ローランド・H・テートで、カンザス州対スミス及びヒコックの裁判を担当する裁判官だったからだ。ペリーもまもなく知ることになったが、テートというのはカンザス西部では古くからの権威ある名前だった。判事も裕福で、馬を何頭も飼い、広大な土地を所有し、妻はたいへんな美人という評判だった。二人の息子の父親だったが、下の子はすでに亡《な》くなっていた。両親はその悲劇に強く影響され、寄る辺ない捨て子として法廷にあらわれた小さな男児を養子に迎えていた。「あの人は思いやりがあるんじゃないですかね」ペリーは一度、マイヤー夫人にいった。「ひょっとしたら、おれたちを助けてくれるかもしれませんね」

しかし、ペリーは本気でそう信じていたわけではなかった。今は定期的に文通するようになったドン・カリヴァンに書き送ったほうが本心だった。そこには、自分の罪は〝許されない〟ものであり、〝十三階段を上る〟覚悟をしている、とあった。とはいいながら、まったく望みを失っていたわけではなかった。なぜなら、ペリーもまた脱獄を企てていたからだ。その成否は、自分のほうを眺めているのを見かけることがある二人の若者にかかっていた。一人は赤毛、もう一人は黒髪だった。二人はしばしば、広場の一隅、房の窓に枝を伸ばしている木の下に立って、ペリーに微笑《ほほえ》みかけ、合図を送ってきた——というか、彼はそう思いこんでいた。もっとも、言葉を交わしたことはなく、二人はいつも、一分もすると立ち去っていった。しかし、おそらく、冒険への欲求に刺激された二人には、自分の脱獄を助ける意図があるはずだ、とペリーは確信していた。そこで、広場の地図を描き、〝逃走車〟を停めておくのにもっとも都合のいい地点を記入した。そして、その地図の下にこう書いた。「弓鋸《ゆみのこ》の五号の刃が要る。ほかには何も要らない。ただ、つかまったらどうなるか、きみたちはわかっているのか？（わかっているなら、うなずいてくれ）つかまったら、長期刑をくらうことになるだろう。あるいは、死刑になるかもしれない。それも、知りもしない人間のためにだ。よく考えてくれ‼本気で！　それに、こちらにしてもきみたちを信用していいかどうか、どうしてわかる？　外におびきだして撃ち殺す策略ではないかどうか、どうしてわかる？　ヒコックはどうする？　すべての準備に彼を含めるべきだ」

ペリーはその紙片を机の上に置いておいた。くしゃくしゃに丸め、次に若者たちが姿を見せたら、窓から落とす用意をして。しかし、二人は二度とあらわれなかった。二度とその姿を見ることはなかった。やがて、二人は自分の頭の中でつくりだした存在に過ぎなかったのでは、とペリーも疑うようになった（自分が〝正常ではなく、狂っているのかもしれない〟という観念はペリーを悩ませていた。「まだ小さかったころからそうだったんだ。月の光を好むというので、姉たちに笑われた。物陰に隠れて、月を眺めているといって」)。幻であるにせよ、ないにせよ、ペリーはその若者たちのことを考えるのをやめた。もう一つの脱獄の方法、すなわち、自殺が瞑想《めいそう》の中で二人に取って代わった。看守が警戒していたにもかかわらず（鏡、ベルト、ネクタイ、靴紐《くつひも》は持ち込み禁止）、ペリーは自殺の方法を考えついた。彼もまた、四六時中つきっぱなしの電球に照らされていたが、ヒコックの場合と違って、房にほうきがあった。そのほうきのブラシのほうを電球に押し当てれば、それをねじって外すことができた。ペリーはある晩、電球を外し、それを割って、ガラスの破片で手首と足首を切る夢を見た。「体から生命力と光がすっかり抜けていくのを感じた」そのあとの感覚を描写して、こういっている。「房の壁が崩れ落ちて、空が近づいてきたかと思うと、あのでっかい黄色い鳥が見えたんだ」

生涯を通じて――貧しく恵まれなかった子ども時代も、勝手気ままな風来坊だった青年時代も、そして、収監の身になった今も――オウムの顔をした巨大な黄色い鳥は、ペリーの夢の中を飛翔《ひしょう》した。その鳥は、彼の敵に猛攻を加えたり、あるいは、今のような生死の分かれる瞬間に彼を救いだしたりする復讐《ふくしゅう》の天使だった。「鳥はおれを持ち上げた。おれはネズミと変わらないほど軽くなったみたいだった。上へ上へと昇っていって、広場が下に見えた。みんなが怒鳴りながら走りまわっていて、保安官はおれたちに発砲してた。みんな、かんかんだったな。おれが自由になって、空を飛び、誰よりもいい身分になったんでね」

公判は一九六〇年三月二十二日に開始される予定だった。それに先立つ数週間、弁護人は被告人と頻繁に打ち合わせを重ねた。裁判地の変更を要請することの当否も論じられたが、年配のフレミング氏は依頼人にこう釘《くぎ》を刺した。「カンザスでなら、どこで裁判が行われようと問題ではないな。州内どこでも、人心は同じだから。われわれにはガーデンシティーのほうがいいんではないかな。ここは宗教的な土地柄でね。一万一千の人口で、二十二の教会がある。それに、牧師の大半は極刑に反対しておる。不道徳で、キリスト教的でないというんだな。クラッター家の牧師で、一家の親しい友人だったカウアン師でさえもだ、本件における死刑の適用には反対の説教をしておいでだ。おぼえておいてほしいんだが、われわれが最大限望みうるのは、きみたちの命を救うということだ。そういう意味では、ここはほかのどこよりも見込みがあると思う」

スミスとヒコックの最初の罪状認否の直後、被告人に対する包括的な精神鑑定を求める申し立てについて論じるべく、弁護人がテート判事のもとを訪れた。具体的にいえば、カンザス州ラーニドにある州立病院、すなわち、最大限の保安設備を有する精神病院に、囚人二人を収容するよう裁判所に要請したのだ。二人のいずれか、もしくは双方が〝弁護活動における自らの立場や、寄せられる支援を理解できないほどの狂気、愚鈍、痴《ち》呆《ほう》〟でないかどうかを確かめる目的で。

ラーニドはガーデンシティーの東百マイルに位置する。ヒコックの弁護人、ハリソン・スミスは、前日、車でその地に赴き、病院の職員数人と協議してきたことを裁判所に報告した。「われわれの地元には資格のある精神科医がおりません。事実、半径二百二十五マイル以内で、そのような人物――本格的な精神医学的鑑定を行う訓練を受けた医師――を見つけられるのはラーニドしかないのです。鑑定には時間がかかります。四週間から八週間ほど。しかし、わたしがその問題を話しあった職員の人たちは、ただちに仕事にかかりたいといっていました。いうまでもありませんが、州立病院ですから、郡には一銭の負担もかかりません」

この計画は、検察官特別補佐、ローガン・グリーンの反対を受けた。グリーンは〝一時的な狂気〟というのが、きたるべき公判で相手がたが譲らない論点だと確信していた。そして、その提案の最終的な結果として、私的な会話で予言していたように、被告側に同情的な〝精神科医の一団〟が証人席に登場してくるのでは、と懸《け》念《ねん》していた（「ああいう連中は、いつも殺し屋どものために泣き叫びます。だが、被害者のことは考えてもいないんですから」）。小柄で喧嘩っぱやいケンタッキー人のグリーンは、裁判所に対して、まず、こう指摘した。カンザス州の法律は、精神的障害の問題に関して、マクノートン・ルール、すなわち、被告人が自らの行為の性質を知り、それが誤っていると知っているならば、当人は精神的能力を有し、自らの行動に責任を負うという古いイギリスの準則を輸入し固守している、と。さらに、カンザス州の法律には、被告人の精神状態の判断にあたる医師は何か特別の資格を有していなければならないということを示すような条文はない、とした。「ごくふつうの医者。つまり、一般の開業医。法律が要求しているのはそれだけです。この郡では毎年、人々を施設に委《ゆだ》ねるか否《いな》か、精神障害に関する審問を行っています。ラーニドやその他の精神科施設から誰かを招くということはけっしてしないのです。地元の精神科医が問題を引き受けています。人が狂気か、痴呆か、愚鈍かを見分けるのはたいした仕事ではありません……被告をラーニドに送る必要はまったくないのです。時間の無駄です」

それに反論して、スミス弁護士は現在の状況を「検認裁判所（訳注　死亡した人の遺言の検認などにあたる特別裁判所）での単純な精神障害の審問よりもはるかに重大なものであります。二つの人命がかかっているのです。この二人は犯した罪が何であれ、訓練を受け、経験を積んだ専門家の診断を受ける権利があります」と述べた。そして、判事に直接訴えるべく付言した。「精神医学はこの二十年間で急速な成長を見ました。連邦裁判所はですね、刑事犯で訴追された人々に関して、すでにこの精神医学と歩調を合わせはじめています。われわれはこの分野における新しい概念に取り組む絶好の機会を得た、とわたしは思っておりますが」

それは判事にとってはむしろ返上したい機会だった。というのは、仕事ぶりを仲間の法律家にこう評されるほどだったからだ。「テートは判例集の法律家といってもいいくらいだ。けっして実験はしない。厳格に定石を踏むほうだ」しかし、同じ人物がこうも述べている。「もし、自分が無実なら、裁判官席についてもらいたいと思う一番手は彼だ。もし、有罪なら、その反対だ」テート判事は申し立てを全面的に退けたわけではなかった。法が求めるところに忠実に従って、ガーデンシティーの医師三人からなる委員会を任命し、被告人の精神的能力に関する見解を具申するよう指示した（まもなく、三人の医師は二人の被告人に面会し、一時間ばかり話して探りを入れたあと、両名ともどんな精神疾患にもかかっていないと報告した。その診断を聞かされて、ペリー・スミスはいった。「そんなこと、どうしてわかるんです？　あの人たちはただ楽しみたかっただけじゃないですか。犯人自身の口から恐ろしい話を事細かに聞いて。いや、あの人たち、目が輝いていたもんな」ヒコックの弁護人も憤慨した。再びラーニド州立病院を訪れると、有志の精神科医を無料でガーデンシティーへ派遣し、被告人と面会させるように訴えた。その任を買ってでたW・ミッチェル・ジョーンズ医師は、きわめて有能だった。まだ三十前だったが、犯罪心理学と、刑事にかかわる精神障害に関する高度の専門家であり、ヨーロッパと合衆国の双方で、研究と仕事をしてきていた。ジョーンズ医師はスミスとヒコックの診察に同意し、もし、自分の所見が認められるなら、被告人のために証言してもよいとした）。

三月十四日の朝、弁護人が再びテート判事の前に立った。今回は八日後に予定されている公判の延期を訴えるためだった。理由は二つあった。第一は、〝もっとも重要な証人〟であるヒコックの父親が、病勢の進行で今は証言に立てないということだった。第二は、より微妙な問題だった。この一週間、町の店のウインドー、銀行、レストラン、鉄道の駅などに、太字の掲示があらわれはじめたが、それにはこう記してあった。〝H・W・クラッター家不動産競売＊一九六〇年三月二十一日＊クラッター農場にて〟

「それでですね」ハリソン・スミスが裁判官席に向かっていった。「わたしも法的不利益を証明するのはまず無理だと承知はしています。しかし、この競売、被害者宅の競売はきょうから一週間後——いいかえれば、公判の始まるまさに前日に行われるのです。それが被告に不利益をもたらすかどうか、わたしには明言できません。しかし、この掲示は、新聞広告やラジオでの広告と相俟《あいま》って、地域の全住民に絶えず事件を想起させることになるでしょう。その中から百五十人もが陪審員候補者として招集されているんですよ」

テート判事がその言葉に動かされることはなかった。判事は何の注釈も加えず、申し立てを却下した。

その年の早くに、クラッター氏の日本人の隣人、ヒデオ・アシダは、農業用の機材を競売にかけて、ネブラスカに移住していた。アシダ家の競売は成功裏に終わったと思われたが、それでも、集まったのは百人足らずだった。クラッター家の競売には五千人を上まわる人々が詰めかけた。ホルカムの住民はたいへんな混雑を予想した。ホルカム・コミュニティー教会の婦人サークルは、クラッター家の納屋《なや》の一つをカフェテリアにしつらえ、手づくりのパイを二百個、ハンバーガー用の肉を二百五十ポンド、薄切りハムを六十ポンド用意した。それでも、カンザス西部における競売では空前の人出になるとまで読んでいたものは一人もいなかった。州内の郡の半ばから、さらに、オクラホマ、コロラド、テキサス、ネブラスカの各州から車が蝟集《いしゅう》した。そして、リヴァーヴァレー農場に通じる並木道で数珠《じゅず》つなぎになった。

犯行が明らかになって以来、一般人がクラッター家の地所への立ち入りを許されるのは、これがはじめてだった。そういう事情が、大群衆のおよそ三分の一の参集の理由を説明していた。つまり、それらは好奇心に駆りたてられた人々だった。もちろん、天候も人出を促した。三月半ばには、冬の深い雪はすっかり解けて、その下の地面がくるぶしまで埋まる広大な泥濘《でいねい》としてあらわれていたが、それが固まるまで、農家はたいしてすることがなかったからだ。「土地がぬかってて手に負えないの」農夫のビル・ラムジーの妻がいった。「仕事のしようがないのよ。それなら、競売にでも出かけたほうがいいんじゃないかと思って」実際、すばらしい天気の日だった。春。足もとは泥だらけだったが、長い間、雪と雲に覆《おお》い隠されていた太陽が、新たにつくりなおされたように顔を出し、木々――クラッター氏の果樹園の梨《なし》やリンゴ、小道に影を落とすアキニレ――には、霞《かす》んだ新緑のヴェールがうっすらとかかっていた。家を囲むみごとな芝生にも緑が芽吹いていたが、その上を侵入者たち、つまり、無人の住まいを間近から見てみたいと切望する女たちが、忍び足で横切り、窓から中をのぞきこんだ。明るい花柄のカーテンの奥の暗がりに身の毛もよだつ亡霊が見えるのではないかという、いってみれば怖いもの見たさで。

競売人が競《せ》りの対象となる品々を大声で紹介していった。トラクター、トラック、手押し車、釘樽《くぎだる》、大槌《おおつち》、未使用の材木、牛乳バケツ、焼き印、馬、蹄鉄《ていてつ》、そして、ロープや馬具から洗羊液、洗濯だらいに至るまで、牧場を経営するのに必要なありとあらゆるものを。群衆のほとんどは、こうした品々を格安に買えるという期待に誘われてやってきていた。しかし、入札の手はぽつりぽつりと遠慮がちにあがるだけだった。労働で荒れた手は、苦労して稼いだ現金と別れる踏ん切りがなかなかつかなかったのだ。それでも、売れ残ったものはなかった。錆《さ》びついた鍵《かぎ》の束を手に入れるのに熱心なものもいた。淡黄色のブーツを得意げにはいた若いカウボーイは、ケニヨン・クラッターの〝コヨーテワゴン〟を買った。故人が月明かりの夜にコヨーテを追いまわして悩ませるのに使っていたポンコツ車を。

小ぶりな品々を競売の壇に運び上げたり下ろしたりする裏方役をつとめたのは、ポール・ヘルム、ヴィック・アーシック、アルフレッド・ステックラインだった。いずれも、故ハーバート・W・クラッター氏の古くからの、そして、今なお忠実な使用人だった。クラッター氏の財産の処分を手伝うというのが、彼らの最後の奉公だった。というのも、彼らにとって、この日がリヴァーヴァレー農場での最後の一日だったからだ。地所はすでにオクラホマの農園主に賃貸され、今後は見知らぬ人間が住みついて働くことになっていた。競売が進んで、クラッター氏のこの世の領分が縮小し、しだいに消滅していくにつれ、ポール・ヘルムは殺害された一家の埋葬を思いだして、こういった。「まるで二度目のお葬式みたいだ」

最後に売られていったのは、家畜囲いの中の生き物で、多くは馬だった。その中には、ナンシーの愛馬、ベイブが含まれていた。大きくて太ったベイブは、とっくに盛りを過ぎた老馬だった。午後も遅くなり、学校が終わると、ナンシーの級友数人がやってきて、ベイブの入札が始まったときには、見物人の中に加わっていた。スーザン・キッドウェルもそこにいた。ナンシーに先立たれたペットの猫をすでに引き取っていたスーは、ベイブにも落ち着き先を与えてやりたいと思っていた。自分自身がこの老馬を好いていたし、また、ナンシーがベイブをどれほど愛していたかをよく知っていたからだ。二人の娘はベイブの幅広い背に一緒にまたがって出かけることがよくあった。暑い夏の夕べ、小麦畑を縫って進み、川辺へ、さらには水の中へと下りていって、馬が流れに逆らいながら渡渉すると、スーがかつて述べたように「馬もわたしたちも魚のように冷たくなる」のだった。しかし、スーには馬を飼う場所がなかった。

「ええ、五十……六十五……七十……」競りははかばかしく進まず、ベイブをほんとうにほしいと思っているものはいないようだった。結局、落札したのはメノー派（訳注 プロテスタント派の一）の農夫で、ベイブを耕作に使うといって、七十五ドルを支払った。ベイブが囲いから引きだされるのを見て、スー・キッドウェルは思わずそちらへ走り寄った。手を振って別れを告げようとするようなしぐさを見せたが、あげられた手はそのまま口もとを覆った。

ガーデンシティー《テレグラム》紙は、公判が始まる前夜、以下のような社説を載せた。「このセンセーショナルな殺人事件の裁判中、全国民の目がガーデンシティーに注がれると考える人がいるかもしれない。しかし、そんなことはない。当地から百マイル西のコロラドにおいてさえ、この事件の詳細を知る人はほとんどいない――せいぜい、名士の一家の何人かが殺害されたと記憶しているだけである。これはわが国の犯罪の現況に対する悲しい例証といえよう。昨秋、クラッター家の四人が殺されて以後、同様の複数殺人が数件、この国の各地で発生した。この公判に至るまでの数日間でも、少なくとも三件の複数殺人事件が新聞の見出しになった。その結果、この犯罪と公判も、人々が読んだきり忘れてしまうような多くの事件の一つに過ぎなくなったのである……」

たしかに国民の目が注がれることはなかったが、最初の開廷の朝、裁判所記録官から判事自身まで公判の主要な参加者の振る舞いは、自意識過剰とさえ見えるほどだった。四人の法曹はすべて新しいスーツを着こんでいた。大足の郡検事の新しい靴は、一足歩くごとにキュッキュッと鳴った。ヒコックも両親が差し入れてくれた服をきりっと着こなしていた。すらりとした青いサージのズボン、白いシャツ、細い紺色のネクタイ。ジャケットもネクタイもないペリー・スミスだけが、服装に関しては場違いに見えた。（マイヤー夫人から借りた）開襟《かいきん》シャツに、裾《すそ》を巻きあげたブルージーンズといった格好は、小麦畑に一羽降りたったカモメのように、寂しく、似つかわしくない印象だった。

法廷はフィニー郡庁舎の三階にある地味な部屋で、くすんだ白壁に囲まれ、濃い色のニスを塗った木製の造作備品が据えられている。傍聴席には百六十人ほどが掛けられそうだ。三月二十二日、火曜日の朝、その席はすべてフィニー郡に住まう男性の陪審員候補者ばかりで埋められた。陪審員はその中から選ばれることになっていた。呼びだされた住民で、務めを果たそうという意欲を見せるものはそう多くなかった（陪審員になるかもしれない一人は、もう一人との会話の中で、こういった。「わたしは使いものにならないよ。耳がよく聞こえないんでね」それに対して、彼の友人もしばらく逃げ道を思案するふうだったが、こう応じた。「そういえば、わたしもあまりよく聞こえるほうじゃないな」）。陪審員の選任には数日かかるだろうと思われた。ところが、蓋《ふた》を開けてみると、手続きは四時間足らずで完了した。しかも、陪審員は二人の交代要員を含めて、最初の四十四人の候補者の中から選びだされた。七人は弁護側の専断的忌避申し立てによってはねられ、三人は検察側の要請で除外された。さらに、二十人が、死刑に反対するか、すでに被告人は有罪であると断じているかの理由をもって、放免を勝ちとった。

最終的に選任された十四人は、農夫六人、薬剤師、保育園経営者、空港従業員、井戸掘削人、セールスマン二人、機械工、レイズ・ボウリング場支配人からなっていた。全員が所帯持ち（数人は五人以上の子持ち）で、地元のいずれかの教会の熱心な信徒だった。そのうち四人は、選任尋問で、クラッター氏と親密ではないにしても個人的に知りあっていたと告げた。しかし、それに続く質問に答えて、そうした事情が公平な評決に達する能力を妨げるとは思わない、と各人が述べた。N・L・ダナンという中年の空港従業員は、死刑に対する意見を聞かれて、こう答えた。「一般的には、わたしは死刑に反対です。しかし、この事件では賛成ですね」それを聞いたある人には、明らかに予断を示す告白のように思えた。にもかかわらず、ダナンは陪審員に迎えられた。

被告人たちは選任尋問の進行を無関心に傍観していた。その前日、二人の診断を申し出た精神科のジョーンズ医師は、ほぼ二時間をかけて個別に面接した。その終わりにあたって、自伝体の手記をしたためてみては、とそれぞれに提案した。陪審を編成するのに費やされた時間、二人はその手記の作成に専心した。弁護人のテーブルの両端の席につき、ヒコックはペンで、スミスは鉛筆で執筆していった。

スミスは次のように書いた。

わたしは一九二八年十月二十七日、ネヴァダ州エルコ郡ハンティントンで、ペリー・エドワード・スミスとして生まれました。いってみれば片田舎のそのまた外れです。一九二九年には一家をあげてアラスカのジュノーに移り住んだようです。家族は兄のテックス・ジュニア（〝テックス〟という名前への軽蔑《けいべつ》から、のちにジェイムズと改名しました。彼は幼いころ、父を憎んでいたと思います――母がそう仕向けたのです）、姉のファーン（彼女も改名しました――ジョイに）とバーバラ、それにわたし……父はジュノーでウイスキーを密造していました。母がアルコールに親しむようになったのはその時期だったと思います。父と母は喧嘩をするようになりました。父が留守の間、母は船乗りたちを〝慰めていた〟という記憶があります。それで、父が帰ってくると、喧嘩が始まるのです。父は激しい格闘の末、船乗りたちを放りだし、それから、母を殴りにかかりました。わたしはひどく怯《おび》えました。実際、子どもたちみんなが震えあがって、泣き叫びました。わたしが怯えたのは、父に痛い目にあわされると思ったからであり、父が母を殴ったからでもあります。父がなぜ母を殴るのかはよくわかりませんでしたが、母が何かひどく間違ったことをしたからに違いないと感じました……その次にぼんやり思いだすのは、カリフォルニアのフォートブラッグに住んでいたことです。兄がBB銃（訳注　口径〇・一八インチの空気銃）をプレゼントされて、それでハチドリを撃ったことがありました。撃ったあとで、後悔していましたが。わたしはその銃を撃たせてくれとせがみました。兄はわたしを押しのけ、おまえはまだ小さすぎるから駄目だといいました。わたしは怒り狂って大声で泣きだしました。泣きやんだあと、また怒りがこみあげてきて、その晩、BB銃が兄の座っている椅子《いす》の後ろに置いてあるのを見ると、それをひっつかんで兄の耳もとに向けてバン！　と怒鳴りました。父（あるいは、母だったかも）はわたしを殴り、謝らせました。兄は大きな白馬をよく撃っていました。近所の人がその馬に乗って町へいく途中、うちの前を通りかかるときにです。兄とわたしは藪《やぶ》に隠れていたのですが、その人につかまえられて、父のもとに突きだされました。わたしたちは殴られ、兄はBB銃を取りあげられました。兄が銃を取りあげられたので、わたしは大喜びしました！……フォートブラッグに住んでいたときのことでおぼえているのはこれだけです（そうそう！　わたしたち子どもは、納屋の二階から、ひろげた傘を持って、地面に積んだ干し草の上によく飛び降りたものです）……次の記憶は数年後のことです。そのとき、わたしたちが住んでいたのはカリフォルニアだったか、あるいは、ネヴァダだったか？　とにかく、母と、ある黒人とのひどくおぞましいエピソードをおぼえています。わたしたち子どもは、夏の間、ポーチで寝ていました。ベッドの一つは両親の部屋のすぐ下に置いてありました。それで、子どもみんなが、カーテンの隙間《すきま》から中をのぞいて、そこで起きていることを見られたのです。父は農場というか牧場の半端《はんぱ》仕事をさせるために黒人（サム）を雇っていました。その間、自分は道路のずっと先のどこかで働いていたのです。ことのつながりはよくおぼえていませんが、父は家で何が起きているかを知ったか、疑ったのだと思います。結局、父と母は別居することになり、母はわたしたち子どもを連れてサンフランシスコに移りました。母は父のトラックやたくさんのアラスカ土産をごっそりと持ち逃げしたのです。それが一九三五年（？）のことだったと思います……フリスコで、わたしはしょっちゅう問題を起こしていました。全員が自分より年上の非行少年グループとうろつきはじめたのです。母はいつも酔っぱらっていて、わたしたちをきちんと扶養したり世話したりできるような状態ではありませんでした。わたしはコヨーテのように野放しで駆けまわっていました。ルールとか規律といったものはありませんでした。善悪の区別を教えてくれる人もいませんでした。わたしは好き勝手に振る舞っていたのです——はじめて、その方面の厄介になるまでは。そして、家出をしたり盗みを働いたりで、非行少年収容所に出入りを繰り返しました。送りこまれたある施設でのことをおぼえています。わたしは腎臓が悪くて、毎晩、ベッドを濡《ぬ》らしました。これは非常に屈辱的なことでしたが、自分ではどうにもならなかったのです。そこの管理をしている女の人はわたしをひどく殴ったうえ、ほかの少年たちの前で悪態をついて、笑いものにしました。わたしがベッドを濡らしていないか、彼女は夜中のどんな時間にでもまわってくるようになりました。そして、わたしの上掛けをひっぱがすと、太くて黒い革ベルトで猛烈にぶん殴るのです——それから、わたしの髪の毛をつかんでベッドから引っぱりだし、バスルームへ引きずっていって、バスタブの中に放りこみ、水の栓をひねって、自分の体とシーツを洗うようにいうのです。毎晩が悪夢でした。そのあと、彼女はわたしのペニスにある種の軟膏《なんこう》を塗るのをおもしろがるようになりました。これは耐えがたいものがありました。恐ろしくひりひりするのです。彼女はのちにクビにされましたが、それで彼女に対するわたしの気持ちが変わるということはありませんでした。彼女をはじめ、わたしを笑いものにした連中に仕返ししてやりたいということもです。

そのあと、どうしても午後のうちに手記を書きあげてほしいとジョーンズ医師にいわれていたので、スミスは途中を飛ばして、思春期から父親とともに暮らした数年間へと話を進めた。二人で西部や極西部を放浪し、探鉱や罠猟《わなりょう》、半端仕事をしていたころへ。

わたしは父を愛していましたが、父に抱いた愛や思いが廃水のように心から流れだしてしまうことがしばしばありました。父がわたしの問題を理解しようとしなかったときがそうです。わたしにも少しばかりの配慮と発言権と責任を与えてほしいと思いました。わたしは父から逃れなければなりませんでした。わたしは十六のとき、商船隊に入りました。一九四八年には軍に加わりました――徴募係の将校がチャンスをくれて、テストでいい点をつけてくれたのです。このときから、教育というものの重要性を認識するようになりました。しかし、それで、わたしが他人に抱いていた憎悪《ぞうお》と敵意はかえって増すばかりでした。よく喧嘩《けんか》をするようになりました。日本人の警官を橋から水中に投げこんだことがあります。日本のカフェで物を壊して軍法会議にかけられたこともあります。京都でも日本のタクシーを盗んで、また軍法会議にかけられました。軍には四年ほどいました。日本と朝鮮で勤務している間、激しく怒りを爆発させたことが何度もあります。朝鮮には十五ヵ月いて、交替になり、本国に送り返されました――そして、アラスカ準州へ戻った最初の朝鮮戦争帰還兵として、特別な注目を浴びました。新聞には写真つきで大きく報じられ、アラスカまでただで飛行機に乗せてもらい、ほかにもおまけがいろいろありました……わたしはワシントン州フォートルイスで軍務を終えました。

スミスの鉛筆は走りに走り、ほとんど判読できないほどになって、最近の経歴になだれこんだ。障害の因となったオートバイ事故、最初の入獄につながったカンザス州フィリップスバーグでの窃盗《せっとう》事件に。

……わたしは住居侵入、重窃盗、脱獄で五年から十年の刑を宣告されました。ひどく不当な処分を受けたと感じ、刑務所にいる間、たいへんな苦痛を感じました。釈放後は、父とアラスカにいくことになっていました――実際には、いきませんでした――しばらくの間、ネヴァダとアイダホで働いていたのです――それから、ラスヴェガスへいって、また、カンザスに戻って、今のような状況に追いこまれてしまったというわけです。これで時間切れのようです。

スミスは署名したあと、次のように付記した。

できれば、先生ともう一度、話したいものです。先生の興味をひきそうなことで、まだ述べていないことがたくさんありますから。目的を持ち、その目的を遂行しようという使命感を持つ人たちの間にいると、わたしはいつも気分が高揚するのを感じました。今回、先生と対面している間、先生にもそれを感じたのです。

ヒコックは相棒ほどの熱意をもってつづりはしなかった。ときどき、手を休めて、将来の陪審員に対する質問に耳を傾けたり、自分の周囲の顔に目をやったりした――とくに、自分と同年齢、二十八歳の郡検事、デュエイン・ウェストのたくましい顔を、あからさまに不快そうに眺めた。しかし、斜めに降る雨のように見える癖のある筆跡で書かれた手記は、その日、閉廷する前に完成した。

わたしは自分自身のことについて、できる限り多くを語りたいと思うが、人生のはじめのころのことは、ほとんどがぼんやりしている――十回目の誕生日を迎えるころまでのことは。学校時代は、同年齢のほかの少年たちの多くと何の変わりもなく過ぎた。育ち盛りの少年につきものの喧嘩や、女の子との交際や、その他のことを経験した。家庭生活もあたりまえのものだったが、前にもいったとおり、外に出かけて遊び仲間とつきあうことはめったに許されなかった。父親はそういう方面で、いつも男の子〔自分と弟〕には厳しかったのだ。それに、わたしは家の内外で何かと父親の手伝いをしなければならなかった……両親が喧嘩をしたという記憶は一度しかないし、それもたいしたものではなかった。何についての喧嘩だったのかもわからない……父親が自転車を買ってくれたことがあったが、そのとき、わたしは町の誰よりも得意満面だったと思う。それは女の子用の自転車だったが、父親はそれを男の子用につくりなおしてくれた。全体を塗りかえたので、新品のように見えた。小さいころにはたくさん、おもちゃを持っていた。うちの暮らし向きからすると、たくさんだった。うちはずっと、いってみれば半貧乏だった。食いつめたということはなかったが、それに近づいたことは何度かあった。父親はよく働く人で、家族を養うために全力を尽くした。母親も変わらず働き者だった。うちの中はいつもきちんとかたづいて、衣類も清潔なものがそろっていた。父親は昔風のてっぺんが平たい帽子をよくかぶっていたのをおぼえている。その帽子をわたしにもかぶらせようとしたが、わたしはそれが嫌いだった……ハイスクール時代、わたしはよくがんばった。一年と二年では平均以上の成績をとった。しかし、それから、少しばかり転落しはじめた。ガールフレンドができたのだ。彼女はいい子だった。わたしはキスする以外、手を出そうとしたことはない。ほんとうに清潔な交際だった……学校にいる間、わたしはあらゆるスポーツに顔を出して、全部で九つの優秀章をもらった。バスケットボール、フットボール、陸上競技、野球。卒業前の年が最高だった。特定の女の子とのつきあいはなく、フィールドでプレーするのに専念した。女とはじめて関係を持ったのはそのころだった。もちろん、仲間の連中には、ずいぶん経験があるように吹いてはいたが……わたしは二つの大学から球技で誘いを受けたが、どちらにもいかなかった。ハイスクールを卒業すると、サンタフェ鉄道に就職した。次の冬までそこにいたが、一時解雇にあった。春にはロークク自動車会社で仕事を見つけた。ところが、そこで四ヵ月働いたところで、会社の車で事故を起こしてしまった。頭の広い範囲を怪我《けが》して、数日間、入院した。そんな状態では、次の仕事も見つからず、冬の間はほとんど失業していた。その間、ある女と出会って恋に落ちた。彼女の父親はバプティスト派の牧師で、わたしが娘とつきあうのに猛反対した。わたしたちは七月に結婚した。彼女の父親は大騒ぎしたが、そのうち、娘が妊娠していると知った。それでも、彼はわたしを祝福しようとしなかった。それが今までずっと引っかかっている。結婚後、わたしはカンザスシティーのガソリンスタンドで働いた。夜の八時から朝の八時までの勤務だった。ときどき、妻が一緒に夜明かしすることもあった——わたしがずっと起きていられるかどうか心配して、手伝いにきてくれたのだ。そのあと、ペリー・ポンティアックで働かないかという誘いがあったので、喜んで承知した。仕事には何の不満もなかったが、たいした稼ぎにはならなかった——週給七十五ドルだった。同僚とは仲よくやっていたし、ボスにもかわいがられた。そこで五年働いた……そこにいる間に、わたしの人生でも最低のことがぼつぼつ始まったのだ。

ここで、ヒコックは自分の小児愛の性癖を明かし、その例となる体験をいくつか説明したあとで、こう記した。

わたしにもそれが悪いということはわかっている。しかし、その当時、それがよいか悪いかなどということは考えてもみなかった。盗みにしても同じだ。どれも衝動のように思われる。クラッター事件で今まで話さなかったことが一つある。わたしはあの家にいく前から、娘がいるということを知っていた。あそこにいったおもな理由は、強盗を働くことではなく、その娘を強姦《ごうかん》することだったと思う。というのは、振り返ってみれば、そのことばかりを考えていたからだ。一度、引き返そうとして、そうしなかった理由の一つはそれだ。金庫がないとわかったときもそうだった。わたしはあそこにいたとき、クラッターの娘に何度かちょっかいをかけた。ところが、ペリーにことごとくチャンスをつぶされた。わたしはこのことを先生以外の人には知られたくない。なにしろ、弁護士にも話していないことだ。ほかにも話すべきことはいろいろあるのだが、家族に知られるのが恐ろしい。わたしは首吊《つ》りになるよりも、そうしたこと（自分がやったその種のこと）のほうが恥ずかしいからだ……わたしは病気持ちだ。車の事故がその原因と思われる。しばらく気を失ったり、鼻や左耳から出血することがときどきある。クライストという家でそれが起きたことがあった――実家の南のほうの家だ。それほど前のことではないが、頭からガラスの破片を抜きだしたこともあった。目の隅からそれが出てきたのだ。父親が取るのを手伝ってくれた……わたしが離婚するようになった事情、刑務所に入るようになった成り行きについても話しておくべきだろう。ことの起こりは一九五七年のはじめだった。わたしは妻とカンザスシティーのアパートに住んでいた。自動車会社の仕事は辞めて、自分で修理業を始めていた。ある女性から修理工場を借りていたのだが、その人にマーガレットという義理の娘がいた。ある日、仕事中に彼女と会って、一緒にコーヒーを飲みにいった。彼女の夫は海兵隊にいて留守だった。かいつまんでいうと、わたしは彼女とつきあうようになったのだ。妻は離婚訴訟を起こした。わたしは自分がほんとうに妻を愛していたわけではないと思うようになった。もし、愛していたら、ああいうことはいっさいやらなかっただろう。だから、離婚で争いはしなかった。わたしは飲みはじめ、ほとんど一ヵ月酒びたりになった。商売はほったらかしで、稼いだ以上のカネをつかい、インチキ小切手を振りだし、とうとう泥棒になった。あげくに、刑務所送りになった……弁護士からは、先生に助けてもらえるよう包み隠しはしないように、といわれています。おわかりでしょうが、わたしには助けが必要なのです。

翌日、水曜日は、実質的な公判の初日だった。一般の傍聴人もはじめて入廷を許されたが、法廷はあまりに狭く、詰めかけた希望者のほんの一部しか収容できなかった。最上の席は、報道陣二十人と特別な関係者、たとえば、ヒコックの両親やドナルド・カリヴァン（ペリー・スミスの弁護人の要請により、かつての軍隊仲間のための性格証人（訳注　原告、または被告の評判、人柄などについて証言する人）として出廷するため、マサチューセッツからやってきた）といった人たちのために取ってあった。生き残ったクラッター家の二人の娘が出廷するという噂《うわさ》もあった。しかし、二人はあらわれることなく、その後の公判にも一度として姿を見せなかった。一族を代表したのは、クラッター氏の弟、アーサーで、百マイルの距離を車を駆ってやってきた。アーサーは記者たちにこう語った。「わたしはやつら［スミスとヒコック］をよく見たいだけなんです。やつらがどういう種類の獣なのかを見たいだけなんです。今の気持ちをいえば、やつらを八つ裂きにしてやりたいですね」アーサーは被告人の真後ろの席についた。そして、記憶をもとに肖像画を描こうとでもしているように、独特の粘りつくような視線で二人を見据えた。まもなく、アーサー・クラッターが意志の力でそうさせたかのごとく、ペリー・スミスが振り返って彼を見た。そして、その顔が自分が殺した男とそっくりであることに気づいた。同じような優しい目、薄い唇、がっしりした顎《あご》。ガムを噛んでいたペリーは、噛《か》むのをやめた。目を伏せ、一分ほどたってから、また、ゆっくりと顎を動かしはじめた。この瞬間を除くと、スミスは、そして、ヒコックもまた、法廷では無関心で冷淡な態度をとりつづけた。二人がガムを噛み、けだるいいらだちをあらわすかのように床をコツコツ踏み鳴らすうちに、州側は最初の証人を呼びだした。

ナンシー・イウォルト。そして、ナンシーに次いでスーザン・キッドウェル。若い娘二人は、十一月十五日の日曜日、クラッター家に足を踏み入れて目にしたものについて述べた。静まりかえった部屋、キッチンの床に落ちていた空の財布、寝室にさしこんでいた日の光、そして、自らの血にまみれて倒れていた学友のナンシー・クラッター。被告側は反対尋問を行わなかった。次の三人の証人(ナンシー・イウォルトの父親クラレンス、保安官アール・ロビンソン、郡検死官ロバート・フェントン医師)に対しても、その方針を踏襲した。三人もそれぞれに、よく晴れた十一月の朝のできごとについて語った。被害者四人全員の発見という最終的な結果、そして、四人がどのような様子だったかの説明。フェントン医師からは死因の臨床診断が示された。「散弾銃によって加えられた脳と頭蓋《とうがい》組織の重大な外傷」

そのあと、リチャード・G・ローリーダーが証人席についた。

ローリーダーはガーデンシティー警察本部の捜査課長だ。写真が趣味で、腕もいい。現場写真を撮ったのはローリーダーで、現像してみると、クラッター家の地下室に残されたヒコックのくすんだ足跡が写っていた。それは肉眼でははっきり見分けられなくても、カメラでならとらえられるものだった。そして、死体を撮影したのも彼だった。事件が未解決のころ、アルヴィン・デューイはそういう現場の映像に絶えず見入っては考えをめぐらせていた。ローリーダーの証言の要点は、彼がこれらの写真を撮ったという事実を確認することだった。検察側は写真を証拠物件として申請した。しかし、ヒコックの弁護人は異議を唱えた。「写真が持ちだされた唯一《ゆいいつ》の理由は、陪審員の心に偏見を与え、興奮をあおるためです」テート判事は異議を却下し、写真を証拠に加えることを認めた。それは、必然的に写真が陪審に示されるということを意味した。

このような展開の間に、ヒコックの父親が、そばに座っていた記者に話しかけた。

「ほれ、あの判事！　あんなに偏見だらけの人、見たことないですわ。裁判なんてする意味ありゃしません。あの人の担当じゃね。だって、あの人は葬式のとき、お棺《かん》に付き添ってたんですよ！」（実のところ、テートは被害者とは単なる知り合いという程度の関係だったので、どのような立場であれ、葬儀に参列するということはなかった）法廷は水を打ったように静まり、ヒコック氏が張り上げた声が響くばかりだった。写真は全部で十七枚あった。それが手から手へと渡されていくうち、受けた衝撃を反映して陪審員の表情が変わった。そのうちの一人は、平手打ちをくわされたかのように頬を赤く染めた。二、三人は、はじめに苦悩の一瞥《いちべつ》を投げかけたあと、もう正視に耐えられないという様子を見せた。その写真が心眼をこじあけ、一人の隣人とその妻子の身に起きた悲惨な真実をついに目にさせたとでもいうようだった。写真は陪審員を驚愕《きょうがく》させ、憤慨させた。数人——薬剤師やボウリング場支配人ら——は、軽蔑《けいべつ》をあらわにして被告人をにらみつけた。

父親のヒコック氏はけだるそうにかぶりを振りながら、何度となくつぶやいた。「意味ないね。裁判なんてする意味ない」

検察側はその日の最後の証人として、〝謎《なぞ》の人物〟を登場させると約束していた。それは被告人の逮捕につながる情報を提供した男だった。ヒコックの以前の同房者、フロイド・ウェルズ。いまだにカンザス州立刑務所で服役中であり、したがって、ほかの囚人から報復を受ける危険があるということで、情報提供者として身元を公表されることはなかった。今は、公判で安全に証言できるように、刑務所から移送され、近隣の郡の小さな拘置所に収容されていた。にもかかわらず、ウェルズが法廷を証人席に向かって進んでいく足取りには、妙に人目をはばかる様子があった。まるで、途中で暗殺者に出くわすのを予期しているとでもいうように。そして、ヒコックのそばを通り過ぎようとしたとき、ヒコックの唇がうごめいて、二言三言、小声で罵言《ばげん》を浴びせかけた。ウェルズは気づかないふりをした。しかし、ガラガラヘビのシューシューという威嚇音《いかくおん》を聞きつけた馬のように、裏切られた男の発する悪意にたじろぐふうだった。ウェルズは証人席につくと、まっすぐに前を見つめた。顎のない小作人といった風采《ふうさい》のこの男は、カンザス州がこの日のために買い与えた品のいい紺色のスーツを着こんでいた。州側は自らの最重要の証人がまっとうに見えるように、さらには信頼感を与えるように配慮していたのだ。

公判前の下稽古《したげいこ》で練られたウェルズの証言は、服装と同様、整ったものだった。ローガン・グリーンの助け舟に乗るかたちで、証人はかつて、ほぼ一年にわたってリヴァーヴァレー農場で使用人として働いた経験があると認めた。さらに言葉を継いで、約十年後、窃盗で有罪判決を受けて入獄してから、やはり窃盗で収監されていたリチャード・ヒコックと親しくなり、クラッター氏の農場と家族について教えたと述べた。

「では」グリーンがいった。「ヒコック氏との会話の中で、クラッター氏についてはどんなことを話しましたか？」

「そうですね、クラッターさんのことはいろいろ話しましたよ。ヒコックはもうじき仮釈放になるので、西部にいって仕事探しをするつもりだといってました。クラッターさんのところへ寄って、仕事はないか聞いてみるかもしれないとも。自分はクラッターさんがどれほど金持ちかを話していましたから」

「それはヒコック氏の関心を引いたようでしたか？」

「そうですね、彼はクラッターさんが身近に金庫を置いてるかどうか知りたがりました」

「ウェルズさん、あなたはその時点で、クラッター家に金庫があると思っていましたか？」

「そうですね、自分があそこで働いてたのはずいぶん前のことでしたが。金庫はあると思ってました。キャビネットみたいなものがあったのはたしかでした……気がついてみると、彼〔ヒコック〕はクラッターさんのところに強盗に入るんだと話してました」

「どんなふうに強盗をやるつもりか話していましたか？」

「やるとしたら、証人を一人も残さないようにやるといってました」

「証人をどうするつもりなのか、具体的にいっていたのですか？」

「はい。みんな、縛りあげて、カネを奪ったあと、殺すことになるだろうといってました」

グリーンはこれで高度の計画性を立証したとして、証人を弁護側の手に譲り渡した。

犯罪よりも不動産を扱うのを得意とする典型的な田舎弁護士のフレミング氏が、反対尋問を始めた。彼がまもなく明らかにしたように、その尋問の意図は、検察側が徹底して避けてきた問題を持ちだすことにあった。すなわち、殺人の計画の中でウェルズ自身が果たした役割と、彼の道徳的責任の問題を。

「あなたはですな」フレミングは問題の核心に速やかに迫るべく尋ねた。「ヒコック氏が当地にやってきて、クラッター一家に対して強盗殺人を働くのを思いとどまらせる、そういうようなことは、何もいわなかったというわけですな?」

「はい。あそこ〔カンザス州立刑務所〕じゃ、誰もがそんなことをしゃべってるんです。どっちみち、口先だけだと思うもんで、いちいち注意を払ったりはしないんですよ」

「すると、あなたはそんなことを話しはしたが、それは意味のないことだったというんですか? あなたはクラッター氏が金庫を持っているということを彼〔ヒコック〕に伝えるつもりではなかったんですか? あなたはヒコック氏にそれを信じてもらいたかった、そうではなかったんですか?」

フレミングは声を荒らげることもなく、証人を四苦八苦させた。ウェルズはネクタイをぐいと引っ張った。結び目が急にきつくなったとでもいうように。

「そして、あなたはクラッター氏が大金を持っているとヒコック氏に信じさせようとした、そうではなかったんですか?」

「クラッターさんが大金を持っているということはいいましたよ、ええ」

フレミングはもう一度、ヒコックがクラッター一家に対する暴力的計画を明かした経緯を、ウェルズの口から引きだした。それから、個人としても悲しみに暮れているというように、思いに沈んだ口調でいった。「そういう話のあとでも、あなたは彼を思いとどまらせようとはまるでしなかったんですな？」

「ほんとにやるつもりだなんて信じられなかったんですよ」

「やるつもりだとは信じなかった。では、当地で起きた事件について聞いたとき、なぜ彼が犯人だと思ったんですか？」

ウェルズは得意げに答えた。「それは、彼がやるつもりだといってたとおりだったからですよ！」

二人の弁護人の若いほう、ハリソン・スミスがそのあとを受けた。スミスはふだんの温厚で寛容な人柄からすると、不自然としか見えない攻撃的、冷笑的な態度をとり、証人に対して、何かあだ名はないか、と聞いた。

「いいえ。自分はただの〝フロイド〟で通ってます」

弁護士は軽蔑するように鼻を鳴らした。「今は〝密告者〟と呼ばれているのではないですか？　あるいは、〝たれこみ屋〟とでも？」

「ただの〝フロイド〟で通ってます」ウェルズはやや卑屈な様子で繰り返した。

「あなたはこれまでに何回、刑務所に入っていますか？」

「三回ぐらいです」

「その中には嘘《うそ》をついたのを問われて入ったこともあるんじゃないですか？」

証人はそれを否定し、一度目は無免許運転で、二度目は窃盗《せっとう》で投獄され、三度目は兵隊時代に起きた事件の結果、営倉に九十日間収容されたと述べた。「われわれは列車で移動するときの見張りをしてたんですよ。ところが、車内で少しばかり酔っぱらって、窓や電灯に向かって少しばかり余計な射撃をしたもんで」

誰もが笑いだした。被告人（ヒコックは床に唾《つば》を吐いた）とハリソン・スミスを除く誰もが。スミスが次にウェルズにただしたのは、ホルカムの悲劇を知ったあと、なぜ、数週間もたってから、知っていることを当局に告げたのか、ということだった。「あなたは」スミスはいった。「何かが出るのを待っていたんじゃないんですか？　おそらくは報酬のようなものが出るのを？」

「いいえ」

「報酬については何も聞いていなかったんですね？」弁護士が触れたのは、クラッター事件の犯人逮捕と有罪判決をもたらすような情報に、ハッチンソン《ニューズ》紙が提供した千ドルの報酬のことだった。

「それは新聞で見ましたよ」

「見たのは、当局に申し出る前のことだったんじゃなかったんですか？」証人がそのとおりだと認めると、スミスは勝ち誇ったように尋問を続けた。「あなたがきょう、ここにきて証言することに対して、郡検事はどのような免責を申し出たんですか？」

それにはローガン・グリーンが抗議した。「裁判長、ただいまのようなかたちの質問には異議があります。誰に対するものであれ、免責についての証言がなされたことはありません」異議は認められ、証人は退廷した。証人が席を離れるとき、ヒコックは周囲の人々に聞こえよがしにいった。「くそったれ。誰かが吊るされなけりゃならねえっていうなら、やつを吊るせっていうんだ。見てみろ。ここから出てって、カネをもらって、無罪放免になるんだぜ」

この予言は的中した。というのは、その後まもなく、ウェルズは報酬と仮釈放をともに手にしたからだ。しかし、その幸運は長続きしなかった。ウェルズはそのうち、再びトラブルに巻きこまれ、何年にもわたって、さまざまな浮き沈みを経験した。現在は、ミシシッピ州パーチマンにあるミシシッピ州立刑務所の住人となっている。そこで、武装強盗による三十年の刑に服しているのだ。

週末の休廷に入る金曜日までに、州側は立証を終えた。その過程で、ワシントンＤＣ

にある連邦捜査局の特別捜査官四人も出廷した。彼らは科学的犯罪捜査の各分野の熟達した技官だったが、被告人と殺人を結びつける物的証拠（血痕《けっこん》、足跡、薬莢《やっきょう》、ロープやテープ）を精査した上で、それぞれに証拠物件の有効性を証明してみせた。最後に、KBIの四人の捜査官が、被告人の取り調べ、そして、最終的な自白について陳述した。Kに包囲されたかたちの弁護人二人は、KBIの面々への反対尋問で、罪の告白が妥当でない手段——うだるほどのまぶしい照明、押し入れのような小部屋での過酷な尋問——によって得られた、と論じた。事実に反したその主張に、捜査官たちは憤慨し、それに対して説得力のある反論を展開した（そのあと、あんなつくりごとに延々とこだわったのはなぜか、と聞いてきた記者に対して、ヒコックの弁護人は吐き捨てるように答えた。「じゃ、わたしはどうすればいいんです？　いいですか、わたしは手持ちの札なしで勝負してるんですよ。といって、馬鹿《ばか》みたいに、ただ座ってるってわけにもいかないでしょう。ときには何かしゃべらなきゃならないんです」）。

検察側の駄目押しの証人となったのは、アルヴィン・デューイだった。その証言は、ペリー・スミスの自白で詳述された経緯を、はじめて公表するものとなった。新聞はそれを大見出しに取り（〝無言の殺人の恐怖、明らかに——背筋の凍る事実語られる〟）、傍聴人は衝撃を受けた。だが、リチャード・ヒコックをしのぐほどではなかった。ヒコックはデューイの陳述の途中で跳び上がらんばかりに驚き、そして、悔しがった。捜査官はいった。「スミスが述べたことの中で、わたしがまだ言及していない話が一つあります。それはクラッター一家が縛りあげられたあとのことです。ヒコックはスミスに対し、ナンシー・クラッターはいい体をしている、やってしまおう、といったというのです。スミスはヒコックに、そういうことはやらせない、といったそうです。自分の性的欲望を抑制できない人間に敬意は持てないし、ヒコックがどうしてもクラッターの娘を犯そうとするなら戦っていただろう、ともいいました」ヒコックはそれまで、自分が女を襲おうとしていたことを相棒が当局に話しているとは知らなかった。また、ペリーが友情らしきものを見せて、最初の話を翻《ひるがえ》し、自分独りで四人を撃ったと主張しているのも知らなかった。その事実をデューイは証言の終わり近くで明らかにした。「ペリー・スミスは自分がした供述の中で二点だけ変更したいといってきました。それを除けば、供述はすべて真実で正確だというのです。その二点を除けば。彼はクラッター夫人とナンシー・クラッターを殺したのは自分だといいたかったのです――ヒコックではなく。彼はわたしにいいました。ヒコックは……自分がクラッター家の人を殺したと母親に思われたまま死にたくはないだろう、と。ヒコックの家族はいい人たちだから、それくらいはしてあげてもいいではないかというのです」

これを聞いて、ヒコック夫人は泣きだした。彼女は公判の間じゅう、しわくちゃのハンカチを揉《も》みしだきながら、夫の傍らにひっそり座っていた。そして、機会があれば、息子の視線をとらえてうなずきかけ、微笑《ほほえ》む真似《まね》をしようとしていた。それはいかにもぎこちなかったが、あくまで息子の味方であることを伝えるものだった。しかし、自制も明らかに限界に達していた。ヒコック夫人はたまらずわっと泣きだした。傍聴人のうち二、三人がそちらをちらりと見やったが、当惑したように視線をそらせた。ほかの人々は、デューイの延々と続く朗唱と対をなすこの痛ましい哀歌に気づかぬふうだった。彼女の夫でさえもが、気にするのはめめしいと思ってか、知らん顔をしていた。法廷に入っていた記者で女性は一人だけだったが、結局、その記者がヒコック夫人を外に連れだし、ほかに人のいない女性用トイレに案内した。

苦悶《くもん》がおさまると、ヒコック夫人は打ち明け話を聞いてほしいと訴えた。「わたしには話を聞いてくれる人がいないんです」夫人は記者にいった。「いえ、みなさんが不親切だっていってるんじゃないんですよ。ご近所の人やほかの人たちが。知らない人たちにしてもそうです――知らない人たちからも手紙がきて、どんなにつらいことだろう、ほんとにお気の毒に、といってもらいました。ひどいことをいう人は一人もいません。ウォルターに対しても、わたしに対しても。でも、ここでは何かいわれるだろうと思っていたのに、そんなことはありませんでした。むしろ、みなさんが特別の好意を示してくれました。わたしたちが食事をしたお店でも、ウェイトレスさんがパイの上にアイスクリームをのせてくれて、そのお代をとらないんですよ。わたしは、そんなことしないでください、とても食べられませんっていったんです。それまでは、よほどのものでない限り、食べられないものなんてなかったんですけどね。でも、その人はアイスクリームをのせてくれたんです。ご親切に。その人、シーラっていうんですけど、今度のことはわたしたちのせいじゃないっていってくれました。でもね、みなさん、わたしを見て、こう考えてるのではって思ってしまうんですよ。やっぱり、あの母親にも責任があるんじゃないかって。ディックの育てかたでね。たしかに、わたしが何か間違っていたのかもしれません。ただ、わたしにはそれが何だったのかわからないんです。考えようとすると、頭が痛くなるばかりで。わたしたちは平凡な人間です。ただの田舎者です。ほかの皆さんと同じようにやってきただけの。うちでは楽しい時代もあったんですよ。ディックにフォックストロットを教えてやったこともね。ダンスになると、わたし、もう夢中で、娘のころはそれが生活のすべてでした。そして、そう、とてもダンスが上手な男の子がいたんですよ——二人でワルツを踊って銀のカップをもらったこともあります。わたしたち、駆け落ちして舞台に立とうっていう計画を長いこと温めてました。ヴォードヴィルの舞台にね。でも、それはただの夢に終わりました。子どもの夢ですね。彼は町を出ていきました。そして、ある日、わたしはウォルターと結婚したんです。ステップ一つ踏めないウォルター・ヒコックと。ウォルターはこういうんですよ。タップダンサーがお望みなら、馬と結婚すりゃよかったのにって。ですから、ディックに教えるまでは、わたしと踊ってくれる人はいませんでした。ディックはダンスがほんとに好きになったわけじゃありませんけど、優しい子でしたから。ディックはほんとに気立てのいい子だったんですよ」

ヒコック夫人はかけていた眼鏡を外し、涙で曇ったレンズを拭《ぬぐ》うと、ふっくらした物柔らかな顔にかけなおした。「ディックにはね、あの法廷でみなさんが聞かれる以上のことがたくさんあるんですよ。法律関係の人たちは、あの子がどんなに恐ろしい人間かとあれこれいってますけど――いいところなんてまったくないみたいに。いえ、あの子がしたこと、あの子が果たした役割については、わたしだって何の言い訳もできません。あのご家族のことは忘れられません。わたし、毎晩、あの人たちのためにお祈りしていますます。でも、ディックのためにも祈ってるんです。あのペリーのためにもね。あの人を憎んだりしたのはいけないことでした。わたし、今では、哀れみしか感じていません。それに、ねえ――クラッターさんの奥さんも哀れみを感じていらっしゃると思うんですよ。みなさんがおっしゃってるようなかただったんなら」

やがて閉廷になった。去っていく傍聴人の足音が、トイレのドアの外の廊下にカタカタと響いた。ヒコック夫人は、夫を迎えにいかなければ、といった。「あの人は死にかけてるんです。もう何も気にしてないと思いますよ」

公判の傍聴人の多くは、ボストンからやってきたドナルド・カリヴァンの登場に当惑の面持ちだった。なぜ、この落ちついた若いカトリック教徒、ハーヴァードで学位を取った第一線の技師、夫であり三人の子どもの父親である人物が、それほどの知り合いでもなく、九年間も会っていない無学な人殺しの混血児を助けようという気になったのか、まったく理解できなかったからだ。カリヴァン自身もいった。「わたしの妻も理解していません。ここへくるのは支障のないことではありませんし――休暇を一週間つぶすことになりますし、ほかのことで必要なおカネを使うことにもなりますから。ではありますが、しないで済ますわけにはいかないことだったんです。ペリーの弁護士さんから、性格証人として出廷してもらえないかという手紙をもらったんですが、それを読んだ時点で、そうしなければならないと思ったんです。というのは、わたしはかつて、この男に友情を感じていましたから。それに――そう、わたしは永遠の生命を信じているからです。すべての魂が神の御名《みな》において救われると」

魂の救済、すなわち、ペリー・スミスの魂の救済は、敬虔《けいけん》なカトリックの保安官代理とその妻が、熱心に手伝おうとしていた課題だった――もっとも、マイヤー夫人は地元の司祭、グーボー神父に話をしてみるようにペリーに勧めて、すげなく断られていたが（ペリーはいった。「神父さんや尼さんにはもう試されたんですよ。それを証明する傷痕《きずあと》が、まだ体のあちこちに残ってます」)。それで、マイヤー夫妻は週末の休みの間、カリヴァンを招き、日曜日のディナーをペリーとともに独房でとってもらうことにした。友人を招待し、いわばホスト役をつとめるという機会を得て、ペリーは大いに喜んだ。メニューの計画——詰め物をして焼いた雁《がん》にグレーヴィーソースをかけ、クリーム煮にしたポテトとサヤエンドウを添えたもの、アスピック(訳注 肉汁のゼリー寄せ)サラダ、熱いビスケット、冷たいミルク、焼きたてのチェリータルト、チーズ、コーヒー——は、ペリーには裁判の結果以上の関心事であるように見えた(たしかに、その結果については、気を揉むまでもないことと考えているようだった。「プレーリーの田舎者のことだ、豚が残飯を平らげるみたいに、さっさと吊《つ》るしてしまえと評決するんでしょう。連中の目を見てみなさいよ。法廷の中でおれ一人が人殺しだなんてことは、絶対にないですね」)。日曜日の午前中を、ペリーは客を迎える準備に費やした。その日は暖かく、風が少し出ていた。鉄格子《てつごうし》のはまった房の窓に触れる大枝がゆらゆらと葉の影を投げかけていたが、それがペリーの飼っているリスをじらせた。主人が掃いたり、埃《ほこり》を払ったり、床を磨いたり、トイレをこすったり、書き溜《た》めたものを机からかたづけたりする間、リスのビッグレッドは揺れる葉の影を追いまわしていた。食卓は机を転用することになっていたが、ペリーがセッティングを終えると、ずいぶん見栄《みば》えのするものになっていた。というのも、マイヤー夫人がリネンのテーブルクロス、糊《のり》のきいたナプキン、とっておきの陶磁器や銀器を貸してくれたからだ。盆に盛ったご馳走《ちそう》が届いて、テーブルに並べられると、カリヴァンは感銘を受けた様子だった。そして、腰を下ろす前に食前の祈りをささげてもいいか、とホストに尋ねた。ペリーは頭を下げもせず、指の関節をポキポキ鳴らしていたが、その間にカリヴァンは頭を垂れ、両手を組みあわせて唱えた。「主、願わくはわれらを祝し、また主の御恵みによりて、われらの食せんとするこの賜物《たまもの》を祝したまえ。われらの主キリストによりて願い奉《たてまつ》る、アーメン」自分の考えでは、すべての栄誉はマイヤー夫人に帰せられるべきだと思う、というようなことをペリーがつぶやくようにいった。「奥さんがみんなやってくれたんだ」そして、客の皿に料理を盛りながら、こうつけたした。「それにしても、会えてうれしいよ、ドン。あんたはあいかわらずだな。ちっとも変わってない」

髪が薄くなり、印象に残りにくい顔をした用心深い銀行員といった風情《ふぜい》のカリヴァンは、外見はたいして変わっていないかもしれないと認めた。しかし、内面的な自己、秘められた人間性となると、また別の問題だった。「ぼくはのほほんと過ごしてきたんだ。神が唯一《ゆいいつ》の現実であることも知らずに。だが、いったん、それを悟ると、すべてがおさまるところにおさまるんだ。生が意味を持ってくる——死もまたしかりだ。それはそうと、きみはいつもこんな食事をしているのかい?」

ペリーは笑いだした。「いや、ほんとにたいしたコックだからな、マイヤーの奥さんは。奥さんのスパニッシュライスをぜひ味わってみてほしいな。おれはここへきてから十五ポンドも体重が増えたよ。それまでは、どちらかというと痩《や》せてたのに。ディックと一緒にあちこちほっつきまわってる間に、ずいぶん体重が減ったんだ——まともな食事にはめったにありつけなくて、ほとんどいつも腹をすかしてたからね。いってみりゃ、獣みたいな生活だったな。ディックはしょっちゅう店から缶詰なんかを盗んでた。ベークトビーンズとか缶詰のスパゲッティを。それを車の中で開けて、冷たいままでかきこむんだ。まさに獣だね。ディックは盗みが好きなんだ。盗みでぞくぞくするらしい——まあ、病気だね。おれも盗みをしないわけじゃない。ただ、それは払うカネがないときに限ったことだ。ところが、ディックはたとえポケットに百ドル入っていても、チューインガム一個をただでいただくんだから」

そのあと、煙草《たばこ》を吸い、コーヒーを飲みながら、ペリーは再び盗みの話に立ちかえった。「友だちのウィリー‐ジェイがよくそのことを話してたな。彼にいわせると、あらゆる犯罪は〝盗みの変種〟に過ぎないんだそうだ。殺人も含めてね。人を殺すっていうのは、命を盗むことだから。となると、おれなんか、かなりの大泥棒になるのかな。いいかい、ドン——あの人たちを殺したのは、このおれだ。法廷じゃ、デューイはおれがごまかしてるみたいなことをいってたが——ディックのおふくろさんのために。でも、ごまかしてなんかいない。たしかに、ディックはおれの手伝いはしたよ。でも、懐中電灯を持ったり、薬莢を拾ったりして。そもそもはあいつの考えだったんだ。でも、ディックが撃ったんじゃない。どっちみち、あいつには撃てやしなかった――老いぼれ犬を車でひくとなると、あいつもえらく素早いんだがね。それにしても、なぜ撃ったのか不思議だな」ペリーは顔をしかめた。それが自分にとって新しい問題、何ともいえない驚くべき色をした新発見の石であるかのように。「なぜなのか、自分でもわからないんだ」ペリーはいった。その石を光にかざし、ためつすがめつしているような口ぶりで。「おれはディックに腹を立ててた。あのインチキ野郎に。でも、やったのはディックじゃなかったんだ。それに、足がつくのを恐れてやったというわけでもなかった。おれは自分から進んで一か八か賭《か》けてみたんだ。それは、クラッター一家が何かをしたからってわけじゃなかった。あの人たちはおれを傷つけたりはしなかった。ほかのやつらみたいには。おれの人生で、ほかのやつらがずっとしてきたみたいには。おそらく、クラッター一家はその尻拭《しりぬぐ》いをする運命にあったってことなんだろうな」

ペリーの悔恨と思われるものの深さを測ろうと、カリヴァンは探りを入れてみた。神の慈悲と許しを求めなければならないほど深い良心の呵責《かしやく》を、ほんとうに経験しているのだろうか？　ペリーがいった。「悔いているかって？　あんたがそう聞いてるんだったら――悔いてはいないな。おれはあのことについては何も感じてないんだ。感じられればいいんだが。でも、あのことではこれっぽっちも悩んでないよ。なにしろ、ことの三十分後には、ディックが冗談いって、おれもそれで笑ってたんだから。おれたち、人間じゃないのかもしれない。まあ、おれは自分のことを残念に思うくらいには人間的だが。あんたがここから出ていけるのに、おれは出ていけないっていうのは残念だ。でも、それだけのことさ」あまりに超然とした態度を、カリヴァンはとても信じられなかった。ペリーは混乱し、間違っている。どんな人間にしろ、そこまで良心や同情心を欠くということはありえない。だが、ペリーはいった。「なぜ？　兵隊があまり眠れなくなるなんてことはないじゃないか。人を殺せば、それで勲章がもらえるし。カンザスの善人たちはおれを殺したいと思ってる――死刑執行人は仕事にありついて喜ぶだろう。人を殺すなんて、たやすいことなんだ――インチキ小切手を使うのよりずっとやさしい。いいかい、これだけは忘れないでほしい。おれはクラッター家の人たちとはほんの一時間だけの知り合いだった。もし、ほんとにあの人たちのことを知っていたら、また気持ちも違っていただろう。とても平気では生きていけないと思う。ただ、ありのままをいえば、あれは射撃場で標的を狙《ねら》い撃ちするようなもんだったんだ」

カリヴァンは押し黙った、その沈黙にペリーは落ちつきを失った。それが暗に否定を意味するものと解釈したようだった。「くそっ、ドン、あんたには偽善者めいた振る舞いはしたくないんだ。嘘《うそ》っぱちを並べるのは――わたしは心から申し訳なく思ってますとか、今はただひざまずいて祈りたいとしか思いませんとか。そんなこと、おれにはぴんとこない。今までずっと否定してきたことを、一夜にして受けいれるわけにはいかないんだ。実際、おれのためには、あんたがいう神さまがしてくれたより、あるいは、これからしてくれるより、あんたのほうがずっと多くのことをしてくれた。手紙を書いてくれたり、〝きみの友〟と署名してくれた。誰も友だちがいなかったときにだ。ジョー・ジェイムズを除いたら」ジョー・ジェイムズというのはワシントン州ベリンガム近くの森で一緒に暮らしたことがある若いインディアンのきこりだ、とペリーは説明した。「ガーデンシティーからはずいぶん遠いところだ。ジョーは貧乏人でね、七人の子どもを食わせなきゃならないんだが、たとえ歩いてでも、こちらにくると約束してくれた。今のところ、姿が見えないし、まあ、こられないかもしれない。おれはきてくれると思ってるんだが。ジョーはずっとおれを好いてくれたから。あんたはどうなんだ、ドン?」

「ああ、ぼくはきみが好きだよ」

カリヴァンの穏やかだが力を込めた答えに、ペリーは喜ぶとともに、やや面食らったようだった。にこりとすると、こういった。「としたら、あんたも一種の変人に違いないな」ペリーは出し抜けに立ち上がると、房を横切って、反対側にあったほうきを手に取った。「おれはどうして見知らぬ人間の間で死ななきゃならないのかわからない。プレーリーの田舎者どもにまわりを囲まれて、自分が絞められるのを見物されるなんて。くそっ。その前に、自殺したほうがいいんだろうな」ペリーはほうきを持ち上げ、天井で輝いている電球に、ブラシの毛を押し当てた。「電球をねじって外して、叩《たた》き割り、破片で手首を切る。それこそ、おれがやるべきことなんだ。あんたがまだここにいる間にな。おれのことをちょっとでも思ってくれる人間がいる間に」

公判は月曜日の朝十時に再開された。そして、九十分後に閉廷となった。その短い時間のうちに、弁護側の申し立てが終了したからだ。被告人二人は自らのために証言することを拒んだので、クラッター一家を実際に手にかけたのはヒコックかスミスかという問題は、提起されずじまいだった。

出廷した五人の証人のうち、最初に登場したのは目の落ちくぼんだヒコック氏だった。ヒコック氏は重々しくも悲しく響く明瞭《めいりょう》な口跡で語ったが、息子が一時的に正気を失っていたという主張に関しては一点でしか貢献できなかった。ヒコック氏がいうには、息子は一九五〇年七月の交通事故で頭部に負傷した。事故以前のディックは〝楽天的な子〟で、学校でのできもよく、級友には人気があり、両親には思いやりを見せていた。「誰にも何の迷惑もかけませんでした」

優しく証人を導いていたハリソン・スミスがいった。「では、おうかがいしたいのですが、一九五〇年七月以降、息子さんのリチャードの人格、習慣、行動に何らかの変化があったと気づかれましたか？」

「人が違ったような振る舞いをするようになりました」

「どういう変化に気づかれたのですか？」

ヒコック氏は物思わしげに逡巡《しゆんじゆん》しながらも、いくつかの点をあげた。ディックは不機嫌で落ちつきがなくなった。年長の連中とつきあいはじめ、酒を飲んだり、賭博《とばく》をするようになった。「まったく人が違ってしまったんですわ」

その最後の主張に、ローガン・グリーンがすぐさま食いついて、反対尋問にかかった。

「ヒコックさん、あなたは一九五〇年以前に息子さんがらみで厄介な目にあったことはないというんですね？」

「……あの子は一九四九年に逮捕されたことがあったかと思いますが」

グリーンは小さな唇をゆがめて苦笑した。「何で逮捕されたのか、おぼえていますか？」

「ドラッグストアに押し入ったということで訴えられました」

「訴えられた？　彼は店に押し入ったということを認めなかったんですか？」

「いえ、認めました」

「で、それが一九四九年のことですね。それでも、あなたは息子さんの態度や行動に変化があったのは一九五〇年以降というんですか？」

「そういいたいです、はい」

「というと、息子さんは一九五〇年以降、善良になったというわけですか？」

老人は激しく咳《せ》きこんで、ハンカチに何か吐きだした。「いえ」吐いたものを眺めながら、言葉を継いだ。「そうはいえませんな」

「では、どういう変化が起きたというんですか？」

「いや、それはなかなか説明しにくいんですが。あの子は人が違ったような振る舞いをするようになったんですわ」

「それは彼が犯罪的傾向をなくしたということですか？」

検察官の皮肉は哄笑《こうしょう》を巻き起こしたが、その法廷のどよめきも、テート判事の冷ややかな視線で鎮《しず》められた。ヒコック氏はまもなく解放され、代わってW・ミッチェル・ジョーンズ医師が証人席についた。

ジョーンズ医師は法廷に対し、〝精神医学の分野を専門とする医者〟と名乗り、自らの資格、能力の裏づけとして、一九五六年にカンザス州トピーカのトピーカ州立病院に精神科の研修医として入り、以来、約千五百人の患者を診てきたという経歴をつけくわえた。この二年はラーニド州立病院の職員として勤務し、精神障害の犯罪者用にあてられているディロン病棟を預かっていた。「先生はこれまでおよそ何人の殺人犯を扱ってこられましたか？」

「二十五人ほどです」

「先生、わたしの依頼人、リチャード・ユージーン・ヒコックをご存じかどうかうかがえますか？」

「知っております」

「では、彼を専門的に診察する機会をもたれたでしょうか？」

「はい……わたしはヒコックさんの精神医学的鑑定を行いました」

「その診察に基づいてですが、リチャード・ユージーン・ヒコックが犯行時に正邪の区別がついたかどうか、ご意見をお持ちですか？」

丸っこいが知的で繊細な顔、頑丈な体つきをした二十八歳の証人は、延々と答える準備をするかのように、一つ深呼吸をした。判事はそれを見て、答えを長引かせないよう釘《くぎ》を刺した。「先生、質問にはイエスかノーで答えてください。お返事はイエスかノーに限ります」

「わかりました」

「それで、先生のご意見は？」

「通常の定義に従えば、ヒコックさんに正邪の区別はついていたと思います」

マクノートン・ルール（「通常の定義」）、いってみれば、黒白をはっきりさせる方式に縛られていたので、ジョーンズ医師はほかに答えようがなかった。しかし、当然のことながら、その回答はヒコックの弁護人を失望させた。弁護人は望みの持てないままに尋ねた。「そのお答えを敷衍《ふえん》していただけますか？」

望みが持てないというのは、ジョーンズ医師は詳述するのに同意したが、検察側にはそれに異議を唱える権利があったからだ。実際、カンザス州法では関連質問に対する返答はイエスかノーに限られているという事実を引いて、検察側は異議を唱えた。異議は認められ、証人は退廷した。しかし、ジョーンズ医師がそれ以上の発言を許されていたら、このように証言していただろう。「リチャード・ヒコックは知能においては平均以上であり、新しい観念を苦もなく理解し、情報も幅広く蓄積しています。自分の周囲で起きることにも絶えず注意を払い、精神的混乱や認識障害の徴候はまったく見られません。思考はよく組織されて論理的であり、現実としっかり接触しているように思われます。脳の器質性障害――記憶喪失、妄想、知的退歩――の一般的徴候は見られませんでしたが、その可能性を完全に排除することはできません。彼は一九五〇年に震盪《しんとう》と数時間の意識喪失を伴う深刻な頭部の障害を受けました――これはわたしが病院の記録を調べて確認しました。本人がいうには、そのとき以来、意識喪失や記憶喪失、頭痛にたびたび悩まされ、反社会的行動の大部分もそれ以後に生じるようになったということです。彼は脳の後遺障害の存在を明確に証明、もしくは反証するような医学的テストを受けていません。信頼のおける医学的テストを行わずして、完全な鑑定が行われたとはいえません……ヒコックは現に感情的な異常の徴候を見せています。自分が何をしているかを知りながら、それを続行していたということが、この事実をきわめて明確にあらわしているといえるでしょう。行動が衝動的であり、それに伴う結果、もしくは、将来、自分自身や他人がこうむる不快を考えずに、ことを行う傾向が彼にはあります。また、経験から学ぶことができないように思われ、断続的に生産的な活動を行っては、そのあと、明らかに無責任な行動をとるという異常なパターンを繰り返し示しています。より正常な人間なら耐えうる挫折感《ざせつかん》に、彼は耐えることができません。反社会的行動を通じてしか、挫折感をうまく免れることができないようです……彼は自尊心が非常に低く、他人に対して、また、自分の性的能力の不足についてひそかに劣等感を抱いています。こういった劣等感は、金持ちや権力者になるという夢を見ることで、過剰に償われているように思われます。あるいは、手柄をむやみに自慢したり、カネがあるときは派手にばらまいたり、仕事では人並みの遅い昇進しか期待できないという不満を吐露することによって……彼は他人との関係を円滑に進められず、永続する愛情を築いたり保ったりすることができないという病的な性向があります。本人は通常の道徳的基準は持ちあわせていると公言していますが、実際の行動において、そういう基準に影響されているとは見えません。要するに、精神医学上、深刻な性格障害といわれるもののかなり典型的な特徴を示しているのです。したがって、脳の器質性障害の可能性を排除する手立てを講じることが重要になります。もし、それが存するなら、過去数年間、及び犯行時の行動に重大な影響を与えていたかもしれないからであります」

翌日に行われる陪審への形式的な申し立てを別にすれば、この精神科医の証言をもって、予定されていたヒコックの弁護は終了した。次は、スミスの年配の弁護人、アーサー・フレミングの番だった。フレミングは四人の証人を登場させた。カンザス州立刑務所のプロテスタントの教戒師、ジェイムズ・E・ポスト師。ペリーのインディアンの友人、ジョー・ジェイムズ。彼は極北西部の荒野の家から一日二晩の旅をして、その朝、バスで到着していた。そして、ドナルド・カリヴァンと、再びジョーンズ医師。最後の一人を除くと、これらの人々は〝性格証人〟――被告人も二、三の人間的美徳を備えていると証言することを期待されている証人――として出廷を要請されていた。それぞれが検察側の異議をかいくぐって、不十分ながらも好意的な証言を行ったが、とても上首尾とはいえなかった。検察側はこの種の個人的論評を〝無益で、無意味で、取るに足りない〟と主張し、発言を封じたり、当人を証人席から放逐したりした。

たとえば、ジョー・ジェイムズ。黒髪、ペリーよりも浅黒い肌、色褪《あ》せた猟師のシャツにモカシンというしなやかな姿には、森林地帯の物陰から忽然《こつぜん》とあらわれたというような謎《なぞ》めいた雰囲気があった。被告人とは二年以上にわたって、ときどき生活をともにしたことがある、とジェイムズは述べた。「ペリーはいいやつでしてね、隣近所からはとても好かれてました——自分が知る限りじゃ、おかしなことは何一つしなかったです」検察側はそこで中断させた。カリヴァンもこう述べたところで同じ目にあった。「ペリーは軍隊でつきあっていた間、とても好ましい人物でした」

ポスト師はいくぶんか長く持ちこたえた。被告人を直接的にほめようという試みは避け、ランシングでの出会いを同情的に述べたからだ。「ペリー・スミスとはじめて会ったのはですね、刑務所の礼拝堂にあるわたしの事務室に、彼が自分で描いた絵を持ってきたときでした——それはパステルクレヨンで描いたイエス・キリストの肩までの肖像でした。彼はそれを礼拝堂で使ってほしいといってですね、わたしに贈ろうとしたのです。それ以来、絵はわたしの事務室の壁にかけてあります」

フレミングがいった。「その絵の写真をお持ちですか？」牧師は分厚い封筒を用意していた。写真を陪審員に配って示そうと、その封筒を取り出したところで、ローガン・グリーンが憤激して立ち上がった。「裁判長、これは行き過ぎです……」裁判長は行き過ぎにならないように取りはからった。

次にジョーンズ医師が呼び戻された。最初の出廷の折と同じ予備的手続きがとられたあと、フレミングはきわめて重大な質問を発した。「ペリー・エドワード・スミスとの会話や診察からして、先生はどのようなご意見をお持ちでしょうか？　この裁判の対象である犯罪が行われた時点で、彼に正邪の区別がついたかどうかについてでありますが」判事はもう一度、証人に釘を刺した。「イエスかノーで答えてください。証人はご意見をお持ちですか？」

「いいえ」

驚きのつぶやきがひろがる中で、フレミング自身も驚いて、こういった。「では、ご意見がないという理由について、陪審にご説明願えませんか」

グリーンが異議を唱えた。「証人は意見がない、それで十分でしょう」法律的にいえば、そのとおりだった。

しかし、ジョーンズ医師が判断に苦しむ理由を語るのを許されたとしたら、このように証言しただろう。「ペリー・スミスは深刻な精神病の明白な徴候を示しています。本人がわたしに語ったり、あるいは、刑務所の記録の一部で確かめたりしたところによると、彼の幼少時代には、両親双方の残忍性と無関心が目立っています。彼は指導も受けず、愛情もそそがれず、道徳的価値についての確固たる感覚を身につけることもなく成長したようです……それでも、彼は適応性に富み、周囲で起きていることにはきわめて敏感で、混乱の兆《きざ》しはまったく見えていません。知能は平均以上で、貧弱な教育的背景を考えれば、かなり広範囲の情報を持っているといえます……彼の個性の中では、二つの特徴が、とくに病的なものとして際立《きわだ》っています。第一は、世間に対する〝偏執病的な〟態度です。他人に対する猜疑心《さいぎしん》と不信感が強く、他人が自分を差別すると感じる傾向を有し、他人は自分に対して不公平で、自分を理解していないと思っています。他人からの批判には過敏で、からかわれることには我慢できません。他人が口にすることの中に軽蔑《けいべつ》や侮辱が含まれていると、それを素早く感知し、善意を伝えられても誤解することがしばしばあります。自分が友情や理解を大いに必要としていると感じてはいますが、なかなか他人を信用する気にはならず、信用するにしても、いずれ誤解されたり裏切られたりすることを想定します。他人の意図や感情を測るにあたって、自分の心理に投影された像から現実を分離する能力がきわめて乏しいのです。すべての人間が偽善的で、敵意に満ちており、したがって、どんな仕打ちをしてもかまわないと、十把一からげにして考えることも珍しくありません。第一の特徴と近縁の第二の特徴、つまり、今も存在するのですが、ほとんど抑えきれない憤怒《ふんぬ》は——他人にだまされたり、蔑《さげす》まれたり、劣っているといわれたと感じると、容易に引き金を引かれます。多くの場合、過去の憤怒は、権威ある人間——父、兄、軍曹、州の仮釈放監察官——に向けられました。そして、それは何度か激しい攻撃的行動につながりました。彼が身内に〝こみあげてくる〟というこのような憤怒と、それを抑えきれないということに、本人も知人も気がついてはいたのですが。また、その怒りが自分自身に向けられると、自殺願望を引き起こします。その怒りの異様な力や、自制したり方向づけたりする能力の欠如は、人格構造の基本的な弱さを反映しているのです……このような特徴に加えて、本人は思考過程の混乱の初期の徴候を軽微ながら示しています。思考を組みたてる能力が乏しく、自分の想念を精査したり要約することができないようなのです。夢中になるあまり、細かなことにとらわれて方向を見失うことがときどきあります。彼の思考のあるものは〝神秘的な〟資質、つまりは現実無視を反映しています……彼は他人と感情的に親密な関係を結んだことがめったになく、たとえあっても、それは小さな危機にも耐えることができないものでした。非常に小さな友人の輪の外にいる他人には、ほとんど感情らしい感情を抱かず、人間の命のほんとうの価値をほとんど重視していません。この感情的な孤立と、ある分野での冷淡さは、精神の異常性を示すもう一つの証拠です。正確な精神医学的診断を下すためには、より広範な鑑定が必要になるでしょうが、現在のところ、彼の人格構造は、妄想型精神分裂病の反応を示す構造と酷似しています」

司法精神医学の分野で広く敬意を集めている長老、カンザス州トピーカのメニンジャー・クリニックのジョゼフ・サテン博士が、ジョーンズ医師の意見を聞いた上で、ヒコックとスミスに対する鑑定を支持しているのは意義深い。サテン博士はのちに事件を精査して、こう示唆《しさ》している。加害者の間である種の摩擦の相互作用がなかったら、犯行は起きなかったであろうが、それは本質的にペリー・スミスの行為であり、自分が論文――『明白な動機なき殺人――人格解体の研究』――の中で述べているタイプの殺人者を代表しているように思える、と。

《アメリカ精神医学ジャーナル》（一九六〇年七月号）に掲載されたその論文は、三人の同僚、カール・メニンジャー、アーウィン・ローゼン、マーティン・メイマンと共同して書かれたものだが、冒頭で目的をこう述べている。「殺人者の犯罪責任を査定するにあたって、法律は彼らを（すべての犯罪者においても同様であるが）〝正常〟と〝異常〟という二つのグループに分けようとする。〝正常〟な殺人者は、強く非難されるにしても、理解しうる合理的な動機に基づいて行動すると考えられている。一方、〝異常〟な殺人者は、不合理で無意味な動機に駆られると考えられている。合理的な動機が顕著な場合（たとえば、人が個人的利得のために殺人を犯す場合）、あるいは、不合理な動機に妄想や幻覚が伴っている場合（たとえば、偏執病患者が迫害者と思いこんだ人間を殺す場合）、そのような状況は精神医学者からすると、ほとんど問題にならない。しかし、殺人者が一見、合理的で首尾一貫し、抑制がきいているようでありながら、その行為が奇怪で無意味としか思えないような場合には、難問を呈することになる。法廷での意見の不一致や、同じ犯人についての矛盾する報告が、一つの指標になるにしてもである。そのような殺人者の精神病理学が、少なくとも、これから述べようとしている特殊な症候群を形成するというのが、われわれの命題である。概して、このような個人は、原始的な暴力の表出を可能ならしめる著しい自制の喪失に陥りやすい。それは、今は意識にのぼらないが、以前に外傷を受けた経験から生じるものである」

執筆者たちは、上訴手続きの一環として、すぐには動機の見当たらない殺人で有罪判決を受けた四人の男の診察を行った。全員が公判に先立って診察を受け、〝精神障害を認めず〟〝正常〟と判断されていた。そのうち三人は死刑を宣告され、四人目は長期刑に服していた。その一件一件が、さらなる精神医学的検討を要求されていた。というのは、関係者――弁護士、親戚《しんせき》、あるいは友人――が、それまでに行われた説明に納得せず、実際、このようにただしていたからだ。「この男のような正常な人間に、どうして、判決にあったような狂気じみた犯行が可能なのか?」四人の犯人とその犯行（売春婦を切り刻んだ黒人兵士、口説きにのらなかった十四歳の少年を絞め殺した労働者、少年にからかわれたと思いこんで棍棒《こんぼう》で殴り殺した陸軍伍長《ごちょう》、九歳の女の子の頭を水に浸《つ》けて溺死《できし》させた病院従業員）について述べたあと、執筆者たちは四件の類似する領域を探っている。そして、あまりよく知らない被害者を、なぜ殺したのかについては、犯人自身が当惑している、と記している。それぞれの事例において、犯人は夢のような解離性トランスに陥り、それから覚めると、自分が被害者を攻撃しているのに〝突然気づいた〟というのだ。「もっとも共通性があり、おそらくはもっとも意義深い経歴に関する所見は、攻撃的衝動に対する抑制の不安定さが、長年、ときには生涯にわたって続いているという点であった。たとえば、彼らのうちの三人は、これまでの人生を通じて、通常の口論にとどまらない争い、他人に止められなかったら殺人に至っていたであろう攻撃にしばしば関与していたのである」

次に、この論考に含まれるその他の所見をいくつか抜粋してみる。「この男たちはすべて、暴力を振るった経験があるにもかかわらず、肉体的に劣り、虚弱で、未熟という自画像を描いていた。彼らの経歴を見れば、それぞれが強度の性的抑圧を受けていることは明らかである。四人の誰にとっても、大人の女は恐ろしい生き物であり、二人の場合には明白な性的倒錯も見られた。また、誰もが、幼少時代を通じて、〝意気地なし〟とか、チビとか、病弱と思われているのを気にしていた……四人すべてに、暴力の激発と密に関連してであるが、意識変容状態を起こした形跡がある。二人は、激しい解離性トランスに似た状態に陥ったことを報告しているが、そういう状態の間に暴力的で異様な行動が見られたのである。一方、他の二人は、それほど激しくはなく、おそらく、それほどまとまりのない記憶喪失状態のような挿話を報告している。彼らは実際に暴力を振るっている間、あたかも、他人を眺めているかのように、自分自身から分離し、孤立していると感じることがしばしばあった……また、生い立ちを調べてみると、四人すべてが幼少時代に両親から過激な暴力を振るわれた経験を持っている……一人は『振り向くたびに鞭で打たれた』と述べている……別の一人は、行儀の〃悪さ〃をしつけるためと称して、また、吃音《きつおん》や〃ひきつけ〃を〃なおす〃ため、激しく殴打《おうだ》された……過激な暴力というのは、それが空想されたものであれ、現実に観察されたものであれ、子どもが実際に体験したものであれ、精神分析の一つの仮説に符合する。その仮説とは、子どもがそれを克服する能力を身につける前に、圧倒的な刺激にさらされるのは、自我の形成における初期の欠陥や、衝動の抑制における後期の深刻な障害と密に関係する、というものである。この四人すべての事例で、幼少時代に深刻な愛情の欠乏があったという形跡が見られる。このような愛情の欠乏は、片親、または両親が、長期にわたり、または繰り返し不在である場合、あるいは、両親がわからないとか、他人の手で育てられた子どもを、片親、または両親がまったく受けつけないというような混乱した家庭生活が送られる場合に、必然的に生じうるものである……情動に関する組織の障害の形跡が見られた。もっとも典型的には、彼らは過激な攻撃的行動に関連して怒りや憤《いきどお》りを経験しないという傾向を見せた。一人一人がとてつもない残酷な攻撃をなしうる可能性を秘めながら、殺人との関連で憤りの感情を報告したものはなく、強く深い怒りを経験したものもなかった……彼らの他人との関係は浅く冷たい性質のもので、それが彼らに孤独や隔絶といった資質を付与していた。彼らにとって他人は、温かく感じるとか、肯定的に感じる（あるいは、腹を立てる）対象という意味では、ほとんど現実的な存在ではなかった……死刑宣告を受けた三人は、自分自身や被害者の運命に関しての感情がきわめて希薄だった。罪悪感、憂鬱《ゆううつ》、良心の呵責《かしやく》といったものは、著しく欠けていた……そのような個人は、過剰な攻撃的エネルギーを抱えているとか、周期的にそのエネルギーのむきだしの表出を許す不安定な自己防衛システムを有しているという意味で、殺人を犯しやすいと考えられる。とくに、ある種の不均衡がすでに存在していれば、将来の被害者が過去の外傷の中での中心人物として無意識に感知されたとき、殺人の可能性が活性化しうるのである。この人物の行動、あるいは、単なる存在が、不安定な力のバランスに圧力を加え、突然、暴力の激発という結果を引き起こす。それは、装塡《そうてん》したダイナマイトに雷管が点火して爆発を起こすのに似ている……無意識の動機という仮説が、加害者はなぜ、あまりよく知りもしない無害な被害者を、挑発的で、それ故《ゆえ》に攻撃の対象にふさわしい標的と感じるのかを説明している。それにしても、なぜ、殺すのか？　幸いにして、多くの人は、極端な挑発を受けても、殺意を爆発させるというような反応はしない。これに反して、これまで述べてきた事例では、緊張と混乱が高まった段階で、現実との接触を著しく喪失し、衝動の抑制が極端に弱まる傾向があった。そのようなとき、たまたま知り合った人間や、まったくの他人でさえもが、〝現実の〟意味を失い、意識されない外傷の中での主体に擬せられても不思議ではなかった。そこで、〝古い〟葛藤《かつとう》が再び活性化し、攻撃性がたちまちのうちに殺人の域にまで高まったのである……そのような無意味な殺人が起きるとき、それは加害者の中で被害者と接触する前から増大しつつあった緊張と混乱の最終的な結果と見なされる。被害者は加害者の無意識の葛藤の中にはめこまれ、そうとは気づかぬまま、その殺人の潜在力に点火するのに役立ってしまうのである」

ペリー・スミスの生育環境や性格と、この研究の対象との間に、多くの類似点があることから、サテン博士はスミスを彼らの同類に位置づけられると確信している。のみならず、犯罪の状況も、サテン博士の目には、〝明白な動機なき殺人〟の概念にまさしく該当するように映る。スミスが犯した殺人のうちの三件は、論理的な動機づけが可能だった――ナンシー、ケニヨン、そして、その二人の母親は、クラッター氏が殺されたがために、殺されなければならなかったのだ。しかし、心理学的に問題になるのは最初の殺人だけというのが、サテン博士の論点だ。スミスはクラッター氏を襲ったとき、いってみれば心理的日食の状態、精神分裂病の深い闇《やみ》の中にあった。というのは、自分が殺そうとしていると〝突然気づいた〟相手は、必ずしも生身の人間ではなく、〝過去の外傷の中での中心人物〟だったからだ。それは、彼の父親か？ 彼を嘲《あざけ》り、打ち据えた孤児院の尼さんか？ いまいましい軍曹か？ 彼に〝カンザスに足を踏み入れるな〟と命じた仮釈放監察官か？ その中の一人か、あるいは、全員なのだ。

スミスは自白の中で、こういった。「あの人に手出ししたくはなかったんです。立派な紳士だと思ったし。ものいいの穏やかな。あの人の喉《のど》を掻《か》っ切る瞬間までそう思ってました」また、ドナルド・カリヴァンと話しているときに、こうもいった。「あの人たち〔クラッター一家〕はおれを傷つけたりはしなかった。ほかのやつらみたいには。おれの人生で、ほかのやつらがずっとしてきたみたいには。おそらく、クラッター一家はその尻拭《しりぬぐ》いをする運命にあったってことなんだろうな」

つまりは、専門家と素人《しろうと》の分析者が、それぞれ別の道をたどって、そうかけ離れていない結論に到達したということのように思われる。

フィニー郡の上流階級は、この裁判を冷眼視していた。「しょうがないじゃありませんか」ある裕福な農場主の妻はいった。「あんなことを取り沙汰《ざた》しても」にもかかわらず、最後の公判では、一般の市民と並んで、地元エスタブリッシュメントのかなりの部分が着席していた。彼らが姿を見せたのは、体制の一員と目されているテート判事とローガン・グリーンに対して義理立てしてのことだった。また、遠距離をものともせずにやってきた多数を含む市外の法曹の大部隊が、傍聴席の数列を埋めていた。具体的にいえば、彼らは陪審に対するグリーンの最終弁論を聞こうと詰めかけたのだ。人当たりはいいが頑固なこの七十代の小柄な老人は、同僚の間では揺るぎない名声を確立している。

ン・スミスも陪審員が有すると思われるキリスト教的精神に訴えかけ、主題を極刑の害
殿を破壊する権利を人間が持っているとは、わたしも信じておりません……」ハリソ
獣ではありません。人間には肉体とともに、不滅の魂があります。その魂が宿る家、神
り込み〟と評したフレミングの弁論は、教会での淡々とした説教を思わせた。「人間は
　そのあとに、弁護人の抗弁を聞かなければならなかった。記者の一人が〝ソフトな売
死刑を要求します。この求刑は復讐《ふくしゅう》から出たものではなく、謙虚さをもって……」
しないように保証する道はただ一つしかありません。われわれはもっとも重い刑罰――
かにかかわりなく、両名とも等しく有罪なのです。両名がこの国の市や町を二度と徘徊《はいかい》
うか？　否《いな》です！　リチャード・ユージーン・ヒコックの散弾銃の引き金を誰が引いた
に立った。「被告人両名の有罪について、みなさんの心には一点でも疑義が残るでしょ
いた。それに先立ち、テート判事が陪審に対して冷静な説示を行い、郡検事が最終弁論
　多くのスターの出番と同じく、グリーンはプログラムの最後に登場することになって
判の検察官を務めるのは荷が重いと思われていたからだ。
補佐役を依頼されていた。というのは、この若い郡検事が経験者の支援なしで、この裁
ンの通常の役まわりは被告人の弁護だが、今回は州側からデュエイン・ウェストの特別
鋭いタイミング感覚をはじめ、俳優並みの才能を幅広く備えている。刑事専門のグリー
彼らが称賛するのは、グリーンの演技力だ。彼はナイトクラブのコメディアンに劣らぬ

悪に絞った。「それは人間の野蛮さの遺物であります。法は人間の命を奪うのは悪であると説きながら、さらに進んでその悪《あ》しき手本を示しています。それは法自体が罰した犯罪に劣らないほど邪悪だといえるでしょう。州にはそのような刑罰を科する権利はありません。それには何の効果もないのです。犯罪を阻止するどころか、人命の軽視を助長し、さらなる殺人を出来《しゅったい》させるばかりです。われわれが求めるのは慈悲にほかなりません。終身刑というのが、われわれが求めるささやかな慈悲であり……」誰もが傾聴していたわけではなかった。ある陪審員は、春先の物憂《ものう》いあくびでいっそうけだるくなった空気の毒にあてられたとでもいうように、目をとろんとさせ、蜂《はち》がブンブン出入りできそうなほど口を大きくぽかんと開けて座っていた。

グリーンが一同の目を覚まさせた。「みなさん」グリーンはメモなしで話を進めた。「みなさんは今、被告のために慈悲を求める力強い訴えを二つ聞かれました。しかし、称賛に値する弁護人、フレミング氏とスミス氏が、あの運命の夜、クラッター家に居あわせなかったことは幸いであった、とわたしには思えます――お二人が悲運の一家のために慈悲を乞《こ》うべく現場におられなかったのは、非常に幸いであった、と。なぜなら、もし、そこにおられたなら――そう、翌朝、われわれは五つ以上の遺体を発見していたでありましょう」

少年時代、故郷のケンタッキーで、グリーンは〝ピンキー〟と呼ばれていた。それはそばかすの色合いに由来するニックネームだった。今、陪審員団の前を歩きまわっているグリーンの顔は、務めの重みにほてり、ピンクの斑点《はんてん》が散らばっていた。「わたしは神学論争にかかわるつもりはありません。しかし、弁護人が死刑に反対する論拠として聖書を持ちだすことは予想しておりました。みなさんは聖書からの引用をお聞きになりました。しかし、わたしもその聖書を読むことはできます」グリーンは旧約聖書をさっと開いた。「聖書がその問題に触れている個所が一、二あります。出エジプト記の第二十章第十三節には、十戒の一つが書かれています。『汝《なんじ》殺すなかれ』これは非合法の殺人に言及したものです。それがいうまでもないのは、次の章の第十二節に、この掟《おきて》に背いた場合の罰が記されているからです。『人を打って死なしめたる者は必ず殺さるべし』さて、フレミング氏は、キリストの降臨によってそれがすべて変わった、とみなさんに信じさせようとなさったのでしょう。しかし、そうではありません。なぜなら、キリストはこうおっしゃっているからです。『われ律法また預言者をこぼつために来たれりと思うな。こぼたんとて来たらず、かえって成就《じょうじゅ》せんためなり』そして、最後に——」グリーンはページを繰っていたが、うっかりして聖書を閉じてしまったようだった。それを見て、居並ぶ法曹界の名士たちはにやりと笑い、互いにつつきあった。というのは、それは敬うべき法廷で使われる一つの〝手〟だったからだ。今、グリーンがやっているように、聖書から引用しているうちに、当該個所がわからなくなったふりをして、こういうのだ。「ご心配なく。記憶から引用できると思いますので。創世記第九章第六節。

『人の血を流す者は、人に血を流さる』

しかし」グリーンは言葉を継いだ。「わたしは聖書を論じても得られるものはないと思います。この州では、第一級の殺人に対する刑罰を、終身刑もしくは絞首刑とする、と定めています。それが法なのです。みなさん、あなたがたは法を施行するためにここにおられるのです。しかも、もっとも重い刑罰が正当とされる事件があるとするなら、これがまさにそれなのです。これは異様にして残忍な殺人です。みなさんと同じ市民四人が、檻《おり》の中の豚のように虐殺《ぎゃくさつ》されたのです。それは何のために？　復讐や憎悪《ぞうお》からではありません。カネのためです。カネです。何オンスかの銀と何オンスかの血が無慈悲に秤《はかり》にかけられたのです。そして、四人の命がなんと安くあがなわれたことか！　四十ドルのカネのためとは！　一人の命が十ドルとは！」グリーンはくるりと振り向いて指さした。その指がヒコックとスミスの間を揺れ動いた。「彼らは散弾銃と短剣で武装して出かけました。盗み、殺すために出かけたのです――」その声は震え、ぐらつき、途絶えた。屈託なくガムを嚙《か》んでいる被告人二人に対する彼自身の憎悪の激しさで窒息しそうになったかのように。そして、グリーンは再び陪審のほうへ向きなおると、かすれた声で問いかけた。「みなさんはどうされますか？　人の手足を縛り、喉を搔っ切り、頭を吹っ飛ばしたこの男たちをどうされますか？　もっとも軽い刑罰で済ませますか？

しかも、そうです、それは四人のうちの一人の事例に過ぎないのです。ケニヨン・クラッターはどうなります？ 人生はこれからという少年が、父親の死の苦悶《くもん》を目の当《ま》たりにしながら、どうすることもできずに縛られていたのです。ナンシー・クラッターはどうなります？ 銃声を聞いて、次は自分の番と悟った彼女は？ ナンシーは必死に命乞いしました。『やめて、お願い、やめて。お願いだから。お願いだから』なんという苦痛でしょう！ なんと恐ろしい拷問《ごうもん》でしょう！ さらに、母親がいます。彼女は縛られ、口をふさがれ、夫と愛する子どもたちが、一人また一人と死んでいくのを聞いていなければならなかったのです。ついに、犯人が、みなさんの目の前のこれら被告人が、部屋に押し入ってきて、懐中電灯の光を彼女の目に浴びせ、散弾銃を発射して、家族全員の命を終わらせたそのときまで」

グリーンはいったん言葉を切って、首筋の腫《は》れものに恐る恐る手を触れた。憤激している本人同様、今にも破裂しそうな激しい炎症を起こしていた。「それで、みなさん、どうされますか？ もっとも軽い刑ですか？ 彼らを刑務所に送り返して、脱獄や仮釈放の機会をくれてやりますか？ 彼らが次に殺戮《さつりく》を働くとき、その対象はみなさんの家族かもしれないのですよ。わたしは申しあげたい」グリーンは挑発するような態度で陪審員団をにらみつけた。「重大な犯罪の一部は、臆病《おくびょう》な陪審員たちが自らの務めを果たすのを拒んだことから起きるのだ、と。さて、みなさん、わたしは問題をみなさんとその良心にお任せすることといたします」

グリーンは着席した。ウェストがささやきかけた。「いや、おみごとなものでした」

しかし、傍聴人の中には、それほど感動しなかったものも何人かいた。その中の一人のオクラホマからきた若い記者は、陪審が評決のために退席したあと、カンザスシティー《スター》紙の記者、リチャード・パーと舌鋒《ぜっぽう》鋭くやりあった。オクラホマの記者には、グリーンの弁論が〝人々をあおりたてる残酷なもの〟と思われたのだ。

「彼は真実を述べただけだよ」パーがいった。「真実っていうのはけっこう残酷だからね。陳腐ないいかただが」

「でも、あそこまで痛めつける必要はなかったでしょう。不公平ですよ」

「何が不公平なんだ？」

「裁判全体がですよ。彼らにはまるで見込みがないんだから」

「それをいうなら、ナンシー・クラッターにも見込みなんかなかったじゃないか」

「でも、ペリー・スミスですがね。まったく。あんな真っ暗な人生を送ってきて――」

パーがいった。「あのチビ程度のお涙頂戴《ちょうだい》の話なら、そこらじゅうにごろごろ転がってるさ。わたしだってそうだ。たぶん、わたしは飲みすぎだ。だが、冷酷に四人もの人を殺すなんて真似《まね》は絶対にしないね」

「それはそうですが、あいつを吊《つ》るしてしまうっていうのはどうですか？　それだってかなり冷酷なことじゃないですかね」

そのやりとりを漏れ聞いていたポスト師が口をはさんだ。「あの」ペリー・スミスが描いたイエスの肖像のスナップ写真を二人にまわしながら、こういった。「こんな絵を描ける人ならですね、百パーセントの悪人ということはありえません。それでも、どうしたらいいかは、むずかしいですね。死刑は何の解答にもなりません。それでは、罪人《つみびと》が神のみもとへ参るのに十分な時間が与えられませんから。わたしもときどき絶望します」金歯で、銀髪の生え際《ぎわ》がV字形をした陽気な男が、陽気な口調で繰り返した。「わたしもときどき絶望するね。ドク・サヴェッジならいい考えがあったんじゃないかと、ときどき思うんだけどね」彼が口にしたドク・サヴェッジとは、一時代前、通俗雑誌の若い読者の間で人気があった虚構のヒーローだ。「あんたがた、おぼえていなさるかどうか知らんが、ドク・サヴェッジってのは一種のスーパーマンでね。いろんな分野――医学、科学、哲学、芸術――で達人になったんだ。ドクが知らんこと、できんことってのはあんまりないんだ。ドクは計画の一つとして、この世から犯罪者を一掃しようと思いたった。それで、まず、海の中のでかい島を買い取った。それから、ドクとその助手たちは――ドクには訓練された助手の軍団がいるんだ――世界中の犯罪者をかっさらって、島に連れてきた。そこで、ドク・サヴェッジは連中の脳の手術をしたんだ。邪悪な考えをつかさどってる部分を取り除いてしまったんだ。連中は意識を回復してみると、真人間になっていた。脳のそういう部分がなくなってるもんで、犯罪を働くことができなくなっちまったんだな。で、今、はっと思ったんだが、こういう手術ができるんだったら、ほんとに問題の解決になるんじゃないか――」

そのとき、陪審が戻ってくるという合図のベルが鳴って、男の話をさえぎった。陪審の評議は四十分を要していた。速やかな評決を予測していた多くの傍聴人は、席を離れずにいた。しかし、馬に飼料を与えようと農場に赴いていたテート判事は、急ぎ呼び戻される羽目になった。ようやく席についたとき、あわててまとった黒い法服が大きく膨らんでいたが、判事は印象的な平静さと威厳をもって尋ねた。「陪審員のみなさん、評決は出ましたか？」陪審員長が答えた。「はい、裁判長」廷吏が封をした評決を裁判官席に届けた。

近づいてくるサンタフェ鉄道の急行列車のファンファーレのような汽笛が、廷内を貫いた。評決を読みあげるテートの低音が、機関車の咆哮《ほうこう》と入り交じった。「訴因一。陪審は被告人、リチャード・ユージーン・ヒコックを第一級殺人で有罪と認め、その刑罰は死刑とする」判事はそこで、反応を確かめようとするかのように、看守と手錠でつながれて自分の前に立っている被告人二人を見下ろした。二人が無表情に見つめ返すうちに、判事は評決に立ち戻り、それに続く七つの訴因に対する評決を朗読していった。ヒコックにはさらに三件、スミスには四件の有罪が宣告された。

「――そして、その刑罰は死刑とする」テートはその一文にかかるたびに、暗いうつろな調子で読みあげた。その声は、次第に薄れゆく悲しげな列車の汽笛とこだましあっているように聞こえた。そのあと、判事は陪審を解放し（「みなさんは勇気をもって務めを果たされました」）、有罪判決を受けた犯人二人は連れ去られた。扉のところで、スミスがヒコックに声をかけた。「臆病な陪審員ってのはいなかったんだな！」二人は声をあげて笑った。すかさず、カメラマンがその姿を撮った。写真はカンザスのある新聞に、こんな説明をつけて掲載された。〝最後の笑い？〟

一週間後、マイヤー夫人は自宅の居間で友人と話していた。「そうね、ここらも静かになったわね」夫人はいった。「一段落したのはありがたいと思わなければならないんでしょうけど。でも、あのことじゃ、まだ、気持ちが晴れないのよ。わたし、ディックとはあまり関係がなかったんだけど、ペリーとはほんとの知り合いになってたから。あの日の午後、あの人が評決を聞いて、ここに連れ戻されたとき――わたし、あの人を見なくて済むようにキッチンに閉じこもってたの。キッチンの窓際に腰かけて、法廷を出ていく人たちを眺めてたのよ。カリヴァンさん――あの人は顔を上げて、わたしを見ると、手を振ってくれたけど。それから、ヒコック夫妻ね。みんな、帰っていったわ。ヒコックの奥さんからは、けさ、丁寧なお手紙をもらったばかりよ。奥さんとは裁判中、何度か話をしたことがあって、何かお力添えできたらと思っていたんだけど、でも、あんなことになってしまった人に何がいえるかしら？　みんなが帰ってしまったあとで、わたし、お皿を洗いはじめたんだけど——ペリーが泣いているのが聞こえたの。わたし、ラジオをつけたわ。泣き声を聞かなくて済むように。でも、聞こえるのよ。子どもみたいに泣いてるんだもの。あの人、それまで、泣きくずれるなんてことはなかったし、そんな気配もまるで見せなかったのに。それで、わたし、いってみたのよ。独房の扉の前に。そうしたら、あの人、手を差し伸べてきたわ。その手を握ってほしいっていうんで、わたし、そのとおりにしてあげたの。あの人、これだけいったわ。『おれは恥ずかしさでいっぱいです』わたし、グーボー神父さまを呼んでもらいたかったわ——とりあえず、あした、スパニッシュライスをつくってあげるっていったんだけど——でも、あの人、わたしの手をぎゅっと握るばかりで。

それに、よりによってその晩だけ、わたしたち、あの人を置いて出かけなくちゃならなかったのよ。ウェンドルと二人で外出するなんてめったにないことだったんだけど、前々からの約束があってね、ウェンドルはそれを反故《ほご》にするわけにはいかないって思ってたから。でも、ペリーを独り残したっていうことを、わたしはこれからもずっと悔やむでしょうね。次の日、スパニッシュライスをつくってあげたんだけど、あの人、手をつけようともしなかったわ。ほとんど口もきかなかったし。あの人は世界中を憎んでいたの。でも、刑務所へ連れていかれる朝には、わたしにお礼をいって、自分の写真を一枚くれたわ。十六歳のときにコダックで撮った小さな写真。その写真の少年の姿で、自分をおぼえていてほしいっていって。

さよならをいうのはつらかったわ。あの人がどこへいくのか、どういうことになるのか、わかっているんだもの。それから、あの人のリスね。あのリスも、ペリーがいなくなって寂しがってるわ。今でも、あの人を探しに房へやってくるのよ。餌《えさ》をやろうとしても、わたしにはまったくなつかないの。あのリスが好きなのはペリーだけだったのね」

カンザス州レヴンワース郡にとって、刑務所は経済的に重要な存在だ。郡内には、一つは男子用、一つは女子用の二つの州立刑務所がある。連邦刑務所では最大のレヴンワース刑務所もある。そして、フォートレヴンワースには、全国でも最大級の軍刑務所、いかめしい合衆国陸空軍懲戒兵舎がある。これらの施設の収容者が全員釈放されたら、小さな市ができるほどだ。

中でももっとも古いのは男子用のカンザス州立刑務所だ。監視塔を備えた白と黒の広大な建物は、ありふれた田舎町のランシングを他と画す特徴となっている。刑務所は南北戦争中に建設され、一八六四年に最初の入所者を迎えた。今日《こんにち》、受刑者は平均で約二千人を数える。現所長のシャーマン・H・クラウスは、日々の人種別収容者数の一覧表を持っている（たとえば、白人千四百五名、黒人三百六十名、メキシコ人十二名、インディアン六名）。人種はどうあれ、受刑者は等しく、機関銃を備えた高い塀の内側の石づくりの村の住人だ。セメントの通路と独房棟と作業場を擁する広さ十二エーカーの灰色の村の。

刑務所構内の南側の区画に、一風変わった小さな建物がある。柩《ひつぎ》に似た形の黒い二階建ての建物だ。公式には〝隔離棟〟と呼ばれているこの建物は、刑務所の中の刑務所になっている。受刑者の間では、一階は〝穴〟という名で知られている。扱いにくい囚人、〝手ごわい〟トラブルメーカーが、ときおり、そこへ送りこまれる。二階へは鉄製の螺《ら》旋《せん》階段を上っていく。上は〝死人長屋《デス・ロウ》〟だ。

クラッター事件の犯人二人がその階段をはじめて上ったのは、雨の降る四月の午後遅くのことだった。ガーデンシティーから八時間、四百マイルの車の旅でランシングに着くと、新参者として服を脱がされ、シャワーを浴びせられ、髪を短く刈られてから、粗織りのデニムの囚人服と柔らかい上靴を与えられた（アメリカのほとんどの刑務所では、そのような上靴が死刑囚の通常の履き物になっている）。それから、武装した護送の係官に伴われて、雨の黄昏《たそがれ》の中を柩の形の建物へと進み、螺旋階段を追い上げられ、ランシングの〝死人長屋〟を構成する十二の並びの独房のうちの二つに押しこまれた。房はどれも同じつくりになっている。間口七フィート、奥行き十フィートで、簡易ベッド、便器、洗面台、それに、昼夜を問わずつけっぱなしの頭上の電球を除くと、備品は何もない。窓は非常に狭く、鉄格子《てつごうし》がはめられているだけでなく、未亡人のヴェールのような黒い金網で覆《おお》われている。だから、絞首刑を宣告された囚人の顔は、外を通りかかった者にはぼんやりとしか見えない。しかし、死刑囚本人は外をよく見ることができる。目に映るものは、夏は野球場になる土の空き地と、その向こうの刑務所の塀の一部、さらにその上の空の一角だ。

塀はきめの粗い石でつくられている。割れ目には鳩《はと》が巣をつくっている。〝死人長屋〟の居住者に見える部分には錆《さ》びた鉄の扉がついている。それが開くたびに、鳩が羽ばたきの音も騒々しく飛び立つ。というのは、蝶番《ちようつがい》がひどくきしって、悲鳴のような音を立てるからだ。扉は洞窟《どうくつ》を思わせる倉庫に通じている。どんな暖かな日でさえ、その中の空気は湿って、ひんやりとしている。そこには、さまざまなものが置いてある。受刑者が車のナンバープレートを製作するときに使う金属の備蓄品、材木、古い機械類、野球の道具。そして、かすかに松のにおいがする白木《しらき》の絞首台。つまり、ここは州の死刑執行室なのだ。吊るされる人間がここへ連れていかれるのを、囚人たちは彼が〝コーナーへいった〟とか、あるいは、〝倉庫をのぞきにいった〟という。法廷での宣告に従い、スミスとヒコックは六週間後に倉庫をのぞきにいく予定になっていた。一九六〇年五月十三日、金曜日の午前零時一分に。

カンザス州は一九〇七年に死刑を廃止した。一九三五年、中西部でプロの犯罪者（アルヴィン・〝オールド・クリーピー〟・カーピス、チャールズ・〝プリティー・ボーイ〟・フロイド、クライド・バローとその愛人で殺人共犯のボニー・パーカー）が跋扈《ばっこ》する現象が突然にひろがったため、州議会は死刑の復活を議決した。しかし、死刑執行人が腕を振るう機会を得たのは一九四四年になってからだった。続く十年のうちに、さらに九回の機会が与えられた。しかし、その後、すなわち一九五四年以降の六年間、カンザス州の絞首刑執行人には手当が支払われなかった（やはり絞首台を有する陸空軍懲戒兵舎は別として）。この空白期間は、一九五七年から一九六〇年まで在任していたカンザス州知事、故ジョージ・ドッキングがもたらしたものだった。彼は無条件の死刑反対論者だったからだ（「わたしは人を殺すのが嫌いだ」）。

その当時――一九六〇年四月――合衆国の刑務所で処刑を待っている囚人は百九十人いた。そのうち、クラッター事件の犯人を含めて五人がランシングの住人だった。要人が刑務所を訪れると、ある幹部が〝死人長屋ののぞき見〟と呼んでいるものに誘われることがある。その誘いにのると、看守を一人つけられる。看守は独房に面した鉄製の通路を先に立って進みながら、死刑囚の身元を紹介するのだが、その丁寧さは滑稽《こっけい》なほどだ。「それで、こちらが」一九六〇年、看守は訪問者に向かっていった。「ペリー・エドワード・スミス氏です。さて、その隣はスミス氏の仲間、リチャード・ユージーン・ヒコック氏です。この先にはアール・ウィルソン氏がおります。ウィルソン氏の次は――ボビー・ジョー・スペンサー氏です。それから、この最後の紳士ですが、もうおわかりのことと思いますが、あの有名なローウェル・リー・アンドルーズ氏であります」しゃがれ声で賛美歌を歌う黒人、アール・ウィルソンは、若い白人女性を誘拐し、強《ごう》姦《かん》し、拷問《ごうもん》したとして、死刑を宣告されていた。被害者は命をとりとめたものの、重度の障害が残った。柔弱な白人青年、ボビー・ジョー・スペンサーは、自分が住んでいたカンザスシティーの下宿屋の家主だった年配の女性を殺したと自白していた。再選を果たせなかったドッキング知事は（主たる敗因は死刑に対する姿勢にあった）、一九六一年一月の退任に先立って、この二人を終身刑に減刑した。通常なら、それで二人は七年後に仮釈放を申請できることになった。ところが、ボビー・ジョー・スペンサーはまもなく、再び殺人を犯した。年長の受刑者の愛情をめぐって恋敵《こいがたき》の若い受刑者をナイフで刺したのだ（ある刑務官はこういった。「ホモの男をめぐる稚児《ちご》さん二人の喧嘩《けんか》に過ぎない」)。この犯行でスペンサーは二度目の死刑判決を受けた。しかし、世間の耳目を集めたのは、ウィルソンでもスペンサーでもなかった。スミスとヒコック、あるいは、〝死人長屋〟第五の男、ローウェル・リー・アンドルーズと比べると、報道陣も二人を著しく軽視していた。

べっこう縁の眼鏡をかけ、三百ポンド近い体重がある、弱視、巨漢の十八歳の少年、ローウェル・リー・アンドルーズは、二年前、カンザス大学の二年生で、生物学を専攻する優等生だった。孤独を好み、内気で、口数も少なかったが、大学や故郷の町、カンザス州ウォルコットの知人たちは、彼をきわめて穏やかで〝心優しい〟人間と見ていた(のちに、カンザスのある新聞は、『ウォルコットきってのナイスボーイ』と題して、彼に関する記事を掲載したほどだ)。しかし、この物静かな若い学徒の内面には、思いもよらない第二の性格がひそんでいた。その性格とは、いじけた感情とゆがんだ精神を有するもので、それを介して、冷酷な思考が無慈悲な方向へ流れこんでいた。家族――両親、それに、本人とあまり年の違わない姉のジェニー・マリー――が、一九五八年の夏から秋の間にローウェル・リーが見つづけていた白日夢のことを知っていたとしたら、それこそ仰天していただろう。才気ある息子、尊敬に値する弟は、なんと家族全員を毒殺しようという計画を練っていたのだ。

父親のアンドルーズは富農だった。銀行預金はそう多くなかったが、約二十万ドル相当の土地を持っていた。この地所を相続したいという欲望が、ローウェル・リーの家族抹殺計画の明瞭《めいりょう》な動機だった。誰も知らないローウェル・リー、はにかみ屋で教会通いを欠かさない生物学徒の内側に隠れたローウェル・リーは、自分を冷徹な一級の犯罪者と空想していた。その彼は、ギャングのような絹のシャツを着て、深紅のスポーツカーを乗りまわしたいと望んでいた。眼鏡をかけ、太りすぎた、世間知らずの本の虫などではないということを認めてもらいたいと望んでいた。少なくとも、意識の上では、家族の誰かが嫌いということはなかったが、彼らを殺してしまうのが、取りつかれた幻想を実現するもっとも手っ取り早くて利口な方法のように思われたのだ。使うと決めた手段は砒《ひ》素だった。三人を毒殺したのち、ベッドに押しこんで、家を焼きはらうつもりでいた。そうすれば、捜査官は事故死と判断するだろうという思惑だった。しかし、不安の残る点が一つあった。検死で砒素が検出されたら？　そして、砒素の購入先から足がつく恐れは？　夏が終わるころ、ローウェル・リーは別の計画に取りかかった。それを練りあげるのには、三ヵ月を費やした。零下二十度に近い寒さの十一月の夜、ようやく決行の準備が整った。

感謝祭の週のことだった。ローウェル・リーは休暇で帰宅していた。頭はいいが、器量のあまりよくないジェニー・マリーも、やはりオクラホマの大学から帰っていた。十一月二十八日の夜の七時ごろ、ジェニー・マリーは両親とともに居間でテレビを見ていた。ローウェル・リーは寝室にこもって、『カラマーゾフの兄弟』の最終章を読んでいた。それを読みあげてしまうと、ひげを剃《そ》り、いちばんいいスーツに着替え、セミオートマチックの二二口径ライフルと、ルガーの二二口径リヴォルヴァーに弾を装塡《そうてん》した。そして、リヴォルヴァーを腰のホルスターにおさめ、ライフルを肩にかついで、居間に向かって廊下をゆっくり歩いていった。ちらちらするテレビの画面を除くと、居間は暗かった。ローウェル・リーは明かりをつけ、ライフルの狙《ねら》いを定めると、引き金を引いて、姉の眉間《みけん》を撃ち抜き、即死させた。母親には三発、父親には二発撃ちこんだ。母親は目を見開き、両手を差し伸べ、よろよろと息子のほうへ歩み寄った。何かいおうとして、口を開けたり閉じたりした。だが、ローウェル・リーに一喝された。「黙れ」その命令に確実に従わせるべく、彼はさらに三発を浴びせた。しかし、アンドルーズ氏はまだ生きていた。すすり泣き、のたうちながら、キッチンに向かって床を這《は》い進んでいた。しかし、父親がキッチンの敷居に達したところで、息子はリヴォルヴァーを抜き、全弾を発射した。それから、装塡しなおし、再び薬室が空になるまで撃ちまくった。父親は計十七発を撃ちこまれていた。

本人がしたとされる供述によれば、ローウェル・リー・アンドルーズはこういっている。「あのことについては何も感じませんでした。そのときがきたんで、ぼくはやらなきゃならないことをやっただけです。それだけの話です」銃撃のあと、ローウェル・リーは自分の寝室の窓を開け、網戸を外してから、家の中を歩きまわって、簞笥《たんす》の引き出しを掻《か》きまわし、中身をそこらにばらまいた。強盗の犯行に見せかけようという意図だった。そのあと、父親の車に乗って、カンザス大学がある町、ローレンスまで、雪でスリップする道を四十マイルほど走った。途中、橋の上で停まると、凶器となった銃を分解し、部品をカンザス川に投げ捨てて始末した。しかし、もちろんのこと、車を飛ばした真の目的はアリバイづくりにあった。ローウェル・リーは、まず、自分の下宿に立ち寄った。そこで、女主人と話をして、タイプライターを取りに戻ったのだが、悪天候のせいでウォルコットからローレンスまで二時間もかかった、という話をした。下宿を去ると、映画館に向かった。そこでは、案内係やキャンディーの売り子と何ということのないおしゃべりをした。十一時に映画がはねると、ウォルコットへ引き返した。玄関のポーチでは、家で飼っている雑種の犬が待っていた。犬は飢えを訴えてクンクン鳴いた。それで、ローウェル・リーは家に入ると、父親の死体をまたぎ越え、ミルクで煮た温かいトウモロコシ粥《がゆ》をつくってやった。犬がそれをなめている間に、保安官事務所に電話をかけて、こういった。「ぼくはローウェル・リー・アンドルーズといいます。住所はウォルコット・ドライヴ六〇四〇。実は、強盗が入って――」

　通報に応じて、ワイアンドット郡保安官事務所警邏《けいら》部の四人の警官が駆けつけた。そのうちの一人、マイヤーズ巡査は現場の状況を次のように述べている。「ええと、自分たちが現場に着いたのは午前一時でした。家じゅうの明かりがついてました。あの黒髪のでかい子、ローウェル・リーはポーチに座って、犬をかまってました。頭を撫《な》でたりして。アセイ警部補が何があったって聞くと、ドアのほうを指さすんです。ほんとにさりげなく。で、『中を見てください』っていうんです」中を見て仰天した警官たちは、郡の検死官を呼びだしたが、検死官もアンドルーズの息子のひどく無頓着《むとんちやく》なところが気になった。というのは、検死官が葬儀の手配はどうすると聞くと、アンドルーズは肩をすくめて「みなさんがうちのものたちをどうなさろうと、ぼくはかまいません」と答えたからだ。

まもなく、古参の刑事二人がやってきて、一家のただ一人の生存者に質問を始めた。刑事たちはその当人が嘘《うそ》をついていると確信していたが、丁寧に話を聞いた。タイプライターを取りにローレンスへ車を走らせ、映画を見てから真夜中過ぎに帰ってみると、各寝室が荒らされ、家族は殺されていた、という話を。ローウェル・リーはその話に固執した。もし、当局が彼を逮捕し、郡拘置所に移送したあとで、ヴァート・C・ダメロン師の助力を得られなかったら、彼がそれを変更することは絶対になかっただろう。

ディケンズの小説の登場人物のように、地獄の業火《ごうか》や天罰までも実に口達者に説いて聞かせるダメロン師は、カンザス州カンザスシティーのグランドヴュー・バプティスト教会の牧師だった。教会にはアンドルーズ一家が定期的に通っていた。郡検死官からの緊急の電話で起こされたダメロンは、午前三時になるころ、拘置所にあらわれた。それまで容疑者に対して、懸命に、しかし、収穫のないまま尋問を続けていた刑事たちは別室に引っこみ、牧師が自分の教区民と内密に話ができるように取りはからった。ローウェル・リーにとっては、それが命取りの面会になった。彼は何ヵ月かのちに、友人にそのことを話している。「ダメロンさんはこういった。『さてと、リー、わたしはきみの人生をすべて知っている。きみがほんのおたまじゃくしのころからね。お父さんの人生もすべて知っている。わたしたちは一緒に成長してきた。いわば、竹馬の友だ。だからこそ、わたしがここにいるわけだ――きみの教区牧師だからというだけじゃない。きみを自分の家族の一員のように感じているからだ。それに、きみには信用して話ができる友人が必要だからだ。わたしもこの恐ろしい事件には身の毛がよだつ。犯人がつかまって罰せられるのを見たいと望む気持ちは、きみとまったく変わらない』ダメロンさんはぼくに喉《のど》が渇いてないかって聞くんだ。ぼくが渇いてるっていうと、コークを持ってきてくれた。そのあと、感謝祭の休暇はどうかだの、学校は好きかだのって話を続けてから、出し抜けにいうんだ。『さてと、リー、ここの人たちはきみの身の潔白について、若干の疑いを抱いているようなんだ。だから、きみが嘘発見器のテストを受けて、彼らに潔白を確信させるのを厭《いと》うことはないだろう、とわたしは思っているんだがね。そうすれば、彼らも早く本来の仕事にかかって、犯人をつかまえられるだろうから』それから、こういうんだ。『リー、まさか、きみがこの恐ろしいことをやったわけじゃないだろうね？　万一、やったとしたら、自分の魂を清める機会は今をおいてほかにない』で、気がついてみると、どうってことないじゃないかという気分になって、あの人にほんとのことを話してたんだ。ほとんど全部。あの人はずっと、頭を振り、目をぎょろつかせ、両手をこすりあわせてたよ。それから、恐ろしいことだ、といった。きみは全能の神に答えなければならない、今、打ち明けたことを警察に話して魂を清めなければならないが、そうするかって」容疑者の精神的助言者は、相手がうなずくのを見届けると、隣の部屋に入っていった。そこは朗報を期待する警官たちでごった返していた。牧師は胸を張って招請した。「さあ、入ってください。あの子は供述する気になっています」

アンドルーズ事件は、法律上、医学上の聖戦のもととなった。公判で、アンドルーズは精神障害という理由で無罪を主張したが、それに先立って、メニンジャー・クリニックの精神科スタッフが被告人に徹底的な検査を施した。その結果、〝精神分裂病、単純型〟という診断が下された。〝単純〟というのは、診断医によると、アンドルーズは妄想、錯覚、幻覚に悩まされてはいないが、思考と感情の解離の初期症状があらわれているという意味だった。彼は自分の行為がどのような性質のものかも、それが法に触れることも、自分が刑罰を受けなければならないことも理解していた。「しかし」診断に加わったジョゼフ・サテン博士を引用すると、こういうことだ。「ローウェル・リー・アンドルーズはどのような感情も抱かなかった。自分を世界中で唯一《ゆいいつ》重要な人間と考えていた。そして、彼自身の隔絶された世界の中では、母親を殺すのは、動物や蠅《はえ》を殺すのと同じように当然のことと思われた」

サテン博士とその同僚の意見によれば、アンドルーズ事件は限定責任能力（訳注　精神障害などで理非を弁別する心理的能力が減退した状態）の論議の余地のない実例であり、カンザスの法廷でマクノートン・ルールに挑戦する絶好の機会を提供するものだった。すでに述べたように、マクノートン・ルールは、被告人が正邪を識別する能力——道徳的にではなく、法律的に——を有する場合、いかなるかたちの精神障害も認めない。精神科医やリベラルな法学者にとっての悩みの種は、このルールが英連邦と合衆国の法廷で優位を占めていることだ。例外は合衆国の数州とコロンビア特別区の法廷で、もっと寛大な、けれども、実際的でないと懸《け》念《ねん》する向きもあるダラム・ルールを受けいれている。このルールは、簡単にいえば、被告人の違法行為が精神病、または精神的欠陥の所産である場合、刑事責任は問わないというものだ。

要するに、アンドルーズの弁護団、メニンジャー・クリニックの精神科医たちと一流の弁護士二人からなるチームが目指したのは、法律上画期的な進歩をもたらす勝利だった。それに不可欠なのは、マクノートン・ルールの代わりにダラム・ルールを採用するよう裁判所を説得することだった。もし、それが可能なら、アンドルーズは病状に関しては十分な証拠があるので、絞首刑を免れるのはもちろん、刑務所にも送られず、州立精神障害犯罪者病院に収容されるのは間違いなさそうだった。

しかし、弁護側は被告人の宗教的カウンセラーの存在を計算に入れていなかった。疲れを知らないダメロン師は、検察側の主要証人として公判に登場した。そして、テント小屋で説教する信仰復興の運動家よろしく、美辞麗句を連ねて法廷に訴えた。自分はかつての日曜学校の生徒に対して、神の怒りが差し迫っているとしばしば警告してきた、と。「わたしは申したのです。この世にきみの魂より価値あるものが存在するだろうか。きみはわたしとの会話の中で、自分は信仰の心が薄く、神への信仰は持ちあわせていないと何度となく認めてきた。しかし、あらゆる罪は神の御心《みこころ》に背くものであり、神が最後の審判者であらせられることはきみにもわかっている。だから、きみは神にお答えしなければならないのだ。わたしはそう説いて、彼に自分の仕業がいかに恐ろしいかを、そして、自分の罪ゆえに全能の神にお答えしなければならないかを感じさせようとしたのです」

アンドルーズは全能の神だけでなく、より世俗的な権力に対しても答える義務がある、とダメロン師は判断したようだった。というのは、趨勢《すうせい》を決したのは、被告人の自白に加えて、牧師の証言だったからだ。裁判長はマクノートン・ルールを支持し、陪審もルールが求める死刑を求めた。

スミスとヒコックの最初の処刑予定日、五月十三日の金曜日は何ごともなく過ぎた。カンザス州最高裁判所が、弁護人が申し立てた上訴審の結果が出るまで、刑の執行を猶《ゆう》予《よ》するとしたのだ。そのころ、アンドルーズの評決も、同じ法廷で再び審理されていた。

ペリーの独房はディックのそれと隣りあっていた。お互いの姿を見ることはできなかったが、話を交わすことは問題なくできた。それでも、ペリーがディックに話しかけることはめったになかった。それは二人の間に存在する明らかな敵意のせいではなかった(なまぬるい非難の言葉をいくつかやりとりしたあと、二人の関係は互いに寛容なものに転じていた。気が合わなくてもどうすることもできないシャム双生児のような間柄を受けいれたのだ)。例によって用心深く、打ち解けず、疑い深いペリーが、〝わたくしども〟を看守やほかの収容者――とくに〝死人長屋〟ではアンディーと呼ばれていたアンドルーズ――に聞かれるのを嫌ったためだった。アンドルーズの教養ある話しかた、大学仕込みの高等な知性は、ペリーにとっては呪《のろ》わしいものだった。ペリーは小学校に三年までしかいっていなかったが、知り合いのほとんど誰よりも博学だと自負し、そういう連中の、とくに文法や発音を直してやっては得意になっていた。しかし、ここにきて突然あらわれた人間——〝ただのガキ！〟——に、いつも間違いをただされる羽目になったのだ。ペリーが口を開こうとしなくなったのには何の不思議もなかった。大学生の小僧の生意気ないいぐさ、たとえば「不関心なんていわないでください。それをいければ無関心です」などというのを聞かされるよりは、口をつぐんでいるほうがましだった。アンドルーズにしてみれば相手のためを思ってのことであり、他意はなかったのだが、ペリーはできるものならアンドルーズを釜《かま》ゆでにしてやりたいと思っていた。しかし、ペリーはけっしてそれを表にはあらわさなかった。そういう屈辱的なできごとがあったあと、むっつり座りこんで、一日三度供される食事に見向きもしなくなったが、その理由は誰にも悟らせまいとした。六月のはじめ、ペリーは完全な絶食に入った。そして、ディックに向かって、こういった。「あんたはロープを巻かれるのを待ってりゃいいさ。だが、おれは違うんだ」その瞬間から、ペリーは食物や水にいっさい触れようとせず、誰に対しても一言《ひとこと》も口をきかなくなった。

断食《だんじき》が五日続くと、刑務所長も事態を深刻に受けとめるようになった。六日目、所長はスミスを刑務所の病院に移すように命じた。しかし、その処置もペリーの決意を鈍らせはしなかった。無理やり食べさせようとしても、頭をそらし、顎《あご》を蹄鉄《ていてつ》のように固く締めて抵抗した。とうとう、手足を縛られ、点滴や鼻孔に挿入したチューブで栄養を補給される羽目になった。それでも、続く九週間で、ペリーの体重は百六十八ポンドから百十五ポンドまで落ちた。強制的な栄養補給だけでは患者の命をいつまでも保たせることはできない、と所長は警告を受けた。

ディックはペリーの意志の力には舌を巻いたが、自殺をもくろんでいるという見かたには同調しなかった。ペリーが昏睡《こんすい》に陥ったという知らせを聞いても、仲よくなっていたアンドルーズに向かって、かつての共犯者は仮病をつかっているのだといった。「あいつはまわりに気が狂ったと思わせたいだけさ」

食べずにはいられないアンドルーズ（自分のスクラップブックを、イチゴのショートケーキから豚の丸焼きまで、あらゆる食べ物の絵で埋め尽くしていた）は、こういった。「いや、ほんとに気が狂ったんじゃないですか。そんなふうに絶食するなんて」

「あいつはここから出たいだけさ。あれは芝居だって。そうこうしてるうちに、あいつは狂ってるから精神病院に入れようって話になるじゃねえか」

ディックはその後、そのときのアンドルーズの返事を好んで引用するようになった。それが、アンドルーズの〝おかしな考え〟、〝とんでもない〟独りよがりのまさに好例だと思われたからだ。「いやー」アンドルーズはこういったとされる。「あんなつらいことをするなんて、ぼくはぞっとしますね。絶食するなんて。だって、遅かれ早かれ、ぼくたちみんな、ここを出ていくんじゃないですか。歩いて出るか――でなきゃ、棺桶《かんおけ》に入れられて運びだされるか。ぼく自身は歩いて出ようが、運びだされようがかまったことじゃないんですけど。結局は同じことなんだから」

ディックはいった。「おまえの問題はだな、アンディー、人の命をまるで大事にしないことだ。おまえ自身の命を含めてな」

アンドルーズは同意した。「それと」彼はいった。「これはそれとは関係ないんですけどね。万一、ぼくが生きてここを出ることがあるとしたら、つまり、塀を乗り越えて消えることがあるとしたら――たぶん、アンディーの行方は誰にもわからないでしょうけど、アンディーがどこにいたかということは誰もが知ってるわけですよね」

夏の間じゅう、ペリーは半ば目覚めて呆然《ぼうぜん》とした状態と、汗にまみれた病的な睡眠の間を行き来していた。頭の中ではさまざまな声がうなっていた。ある声は執拗《しつよう》に問いつづけた。「イエスはどこにいる？　どこに？」あるときは、自ら、こう叫んで目を覚ました。「あの鳥がイエスだ！　あの鳥がイエスだ！」また、昔、気に入っていた舞台に立つ幻想、自分を〝ワンマン・シンフォニー、ペリー・オパーソンズ〟に見立てる幻想が、繰り返し見る夢となってよみがえった。その夢の中心地となったのはラスヴェガスのナイトクラブだった。白いシルクハット、白いタキシード姿の自分が、スポットライトの当たるステージを闊歩《かっぽ》しながら、ハーモニカ、ギター、バンジョー、ドラムを代わる代わる演奏し、『ユー・アー・マイ・サンシャイン』を歌っている。そして、金色に塗った短い階段をタップを踏みながら上っていく。そのてっぺん、高い台の上に立つと、軽く一礼する。しかし、拍手も喝采ももらえない。けばけばしい広い部屋に何千という客が詰まっているのに。そういえば、聴衆はふつうでない。ほとんどが男、ほとんどが黒人だ。汗をにじませたエンタテイナーは、彼らを見つめているうちに、ようやく、その沈黙の意味がわかってくる。突然、彼らが幻であることに気づく。合法的に抹殺された者、つまり、絞首台、ガス室、電気椅子《いす》で処刑された者の亡霊。そして、同時に、自分もその仲間入りをするためにそこにいると悟る。金色の階段は絞首台に続き、今、立っている台は足もとで口を開くと悟る。シルクハットが転がり落ちる。ペリー・オパーソンズは糞尿《ふんにょう》を垂らしながら、あの世へと足を踏み入れる。

ある日の午後、ペリーが夢から逃れて目覚めてみると、刑務所長がベッド脇《わき》に立っていた。所長がいった。「夢にうなされていたようだな」しかし、ペリーは答えようとしなかった。所長はそれまで何度か病院を訪ね、断食をやめるよう説得を試みていたが、今度はこういった。「持ってきているものがある。きみのお父さんからだ。見たいんじゃないかと思ってな」しかし、相手は燐光《りんこう》のように青光りする顔の中で一段と大きく輝く目で、天井をじっと見つめるばかりだった。やがて、すげなく拒絶された訪問者は、患者のベッド脇のテーブルに一枚の絵葉書を置いて立ち去った。

その晩、ペリーは絵葉書に目をやった。それは刑務所長あてで、カリフォルニア州ブルーレークの消印が押してあった。見おぼえのあるずんぐりした筆跡で書かれた書面はこんなものだった。「拝啓、息子のペリーがそちらに入れられていると聞いています。息子がどんな悪さをしたのか、また、そちらへいけば面会させてもらえるのか、どうぞお知らせください。わたしは達者でおりますが、そちらさまもお元気で。テックス・J・スミス」ペリーは絵葉書を破り捨てたが、内容は脳裏に取っておいた。その飾りのない言葉のいくつかが、ペリーを感情的に復活させ、愛憎をよみがえらせ、自分がそうありたくないと思っていた状態——生きていること——からいまだに脱していないことを思い起こさせたのだ。「それで、わたしは決心したのです」のちに、友人にこう書き送っている。「今のままでいなければならない、と。わたしの命が途絶えるのを望んでいる人間を助けてやることはない、と。そういう連中は戦わなければ思いどおりにはならないのだ、と」

翌朝、ペリーはミルクを一杯求めた。それが十四週間ではじめて、自分から進んで受けいれた栄養物だった。その後、エッグノッグ（訳注　卵にミルクと砂糖を混ぜ、ラムなどを加えた飲み物）とオレンジジュースという規定食で、次第に体重を増やしていった。十月になるころには、刑務所づきのロバート・ムーア医師が、ペリーを〝死人長屋〟に戻してもいいほどに回復したと判断した。ペリーが戻ってくると、ディックが笑っていった。「よう、お帰り」

二年が過ぎた。

ウィルソンとスペンサーが去って、スミスとヒコックとアンドルーズの三人が、〝死人長屋〟の燃えるような明かりと、ヴェールがかかったような窓のもとに取り残された。一般の囚人に認められる権利も、三人には認められなかった。ラジオもトランプも駄目、運動時間さえなかった。そもそも、房から出ることを許されていなかったのだ。わずかに、毎週土曜日、シャワー室に連れだされ、そのあと、週に一度の着替えをさせられるだけだった。それ以外の束《つか》の間《ま》の解放といえば、まれに弁護士や親戚《しんせき》が訪れてくるときだけだった。ヒコック夫人は月に一度やってきた。夫はすでに亡《な》くなり、農場も失って、ディックに話したように、今は親戚を転々とする境遇だった。

ペリーは自分が〝深い水底〟にいるように思われた。それはおそらく、〝死人長屋〟がふだんは深海のように灰色に静まりかえっていたからだ。いびき、咳《せき》、上靴で歩きまわるかすかな足音、刑務所の塀に巣くう鳩《はと》の羽音を除けば、あたりは深閑としていた。しかし、いつもいつもそうとは限らなかった。「ときどき」ディックは母親あての手紙に書いている。「うるさくて、自分が何を考えているのかもわからなくなります。穴と呼ばれている下の房に放りこまれると、たいていのやつは大暴れするだけでは済まなくて、とち狂ってしまうからです。二十四時間、悪態をついたり、悲鳴を上げたりするのです。たまったものではありません。それで、みんなが黙れと怒鳴りはじめるのです。

耳栓を送ってもらいたいくらいです。ただ、そんなことをするのは許されそうもありません。悪党には休息もないということなのかも」

その小さな建物は、すでに一世紀以上を経ていた。季節の変化が、その古さのさまざまな徴候をあらわにした。冬には寒気が石と鉄の設備に深くしみこんだ。夏には気温が四十度に迫ることも珍しくなかったが、そうなると、房は悪臭の漂う大釜《おおがま》と化した。「ひどく暑くて、皮膚がひりひりします」ディックは一九六一年七月五日付けの手紙に書いている。「あまり動かないようにしています。床にじっと座ったままです。ベッドは汗でべとべとで、横になることもできません。週に一度シャワーを浴びるだけで、いつも同じ服を着ていては、においもすごくて気持ちが悪くなるほどです。換気装置は何もないし、電球のせいで何もかもがよけいに熱くなります。壁にはしょっちゅう虫がぶちあたっています」

通常の囚人と違って、死刑囚は毎日の労働を免除されている。自分の好きなように時間を過ごせるのだ。ペリーがしばしばそうしていたように、一日中、眠っていてもいい（「おれは目を開けていられない小さな赤ん坊の真似《まね》をしているんだ」）。アンドルーズが習慣にしていたように、一晩中、読書していてもいい。アンドルーズは週平均で十五冊から二十冊を読破した。その嗜好《しこう》は三文小説から純文学までと幅広かった。また、詩、とくにロバート・フロストを好んだが、ホイットマン、エミリー・ディキンソンや、オクテン・ナッシュの滑稽な詩も称賛した。抑えがたい文学への渇望から、刑務所の図書室の書棚は、ほどなくあさり尽くしてしまったので、教戒師やアンドルーズに同情的なほかの人々が、カンザスシティー市立図書館から小包で本を取り寄せてやった。

ディックもかなりの本の虫だった。しかし、その関心は二つのテーマに限定されていた。ハロルド・ロビンズとアーヴィング・ウォーレスの小説で描写されているようなセックス（その一冊をディックから借りたペリーは、返すときに憤然とした口調でいった。「堕落した不潔な人間向きの堕落した不潔な本だ！」）、それに、法律だった。ディックは毎日何時間も法律書をめくって過ごし、自分の有罪判決を逆転するのに役立つと思われる資料を寄せ集めた。また、同じ目的で、アメリカ自由人権協会やカンザス州法曹協会といった組織に手紙の波状攻撃をかけた。それは、自分が受けた裁判を〝法の適正手続きを戯画化したもの〟と攻撃し、受け手に新たな裁判の請求に助力してくれるよう促す手紙だった。ペリーも説得されて同じような訴えを書いた。だが、ディックがアンドルーズに向かって、身のためだから自分たちにならって抗議文を書くように、と勧めると、アンドルーズはこう答えた。「自分の首の心配は自分でしますよ。あなたはあなたの首の心配をしていればいいんです」（実のところ、ごく最近、ディックを悩ませている部位は首ではなかった。「髪の毛が一握りずつ抜けていくのです」母親あての別の手紙で、こう打ち明けている。「気が狂いそうです。おぼえている限り、うちの家族で禿《は》げは一人もいないのに。醜い禿げおやじになるのかと思うと、ほんとに気が狂いそうです」)

一九六一年秋のある夕方、出勤してきた〝死人長屋〟の夜勤の看守二人が、ニュースを一つ伝えた。「あのな」一人がいった。「あんたたち、仲間が増えると思ってもいいみたいだぞ」その言葉の意味は、聞く側には明らかだった。それは二人の若い兵士のことだった。二人はカンザスの鉄道員殺害のかどで裁判にかけられ、極刑を宣告されていた。「そうだ」看守がそれを確認した。「あいつら、死刑になったんだ」ディックがいった。「だろうな。カンザスじゃ、死刑は人気があるからな。陪審はガキにキャンディーでもくれてやるみたいに、死刑を乱発するからな」

その兵士の一人、ジョージ・ロナルド・ヨークは十八歳で、仲間のジェイムズ・ダグラス・レイサムはそれより一つ上だった。二人とも際立《きわだ》ったハンサムだった。ティーンエイジの女の子の大群が裁判に詰めかけた理由は、おそらく、それで説明がつく。この二人組が有罪とされた対象は一件に絞られていたが、本人たちは全国を股《また》にかけた殺人行脚《あんぎゃ》で七人を殺したと公言していた。

ブロンドで青い目のロニー・ヨークは、フロリダで生まれ育った。父親は地元では有名な高給取りの潜水夫だった。ヨーク一家は楽しく快適な家庭生活を送っていた。ロニーは両親や従順な妹から過度にちやほやされ、一家の愛情を一身に集めていた。レイサムの生い立ちは、いわばその対極で、ペリー・スミスとおっつかっつの悲惨な境遇だった。テキサス生まれのレイサムは、子だくさんで、貧乏で、仲の悪い両親の間にできた末っ子だった。両親が別れると、子どもたちは独り立ちを余儀なくされ、風に吹かれてあてもなく転がるパンハンドル地方の根なし草のように、あちらこちらに散らばっていった。レイサムは十七歳のとき、避難所を求めて陸軍に入った。二年後、無断外出で有罪になり、テキサス州フォートフッドの営倉に収容された。そこで、やはり無断外出で服役していたロニー・ヨークと出会ったのだ。二人はおよそ似ていなかったが——体格からしても、ヨークが長身で鈍重なのに、テキサス男のほうは小柄で、こぢんまり整った小さな顔に狡猾《こうかつ》そうな茶色の目を光らせていた——少なくとも一点、確固たる見解を共有していることがわかった。つまり、この世界は憎むべきものであり、世界中の人間が死に絶えたほうがいい、という見解を。「腐れきった世界だぜ」レイサムがいった。「落とし前つけるにはよ、汚い手を使うしかねえ。誰にもわかるってのはよ、それしかねえんだ——汚い手しか。そいつの納屋《なや》を焼きはらえ——そうすりゃ、そいつにもわかるだろ。そいつの犬を毒で殺せ。そいつをぶっ殺せ」ロニーはレイサムが「百パーセント正しい」といった。そして、こうつけくわえた。「どっちみち、誰かを殺せば、そいつに恩恵を施すことになる」

彼らがそのような恩恵を施そうと最初に選んだ相手は、ジョージアの女性二人だった。

どちらもまっとうな主婦だったが、不運にもヨークとレイサムという人殺し二人組とたまたま出くわしてしまったのだ。二人組はフォートフッドの営倉を脱走し、小型トラックを盗んで、ヨークの故郷、フロリダ州ジャクソンヴィルへ向かっていた。遭遇の現場は、ジャクソンヴィルの暗い郊外にあるエッソのガソリンスタンド。一九六一年五月二十九日の夜のことだった。もともと、脱走兵たちはヨーク家を訪ねるつもりで、そのフロリダの町へ旅してきた。だが、そこに着いてから、ヨークは両親に接触するのはまずいかもしれないという気になっていた。ときどき、父親が癇癪《かんしゃく》を起こすことがあるからだった。ヨークとレイサムは相談を重ね、給油のためエッソのスタンドへ立ち寄ったときには、新たな目的地をニューオーリンズと決めていた。そばでは、もう一台の車が燃料を入れていた。その車には、のちに被害者となる品のいい女性二人が乗っていた。二人はジャクソンヴィルで買い物と気晴らしの一日を過ごしたあと、フロリダとジョージアの州境に近い小さな町にある自宅に戻ろうとしていた。ところが、途中で道に迷ってしまったのだ。方角を尋ねられたヨークは、いかにも親切そうにいった。「ぼくたちについてきてください。正しい道へ連れていってあげますよ」しかし、ヨークが誘導した道は、正しいどころではなかった。それは狭い脇道《わきみち》で、沼地の中で先細りになっていた。それでも、女性二人が素直についていくうちに、先行していた車が停まった。二人が何ごとかと見ていると、ヘッドライトの明かりの中に、頼りにしていた若者たちが歩いて近づいてくる姿が浮かびあがった。なおも見まもるうちに、それぞれが黒い牛追い鞭《むち》を手にしているのに気づいたが、そのときにはもう手遅れだった。鞭は盗んだトラックの所有者である牧畜業者のものだった。レイサムはそれを見て、人の首を絞めるのに使おうと考えていた。そして、彼らは二人の女性から金品を奪ったあと、それを実行した。ニューオーリンズに着くと、彼らはピストルを一挺《ちょう》買って、そのグリップに刻み目を二つつけた。

続く十日のうちに、テネシー州タラホーマで刻み目が一つつけくわえられた。二人はそこでセールスマンを射殺し、しゃれた赤いダッジのコンヴァーティブルを手に入れたのだ。セントルイスのイリノイ側の郊外では、さらに二人を殺害した。これらの五人に続く被害者は、カンザスの年配の住人だった。名前はオットー・ジーグラー、年は六十二歳、がっしりした体格の親切な人物で、困っているドライヴァーを見ると、そのまま見過ごしにはできない性分だった。六月のある晴れた朝、カンザスのハイウェイを走っている最中、ジーグラー氏は道端に赤いコンヴァーティブルが停まっているのを目にした。ハンサムな若者二人がボンネットを開けてエンジンをいじっていた。実は故障でも何でもないということを、善意の人が知る由《よし》もなかった。それは、サマリア人《びと》を任じる人間を殺して、金品を奪うための計略だった。ジーグラー氏の最後の言葉はこうだった。「何かお手伝いしましょうか?」二十フィートの距離からヨークが放った一弾は、ジーグラー氏の頭蓋《ずがい》を貫いた。ヨークはレイサムのほうを振り向いていった。「なかなかの腕だろ、な？」

最後の被害者は、もっとも痛ましかった。それは、まだ十八歳の娘で、コロラドのモーテルのメードをしていた。暴走二人組はそこで一泊したが、その間に彼女といい仲になった。そのあと、自分たちはカリフォルニアにいく途中だが一緒にこないか、と誘いをかけた。「だってさ」レイサムはしきりに促した。「おれたち三人、映画スターになれるかもしれないぜ」結局、その娘と、急いで身のまわり品を詰めたボール紙芯《しん》のスーツケースは、コロラド州クレイグに近い谷底で、血まみれで横たわっているのが発見された。しかし、彼女が撃たれて、そこに投げ捨てられてから、何時間もたたないうちに、下手人二人はほんとうにカメラの前に立つことになった。

実は、赤い車の二人組の人相書きが、オットー・ジーグラーの遺体発見現場の近辺をうろついていた彼らを目撃した人間の話をもとに作成され、中西部と西部諸州に配布されていたのだ。各所に検問用のバリケードが築かれ、ヘリコプターが上空からハイウェイをパトロールした。ヨークとレイサムはユタ州の検問でひっかかった。そのあと、ソルトレークシティーの市警本部で、地元のテレビ局が彼らとの会見を撮影することを許可された。その映像は、もし、音声なしで流されたら、すくすく育った快活なスポーツマン二人が、アイスホッケーか野球の話に興じているように見えただろう。とても殺人の話をしているなどとは思えなかった。七人の殺害で演じた役割を得意げに告白しているなどとは。「なぜ」聞き手が尋ねた。「なぜ、そんなことをしたんですか？」すると、自己満足の笑みを浮かべたヨークが答えた。「おれたち、世界を憎んでるから」

ヨークとレイサムを起訴する権利をめぐって争った五つの州は、すべて死刑を是認していた。フロリダ（電気椅《い》子《す》）、テネシー（電気椅子）、イリノイ（電気椅子）、カンザス（絞首）、コロラド（ガス）。結局、もっとも確実な証拠を有しているという理由で、カンザスがその争いに勝利した。

〝死人長屋〟の住人が、新たな仲間とはじめて顔を合わせたのは、一九六一年十一月二日のことだった。到着した二人を独房へ連行してきた看守が、彼らを紹介した。「ヨークくん、レイサムくん、こちらのスミス氏とお見知りおきを。そして、こちらがヒコック氏。それから、ローウェル・リー・アンドルーズ氏――〝ウォルコットきってのナイスボーイ！〟」

行列が通り過ぎたあと、アンドルーズがくっくと笑うのを聞いて、ヒコックが尋ねた。

「あのくそったれのどこがおかしいんだよ？」

「いや、べつに」アンドルーズはいった。「ただ、数えてただけですよ。ぼくの三人、あなたがたの四人、彼らの七人、合わせて十四人で、こちらが五人。それで、十四を五で割ると、平均――」

「十四割る四だ」ヒコックがぶっきらぼうに訂正した。「ここにいるのは四人の人殺しと一人の鉄道屋だ。おれは人殺しなんかじゃねえ。おれは人の髪の毛一本にだって触れてねえんだ」

ヒコックは有罪判決に抗議する手紙を書きつづけたが、そのうちの一通がついに実を結んだ。受取人のカンザス州法曹協会法律扶助委員会の委員長、エヴェレット・スティーアマンは、差出人の申し立てに心を乱された。それは、自分と共同被告人は公正な裁判を受けていない、と主張するものだった。ヒコックによると、ガーデンシティーの〝敵意に満ちた雰囲気〟のせいで、偏見のない陪審を選ぶのは不可能であり、したがって、裁判地の変更が認められてしかるべきだった。選ばれた陪審員たちについていえば、少なくとも二人は、選任尋問の際に、有罪と決めこんでいることを明らかにしていた（「死刑についての意見を述べるように求められて、一人はこういっています。一般的には、自分は死刑に反対だが、この事件では賛成だ、と」）。不運なことに、選任尋問の記録は残されていなかった。カンザス州の法律では、特別な要求がない限り、記録の必要はないからだ。その上、陪審員の多くは「故人と親しい間柄でした。裁判官もそうです。テート判事はクラッター氏の親友でした」。

しかし、ヒコックのつぶての最大のものは、弁護人両名、アーサー・フレミングとハリソン・スミスに向かって投げつけられた。それは、彼らの〝無能力と不適格〟が、自分の今の苦境を招いた主因であるといい、彼らは本格的な弁護の準備も実践もしなかったが、その努力の欠如は故意――弁護側と検察側の共謀――によるものとまでほのめかしていた。

敬意を集めている弁護士二人と高名な裁判官の権威にかかわる問題であることを考えれば、これらの主張は看過できないものだったが、仮に、一部でも正しければ、被告人の憲法上の権利が軽視されたことになる。スティーアマン氏に促されて、法曹協会はカンザスの法制史上、先例のない一連の行動を起こした。まず、手紙による告発を調査する任務に、ウィチタの若手弁護士、ラッセル・シュルツを指名した。そして、もし、その内容が裏づけられたなら、最近、評決を支持する決定を下したカンザス州最高裁判所に、人身保護令状(訳注　人身保護の目的で拘禁の理由などを聴取するために被拘禁者を出廷させる令状)請求の訴えを起こすことによって、有罪の正当性に異議を申し立てる、としたのだ。

シュルツの調査はかなり一方的なものだったようだ。というのも、その根拠が、ほとんどスミスとヒコックとのただ一度の接見に限られていたからだ。それでも、この弁護士は改革運動でも起こそうというような熱弁をもって記者会見に臨んだ。「問題はこうなのです――貧しく、しかも明らかに有罪と見える被告には、完全な弁護を受ける権利はないのか？　これら上訴人を死なせたところで、カンザス州が大いに、あるいは、長きにわたって損害をこうむるとは思えません。しかし、法の適正手続きを死なせたならば、州は二度と回復することのできない痛手をこうむると信じます」

シュルツは人身保護令状の請求を行った。カンザス州最高裁判所は元最高裁判事の一人、ウォルター・G・シールに全面的な審問の指揮をとるように依頼した。そういう経緯で、裁判からほぼ二年後に、すべての役者がガーデンシティーの法廷に再び集合するという事態が生じたのだ。重要な関係者で欠席したのは、本来の被告人二人だけだった。テート判事、フレミングとハリソン・スミスの両弁護士が、いってみれば、その代わりに矢面に立たされ、経歴を傷つけられる危機にさらされた。それは、上訴人の申し立て自体のためではなく、法曹協会が彼らに付与していた信頼が妥当であったかという問題のためだった。

審問は、シール判事がスミスとヒコックの証言を聴取するため、一時、ランシングに舞台を移したこともあり、都合六日を要した。最終的には、すべての論点が漏れなく検討された。陪審員のうち八人は、殺害された一家の誰も知らなかったと断言した。四人はクラッター氏とは多少の面識があったと認めたが、それぞれが何の偏見も持たずに陪審員席についたと証言した。選任尋問で物議をかもす返答をした空港オペレーター、N・L・ダナンも例外ではなかった。シュルツはそのダナンに挑んだ。「もし、あなたと同じような心象を抱いている陪審員がいる場合、あなたは進んで裁判を受けようと思いますか?」ダナンは、はい、そう思います、と答えた。シュルツはさらに尋ねた。「あなたは死刑に賛成か反対かを聞かれたことをおぼえていますか?」証人はうなずいて、こう答えた。「通常の条件でなら、おそらく、反対するだろう、と申しました。しかし、今回の犯罪の重大さからすると、おそらく、賛成票を投じるだろう、とも申しました」

テートとの応酬はさらに微妙だった。シュルツはすぐに、自分が予想外の苦境に陥っているのに気づいた。クラッター氏と親交があったとの説に関する質問に答えて、判事はこう述べた。「彼〔クラッター氏〕はかつて、この法廷で訴訟当事者になったことがあります。わたしが担当した事件で、彼の地所に飛行機が墜落した事故に関する損害賠償の訴訟でした。彼が訴えた損害というのは——たしか、果樹何本かについてだったと思いますが。それ以外に、彼と接触する機会はありませんでした。いっさいです。一年のうちに、一度か二度は見かけることがあったかもしれませんが……」シュルツはまごついて、話題を変えた。「では、二人が逮捕されたあと」彼は尋ねた。「近隣の人々がどのような考えかたをしていたか、ご存じですか?」「存じております」判事は自信満々に切り返した。「わたしの見解では、彼らに対する人々の考えかたは、犯罪で訴えられたほかの人間に対するものと何ら変わりません——法の定めどおりに裁かれるべきだというものです。罪を犯したならば、有罪の宣告を受けるべきだし、ほかの人間と同じように公平な扱いを受けるべきだというものです。犯罪で訴えられたからといって、彼らに対する偏見があったというわけではありません」「つまり」シュルツがすかさずいった。「法廷が自ら裁判地の変更を認めるよう発議する理由はなかったということですか？」テートは口をへの字に結び、目を燃えたたせた。「シュルツさん」名前を呼びかけたが、それがシーッという野次を引き延ばして発音したように聞こえた。「法廷は恣《し》意的《いてき》に裁判地の変更を認めるわけにはいかないのです。それはカンザス州法に違背します。それが適正に要求されない限り、わたしとしては変更を認めるわけにはいかなかったのです」

しかし、なぜ、被告側の弁護人からそのような要求がなされなかったのか？　シュルツは弁護人二人に質問の矛先を向けた。このウィチタの弁護士の観点からすると、彼らの信用を失墜させ、彼らが依頼人のために最低限の防御さえ講じなかったということを証明するのが、審問の主たる目的だったからだ。フレミングとスミスは、その猛攻にも悪びれるところはなかった。とくに、派手な赤いネクタイを締め、笑みを絶やすことのないフレミングは、紳士らしい諦念《ていねん》をもってシュルツの詰問《きつもん》に耐えた。裁判地の変更を申請しなかった理由を説明して、彼はこういった。「メソジスト教会のカウアン師をはじめ、当地の資産家、名望家、さらには多くの牧師さんたちが、死刑反対を表明されておりましたから、とにかく、それが地域に影響を及ぼしているだろうと感じていた次第ですな。また、刑罰という問題に関しても、当地には、おそらく、州のほかの地域よりも、寛大な傾向の人が多いとも感じておりました。それから、クラッター夫人のご兄弟がですな、被告らを死刑に処すべきだとは思わないという趣旨のことを新聞に述べられたと思いますが」

シュルツは追及の手を緩めなかった。その背後にあったのは、地域社会の圧力のせいで、フレミングとスミスが故意にその義務を果たさなかったのではないかという疑いだった。シュルツが固執したのは、両者が依頼人と十分に相談せず（フレミング氏はそれにこう答えた。「わたしは本件に持てる能力のすべてを傾注し、ほかの多くの事案にかける以上の時間をかけました」）、予備審問を見送り（これにはスミスが答えた。「しかし、フレミング氏にしろ、わたしにしろ、見送った時点では選任されていませんでしたから」）、新聞記者に対して被告人の不利となる発言をし（シュルツはスミスにただした。「トピーカ《デーリー・キャピタル》紙のロン・カル記者が、裁判の二日目に、あなたの発言として、こう書いているのをご存じですか？ ヒコック氏の有罪は疑問の余地がなく、死刑ではなく終身刑を得ることだけを望んでいる、と」スミスはシュルツに答えた。「いいえ。もし、わたしがそんなことを申したと書かれているなら、それは間違いです」）、適切な弁護の準備を怠ったことによって、被告人を裏切ったということだった。

この最後の主張は、シュルツがもっとも強硬に申し立てたものだった。それについては、その後、第十巡回区連邦控訴裁判所になされた上訴を受けて、三人の連邦判事によって書かれた意見を紹介しておくのが妥当であろう。「しかしながら、当時の状況を検証した関係者は、弁護人スミスとフレミングが請願人両名の弁護を引き受けた時点で直面していた問題を見落としていると思料する。弁護人らが指名を受諾した時点では、請願人らは全面的な自白を行っていたが、その自白が自発的なものでないという点を、その当時も争っていなかったし、州の法廷でも真剣に争ったことは一度としてなかった。請願人らがクラッター家から盗みだし、メキシコシティーで売りはらったラジオはすでに回収されており、検察側がほかにも有罪に結びつく証拠を握っていることを弁護人らは知っていた。請願人らは提訴に対して抗弁するよう求められた折にも、沈黙を守りつづけたので、法廷は無罪の抗弁を文書で提出させることを余儀なくされた。一方、当時は、精神障害を前面に出す弁護を支持するような確たる証拠は何もなく、公判開始後も何一つ提出されていなかった。ヒコックが何年か前の事故で負った重傷のせいで、頭痛に悩まされ、ときおり失神するという事情をもって、弁護の柱となる精神障害を立証しようとする試みは、溺《おぼ》れる者は藁《わら》をもつかむという俚諺《りげん》にも似ている。弁護人らが直面したのは、無辜《むこ》の人々に対して非道な犯罪が行われたという事実が動かぬものとなったという状況であった。このような状況下では、請願人らに対し、有罪を認めた上で、法廷の慈悲にすがるよう助言したとしても、それは正当なものと見なされるであろう。弁護人らの一縷《いちる》の望みは、何かのめぐりあわせで、これら誤り導かれた人間の命が救われるかもしれないという点に存したに過ぎない」

シール判事はカンザス州最高裁判所に提出した報告の中で、請願人両名が憲法で認められた公正な裁判を受けたと認めた。そこで法廷は、評決の取り消しにつながる人身保護令状の請求を棄却し、新たに処刑の日取りを一九六二年十月二十五日と決めた。ローウェル・リー・アンドルーズの裁判は連邦最高裁判所まで二度上訴するという経緯をたどった末に決着し、その一ヵ月後に絞首刑が予定されていた。クラッター事件の犯人二人は、連邦判事に刑の執行の猶予《ゆうよ》を認められ、その日取りを無事に過ごしたが、アンドルーズは予定どおり処刑された。

合衆国における死刑確定事件の傾向を見ると、宣告から処刑までの期間は平均してほぼ十七ヵ月となっている。最近、テキサス州では、ある武装強盗が有罪判決の一ヵ月後に電気椅子で処刑された。しかし、ルイジアナ州では、いま現在、強姦《ごうかん》犯人二人が十二年という記録的な長期間、待機を続けている。その相違は、若干の運にもよるが、多くは裁判の続き加減で決せられる。こうした事件を扱う弁護士の大多数は、裁判所に選任され、無報酬で働く。しかし、十分な弁護がなされなかったという不満から上訴されるのを避けるため、裁判所は、精力を傾注して弁護に当たるという評判の一流の人士を指名するのが通例だ。そうではあるが、たとえ凡庸な弁護士であっても、最後の日を一年また一年と引き延ばすことは可能だ。アメリカの法制下で普及している上訴システムは、犯罪者に幾分か有利に固定されている運命の歯車、もしくは、偶然のゲームになっていて、その参加者は、まず州裁判所、それから連邦裁判所を経て、究極の法廷である連邦最高裁判所に到達するまで、延々と勝負を続けられるからだ。敗れたにしても、弁護人が新たな上訴の根拠となるものを見つけたり、つくりあげたりすることが可能なら、たいしたことではない。通常はそれが可能であり、その結果、歯車は再びまわりはじめる。おそらく、数年後には、被告人は国の最高の裁判所に帰り着き、おそらく、時間ばかりがかかる苛酷《かこく》な論争を再開することになる。しかし、ときどき、歯車は停止して、勝者を――あるいは、ますます稀《まれ》にはなってきたが、敗者を――宣告する。アンドルーズの弁護士たちは最後の最後まで戦ったが、その依頼人は一九六二年十一月三十日の金曜日、ついに絞首台に上ることになった。

「あれは寒い晩だったな」ヒコックがいった。「通信したり、定期的に面会するのを許されていたジャーナリストと語っていた折だった。「寒くて、じめじめしてた。うんざりするほど雨が降りつづいて、野球場は泥んこになって、キンタマまで潜りそうだったよ。それで、連中もアンディーを倉庫まで連れてくときには、小道に沿って歩かなけりゃならなかった。おれたちみんな、窓から見てたよ——おれとペリー、ロニー・ヨーク、ジミー・レイサム、みんなだ。真夜中をちょっと過ぎたころだったが、倉庫の中はあかあかと灯がついてて、ハロウィーンのカボチャみたいだったな。扉は大きく開いてた。立会人、大勢の看守、医者、所長が見えたよ——みんな見えたんだが、絞首台だけは見えなかった。斜めのほうに隠れてたんで。だけど、影だけは見えた。ボクシングのリングみたいな影が壁に映ってたんだ。

　教戒師と看守四人がアンディーに付き添ってたんだが、みんな、扉のとこに着くと、一瞬、立ち止まった。アンディーは絞首台をじっと見てたよ——それが感じでわかったね。あいつは体の前で両手を縛られてた。そうしたら、いきなり、教戒師が手を伸ばして、アンディーの眼鏡を取ったんだ。あれは、ちょっと哀れを催したな、眼鏡なしのアンディーってのは。それから、連中はアンディーを中に連れこんだんだが、あいつが階段を上るとき、ちゃんと足もとが見えるのかな、と思ったよ。あたりはすっかりしんとして、遠くで犬が吠《ほ》えてるのが聞こえるだけだった。町の犬だな。そのあとだよ、あの音が聞こえたのは。ジミー・レイサムが『ありゃ、何だ?』っていった。で、おれが何だか教えてやった――落とし戸だって。

それから、また、しんとなった。例の犬を別にしたらな。アンディーは長いこと踊ってたみたいだ。すっかり片がつくまで、連中はたいへんだったんじゃねえか。二、三分ごとに医者が扉のとこにくるんだ。そして、外に出て、聴診器を手にしたまま突っ立ってるんだ。べつに、医者が仕事を楽しんでたっていうんじゃねえよ――はあはあいってたからな。息を切らしてるみたいに。それに、泣いてたもんな。ジミーが『見てみな、めめしい野郎だぜ』っていったくらいだ。おれが思うに、医者が外に出てきたのは、泣いてるのをほかのやつに見られたくなかったからじゃねえかな。そのあと、戻ってって、アンディーの心臓が止まったかどうか音を聞いてたんだろうな。いつまでも止まりそうもないみたいだったが。実際、あいつの心臓は十九分間も打ちつづけてたそうだ。

アンディーはおかしなやつだったよ」ヒコックは煙草《たばこ》をくわえたまま、ゆがんだ笑みを浮かべていった。「本人にもいってやったんだが、あいつは人間の命を何とも思ってなかった。自分の命でさえもだ。あいつは吊《つ》られる直前にも、どっかり腰を落ちつけて、フライドチキンを二個たいらげたもんな。それに、最後の日の午後も、葉巻を吸ったり、コークを飲んだり、詩を書いたりしてた。お迎えがきたとき、おれたち、さよならをいったんだ。おれはこういった。『もうじき、また会えるからな、アンディー。おれたちも同じとこにいくに決まってるから。だから、向こうへいったら、あちこち探しまわって、おれたちのために涼しい日陰を見つけといてくれよ』って。そうしたら、あいつはケタケタ笑って、こういうんだ。自分は天国も地獄も信じない。塵《ちり》は塵に還《かえ》すだけだって。それに、こうもいってた。叔母さん夫婦が会いにきて、おまえをミズーリの北の小さな墓地に運んでいくためにお棺《かん》を用意してあるっていったって。あいつが片づけた三人が埋められてるのと同じ場所だっていうんだ。叔母さんたちはアンディーを三人と並べて葬《ほうむ》るつもりだったんだ。あいつはその話を聞いてる間、笑いをこらえるのがたいへんだったっていってたよ。それで、おれはいってやった。『それでも、おまえは墓があるだけ幸せだって。おれやペリーは、生体解剖屋に下げ渡しってのが落ちだろうからな』そんな冗談いいあってるうちに、時間がきたんだ。あいつは出ていくそのときになって、詩を書いた紙切れをよこした。あいつが自分でつくったのか、それとも、本から書き写したのかは知らねえよ。おれの感じじゃ、自分でつくったんじゃないか。もし、興味があるなら、送ってやってもいいが」

ヒコックはあとでそれを送ってきた。アンドルーズの辞世は、グレイの『田舎の教会墓地の哀歌』の第九節であることがわかった。

紋章の誇りも、権勢の華やぎも、
美が与えしもろもろも、富が与えしもろもろも、ひとしく不可避の時を待つ。
栄華の道はただ墳墓に通じるのみ。

「おれはほんとにアンディーが好きだったよ。あいつはいかれてた——ただ、みんながはやしたてるみたいに、ほんとにいかれてたわけじゃねえ。だけど、ほら、なんていうか、へんてこだったんだな。いつも、ここから脱走して、殺し屋になって食ってくんだって話してたよ。ヴァイオリンのケースの中にマシンガン隠して、シカゴかロサンジェルスをうろついてる自分を想像するのが好きだった。それで、野郎どもをばらすんだ。ホトケ一体で千ドルもらうっていってたな」

友人の野望を愚にもつかないと思ったのだろう、ヒコックは声を上げて笑ったが、やがて、溜《た》め息をついて、頭を振った。「だけど、あれくらいの年ごろのやつで、あんなに頭のいい人間には出くわしたことがねえ。あいつは歩く図書館だったよ。本で何か読むと、それがそのまま頭の中に残るんだ。もちろん、世間のこととなると、まるで何も知らねえけどな。おれは無学だけど、世間のこととなりゃ、話は別だ。おれは貧民街をあちこち渡り歩いてきた。白人が打ちのめされるのを見てきた。赤ん坊が生まれてくるのを、そばで眺めてたこともある。やっと十四って女の子が、いっぺんに三人の男をとって、もらうカネだけのことはするのを見たこともある。一度は、沖合い五マイルのとこで船から投げだされたこともあったな。その五マイルを泳いだんだが、もう駄目か、もう駄目かと、あっぷあっぷしながら水を掻《か》いてた。トルーマン大統領と握手したことだってあるんだぜ。ホテル・ミュールバックのロビーで。ハリー・S・トルーマンとだ。病院に勤めて救急車を運転してたころには、世間のいろんな面を見せられた――犬だってゲロ吐きそうなことをだ。だけど、アンディーときたら。本で読んだこと以外はまるっきり何も知らねえんだから。

あいつは小さなガキみたいに無邪気だった。クラッカージャックを一箱もらったガキみたいにな。あいつは女とつきあったことなんか一度もねえんだ。これじゃ、男なんだかラバなんだか。自分でそういってたよ。おれがいちばん気に入ってたのは、あいつのそういうとこだろうな。あいつはごまかそうって気がまるでなかったんだ。〝死人長屋〟のほかの連中、つまり、おれたちはみんな、嘘《うそ》つきの名人だ。おれなんか最悪だな。いいかい、何かしゃべらなきゃならねえとするだろ。すると、はったりかますしかねえんだ。でなきゃ、つまらんやつ、何でもねえやつってことになっちまうからな。この縦七フィートと十フィートのリンボ（訳注　地獄と天国のあいだにある辺土）に植わってるイモってことに。だけど、アンディーはそんな仲間には入らなかった。ありもしないことをあれこれしゃべって何になるっていってたよ。

だけど、ペリーはだ、あいつはアンディーの最期《さいご》を見ても気の毒には思わなかった。

アンディーはペリーが何がなんでもなりたかったもの――教養のある人間――だったからな。だからこそ、ペリーはアンディーを許せなかったんだ。ペリーはいつも、生半可にしか知らねえくせに、ごたいそうな言葉を使ってたじゃねえか。いってみりゃ、大学にいってる黒んぼみたいなもんだろ？　だから、ほら、アンディーにとっつかまって、道端に引きずられてくような目にあえば、尻《しり》に火がつくってもんだよな。もちろん、アンディーはペリーがほしがってたもの――教育――を授けてやろうとしただけだ。いや、正直いって、ペリーとうまくやってける人間なんていねえよ。あいつはこの中でだってダチが一人もいねえんだ。ほんとに、自分を何さまだと思ってるんだ？　誰彼かまわず、馬鹿《ばか》にしやがって。変態だの変質者呼ばわりしやがって。あげくに、どいつもこいつも、なんてIQが低いんだなんてぬかすんだから。おれたちみんな、ペリーみたいな感じやすい人間じゃなくて悪うございましたってんだ。冗談じゃねえよ。だけど、ほら、シャワー室で、ほんの一分でも、あいつと二人きりになれるんなら、〝コーナー〟へいってもいいっていうこわもてが、何人もいるんだぜ。あいつがヨークとレイサムにどんなでかい態度をとってるか！　ロニーはどこかで鞭《むち》を手に入れられたらっていってるぜ。ペリーをちょっとばかり締めあげてやるんだとさ。おれはロニーを責めたりしねえよ。まあ、結局、おれたちみんな、同じようににっちもさっちもいかなくなってるんだ。あいつらだって、なかなかいいやつなんだがな」

ヒコックは悲しげにくっくと笑い、肩をすくめて、こういった。「おれのいう意味、わかるだろ。いいやつったって――その割にはってことだ。そういえば、ロニー・ヨークのおふくろさんが五、六回、ここに面会にきたな。ある日、待合室で、ヨークさんとうちのおふくろがばったり出会ったんだ。今じゃ、二人はいちばんの友だち同士になってるよ。ヨークさんはうちのおふくろに、フロリダの家に訪ねてきてくれっていってるんだ。場合によったら、一緒に暮らしてくれって。まったく、そうしてもらえたらいいんだがな。そうすりゃ、おふくろもこんなつらい目にあわなくても済むのに。おふくろは月に一度、バスに乗って、おれに面会にくるんだ。きたらきたで、おれを気分よくさせるようなことを何かいえないかって考えながら、にこにこしてるんだ。ほんとに気の毒な人だよ。どうやって耐えてられるのか、おれにはわからんな。おかしくなってるんじゃねえかと心配だよ」

ヒコックの左右不ぞろいの目が、面会室の窓のほうに向けられた。むくんで、弔いのユリの花のように青ざめた顔が、鉄格子《てつごうし》に覆《おお》われた窓ガラス越しに漏れてくる弱い冬日に、かすかに光った。

「気の毒な人だよ。おふくろは所長に手紙を書いて、次にここへくるとき、ペリーと話をさせてもらえないかと聞いたんだ。ペリー本人の口から、あいつがどんなふうにあの人たちを殺したかを聞きたかったんだ。それに、どうしておれが一発も撃たなかったかを。おれの唯一《ゆいいつ》の望みは、いつか、新たに裁判が開かれて、ペリーが証言に立って、真実を話すってことなんだ。ただ、そうなるかどうかは疑問だがな。あいつは自分が逝《い》くなら、おれも一緒だって、はっきり決めてるんだ。道連れだ。だけど、おかしいんじゃねえか。人を殺しても、死刑囚の房の中をのぞきもしないで済むやつが大勢いるなんて。しかも、おれは誰も殺しちゃいねえんだぜ。もし使えるカネが五万ドルもあったら、カンザスシティーの人間を半分ほどばらしちまって、ハッハッハと笑ってられるのに」唐突な笑いで、それまでのいたましい憤《いきどお》りが掻き消された。「やれやれ。まただ。あいかわらずの泣き言屋だ。今さらいってもしょうがねえと思うだろう。だけど、正直いうと、おれはペリーと折り合いよくやっていこうとして、がんばりすぎちまったんだ。あいつはいちゃもんが多くてな。裏表があるし。小さなことにも、いちいち焼きもち焼くし。おれが手紙をもらうたび、面会があるたびにだ。まあ、あいつに面会にくるなんて、あんた以外には誰もいないからな」そういうと、ジャーナリストにうなずいてみせた。「あと、弁護士も別だがな。彼はヒコックばかりでなくスミスとも同じように親しかった。「あと、あいつが入院してたときのこと、おぼえてるかい？　あのインチキの断食《だんじき》のこと？　それと、あいつのおやじがよこした葉書のこと？　そうだ、所長があいつのおやじに手紙書いて、ここにきてくれれば、いつでも歓迎するっていってやったんだ。だけど、おやじはあらわれなかった。なぜだか、おれにはわからねえが。ときどき、ペリーが気の毒になることがあるだろう。あいつほど孤独な人間は今までいなかったんじゃねえか。だけど、くそっ、あんなやつはくたばれってんだ。ほとんど全部が自業自得《じごうじとく》だもんな」

ヒコックはポールモールの箱から、煙草をもう一本抜きだすと、鼻に皺《しわ》を寄せて、こういった。「おれは禁煙しようとしたんだ。だけど、こういう状況じゃ、それでどんな違いがあるかって考えたんだ。ちょっとばかりつきがあれば、癌《がん》になって、州のやつらの裏をかくことができるかもしれねえ。それで、しばらくの間、葉巻を吸ってたんだ。アンディーの葉巻を。あいつが吊るされた翌朝、おれは目が覚めると、声をかけた。『アンディー？』って——いつものとおりに。それから、あいつはミズーリへ向かってる途中だって思いだしたんだ。叔母さん夫婦と一緒に。おれは廊下をのぞいてみた。あいつの房は片づけられてて、あいつのがらくたがみんな積み上げられてた。ベッドから下ろされたマットレス、上靴、いろんな食べ物の絵でいっぱいのスクラップブック——あいつはそれを自分の冷蔵庫っていってたな。それから、〝マクベス〟の葉巻の箱。おれは看守にいったよ。アンディーはあれをおれにやるっていってた、遺言であれをおれに贈るっていってたって。ところが、実際には、とても全部は吸えなかったな。たぶん、あれを吸うと、アンディーのことを思いだすからだろうが、なぜか、消化不良になっちまって。

ところで、死刑については何か意見があるかい？　おれはべつに反対じゃねえんだ。

死刑ってのは復讐《ふくしゅう》ってことに尽きるが、復讐の何が悪い？　とても重要なことだ。もし、おれがクラッターの縁者だったら、でなきゃ、ヨークとレイサムが始末した連中の縁者だったら、責任をとるべきやつが首を吊られるまでは、気が休まらねえだろうな。ほら、新聞に投書する連中がいるじゃねえか。この前も、トピーカの新聞に二通のってた——一通は牧師からだ。要するに、こういってるんだ。この法律の茶番劇は何なんだ、ろくでなしのスミスとヒコックを縛り首にしないのはなぜなんだ、あの人殺し野郎どもをいまだに税金で食わせてるのはどうしてなんだ？　まあ、むこうの側の言い分もわからんでもないよ。連中は望むことが手に入らないんで頭にきてるんだ——復讐がな。だからってむこうの思いどおりにはさせないぞ。おれは絞首刑をよしとしてるんだ。ただ、吊られるのが、このおれでない限りは」

しかし、ヒコックの命運も尽きるときがきた。

さらに三年が経過したが、その間に卓抜した手腕を誇るカンザスシティーの弁護士、ジョゼフ・P・ジェンキンズとロバート・ビンガムが、シュルツのあとを受けていた。シュルツは裁判から手を引いていた。ジェンキンズとビンガムは連邦判事から指名され、無報酬で働きながら（しかし、被告人は〝悪夢のように不公平な裁判〟の犠牲者であるという揺るがぬ持論に基づいて）、連邦の裁判制度の枠組みの中で何度となく上訴を繰り返し、それによって、三度にわたり刑の執行を回避した。一九六二年十月二十五日、一九六三年八月八日、そして、一九六五年二月十八日がその予定日だった。弁護士両名は、依頼人が不当に有罪を宣告されたとして激しく争った。自白するまで弁護人が選任されず、予備審問が見送られた点、公判では十分な弁護が行われず、捜索令状なしで押収された証拠物件（ヒコックの家から持ち去られた散弾銃とナイフ）の助けを借りて有罪とされた点、被告人に不利な世評が〝浸透〟した環境であるにもかかわらず、裁判地の変更が認められなかった点を、その理由としてあげた。

このような主張に依《よ》って、ジェンキンズとビンガムは事件を三度にわたって連邦最高裁判所――係争中の囚人の多くがいうところの〝ビッグボーイ〟――に持ち上げることに成功した。最高裁がこのような例での決定について説明を行うことはない。しかし、上訴人に最高裁での審問の機会を与えることにつながる事件移送命令書の発行を拒むというかたちで、三度とも上訴を退けたのだ。一九六五年三月、スミスとヒコックが〝死人長屋〟に収監されてから約二千日後、カンザス州最高裁判所は、一九六五年四月十四日、水曜日の午前零時から同二時までの間に、二人の生命を絶つべし、という決定を下した。その後、寛大な処置を求める嘆願が、新たに選出されたカンザス州知事、ウィリアム・エイヴリーに提出された。しかし、裕福な農場主で、世論に敏感なエイヴリーは、介入を拒否した。そういう判断が〝カンザスの人々のためになる〟と感じたのだ（エイヴリーは二ヵ月後、ヨークとレイサムの嘆願も拒否した。二人は一九六五年六月二十二日、絞首刑を執行された）。

そして、当の水曜日の朝、明るくなったころ、トピーカのホテルのコーヒーショップで朝食をとっていたアルヴィン・デューイは、カンザスシティー《スター》紙の一面に、長く待ち望んできた見出しを目にすることになった。『血まみれの犯行にロープの死』AP通信記者の手になる記事の書きだしは、こうだった。「カンザス犯罪史上、もっとも残虐《ざんぎゃく》な殺人の共犯者、リチャード・ユージーン・ヒコックとペリー・エドワード・スミスは、本日未明、州刑務所の絞首台で絶命した。ヒコック、三十三歳が、まず、午前零時四十一分に死亡。スミス、三十六歳が同一時十九分に死亡……」

デューイは二人が死ぬのを見まもった。自身が、儀式に招かれた二十余人の立会人の一人だったからだ。処刑の場に臨むのは、それがはじめてだった。午前零時過ぎに、ひんやりした倉庫の中に入っていったが、内部の光景には驚かされた。それなりの威厳を備えた舞台を予想していたのだが、そこは寒々しい明かりに照らされ、材木や瓦礫《がれき》が散らばった洞窟《どうくつ》といった風情《ふぜい》だったからだ。しかし、横木から青白い輪縄が二本下がっている絞首台そのものは、さすがに堂々たるものだった。そして、意想外の衣装をまとった執行人も、それに引けをとらない貫禄《かんろく》を見せながら、木造の絞首台の十三階段を上がった壇上から長い影を落としていた。このために六百ドルを支払われ、ミズーリから招かれた執行人、匿名《とくめい》の紳士は、古びたピンストライプのダブルのスーツを着こんでいたが、細身の体には明らかに幅が広すぎた。上着は膝《ひざ》まで届くほどの丈があった。頭にはカウボーイハットをかぶっていたが、買ったときにはおそらく鮮やかなグリーンだったものが、風雨にさらされ、汗がしみて、奇妙な色合いになっていた。

仲間の立会人が他人を気にしながらも、さりげなく交わしている会話にも、デューイは当惑させられた。その一人が〝お祭り〟と呼ぶ刑の執行が始まるのを待っている折のことだった。

「わたしが聞いたところじゃね、どっちを先に吊《つ》るすかってんで、二人にくじを引かせるか、コインを投げさせるかしようとしたそうですよ。だけど、スミスはアルファベット順でやれっていったっていうんです。考えてみりゃ、SはHよりあとですからね。やれやれ!」

「新聞に、ほら、夕刊に、二人が最後の食事に何を頼んだか、出てたのを読まれました? 同じものを頼んだっていうんです。小エビ。フレンチフライ。ガーリックブレッド。アイスクリームとイチゴとホイップクリーム。スミスがあんまり手をつけなかったっていうのもわかりますね」

「あれでヒコックっていうのはユーモアのセンスがあるんですよ。わたしが聞いたところじゃね、一時間ほど前、看守がヒコックにいったそうですよ。『今晩がおまえの人生でいちばん長い夜になるわけだ』と。すると、ヒコックは笑って、こういったっていうんです。『いや。いちばん短い夜ですよ』と」

「ヒコックの目のこと、聞かれました？　医者に託したそうです。ヒコックの体を下ろしたらすぐ、その医者が目を引っこ抜いて、誰かほかの人間の顔に埋めこむんだそうです。わたしだったら、その誰かになりたいなんて思いませんね。自分の顔にそんな目がついていたら、変な感じでしょ」

「あれ！　雨か？　窓がみんな開けっぱなしだ！　新しいシェヴィーなのに。まいったな！」

突然に降りだした雨が、倉庫の高い屋根を叩《たた》いた。どこかパレードのドラムのラッタッタという響きにも似たその音が、ヒコックの到着の先触れだった。六人の看守と、つぶやくように祈りをあげる教戒師に付き添われて、ヒコックは死に場所に入ってきた。手錠をかけられ、両腕を胴体に結びつけるぶざまな革紐《かわひも》の拘束具をつけられて。絞首台の下で、刑務所長が二ページにわたる処刑の公式命令書を読みあげた。その間、五年に及ぶ独房の暗がりでの生活で衰えたヒコックの目は、数少ない聴衆の間をさまよっていた。しかし、探していた対象は見つからず、間近にいた看守に、小声で尋ねることになった。クラッター家の人が誰かきてはいないか、と。きていない、と看守が答えると、死刑囚は失望の色を浮かべた。この復讐の儀式の典礼が、正しく守られていないとでもいうように。

所長は朗読を終えると、慣例どおり、最後にいいのこすことはないかと尋ねた。ヒコックはうなずいた。「わたしがいいたいのは、みなさんをもう恨んじゃいないということだけです。みなさんにこれまでよりましな世に送ってもらおうとしているわけですから」それから、その点を強調しようとでもいうように、自分の逮捕と有罪判決に与《あずか》って力があった四人の男と握手した。四人すべてが処刑に立ち会う許可を要請していたのだ。KBI捜査官ロイ・チャーチ、クラレンス・ダンツ、ハロルド・ナイ、それに、デューイ自身が。「会えてうれしいですよ」ヒコックは独特のきわめて魅力的な笑みを浮かべて、そういった。自分の葬儀に駆けつけてくれた客を迎えるような物腰だった。

執行人が咳《せき》払いした。じれたようにカウボーイハットを持ち上げてから、またかぶりなおした。コンドルが逆立てた首の羽を、また落ちつけるさまを思い起こさせるしぐさだった。そして、付添い人に押されたヒコックが、絞首台の階段を上りはじめた。「主は与え、主は取りたもう。主の御名《みな》は褒むべきかな」教戒師が詠唱するうちに、雨音が勢いを増し、輪縄が首にかかり、慈悲の黒いマスクが死刑囚の目を覆《おお》った。「願わくは汝《なんじ》の魂に主のお慈悲の賜らんことを」落とし戸が開いて、ヒコックは人々の目の前で優に二十分は吊るされていた。ようやく、刑務所の医師がいった。「この男が死亡したことを宣告します」雨滴が玉となってついたヘッドライトをきらめかせながら、霊柩車《れいきゅうしゃ》が倉庫に入ってきた。担架にのせられ、毛布で覆われた遺骸《いがい》は、霊柩車に運びこまれ、夜の闇《やみ》の中へと去っていった。

それをじっと目で追っていたロイ・チャーチは頭を振った。「彼にあんな度胸があるとは思わなかったな。ああいう態度がとれるとは。わたしは臆病者《おくびょうもの》と決めつけていたからね」

語りかけられた相手の捜査官がいった。「いや、ロイ。あの男は屑《くず》だよ。つまらんやつさ。ああなって当然だ」

チャーチは物思わしい目をして、なおも頭を振りつづけた。

次の処刑を待つ間、記者と看守が話を交わしていた。記者がいった。「絞首刑ははじめてですか?」

「リー・アンドルーズのは見たよ」

「わたしはこれがはじめてなんですよ」

「ああ。で、どうだった?」

記者は口をすぼめた。「うちの社では、みんな、この仕事を嫌がりましてね。わたしもそうだったんです。でも、思ってたほどじゃなかったですね。飛び板から飛びこむようなものだな。ただ、首にロープが巻きつけられているけど」

「本人は何も感じないんだ。落ちる、ボキッ、それだけさ。何も感じない」

「ほんとですか？　わたしは間近に立ってたんですが、彼が一息あえぐのが聞こえましたよ」

「うーん、だが、何も感じちゃいないよ。感じるようでは、人道的じゃないもんな」

「そうか。でも、鎮剤をたくさん飲ませておくんでしょう。鎮静剤を」

「それはないよ。規則違反だ。お、スミスがくるぞ」

「へえ、あんなチビだとは知らなかったな」

「うん、小さいよ。だけど、タランチュラだって小さいからな」

倉庫に連れこまれたスミスは、かつての敵、デューイがいるのに気づいた。すると、口の中のダブルミントガムの大きな塊を噛《か》むのをやめ、にやりとして、そちらにウインクした。陽気ないたずらっぽい態度だった。しかし、何かいいのこすことはないか、と所長に聞かれたとたん、表情が引き締まった。敏感な目が周囲のいくつもの顔をじっくり見まわし、影に包まれた執行人を見上げ、そして、手錠をかけられた自分の両手を見下ろした。さらに、インクと絵の具で汚れた指を見据えた。というのは、〝死人長屋〟での最後の三年間、スミスは自画像や子どもたちの絵を描いて過ごしたからだ。在監者が、ほとんど会うことのない子どもたちの写真を提供してくれるので、通常はそれをモデルにしていた。「わたしは」スミスはいった。「こんなふうに人の命を奪うのはひどいことだと思います。道徳的にも法律的にも、死刑に価値があるとは信じられません。おそらく、わたしにも何か役に立つことが、何か――」話すうちに、その確信も揺らいでいった。恥の意識に声が曇り、ようやく聞きとれる程度にまで低まった。「自分がしたことをお詫《わ》びしても、意味がないかもしれません。適当でないかもしれません。でも、そうします。わたしはお詫びします」

　階段、輪縄、マスク。しかし、そのマスクが下ろされる前に、死刑囚は教戒師が差しだしたてのひらにガムを吐きだした。デューイは目を閉じた。ロープが首をへし折るドサッ‐ボキッという音が聞こえるまで、その目を開けなかった。アメリカの法執行官のご多分に漏れず、デューイも死刑が凶悪な犯罪の抑止力になると確信していた。その刑罰でもたらされるものがあるとするなら、これこそまさに好例だ、と感じていた。事実、先に行われた処刑には心を乱されることはなかった。デューイはヒコックをあまり買っていなかった。ヒコックが〝奥行きも何もない、空っぽで、見下げ果てた、けちないかさま師〟に見えたからだ。しかし、スミスこそ紛れもない殺人者なのに、それとは別の反応を引き起こされた。ペリーはある特性を、いってみれば、群れを追われた獣、傷ついてさまよう動物のような雰囲気を持ちあわせており、それを見過ごすことができなかったからだ。デューイはラスヴェガス市警の取調室でペリーとはじめて会ったときのことを思いだした。金属製の椅子《いす》に腰かけていたひどく小さな子ども大人。ブーツに包まれた小さな足は、床を掃くか掃かないほどだった。そして、今、デューイが目を開けてみると、まっさきに映ったのもそれだった。傾《かし》いでぶらぶら揺れている子どものような足。

スミスとヒコックの死によって、懸案を達成したという絶頂感、解放感を味わえるだろう、とデューイは想像していた。だが、それはなく、気がついてみると、ほぼ一年前のできごとを思いだしていた。それは、ヴァレーヴュー墓地での偶然の邂逅《かいこう》だった。振り返ってみれば、デューイにとっては、それがクラッター事件の事実上の終焉《しゅうえん》といっていいものだった。

ガーデンシティーの礎《いしずえ》を築いた開拓者たちは、否応《いやおう》なくスパルタ人並みの質実剛健を求められたが、公《おおやけ》の共同墓地をつくる段になって、こう決心した。乾燥した土壌や水利の悪さを克服し、埃《ほこり》の舞う街路、厳しい相貌《そうぼう》の平原とは対照的な豊かな苑《その》をつくろう、と。その結果、ヴァレーヴューと名づけられた墓地は、町の上方、といっても、そう高からぬ台地に位置することになった。今日《こんにち》、そこは周囲の小麦畑のうねる大波が打ち寄せる黒ずんだ島といった趣を呈している。そこが暑い日に格好の避難所となるのは、何十年も前に植えられた木々が切れ目なく影を落とすひんやりした小道が縦横に走っているからだ。

前年の五月、成熟しかけた小麦の金緑色の炎で畑が燃えたつ月のある日の午後、ヴァレーヴューを訪れたデューイは、数時間を費やして父親の墓の草むしりにいそしんだ。それは、しなければならないのに、あまりに長い間、怠っていた仕事だった。デューイは五十一歳になっていた。クラッター事件の捜査を指揮したときから、四つ年を重ねていた。しかし、あいかわらず細身で機敏さは衰えず、あいかわらずカンザス州西部担当のKBI主任捜査官を務めていた。つい一週間前にも、牛泥棒二人組を捕らえたばかりだった。農場を持って落ちつくという夢はいまだに実現していなかった。そのような孤立した暮らしに対する妻の懸念《けねん》が、いささかも減じていなかったからだ。そのかわり、デューイは町なかに新しい家を建てた。夫婦は新居を誇りにし、また、二人の息子を誇りにしていた。今は二人とも声変わりして、背丈も父親と並んでいた。長男は秋には大学に進むことになっていた。

デューイは草むしりを終えると、静かな小道に沿って散策を始めた。そのうち、最近、名前を刻まれたばかりの墓石の前で足を止めた。テート。テート判事は前年の十一月に肺炎で他界していた。むきだしの土の上には、花輪、茶色に枯れたバラ、雨に色あせたリボンが置かれたままになっていた。その間近のもう少し新しい塚には、もう少し新しい花びらが散らばっていた。それはアシダ家の長女、ボニー・ジーン・アシダの墓だった。ホニー・ジーンはガーデンシティーを訪れた際に、車の衝突事故で亡くなっていた。死亡、誕生、結婚――そう、デューイはつい先日も、ナンシー・クラッターのボーイフレンドだったボビー・ラップ青年がよその土地へ移って結婚したという話を聞いたばかりだった。

一基の灰色の石のもとに四つの塚が集まったクラッター家の墓は、墓地の外れの一隅にある。木々が途切れた日向《ひなた》、小麦畑の輝く縁が接しようとしているあたりだ。そちらに近づいていったデューイは、すでに別の墓参者が訪れているのを目にした。白い手袋をした手、濃い蜂蜜色《はちみついろ》の滑らかな髪、すらりと伸びた長い脚が目立つ華奢《きゃしゃ》なつくりの娘だった。娘に微笑《ほほえ》みかけられたデューイは、相手が誰なのかと訝《いぶか》った。

「デューイさん、お忘れになりました？　スーザン・キッドウェルです」

デューイは笑った。娘も笑った。「スー・キッドウェル。いや、これは失礼」スーザンと会うのは、裁判以来だった。当時はまだ子どもだった。「どう、元気かい？　お母さんはお達者かな？」

「ええ、元気です。ありがとう。母はまだホルカム・スクールで音楽を教えています」

「最近、あちらのほうへはいったことがないんだが。変わりはないかな？」

「そうですね、通りを舗装するって噂《うわさ》がありますけど。でも、ホルカムはホルカムですから。実をいうと、わたし、あそこにはあまりいないんです。今、ＫＵの三年ですから」KUはカンザス大学の意味だった。「ちょうど、二、三日、帰省しているところなんです」

「それはいいね、スー。で、何を勉強してるんだい?」

「いろんなことを。おもに美術ですけど。わたし、美術が好きなんです。今、ほんとに楽しくて」スーザンはプレーリーに視線を走らせた。「わたし、ナンシーと一緒に大学にいこうって計画してました。ルームメートになるつもりでした。ときどき、そのことを思いだします。自分がとても楽しい思いをしてるときに、急に、二人で立ててた計画のことを思いだすんです」

デューイは四人の名前と没した年月日が刻まれた灰色の墓石を見据えた。一九五九年十一月十五日。「ここへはよくくるのかい?」

「ときどきです。まあ、日ざしが強いこと」スーザンはサングラスで目を覆った。「ボビー・ラップをおぼえてます? 彼、きれいな人と結婚したんですよ」

「そうらしいね」

「コリーン・ホワイトハーストと。彼女、ほんとにきれい。それに、とてもいい人なんですよ」

「ボビーは幸せだな」デューイはそのあと、スーザンをからかうようにつけたした。

「ところで、きみはどうなんだい? いくらでもお相手がいるんだろう」

「いえ、そんな。真剣なのは何も。あ、思いだした。時間、わかりますか？　たいへん」デューイが四時過ぎだと教えると、スーザンは大声を上げた。「大急ぎで帰らなくちゃ！　でも、お会いできてよかったです、デューイさん」

「わたしも会えてよかったよ、スー。それじゃ、元気で」デューイは小道を消えていこうとする娘に呼びかけた。滑らかな髪を揺らし、輝かせながら、ひたすら先を急ぐ美しい娘に――ナンシーが生きていたら、ちょうどそんなふうになっていたであろう娘に。やがて、デューイも家路につき、木立に向かって歩を進め、その陰へと入っていった。あとには、果てしない空と、小麦畑をなびかせて渡っていく風のささやきだけが残された。

# 訳者あとがき

トルーマン・カポーティの『冷血』（*In Cold Blood* 一九六五年発表、一九六七年初訳）はニュージャーナリズムの源流とされる作品だ。七〇年代に興隆したニュージャーナリズムは、日本ではその後、ひたすら感傷的なスポーツルポ、あるいは妙に訳知り顔の政局記事までがそう銘打たれるようになって拡散した末に、ほとんど消滅したかの感がある。本家アメリカでも、今ではすっかり鳴りをひそめてしまったようだ。では、発表されて四十年を経た『冷血』も廃《すた》れる運命にあるのか。といえば、けっしてそうではないと思う。

『冷血』が画期的な作品になったのは、徹底した取材によって膨大なデータを蓄積し、それを再構成して現実の再現に迫るというその手法によってだった。ニュージャーナリズムとは、乱暴にいえば、その手法をジャーナリズムの側が取りこんだものであって、カポーティ自身はそうして成った作品をノンフィクション・ノヴェルと呼んでいる。『冷血』は後《のち》の位置づけにかかわらず、本質はあくまでノヴェル、すなわち物語にほかならない。しかも、すぐれた作品だけに認められる普遍を持ちあわせた物語に。

それは、いってみれば、繰り返し読んでも飽きのこない物語ということだろう。今回、改訳にあたって『冷血』を再読してみても、また新たな感銘を催し、またひとつ新たな印象を加えられることになった。同じような経験は、『冷血』との関連でいえば、ネル・ハーパー・リーの『アラバマ物語』でもあったことだ。ハーパー・リーはカポーティとは幼なじみで、『冷血』の取材旅行にも同行して資料の収集に尽力し、冒頭で献辞をささげられている。

『アラバマ物語』ははじめ、南部の差別や偏見に対する無援の戦いを引き受けた勇気ある弁護士の物語、社会派の作品として喧伝《けんでん》されたような記憶がある。ちなみに、映画でグレゴリー・ペックが演じた物静かなアティカス・フィンチ弁護士は、アメリカ映画協会の〝もっとも偉大なヒーロー〟に、インディ・ジョーンズやジェームズ・ボンドを抑えて選ばれている。しかし、再読してみれば、『アラバマ物語』は、何よりもまず、子どもの物語ではないか、という印象を強く受けた。フィンチ弁護士の娘でハーパー・リー自身と目されるおてんばな少女スカウトとその兄、そして、カポーティがモデルといわれる嘘《うそ》つきでチビのディル少年。これは、彼らが心ひかれてやまない〝お化け〟を誘いだそうと駆けまわる子どもの世界の物語ではないか、と。だからこそ、誰もが、いつまでもなつかしく思うのではないか、と。

『冷血』もはじめて接したときには、犯人ペリーが説明しがたい衝動から一家四人惨殺《ざんさつ》の凶行に走るシーンをクライマックスとする不条理な犯罪劇に圧倒された。しかし、今回は、衝撃的な事件の背後から、家族の物語というまた違った相貌《そうぼう》が立ちあらわれてくるように思われた。

カポーティは『冷血』の執筆に先立ち、三年を費やしてノート六千ページに及ぶ資料を収集し、さらに三年近くをかけてそれを整理している。当然、膨大なデータの取捨選択を行っているはずだが、その中でも家族にかかわるデータをことさら丹念に拾い上げているように見える。加害者、被害者、捜査官はもちろん、点景という趣の人々にいたるまで家族の構成とその間の絆《きずな》をことこまかに記しているのだ。たとえば、被害者と交流があった日系の小作人アシダ氏の一家。勤勉な夫と明朗な妻と四人の子どもから成る。一家は貧しいが、妻子が夫に金歯のプレゼントをしようというほど互いの愛情は深いものがある。終章では、長女が交通事故で亡《な》くなったことまでが付言されている。

そういえば、登場してくるいくつもの家族は、アシダ家同様、問題を抱えてはいても、概して強い絆で結ばれている。冒頭の相当部分で筆を割かれている被害者のクラッター氏一家は、その代表格といえるだろう。妻が病弱という不幸を負ってはいるものの、クラッター氏は篤農《とくのう》を絵に描いたような人格者だ。才色兼備の娘ナンシーは人柄も優しい人気者だし、息子ケニヨンも多少風変わりだが跡取りとしては何の不安もない。一家にあふれる愛情は、馬や犬、猫にまで及んでいる。

それは犯人のディックの一家にもいえることだ。細々と農業を営む父母は、息子が逮捕されたあとも、何かとかばいつづけようとするし、共犯者のペリーと比べ酷薄と思われるディックのほうも、実直な父に及ぼす迷惑をしきりに気にかけ、父の死後は、善良そのものの母の行く末を思いやっている。

そんな中にあって、この物語のいわば主人公であるペリー一家はまったく様相を異にしている。父は粗暴、母は酒乱で、ペリーが幼いころに離婚。一家は分裂し、のちに兄は妻を死なせて本人も自殺、長姉は墜死している。幼時、孤児院やそれに類した施設に預けられたペリーは、その後、父に引き取られるが、ろくに学校にも通わせてもらえず酷使されながら育つ。精神医学者は成長過程で受けた外傷が犯行を引き起こしたと示唆《しさ》している。

際立《きわだ》った短軀《たんく》という肉体的特徴だけでなく、両親が早くに離婚して親戚《しんせき》の家をたらいまわしにされて育つという境遇も似たカポーティが、ペリーにひとしおの思い入れがあったことは、つとに指摘されているところだ。もちろん、カポーティはペリーと家族の絆についても、委細を尽くして述べている。暴君の父とペリーの愛憎半ばする葛藤《かっとう》。家族の中でただ一人まっとうな家庭を築き、それを守ろうとする次姉に対するペリーの憎悪《ぞうお》。次姉がペリーに感じる恐怖。その心理の分析にまで立ち入っているほどだ。

自らを「アル中でヤク中でホモの天才」と公言していたカポーティには、三十年以上にわたる友、ジャック・ダンフィーはいたが、終生、家族、少なくとも家庭はなかったといっていいだろう。カポーティは『カメレオンのための音楽』でテネシー・ウィリアムズに献辞をささげているが、ウィリアムズも南部の不幸な家庭に育ち、同性愛者で破滅的な後半生を送っている。きわめてよく似た身上といえるだろう。そのウィリアムズには、奇妙なエピソードが残っている。自分の女友だちに人工授精を施す手はずを整えてくれないか、と知人に頼んだことがあるというのだ。知人によれば、それでも子どもがほしいという希求からの頼みだったようだ。

『冷血』以前の繊細な作品群を通して、あるいは、私生活でのスキャンダラスな言動の裏から、カポーティにも同じように深い孤独、その裏返しの家族への強い思いが透けて見える。崩壊したペリーの一家への憐憫《れんびん》、それとは対照的なクラッター家、さらには世間一般の家庭への憧憬《しょうけい》。それが、『冷血』であまたの家族の物語を紡《つむ》がせずにはいられなかったのではないか。結末が、劇的な処刑の場面でなく、その一年前の墓参の場面、デューイ捜査官が人の死亡、誕生、結婚に思いをめぐらす場面になっているのも、無常感を漂わせる巧みな構成というだけではないものがある。

『冷血』は一九六七年にリチャード・ブルックス監督によって映画化された。淡々とした展開が、かえって凄《すご》みを増す効果をあげている作品だ。原作にかなり忠実だが、さすがに長尺を残らず取りこむのは無理で、ここでいう家族の物語は多くが省略されている。

たとえば、クラッター氏一家にしても単なる被害者以上の存在にはなり得ていない。なぜ、この人たちが殺されたのか、ペリーがいうように、ただ彼の人生の尻拭《しりぬぐ》いをする運命にあったからなのか、というやるかたなさが今ひとつ伝わってこないのだ。映画と比べてみても、原作の奥行きのほどがうかがい知れるというものだろう。

最後に、訳語について一言。作中には、最近になって言い換えの進んだ言葉——たとえば、看護婦↓看護師、精神分裂病↓統合失調症、インディアン↓アメリカ先住民、黒人↓アフリカ系アメリカ人——があるが、やはり、半世紀近く前の話であることを考え、従来の言葉を用いておいた。また、差別的な言葉についても、登場人物の発言に限っては、とくに言い換えをしなかったことをお断りしておく。

二〇〇五年八月

この作品は二〇〇五年九月新潮社より刊行された。

カポーティ
村上春樹訳

## ティファニーで朝食を

気まぐれで可憐なヒロイン、ホリーが再び世界を魅了する。カポーティ永遠の名作がみずみずしい新訳を得て新世紀に踏み出す。

カポーティ
河野一郎訳

## 遠い声 遠い部屋

傷つきやすい豊かな感受性をもった少年が、自我を見い出すまでの精神的成長の途上でたどる、さまざまな心の葛藤を描いた処女長編。

カポーティ
大澤薫訳

## 草の竪琴

幼な児のような老嬢ドリーの家出をめぐる、ファンタスティックでユーモラスな事件の渦中で成長してゆく少年コリンの内面を描く。

カポーティ
川本三郎訳

## 夜の樹

旅行中に不気味な夫婦と出会った女子大生。人間の孤独や不安を鮮かに捉えた表題作など、お洒落で哀しいショート・ストーリー9編。

カポーティ
川本三郎訳

## 叶えられた祈り

ハイソサエティの退廃的な生活にあこがれるニヒルな青年。セレブたちが激怒し、自ら最高傑作と称しながらも未完に終わった遺作。

T・ウィリアムズ
小田島雄志訳

## ガラスの動物園

不況下のセント・ルイスに暮す家族のあいだに展開される、抒情に満ちた追憶の劇。斬新な手法によって、非常な好評を博した出世作。

P・オースター
柴田元幸訳

## 幽霊たち

探偵ブルーが、ホワイトから依頼された、ブラックという男の、奇妙な見張り。探偵小説？　哲学小説？　'80年代アメリカ文学の代表作。

P・オースター
柴田元幸訳

## 孤独の発明

父が遺した夥しい写真に導かれ、私は曖昧な記憶を探り始めた。見えない父の実像を求めて……。父子関係をめぐる著者の原点的作品。

P・オースター
柴田元幸訳

## ムーン・パレス

日本翻訳大賞受賞

世界との絆を失った僕は、人生から転落しはじめた……。奇想天外な物語が躍動し、月のイメージが深い余韻を残す絶品の青春小説。

P・オースター
柴田元幸訳

## 偶然の音楽

〈望みのないものにしか興味の持てない〉ナッシュと、博打の天才が辿る数奇な運命。現代米文学の旗手が送る理不尽な衝撃と虚脱感。

P・オースター
柴田元幸訳

## リヴァイアサン

全米各地の自由の女神を爆破したテロリストは、何に絶望し何を破壊したかったのか。そして彼が追い続けた怪物リヴァイアサンとは。

P・オースター
柴田元幸訳

## 幻影の書

妻と子を喪った男の元に届いた死者からの手紙。伝説の映画監督が生きている？　その探索行の果てとは——。著者の新たなる代表作。

カミュ
窪田啓作訳

# 異邦人

太陽が眩しくてアラビア人を殺し、死刑判決を受けたのちも自分は幸福であると確信する主人公ムルソー。不条理をテーマにした名作。

カミュ
清水徹訳

# シーシュポスの神話

ギリシアの神話に寓して〝不条理〟の理論を展開、追究した哲学的エッセイで、カミュの世界を支えている根本思想が展開されている。

カミュ
宮崎嶺雄訳

# ペスト

ペストに襲われ孤立した町の中で悪疫と戦う市民たちの姿を描いて、あらゆる人生の悪に立ち向うための連帯感の確立を追う代表作。

カミュ
高畠正明訳

# 幸福な死

平凡な青年メルソーは、富裕な身体障害者の〝時間は金で購われる〟という主張に従い、彼を殺し金を奪う。『異邦人』誕生の秘密を解く作品。

カミュ・サルトル他
佐藤朔訳

# 革命か反抗か

人間はいかにして「歴史を生きる」ことができるか——鋭く対立するサルトルとカミュの間にたたかわされた、存在の根本に迫る論争。

カミュ
大久保敏彦
窪田啓作訳

# 転落・追放と王国

暗いオランダの風土を舞台に、過去という楽園から現在の孤独地獄に転落したクラマンスの懊悩を捉えた「転落」と「追放と王国」を併録。

サリンジャー
野崎 孝 訳
ナイン・ストーリーズ
はかない理想と暴虐な現実との間にはさまれて、抜き差しならなくなった人々の姿を描き、鋭い感覚と豊かなイメージで造る九つの物語。

サリンジャー
村上春樹 訳
フラニーとズーイ
どこまでも優しい魂を持った魅力的な小説……『キャッチャー・イン・ザ・ライ』に続くサリンジャーの傑作を、村上春樹が新訳！

サリンジャー
野崎 孝
井上謙治 訳
大工よ、屋根の梁を高く上げよ
シーモア—序章—
個性的なグラース家七人兄妹の精神的支柱である長兄、シーモアの結婚の経緯と自殺の真因を、弟バディが愛と崇拝をこめて語る傑作。

シュリーマン
関 楠生 訳
古代への情熱
—シュリーマン自伝—
トロイア戦争は実際あったに違いない——少年時代の夢と信念を貫き、ホメーロスの事跡を次々に発掘するシュリーマンの波瀾の生涯。

上田和夫訳
シェリー詩集
十九世紀イギリスロマン派の精髄、屈指の抒情詩人シェリーは、社会の不正と圧制を敵とし、純潔な魂で愛と自由とを謳いつづけた。

B・シュリンク
松永美穂 訳
朗読者
毎日出版文化賞特別賞受賞
15歳の僕と36歳のハンナ。人知れず始まった愛には、終わったはずの戦争が影を落していた。世界中を感動させた大ベストセラー。

ジッド
神西清訳
田園交響楽
彼女はなぜ自殺したのか？ 待ち望んでいた手術が成功して眼が見えるようになったのに。盲目の少女と牧師一家の精神の葛藤を描く。

ジッド
山内義雄訳
狭き門
地上の恋を捨て天上の愛に生きるアリサ。死後、残された日記には、従弟ジェロームへの想いと神の道への苦悩が記されていた……。

ジョイス
柳瀬尚紀訳
ダブリナーズ
20世紀を代表する作家がダブリンに住む人々を描いた15編。『フィネガンズ・ウェイク』の訳者による画期的新訳。『ダブリン市民』改題。

K・グリムウッド
杉山高之訳
リプレイ
世界幻想文学大賞受賞
ジェフは43歳で死んだ。気がつくと彼は18歳――人生をもう一度やり直せたら、という窮極の夢を実現した男の、意外な、意外な人生。

H・ジェイムズ
西川正身訳
デイジー・ミラー
全てに開放的なヤンキー娘デイジーと、その行動にとまどう青年との淡い恋を軸に、新旧二つの大陸に横たわる文化の相違を写し出す。

H・ジェイムズ
小川高義訳
ねじの回転
イギリスの片田舎の貴族屋敷に身を寄せる兄妹。二人の家庭教師として雇われた若い女が語る幽霊譚。本当に幽霊は存在したのか？

スウィフト
中野好夫訳
ガリヴァ旅行記
船員ガリヴァの漂流記に仮託して、当時のイギリス社会の事件や風俗を批判しながら、人間性一般への痛烈な諷刺を展開させた傑作。

スタインベック
伏見威蕃訳
怒りの葡萄（上・下）
ピューリッツァー賞受賞
天災と大資本によって先祖の土地を奪われた農民ジョード一家。苦境を切り抜けようとする、情愛深い家族の姿を描いた不朽の名作。

大久保康雄訳
スタインベック短編集
自然との接触を見うしなった現代にあって、人間と自然とが端的に結びついた著者の世界は、その単純さゆえいっそう神秘的である。

スタインベック
大浦暁生訳
ハツカネズミと人間
カリフォルニアの農場を転々とする二人の渡り労働者の、たくましい生命力、友情、ささやかな夢を温かな眼差しで描く著者の出世作。

マーク・トウェイン
柴田元幸訳
トム・ソーヤーの冒険
海賊ごっこに幽霊屋敷探検、毎日が冒険のトムはある夜墓場で殺人事件を目撃してしまい――少年文学の永遠の名作を名翻訳家が新訳。

マーク・トウェイン
村岡花子訳
ハックルベリイ・フィンの冒険
トムとハックは盗賊の金貨を発見して大金持になったが、彼らの悪童ぶりはいっそう激しく冒険また冒険。アメリカ文学の最高傑作。

スタンダール
大岡昇平訳
パルムの僧院（上・下）

〝幸福の追求〟に生命を賭ける情熱的な青年貴族ファブリスが、愛する人の死によって僧院に入るまでの波瀾万丈の半生を描いた傑作。

スタンダール
小林正訳
赤と黒（上・下）

美貌で、強い自尊心と鋭い感受性をもつジュリヤン・ソレルが、長年の夢であった地位をその手で摑もうとした時、無惨な破局が……。

スタンダール
大岡昇平訳
恋愛論

豊富な恋愛体験をもとにすべての恋愛を「情熱恋愛」「趣味恋愛」「肉体的恋愛」「虚栄恋愛」に分類し、各国各時代の恋愛について語る。

チェーホフ
神西清訳
桜の園・三人姉妹

急変していく現実を理解できず、華やかな昔の夢に溺れたまま没落していく貴族の哀愁を描いた「桜の園」。名作「三人姉妹」を併録。

チェーホフ
神西清訳
かもめ・ワーニャ伯父さん

恋と情事で錯綜した人間関係の織りなす日常のなかに、絶望から人を救うものは忍耐であるというテーマを展開させた「かもめ」等2編。

チェーホフ
小笠原豊樹訳
かわいい女・犬を連れた奥さん

男運に恵まれず何度も夫を変えるが、その度に夫の意見に合わせて生活してゆく女を描いた「かわいい女」など晩年の作品7編を収録。

ディケンズ
山西英一訳

# 大いなる遺産（上・下）

莫大な遺産の相続人になったことで運命が変転する少年ピップを主人公に、イギリスの庶民の喜び悲しみをユーモアいっぱいに描く。

ディケンズ
加賀山卓朗訳

# 二都物語

フランス革命下のパリとロンドン。燃え上がる激動の炎の中で、二つの都に繰り広げられる愛と死のロマン。新訳で贈る永遠の名作。

ディケンズ
村岡花子訳

# クリスマス・キャロル

貧しいけれど心の暖かい人々、孤独で寂しい自分の未来……亡霊たちに見せられた光景が、ケチで冷酷なスクルージの心を変えさせた。

ディケンズ
中野好夫訳

# デイヴィッド・コパフィールド（一～四）

逆境にあっても人間への信頼を失わず、作家として大成したデイヴィッドと彼をめぐる精彩にみちた人間群像！　英文豪の自伝的長編。

ディケンズ
加賀山卓朗訳

# オリヴァー・ツイスト

オリヴァー8歳。窃盗団に入りながらも純粋な心を失わず、ロンドンの街を生き抜く孤児の命運を描いた、ディケンズ初期の傑作。

デュマ・フィス
新庄嘉章訳

# 椿姫

椿の花を愛するゆえに〝椿姫〟と呼ばれる、上品で美しい娼婦マルグリットと、純情多感な青年アルマンとのひたむきで悲しい恋の物語。

C・ブロンテ
大久保康雄訳
ジェーン・エア（上・下）
貧民学校で教育を受けた女家庭教師と、狂女を妻にもつ主人との波瀾に富んだ恋愛を描き、社会的常識に痛烈な憤りをぶつける長編小説。

E・ブロンテ
鴻巣友季子訳
嵐が丘
狂恋と復讐、天使と悪鬼――寒風吹きすさぶ荒野を舞台に繰り広げられる、恋愛小説の恐るべき極北。新訳による〝新世紀決定版〟。

フォークナー
加島祥造訳
八月の光
人種偏見に異様な情熱をもやす米国南部社会に対して反逆し、殺人と凌辱の果てに逮捕され、惨殺された黒人混血児クリスマスの悲劇。

フォークナー
加島祥造訳
サンクチュアリ
ミシシッピー州の町に展開する醜悪陰惨な場面――ドライブ中の事故から始まった、女子大生をめぐる異常な性的事件を描く問題作。

龍口直太郎訳
フォークナー短編集
アメリカ南部の退廃した生活や暴力的犯罪の現実を、斬新な独特の手法で捉えたノーベル賞受賞作家フォークナーの代表作を収める。

R・ブローティガン
藤本和子訳
アメリカの鱒釣り
軽やかな幻想的語り口で夢と失意のアメリカを描いた200万部のベストセラー、ついに文庫化！ 柴田元幸氏による敬愛にみちた解説付。

# 新潮文庫最新刊

平山瑞穂著
ドクダミと桜
あの頃は、何も心配することなく幸せだったのに――生まれも育ちも、住む世界も違う二人の女性の友情と葛藤と再生を描く書下ろし。

伊吹有喜著
カンパニー
離婚、リストラ予告、まさかのバレエ団出向――。47歳の青柳誠一は、「白鳥の湖」公演にすべてを賭ける。崖っぷちお仕事小説！

浅葉なつ著
カカノムモノ3
―呪いを欲しがった者たち―
海の女神に呪われることで選ばれた者と選ばれなかった者。カカノムモノを巡る悲しい相剋が今、決着を迎える。シリーズ最終巻。

梓澤要著
万葉恋づくし
一三〇〇年前も、この国の女性は泣きたいほど不器用でした――。歌人たちのいとおしい恋と人生の一瞬を鮮やかに描き出す傑作。

池波正太郎・藤沢周平
笹沢左保・菊池寛著
山本周五郎
縄田一男編
志に死す
―人情時代小説傑作選―
誰のために死ぬのか。男の真価はそこにある――。信念に従い命を賭して闘った男たちが描かれる、落涙の傑作時代小説5編を収録。

津村節子著
時の名残り
夫・吉村昭との懐かしき日々、そして、今もふと甦る夫の面影――来し方に想いを馳せ、人生の哀歓をあたたかく綴る、珠玉の随筆集。

# 冷《れい》　血《けつ》

新潮文庫　カ - 3 - 6

*Published 2006 in Japan*
*by Shinchosha Company*

平成十八年七月一日発行
令和二年一月二十五日十八刷

訳者　佐《さ》々《さ》田《だ》雅《まさ》子《こ》

発行者　佐藤隆信

発行所　株式会社　新潮社

郵便番号　一六二—八七一一
東京都新宿区矢来町七一
電話　編集部(〇三)三二六六—五四四〇
　　　読者係(〇三)三二六六—五一一一
http://www.shinchosha.co.jp

価格はカバーに表示してあります。

乱丁・落丁本は、ご面倒ですが小社読者係宛ご送付ください。送料小社負担にてお取替えいたします。

印刷・錦明印刷株式会社　製本・錦明印刷株式会社


ISBN978-4-10-209506-5 C0197